# LE SECRET DE LA VILLA MIMOSA

DU MÊME AUTEUR
*CHEZ POCKET*

SECRETS EN HÉRITAGE

ELIZABETH ADLER

# LE SECRET DE LA VILLA MIMOSA

BELFOND

Titre original :

*THE SECRET OF THE VILLA MIMOSA*
publié par Delacorte Press, Bantham Doubleday Dell
Publishing Group Inc., New York.

Traduit de l'américain par Michèle Saporta



ISBN 2-266-07661-2

Tous les personnages de ce roman sont entièrement fictifs. Toute référence à une personne existante serait fortuite.

*Pour mes sœurs*
*Dorothy et Irene,*
*pour mon beau-frère*
*Peter,*
*ainsi que pour mon père et Ken,*
*avec amour*

*Le Ciel, à toutes les créatures, cache le livre du destin.*

Alexander POPE,
*Essai sur l'homme*

*Il existe assurément dans la vie de chacun certains rapports, tours et détours qui peuvent pendant un temps passer pour des hasards, mais qui, tout bien examiné, se révèlent en fin de compte agencés par la main même de Dieu.*

Sir Thomas BROWNE,
*Religio Medici*

# PROLOGUE

L'homme était blond, grand et indiscutablement séduisant, avec le genre de corps musclé dont on devine qu'il est tout aussi agréable à regarder quand il porte des vêtements que quand il n'en porte pas. Il gara la voiture de location sur la zone des arrivées, à l'aéroport de San Francisco. L'automobile était une Lincoln Town blanche, et non la Ferrari ou la jeep Cherokee plus sportive que l'on se serait attendu à le voir conduire, étant donné son air détaché et légèrement arrogant. Il consulta sa montre avec quelque impatience. Le vol du soir en provenance d'Honolulu était en retard, et le stationnement à cet endroit ne pouvait excéder quelques minutes. Sa Lincoln risquait d'attirer l'attention du policier chargé de la circulation, qui lui collerait une amende et demanderait peut-être son enlèvement à la fourrière. L'homme pénétra à grandes enjambées dans le bâtiment des arrivées et scruta l'écran sur lequel s'affichaient les informations. L'avion s'était posé cinq minutes plus tôt.

Une fois revenu à l'extérieur, il s'adossa à la carrosserie, les mains enfoncées dans ses poches, et observa attentivement les portes. Il sourit quand il la vit enfin. Sa souple chevelure d'une couleur cuivrée plutôt sombre se balançait autour de ses épaules pendant qu'elle se dirigeait vers la file des taxis en attente. Elle ne l'avait pas remarqué, et n'entendit guère le bruit de ses pas quand il la rattrapa. Il perçut le son qu'elle émit au fond de sa gorge quand l'aiguille s'enfonça dans son bras. Ses yeux bruns terrifiés le reconnurent, et il lui sourit. Incapable de dire ouf, elle s'effondra dans ses bras ; il la fourra sans difficulté sur le siège arrière de sa voiture.

Il la dissimula rapidement sous une couverture, prit place derrière le volant et rejoignit le flot des véhicules qui se traînaient vers la ville. Il haussa les épaules et alluma une cigarette. Au diable ! Il avait beaucoup de temps devant lui. En fait, il avait largement le temps de la tuer.

Quarante minutes plus tard, il gara son auto dans Battery Street, sortit de la Lincoln, ouvrit la portière arrière et examina la fille. Il lui prit le pouls et souleva ses paupières. Elle était sonnée pour un bon moment. Rien à craindre de ce côté-là. Il la poussa pour la faire tomber sur le plancher, la dissimula de nouveau sous la couverture et verrouilla la voiture. Puis il alluma une autre cigarette et se dirigea nonchalamment vers le coin de la rue, qu'il contourna pour entrer chez Il Fornaio.

La brasserie était pleine de monde. Le bruit se répercutait sur les murs. Il se fraya un chemin vers un siège libre au comptoir. Il commanda une Carta blanca et une petite pizza avec de la mozzarella, des anchois, des olives et des câpres. Pendant qu'il attendait, il lut les résultats des matches de basket-ball pour l'*Examiner*. Il but une seconde bière pour accompagner la pizza. Puis, comme son penchant pour les sucreries l'emportait toujours, il commanda un tiramisu.

« Il n'y a pas de dessert qui vous transporte plus près du paradis », dit-il. Une jeune femme assise à côté de lui lui sourit. « Je ne peux jamais y résister moi-même », avoua-t-elle.

Elle sirota une gorgée de sa margarita. Sa chevelure était rousse et descendait sur ses épaules. Elle avait à peu près l'âge de la fille dont il avait abandonné le corps inanimé dans la voiture. Il haussa les épaules et demanda la note. « Une fois de temps en temps, ça va. »

Elle lui avait fait une avance, et il la savait dans l'expectative ; mais il tourna les talons et se dirigea vers la caisse enregistreuse, à côté de la porte. Il sentit qu'elle le suivait du regard avec curiosité, entendit son rire et devina son haussement d'épaules qui signifiait « Après tout, j'en ai rien à faire ». Elle était jolie et n'avait pas l'habitude de se voir dédaignée. Mais ce soir elle n'était pas tombée sur le type qu'il lui fallait.

Il déverrouilla la Lincoln, souleva la couverture étendue sur le corps et vérifia l'état de la fille. Elle était toujours inconsciente. Aussi se réinstalla-t-il sur le siège du conducteur, pour s'insérer dans la foule des véhicules qui roulaient sur Embarcadero Street. Il avait une idée précise de l'endroit où il voulait aller, mais il était trop tôt — trop de circulation, trop de lumières.

Il erra lentement dans la ville, en se retournant à plusieurs reprises, pour reprendre finalement le chemin du Nord. Il traversa divers quartiers, dépassa des propriétés élégantes et un club de golf, puis emprunta une route montante jusqu'à l'endroit où elle longeait un ravin boisé et escarpé.

Il arrêta la voiture et en extirpa la fille. Elle était flasque contre lui ; il la porta et la traîna entre les arbres en maudissant son poids inerte, jusqu'au moment où il se trouva dans une petite clairière, au bord d'un ravin. Le brouillard s'était levé. La lune dans son troisième quartier éclairait les buissons et les rochers, loin au-dessous de lui, ainsi que le torrent semé de rapides dont le cours sinueux suivait le fond du précipice. Il hésita, évoqua avec regret le revolver qu'il avait dans sa poche. Mais il allait faire croire à un accident. C'était la seule solution.

Il remit la fille sur ses jambes et la retint contre lui

le temps d'assurer son propre équilibre. Puis, d'une forte poussée, il l'expédia au fond de l'abîme.

Elle n'émit pas un son. Elle ne savait même pas ce qui lui arrivait.

La lune se cacha derrière les nuages et, avec le retour du brouillard, des fantômes se mirent en vrille autour de lui tandis qu'il s'efforçait d'entendre le bruit d'une chute. Il se retourna en poussant un soupir de satisfaction et s'orienta à travers les arbres en direction de la voiture. Ensuite, il roula lentement dans la brume épaisse pour retrouver le luxueux anonymat de l'appartement qu'il avait réservé dans l'un des plus beaux hôtels de la ville.

# 1

L'inspecteur Franco Mahoney, attaché à la brigade des homicides dans la police de San Francisco, regardait d'un air impassible les pompiers du service des secours qui descendaient péniblement dans le ravin pour approcher le corps de la fille. On ne voyait certes pas grand-chose d'elle — juste un pied chaussé d'une sandale rouge et un bras qui dépassaient d'un buisson. La végétation avait arrêté sa chute sans lui sauver la vie pour autant. Elle n'était déjà plus qu'une nouvelle donnée statistique sur la liste des homicides non élucidés. Il avait déjà vu tout ça maintes fois et, à partir de maintenant, c'était à lui de jouer. Il fallait retrouver l'assassin.

Il jeta un regard à sa montre. Il était 8 heures du matin. Son tour de garde venait de prendre fin, et il songea avec nostalgie aux autres gars, plus vernis que lui, en train de traîner leur lassitude vers leur propre logis ou vers le bistro de Brannan Avenue — pour y prendre leur petit déjeuner en parlant des tracas de la nuit ou en échangeant des histoires obscènes afin de se décontracter.

La nuit avait été longue ; il y avait eu, comme d'habitude, un assassinat lié à une histoire de drogue dans une impasse ; un coup de couteau dans une sordide chambre meublée, avec une petite victime chinoise qui perdait plus de sang que Mahoney n'en avait jamais vu chez le boucher ; un homme dont le corps jeté sur l'autoroute avait été écrabouillé par un certain nombre de voitures avant qu'on le ramasse — pour découvrir qu'il avait en fait été abattu d'une balle dans la tête. L'appel au sujet de la fille tombée dans le ravin de Mitchell avait été donné à 7 h 34. C'était bien sa chance : juste à la fin de son tour de garde. Parfois, il se demandait s'il avait eu raison de devenir flic.

Il soupira tout en observant la clairière au bord du ravin. Elle grouillait de monde : les pompiers, les types des services de santé, les infirmiers, le médecin, les gars des labos et les techniciens du journal télévisé ; chacun avec son barda : des câbles, des treuils, des échelles, des fils de raccordement, des bouteilles d'oxygène, des sondes et des caméras. L'herbe mouillée de la clairière se transformait en bourbier.

Mahoney avait eu juste le temps de regarder autour de lui et de vérifier qu'il n'y avait aucun signe de lutte avant l'arrivée des équipes de secours ; si des indices d'une importance vitale avaient existé, ils avaient désormais disparu dans la boue.

Plusieurs flics en uniforme, les yeux fixés vers le sol, scrutaient le terrain sous les buissons ; mais Mahoney sentait viscéralement qu'ils n'allaient rien trouver. Aujourd'hui, il n'y aurait pas de bouton arraché, pas de bout de fil accroché à une branche, pas de douille vide, pas d'indice idéal.

Comme lieu du crime, l'endroit ne valait rien. Il ricana pour se pardonner son mauvais jeu de mots. *Agatha Christie aurait découvert une empreinte de pas parfaitement dessinée*, pensa-t-il à regret. *Moi, il ne me reste qu'un corps.*

Et depuis que l'équipe des sauveteurs avait fait son apparition, seul ce corps importait. Il fallait attendre jusqu'à ce qu'il ait été récupéré, même si cela signifiait que l'on allait fouler aux pieds toutes les preuves. La femme couchée au fond du ravin avait encore des droits, en sa qualité d'être humain, même si c'était probablement pour la dernière fois. Après, elle ne serait plus qu'une Madame X, avec une plaque d'identité attachée à un doigt de pied, couchée dans l'acier de quelque tiroir glacial, à la morgue municipale, dans l'attente que le médecin légiste en quête de preuves matérielles se mette à la charcuter. Ou que quelque parent inquiet ou affligé — peut-être même sans affliction ni inquiétude — vienne aux nouvelles, pour avoir remarqué que, depuis un certain temps, l'on n'avait pas vu la tantine Agathe, la cousine Peggy Sue, ou encore Anne, ma sœur Anne.

Mahoney se tourna à contrecœur vers les caméras du journal télévisé et raconta brièvement ce qu'il savait : que le corps d'une femme avait été découvert un peu plus tôt, ce matin-là, par un homme en train de promener ses chiens. Non, l'homme n'était pas considéré comme un suspect. Et, non, on n'avait pas de suspect sous la main pour le moment. Merci et au revoir.

Franco Mahoney était flic depuis quatorze ans — dont sept passés au service des homicides, en qualité d'inspecteur. On le considérait comme l'un des meilleurs dans son métier, étant donné la méticulosité avec laquelle il recherchait la moindre information et son acharnement à pousser une enquête jusqu'au bout. Il était connu pour ne jamais abandonner une affaire. Les années pouvaient passer, Mahoney n'oubliait pas un crime impuni. Les faits et les preuves continuaient d'occuper son esprit quand il était dans son lit, la nuit. Parfois se produisait un déclic. A force de persévérance, de travail et d'intuition, il avait obtenu la condamnation d'un meurtier dans bien des « affaires classées » dont le dossier reposait au fond d'un tiroir avec l'inscription « Non élucidé ».

Il avait du nez pour dénicher un assassin : « C'est comme si je pouvais les flairer. C'est que de la viande pourrie, les gars, voilà tout ce qu'on peut dire. » Tels étaient les propos qu'il tenait aux reporters dont il était le chouchou parce qu'il conservait son sens de l'humour en n'importe quelle circonstance, trouvait toujours quelque anecdote intéressante à raconter et possédait de surcroît un bon physique pour la télévision. Le parfait flic macho, quoi !

« La voilà qui remonte ! » hurla le chef de l'équipe de secours.

Mahoney observa la scène pendant que le brancard était hissé avec précaution par un treuil. Il avait vu tant de personnes assassinées qu'il ne pouvait s'en souvenir. Comme tous les flics, il savait que pour rester sain d'esprit, il lui fallait établir mentalement une certaine distance entre la victime et lui. Quand il s'agissait d'un enfant, la chose se révélait à peu près impossible. Et dans le cas d'une jeune femme comme celle-ci, c'était dur.

Elle devait avoir une vingtaine d'années. Son visage était grotesquement meurtri ; un amas d'ecchymoses pourpres, et des plaies rouges ou livides là où la peau avait été arrachée. Le sang séché autour du nez et des oreilles indiquait une fracture du crâne. Ses cheveux cuivrés étaient poisseux de ce sang noir, coagulé. Peut-être avait-elle été jolie, libre, aimant la vie, pensa Mahoney avec amertume. Jusqu'au moment où, la nuit précédente, un salaud de bas étage avait décidé de ne pas la laisser vivre davantage.

Il recula de quelques pas pour céder la place aux infirmiers quand le treuil la hissa au-dessus de la crête. En s'éclaircissant la gorge, il commença de prendre des notes. « Sexe féminin. Race blanche. Age probable 24 ans. Taille approximative 1,70 m. Poids 52 kilos. Cheveux roux... »

« Seigneur, les gars, je sens le pouls ! Elle vit encore ! »

Les infirmiers s'agenouillèrent pour se pencher sur le brancard et introduire frénétiquement une sonde dans le bras de la femme, en lui appliquant un masque à oxygène et en dressant un petit rempart avec des sacs de sable autour de son crâne fracturé. Ils lui passèrent à la hâte un pantalon pressurisé, qu'ils gonflèrent pour faire remonter le sang vers la poitrine et la tête. Puis ils la placèrent dans un sac antichocs en aluminium brillant.

« Attendez une minute. » Mahoney examina avec soin la double rangée de petites blessures en forme de perforations sur la peau de l'avant-bras droit. « Qu'est-ce que c'est, ça ? »

L'infirmier regarda les marques de plus près. « Bon Dieu, Mahoney, c'est des traces de dents ! Une morsure de chien, on dirait. Un gros chien. »

Mahoney les suivit sous les arbres quand ils transportèrent à vive allure la jeune femme vers l'ambulance pour l'y installer. « Pensez qu'elle va s'en tirer ? » demanda-t-il.

L'infirmier haussa les épaules. « Je ne sais même pas si on pourra la faire tenir jusqu'aux Urgences. »

Mahoney soupira et chargea un flic en uniforme d'escorter la victime vers le service des urgences, à l'hôpital général de San Francisco. « Restez à l'extérieur de la salle d'opérations, ordonna-t-il, et prévenez-moi si elle se réveille. » L'affaire n'était plus de son ressort. En tant qu'inspecteur chargé des homicides, il lui fallait un cadavre avant de pouvoir se mettre au travail.

« On n'a pas encore besoin de nous, Mahoney », déclara Pete Peston, le médecin légiste, en remontant dans sa voiture. Son travail à lui aussi commençait après la mort de la victime.

« Pas encore, Pete, répondit Mahoney. Mais, au fond

de moi, quelque chose me dit que c'est un assassinat. » Il soupira et écarta d'un haussement d'épaules les événements de la matinée. « Si tu veux, je t'offre un café. »

## 2

Dans l'appartement de Pacific Heights où elle vivait seule, Phyl Forster s'éveilla comme d'habitude à 7 h 30. Elle n'eut pas besoin de chercher à tâtons le bouton d'un réveille-matin, car aucun instrument de ce genre ne lui était nécessaire pour sortir du sommeil. Cela faisait partie de sa formation médicale. Elle avait appris à effectuer de petits sommes quand elle pouvait disposer de dix minutes et à se réveiller toujours au bon moment.

*Trente-sept ans aujourd'hui*, pensa-t-elle en se dirigeant à grands pas vers la salle de bains. *C'est drôle comme ça vient sans qu'on s'en rende compte. J'ai toujours l'impression d'avoir trente-six ans.* Elle fit une pause et jeta un regard circulaire à son luxueux appartement — les larges fenêtres qui donnaient sur la baie de San Francisco, les étagères chargées de livres, les peintures et sculptures réalisées par de jeunes artistes américains prometteurs. Elle admira les tapis de soie anciens qu'elle avait jetés sur le plancher de couleur claire, la salle de bains dotée des derniers perfectionnements de la haute technologie, et la cuisine — tout acier et halogène — en blanc, gris et noir.

Certains trouvaient que son domicile, délibérément dénué de couleur, manquait d'âme ; mais, pour Phyl, les tapis, les œuvres d'art et les livres suffisaient à lui donner de la vie. Le reste, les attirails de la vie quotidienne, passait au second plan : bons à servir et non à montrer. « Simple et de bon goût », aurait sûrement dit quelqu'un comme sa grand-mère sur un ton approbateur. Tout cela, elle l'avait acheté et payé elle-même.

Elle s'habillait dans le même style discret : un chic monochrome, peu voyant, comme en produisent les couturiers japonais. Avec ses cheveux noirs brillants, noués en chignon, la pâleur de sa peau, son rouge à lèvres ardent et ses yeux bleu profond au regard étonné, elle était bien connue des téléspectateurs et des lecteurs, auxquels elle dédicaçait ses livres lors de maintes séances de signature sur tout le territoire des États-Unis. Non contente d'avoir une belle clientèle dans sa profession de psychiatre, elle écrivait des bouquins qui se vendaient à des millions d'exemplaires. *Le Dr Phyl vous parle du mariage. Le Dr Phyl vous parle de la ménopause... Des rivalités entre frères. Du divorce. De la drogue. De l'alcool. Des violences conjugales...* Quelle que soit la nature du trouble psychique dont vous êtes victime, le Dr Phyl peut vous l'expliquer en termes simples et vous dire comment l'affronter ou comment le surmonter. Les femmes l'adulaient.

Elle prit une douche en pensant à la journée qui l'attendait. D'abord, sa consultation à l'hôpital général de San Francisco, où elle recevait gratuitement des patients. Puis, en début d'après-midi, quelques heures au centre médical de l'université de San Francisco, où elle exerçait les fonctions de conseillère. Enfin, de 16 h 30 à 19 h 30, sa consultation privée avec ses propres malades.

Ensuite, il lui faudrait se faufiler dans les embouteillages pour rentrer chez elle. Une douche et un verre de vin rouge. Quand elle serait drapée dans son peignoir blanc, la chevelure libérée de son chignon serré, le visage vierge de fard ou d'artifice, viendrait l'heure de dîner. Seule. Une fois de plus.

Mais, pour le moment, elle se séchait les cheveux avec une serviette en regardant le journal télévisé du petit matin. Scandales politiques. Circulation. Météo... outre quelques nouvelles locales. Un nouvel homicide. Un inspecteur à l'allure de macho lui révéla que la victime était une jeune femme, découverte au fond d'un ravin par un homme qui promenait ses chiens.

Phyl regarda avec fascination le gros plan que la caméra fit sur les sauveteurs qui descendaient avec peine dans le ravin jusqu'à la femme à demi cachée par un gros buisson. Ils mirent son corps sur le brancard à harnais, qu'un treuil entreprit de hisser. Phyl entrevit une chevelure cuivrée, un bras livide qui dépassait, la sandale en cuir rouge qui se balançait encore au bout d'un orteil.

Elle frissonna et tourna le bouton, horrifiée par son propre voyeurisme. Certes, elle avait vu nombre de cadavres au cours de ses années d'internat et de stage à l'hôpital ; mais ce spectacle la révulsait. La fille semblait si vulnérable devant les caméras indiscrètes de la télévision. La veille au soir, elle était encore vivante, elle sortait avec des amis, elle marchait, elle parlait, elle dînait peut-être, elle dansait. La pauvre. Phyl se disait qu'elle était certainement la « petite fille » d'une maman. Et voilà qu'aujourd'hui on raconterait à sa mère l'affreuse et ultime vérité.

« Bon Dieu ! » s'exclama Phyl avec une certaine sauvagerie. Elle mit en marche son sèche-cheveux et se regarda dans le miroir de la salle de bains. Comme tant de ses patients en témoignaient, la vie pouvait être vraiment moche ; mais elle valait mieux que le sort de cette pauvre fille.

Phyl sécha ses cheveux, les tira en arrière si violemment qu'elle se fit mal au crâne, puis elle les noua sur la nuque. Elle s'habilla rapidement. Elle portait de minuscules sous-vêtements en soie. Elle était mince, mais ses courbes n'avaient pas besoin d'être accentuées par des armatures à baleines ou du Lycra ; en outre, le goût de la soie était son péché mignon, le petit luxe secret dissimulé derrière l'austère façade en noir et blanc qu'elle présentait au monde. Elle partageait parfois ce secret avec quelqu'un, mais ces derniers temps ce n'avait pas été souvent le cas. Elle haussa les épaules en finissant de boutonner la veste de son ensemble pantalon. Au diable ! Le travail d'abord. Et puis, le célibat était à la mode.

Penchée sur son miroir, elle appliqua avec soin son rouge à lèvres Paloma. Sans cette touche éclatante, sa bouche semblait douce et vulnérable. Ce rouge de velours écarlate signifiait quelque chose. Qu'elle n'était pas femme à s'en laisser conter, mais une personne de premier plan dans sa profession. Une femme consciente de ses faits et gestes à chaque minute de la journée. Même si elle pensait parfois, avec un pincement au cœur, que ses nuits étaient un peu trop solitaires.

Elle attacha à ses oreilles des boucles d'onyx et d'or. Aucun autre bijou, juste une montre d'homme assez grande pour lui permettre de lire l'heure sans avoir besoin de lever le bras, afin que ses patients n'aient pas l'impression qu'elle gardait l'œil rivé dessus.

Elle attrapa son sac en daim noir, vérifia que ses clefs s'y trouvaient, et jeta un dernier regard à sa tenue.

Puis, munie de sa grande serviette noire qui contenait les dossiers dont elle aurait besoin dans la journée, elle descendit avec l'ascenseur et pénétra dans sa voiture, une petite Lexus noire aussi peu voyante que sa propre personne. Elle se lança alors dans le monde réel, en direction de l'hôpital général de San Francisco, sur les hauteurs de Potrero Hill.

Il était seulement 8 h 20, et son premier rendez-vous n'était prévu qu'à 9 heures. Aussi décida-t-elle d'aller prendre à la cafétéria la tasse de café qu'elle avait été incapable d'avaler plus tôt, pour avoir vu le cadavre de la jeune femme à la télévision. A mi-chemin, elle changea d'avis. La pâtisserie au coin de la rue servait un café plus corsé et des petits pains danois très tentants.

Mais elle entendit le hurlement d'une ambulance, et elle se retourna pour regarder le véhicule. Des infirmiers en jaillirent, vifs comme l'éclair. Une seconde après, ils avaient placé le brancard sur une table roulante et l'emmenaient en courant. L'un d'eux tenait la sonde du goutte-à-goutte dont l'aiguille était enfoncée dans le bras de la patiente. Ils se précipitèrent vers un groupe de médecins et d'infirmières qui les attendaient. Le corps était enveloppé dans un sac antichocs en aluminium brillant. La tête était attachée au brancard et soutenue des deux côtés par de petits sacs de sable. Phyl aperçut en un éclair le visage tuméfié couleur de cendre, les yeux complètement fermés, la chevelure cuivrée gluante de sang. *La fille du ravin.*

*Elle n'est pas morte, alors !* pensa-t-elle, surprise. Puis elle évoqua son teint et songea avec tristesse : *Pas encore.*

Bizarrement, les petits pains danois ne lui paraissaient plus aussi alléchants qu'une minute auparavant. Elle tourna les talons une fois encore, et regagna l'hôpital, tête basse, en pensant à la jeune femme, aux parents qui seraient appelés à son chevet, à ses chances de survie. Elle semblait grièvement blessée à la tête. Et Dieu seul savait quelles autres lésions internes ou externes l'affectaient.

*Pauvre, pauvre fille !* se dit-elle encore.

Secouant la tête pour s'éclaircir les idées, elle prit un gobelet de café à la machine automatique et parcourut les couloirs luisants en direction de son bureau, pour commencer sa journée.

A midi trente, elle avait vu huit malades et mourait de faim. Elle rassembla ses notes et ses dossiers, les fourra dans sa serviette noire et songea avidement à des tomates, du poulet et du basilic avec de la *focaccia*. A mi-chemin de la porte, elle hésita, jeta un regard indécis sur le téléphone. Elle n'avait toujours pas réussi à chasser de son esprit l'image de la jeune femme tirée du ravin. Tout au long de ses entretiens avec des patients, une vision avait hanté ses pensées, en surimpression : le pied avec sa coquine petite sandale rouge suspendue à un orteil ; le visage tuméfié aussi livide qu'une pierre lunaire ; le crâne ensanglanté. Un frisson la parcourut et, poussant rapidement la porte, elle se rendit à grands pas au service des urgences.

L'infirmière de garde la reconnut et lui sourit. « Vous voulez parler de la Madame X qu'on nous a apportée à 8 h 22 ce matin, répondit-elle d'un ton laconique à la question de Phyl. Quand ils l'ont vue au fond du ravin, ils l'ont crue morte ; mais après l'avoir remontée ils ont découvert que son pouls battait encore. Avec des côtes cassées, et peut-être une hémorragie interne et une ou deux fractures dans le crâne, du côté de la tempe gauche. Ils l'ont expédiée tout droit en salle d'opérations, et elle n'en est pas encore sortie. (Elle feuilleta ses notes.) Je suis sûre qu'ils se donnent un sacré mal de chien pour la tirer d'affaire, ajouta-t-elle d'une voix encourageante. Alors, vous la connaissez ? »

Phyl secoua la tête. « J'ai vu le sauvetage ce matin à la télé. Pour une raison quelconque, ça m'est resté dans la tête.

— Je peux imaginer, dit l'infirmière compatissante. C'est dommage que vous ne la connaissiez pas, parce que nous n'avons rien permettant de l'identifier. Les flics sont en train de fouiller le ravin — dans l'espoir de retrouver son sac ou d'autres indices, je suppose. Mais pour autant que je sache, elle n'est encore que Madame X.

— Peut-être qu'ils vont publier sa photo dans les journaux », suggéra Phyl, en pensant de nouveau à la mère qui ne savait pas encore son enfant si proche de la mort. La caresse d'une mère, le son de sa voix, sa simple présence dans la chambre feraient sûrement du bien à la blessée. Soudain, il lui sembla très important de la retrouver et de la faire venir.

« Il n'y aura pas de photos, déclara l'infirmière. Pas dans l'état où elle est. Même sa mère ne la reconnaîtrait pas. »

Phyl soupira. Elle remercia l'infirmière et s'en fut. C'était bête de s'impliquer ainsi dans cette affaire. Elle ne connaissait même pas la jeune femme. Pourtant, elle espérait la voir s'en tirer. Oubliant ses désirs de sandwich et de *focaccia*, elle roula lentement jusqu'au centre médical de l'université de Californie.

Plus tard, elle reçut sa clientèle privée ; mais, pour une fois, elle était incapable de se concentrer. A 7 heures, elle constata avec soulagement que son dernier patient lui avait fait faux bond et prit le chemin du retour. Cependant, en se retrouvant au volant de sa voiture, elle se rappela qu'elle n'avait rien mangé de la journée.

*Pas étonnant que tu perdes la tête*, se dit-elle avec rancune, car elle se sentait coupable de ne pas avoir accordé son entière attention à ses malades. Elle se lança dans Sansome Avenue, tourna de nouveau dans Embarcadero Street et se gara juste devant Il Fornaio.

Comme toujours, le restaurant était bondé. « Je pourrais vous asseoir au bar, doc », déclara l'hôtesse. Phyl entrait souvent en passant, après le travail, quand elle était trop fatiguée pour se faire à dîner chez elle, et tout le monde la connaissait dans l'établissement. « Il y a un coin tranquille où personne n'ira vous déranger. »

L'hôtesse lui indiqua un siège au bout du bar avant

de lui tendre le menu. Phyl commanda un verre de vin rouge. Un exemplaire du *Chronicle* traînait sur le comptoir. Il y avait une photo du sauvetage dans le ravin de Mitchell, en première page, avec pour titre UN CADAVRE DE FEMME DÉCOUVERT DANS UN RAVIN. Phyl lut ces mots avec surprise, mais se rappela qu'au début on avait cru la fille morte. Si un événement plus important n'occupait pas l'attention de la presse, le journal la ramènerait peut-être dans le monde des vivants le lendemain. À condition que, dans l'intervalle, elle ne soit pas morte.

Phyl jouait avec ses pâtes en pensant à son retour chez elle, dans son appartement vide, le jour de son trente-septième anniversaire. Une impulsion la poussa à commander une coupe de champagne, mais elle le regretta presque instantanément. Un anniversaire fêté dans la solitude n'est pas un véritable anniversaire.

Elle feuilleta le journal, et son regard s'arrêta sur un article touristique alléchant où il était question d'un voyage à Paris. Ce seul mot — « Paris » — semblait plein de promesses : le printemps, les marronniers en fleur, les terrasses des cafés sous les arbres, les promenades sur les berges de la Seine. Un homme séduisant que l'on rejoindrait au lit ; un homme avec qui l'on partagerait des tasses de café chaud et fort, le lendemain matin... De quoi rêver, par une nuit pluvieuse à San Francisco.

Elle eut un nouveau soupir de désenchantement. Puis elle se rappela vaguement qu'un congrès de psychiatrie devait se tenir à Paris un peu plus tard dans l'année. Peut-être trouverait-elle le temps d'y aller. Elle se sentit mieux, demanda l'addition, se poudra le nez et ajouta un soupçon de rouge Paloma sur ses lèvres.

La femme assise à côté d'elle se retourna et lui sourit au moment où elle se levait pour partir. Ses cheveux roux se balançaient sur ses épaules, et Phyl pensa avec une pointe de chagrin à la fille suspendue entre la vie et la mort dans le service des soins intensifs, à l'hôpital général de San Francisco.

Elle appela l'hôpital avec le téléphone de la voiture. L'intervention des neurochirurgiens avait réussi, mais la fille était encore dans le coma, et les médecins ne pourraient se prononcer avant un certain temps sur l'état de son cerveau.

Des larmes coulaient sur les joues de Phyl tandis qu'elle roulait lentement vers son domicile. Des choses lui revenaient, dont elle aurait voulu ne pas se souvenir, des choses qu'en bonne psychiatre elle avait tenté de laisser derrière elle — de la peur, des regrets, du chagrin... Et maintenant, par la faute d'une petite rouquine meurtrie, couchée dans un lit d'hôpital, tout remontait à la surface.

*Idiote*, se dit-elle sévèrement. *Tu es une sacrée idiote, Phyl Forster.*

## 3

*La fille tombait avec fracas dans un tunnel sombre, plus vite, plus vite, vers un grain de lumière. Elle en avait besoin, de cette lumière, il la lui fallait de façon urgente. Pourtant, peu importait la vitesse avec laquelle elle était catapultée vers cet astre ; celui-ci demeurait à la même distance dans le lointain. Mais elle savait qu'elle ne devait pas le laisser filer ; elle devait le rattraper ; c'était là qu'elle se retrouverait chez elle.* Plus vite, *se disait-elle*, plus vite. Vole, fonce vers lui !... *Puis elle tombait, piquait vers le bas, les bras étendus. Le bruit du vent emplissait ses oreilles alors qu'elle s'enfonçait dans un abîme dont elle savait qu'elle ne reviendrait pas.*

« Non ! cria-t-elle. Non, non, non...

— Tout va bien, ma chérie, tu es O.K. Ne te fais pas de souci. »

*Elle tenta d'ouvrir les yeux, mais il lui semblait avoir des poids sur les paupières. Et elle ne pouvait pas bouger, ne pouvait rien sentir. Inutile de voler vers le fond du tunnel pour atteindre le point lumineux. Après tout, elle était morte.* « Je ne veux pas être morte ! hurla-t-elle au comble de l'angoisse. Je ne veux pas être...

— Tu n'es pas morte, ma chérie, dit l'infirmière d'une voix apaisante. Tu es ici, à l'hôpital. Tu as eu un accident, mais tu vas être bien. Ne t'inquiète pas. »

La fille ne se fiait pas à cette voix. Elle savait que l'abîme l'attendait. « Alors, pourquoi est-ce que je ne peux pas ouvrir les yeux ? murmura-t-elle d'une voix enrouée.

— Ça viendra, ma chérie, ça viendra. Il te faut seulement du temps. Reste couchée, maintenant. Repose-toi. Le docteur arrive. »

Sans bouger, elle s'efforça de capter les bruits autour d'elle. Le sourd bourdonnement des machines et les bip-bip des appareils électroniques, le froissement du coton amidonné et le pas des semelles de feutre autour de la pièce. Elle pouvait sentir des choses. L'odeur de désinfectant et de savon, typique d'un hôpital. Et aussi une agréable senteur, un doux parfum de fleur, familier et obsédant. Si délicat, si charmant, si... habituel. Mais elle ne pouvait se rappeler ce que c'était exactement.

Elle agita la tête sur l'oreiller avec un sentiment de frustration, et gémit de douleur quand elle reçut comme un coup de couteau à la base de son crâne — une lame brûlante s'y enfonça pour exploser quelque part dans son cerveau.

« Ne bouge pas, ma chérie. » L'infirmière la maintint sur l'oreiller. « Voici le docteur », ajouta-t-elle avec une note de soulagement.

Il y eut des pas pressés dans le couloir, et une main fraîche sur les siennes, des doigts qui lui prirent doucement le pouls. « Eh bien, ma jeune dame, nous sommes très contents de vous revoir parmi nous. » La voix du médecin était tendue, joyeuse à l'excès, encourageante.

« Pourquoi ? demanda-t-elle avec sa nouvelle voix étrangement enrouée. Vous pensiez que j'allais mourir ? »

Il rit sans effort. Le bruit de son rire était agréable. Elle sentit ses propres lèvres s'allonger en un sourire. « Nous faisons de notre mieux pour empêcher les jolies patientes de mourir chez nous, plaisanta-t-il.

— Sexiste, murmura-t-elle, et elle l'entendit rire de

nouveau. La vérité, implora-t-elle. S'il vous plaît, dites-moi la vérité. »

Elle perçut une hésitation chez lui. Puis il dit : « Vous avez eu un accident. Vous avez été blessée. Côtes cassées. Rate endommagée. Il a fallu arranger tout ça...

— Ma tête, insista-t-elle. Qu'est-ce que j'ai eu à la tête ?

— Fractures avec enfoncements à la boîte crânienne. En deux endroits. On a ouvert pour vous réparer. Vous êtes comme neuve.

— Alors, pourquoi est-ce que je ne peux pas ouvrir les yeux ? » demanda-t-elle plaintivement.

Il lui releva la paupière gauche et dirigea vers la pupille un faisceau lumineux qui lui parut pénétrer au fond de son cerveau. Cela réveilla en elle des souvenirs de clarté et de soleil. Peut-être était-elle sortie du tunnel obscur, après tout ? « Vous existez pour de vrai ? » murmura-t-elle. Elle ne pouvait y croire.

Le médecin prit les mains de la jeune femme dans les siennes, fortes, réconfortantes, humaines. « Vous êtes à l'hôpital général de San Francisco. Vous avez passé près de trois semaines dans le coma. Vous êtes vivante. Maintenant tout ce qui vous reste à faire, c'est guérir. Ne vous préoccupez pas d'ouvrir les yeux. Ils s'ouvriront assez rapidement, et vous pourrez examiner chacun de nous. En attendant, reposez-vous. Peut-être pourrons-nous reparler ensemble plus tard. Vous nous direz alors qui vous êtes.

— Qui je suis ?

— Plus tard. Ne vous faites pas de souci à ce sujet pour le moment. »

Elle entendit ses pas s'éloigner dans la chambre, une conversation chuchotée avec l'infirmière, la porte qui se fermait. Le silence s'approfondit, lui révélant qu'elle était seule.

Un accident, avait-il dit. Trois semaines dans le coma. A San Francisco. Habitait-elle donc San Francisco ? Elle y réfléchit pendant une minute. De vagues images traversèrent son esprit : la colline du Télégraphe, l'édifice de la Transamerica, le pont du Golden Gate. Elle pensa triomphalement : *Tu connais tout ça.* Mais elle ne connaissait pas cet hôpital. Elle ne savait pas où il se trouvait ni ce qui l'y avait conduite.

Un accident. Elle soupesa le mot, imagina une collision de voitures, le froissement violent du métal contre du métal, le crescendo des vitres qui se brisent, l'odeur de brûlé des freins et des pneus ; mais c'était comme un film sans personnages. Cela ne lui évoquait rien. Elle frissonna. *Mieux valait peut-être ne pas s'en souvenir.*

Le docteur avait parlé de blessures au crâne, d'une opération... La douleur zigzagua vers le haut quand elle se mit à tourner la tête plusieurs fois, et elle gémit. Puis elle comprit. Elle ne pouvait ouvrir les yeux parce que son visage avait été écrasé. On lui administrait des calmants pour qu'elle ne puisse pas voir combien elle était défigurée.

Elle tenta de soulever une main. Elle voulait sentir avec le bout des doigts la trace du dommage. Mais son bras était immobilisé par des aiguilles, du sparadrap, des sondes et des appareils.

Des larmes de désespoir filtrèrent à travers ses paupières closes et laissèrent un sillage chaud, salé, sur ses joues, jusque dans ses oreilles. Comme une enfant, pensa-t-elle, qui pleure dans le noir en réclamant sa maman — sauf qu'elle n'avait pas de maman.

« Maman ? » lança-t-elle à haute voix, pour voir. Mais elle savait que sa mère n'était pas là. Elle s'efforça de se rappeler le visage de celle-ci, mais rien ne vint *C'est étrange*, pensa-t-elle avec étonnement. *Je revois l'édifice de la Transam et le pont du Golden Gate, mais pas le visage de ma mère. Je ne me souviens même pas de son nom.*

Mon *nom*. Elle fouilla l'obscurité à l'intérieur de sa tête, en quête d'une réponse. Il n'y en avait pas. *Rien* du tout. Et le tunnel menaça de l'emporter de nouveau loin de la lumière, loin du souvenir. Loin de la vie.

« Vous vous sentirez bien demain, ma chérie. » Il y avait un sourire dans la voix de l'infirmière. « Peut-être que demain nous pourrons vous libérer de quelques tuyaux et de certains appareils. Et, si vous êtes sage, vous aurez le droit de manger un peu de crème glacée pour le dîner.

— Je n'aime pas les glaces, répondit-elle machinalement.

— Eh bien, un peu de yoghourt glacé, alors. Vous aimez ça, n'est-ce pas ? »

Aimait-elle ça ? Elle n'en savait rien. Et pourtant, elle s'était rappelé qu'elle n'aimait pas les crèmes glacées.

La panique la contraignit à ouvrir les yeux. Ses paupières se soulevèrent lentement, tel un rideau de théâtre sur un décor vaporeux. Cela l'étonna. Peu à peu, les contours de la pièce se précisèrent. Quelqu'un se penchait sur elle. La lumière, derrière sa tête, formait une sorte de halo.

C'était le visage de la Madone ? La peau blanche, les cheveux noirs, les lèvres rouges ouvertes en un sourire de bienvenue. Elle sentit une main fraîche sur ses paupières, au moment où la Madone disait : « Salut ! Contente de vous voir enfin réveillée. Je suis Phyl Forster. »

La fille agrippa sa main comme si c'était une planche de salut. « Phyl, murmura-t-elle, vous devez me connaître. *Dites-moi qui je suis.* »

## 4

Mahoney se pencha en arrière dans son fauteuil pivotant. Il se trouvait dans les bureaux de sa brigade, au quatrième étage du commissariat central, et concentrait son attention sur ce qu'il venait de lire à propos de la dame X récupérée dans le ravin de Mitchell. Ce n'était pas grand-chose, de toute évidence. Multiples blessures, en particulier des fractures à la tête avec enfoncement de la boîte crânienne. Un instrument contondant avait pu les provoquer. Ou peut-être était-ce arrivé pendant qu'elle dévalait les rochers.

Et puis, il y avait les morsures de chien. Manifestement, la jeune fille avait levé le bras droit pour se protéger. Le chien était énorme, pas de doute là-dessus. « C'était un chien du type rottweiler ou doberman, lui avaient dit les experts. Pas un dogue de combat, pourtant. Un dogue de combat n'aurait jamais lâché prise. »

Un rottweiler errant l'aurait-il attaquée ? Pourchassée jusqu'au bord du ravin ? Et si elle avait fait un faux pas et basculé par mégarde dans l'abîme ? Mahoney secoua la tête. Il n'en croyait rien. Où il y avait un tel chien, il y avait un homme. Avait-il lâché le chien sur elle ? Avait-il tenté de la violer avant de chercher à la tuer ? Il haussa les épaules d'un air soucieux. Le monde était plein de dingues. Tout était possible.

Il relut les détails une fois de plus. Toujours pas d'identification. Un flic en uniforme montait la garde à l'hôpital, vingt-quatre heures sur vingt-quatre ;

comme il n'avait pas reçu de nouvelles de lui aujourd'hui, Mahoney croyait que la fille demeurait dans le coma et qu'on ignorait encore si elle s'en tirerait.

Il envisagea l'hypothèse d'un suicide, mais l'écarta. Si vous voulez vous jeter d'une hauteur à San Francisco, vous ne choisissez pas le ravin de Mitchell.

Non, c'était bien une tentative d'homicide ; et si la végétation n'avait pas arrêté la fille au passage — sans parler des miracles de la neurochirurgie moderne —, il y aurait eu « homicide », pas seulement « tentative ». Mais rien n'était plus difficile à prouver qu'une « tentative d'assassinat ». Mahoney ne savait que trop comment le chef d'accusation allait être ramené à « coups et blessures ». D'une façon comme d'une autre, la pauvre fille partait perdante. Ou elle perdait la vie, ou elle perdait la satisfaction de voir mettre son agresseur hors d'état de nuire pendant de longues années.

Il repoussa son fauteuil, se dirigea vers la machine à café et s'en servit un, noir sans sucre. Il le goûta et ne le trouva pas assez corsé. Puis il pensa qu'étant donné le nombre de cafés qu'il ingurgitait chaque jour il aurait été une épave droguée à la caféine si la machine les avait faits plus forts.

A trente-neuf ans, Mahoney était un homme imposant, fanatique de la culture physique, qui passait tout son temps libre à faire de la gym à l'YMCA ou du jogging dans les collines. Il avait participé deux fois au marathon de San Francisco et formé le projet de s'inscrire à celui de New York, peut-être l'année d'après s'il avait le temps de s'entraîner suffisamment — et s'il renonçait à se droguer à la caféine. Pourtant, cette dépendance de sa part était moins grave que celle de ses parents italiens — du côté de sa mère —, capables de boire plus de grappa que n'importe quelle autre personne de sa connaissance sans jamais rouler sous la table. La moitié irlandaise de la famille, du côté de son père, pouvait quant à elle se mesurer avec les meilleurs buveurs en matière de Paddy, et chanter encore *Galway Bay* à la fin d'une longue nuit sans s'embrouiller dans les couplets.

Il appuya son corps vigoureux contre le mur et sirota son café en observant l'agitation traditionnelle du vendredi soir. Une douzaine de téléphones sonnaient ensemble, un ivrogne déjà saoul hurlait des obscénités dans la cellule réservée aux gens de son espèce. Un homme au regard vide subissait un interrogatoire. Deux parents apparemment désespérés demandaient qu'on les aide à retrouver leur fils adolescent. Il y avait un homme suspecté d'être un incendiaire. Un gamin accusé d'avoir poignardé quelqu'un. Mahoney pensa qu'il fallait avoir la patience d'un saint pour être flic. Et c'était une chose que l'on ne vous disait pas à l'École de la police. Ni ça ni qu'il ne fallait jamais s'impliquer dans rien. Il ne pouvait dire combien de fois il avait trouvé cette observation justifiée. Parce que, mon gars, dans le monde réel rien n'est comme ça a l'air d'être, pensait-il, en retournant vers son bureau pour décrocher le téléphone qui sonnait.

« Ouais ? » Il se rejeta en arrière, les pieds sur la table, le téléphone niché entre l'épaule et l'oreille, et but son café.

« Le docteur quoi ?... Elle est déjà ici ?... O.K., dites-lui que je la reçois tout de suite. »

Il relut ses notes. Un certain Dr Forster avait été désigné par le neurochirurgien pour aider à la rééducation de Madame X, mais il n'avait pas envisagé que ce pût être une femme. Il soupira en comprenant soudain de qui il s'agissait. Ce n'était pas seulement une femme, c'était quelqu'un de célèbre. Parfait ! Il ne lui manquait plus que ça, en cette soirée de vendredi, après une journée chargée et une tentative d'homicide sur les bras, pratiquement sans indice. Il se dit qu'il était l'une des rares personnes à ne l'avoir jamais regardée à la télé et à n'avoir lu aucun de ses livres. Et il ne voyait pas comment elle pourrait lui être d'un grand secours, à présent. Il devinait que, si la fille sortait du coma, le Dr Phyl Forster voudrait lui épargner tout interrogatoire. Pourtant, il fallait bien qu'il fasse son travail. Il voulait poser des questions à la victime le plus rapidement possible, avant que celle-ci n'oublie ce dont elle se souvenait.

Il décida de laisser le Dr Forster attendre un peu. Pour faire passer à cette dame psychiatre un petit test de caractère. Pour voir si elle pourrait garder son calme ou voudrait jouer le rôle de la Haute et Puissante Dame Docteur Célèbre devant ce pauvre idiot de flic.

Phyl était arrivée au commissariat directement de l'hôpital, avec sa voiture. Le neurochirurgien lui avait dit que Mahoney comptait interroger la fille dès que celle-ci serait sortie du coma, et elle voulait lui expliquer elle-même pourquoi il ne devait pas faire ça. Du moins pas encore. Elle arpenta les couloirs en regardant avec agacement, à travers les portes vitrées, le chaos organisé qui régnait dans les bureaux. Cela ressemblait un peu à l'hôpital : une tranche de vie qui la faisait sortir soudain de la sécurité où elle se complaisait, dans son environnement soigneusement ordonné et maîtrisé.

Elle regarda sa montre avec impatience. Bon Dieu, où était-il cet homme ? Elle avait attendu dix minutes et elle était épuisée. Peut-être était-ce par réaction, après avoir vu la fille revenir à la vie comme un nageur qui émerge des profondeurs ? Seigneur, quel soulagement ! Mais quel sentiment de crainte quand elle avait compris que la malade ne se rappelait même pas son propre nom. Néanmoins, elle remerciait le Seigneur d'avoir ramené la victime à la vie avec son système moteur intact et toute sa raison, malgré une détresse bien compréhensible.

« Madame Forster ? »

Elle se retourna tout d'une pièce et découvrit les yeux bleus irlandais de Mahoney. Des yeux *qui ne souriaient pas*, remarqua-t-elle. Elle lui tendit la main. « J'espère que je ne vous dérange pas, mais je voulais vous parler de votre Madame X. Celle du ravin. »

Le regard de l'homme se durcit. « Elle est réveillée ? J'avais demandé à être prévenu dès qu'elle aurait repris connaissance.

— C'est exactement ce que je suis venu vous dire, monsieur Mahoney.

— Inspecteur, corrigea-t-il.

— *Inspecteur* Mahoney », dit-elle en soupirant avant de le suivre dans son bureau. Elle devinait qu'elle aurait des ennuis avec lui. Il était séduisant, pourtant, si l'on aimait les grands costauds avec une barbe de 12 heures et une taille de 1,95 mètre, à peu de chose près. Large d'épaules, étroit de hanches, assez macho, avec un revolver dans son étui. Les cheveux noirs, bien fournis, peignés en arrière malgré une ondulation, le nez vigoureux, la mâchoire solide et une large bouche très mobile. Il y avait des rides au coin de ses yeux, comme s'il avait l'habitude de sourire beaucoup, encore que cela ne parût pas évident à cet instant précis. En fait, ils allaient s'affronter tous les deux ou elle n'y connaissait rien.

« Elle a repris connaissance depuis à peine plus d'une heure. J'ai parlé au neurochirurgien : il pense comme moi qu'il est trop tôt pour lui poser des questions. Elle est encore très malade. Et encore dans une grande détresse. »

Mahoney poussa un soupir exaspérant. « Mademoiselle Forster...

— *Docteur* Forster. »

Ses yeux bleus eurent une lueur moqueuse. « *Docteur* Forster. Vous comprenez qu'il s'agit d'une tentative d'homicide. Mon travail consiste à découvrir l'auteur du crime. L'assassin.

— La fille n'est pas morte.

— L'assassin potentiel, corrigea-t-il avec impatience.

— Et mon travail consiste à l'aider pour qu'elle retrouve la santé. La santé *mentale*, inspecteur Mahoney. Indépendamment de ses nombreuses blessures physiques, elle a subi un grave traumatisme mental. Si, comme vous le suggérez, ce n'est pas un accident, si quelqu'un a vraiment essayé de la tuer, vous pouvez imaginer ce qu'elle endure. Pour essayer de se souvenir.

— *Essayer* de se souvenir... ?

— Pour le moment, inspecteur, votre dame X ne se rappelle même pas son propre nom.

— Seigneur ! »

Il se renversa dans son fauteuil, sans plus s'intéresser à elle. Elle lui jeta un regard de pierre.

Puis elle se pencha sur son bureau en lui adressant un sourire séduisant et suppliant à la fois. « Je suis désolée, inspecteur Mahoney, mais c'est pour le bien de la dame. Imaginez que ce soit *votre* femme ou *votre* fille. Vous ne voudriez pas qu'on la contraigne à affronter les horreurs qu'elle a dû vivre avant qu'elle ait la force de supporter le choc. » Elle haussa tristement les épaules. « Cette jeune femme est en train de subir une régression amnésique, une perte de mémoire concernant les événements qui se sont déroulés avant le traumatisme. C'est manifestement dû aux blessures crâniennes ; mais aussi, j'en suis sûre, au choc mental causé par l'agression. Souvent, dans ces cas-là, il y a des retours involontaires de la mémoire. Peut-être se souviendra-t-elle de tout dès demain. Peut-être aura-t-elle envie d'en parler — besoin de découvrir la vérité, en fin de compte. Si ce n'est pas le cas, je m'efforcerai de l'aider. Pendant ce temps, soyez de notre côté. S'il vous plaît. »

Il soupira. « O.K. Si c'est vous qui le dites. »

*Les temps peuvent changer*, pensa-t-elle avec exaspération, *mais pas les hommes. Au moins pas tous.*

« Je suppose que vous avez raison, admit-il de mauvaise grâce. Mais voyez-vous, docteur Forster, je suis aussi préoccupé que vous. Quelqu'un a essayé de la tuer. Si elle meurt, mon travail consiste à traîner le coupable devant la justice, et pour y arriver, j'aurai besoin de votre aide.

— Que savez-vous d'elle, au juste ?

— Pas grand-chose. Quand on l'a retrouvée, elle portait des Levi's et un T-shirt Gap de couleur blanche. Il y avait un chandail de cachemire bleu à proximité. Et des sandales. »

Phyl se souvint de la sandale rouge accrochée à un orteil de la fille. Elle frissonna. « Pas de bijoux ? Une montre, une alliance ?

— Seulement des perles aux oreilles.

— De vraies perles. »

Il hocha la tête. « Petites mais vraies, à ce qu'on m'a dit. Mais elle peut les avoir achetées n'importe où. Même chose pour les jeans et le T-shirt. Le sweater en cachemire n'avait pas d'étiquette, mais les sandales étaient françaises. Coûteuses, comme les boucles d'oreilles et le chandail. Mais en vente dans n'importe quel bon magasin, d'un bout à l'autre des États-Unis. Ou en France, je suppose. Pas de sac à main : nous avons passé en vain le ravin au peigne fin. On n'a signalé la disparition de personne qui lui ressemble. Ses empreintes digitales ne figurent pas au fichier. Personne n'est venu dire qu'il la connaissait.

— Alors, Mahoney, pourquoi pensez-vous qu'on a voulu la tuer ? »

Il lui jeta un regard exaspéré avant de répondre avec une lenteur délibérée, comme s'il donnait des explications à un enfant. « Le ravin est si éloigné qu'il faut une voiture pour s'y rendre. On n'a découvert aucune voiture à proximité. Elle n'habite pas dans le coin, donc elle ne se contentait pas de promener ses chiens. Il faut qu'on l'ait amenée là et jetée dans le ravin ou, plus exactement, poussée par-dessus le bord.

— Elle n'a pas été violée. » Phyl le savait par les examens médicaux.

Il haussa les épaules. « Peut-être qu'elle ne s'est pas laissé faire et que le type est devenu dingue. Ça arrive. Plus souvent qu'on ne le pense, ajouta-t-il d'un ton lugubre.

— Donc, il n'y a aucun indice ?

— Rien. Rien d'autre qu'une morsure de chien... et ce qu'elle pourra nous raconter.

— Ça nous ramène à l'objet de ma visite. » Elle lui adressa un nouveau sourire avec un petit haussement d'épaules très féminin.

« En effet, dit-il en se levant brusquement pour prendre congé d'elle. Je vous donne quarante-huit heures. Après, on réexaminera la situation. »

Il la raccompagna. « Merci, déclara-t-elle sur un ton sarcastique quand il lui ouvrit la porte. Merci pour votre esprit de coopération. »

Il la regarda descendre le couloir, remarqua ses longues jambes fines et le balancement des hanches sous le chandail noir. « Hé, Forster », appela-t-il dans son dos. Elle hésita avant de se retourner.

« C'est *docteur*, rectifia-t-elle d'un ton glacial.

— Ouais, *doc*. Il y a un gentil petit restaurant italien

au coin de la rue, près de l'hôpital. Peut-être qu'après avoir interrogé la fille on pourrait déjeuner ensemble ? Manger un morceau ? Comparer nos notes ? »

Elle rit devant son toupet. « Merci pour votre invitation, inspecteur Mahoney, répondit-elle avec douceur. J'y penserai, et après je... "réexaminerai" la situation. »

Le lendemain, à 9 heures, Phyl était de retour à l'hôpital, des fleurs à la main. Elle s'était interrogée pendant toute la nuit sur ce qui avait pu arriver à la fille et sur son identité ; elle s'inquiétait et se demandait pourquoi personne ne s'était manifesté à son sujet. Aucune mère n'avait réclamé sa fille perdue ; aucun amant ; aucun mari. Pas de camarade de travail, pas de copine. A l'instar de la femme invisible, la fille était présente, mais tout se passait comme si nul ne remarquait vraiment son existence.

Elle était pourtant bien là, ce samedi matin. Assise sur son lit et en train de s'alimenter. Ce fut un choc, de la voir avec son crâne rasé sillonné de cicatrices livides, son visage encore meurtri et tuméfié, mais indiscutablement joli.

« Bon, bon, dit Phyl en souriant avec un réel plaisir. Vous voilà bien vivante aujourd'hui. » Elle se pencha pour l'embrasser sur la joue et déposer le bouquet sur ses genoux. « Pour vous. »

Les yeux de la fille s'écarquillèrent de plaisir. Elle prit les fleurs et fourra le nez dedans. « Du mimosa, murmura-t-elle. Il a un parfum céleste. Je l'ai senti la première fois que je me suis réveillée. Vous aviez dû en apporter. »

Phyl nota qu'elle avait reconnu les fleurs, mais ne fit aucun commentaire. Elle prit un siège près du lit et accepta une tasse de café offerte par l'infirmière.

« Comment va votre malade ? lui demanda-t-elle en la remerciant d'un sourire.

— Mieux que nous ne l'espérions hier soir, docteur. Vous pouvez constater vous-même qu'elle est sur la bonne voie.

— Hier soir, j'étais dans un tunnel. » La fille regarda Phyl avec désespoir. « J'ai cru que j'étais morte. Tout était si sombre, si terrifiant. Je ne pouvais pas m'échapper. Et puis, j'arrêtais pas de tomber, rien que tomber et tomber dans un abîme, et je savais que je n'en reviendrais jamais...

— Eh bien, vous en êtes revenue, et vous voyez que c'était seulement un mauvais rêve.

— Phyl ? (La fille la regarda dans les yeux.) Qu'est-ce qui m'est arrivé ? »

Phyl hésita. Elle savait qu'elle devait dire la vérité. « Ce n'était pas seulement un mauvais rêve : vous êtes tombée. Dans un ravin plein de rochers. Heureusement, votre chute a été arrêtée par la végétation. Il y avait des tas de buissons. Ça vous a sauvée. »

La fille regarda autour d'elle avec étonnement. « C'est peut-être de ça que je me souvenais... La chute... J'ai pensé à des choses, j'ai essayé de me rappeler. Et je peux. C'est-à-dire, je peux me rappeler certaines choses de San Francisco — les édifices et le pont. Mais je ne sais pas où j'habite. Je me rappelle le goût du yoghourt glacé et je sais que je n'aime pas les glaces. Je me rappelle que j'aime le rouge, mais je ne sais pas si j'ai une robe rouge. Je me rappelle le parfum du mimosa, mais pas l'endroit où je l'ai déjà senti. Je me souviens de vous parce que je vous ai vue hier soir, et des infirmières et des docteurs, mais je ne me rappelle personne que j'aie connu dans le passé. » Elle leva vers Phyl ses grands yeux bruns effrayés et demanda : « Qu'est-ce que je vais faire ? »

Phyl lui tapota la main d'un air encourageant.

« Vous allez m'écouter, maintenant. Vous venez de sortir du coma, trois semaines seulement après un grand traumatisme et des interventions chirurgicales. Vous n'avez pas besoin de vous rappeler quoi que ce soit pour le moment. Alors, cessez de vous inquiéter à ce sujet. Vous vous souviendrez de tout bien assez tôt. Jusque-là, ne vous occupez que de petites choses sans importance. Pensez aux livres que vous pouvez avoir lus, à la musique que vous aimez, à vos peintures préférées, aux vêtements que vous avez envie de porter.

— J'aime ce que vous portez. »

Phyl se mit à rire. C'était samedi, et elle avait sa tenue des jours de repos : jeans noirs, mocassins de daim noir, corsage blanc et veste en cuir noire.

« En particulier la ceinture. Ça vient de Tucson ? »

Phyl portait un gros ceinturon de cuir noir, confectionné par les Indiens, avec sa boucle d'argent et de turquoise. « Presque : Santa Fe. Et vous avez reconnu le style, constata-t-elle avec plaisir en dévisageant la malade.

— Je pense que oui, répondit la fille, qui eut l'air surprise et se mit à rire.

— Vous voyez que la mémoire vous revient déjà, déclara Phyl pour la réconforter.

— On dirait que c'est juste là, en moi. Les choses jaillissent. Comme pour le mimosa ou le ceinturon.

— C'est ainsi que ça vient et va. Et, à propos de s'en aller, il faut que je parte. Je ne peux pas vous fatiguer et redéfaire tout le bien que nous avons fait.

— Phyl ? »

Phyl la regarda d'un air interrogatif.

« Pourquoi êtes-vous venue me voir ? Si vous ne me connaissez pas ? »

Phyl ne voulait pas lui dire que c'était parce qu'elle l'avait vue à la télévision. Et il y avait aussi une autre raison, mais une raison dont elle ne voulait parler à personne. Elle expliqua : « J'étais ici quand on vous a amenée. Je me suis inquiétée pour vous. Je suis psychiatre et je travaille à l'hôpital, trois jours par semaine. »

La fille grimaça un sourire. « Une psychiatre. Alors, je pense que je suis dans de bonnes mains. Vous avez une nouvelle dingue à guérir, docteur. » Ses yeux s'agrandirent d'étonnement. « Le Dr Phyl Forster, ajouta-t-elle, c'est vous ? Vous êtes célèbre.

— Bravo, vous vous en êtes souvenue !

— Oui, de ça aussi, répondit-elle toute fière d'elle-même. Et il y a autre chose que je n'oublierai sûrement jamais : votre merveilleux visage qui me souriait quand je suis sortie de ce tunnel de désolation. »

La gratitude brillait dans ses yeux brun cuivré, et Phyl dut ravaler son émotion. « Je suis contente de m'être trouvée là, dit-elle d'une voix douce. A bientôt, jeune fille. »

Mais, comme elle arrivait à mi-chemin de la porte, la fille la rappela.

« Phyl ? Une dernière chose : vous avez un miroir ? Je veux voir de quoi j'ai l'air. Je ne peux pas me lever, et personne ne semble posséder la moindre glace dans cet hôpital. »

Phyl savait que c'était dangereux. D'abord, parce que la fille était sortie du coma depuis quelques heures à peine ; ensuite, parce qu'elle était affreuse à voir, avec ses ecchymoses et ses meurtrissures, son visage tuméfié et son crâne rasé ; enfin, parce qu'elle pourrait se reconnaître soudain et se rappeler ce qui était arrivé. C'était trop tôt. Le choc serait trop grand.

« Demain peut-être j'apporterai un miroir », déclara-t-elle en lui adressant un geste d'adieu.

## 5

« Vous êtes jeune, forte comme un cheval. Il faudrait davantage qu'une fracture du crâne pour vous tuer, annonça le Dr Niedman à la fille, un peu plus tard dans la matinée.

— Mais on achève bien les chevaux, n'est-ce pas ? gémit-elle de façon irrationnelle. Et quelqu'un m'a poussée dans le ravin. »

Niedman soupira. L'inspecteur Mahoney l'avait appelé un peu plus tôt ce matin-là, en insistant pour interroger la fille. Voilà pourquoi elle était si agitée.

« Ne croyez pas tout ce que racontent les flics, répondit-il avec un sourire joyeux. Peut-être que vous étiez en promenade et que vous êtes tombée. Après tout, qui voudrait du mal à une fille aussi charmante que vous ?

— Je ne sais pas, dit-elle avec simplicité. Mais je ne sais pas non plus qui je suis. Si je le savais, je saurais peut-être aussi pourquoi on a voulu me tuer. »

Phyl Forster entra après avoir frappé à la porte. Ses yeux bleus jetaient des éclairs en fixant ceux du Dr Niedman. « J'ai entendu dire que Mahoney était ici, s'écria-t-elle avec colère. Est-ce que vous lui avez permis d'interroger la malade ?

— Il m'a expliqué que vous lui aviez demandé quarante-huit heures, mais que chaque heure écoulée rendait son travail plus difficile. Maintenant que la patiente était réveillée, qu'elle pouvait s'asseoir et avait toute sa connaissance, il a laissé entendre qu'on pouvait nous accuser d'entrave à la justice. J'ai donc dû tolérer sa présence — sans l'approuver pour autant. »

Phyl grogna de rage. Elle lança un sac de chez Saks à la fille et lui posa un baiser sur la joue. « Pour vous, dit-elle. Pour vous pomponner avant le lever du rideau. (Elle se retourna vers Niedman.) Demain, c'est le jour où elle verra votre ouvrage. »

Niedman rit en se levant pour partir. « Désolé pour la coupe de cheveux, déclara-t-il à sa patiente, mais je suis le meilleur agrafeur de ma corporation. Dans quelques mois, vous ne vous rappellerez même plus que vous avez eu besoin de réparations.

— Oh ! j'espère bien que je me le rappellerai, répondit-elle d'un air inquiet, et tous trois se mirent à rire.

— D'abord, il faut vous ôter cette chemise de nuit fournie par l'hôpital et vous mettre quelque chose de plus seyant, conseilla Phyl. L'infirmière va vous aider à vous changer, et je serai de retour dans une minute. »

La fille la regarda partir avec admiration. Puis elle ouvrit le paquet et ôta les couches de papier de soie blanc. Elle sourit de plaisir en voyant la chemise de nuit en soie rose pâle et en dentelle. « Comme c'est joli ! s'exclama-t-elle en passant la main sur le tissu doux et frais. Comme c'est joli ! »

Dans le hall, Phyl avait mis des pièces dans la fente du téléphone pour appeler le commissariat. Elle tapait du pied avec impatience en attendant que Franco Mahoney décroche. « Vous avez mangé la consigne, Mahoney, dit-elle quand il finit par répondre. Vous étiez en avance de sept heures — sans compter la période de "réexamen" dont nous avions parlé.

— J'ai discuté avec le chirurgien qui s'en occupe, répliqua-t-il d'un ton glacial. Il m'a donné le feu vert. Naturellement. Sans ça, je ne l'aurais pas fait. »

Phyl grinça des dents. C'était une brute arrogante

qui se plaisait à embêter le monde. Il pouvait avoir fait beaucoup de mal à sa patiente. « Bon Dieu, sur quoi l'avez-vous interrogée ? Et pourquoi ne pas m'avoir demandé d'assister à l'entretien, au moins ?

— Hé, je ne suis pas un ogre ! J'ai été gentil et je n'ai pas insisté... Je lui ai demandé ce qu'elle savait, et elle a dit : "Rien." Je lui ai demandé son nom, et elle m'a dit qu'elle ne le savait pas. Je ne pouvais pas deviner si elle était sincère ou si elle cherchait juste à gagner du temps. C'est vous l'expert. C'est à vous de me le dire.

— Bien sûr qu'elle ne cherchait pas à gagner du temps, bougre d'idiot ! Cette fille a été traumatisée. Elle ne peut se souvenir de rien parce que, inconsciemment, elle ne le veut pas. Elle a tout repoussé dans un coin, au fond de son esprit, et elle a mis sur la porte la pancarte "Ne pas déranger". Et je suis bien sûre qu'elle ne se souviendra de rien volontairement — sauf si quelque chose vient lui stimuler la mémoire.

— Et après ?

— Après ? (Phyl réfléchit.) Eh bien, il vaudra mieux que quelqu'un soit là pour ramasser les morceaux. C'est tout. » Tout en parlant elle savait que ce quelqu'un, ce serait elle-même.

Elle raccrocha et revint à pas lents vers la chambre de la malade. Celle-ci était assise sur son lit, souriante. Elle portait la chemise de nuit rose. Elle scruta le visage de Phyl, guettant sa réaction.

« Vous avez meilleur aspect, affirma Phyl d'un air approbateur. J'ai pensé que ce serait la seule fois de votre vie où vous pourriez porter du rose. (Elle eut un large sourire.) Quand vos cheveux auront repoussé, vous ne mettrez plus que du bleu, de nouveau.

— C'est magnifique ! Merci. Mais il ne fallait pas... Je veux dire : je ne vous suis rien...

— Bien sûr que si. Vous êtes quelque chose pour

nous tous, ici. On vous a apportée en morceaux et on a tout recollé. A propos, êtes-vous prête à lever le voile ? »

Le regard plein d'appréhension de la fille rencontra le sien. « C'est vraiment affreux ? murmura-t-elle, soudain effrayée.

— Ce n'est pas merveilleux, admit Phyl. La vérité, c'est que votre visage est tuméfié, mais pas sérieusement endommagé. Vous avez le même nez qu'au jour de votre naissance, vos yeux sont à la même place, vous n'avez perdu aucune dent. En d'autres termes, il n'y a rien que le temps et une nouvelle chevelure ne puissent arranger. Préparez-vous à voir des cicatrices sur votre cuir chevelu. Et votre crâne est tout... *tout nu.* »

Phyl tendit le miroir. La fille se regarda longuement. Des larmes surgirent de ses yeux.

« Ne vous affolez pas, ajouta Phyl gentiment.

— Mais je ne la connais pas, murmura-t-elle d'une voix angoissée. Je ne connais pas cette fille. »

Phyl prit un Kleenex et sécha les larmes. « Vous la connaîtrez bientôt. Je vous aiderai à vous retrouver. Je vous le promets. Et, de toute façon, vous ne vous ressemblez pas tellement, en ce moment. » Elle avait l'impression de parler à un enfant. Et soudain, elle eut envie de pleurer, elle aussi.

« Pourquoi êtes-vous si bonne avec moi ? demanda la fille en appuyant sa tête sur la main fraîche de Phyl. Je ne suis personne. Rien. Une non-personne, quelqu'un qui n'a pas de sens. Vous n'avez pas besoin d'être gentille avec moi. Vous travaillez beaucoup, vous avez réussi, vous êtes célèbre. Pourquoi vous donner du mal pour moi ?

— Parce que j'ai un cœur d'or ! répondit Phyl d'un ton léger.

— Non, ce n'est pas ça. C'est plus que ça, n'est-ce pas ? »

Phyl hocha la tête.

« Vous me le direz ? »

C'était la fille qui tenait sa main à *elle*, maintenant. Elle avait renversé les rôles. Phyl sentit une tension dans sa poitrine. Les muscles de sa nuque étaient raides.

Sa voix tremblait quand elle répondit : « Un jour, peut-être. Quand vous irez mieux. » Elle se reprit et déclara avec brusquerie : « J'oublie les règles du jeu. C'est vous la malade. Moi, je suis la psychanalyste, et je suis ici pour vous aider. Pas le contraire. »

Elles se regardèrent. Phyl renifla ses larmes et sortit les Kleenex. « Si vous êtes toujours décidée à m'avoir pour médecin, vous devez être folle, après tout.

— Votre mascara est en train de couler, dit gentiment la fille.

— Et on prétend qu'il est à l'épreuve des larmes ! »

Elles rirent ensemble, puis Phyl se pencha et étreignit la jeune fille. « J'ai pensé que vous aviez besoin de quelqu'un. Aussi, pourquoi pas moi ?

— Je ne vois personne de mieux. »

Leurs regards se croisèrent une fois encore. « A part ma maman », ajouta la fille d'un air espiègle.

# 6

Cela faisait un drôle d'effet de se sentir anonyme, songeait la fille en se contemplant dans le miroir, une semaine plus tard. Drôle mais apaisant, d'une certaine façon. Après tout, si personne ne savait qui elle était, nul ne tenterait de la tuer à nouveau. Mais pourquoi avait-on voulu la tuer ? Qu'avait-elle fait pour susciter tant de haine, tant de violence, chez quelqu'un ?

Elle baissa les yeux afin d'examiner la rangée de petites cicatrices roses sur son bras. Les médecins disaient qu'elle avait été mordue par un chien. Si c'était vrai, elle s'en serait souvenue. C'était un chien énorme, l'inspecteur Mahoney le lui avait assuré. Un rottweiler ou un doberman. Connaissait-elle quelqu'un possédant un tel chien ? avait-il demandé. Elle n'avait pu que secouer la tête en levant les mains au ciel, ce qui l'avait fait suffoquer de douleur.

« Je suis désolé, avait affirmé Mahoney, et elle avait lu de la compassion dans ses yeux chaleureux. Je ne veux surtout pas vous faire du mal. Mais le docteur et moi devons vous tirer d'affaire. Il faut que je travaille sur votre passé pendant qu'elle s'occupe de votre avenir. Et il faut que vous y mettiez un peu du vôtre.

— J'essaie, avait-elle dit en fouillant désespérément dans son cerveau vide. Mais je parviens juste à penser que vous ne ressemblez absolument pas à l'idée que je me faisais d'un inspecteur de police. »

Des petites rides étaient apparues au coin de ses yeux quand il lui avait adressé un large sourire. « La veste en cuir n'est qu'un déguisement pour tromper les méchants et leur faire croire que je suis l'un d'eux.

— Ils ne le croiront jamais, avait-elle déclaré en lui rendant son sourire. Vous avez l'air trop gentil pour un criminel.

— Vous seriez surprise d'apprendre combien de criminels peuvent avoir l'air “gentil”. C'est ainsi qu'ils persuadent les jolies filles comme vous de se laisser raccompagner ou d'accepter un rendez-vous. »

Elle savait qu'il lui avait tendu cette perche pour obtenir une réponse, mais malgré sa meilleure volonté elle n'en avait trouvé aucune à lui fournir.

« Peut-être que je n'étais pas le genre de fille à se faire draguer dans un bar ou raccompagner à la maison..., avait-elle dit d'un air dubitatif. Vous croyiez que j'étais aussi idiote ?

— Non, je ne le crois pas ; mais je suis sacrément sûr que vous êtes jolie. Qui sait ? Quelqu'un a pu vous suivre. »

Cela ne le menait à rien ; il avait soupiré en regardant le bloc de papier jaune où ne figuraient que quelques gribouillis.

« Je suis désolée, avait-elle affirmé, je veux vraiment vous aider et savoir qui je suis... Qui sait si je ne me souviens pas de rien parce que je me sens plus en sûreté ainsi ? Si personne ne sait qui je suis, personne ne cherchera à me tuer. »

Il avait haussé les épaules et s'était levé pour partir. « Essayez ça sur le Dr Phyl, avait-il dit, c'est son rayon plus que le mien... Une chose encore, pourtant. Quand nous vous avons retrouvée, vous portiez des vêtements légers, trop légers pour San Francisco au mois de mars. Et le reste des États-Unis était pris sous les glaces, à part une ou deux régions chaudes. Peut-être que vous veniez d'un climat plus chaud ? Le Mexique, la Floride ? Ou Hawaii, l'Extrême-Orient ? J'ai vérifié auprès de toutes les compagnies aériennes, mais vous n'imaginez pas combien de femmes voyagent seules vers ces lieux de vacances, et combien il y a de vols par jour. Nous vérifions cas par cas ; cependant, s'il vous arrive de rêver que vous êtes à bord d'un avion, cette nuit, dites-moi lequel. Ça nous fera gagner un sacré bout de temps. »

Il avait cligné de l'œil à son intention et ri avant de gagner la porte, et elle avait ri aussi, même si cela lui faisait mal au crâne.

Mais elle ne reconnaissait toujours pas son visage dans le miroir. Elle ne se rappelait pas être montée dans un avion. Et elle n'avait pas reconnu ses vêtements quand il les lui avait présentés.

Elle avait eu un mouvement de recul à la vue du T-shirt et du sweater ensanglantés, mais elle avait pris la sandale de cuir rouge et lu la marque inscrite à l'intérieur : « Stéphane Kelian, Paris ». Elle avait senti les yeux de Mahoney rivés sur elle pendant qu'elle hésitait, passait les doigts sur l'étiquette.

« Paris », avait-elle dit, en explorant son cerveau pour s'expliquer la légère émotion qu'elle avait éprouvée. Mais cela ne lui avait rien évoqué, et elle avait éclaté en sanglots.

Phyl était arrivée là-dessus et avait pratiquement jeté Mahoney hors de la chambre.

« Espèce de brute ! avait-elle hurlé dans son dos pendant qu'il traversait le couloir brillant de l'hôpital.

— Pitié, doc ! avait-il crié, à reculons, les bras tendus dans une attitude suppliante. Je ne suis qu'un gars qui fait son boulot.

— *Ohhh !* » Phyl n'avait rien trouvé à répliquer, et les larmes de la fille s'étaient muées en rire devant l'expression furieuse du médecin. C'est alors que Phyl avait suggéré l'hypnotisme.

« Nous avons fait tous les tests, et tout essayé, avait-elle expliqué. Franchement, ça ne nous mène nulle part... Une régression amnésique comme la vôtre est souvent sensible à l'hypnose. Mais vous croyez-vous prête à tenter l'expérience ?

— Prête à savoir la vérité, vous voulez dire ? Pour le meilleur ou pour le pire ? »

Phyl avait hoché la tête avec sympathie. « Pour le meilleur ou pour le pire. Dans un cas comme dans l'autre, je vous garantis que vous pourrez compter sur mon soutien.

— Je sais. » Leurs relations étaient devenues amicales dans le court laps de temps qui s'était écoulé depuis leur rencontre. Une femme qui cherchait à oublier son passé. Une autre qui cherchait à s'en souvenir.

Le jour prévu pour l'expérience, Phyl pénétra en coup de vent dans la chambre avec un énorme bouquet de mimosa. « C'est la première chose qui a vraiment réveillé votre mémoire, déclara-t-elle en disposant les fleurs sur la table. Peut-être que cela nous sera utile. »

Elle tira les rideaux et s'assit face au lit dans la chambre devenue obscure. « Vous sentez-vous nerveuse ? » demanda-t-elle en lui tapotant la main pour la réconforter. La fille hocha la tête. « Pas besoin d'être nerveuse. Laissez-vous aller. Videz votre cerveau et écoutez ma voix. »

Elle fit comme on le lui suggérait. La voix de Phyl était basse, apaisante, rythmée. La fille ferma les yeux au commandement et remonta très loin dans le temps...

« Où êtes-vous maintenant ? » demanda Phyl avec douceur.

La fille eut un soupir d'émerveillement. « Oh, c'est un endroit ravissant ! C'est l'endroit que j'aime le plus au monde. » Sa voix était frêle comme celle d'un enfant.

« Où est-ce ?

— Loin... Oh oui, très, très loin. C'est si paisible ici...

— Savez-vous où cela se trouve ?

— Où ? Je ne... je ne suis pas sûre. » La voix lui manqua.

Phyl comprit qu'elle était désorientée et dit rapidement : « Racontez-moi ce que vous voyez dans ce lieu ravissant.

— Je vois un enfant, assis sur les marches d'une merveilleuse villa rose. J'entends le chant de centaines d'oiseaux. Je sens la fraîcheur du marbre contre mes jambes et la chaleur du soleil sur mon visage. Et... Oh... je respire le parfum du mimosa... Il y a le chant des oiseaux et le bruissement des grands arbres dans la brise... et... et autre chose. »

Phyl se pencha plus près. L'expression de la fille avait changé. Le bonheur innocent avait fait place à une peur glacée. « Qu'est-ce que c'est ? demanda Phyl d'une voix pressante. Vous pouvez me le dire. Vous pouvez me confier votre secret...

— Des pas sur le gravier. Quelqu'un remonte l'allée. Il se rapproche... Un grand nuage noir est suspendu au-dessus de moi, il m'étouffe, il me cache la jolie villa rose et la lumière... Il n'y a plus que le parfum des mimosas... »

Des larmes ruisselaient sur ses joues ; Phyl l'observa en silence pendant un moment. « Pauvre enfant, murmura-t-elle. Savez-vous qui remonte l'allée ? »

La fille secoua la tête en pleurant sans bruit.

« C'est vous l'enfant ? »

Elle secoua de nouveau la tête. « Je ne sais pas. Je ne sais pas qui c'est.

— Savez-vous quel âge il a ?

— *Non, je ne sais pas* », dit la fille en français.

Phyl eut un sursaut de surprise. « Vous avez répondu en français. Est-ce que vous le parlez couramment ?

— *Oui, l'anglais ou le français, c'est la même chose pour moi.*

— Pouvez-vous me dire où vous avez appris à parler si bien le français ?

— Je... je ne sais pas. »

Elle était de nouveau en proie à une grande détresse ; Phyl hasarda une dernière question : « Vous avez un nom français ?

— Mon nom ? Je n'ai pas de nom... je ne sais pas.

— C'est très bien. Ne vous tourmentez pas. Mais je veux que vous vous rappeliez tout ce que vous m'avez dit à propos de la villa rose. Vous pouvez vous réveiller maintenant. Allons, ouvrez les yeux. Regardez-moi. »

La fille ouvrit brusquement les yeux. Elle toucha ses propres joues et s'aperçut qu'elles étaient mouillées. « Des larmes ? constata-t-elle avec étonnement. Pourquoi ai-je pleuré ?

— *Peut-être que vos souvenirs sont tristes.*

— *Tristes ?* » Elle dévisagea Phyl avec étonnement. Puis elle dit : « Mon Dieu, je vous ai parlé en français. Qu'est-ce que ça signifie, Phyl ? (Elle regarda le médecin d'un air implorant.) S'il vous plaît, dites-le-moi. »

Phyl lui raconta tout ce qu'elle avait déclaré à propos de la villa. « Vous rappelez-vous avoir vécu quelque chose comme ça ? »

La fille secoua la tête avec colère. « Oh, mon Dieu, j'aimerais tellement !

— Ne vous inquiétez pas. Nous avons fait un progrès. C'est même un grand succès.

— Vraiment ? Vous le pensez ! » Elle jeta à Phyl un regard pathétique, heureuse du petit rayon d'espoir que celle-ci lui offrait. « Est-ce que je vous ai dit mon nom ? »

Phyl se mit à rire. « Non, pas encore. Mais nous ne pouvons continuer à vous appeler Madame X. Pourquoi ne pas aller de l'avant et vous choisir un nom ? N'importe lequel, pourvu qu'il vous plaise. Pensez à toutes les rouquines célèbres de l'Histoire.

— Béatrice, dit la jeune femme rêveusement, après avoir réfléchi. Vous savez, la Béatrice de Dante. Elle est très célèbre. En plus, je ne me sens pas comme une Rita Hayworth, ni comme la première reine Elisabeth.

— Mmm, Béatrice... Béa. Ça me paraît bien. Et pourquoi pas French comme nom de famille ? Puisque c'est la langue dont vous vous êtes souvenue sous hypnose ?

— Béa French. C'est superbe. » Elle rit de plaisir en refoulant provisoirement sa peur. « Peut-être que je vais être de nouveau quelqu'un, après avoir été une non-personne anonyme. »

# 7

Il était 7 heures du soir, deux semaines plus tard, et Mahoney venait de terminer sa journée de travail, avec trois heures de retard comme d'habitude.

« Vous le faites exprès, pour donner des complexes aux pauvres mecs que nous sommes ! s'était plaint l'inspecteur Valentino Benedetti. Pourquoi ne partez-vous pas à l'heure, comme nous autres ? »

C'était un homme de haute taille, au visage rougeaud et au ventre gonflé par la bière. Il avait les pieds plats, ce qui lui empoisonnait l'existence et lui valait les plaisanteries de tous les flics de l'équipe. Il avait aussi la réputation de travailler le moins possible. Sauf s'il s'agissait d'heures supplémentaires dûment rémunérées, bien sûr. Et il s'arrangeait toujours pour que son comportement ne lui fasse pas du tort.

Ils étaient assis au bar de Hanran Street et parlaient de leur journée en buvant une bière.

« Et pourquoi est-ce que tu bois ce truc léger, au lieu d'une vraie bière comme la Bud ? Quel genre de flic es-tu, au fond, Mahoney ?

— Un flic fatigué, Benedetti, voilà ce que je suis. J'ai passé quatre heures au tribunal, avec l'espoir de faire condamner un criminel qui avait dévalisé sa grand-mère après l'avoir attachée au pied de son lit avec un bas. Il a plaidé non coupable. Selon lui, il l'avait attachée pour rire et elle est morte à sa grande surprise. En fait, il a noué le bas autour du cou de la vieille et il l'a laissée s'étrangler comme si cela n'avait aucune importance. Il a joué la plus belle comédie de sa vie. Il a dit qu'il avait seulement dix-neuf ans, qu'il adorait la vieille, qu'elle avait été une mère pour lui. Il n'avait agi que sur l'inspiration du moment, et n'était pas un mauvais gars. Et un tas de témoins ont confirmé tout ça. La pire bande de menteurs que tu aies jamais eu l'occasion de voir. Il n'a pris que deux ans avec sursis et cinquante heures de travail au service de la communauté. Bon Dieu, Benedetti, est-ce que tu ne te demandes jamais pourquoi tu es flic ? »

Ils avalèrent leurs bières en silence, l'esprit occupé par les iniquités du système judiciaire américain. Benedetti en commanda deux autres, et le barman les leur fit glisser sur le comptoir avec un bol rempli de bretzels.

« As-tu appris quelque chose sur la fille du ravin ? demanda Benedetti en avalant une longue rasade de Budweiser. Je veux dire, je sais qu'elle n'est pas morte et que ce n'est donc plus ton affaire. Mais je me demandais si l'agresseur s'était manifesté — s'il était revenu avec l'intention de recommencer, pour le cas où elle se rappellerait qui il est et pourrait le dire aux flics. »

Mahoney secoua la tête. « J'ai été trop occupé pendant ces deux dernières semaines ; mais on n'a rien trouvé du côté des compagnies aériennes, pas plus que des personnes disparues, et on n'a découvert aucune empreinte. Personne ne s'est présenté pour voir la fille et, pour autant que je sache, elle est toujours à l'hôpital, en train de se remettre de ses blessures à la tête... Ce qui était intéressant, quand même, c'étaient les morsures de chien.

» Il y a beaucoup de grandes propriétés dans ce coin, et la plupart ont des chiens de garde. J'ai fait procéder à une enquête ; mais d'un seul coup tous sont devenus de gentils toutous. La nuit de l'agression, chacun d'eux était dans sa belle maison en train d'apprécier sa boîte d'Alpo, son steak et l'affection de son maître. C'est ce qu'affirment leurs propriétaires, du moins, et il n'y a pas moyen de prouver le contraire : ce sont de bons citoyens, issus de familles riches et jouissant d'un excellent standing ; bref, ils sont les piliers de notre société. (Il fit entendre un rire moqueur.) Mais toi et moi, Benedetti, nous en connaissons un rayon sur ces piliers de la société, n'est-ce pas ? Nous savons que l'habit ne fait pas le moine et qu'il ne faut pas juger quelqu'un à son compte en banque. Parce que, sous le costume bien coupé, il n'y a jamais qu'un homme.

— Comme toi et moi — sauf que nous n'avons pas de gros comptes en banque », répliqua Benedetti d'un air chagrin, en s'apprêtant à commander deux autres bières.

Mahoney leva la main. « Pas pour moi, mon pote. Je dois appeler l'hôpital pour savoir si je peux rendre visite à ma Madame X avant la fermeture. Merci pour les bières. »

Il traversa à grands pas le bar plein de monde et se dirigea vers un téléphone public. Après avoir composé le numéro de l'hôpital et décliné son identité, il demanda à être mis en communication avec les infirmières de garde à l'étage où se trouvait la fille.

« La patiente dort, inspecteur Mahoney, lui dit l'infirmière. Mais M. Niedman a terminé sa tournée. Voulez-vous lui parler ?

— Bien sûr. Merci. »

Niedman prit le téléphone. Il semblait harassé.

« Je ne voudrais pas vous déranger, monsieur, s'empressa de déclarer Mahoney. Je me demandais seulement si vous pouviez m'informer des progrès de Madame X, celle du ravin.

— Ah, vous voulez parler de Béa French, répondit Niedman d'un ton las.

— Pardon ? *Béa French ?* » hurla presque Mahoney. Personne ne s'était donné la peine de le contacter pour lui annoncer que la victime s'était rappelée qui elle était. « C'est son nom ?

— Pas exactement. Elle et le Dr Forster l'ont inventé après que le docteur l'a hypnotisée et a découvert qu'elle parle couramment le français. Elles ont estimé que c'était de circonstance. »

Mahoney sentit sa tension augmenter comme s'il y avait une montée de sève dans ses artères.

Cette sacrée bonne femme de Dr Forster avait hypnotisé la victime sans avoir l'amabilité de le prévenir ! Dieu seul savait ce que la malade avait pu révéler, en dehors du fait qu'elle parlait français. Il éclatait de rage. C'était le premier véritable indice que l'on avait, et il était le dernier à l'apprendre.

Il remercia Niedman, raccrocha le combiné et regarda sa montre. 8 h 30.

Il jeta un coup d'œil machinal au parking, remarqua les gamins qui se fondaient rapidement dans la nuit après avoir musardé sur le trottoir. Un ou deux de ces visages lui étaient familiers, et Mahoney pensa qu'ils ne devaient pas avoir de bonnes intentions, pour se promener ainsi sous la pluie ; mais il n'était pas de service et devait se dépêcher. Cette nuit, il leur accorderait un répit.

Le moteur de sa décapotable Mustang 69 démarra instantanément, et il laissa pendant deux secondes l'auto grogner de satisfaction, avant de partir dans un grand crissement de pneus et une poussée d'adrénaline.

Phyl habitait un immeuble très huppé dans une rue fort élégante de Pacific Heights. Mahoney gara sa voiture dans un endroit interdit au stationnement. Il remarqua que la porte d'entrée était abritée sous un dais, que le concierge portait une livrée, que la façade immaculée était soigneusement entretenue, et siffla d'admiration : le Dr Forster devait bien gagner sa vie !

Il enfonça les mains dans les poches de son jean et se dirigea vers l'immeuble. Le portier le dévisagea avec méfiance jusqu'à ce qu'il eût exhibé son insigne, puis l'introduisit avec empressement. Mahoney s'engagea dans le hall marmoréen où s'étalait un tapis oriental d'un demi-hectare, orné de miroirs aux cadres dorés dans lesquels se reflétaient des vases en cristal pleins de fleurs fraîches, des consoles anciennes et des sièges profonds capitonnés. Il se demanda à combien pouvaient se monter les charges mensuelles de l'immeuble que payait le docteur.

Il attendit pendant que le portier téléphonait pour demander si le Dr Forster acceptait de le recevoir. « Vous pouvez monter », dit-il enfin à Mahoney avec réticence. On n'avait guère l'habitude de la police, dans cet immeuble cossu et tranquille. « Appartement 10 B. »

Mahoney parcourut avec précaution, à grandes enjambées, le tapis d'Orient jusqu'à l'ascenseur lambrissé. Le miroir de la cabine lui permit de vérifier sa tenue tandis qu'il filait silencieusement vers les hauteurs. Il aplatit ses cheveux tirés en arrière, secoua les gouttes de pluie accrochées à sa veste de cuir, et se répéta ce qu'il allait dire au doc à propos de Béa French. Il bouillait encore de rage.

La porte de l'appartement 10 B était ouverte ; il entra. Phyl portait un immense peignoir en tissu-éponge blanc ; elle n'avait pas de maquillage et sa chevelure noire coulait sur ses épaules. Blottie dans un divan noir, elle semblait très fatiguée.

« Qu'est-ce qui me vaut cet honneur, Mahoney ? demanda-t-elle avec lassitude. N'est-il pas un peu tard pour une descente de police ? »

Il la considéra sans sourire. « Pourquoi diable ne pas m'avoir dit que vous alliez hypnotiser la fille ? Pourquoi ne m'avez-vous pas communiqué les résultats ? Pourquoi suis-je le dernier à savoir ce qui se passe avec Béa French ? »

Les yeux de saphir s'assombrirent sous le coup d'un emportement subit.

« Comment osez-vous me crier après ? hurla-t-elle en retour. Vous m'avez bien affirmé que ça ne vous concernait plus... jusqu'à ce qu'elle meure, en tout cas ? Après quoi, vous pourriez avoir une nouvelle heure de gloire, hein ? Le flic macho et futé, le chouchou des médias, résoudrait l'énigme d'un nouveau crime ! Eh bien, désolée de vous décevoir, Mahoney, mais elle n'est pas morte. Elle est bien vivante, et maintenant c'est moi que ça regarde. Pas vous ! »

Il se tenait là, debout devant elle, les mains dans les poches. Il la regarda et répondit d'une voix douce : « A votre avis, que fera notre assassin quand il découvrira que Béa est encore en vie ? Qu'il ne l'a pas tuée, finalement ? C'est vous la plus futée de nous deux, doc. Alors, dites-moi. Qui que ce soit, il veut sa mort. Il n'y a pas un vieux dicton là-dessus ? "Si ce n'est pas pour cette fois, ce sera pour la prochaine. Essayons toujours." Fiez-vous à moi, doc, il essaiera. »

Réduite au silence par ces paroles, elle lui rendit son regard et lui parut vulnérable, soudain, avec son visage crispé, livide.

Il détourna les yeux pour examiner le somptueux appartement, simple et immaculé. Tout brillait, tout était méticuleusement rangé à sa place. Il ôta sa veste de cuir et la jeta sur le fauteuil dessiné par Eames, qui semblait n'avoir jamais accueilli personne. Puis il pénétra dans l'impeccable cuisine de granit et d'acier.

Il ouvrit le réfrigérateur, en examina le contenu et entreprit d'en sortir différentes choses.

« Qu'est-ce que vous foutez là ? » La voix de Phyl tremblait d'indignation et de fatigue.

« A votre avis ? Je suis en train de préparer le dîner, parce que vous ne semblez pas en avoir la force.

— Vous préparez le dîner ? Je ne vous ai pas invité à dîner ! Je ne vous ai même pas proposé de prendre un verre ! »

Il lui jeta un regard moqueur. « Vous savez ce qui ne va pas chez vous, Forster ? Vous restez assise sur votre derrière à longueur de journée. Ou peut-être que vous restez étendue sur votre divan... Vous devriez prendre de l'exercice, vous entraîner, courir. Faire travailler toutes vos endorphines. Aiguiser les cellules de votre cerveau.

— Comme vous, je suppose ? » Elle se redressa brusquement et se pencha d'un air menaçant sur le comptoir de granit qui la séparait de la cuisine.

Il leva les yeux et cessa de couper les tomates en tranches. « Vous me prenez pour un garçon inculte, à peine sorti de son faubourg, hein ? Un gars qui s'est péniblement élevé jusqu'au grade d'inspecteur ? Eh bien, vous avez raison. Et ça a été dur. (Il haussa ses larges épaules de la façon la plus expressive.) J'ai eu une bourse pour aller à Berkeley et j'ai fait tous les métiers pour pouvoir manger pendant mes études. Mention très bien en littérature anglaise. Mon mémoire concernait l'influence des poètes romantiques européens sur les relations sentimentales dans l'Amérique contemporaine. J'étais en train de préparer ma maîtrise à Stanford quand j'ai décidé de devenir flic plutôt que prof de fac. (Il la regarda froidement dans les yeux.) Au moins, comme ça, vous savez qui je suis, doc. »

Elle le dévisagea en silence. Il avait roulé ses manches de chemise pour découper les tomates et sifflait un air de *La Traviata* dont elle ne pouvait se rappeler le titre. Elle se laissa tomber sur un fauteuil et enfouit la tête dans ses mains avec un sentiment de honte.

« Je suis désolée, dit-elle. Je suis tellement éreintée ! La journée a été longue... Et, de toute façon, vous vous trompez. C'est moi qui sors du ruisseau. »

Il jeta les légumes dans une poêle à frire avec un filet d'huile d'olive, puis il croisa les bras et s'appuya contre le comptoir en attendant qu'elle raconte sa propre histoire. Mais son visage livide semblait soudain crispé et fermé par une douleur qu'elle n'avait pas l'intention de lui révéler. Pas encore, en tout cas.

« Je suis si occupée à résoudre les problèmes de chacun que je n'ai plus le temps pour rien, déclara-t-elle enfin, en secouant la tête avec une sorte d'égarement. Pas de temps pour moi. J'apporte même mes dossiers à la maison. »

Il regarda autour de lui cette pièce à la beauté froide et parfaite. « Ouais. Je vois. On dirait que vous en oubliez de vivre dans cette maison. »

Il prit une bouteille de vin rouge sur une étagère et regarda l'étiquette. « Bon cru, ajouta-t-il d'un air approbateur en lui remplissant généreusement un verre. Ma mama italienne avait coutume de dire qu'un verre de vin rouge met des couleurs sur les joues d'une jeune fille et du soleil dans son cœur. J'ai toujours espéré que c'était vrai. »

Elle sourit en buvant une gorgée et regarda son verre avec lassitude.

Il traversa la pièce pour examiner sa collection de disques compacts. Bientôt, la voix pure de la Callas chantant un air de *Norma* fit passer une brise rafraîchissante dans le silence hautain de la pièce.

Un quart d'heure plus tard, Phyl était assise en face de Mahoney à la table de la cuisine, devant un bol odorant de pâtes et de sauce tomate fraîche.

« Excusez-moi, je n'ai pas trouvé de pain, dit-il en

reversant du vin dans leurs verres. Sauf un croûton rassis qui doit remonter à une semaine environ. Je parie que vous n'êtes pas une grande mangeuse de pain. Vous surveillez constamment votre poids, hein ?

— Pas du tout ! répliqua-t-elle avec indignation. J'adore la *focaccia et* le pain d'olives *et* le pain au levain. Et je ne pense pas tout le temps à ma ligne. Dieu merci, je n'en ai pas besoin. Pas encore. »

Il lui adressa un large sourire en la voyant tourner sa fourchette dans le plat de pâtes et l'enfourner dans sa bouche. Elle comprit trop tard qu'elle avait mordu à l'hameçon.

« La vérité, c'est que je ne dîne pas souvent chez moi, expliqua-t-elle pour se disculper. Il est généralement tard et je me contente de manger un morceau quelque part en rentrant.

— Alors, pourquoi pas ce soir ?

— J'étais trop fatiguée pour y penser seulement, répondit-elle avec honnêteté.

— Ou trop seule », répliqua-t-il en avalant une gorgée.

Elle l'examina pendant un moment, mais ne dit rien. Il traversa la pièce pour aller changer le CD. Elle pensa qu'il marchait sur la pointe des pieds, comme un athlète. Souple comme une panthère. Sauf que cette panthère chassait dans la jungle des rues. Puis elle se rappela ce qu'il avait dit au sujet de l'assassin et s'inquiéta pour Béa.

Il revint s'asseoir en face d'elle, les coudes sur la table, satisfait de savourer son vin à petites gorgées et de la regarder manger.

Elle termina ses pâtes et soupira d'aise. « Merveilleux : c'est le premier plat fait à la maison que je mange depuis près d'un an. »

Il se renversa contre le dossier de sa chaise, et ils se

dévisagèrent. « Qu'est-ce que vous attendez de la vie, Mahoney ? » demanda-t-elle soudain avec curiosité.

Il rit pour écarter la question. « Oh, un poste de commissaire, un de ces jours. Mais peut-être que je chercherai à me faire élire maire. Comme tant d'anciens flics au sang chaud. Et... ?

— Et quoi ?

— Et vous, qu'attendez-vous de la vie, doc ? »

Elle ouvrit les bras pour désigner son appartement, les tapis coûteux, les œuvres d'art. « Qu'est-ce qu'une femme peut vouloir de plus ? J'ai tout, répondit-elle, sur la défensive.

— On dirait, doc. » Il se leva brusquement et enfila son blouson.

Elle le dévisagea. Sans qu'il ait rien exprimé, elle savait ce qu'il pensait. Peut-être voulait-elle avoir un homme qui l'aimait, des enfants, un foyer heureux et bruyant, avec un chien ou deux... ?

Bon Dieu, qu'est-ce qui lui arrivait ? Elle laissait ce flic macho, poète, sportif et amateur d'opéra remettre en question sa façon de vivre. Elle avait si bien organisé tout, chaque chose à sa place... non ?

« Vous êtes fatiguée, déclara-t-il en lui tendant la main. Merci pour le dîner. Et la compagnie. Tenez-moi au courant de ce qui arrive à Béa. »

Cela lui fit un drôle d'effet d'entendre le nouveau nom de la fille dans la bouche de Mahoney — comme si le fait de le prononcer ramenait une fois encore la jeune femme à la vie.

Une *résurrection*, pensa-t-elle en refermant la porte derrière lui.

Le Dr Niedman l'attendait, le lendemain matin. « Notre patiente va mieux, docteur Forster, déclara-t-il. En fait, elle va assez bien pour qu'on la fasse sortir d'ici. (Il feuilleta ses notes.) La question, bien sûr, c'est : "Sortir pour aller où ?" Je comprends, d'après les propos de l'inspecteur Mahoney, que ses recherches n'ont abouti à rien. Comme vous, il semble être toujours à la case départ. Je ne sais vraiment pas quoi faire d'elle. Je me vois mal la placer dans un asile psychiatrique, étant donné qu'il n'y a rien d'anormal dans sa tête, à part l'amnésie. D'un autre côté, comment peut-elle s'en tirer si nous la remettons tout bonnement entre les mains de l'Assistance publique ? »

Phyl évoqua l'image de Béa avec sa tête rasée et ses terribles cicatrices, ignorant tout ce qui la concernait et même ce qui lui était arrivé. Elle l'imagina lancée seule dans le vaste monde, et se rappela ce que Mahoney avait dit la veille : si l'assassin savait que la jeune femme était en vie, il pouvait faire une nouvelle tentative. Peut-être l'avait-il déjà appris par les journaux, et attendait-il qu'elle sorte de l'hôpital...

« Béa peut venir vivre avec moi, se hâta-t-elle de répondre. Après tout, c'est moi qui suis chargée de sa rééducation. »

Niedman leva ses sourcils broussailleux au-dessus de ses lunettes, surpris. « N'est-ce pas pousser un peu loin, voire trop loin la conscience professionnelle, docteur Forster ?

— J'ai de l'affection pour elle, répliqua Phyl. Et nous avons une relation d'amitié, outre nos rapports de médecin à malade.

— Je vois... C'est une gentille jeune femme, et je suis content de votre proposition. Ça m'aide évidemment à résoudre mon dilemme. La sortie pourrait se faire le week-end prochain, si vous le voulez bien. »

Phyl alla annoncer la bonne nouvelle à Béa. « Ça va faire six semaines, dit-elle. Vous devez être fatiguée de fixer ces quatre murs. Alors, si vous en avez assez, venez chez moi regarder mes propres murs, pour changer. Au moins, la vue est plus agréable. Mais je ne vous garantis pas la qualité de la nourriture. » Elle pensa aux délicieuses pâtes de Mahoney et sourit.

Béa rit de plaisir. « Croyez-moi, *n'importe quoi* vaut mieux que la cuisine de l'hôpital. Mais vous êtes sûre, Phyl... ? C'est une corvée terrible, de prendre chez soi une parfaite étrangère...

— Eh là, que dites-vous ! Une parfaite étrangère ? N'oublions pas qu'en ce moment je vous connais mieux que personne. En plus, j'ai de l'affection pour vous. Et ce sera amusant d'avoir une camarade de chambre. Je n'ai pas connu ce plaisir depuis le temps lointain où j'étais étudiante. (Elle rit en considérant la nudité de la chambre.) Au moins, nous ne nous disputerons pas la place dans les placards. »

Ce soir-là, Mahoney se présenta chez Phyl sans s'être fait annoncer. Et cette fois, il apportait un cadeau : un amour de chaton siamois, couleur chocolat et crème. L'animal paraissait tout petit dans les grandes pognes de l'homme ; il ronronnait avec confiance, sûr d'être aimé.

« J'ai pensé que cet appartement était trop solitaire, expliqua-t-il. Un chat vous occupera et vous empêchera de devenir trop introvertie. Considérez-le comme une thérapie. Et ne vous y trompez pas, les chats de ce genre se prennent pour des humains. Vous faites ce qu'il vous dit de faire. S'il veut jouer, vous jouez avec lui. S'il veut manger, vous lui servez son repas. S'il veut se montrer câlin, baby, vous vous laissez câliner. Alors, répondez-moi immédiatement, doc : si vous n'êtes pas disposée à faire tout ça, je le remporte chez son éleveur.

— Quel éleveur ? » Les grands yeux bleus du chaton plongèrent leur regard dans les siens.

« Ma tante Sophie, de Sacramento.

— Vous avez fait le trajet jusqu'à Sacramento pour aller me chercher ce petit chat ? »

Il prit un air nonchalant. « J'ai pensé que vous aviez besoin de vous occuper d'un être. Ça vous fera sortir de vous-même, de penser à quelqu'un d'autre. Même à un petit chat. »

Elle lui jeta un regard accusateur. « Vous voulez me rendre plus "humaine" ? »

Il eut un large sourire. « On peut le dire comme ça. De toute façon, elle s'appelle Coco. C'est un nom drôlement élégant, j'ai trouvé. Comme vous.

— C'est un cadeau très personnel, Mahoney », dit Phyl un peu préoccupée. Le chaton grimpa sur son épaule pour lui fourrer son museau tendre dans le cou et s'emmêler les griffes dans ses cheveux. Elle rit. « Mais votre tante Sophie doit savoir ce qu'elle fait.

— Alors, vous voulez bien la garder ? (Il semblait inquiet.) Rappelez-vous, elle a besoin d'amour et de tendresse. »

Elle lui jeta un regard sceptique. « Je pense que j'en ai suffisamment à offrir, en dépit de ce que vous croyez. Et que dois-je vous donner en échange ?

— Invitez-moi à dîner, un de ces jours. »

Elle rit et serra le chaton sur sa poitrine. « Vous savez bien marchander, inspecteur Mahoney... A propos, je vais avoir une camarade de chambre.

— Je sais. J'ai parlé au Dr Niedman. Quand ?

— Ce week-end. J'ai pensé que, si elle logeait ici avec moi, je pourrais la soigner. Et j'ai également réfléchi à ce que vous avez dit au sujet de l'assassin. J'ai pensé qu'elle serait en sécurité chez moi. C'est-à-dire, jusqu'à ce qu'elle se rappelle qui elle est. En outre, elle n'a pas un sou — même si c'est peut-être une riche héritière.

— Il y a une chance sur des millions ; mais l'expérience m'a appris depuis longtemps qu'il ne faut écarter *aucune* possibilité. Ce petit chat a besoin d'une litière, si cela ne vous gêne pas que je parle franchement, doc. Mieux vaut lui en donner une tout de suite, pour qu'il sache où il doit aller. Après ça, vous n'aurez pas d'ennuis de ce côté-là.

— Vous en parlez comme un expert.

— Ouais. J'en ai trois chez moi. Les chats, l'opéra et la cuisine, ça m'empêche de trop m'introspecter... Bon, je ferais mieux de partir. Je dois être au tribunal dans une demi-heure. A bientôt, doc. (Il s'arrêta devant la porte.) A propos, j'explore la piste française avec le service des passeports et les gens de l'immigration. Si Béa est française, nous saurons bientôt qui elle est. »

# 8

Béa se sentait comme un amateur engagé dans le jeu de la vie. Elle savait comment s'acquitter des besognes quotidiennes, et même quelle musique elle aimait. Elle savait aussi faire la cuisine : rien d'extraordinaire, mais elle s'y connaissait un peu, et elle se rappelait certaines recettes — pour la plupart françaises. Elle reconnaissait des visages familiers à la télévision, se rappelait les noms des auteurs qu'elle avait aimés, les titres de films qui lui avaient plu. Mais elle ignorait où elle avait vu ces physionomies auparavant, comment elle avait lu ces livres, dans quelles salles de cinéma elle avait vu ces films.

« Ne vous en faites pas, lui disait Phyl. Ça vous reviendra par bribes. N'oubliez pas que vous êtes en congé de convalescence, ici. Repos et récupération. Tout ce que je veux, c'est que vous repreniez des forces et profitiez de la vie. »

Mais même si Phyl se déclarait confiante, Béa n'était pas du tout sûre de retrouver la mémoire, car chaque fois qu'elle essayait de remonter le temps elle avait l'impression de flotter dans le vide, toujours le vide. Comme si son esprit était obscurci par ce nuage noir qui enveloppait l'enfant sur les marches de la villa rose, dans son rêve. Elle était sûre que c'était seulement un rêve. Si cette villa avait jamais existé, elle s'en serait souvenue. Et si l'enfant était elle-même, elle aurait su qui elle était.

Elle n'avait rien dit de cela à Phyl. Cette dernière

croyait encore qu'il y avait eu une percée. Et l'on avait acquis la certitude qu'elle parlait le français aussi bien que l'anglais. La chose était remarquable. C'était du bon français de Paris, comme l'avaient noté les experts, à cause de son accent ; mais elle ne se rappelait pas être jamais allée à Paris. C'était le seul élément certain de son passé. Mais peut-être n'était-ce pas un vrai souvenir, seulement une réaction au second degré, une chose qui avait été enregistrée par l'ordinateur de son cerveau et stockée définitivement, de même que ses connaissances culinaires.

Phyl avait dit que cela pourrait se révéler utile plus tard, mais elle avait refusé de préciser en quoi. Pourtant, Béa n'avait pas envie de penser à plus tard. Elle ne voulait se soucier que du présent.

Elle avait déjà passé un mois chez Phyl, mais n'était guère sortie de l'appartement ; aussi la doctoresse lui avait-elle proposé de l'emmener faire des courses, ce soir-là. Béa ne savait pas si cette perspective la réjouissait ou non. Elle était épouvantée par l'idée de se trouver dans des magasins pleins de monde où on regarderait avec étonnement son crâne rasé ; effrayée par l'idée de faire des achats, de marcher dans les rues, de dîner au restaurant. *C'était la vie réelle qui la terrifiait.* Elle aimait le bel appartement de Phyl. Elle avait plaisir à s'y tenir. C'était si grand, si lumineux, si libre. Elle s'y sentait *en sécurité*.

Mahoney sonna d'en bas pour annoncer son arrivée. Il avait pris l'habitude de venir à l'improviste, de temps à autre. « Pour prendre des nouvelles du chat », affirmait-il.

« Parce que vous avez envie de voir Phyl, vous voulez dire », remarqua Béa pour le taquiner. Elle rit de sa confusion. « Allons, inspecteur Mahoney, avouez-le.

Je ne peux pas vous en blâmer. Elle est superbe. Et merveilleuse. Et généreuse.

— Et parfois même emmerdeuse. » Mahoney rit et laissa le chaton escalader sa jambe en plantant ses griffes dans le tissu de son jean. Il l'attrapa et le posa dans la paume de sa grande main, d'où l'animal jeta des regards arrogants autour de lui comme pour indiquer qu'il avait remporté une victoire.

« De toute façon, comment savez-vous que je ne travaille pas en douce, et ne prétends pas chercher à voir Coco pour prendre en fait de vos nouvelles ? Pour vérifier que vous ne me cachez rien, et que vous ne vous êtes pas souvenue de quelque chose ?

— Je ne vous cache rien, déclara Béa avec le plus grand sérieux. Je ne peux vraiment me rappeler quoi que ce soit de mon passé. Pas même... (Elle hésita, et un éclair de peur traversa son visage.)... pas même celui qui a voulu me tuer. »

La porte claqua, et Phyl entra en coup de vent. Depuis que la jeune fille s'était installée chez elle, la vie de Phyl avait changé. Cette solitaire invétérée, soucieuse de sauvegarder son indépendance et le secret de sa vie privée, partageait désormais son logis avec la victime d'une tentative d'assassinat et un chat siamois. Qui plus est, elle aimait ça. Elle aimait entendre quelqu'un hurler « Hello » quand elle rentrait, elle aimait respirer les odeurs appétissantes en provenance de la cuisine et contempler les courses folles auxquelles se livrait Coco pour l'accueillir en effleurant le parquet ciré avec ses griffes. Elle ne se fâchait même pas lorsqu'elle trouvait des poils de chat sur sa veste noire.

Au cours de ces semaines qu'elles avaient passées ensemble, la présence de l'une avait fait grand bien à l'autre, et réciproquement : à Phyl, l'éminente psychiatre qui prenait ses distances avec ses propres sentiments et son passé en s'ensevelissant sous son travail ;

tout comme à Béa, la fille sans passé et dont l'avenir était soumis à une menace.

Phyl hurla « Salut » en jetant son imper sur le sofa au lieu de le suspendre proprement dans le vestiaire, ainsi qu'elle l'aurait certainement fait le mois précédent. Aujourd'hui, elle allait travailler à la rééducation de Béa. Elle avait des projets pour celle-ci. Après leur expédition dans les magasins et le dîner au restaurant, elle révélerait ses plans à sa patiente.

Elle soupira en voyant Mahoney avec Béa.

« Encore vous, Mahoney ! s'écria-t-elle d'une voix cinglante. Comment font-ils sans vous au commissariat ? A moins que vous ne soyez en train d'élucider le crime du siècle ? »

Mahoney soupira avec ostentation et Béa se mit à rire, en observant leurs joutes. Il ouvrit tout grands les bras et cita d'une voix mélodieuse :

*« O si en ta maîtresse quelque vaste colère gronde*
*Emprisonne sa douce main, et laisse-la s'emporter,*
*Et plonge au plus profond de ses yeux sans pareils... »*

Puis il déclara avec solennité : « Doc, quelqu'un devrait vous dire que l'agressivité ne vous sied pas. Il me semble que le poète Swinburne s'y connaissait...

— Je ne suis pas votre "maîtresse", et abstenez-vous de me citer des poètes européens, Mahoney ! Si vous êtes venu pour que je vous offre le dîner que je vous ai promis, je suis désolée, mais j'ai déjà un engagement... »

Mahoney eut un grand rire. « Ouais. Béa m'a prévenu. Vous allez faire des courses et dîner au restaurant. Je suis juste passé pour vérifier que vous traitez Coco convenablement. Et aussi pour vous dire que nous avons fait chou blanc dans les services des passeports et de l'immigration. On a relevé les noms de toutes les Françaises dont l'âge correspond à celui de Béa et qui sont entrées aux États-Unis avant la... avant l'incident. Il n'empêche que je continue de travailler sur la liste des milliers de femmes seules qui sont arrivées à San Francisco la semaine précédente, d'après les relevés des compagnies aériennes. Tous les noms sont vérifiés auprès de la personne concernée. Nous avons également établi la liste des avions privés qui ont atterri cette nuit-là, et il y en avait beaucoup — en provenance de Mexico, de Baja California, de Palm Desert et de Hawaii. Chacun d'eux était piloté par son propriétaire, et aucun ne transportait de passagère. »

Béa prit un air consterné : elle avait beaucoup espéré que Mahoney découvrirait son nom sur les listes des compagnies aériennes.

Le policier lui tapota l'épaule pour l'inciter à ne pas perdre courage et ajouta : « Je dois m'en aller, si je ne veux pas me mettre en retard pour élucider ce fameux crime du siècle et perdre tout espoir de me faire élire à la mairie. »

Phyl tenait le chaton dans ses bras, et Mahoney s'arrêta pour gratter l'animal derrière les oreilles. « Je vous trouve en bonne santé, docteur, ajouta-t-il avec un sourire approbateur.

— Oh, merci, Mahoney ! répliqua-t-elle en retrouvant un ton sarcastique, mais je ne suis pas sûre de prendre plaisir à vos compliments équivoques. »

Il gagna la porte, hilare. Elle tourna la tête, sentant qu'il la regardait encore.

« Je ne sais pas, malgré tout..., dit-il sur un ton aussi sarcastique, ... peut-être que vous restez trop longtemps assise, comme je vous l'ai déjà dit, ou peut-être que c'est à cause de la cuisine maison, mais votre derrière semble avoir grossi.

— Imbécile ! hurla-t-elle au moment où il claquait la porte en riant toujours. Animal ! Sale con... »

La porte se rouvrit, et il passa la tête avec l'expression d'une personne profondément choquée. « Doc,

doc, vraiment ! Des gros mots. Vous devriez vous demander ce que cela signifie...

— Oh vous... vous, espèce de sale flic ! » hurla-t-elle comme il disparaissait de nouveau, au comble de l'hilarité.

Béa riait aussi et, malgré elle, Phyl l'imita. « Pourquoi est-ce que je l'aime bien ? demanda-t-elle, en partie pour elle-même. C'est un macho prétentieux. »

Mais il avait fait rire Béa, et elle appréciait cela. Sa protégée était prête pour sa première sortie. Elle l'inspecta et fut satisfaite de ce qu'elle voyait.

Les cheveux souples de Béa étaient en train de repousser et dissimulaient déjà ses hideuses cicatrices. Ils flottaient doucement autour de son visage, ce qui la faisait ressembler à Audrey Hepburn au temps de sa jeunesse. Ses yeux de velours, marron cuivré, étaient deux tons plus clairs que sa chevelure ; la couleur de sa peau n'était plus celle des pierres lunaires, mais de la crème fraîche. Elle était encore trop maigre, bien sûr. Son squelette était trop proche de l'épiderme, et l'on voyait chaque vertèbre de son épine dorsale, les glandes de son long cou, les os proéminents de ses poignets et de ses chevilles. Mais, comparée à ce qu'elle avait été un mois plus tôt, elle resplendissait.

Elle portait des jeans et une chemise que Phyl avait achetée pour elle en se disant que ce serait une joie pour la jeune femme de la mettre. Et elle avait eu raison. Tout semblait convenir à la taille haute et élancée de Béa.

Elles parcoururent les rayons des stylistes à la mode dans les grands magasins et les boutiques pour jeunes ; malgré les protestations de Béa, Phyl insista pour équiper la jeune fille en vue de toutes les occasions possibles — faire son marché ou assister à un cocktail.

« Mais où vais-je les porter, ces jolies tenues ?

demanda Béa tandis qu'elles s'efforçaient de retrouver leur voiture, les bras chargés de nouveaux paquets.

— C'est ce que je vous dirai pendant le dîner, répondit Phyl d'un ton laconique ; et si jamais deux femmes ont mérité un bon dîner, c'est bien nous. Nous avons bataillé bravement contre les vendeurs et les vendeuses, vous en particulier, et nous rentrons chargées de trophées. Maintenant, célébrons la victoire. »

Elle avait réservé une table au Star's, et Béa enfila sa veste de daim neuve, couleur de bronze, par-dessus son T-shirt et son jean. Elle mit les longues boucles d'oreilles ornées d'ambre que Phyl avait absolument voulu acheter, et ajouta une touche de rouge à lèvres Prescriptives Havana que la vendeuse avait recommandé.

« Voyez-moi ça ! s'émerveilla Phyl quand elles prirent place au restaurant. Tout le monde vous regarde.

— Je pensais qu'ils vous regardaient vous. (Béa explora timidement des yeux la salle autour d'elle.) C'est merveilleux, ajouta-t-elle, mais j'aurais préféré que vous ne dépensiez pas autant d'argent pour moi, Phyl. Je vous promets de vous rembourser un jour, quand j'aurai trouvé du travail.

— A propos de travail, c'est de cela que je voulais vous parler. »

Béa regarda Phyl avec étonnement tandis que la doctoresse commandait une bouteille de vin et étudiait la carte.

« A vous, Béa chérie, reprit Phyl en levant son verre. A votre guérison, à votre santé et à notre amitié.

— Je vous dois tant de remerciements ! Pour tout. Pour le toit que vous m'avez offert, pour ces jolis vêtements... (Elle regarda Phyl avec gratitude et ajouta en baissant la voix :)... pour m'avoir empêché de devenir folle.

— Il est temps d'entamer la deuxième phase de votre convalescence, déclara Phyl. Vous pouvez trouver mon idée un peu effrayante, mais cela vous permettra d'atteindre deux objectifs, aussi importants l'un que l'autre. »

Béa lui jeta un regard angoissé. Elle souhaitait que rien ne change. Elle voulait juste que la vie continue d'être ce qu'elle était.

« J'ai une amie, Millie Renwick, expliqua Phyl. Elle est riche comme Rockefeller et folle à lier. C'est la femme la plus optimiste que je connaisse. Elle vit à New York et elle a besoin d'une secrétaire qui l'aide à organiser sa vie mondaine — quelqu'un qui s'occupe de ses rendez-vous, donne des coups de téléphone à sa place et l'accompagne dans ses voyages. (Elle rit en pensant à son amie.) Ce qu'elle veut, c'est une sorte de super-garçon de course, si je la connais bien. Elle ressemble à un vieux dragon, mais ça n'est qu'une apparence. En tout cas, elle projette d'aller à Paris. Vous parlez français, et comme Millie ne pourrait prononcer un mot dans cette langue même si sa vie en dépendait, vous êtes la personne qu'il lui faut. »

L'estomac de Béa se contracta à cette pensée. Elle ne voulait pas aller à New York, et l'idée de se rendre à Paris l'effrayait.

« Je connais très bien Millie, poursuivit Phyl. Je l'ai aidée à guérir d'un ou deux traumatismes personnels ; j'ai même cherché à lui faire surmonter le sentiment de culpabilité qui lui vient de sa fortune et de son attirance pour la richesse. Pourtant, croyez-moi, elle donne autant qu'elle dépense. Il n'y a sur cette terre aucune femme plus généreuse ni plus charitable que cette Millie Renwick. Mais je vous préviens, c'est une originale. On n'en fait plus comme Millie.

» Je veux donc que vous alliez toute seule à New York pour la rencontrer. Faites le saut quantique vous-même. S'il vous faut réintégrer le monde un jour, c'est le moment. (Elle dévisagea Béa avec intensité.) Alors, qu'en dites-vous ? »

Malgré ses craintes, Béa savait que Phyl avait raison. Elle sourit, un peu tristement. « C'est pour ça que vous m'avez acheté tous ces beaux habits ?

— Millie accorde beaucoup d'importance à la toilette et elle ne fréquente que les endroits les plus chics — les meilleurs restaurants, les meilleurs hôtels, les meilleures stations. Ça ne peut pas vous faire de mal, Béa, n'est-ce pas ? »

Elles rirent ensemble, puis Béa demanda : « Vous avez dit que vous aviez deux bonnes raisons pour me faire embaucher par Millie. Quelle est l'autre raison ? »

Leurs regards se croisèrent. Phyl répondit : « Je veux vous faire quitter San Francisco, vous éloigner du danger. »

Les yeux de Béa s'assombrirent sous l'effet de la peur. « Vous voulez dire qu'il pourrait revenir me chercher ? Qu'il pourrait essayer de nouveau... ? » C'était une pensée qui lui avait bien souvent traversé l'esprit.

« Vous serez en sécurité avec Millie, affirma Phyl pour la rassurer. Personne ne saura qui vous êtes ni ce qui vous est arrivé. Bientôt, vous serez à Paris. Et tout sera différent. Peut-être qu'en France la mémoire commencera à vous revenir.

— Et alors ? murmura Béa, terrifiée. A quoi ça m'avancera de me rappeler qui je suis ? Et qui a tenté de me tuer ?

— Vous n'aurez qu'à m'appeler, et j'accourrai, promit Phyl. Vous pouvez compter sur moi. De toute façon, je suis invitée à un congrès médical qui se tiendra à Paris le mois prochain. Il n'y en a plus pour longtemps à attendre. Et cela me donne une raison supplémentaire de faire le voyage : voir Paris, mais aussi vous et Millie. »

Elle apprit à Béa qu'elle avait réservé une place dans l'avion de New York pour le jeudi suivant, deux jours plus tard. « Ainsi, nous n'aurons pas le temps de changer d'avis », dit-elle fermement, car elle savait que Béa ne voulait pas y aller. Elle savait aussi que son propre appartement lui paraîtrait très vide sans la jeune femme. Elle détestait l'idée d'en être séparée, mais elle savait qu'elle faisait ce qu'il fallait.

Avant le départ de Béa, Phyl prit une photo d'elle, haute et élégante dans son nouveau tailleur-pantalon vert menthe, tenant le chaton à deux mains sous son menton, comme une petite fille. Elle faisait un effort pour sourire, mais on lisait une inquiétude dans ses yeux. Pourtant, Phyl pensa que Béa était follement jolie, et elle acheta un cadre d'argent pour mettre sa photo sur la table de nuit. Comme si c'était le portrait de son propre enfant.

« Ne croyez rien de ce que Millie voudra faire penser d'elle-même ; sans ça, vous n'y résisterez pas un seul jour. » Ce fut la dernière recommandation de Phyl quand elle accompagna Béa à l'avion de New York.

Béa comprit bien vite pourquoi.

# 9

La vie de Manhattan s'était arrêtée en haletant sous une averse torrentielle, aggravée par des vents qui soufflaient en tempête. Autobus et voitures s'entassaient aux carrefours, où les feux de signalisation étaient en panne. Trouver un taxi était impossible. Béa fut contrainte de franchir à pied la distance qui la séparait de l'appartement de son futur employeur, sur la Cinquième Avenue, à plus d'un kilomètre de là, en face de Central Park. Bien que trempée et étourdie par le vent, elle s'arrangea pour arriver exactement à l'heure.

L'appartement de Mme Renwick occupait tout un étage et, lorsque Béa sortit de l'ascenseur, Millie poussa elle-même le battant de la porte à la volée.

« Qu'est-ce qui vous a retardée ? » interrogea-t-elle impatiemment, abandonnant comme une bourrasque le haut vestibule couvert de dorures pour foncer dans un salon de brocart doré. Avec un geste impérieux du bras, elle fit signe à Béa de la suivre. « Vous êtes en retard. J'espère que ce n'est pas une habitude chez vous ? Le maître d'hôtel que j'ai renvoyé vient de partir, et la femme de chambre s'était envolée la semaine dernière avec quelques-uns de mes plus beaux bijoux. Il y a une nouvelle Philippine à la cuisine, et elle comprend à peine l'anglais. Je vous le dis, je suis sur le point de perdre la tête. »

Petite et potelée, avec des boucles de fillette, elle portait une robe cerise aux plis compliqués et des talons hauts. Sa large bouche était généreusement couverte de rouge, elle s'était mis du mascara en abondance, et ses mains arthritiques brillaient sous une rangée d'énormes bagues aux pierres de toutes les nuances. Cette femme ressemblait à un nuage éclatant de couleurs, mais son style était bien à elle.

Phyl avait prévenu Béa que Millie Renwick était une femme riche et gâtée, d'un âge incertain. La seule chose sûre dans l'histoire de sa vie, c'était qu'elle était plus âgée qu'elle ne l'avouait. Les détails de son passé variaient selon les convenances du moment et le public auquel elle s'adressait : elle se disait alternativement héritière d'une grande famille ou femme d'affaires avisée, joueuse favorisée par la chance ou malheureuse petite fille fortunée.

Les yeux bleus perspicaces de Millie dévisagèrent Béa pendant une minute. « Bon, dit-elle de sa voix rocailleuse, si j'ai jamais vu quelqu'un désireux d'obtenir un emploi, c'est bien vous. Vous semblez avoir besoin d'un bon repas. » D'une secousse, elle fit jaillir une Marlboro d'un paquet froissé. Dédaignant l'élégant briquet en or posé sur la table voisine, elle utilisa une pochette d'allumettes à deux sous et inhala la fumée avec l'ardeur d'une femme vraiment droguée à la nicotine, tout en secouant l'allumette.

Elle examina la jeune femme trempée, d'où l'eau dégoulinait sur le tapis chinois en soie. Après une quinte de toux, elle demanda d'un ton sarcastique : « Elle fait quoi, Phyl, ces temps-ci, à part son travail de psychiatre ? Sauvetage des animaux en détresse ? »

Redressant le menton, Béa fit demi-tour et fonça vers la porte, indignée. « Je crois que je ferais mieux de m'en aller.

— Oh, pour l'amour de Dieu ! » Millie secoua sa cigarette dans un immense cendrier de cristal, déjà débordant de mégots tachés de rouge à lèvres et fumés jusqu'au filtre. « Vous ne pourrez pas vivre avec moi si vous vous montrez aussi susceptible. Otez votre manteau et ces souliers horriblement imbibés d'eau et asseyez-vous. Ici. Près du feu. Venez. Parlez-moi de vous. »

Elle lança à Béa un regard si sincèrement chaleureux et si malicieusement charmeur, mi-contrit, mi-polisson, que Béa se mit en devoir de faire ce qu'on lui disait. Comme elle n'allait pas tarder à le découvrir, Millicent Renwick était une de ces personnes que l'on adore et que l'on trouve insupportables en alternance. D'un moment à l'autre, elle pouvait se montrer pleine de bonté ou horripilante. Juste comme la petite fille des poèmes pour enfants, avec sa boucle au milieu du front.

Docilement, Béa ôta ses souliers pleins d'eau et son manteau mouillé pour les poser dans l'entrée, sur le sol de marbre, où ils ne pouvaient rien abîmer. Puis elle retourna dans la bibliothèque et s'assit avec précaution sur le bord d'un sofa couvert de brocart doré.

Les yeux curieux de Millicent, sombres comme des raisins noirs, rencontrèrent les siens. « Alors ? s'enquit-elle avec impatience. Phyl m'a raconté l'histoire, mais seulement dans ses grandes lignes.

— Il n'y a pas grand-chose à dire. J'ai eu un accident. Mais la police pense que ce n'en était pas un. Elle croit que quelqu'un a voulu me tuer. » Béa releva les mèches mouillées qui lui retombaient sur les yeux, pour montrer les cicatrices dont son crâne était zébré, et elle raconta ce qu'elle savait à Millie.

« Je vais bien, maintenant, assura-t-elle, avide de se faire embaucher. La seule chose, c'est que... je ne me souviens plus de tout ça. Et j'ai oublié qui je suis...

— Et la police n'a rien fait ?

— Aucune personne me ressemblant n'a été portée disparue. Personne ne m'a réclamée. Personne ne semble se soucier de savoir si je suis morte ou vivante. Sauf Phyl. Et l'inspecteur Mahoney, évidemment. »

Millie tira d'un air pensif sur la dernière cigarette qu'elle avait allumée, avant de l'enfoncer dans le tas de mégots accumulés au fond du cendrier en cristal. « Bien, bien, dit-elle, une femme sans passé. » Elle dévisagea Béa, puis elle sourit et ajouta de façon énigmatique : « Parfaite compagne pour une femme sans avenir. Vous pouvez commencer immédiatement par aller me chercher un autre paquet de sèches dans ma chambre. Nous boirons un peu de thé. Dites-le à la Philippine de la cuisine, de l'Earl Grey pour deux. Et pas trop noir, cette fois-ci, sans ça je l'assomme. Avec des sandwichs. Saumon fumé et œuf salade. Pain de mie coupé en languettes, pas de croûte. Elle sait comment je les aime. Ensuite, vous téléphonerez pour faire venir un nouveau maître d'hôtel. Je n'aime pas ouvrir la porte moi-même. »

Elle jeta un regard à son énorme montre ornée de diamants. « Après ça, ce sera presque le moment de prendre ma première coupe de champagne. (Elle roula les yeux vers le ciel et fit la grimace.) Bon Dieu, à l'âge que j'ai, pourquoi dois-je encore penser que le fait de prendre un peu de vin pétillant avant de voir le soleil passer derrière la maison est le commencement du déclin — surtout que je me fiche pas mal du déclin ? De toute façon, ce n'est pas l'alcool qui me tuera, ce sera ces sacrées sèches. »

Béa s'enfonça dans les profondeurs de l'appartement de quatorze pièces avec vue sur Central Park. Sa petite chambre tapissée de bleu et de blanc voisinait avec les chambres princières de Millie. « Assez près pour que vous m'entendiez hurler si j'ai besoin de vous », lui dit joyeusement sa patronne. Elle était assise sur le lit de Béa, fort occupée à regarder celle-ci déballer ses affaires et à porter des jugements critiques sur chaque vêtement que la jeune femme suspendait dans l'armoire.

« Mmm, vous n'êtes pas portée sur les couleurs, ma chère, constata-t-elle avec réprobation en voyant apparaître une nouvelle robe de toile, dans les tons neutres. Comment pouvez-vous espérer vous faire remarquer si vous mettez du beige ? Voilà bien l'influence de Phyl ! Vous savez, je n'ai jamais vu cette femme autrement qu'en noir et blanc. Je peux vous dire qu'il y aurait de quoi me rendre dingue. »

Elle sourit en soufflant une bouffée de fumée et ajouta d'un ton suffisant : « J'ai toujours trouvé que le meilleur moyen d'attirer le regard d'un homme, c'était de porter des couleurs voyantes. Du rouge, de préférence. Avec quelques gros diamants, bien sûr. Mais enfin, je comprends qu'après ce que vous venez de traverser vous n'ayez pas envie de vous faire remarquer pour le moment. (Elle tapota la main de Béa avec commisération.) Ne craignez rien, ma chère petite, vous serez en sûreté avec Millie. »

Béa sourit avec gratitude. Elle devinait que la vie avec cette femme serait une succession de hauts et de bas, mais elle sentait que Millie était foncièrement bonne sous son aspect de femme abusive.

« Qui a besoin d'hommes, d'ailleurs ? » demanda Millie en brandissant un chandail de couleur cuivrée, presque identique à la teinte des cheveux de Béa... Elle hocha la tête en signe de désaveu. « J'ai été mariée trois fois, ma chère petite. D'abord à un joueur de polo ; puis, à l'époque où j'allais aux courses, avec un jockey ; enfin, avec un play-boy international. Et laissez-moi vous dire qu'il n'y a rien de moins *drôle* qu'un play-boy. Après ça, j'ai trouvé que trois fois c'était suffisant. Je ne suis pas faite pour le mariage. Ça ne veut pas dire que je n'ai plus jamais ressenti ce drôle de petit pincement... (Ses yeux sombres brillèrent d'un air polisson.)... mais au moins je ne les ai pas épousés. »

Béa rit avec elle. Millie ajouta avec impatience : « Dépêchez-vous de vous changer, ma chère petite. Nous allons déjeuner au Cirque. Mettez la plus élégante de vos robes beiges et un beau sourire. Ensuite, préparez-vous à savourer quelques-uns des meilleurs plats que l'on trouve à New York. Et prenez soin de commander ce qu'il y a de plus grossissant. Ça ne vous fera aucun mal de rembourrer un peu vos os. Ce soir, nous irons à un dîner électoral au Waldorf. Le Président prendra la parole, vous savez. J'ai pensé que cela pourrait être intéressant, et j'ai retenu une table. Comme ça, je vous présenterai à des tas de gens. »

Béa sentit le cœur lui manquer à cette idée, et Millie saisit son regard plein d'appréhension. Elle reprit avec brusquerie : « Bien sûr, vous serez à la hauteur. Je leur dirai seulement que vous avez eu un accident et que votre mémoire est un peu floue. (Elle hurla de rire en concluant :) A part ça, vous êtes une jeune femme parfaitement normale. »

Pendant deux semaines, Béa fut plongée dans un tourbillon de déjeuners, de banquets destinés à lever des fonds pour ceci ou cela, et de bals de charité. Et elle s'habitua à entendre Millie s'insurger sans cesse contre la simplicité de ses vêtements, la discrétion de son maquillage et son refus d'ingurgiter de substantiels breakfasts.

« Vous êtes aussi méchante que ma mère, lui rétorqua un jour Béa qui venait de refuser un autre dessert, lors d'un déjeuner élégant.

— Même votre mère n'aurait pas refusé un dessert au Lutèce. (Millie lui jeta un regard exagérément indifférent avant de demander :) Comment était votre mère ? »

Un frisson de panique parcourut le dos de Béa. Elle

jeta un regard vide à Millie. « J'ai dit ça, à propos de ma mère... et pourtant, en ce moment, si je cherche à retrouver son image, le son de sa voix quand elle me disait : “Mange ton breakfast, sans ça tu ne deviendras pas grande et forte”, tout ce que je vois c'est ce grand mur vide dans ma tête où il n'y a rien. »

Elle avait élevé la voix, et Millie lui tapota la main pour la calmer. Phyl avait demandé à son amie de relever le moindre signe qui indiquerait le retour de la mémoire chez Béa, mais Millie n'avait pas compris combien cela troublerait la jeune femme.

« Pauvre enfant, déclara-t-elle d'une voix douce, très différente de son timbre habituel, bruyant et haut perché. Vous devez vous sentir désespérément seule. Et je peux vous dire que j'en sais moi-même un bout sur la solitude. Nous devons nous remonter le moral l'une l'autre, n'est-ce pas ? Après tout, nous partons pour Paris la semaine prochaine, et il n'y a rien de tel que la France pour mettre de la joie au cœur d'une fille. »

Béa espérait bien qu'elle avait raison.

## 10

Mahoney téléphona à Phyl quelques jours plus tard. « J'avais noté de vous appeler, déclara-t-il sur le ton de la confidence. Vous vous souvenez ? Vous deviez m'inviter à dîner ?

— En échange de Coco. Je m'en souviens. Et comme je suis une femme qui paie toujours ses dettes, Mahoney, vous pouvez me dire où et quand vous voulez que je vous invite. »

Il sentit qu'elle souriait. « Demain. N'importe où, sauf dans un McDonald. »

Elle rit. « Demain, d'accord. Venez me chercher à 7 heures et demie.

— 7 heures et demie, répéta-t-il en décroisant les doigts, tout heureux de sa bonne fortune, car il n'avait pas vraiment pensé qu'elle accepterait.

— Hé, Mahoney... ce ne sera pas dans un McDonald. Aussi, habillez-vous de façon correcte, pour une fois, hein ? »

Il rit très fort en raccrochant le téléphone.

Il sonna à sa porte dès 7 h 30, le lendemain soir. Elle ouvrit et le contempla en silence dans son élégant costume sombre, sa chemise blanche et sa cravate en soie, ornée de fleurs rouges. Ses cheveux noirs au sortir de la douche étaient encore humides et portaient des traces de peigne. Elle aurait pu se regarder dans le dessus de ses souliers, tant ils étaient bien cirés. Il tenait un petit bouquet de fleurs dans une main et un sac en papier brun dans l'autre.

« Vous ressemblez à un flic qui cherche à se donner

l'allure d'un citoyen irréprochable, remarqua-t-elle avec amusement.

— Ouais ; et vous, vous avez l'air de vous radoucir un peu », répliqua-t-il. Il sourit en la voyant rougir. Sa chevelure sombre n'était pas étroitement nouée, à son habitude, mais retombait sur ses épaules. Elle était en noir comme toujours, mais portait un vêtement très court assez transparent avec une jupe provocante, et elle fleurait bon le lilas et le gardénia.

Il l'admira en lui tendant le bouquet. « Votre parfum est meilleur que celui des vraies roses.

— C'est Bellodgia, répliqua-t-elle froidement. Un peu vieux jeu, mais cela convenait à mon humeur de ce soir. Merci pour vos superbes roses. »

Elles étaient roses avec un soupçon de crème, et leurs pétales commençaient à s'ouvrir.

« On appelle ça des *Oceana*, dit-il, et j'ai pensé que c'était comme des roses de jardin. Un peu vieux jeu, à l'instar de votre parfum. Il semble que ce soit de mise ce soir. (Il tendit le sac en papier brun au chat qui se lovait autour de ses jambes en miaulant.) Et ça, c'est pour la jeune Coco, pour l'occuper pendant que le doc est de sortie. »

Ils rirent en voyant le chat déchirer l'emballage de la fausse souris et la lancer en l'air pour sauter après elle.

Phyl offrit une coupe de champagne à Mahoney.

« Merveilleux choix, dit-il en goûtant avec l'air d'un connaisseur. Ce n'était pas évident. La maison Laurent Perrier est une vieille et noble firme ; son "Grand Siècle" est l'un des meilleurs champagnes que l'on puisse trouver. »

Phyl le regarda avec surprise. « Vous n'en finirez pas de m'étonner, Mahoney. Personnellement je n'aurais jamais reconnu ce "Grand Siècle" en me contentant de le goûter. Comment diable avez-vous fait ? »

Il haussa les épaules avec nonchalance. « C'est seulement l'une des choses que l'on nous apprend à l'école des flics, répondit-il en riant pour la taquiner. Non. Ce n'est pas vrai. En fait, j'ai passé un an en France après ma licence, dont quelque temps à Épernay pour faire les vendanges. Dans ce coin-là, chaque bistro, chaque café vend du champagne comme si cela allait de soi, et je me suis formé le goût en tâtant des grands crus. J'aimais tellement ça que je me suis mis en devoir de faire le tour des grandes maisons. J'ai un assez bon palais et je savais ce que j'aimais. Ce champagne compte parmi mes préférés. (Il haussa les épaules.) Comme vous voyez, il n'y a pas de mystère. C'est une chance que vous ayez choisi mon champagne favori.

— Je vous aurais presque demandé de préparer également le dîner, dit-elle en plaisantant. Il est difficile de faire mieux que vous.

— Quand vous voudrez, doc. Vous n'avez qu'à me siffler, et j'accourrai pour vous proposer mes spécialités italiennes. Le risotto aux champignons sauvages de Marcella Hazan, la soupe au pistou et les petites niçoises farcies de Roger Vergé, les lasagnes végétariennes à l'ancienne mode, comme les préparait ma mama. Et les meilleurs desserts que l'on puisse trouver à l'ouest de Rome.

— Tiramisu ? » demanda-t-elle. C'était l'un de ses préférés.

« Déteste ce truc ; mais si vous aimez ça, doc, je vous en ferai.

— Pas ce soir, dit-elle en ramassant sa veste. Et il se fait tard. »

Mahoney fronça les sourcils à la vue de la longue limousine noire qui les attendait au bord du trottoir. Phyl lui jeta un regard moqueur pendant que le chauffeur leur ouvrait la porte de la voiture. « Vous ne pensiez pas que j'allais vous laisser conduire après avoir bu, n'est-ce pas ? Je ne voudrais pas être responsable de votre échec, le jour où vous briguerez la mairie. »

Il jeta un coup d'œil plein d'appréhension par-dessus son épaule avant de monter dans la voiture derrière elle. « Au moins, elle est noire, dit-il avec quelque nervosité. Si l'un de mes collègues me voit, j'espère qu'il me croira revenu d'un enterrement, au lieu de penser que je suis un peu gigolo sur les bords. Doc, la limousine n'était pas prévue au contrat. Tout ce que je demandais, c'était un simple dîner.

— Et c'est tout ce que vous aurez, répliqua-t-elle d'un ton serein. Le meilleur simple dîner que vous ayez eu depuis un certain temps, je parie. Et peut-être même pas, ajouta-t-elle en pensant à ses spaghettis. D'abord, est-ce que ça vous dérangerait de m'appeler Phyl au lieu de doc, juste pour ce soir ? D'une certaine façon, cela convient mieux à la circonstance. »

Il hocha la tête avec solennité. La voiture se dirigeait vers le Nord et pénétrait dans le comté de Marin. « Il en sera selon vos désirs, Phyl. (Il lui serra la main.) Je m'appelle Franco. Et savez-vous ? Un gars pourrait très vite s'habituer à ce genre de vie. Jolies femmes, limousines, bonne chère... Peut-être suis-je mort, pour me trouver ainsi au paradis ?

— Ne pariez pas là-dessus, Franco », lui conseilla-t-elle.

C'était une soirée exceptionnellement chaude pour un mois de mai et, à l'auberge de Lark Creek, les fenêtres s'ouvraient sur l'air embaumé du ruisseau aux Alouettes. Les flammes des chandelles clignotaient sur les tables dans la brise légère, pendant qu'ils sirotaient un verre de riche merlot californien. « C'est un paysage d'une beauté crispée, déclara Mahoney, comme vous.

— Merci, Franco, mais dites-moi pourquoi il y a

toujours une réticence dans les compliments que vous faites. »

Il poussa un soupir volontairement exagéré. « Je ne sais pas, Phyl, je suppose qu'il vous faudra me psychanalyser pour comprendre ce qui ne va pas dans mon psychisme.

— Il n'y a rien qui n'aille pas dans votre psychisme, rétorqua-t-elle. C'est votre tête qui pose un problème. Elle est tout enflée, à cause de l'attention que vous prêtent les médias. (Elle se pencha avec intérêt.) Dites-moi, comment faites-vous pour résoudre autant d'énigmes criminelles insolubles ?

— Beaucoup de travail. De l'intuition. Un examen poussé des circonstances. Un œil exercé — il en faut pour inspecter les lieux du crime. Et une mauvaise mémoire, pour les horreurs qu'on est amené à voir. (Il fit la grimace.) Il n'y a rien de bien glorieux à être un flic chargé des homicides, Phyl. Sauf quand ce personnage est créé par les médias.

— Alors, pourquoi avoir choisi ce métier plutôt que celui d'enseignant ?

— Mon arrière-grand-père irlandais était flic. De même que mon grand-père italien et mon père. On dirait que je n'ai pas pu surmonter l'influence de mes gènes.

— Ou que vous vouliez vous battre pour le Bien, suggéra-t-elle d'une voix douce. Aider votre prochain.

— Bien sûr. (Il rit.) J'avoue être saint Franco. Ça amuserait bien les gens de la brigade. Phyl, la vérité est que je suis un flic consciencieux qui, pour une raison que je n'ai pas encore découverte, prend plaisir à attraper les dingues et les assassins... des gens qui croient pouvoir jouer à être Dieu le Père et tuer leur prochain, rien que pour se donner des sensations. Ou pour cinq dollars. Ou parce qu'on les a simplement regardés de travers. Et les violeurs qui tuent leur victime afin qu'elle n'aille pas tout raconter. Et les gamins qui attachent leur grand-mère avec un bas autour de la gorge et la regardent s'étrangler jusqu'à en mourir, pour mettre la main sur les maigres économies qu'elle a faites sa vie durant. Cent cinquante dollars cachés sous un vieux matelas. Et qu'est-ce qu'un gamin comme ça veut en faire ? Acheter une paire de Nike pneumatiques, une veste de cuir minable pour impressionner sa petite amie, à qui il paiera peut-être quelques cokes avant qu'elle le laisse tomber. »

Le beau visage de Franco était grimaçant, et Phyl le contempla avec horreur. « Je suis désolé, reprit-il doucement, mais vous m'avez posé la question.

— Je comprends. »

Il la regarda avec admiration. La brise faisait osciller les flammes des chandelles, dont la lumière se projetait en hauteur sur le visage de Phyl. Ses épaules et les rondeurs de sa poitrine semblaient crémeuses sur le fond de mousseline noire. « Vous devriez porter du rouge, dit-il d'un ton badin, pour changer d'humeur et de terrain. Cela irait merveilleusement bien à votre teint. »

Elle baissa les yeux avec embarras, car la conversation était soudain devenue intime. « Le rouge est bon pour les putes de Las Vegas, déclara-t-elle froidement. Ou pour les vieilles dames trop bien habillées qui font des croisières.

— Vous croyez ? (Son regard était moqueur.) Certains d'entre nous pensent que c'est la couleur des roses et de la Saint-Valentin. Qu'en dirait une bonne psychiatre ?

— Elle dirait qu'à votre âge vous êtes encore bêtement romantique, Franco Mahoney. »

Ils rirent tous deux, et Mahoney pensa qu'il aimait beaucoup sa tranquille indépendance d'esprit. Ils savourèrent leur poulet rôti en échangeant des propos qui tiraient des étincelles de l'un comme de l'autre. Franco jura que ce poulet avait été élevé par un expert et accommodé par une grand-mère qui connaissait son affaire.

« Je n'aurais pas pu faire mieux moi-même, dit-il avec un soupir de satisfaction. Vous avez fort bien choisi l'endroit, docteur Phyl. Vous me connaissez mieux que je ne pensais.

— C'est mon métier, répliqua-t-elle avec un sourire malicieux. Mais j'insiste pour que vous goûtiez au pudding de pain et de beurre. C'est tout simplement le meilleur que l'on puisse trouver.

— Si c'est vous qui le dites, madame... Vous voyez, je ne suis que de l'argile à modeler entre vos mains. (Il rit encore. Il s'amusait beaucoup.) Je pourrais aisément m'habituer à ce rôle de pantin : limousines, vins, dîners, une superbe compagne pour payer tout cela. Mais il me semble que c'est un tantinet extravagant pour le prix d'un petit chat.

— Pas de n'importe quel petit chat. (Elle lui saisit la main, à travers la table, et il la regarda avec étonnement.) Vous avez eu raison, bien sûr, ce soir-là. Vous avez analysé avec une grande justesse mon moi égoïste et compartimenté. Je n'aurais jamais osé me montrer aussi sincère avec moi-même. Je ne me serais jamais arrêtée à réfléchir au passé et à regarder le présent en face. Mais grâce à vous, à Coco et à Béa, ma vie a changé. »

Il la regarda avec une curiosité inquisitrice. « Vous voulez me parler de votre passé ? »

Elle baissa les yeux en dessinant des traits sur son couteau avec le doigt, et baissa la voix à tel point qu'il dut se pencher vers elle pour l'entendre dire avec hésitation : « J'ai été mariée, dans le temps. Nous étions trop jeunes, naturellement. Nous faisions tous deux notre internat à l'hôpital général de Chicago. C'est peut-être l'hôpital des États-Unis où l'on est le plus occupé, surtout pendant le week-end. Il y avait ce que l'on appelait le "spécial du samedi soir", encore que le vendredi était tout aussi agité. Les gens étaient de sortie ; ils buvaient, se battaient, s'entr'égorgeaient. C'est là que nous nous étions rencontrés, dans la salle des Urgences, penchés sur un homme blessé à coups de couteau. Il était de Stanford. J'étais de Yale. Nous nous sommes détestés à première vue, et bien sûr nous sommes tombés amoureux l'un de l'autre. »

Elle sourit tristement en évoquant tout le charme de la jeunesse et de l'amour. « C'était un garçon à l'ancienne mode. Il voulait le mariage. Des enfants. Une femme au foyer qui s'occuperait de la famille. L'enfant est venu presque immédiatement. Une fille. Si jolie, si mignonne. (Elle leva les yeux vers lui, le visage soudain illuminé.) Oh, Franco, vous savez que certains bébés donnent l'impression d'être toujours en train de pleurer... Eh bien, celui-là, c'était tout le contraire. Un bébé rêvé. Dès le premier jour.

» La famille de mon mari était riche. Elle payait les études de son garçon à l'École de médecine. Ce n'était pas la même chose pour moi. J'avais été une enfant abandonnée en bas âge. Je n'ai jamais vraiment connu ma mère, et je n'ai pas eu de père. Quand ma mère est partie, on m'a présentée à un juge qui m'a placée dans une famille nourricière. J'ai connu sept foyers de ce genre entre trois et dix-sept ans. Bon Dieu, comme ma mère m'a manqué pendant toutes ces années ! Même maintenant... il est difficile de s'habituer à l'idée qu'on n'a pas voulu de vous.

» Alors, vous pensez, j'étais bien décidée à ce que ça n'arrive pas à ma petite fille. J'ai renoncé à mes ambitions pour devenir une maman à plein temps dans une jolie petite maison de Dearborn. Mon mari travaillait dix-huit heures par jour. Il était épuisé. Je comprenais. Après tout, j'avais été logée à la même enseigne. Je lui ai dit que nous devions prendre des vacances. Juste nous deux. » Il y eut un silence interminable pendant lequel Phyl garda les yeux baissés vers la table. Franco attendait ; il avait peur de parler.

Enfin, d'une voix étranglée par l'émotion, elle murmura : « Nous avons confié le bébé à ses grands-parents, à San Diego. Nous l'avons embrassé pour lui dire au revoir. Elle nous a fait des signes avec son petit bras potelé, nous a envoyé des baisers, et nous sommes partis pour le Mexique. Du ciel bleu, la mer, la tranquillité parfaite, juste pour une semaine ou deux. »

Franco vit la plaie ouverte dans son âme quand elle leva les yeux et lui adressa un regard vide et bleu. Il tendit la main pour saisir la sienne. Il aurait voulu l'envelopper dans ses bras, lui dire que tout allait bien.

« Nous n'étions pas là-bas depuis deux jours que nous avons reçu un coup de téléphone. On craignait une méningite. Il n'y avait pas de vol régulier avant le lendemain matin. Pas de charter avant plusieurs heures.

— Ne me racontez pas, demanda Franco en saisissant ses mains glacées. C'est trop pénible. Je comprends. »

Phyl ne sembla pas l'entendre. Ses yeux étaient brillants de larmes contenues. « Elle est morte avant que nous ayons pu la revoir. Elle avait tout juste deux ans. Et la seule chose à laquelle je pouvais penser, c'était qu'elle avait dû m'appeler. Maman, maman... et je n'étais pas là. *Sa maman n'était pas là.*

— Oh, mon Dieu », s'exclama Franco, qui partageait sa peine.

Il la vit lutter pour reprendre son sang-froid. « Il m'a fallu deux ans pour m'en remettre. Parfois, je me demande si cela n'a pas fait de moi un meilleur médecin, d'avoir dû traverser une épreuve pareille. J'essaie de ne pas y penser ; mais, d'une certaine façon, lorsque j'ai vu Béa à la télévision et qu'on l'a donnée pour morte, tout cela m'est revenu, et j'ai pensé à sa mère qui n'était pas là non plus, à qui l'on annoncerait la nouvelle... la mort de sa fille...

— Merci de me l'avoir raconté », dit Franco avec simplicité.

Phyl hocha la tête. « C'était tout aussi pénible pour mon mari. Il pensait que nous aurions un autre enfant immédiatement, mais je n'aurais pas pu le supporter. Je suis retournée à la fac de médecine, à la vie épuisante de l'hôpital... Nous avons divorcé au bout de deux ans. Il a une bonne réputation de médecin à San Diego, où il exerce. Marié, quatre enfants. Et moi, je suis le Dr Phyl qui s'occupe de presque tout, sauf d'elle-même.

— C'est peut-être ce que vous devriez faire, maintenant. Penser un peu plus à vous, en même temps que vous pensez à Béa. La vie est faite pour les vivants, Phyl, et vous êtes une femme qui peut donner beaucoup. Accordez-vous un répit, aimez-vous davantage vous-même.

— Comme ça, peut-être quelqu'un d'autre pourra-t-il m'aimer ? (Elle réussit à sourire.) Penser à moi ? La Vierge de glace ? Oh, je n'en crois rien, Franco. J'ai choisi ma voie. »

Il la dévisagea. Comme elle était belle, avec les larmes qui brillaient sur ses longs cils noirs, avec sa bouche frémissante ! Il pensa que, sous son air invincible, Phyl Forster était la plus vulnérable des femmes qu'il connaissait. L'une des plus braves et des plus solitaires. Il savait qu'un jour elle finirait par craquer. D'une certaine façon, il espérait être là quand la chose se produirait. Il serra plus étroitement ses mains et se pencha pour en baiser les doigts.

« Bon, maintenant vous savez ce que je suis vraiment. Assez parlé du passé. (Elle fit disparaître ses larmes avec un battement de paupières et lui adressa un regard étincelant.) Parlons de Béa. (Elle libéra ses mains et fit mine de rejeter ses cheveux en arrière.) Commandons ce pudding au pain et au beurre », ajouta-t-elle avec élan, et il admira de nouveau son courage tout en déplorant son comportement.

Elle lui dit que Millie occupait Béa en permanence et que celle-ci en était fort aise, car elle ne savait toujours pas qui elle était ni ce qu'elle était.

« Il y a un trou si énorme dans sa vie, voyez-vous ! C'est ce qui la terrifie, expliqua Phyl. Son existence n'a pas d'arrière-plan. Tous les souvenirs qui forment la substance d'une personne lui manquent : elle ne se rappelle pas ses parents, ses frères, ses sœurs, ses cousins, son école, son lycée, ni les matches de football à l'université ni les brigades de jolies filles chargées d'acclamer les équipes. Elle ne sait pas à quoi ressemblait son existence. Elle dit que ça la rend folle mais, à mon avis, c'est délibérément qu'elle veut faire disparaître le passé et vivre dans l'instant présent. Demain, elle s'envole avec Millie pour Paris.

— Très bien. Ça vaut mieux pour elle que de broyer du noir dans votre appartement en attendant que la mémoire lui revienne. Ou que l'assassin fasse une nouvelle tentative.

— Vous croyez vraiment que ce sera le cas ? » Elle avait les yeux écarquillés et semblait effrayée.

« Que puis-je vous dire ? (Mahoney tendit les mains, paumes en l'air, pour exprimer son ignorance.) Nous avons échoué dans toutes nos tentatives, et l'affaire se trouve officiellement mise de côté. Rangée dans le tiroir des mystères non élucidés. Pour la plupart des gens, il s'agissait d'un tueur occasionnel lâché dans la nature, et n'importe qui aurait pu en être victime. Le hasard voudrait qu'il soit tombé sur Béa.

— Et c'est ce que vous pensez ? »

Phyl semblait si affolée que Mahoney eut envie de mettre ses bras autour d'elle ; de lui dire qu'il trouverait l'assassin ; qu'il démêlerait l'affaire et qu'elle n'aurait plus jamais besoin d'avoir peur. Mais il ne pouvait rien promettre de tel. Il répondit :

« Non, je ne partage pas cette idée. Je crois qu'il s'agissait d'un assassinat prémédité, en connaissance de cause. Le type savait qui était Béa, et il avait ses raisons pour vouloir s'en débarrasser. Ce que je dois découvrir, c'est le pourquoi. Mais, tant que Béa n'aura pas retrouvé la mémoire, je crains qu'il n'y ait pas grand espoir.

» Le travail d'un inspecteur comporte cinquante pour cent de corvées et cinquante pour cent d'intuitions, ajouta-t-il avec amertume. On en arrive à sentir qui sont les méchants même s'ils ne diffèrent pas des autres, en apparence. Des gens comme il faut, qui semblent parfaitement honnêtes. Mais le célèbre Dr Forster doit savoir mieux que quiconque ce qui se passe dans la tête de ces gens-là, dans leurs recoins profonds et obscurs. Ce qui se cache sous les bonnes manières, le charme et les beaux habits de ceux qui battent leurs femmes, qui abusent des enfants, qui tuent. Des gens comme vous et moi.

— Parlez pour vous, rétorqua-t-elle. Et dites-moi quel est le doux et charmant jeune homme aux excellentes manières qui a voulu tuer Béa. Et pourquoi.

— Je ne désespère pas de vous le dire. Je peux au moins vous promettre ça. »

La brume accrochait des guirlandes de volutes fantomatiques sur la route, pendant le retour. Phyl fermait les yeux en se laissant aller avec lassitude contre les coussins. « Dites-moi maintenant que ce n'était pas une bonne idée de louer cette limousine, Mahoney, murmura-t-elle.

— Ce n'était pas une bonne idée, doc, répéta-t-il docilement, et elle poussa un grognement.

— J'attends toujours, ajouta-t-elle.

— Quoi donc ? »

Elle mit sa tête sur son épaule, et il sourit en regardant apparaître devant eux les tours illuminées de la grande ville.

« La citation poétique, bien sûr. Je ne vous ai pas encore vu rater une occasion ni manquer de ressource.

— Vous avez raison. (Il réfléchit un instant avant de demander :) Que pensez-vous de ceci ?

*Elle marche en beauté comme le fait la nuit*
*Des contrées étoilées et des cieux sans nuages ;*
*La noirceur et l'éclat n'offrent rien de parfait*
*Qui ne soit dans ses yeux et dans son personnage...*

Byron.

— Je sais. » Elle avait ouvert les yeux et le regardait.

« Peut-être un peu vieux jeu, mais de circonstance. C'était censé être un compliment adressé à ma compagne, qui est belle comme la nuit. »

Ses yeux lui souriaient dans l'ombre. « Merci, Mahoney, murmura-t-elle.

— Franco, s'il vous plaît. » Il lut dans ses yeux ce qu'elle voulait dire et lui caressa tendremant la main.

La limousine s'arrêta devant l'immeuble de Phyl ; Mahoney se précipita pour faire le tour de la voiture et tenir la portière sans laisser au chauffeur la moindre chance de le gagner de vitesse. Il regarda Phyl, renversée sur les coussins de la banquette. Il y avait des cernes violets sous ses yeux, et son rouge à lèvres avait disparu. Il pensa qu'elle ressemblait à une jeune fille fatiguée. Il saisit sa main et la conduisit jusqu'en haut des marches qui menaient à la porte. « Allez prendre un peu de sommeil. »

Il baissa la tête pour l'embrasser légèrement sur la

joue en respirant son parfum. « Merci, doc, pour cette soirée mémorable. C'était très agréable. »

Elle hocha la tête. « Vous me faites rire, Mahoney, j'aime ça. »

Il sourit. « C'est mon métier, madame, je suis ici pour vous servir.

— Eh bien, vous pourrez me servir à dîner la prochaine fois.

— Oui, madame, c'est entendu, quand vous voudrez. »

Elle l'observa pendant qu'il regagnait la voiture. Il se retourna et lui rendit son regard ; elle dit doucement : « Et merci, Mahoney, de m'avoir écoutée. Et de ce que vous faites pour Béa... Je sais que si quelqu'un peut trouver l'assassin, c'est bien vous. »

Il lui adressa un salut moqueur et cita :

« *Donc, si je peux être un heureux amant*
*pour égayer des journées chargées de souvenirs*
*je suis résolu à faire le méchant*
*et haïr les vains plaisirs de ce jour.*

Shakespeare, *Richard III*. »

Elle roula les yeux vers le ciel en feignant un accès de désespoir tout en lui adressant des signes d'adieu ; mais elle souriait de nouveau, et il referma la portière. Le chauffeur de la limousine eut un haut-le-corps quand Mahoney lui dit de le déposer à la vieille prison municipale.

« Je voulais seulement savoir si vous étiez bien éveillé, ajouta Mahoney en souriant. Alors, au commissariat central !

— Même bâtiment, n'est-ce pas ?

— Ça pourrait être également le même endroit ! »

Il voulait seulement examiner le dossier de Béa une fois de plus. Il était sûr qu'il s'y trouvait quelque indice susceptible de fournir la clef de l'énigme.

# 11

Millie et Béa occupaient la suite Chanel au Ritz de Paris. Elles avaient passé leurs premières journées chez les couturiers de l'avenue Montaigne pour commander la garde-robe d'automne dont Millie voulait se parer, et chez les antiquaires de la rive gauche où elle avait l'habitude d'acquérir des monceaux d'objets. Elle achetait n'importe quoi, sur une envie du moment, pour le regretter en général par la suite.

« A vrai dire, ma chère petite, mon père fabriquait des articles de plomberie à Pittsburgh, comme son père l'avait fait avant lui », raconta-t-elle un soir à Béa, alors qu'elles prenaient un verre au bar du Ritz avant le dîner, et que la vieille dame observait les clients pour voir si elle ne reconnaissait pas quelques relations.

» C'est ainsi que je peux me payer tout ça, avoua Millie. Papa avait amassé une fortune considérable avant d'être tué lors d'un accident survenu dans l'usine. C'était un homme encore jeune ; et il laissait une veuve, ma mère, encore plus jeune que lui avec une fillette de quatre ans et énormément d'argent. Maman était une femme timide, sans beaucoup d'amis, et c'était une vie bien solitaire pour une enfant. (Elle soupira rétrospectivement en sirotant son Campari-soda.) Mieux vaut peut-être pour vous ne pas vous rappeler votre enfance, Béa. Elle pourrait avoir été aussi décevante que la mienne.

— Je ne pense pas, répondit Béa. Je n'ai pas gardé une mauvaise impression de mon passé. » Elle s'était habituée aux interrogatoires soudains et maladroits de Millie. Elle savait que sa patronne se contentait de suivre les instructions de Phyl et cherchait à se rendre utile — jusque-là en vain. Sauf que Béa se sentait tout à fait chez elle à Paris. Elle parlait si couramment leur langue que les Français lui faisaient le plus grand compliment possible en la prenant pour une des leurs.

Millie avait salué une personne qu'elle connaissait, de l'autre côté de la salle. Elle semblait avoir des amis partout où elle allait. Elle dit : « Si j'ai toujours été avide de changements et de sensations, c'est peut-être par réaction contre mon éducation provinciale et victorienne. J'ai toujours adoré le monde, les réceptions, les vêtements et les bijoux. Vous savez comme j'aime la pacotille et le clinquant. Quand j'étais petite, je voulais de la soie rouge au lieu de velours lie-de-vin. Je voulais des rubis au lieu de grenats, des diamants plutôt que des opales. J'aimais les grands hôtels où ma mère m'emmenait parfois en vacances, avec leurs lustres brillants et le scintillement des bulles dans un verre à vin en forme de coupe. Même quand j'étais très jeune, je préférais les orchidées aux roses thé, les bracelets en or étincelants aux sages cercles de jonc en ivoire.

» Je me rappelle encore que maman disait : “Tu dois manger toutes tes pommes de terre et tes légumes, Millicent, avant d'avoir ton dessert.” (Millie hennit avec mépris.) Il ne faut pas s'étonner si je suis ronde comme une citrouille et basse sur pattes... Et vous savez quoi, Béa ? (Elle se pencha pour se rapprocher de la jeune femme avant de lui confier dans un murmure tonitruant :)... je n'ai jamais porté de soie à même la peau avant d'avoir dix-huit ans. Avant la mort de ma mère.

» Je n'avais pas de famille, à part un cousin éloigné

dans l'Ohio. Il ne m'a plus jamais écrit après m'avoir envoyé ses condoléances. Aussi n'avais-je de comptes à rendre qu'à moi-même. (Elle fit signe au garçon d'apporter l'addition, qu'elle signa d'un paraphe flamboyant.) Mais je n'avais pas peur de prendre en main les rênes de ma vie et de galoper toute seule. Non, bonnes gens ! Pas Millie Renwick !

» J'avais hérité gros, v' savez, poursuivit-elle dans la voiture avec chauffeur qui les conduisait chez Robuchon. La grande maison de Pittsburgh, que je détestais, avec ses affreux tapis d'Orient et ses splendides lustres en argent. Outre cinquante millions de dollars. Et permettez-moi de vous dire, Béa, que cinquante millions de dollars c'était beaucoup d'argent dans les années 30. Surtout pour une jeune fille. J'étais une héritière. Une proie. »

Elle glapit de rire à cette idée. « J'ai quitté la maison et Pittsburgh pour Manhattan. Pris un appartement au Plaza. Engagé des gens qui s'y connaissaient pour m'accompagner faire des courses, et me suis payé une garde-robe entièrement nouvelle. Renouvelé de la tête aux pieds tout ce que j'avais sur la peau. (Elle soupira d'un air luxurieux à ce souvenir.) Et il me fallait de la soie — bien que le satin ne soit pas mal non plus. Rien que des couleurs éclatantes.

» J'ai commandé chez Buccelatti des montures neuves pour chaque bijou de ma mère et je me suis acheté un assortiment de nouvelles pierres, de toutes les couleurs, des boucles d'oreilles, des bracelets, des montres, des bagues. Puis je suis allée chez le coiffeur et j'en suis sortie quatre heures plus tard, transformée en blonde platinée comme Jean Harlow. Ça faisait fureur, à cette époque-là, ma chère petite. (Elle tapota affectueusement le genou de Béa.) Pendant des années, je n'en ai parlé à personne, vous savez. Sauf à Phyl. Elle m'a affirmé que ça me faisait du bien de parler.

Aussi, maintenant, je raconte tout à quiconque est assez bête pour m'écouter dire la vérité à mon sujet. (Elle rejeta avec soin sa lumineuse chevelure blonde sur le côté.) Enfin, une vérité approximative, corrigea-t-elle.

» Mais c'est alors, ma chère petite, que je me suis mise à regarder autour de moi, en quête d'un compagnon. Et je l'ai trouvé dans le monde des joueurs de polo, à Palm Beach. Je me suis offert un merveilleux château de style mauresque, un vrai bijou, et j'ai épousé un très bel homme, deux fois plus âgé que moi — le capitaine de l'équipe d'Argentine, qui était venu disputer un match en Floride. Bien sûr, je n'ai pas eu besoin d'attendre que Phyl me le dise, mais j'étais en quête de mon papa. De toute façon, ça n'a pas duré longtemps. *Au lit, il ne valait rien, ma chère petite*, murmura-t-elle bruyamment, une fois de plus, sur le ton de la confidence, ce qui fit glousser Béa. Ça ne veut pas dire que je m'y connaissais beaucoup moi-même ; j'étais vierge et novice, à l'époque. Mais je savais que ça aurait dû être mieux. Sans ça, pourquoi tant de gens le faisaient-ils ? »

Elles étaient arrivées au restaurant, et Millie y surgit pleine d'assurance, en serrant la main du maître d'hôtel et en appelant les garçons par leurs prénoms.

« Je n'avais pas compris que vous veniez si souvent à Paris, dit Béa avec étonnement. Partout où nous allons, tout le monde vous connaît.

— Ce n'est pas seulement pour mes beaux yeux, ma chère petite ; c'est aussi parce que je donne des pourboires phénoménaux, répondit Millie sur un ton astucieux. Je peux me le permettre, ça facilite beaucoup la vie et ça rend les gens heureux ; alors, pourquoi m'en priver ?

— L'argent n'est rien pour vous, n'est-ce pas ? remarqua Béa avec étonnement.

— Ne croyez pas ça, ma chère petite. L'argent est tout pour moi. Il m'a permis de me procurer beaucoup de plaisirs, et j'aime à penser que j'ai été capable de les partager avec autrui.

— Phyl dit que vous êtes une championne des bonnes causes.

— Elle dit ça à présent ? Dans ce cas, elle se trompe d'époque. Tout le monde sait que je suis seulement une vieille bique riche et frivole qui claque son temps et son argent dans des occupations égoïstes. Et c'est pourquoi nous sommes ici ce soir », conclut-elle en commandant le dîner pour toutes les deux, convaincue de savoir mieux que Béa ce qui convenait à celle-ci.

La jeune fille rit en observant le cadre du restaurant. Millie lui avait dit que c'était l'un des meilleurs de Paris et, au fur et à mesure qu'elle goûtait les plats, ce jugement se confirmait. Pendant ce temps, elle s'étonnait encore de voir sa patronne parvenir à manger sans cesser de parler.

« Après Palm Beach, j'ai fréquenté Saratoga et le monde des courses de chevaux. J'ai toujours eu un grand faible pour les paris. Et c'est comme ça que j'ai connu mon deuxième mari. »

Elle dégusta son bar farci tout en continuant d'évoquer ses souvenirs. « C'était un homme fluet, forcément. A cause de sa profession. Mais pas pour ce qui comptait. Il m'a appris bien des choses au lit, ma chère petite, je peux le dire. Même s'il me traitait un peu comme un cheval. J'ai toujours senti qu'il aurait aimé me harnacher — vous savez : me seller, me mettre des étriers et me cravacher. Après quoi, il m'aurait emmenée à l'écurie pour me laver au jet, m'étriller et m'apporter un sac de picotin. Ce genre de choses. Bien sûr, ça ne pouvait pas durer, mais je n'avais jamais pensé le contraire. Je ne cherchais pas la "durée". Après tout, je n'avais que vingt-deux ans et je continuais d'apprendre à me conduire dans la vie, en particulier avec les hommes.

» Après, il y a eu le play-boy. Il se disait noble ; c'était en partie vrai : il était le troisième fils d'un comte, et son frère aîné portait le titre. Mais c'était le plus bel homme que j'aie jamais vu. Un parfait animal mondain. Il avait pris part à toutes les festivités de la bonne société, depuis vingt ans. Je pensais que c'était le compagnon le mieux assorti à ma personne parce que, à l'époque, j'étais fermement décidée à me faire connaître comme la mondaine la plus célèbre de la décennie. Très Scott Fitzgerald, vous savez. Et à propos de Fitzgerald, je l'ai rencontré bien sûr à Cap-d'Antibes, avec cette épouse qui était dingue. Et Chanel. Et Picasso, cet affreux personnage. Et Cocteau. »

Elle soupira en se remémorant le joyeux temps de la Côte d'Azur. « Il n'y avait alors que de minuscules villages de pêcheurs, ma chère petite, et des journées ensoleillées à n'en plus finir. L'Hôtel du Cap était tout petit, mais c'était l'endroit le plus chic de la Côte.

» Pourtant — surprise, surprise ! — le play-boy vieillissant a perdu ses manières de play-boy, après avoir épousé la jeune héritière. Tout à coup, les mondanités l'ont dégoûté. Il a voulu se transformer en gentilhomme campagnard dans un grand château, avec des domestiques en livrée. Il commençait à envisager de se lancer dans la politique quand j'ai pris la poudre d'escampette. »

Elle s'esclaffa à ce souvenir. « Après ça, je suis rentrée aux États-Unis et j'ai acheté l'appartement de la Cinquième Avenue. Mais j'ai gardé la maison de Palm Beach, bien que je l'utilise rarement. Je n'ai jamais pu rester à la même place. L'herbe me paraissait toujours plus verte ailleurs, et je n'ai cessé de voyager, de traverser les océans sur les bateaux des lignes régulières ou des navires de croisière. J'ai sillonné les cieux dans des aéronefs divers ou sur les premiers Clipper de la Pan Am. C'était le bon temps. Aujourd'hui, il faut prendre ces ennuyeux 747 ou le Concorde, ou des jets privés Gulfstream... (Elle savoura ses souvenirs en même temps que son dessert et son café.) Vous comprenez maintenant, Béa, pourquoi on me connaît dans tous les grands hôtels d'un bout à l'autre de la planète.

» On m'y accueille à bras ouverts et, je suppose, avec une affection sincère, parce que je connais certains membres du personnel depuis une quarantaine d'années. Je me suis toujours montrée généreuse, et ils semblent me trouver drôle. Ils supportent mes excentricités et mes exigences. Comme vous, ma chère petite », ajouta-t-elle en donnant une tape affectueuse sur la joue de Béa.

Celle-ci lui adressa un sourire radieux. « Bien sûr que oui, répondit-elle avec sincérité. Merci de m'avoir raconté votre histoire.

— C'était à une condition, dit Millie en allumant une Marlboro ; j'espère bien entendre la vôtre en échange, un jour très prochain. »

Béa promit avec un sourire de faire de son mieux pour retrouver sa mémoire.

« Tout cela, c'est parce que mon père a été tué quand j'étais petite, reprit Millie dont les yeux devinrent soudain humides. Il me manque depuis toujours. Et le fait d'évoquer la Côte d'Azur m'en a donné la nostalgie. (Elle essuya ses larmes et regarda Béa avec des yeux où étincelait une idée soudaine.) Pourquoi ne pas y aller dès demain ?

— Mais Phyl arrive dans quinze jours, protesta Béa.

— Oui, mais, sans nul doute, elle sera occupée pendant toute la journée et la moitié de la nuit avec les psys de son congrès. Et puis, elle pourra prendre un avion pour nous rejoindre par la suite à l'Hôtel du Cap... Là, on m'accueillera comme la fille prodigue. »

Béa savait déjà qu'il était inutile de discuter. Quand Millie s'était mis une idée en tête, elle n'en démordait pas. Ce serait l'Hôtel du Cap. Et le lendemain même.

## 12

C'était le début de juin, et la Côte d'Azur était digne de son nom : tout n'était que ciel bleu, mer tranquille et flots d'azur, soleil étincelant. Ainsi que Millie l'avait prévu, le personnel de l'Hôtel du Cap l'avait accueillie comme une vieille amie. Elle occupait ses après-midi à jouer au bridge avec une foule de nouvelles relations pendant que Béa lézardait au bord de la piscine qui surplombait la Méditerranée, ce qui lui conférait un léger bronzage doré.

En s'examinant dans un miroir, une semaine plus tard, Béa pensa qu'elle semblait différente — *une femme nouvelle*. Elle secoua la tête pour faire bouffer sa chevelure afin qu'elle ressemble à un chrysanthème de cuivre tout hérissé. Ses mèches étaient assez longues désormais pour lui retomber dans les yeux et former une petite queue de canard sur sa nuque, mais elle décida de ne pas les faire couper encore. Elle rit en admirant sa chevelure. Elle était si heureuse d'en avoir une qu'elle ne la ferait peut-être plus jamais tailler.

Le matin, tandis que Millie s'attardait dans ses luxueux appartements, Béa errait dans les marchés en plein air, dans les rues d'Antibes et de Nice ; elle admirait les étals qui embaumaient la rose et le lilas, pleins de l'éclat des pêches, des abricots, des aubergines et des olives cueillis le matin même. Elle se joignait aux clientes élégantes qui fouinaient parmi les vestes et les jupes de toile — vendues à des prix promotionnels, malgré leurs griffes parisiennes — ou la bijouterie fantaisie à bas prix et les colliers en perles de verre aux couleurs brillantes.

Puis elle s'asseyait à la terrasse d'un café, secouant ses soucis comme des grains de poussière dans le soleil, pour contempler avec bonheur le monde derrière un café crème et un croissant au beurre. L'hôpital, les blessures, l'homme qui avait voulu la tuer semblaient se trouver à des millions de kilomètres. Seule la sombre terreur dont l'emplissait le sentiment de ne pas connaître son passé continuait de la hanter, sous la forme d'un cauchemar au cours duquel elle tombait indéfiniment dans un gouffre noir...

Certaines nuits, elle sautait du lit toute tremblante, pour courir à la fenêtre ouverte et contempler le ciel bleu-noir, sentir l'air frais sur sa peau fiévreuse, en attendant que son cœur cesse de battre follement pour reprendre son rythme normal. Ou aussi normal que possible, chez une jeune femme ignorant son identité. Mais, certaines nuits, le calme et la beauté ne l'apaisaient pas. Et elle sanglotait jusqu'à l'aube — moment où elle s'endormait, épuisée. Elle ne parlait jamais à Millie de ces nuits affreuses. Elle ne voulait pas l'encombrer avec ses propres problèmes. Et si Millie remarquait sa pâleur et ses yeux gonflés, elle ne faisait pas de commentaires.

Béa hésitait également à ennuyer Phyl. Elle considérait que ses nouveaux amis en avaient assez fait pour elle. Il lui appartenait désormais de prendre sa vie en main.

Millie avait loué une Mercedes blanche décapotable, et Béa conduisait quand toutes deux exploraient la Côte et les collines de l'arrière-pays. Millie regorgeait de souvenirs sur la région « au bon vieux temps », quand elle était jeune, insouciante, juste occupée par ses dîners, ses flirts, ses danses, ses paris aux courses ou au casino.

« Tout était intact, ma chère petite, disait-elle avec nostalgie. Vous auriez dû voir ça, Béa, quand à la place de cette enfilade de villes et de tours il y avait les petits villages de pêcheurs. Ce qu'il y a de bon dans la vieillesse, je suppose, c'est le souvenir de ce que l'on a fait et de ce que l'on a vu. On ne perd jamais ça, vous savez. »

Millie s'était jetée dans la vie mondaine frénétique de la Riviera ; elle retrouvait d'anciens amis et nouait de nouvelles amitiés, assistait à des inaugurations, des galas, des dîners et s'amusait ferme. En femme capable de satisfaire ses moindres envies et fantaisies, elle annonça soudain qu'elle allait acheter une maison sur la Côte, car c'était l'endroit qu'elle préférait.

Béa fit de son mieux pour l'en dissuader, en lui disant que c'était un simple caprice et qu'elle le regretterait ; Millie était catégorique. Elle avait pris sa décision : elle voulait passer les étés sur la Côte, « comme au bon vieux temps ».

Elles partirent donc à la chasse aux villas, le matin suivant. Millie s'était habillée pour l'occasion. Avec sa robe flottante, rouge et vert citron, ses boucles blondes dissimulées sous un chapeau de paille rouge, on aurait dit un gros oiseau tropical.

Elle jeta un regard critique à Béa, toute fraîche dans son T-shirt blanc et son short en soie bleu marine.

« Vous devriez toujours porter un chapeau, Béa, lui déclara-t-elle sévèrement. Croyez-moi, sinon vous le regretterez quand vous aurez quarante ans. Votre peau ressemblera à un vieux morceau de cuir. » Elle rit, et Béa se coiffa obligeamment d'une casquette de baseball où figurait l'insigne des Yankees. « Ce n'était pas ce que je voulais dire, ma chère petite, mais ça vous va bien. »

Béa conduisit la voiture jusqu'à l'élégante agence immobilière de Cannes, et Millie fit savoir à l'employé guindé et boutonné jusqu'au menton qu'elle cherchait « quelque chose avec de la classe ».

« Ne vous fatiguez pas à me montrer l'un de ces cubes en plâtre blanc, tape-à-l'œil avec des tas de marbres et de baies aux vitres coulissantes, sur des terrains à peine plus grands que des timbres-poste, l'avertit-elle. Je veux des terrasses, des balustrades, de vraies portes-fenêtres à la française avec des arcades et des colonnes... et la vue sur la Méditerranée. De la *classe*, mon cher. C'est ça que je veux. » L'agent immobilier haussa le sourcil pour lui assurer que son cabinet sélectionnait le meilleur choix.

Mais quelques jours plus tard, après avoir vu plusieurs douzaines de maisons, elle était aussi épuisée que son interlocuteur, et tous deux commençaient à perdre patience. « Je me fie à vous, dit-elle à Béa en se repliant sur le confort de son hôtel et de sa table de bridge. Vous savez exactement ce que je veux, ma chère petite. Trouvez-nous quelque chose de joli. »

Béa passa les jours suivants en plein bonheur, à zigzaguer le long de la Côte pour visiter des propriétés, sans rien voir de vraiment tentant.

Elle sillonnait les collines du côté de Vence quand elle remarqua que des nuages noirs s'amoncelaient de façon menaçante au-dessus de la montagne. La température augmentait avec l'humidité ; aussi décida-t-elle de s'arrêter pour prendre une boisson fraîche dans un café.

La petite place du village était déserte, et seul un jeune homme fort absorbé dans un travail d'écriture occupait une table à la terrasse.

Elle sirota sa boisson froide et se demanda, intriguée, ce qu'il pouvait bien rédiger avec autant de frénésie. Il était *presque* beau, constata-t-elle. Pas très grand, avec des cheveux bruns bouclés un peu ébouriffés, comme s'il s'était peigné avec les doigts une fois de trop. Son visage osseux attirait l'attention, avec cette bouche généreuse « finement ciselée », ainsi que l'aurait décrite un romancier romantique. Elle lui donnait une petite trentaine et se demandait s'il était écrivain — un écrivain célèbre qu'elle aurait dû connaître.

Elle se leva précipitamment quand un éclair zébra le ciel noir, aussitôt suivi par un coup de tonnerre et le tambourinage des premières gouttes de pluie. Un vent jailli de nulle part éparpilla les papiers de l'homme, et elle courut pour l'aider à les ramasser avant qu'ils ne fussent détrempés. Il la remercia en français, mais elle conclut à son accent qu'il était anglais.

Un nouvel éclair éclata, et la pluie commença de tomber à seaux tandis qu'ils couraient ensemble se réfugier dans le café. « Mieux vaut s'asseoir ici en attendant que passe l'orage, déclara-t-il en lui souriant. Laissez-moi vous offrir un verre, pour vous remercier d'avoir sauvé mes inestimables manuscrits. »

Ils prirent place devant le petit comptoir couvert de cicatrices pour boire un verre de rosé, et il se présenta : Nick Lascelles. Puis il lui demanda d'où elle venait.

Béa le regarda avec un visage sans expression. C'était une question si commune, si facile ! Pour n'importe qui d'autre. « San Francisco, je suppose », répondit-elle enfin.

Il la regarda avec étonnement. « Vous ne semblez pas en être sûre.

— Oh si, s'empressa-t-elle d'affirmer avec embarras. Évidemment, je le suis.

— Vous êtes en vacances ?

— En quelque sorte. Je suis censée travailler, mais ça ressemble davantage à des vacances. » Elle lui parla de Millie, de ses interminables parties de bridge à l'Hôtel du Cap et de son désir d'acheter une villa qu'elle-même, Béa, était supposée dénicher.

« Et vous, que faites-vous ici ? demanda-t-elle enfin.

— Une enquête pour un livre. Sur la criminalité qu'a connue la Riviera depuis le début du siècle. Les crimes passionnels, les actes de violence, le grand banditisme, les assassinats. Les crimes élucidés et les autres. (Il sourit.) Vous seriez étonnée si je vous disais leur nombre. »

Le tonnerre roula encore une fois de façon menaçante autour des collines, et il consulta sa montre. Puis il lui jeta un regard plein d'espoir. « L'orage est là pour un bout de temps. Voulez-vous que nous déjeunions ensemble ? »

Le café s'était rempli, et ils se glissèrent à une petite table près de la devanture. Béa regardait la pluie rebondir sur les pavés de la place, et elle réalisa soudain qu'elle s'amusait beaucoup. Nick Lascelles était gentil, jeune et séduisant ; il parla sans arrêt pendant tout le repas, généreusement servi pour soixante-quinze francs.

Au potage, il lui révéla que sa mère était française et son père anglais. « Il appartenait à l'une de ces "bonnes" familles qui ont un vieux nom et pas beaucoup d'argent, expliqua-t-il avec un grand sourire. J'étais l'élève le plus pauvre de l'école pour "garçons riches" où l'on m'avait envoyé en Suisse. Aucun hélicoptère ne venait me chercher avant le week-end pour m'emmener sur le yacht paternel comme la plupart des autres, aucun avion privé ne me ramenait à la maison pendant les vacances. »

En mangeant son omelette, il lui raconta qu'il ne restait plus rien de la fortune jadis considérable de sa famille, sauf un vieux manoir et quelques hectares dans le Gloucestershire, dont son frère avait hérité. Et un vieux vignoble en mauvais état près de Bordeaux, avec un très joli petit château qui lui avait été légué et qu'il cherchait à restaurer en y introduisant le confort du XXe siècle.

« Mais en réalité je suis écrivain, avoua-t-il enfin en attaquant son bifteck-frites. J'ai débuté dans un petit journal local et, après m'être escrimé comme un esclave à rendre compte des floralies et des fêtes religieuses, j'ai fini par entrer dans l'un de nos quotidiens les plus réputés. Ensuite, j'ai bifurqué et écrit un premier livre sur le vin. Puis un guide de la France. Des articles sur la vie en Europe pour les magazines américains. Ce genre de choses. »

La nourriture était si abondante que Béa ne put toucher ni aux fromages ni à la salade ; elle regarda avec ahurissement Nick dévorer de tout en lui racontant qu'il gagnait de quoi vivre décemment, mais engloutissait ses revenus dans la Charité — c'était le nom qu'il donnait à son vignoble — pour refaire les toits et acquérir de nouvelles cuves de fermentation en acier ainsi que du matériel moderne.

« Mais pourquoi ? demanda Béa dont la curiosité était attisée. Pourquoi vous donnez-vous le mal de sauver un vieux vignoble, alors que vous seriez bien plus à l'aise financièrement sans ça ? »

Ses doux yeux gris la regardèrent en face, gravement. « Je m'y sens obligé. Après tout, il appartient à la famille depuis près de deux cents ans. Je me dois de le garder en état afin de le transmettre à mes descendants. (Il grimaça un sourire en ajoutant :) Bien entendu, le toit s'effondre, les planchers sont pourris et les poutres vermoulues à mort elles aussi, d'après ce que j'en sais. Quant aux trente hectares de vignes, ils ont été négligés pendant deux bonnes dizaines d'années... Mais j'ai l'ambition de leur rendre leur splendeur. Je veux produire un grand cru avec une *appellation contrôlée*, et passer le reste de ma vie dans la magnificence. »

Il sourit encore avant de dire : « Je m'attends à y dépenser jusqu'à mon dernier sou pendant les vingt prochaines années au moins. C'est la raison pour laquelle je l'ai appelé le Château de la Charité — parce que je lui consacre tout mon argent. »

Béa éclata de rire en même temps que lui. Elle le sentait enthousiaste et déterminé à accomplir jusqu'au bout ce qu'il avait envie de faire ; or, quelque chose en elle aspirait à ce genre de force.

Ils avaient fini leur café, et l'heure tournait, mais elle l'invita à venir prendre un verre à l'hôtel, ce soir-là. « Vous ferez la connaissance de Millie, dit-elle. Je pense que vous sympathiserez, tous les deux. »

A 7 heures et demie tapantes, elle l'attendait, vêtue de sa plus belle robe : c'était un fourreau court, en lin couleur d'ambre, assorti à sa peau dorée par le soleil. Sa chevelure cuivrée et bouffante retombait sur ses épaules en vagues cascadantes, et ses yeux bruns inquiets s'éclairèrent quand elle le vit s'avancer à grands pas décidés vers elle.

Les cheveux ondulés de Nick étaient soigneusement peignés pour la circonstance, et il portait une veste de toile crème un peu fripée, une chemise blanche et des jeans. Béa lui trouvait de l'allure, mais elle remarqua le coup d'œil sévère que lui lança Millie lorsque celle-ci le mit en demeure de tout lui raconter sur lui-même.

« Nick n'a pas apporté son C.V., Millie, protesta Béa. Il est seulement venu prendre un verre. Parlons plutôt du temps ou d'autre chose.

— Je ne parle jamais du temps, répliqua Millie avec impatience. Le temps est bon ou mauvais, et il n'y a rien d'autre à en dire. Ce sont les *gens* qui m'intéressent. Béa m'a parlé de votre livre, mon cher garçon. Et j'ai la terrible impression que vous êtes peut-être en train d'écrire sur certains de mes anciens amis. Rien que des fripouilles, voyez-vous. Il y a quelque chose de si fascinant dans le crime, ajouta-t-elle avec un frisson de plaisir, même si notre pauvre Béa chérie ne partage pas cette idée. »

Béa lui lança un regard noir ; elle n'avait pas envie que Nick Lascelles apprenne ce qui lui était arrivé. En tout cas, pas encore.

Mais Nick plut tant à Millie qu'elle décida de le garder à dîner. « C'est si agréable de penser que Béa a un ami de son âge », déclara-t-elle. Embarrassée, Béa leva les yeux au ciel.

Mais Millie pensait sincèrement ce qu'elle venait de dire. Elle les contemplait d'un air approbateur, trouvait Béa bien animée et très jolie, ce soir-là, dans sa robe très simple, avec autour du cou le rang de perles vert et argent acheté, elle le savait, pour quelques francs au marché d'Antibes. Une fille comme Béa n'avait pas besoin de vêtements voyants ; elle donnait à tout ce qu'elle portait une touche d'élégance.

« Invitez Nick à revenir, ma chère petite, lança-t-elle d'une voix tonitruante en lui souhaitant bonne nuit, à la fin de la soirée. Je l'aime bien. »

Béa tourna un visage confus vers Nick. « J'ai bien peur que ce ne soit un ordre, dit-elle malicieusement tandis qu'elle le raccompagnait jusqu'à sa voiture.

— Pas d'objection », répondit-il d'un air heureux. Ils s'arrêtèrent pour se dévisager avec quelque incertitude. Puis il se pencha en avant et l'embrassa légèrement sur chaque joue. « Même heure, demain soir ? »

Elle hocha la tête et lui adressa un geste d'au revoir tandis qu'il grimpait dans sa petite Alfa décapotable rouge. Une belle journée, pensa-t-elle, la meilleure depuis son accident.

Le lendemain, l'agent immobilier lui parla d'une autre villa, vieille, délabrée et abandonnée depuis des années. « Mais elle possède tout ce que Mme Renwick recherche, affirma-t-il. Du caractère, de l'élégance — et une vue sur la mer. Elle n'a appartenu qu'à une famille depuis sa construction dans les années 20. Personne n'y a vécu pendant plusieurs dizaines d'années, et on vient juste de la mettre sur le marché. C'est une merveille, isolée en haut d'une colline. Mais je vous préviens qu'elle a besoin de réparations. (Il lui lança un coup d'œil complice avant d'ajouter :) Naturellement, le prix est en conséquence. Vous pouvez dire à Mme Renwick que c'est une affaire. »

En s'aidant d'une carte, il indiqua à Béa comment y parvenir et lui dit qu'il y avait sur place un *gardien* pour la lui faire visiter.

L'air matinal était frais et doux, après les orages de la veille. Béa ouvrit le toit de la Mercedes et roula le long de la côte, avant de monter dans les collines ; elle était heureuse, l'esprit plus occupé par Nick Lascelles que par la villa qu'elle s'apprêtait à voir. Sans doute serait-ce encore un coup pour rien. Elle ne comprenait vraiment pas pourquoi Millie s'entêtait à vouloir acheter une maison, et elle souhaitait presque tomber sur un endroit décevant, pour convaincre sa patronne de renoncer enfin au projet. Encore une lubie que la dame regretterait par la suite.

Elle remonta une allée couverte de poussière blanche jusqu'au sommet de la colline, passa devant un mur au crépi rose atteint de pelade et croulant sous les roses et les bougainvillées. Elle arrêta la voiture devant un grand portail de fer forgé et fit tinter la vieille cloche de bronze abritée par une niche en pierre. Elle l'entendit sonner et contempla l'allée qui disparaissait au loin entre les arbres.

Comme personne ne venait, elle agita de nouveau la cloche et attendit dans le silence et la chaleur. Il n'y avait âme qui vive aux alentours, aucun bruit de voiture ou autre machine actionnée par l'homme. Tandis qu'elle patientait, elle s'appuya contre le mur de crépi rose. Il lui réchauffait le dos, et elle ferma les yeux, attentive au chant des criquets, aux soupirs du vent dans les hautes cimes des vieux cèdres, au bourdonnement incessant des abeilles dans les fleurs. Le soleil chauffait ses bras nus, et le parfum du romarin sauvage faisait frémir ses narines... L'endroit était si sauvage et tranquille, si secret... Elle avait l'impression d'être la dernière personne vivante sur cette magnifique terre.

« On m'avait prévenu de votre visite, mademoiselle. »

Ses yeux s'ouvrirent brusquement, et elle examina le *gardien*. C'était un vieil homme frêle, dans une salopette d'un bleu vif. Les manches retroussées de sa chemise elle aussi bleue laissaient voir des bras noueux et des mains qu'une vie de travaux physiques avait rendues calleuses. Dans son visage profondément raviné, les yeux bleus exprimaient toute l'innocence fanée d'une époque plus paisible. Il ôta son chapeau de paille bosselé et la salua poliment.

« C'est un plaisir de voir encore un visiteur par ici, mam'selle, ajouta-t-il pendant qu'ils remontaient l'allée côte à côte. Il y a bien longtemps que personne n'est venu. Trop longtemps. (Il poussa un profond soupir.) Une vie entière, semble-t-il. » Il parut content de l'entendre répondre en français.

Leurs pas firent craquer le gravier quand ils tournèrent le coin de l'allée, et la maison se dressa devant eux.

Béa s'arrêta net dans son élan. Ses jambes refusaient d'avancer et ses yeux de croire à ce qu'elle voyait ; son cœur se mit soudain à battre si fort qu'elle en eut mal. Elle contempla fixement la magnifique villa rose. Les hautes fenêtres avec leurs volets d'un vert délavé, les immenses portes-fenêtres ouvertes qui laissaient deviner une entrée plongée dans l'ombre, et le porche à colonnes avec ses larges marches de marbre.

La luminosité du soleil s'estompa, et elle se sentit trembler.

*Le parfum des mimosas vint hanter ses narines, bien que ce ne fût pas la saison et qu'aucun arbre ne fût en fleur. Le chant des oiseaux remplissait ses oreilles, bien qu'il n'y en eût pas dans le jardin. N'était-ce qu'une impression de* déjà vu *? Une sorte d'hallucination où se confondaient toutes les villas qu'elle avait visitées au cours des dernières semaines, un effet de sa propre imagination et de son désir ? Ou bien était-elle vraiment devant la maison de son rêve ?*

« *Et voilà.* La villa Mimosa », lui annonça fièrement le vieillard. Il la dévisagea avec inquiétude. « Vous ne vous sentez pas bien, mam'selle ? Je vous en prie, venez à l'intérieur. Le soleil est plus chaud qu'on ne le pense. C'est imprudent de ne pas avoir de chapeau... » Il la quitta précipitamment pour aller chercher un verre d'eau.

Elle resta seule dans l'entrée. Ses cheveux se hérissaient sur sa nuque ; ses bras avaient la chair de poule.

*Elle connaissait cette maison. Elle savait exactement comment étaient disposées les différentes pièces : la salle à manger sur la gauche, le grand salon à droite, et au fond de la maison la longue pièce dont les nombreuses fenêtres s'ouvraient sur la terrasse au plafond voûté, d'où l'on dominait la mer. Le sol était en marbre frais veiné de rose, et devant elle s'élevait un escalier dont la courbe gracieuse conduisait à une vaste galerie.*

« La rampe d'escalier est faite dans un bois très rare, disait le *gardien* en lui tendant un verre d'eau. On l'a fait venir des tropiques. Tout a été construit exprès. » Il avait manifestement envie de lui faire aimer la demeure. « Et tout est de première qualité, mam'selle, comme vous pouvez vous en rendre compte. »

Béa parcourut lentement la villa, avec l'impression de se promener dans le rêve qu'elle avait fait sous hypnose. Certes, le plâtre s'écaillait, les vieux papiers peints moisis se décollaient ; mais c'était splendide, exactement comme elle l'avait toujours su. Elle frissonna en se demandant *pour quelle raison* elle devait le savoir. Par quel tour du destin avait-elle été attirée en ce lieu ? Se pouvait-il qu'elle ait entrevu l'*avenir* dans son rêve ?

« Je travaille ici depuis que je suis gamin, comme aide-jardinier, expliquait le vieux *gardien*. Au service de Mme Leconte. Elle a épousé l'étranger peu de temps après, et ils sont allés vivre au loin. (Il hésita, essaya de rassembler ses souvenirs, mais il était vieux, et sa mémoire incertaine.) Quand Madame est revenue, dit-il enfin, elle était enceinte. Elle voulait que l'enfant naisse ici, en France, dans cette maison qu'elle aimait tellement. Et c'est ça qui l'a perdue. »

Il soupira profondément à ce souvenir. « Son mari l'aimait à la folie. Je n'ai jamais vu un homme se conduire ainsi. Il la traitait comme un objet précieux, une porcelaine de Limoges. Et tout ça pour rien. Deux mois après la naissance du bébé, elle était morte. »

Un frisson d'horreur parcourut la colonne vertébrale de Béa. « Morte ? Comment ?

— Elle est tombée, mam'selle. En bas du précieux escalier qu'il avait spécialement fait construire pour lui plaire. Son mari, l'étranger, est parti tout de suite après l'enterrement. Il n'est jamais revenu vivre ici. »

Béa frissonna en regardant l'escalier fatidique. Elle imaginait la femme qui s'écrasait au bas des marches sur le sol de marbre.

Pourtant, en dépit de cette histoire tragique, elle ne trouvait pas la maison effrayante. On aurait dit une villa enchantée jaillie d'un conte de fées, derrière ses hauts murs, avec ses cèdres immenses, ses pins, ses roses de Damas groupées en massifs épineux, et les bosquets de mimosas qui lui avaient donné son nom. Elle avait l'impression de visiter un château endormi qui attendait l'arrivée du prince chargé de le ramener à la vie.

Elle sortit pour aller s'asseoir sur les marches de marbre, les yeux fermés, en essayant de ressusciter son rêve, de s'imaginer qu'elle était de nouveau cette enfant...

*Les marches de marbre étaient fraîches contre ses jambes nues... Le ciel s'assombrit de façon menaçante, et elle retint sa respiration, à l'écoute du bruit sinistre des pas sur le gravier.*

Mais quand elle ouvrit les yeux, ce fut seulement pour constater que le soleil s'était caché derrière un nuage tandis qu'un nouvel orage s'annonçait. Elle sursauta en voyant passer au-dessus de sa tête une volée de mouettes piaillantes, et elle se souvint de son rêve où chantaient des centaines d'oiseaux. Elle se tourna avec anxiété vers le vieux gardien. « M'sieur, où sont les oiseaux qui chantaient ? »

Il la dévisagea avec étonnement. « Comment êtes-vous au courant, mam'selle ? On n'a plus entendu chanter d'oiseaux ici depuis les années 30, quand on a démoli la volière. »

Les yeux bruns et veloutés de Béa s'assombrirent de peur. « Alors, s'il n'y a pas d'oiseaux qui chantent, murmura-t-elle anxieusement, comment est-ce que je peux me les rappeler ? »

## 13

« Bien sûr, ce n'est qu'une coïncidence », affirma Millie en jetant à Béa un regard inquiet. Elles étaient assises dans les jardins de l'hôtel, et Béa venait de raconter d'un seul jet son aventure et sa découverte de la villa Mimosa, la villa qui lui était apparue dans son rêve.

« Vous avez vu tellement de maisons, ma chère enfant, qu'elles se confondent toutes dans ta tête. Il m'est parfois arrivé d'éprouver cette impression de déjà vu, et j'avoue qu'il est inquiétant d'avoir le sentiment que l'on connaît un endroit où l'on sait parfaitement n'être jamais allé auparavant. »

Béa la regarda d'un air effrayé. « Peut-être que j'y suis déjà allée, Millie. Et si j'avais habité là dans le passé — avant mon accident ?

— Ne soyez pas ridicule, Béa. L'agent vous a dit que personne n'y a vécu depuis des dizaines d'années. Et vous avez pu constater de vos propres yeux l'état d'abandon de la maison, avec le papier peint décollé, la plomberie archaïque... (Elle frissonna.) Pourtant, d'après vous elle a du charme, ajouta-t-elle pensivement.

— C'est la villa la plus magnifique que j'aie jamais vue, déclara Béa avec sincérité. On dirait une maison mystérieuse qui attend que quelqu'un la découvre pour l'aimer, lui rendre sa splendeur et en prendre soin.

— Avec beaucoup d'argent, ajouta Millie.

— Une fortune, je le crains », admit Béa à regret.

Elles restèrent silencieuses, à contempler la Méditerranée qui ondulait comme de l'étain en fusion sous les nuages orageux en train de s'agglutiner à nouveau.

« Peut-être que vous avez vu l'avenir et pas le passé, déclara Millie au bout d'un moment. Cela expliquerait pourquoi vous avez cru la reconnaître, Béa. Mon astrologue — cette femme célèbre sur qui vous avez lu des articles dans les journaux, celle qui conseille les vedettes de cinéma et les présidents — m'a dit que cela arrive parfois. Et elle a toujours raison. »

Béa lui lança un regard plein d'espoir. L'explication de Millie paraissait plus ou moins logique. Elle se promit d'appeler Phyl pour lui raconter ce qui s'était passé. Phyl devait prendre l'avion pour Paris le lendemain et arriver à Nice quelques jours plus tard. Elle pourrait alors l'emmener voir la villa, lui raconter son étrange aventure — et lui demander si tout cela n'était que vague nostalgie et expression d'un désir, ou *quelque chose de plus funeste*.

Nick vint chercher Béa ce soir-là au moment où l'orage éclatait. Ils garèrent la voiture derrière le vieux port de Cannes et coururent, en riant, la main dans la main, jusqu'à un café désert. Ils s'assirent à une table sur la terrasse vitrée pour assister au spectacle des éclairs et de la pluie qui rejaillissait sur les pavés. Il sourit et déclara : « Du déjà vu. J'ai l'impression que nous avons déjà fait ça avant. »

Béa lui jeta un regard épouvanté. « C'est la seconde fois que ça m'arrive aujourd'hui, dit-elle. Mais cette fois, je sais que c'est vrai. » Elle le regarda avec envie, en songeant à quel point il menait une vie différente de la sienne. Nick savait qui il était et où il allait. Il ne soupçonnait pas que derrière la façade insouciante de la personne répondant au nom de Béa French se cachait une énigme : une jeune femme égarée dans le tunnel sombre des terreurs nocturnes — et un tueur sans visage.

Il paraissait si bienveillant, si attentif envers la jeune fille dont il connaissait le seul nom de Béa qu'elle souhaitait pouvoir rester à jamais cette jeune fille. Mais elle savait que c'était impossible. Un jour, la terreur émergerait du passé pour s'emparer d'elle ; elle en était persuadée. Et elle avait l'impression d'être en train de le tromper.

Brusquement, elle se mit à lui confier ce qui lui était arrivé à San Francisco ; pourquoi la police croyait que quelqu'un avait voulu la tuer ; comment elle souffrait d'amnésie. Elle lui raconta le rêve qu'elle avait fait sous hypnose, et qui ce jour même lui avait semblé prendre corps quand elle avait visité la villa Mimosa.

« Millie pense que j'ai peut-être vu l'avenir, ajouta-t-elle, tremblante, de crainte qu'il ne la prenne pour une folle. Et les oiseaux chanteurs, alors ? Comment aurais-je pu connaître leur existence, si je n'ai jamais vécu là ?

— Pauvre Béa, dit Nick pour la consoler. Quelle horrible épreuve vous avez subie ! Mais ne vous inquiétez pas, je suis certain que tout va s'éclaircir et que bientôt la mémoire vous reviendra. »

Elle secoua tristement la tête. Elle en doutait. « J'appellerai Phyl ce soir, déclara-t-elle avec dans la voix une lueur d'espoir, en pensant à la présence rassurante de son amie. Phyl saura ce qu'il faut faire. »

Nick était intrigué par l'histoire que le *gardien* lui avait racontée sur l'accident fatal de Mme Leconte. « C'est juste mon domaine, remarqua-t-il pensivement. Une mort tragique dans une somptueuse villa de la Riviera. Ça a dû faire les gros titres, au moment où c'est arrivé. Voulez-vous que je vous dise, Béa ? Demain, j'irai consulter les archives des journaux. Peut-être que ça vous aidera à retrouver la mémoire, si j'obtiens de nouveaux renseignements à propos de la maison. »

Nick mit la main sur ce qu'il cherchait, le lendemain matin, dans les archives de *Nice-Matin*. Le journal, daté du 5 octobre 1926, relatait en première page l'histoire de la chute dont avait été victime Mme Leconte. Selon l'article, elle appartenait à une famille bien connue de Marseille et résidait à la villa Mimosa depuis plusieurs années. Elle avait mis un enfant au monde à peine deux semaines plus tôt, et on pensait qu'un étourdissement avait provoqué sa chute du haut de l'escalier sur le sol en marbre de l'entrée. Il n'était fait mention ni de l'ouverture d'une enquête ni de son époux. L'article précisait seulement que l'enterrement aurait lieu l'après-midi même.

A 2 heures et demie de l'après-midi, Nick retrouva Millie et Béa à Antibes. Ils avaient l'intention d'explorer la villa Mimosa, mais Millie se sentit soudain « trop fatiguée » pour les accompagner.

« Je préférerais rester au calme et jouer au bridge, ma chère petite, dit-elle à Béa avec lassitude. Mais vous devez y aller. Montrez la villa Mimosa à Nick. S'il l'aime, lui aussi, annoncez à ces gens qu'on va l'acheter. »

Béa la regarda avec incrédulité. « Vous ne pouvez pas faire ça, Millie ! Et si vous détestiez l'endroit ? Il faut au moins que vous la voyiez.

— J'ai appris à me fier à votre goût, répondit Millie avec insouciance. En outre, il y a tout ce beau mobilier ancien que j'ai acheté à Paris et qui attend impatiemment une maison. Trouvez un bon décorateur pour la rénover, ma chère petite. Et dites-lui que je veux voir les travaux terminés pour hier. Sinon, je le congédie. Compris ?

— Vous savez bien que vous agissez encore sous le

coup d'une impulsion, Millie, la prévint Béa. Vous le regretterez par la suite, comme toujours.

— Oh non, ma chère petite, je ne le regretterai pas, cette fois-ci », répliqua-t-elle en secouant la tête pour faire danser ses boucles blondes. Un mystérieux petit sourire flottait sur ses lèvres tandis qu'elle leur adressait un geste d'adieu et se dirigeait d'un pas tranquille vers la table de bridge.

« Même pour Millie, c'est une folie ! déclara Béa nerveusement à Nick tandis qu'ils attendaient que le *gardien* leur ouvre le portail. Je sais qu'elle est vraiment riche et qu'elle peut se payer tous ses caprices... (Elle haussa les épaules.)... mais ne pas prendre seulement la peine de venir la voir d'abord !

— Voilà un caprice bien coûteux ! s'exclama Nick qui jetait un coup d'œil émerveillé à travers la grille. Avez-vous une idée de la superficie de ce parc ? Et de ce que coûte l'hectare par ici ?

— Non. Et elle non plus. C'est comme ça, Nick. Millie ne sait rien du tout. *Pourquoi* a-t-elle envie de l'acheter ?

— Peut-être parce que vous en êtes tombée amoureuse ?

— Pas possible, affirma Béa en hochant la tête. Elle l'achète parce qu'elle est amoureuse du passé. C'est une vieille dame qui cherche à ressusciter sa jeunesse. »

En regardant Béa, si jeune et si jolie avec sa chevelure rebelle où jouait le soleil, Nick se dit qu'elle faisait fausse route. Lui pensait que Millie Renwick, dans sa vieillesse solitaire, avait découvert en Béa la petite-fille qu'elle n'avait jamais eue. Peut-être était-ce à cause de l'horrible épreuve que Béa avait traversée ? Son amnésie l'avait laissée si seule au monde et si vulnérable que — il l'aurait parié — Millie voulait rendre Béa heureuse en l'aidant à retrouver la mémoire. Et si cela devait lui coûter le prix de la villa, pourquoi pas ?

Ils remontèrent l'allée derrière le vieux *gardien*, et quand Nick vit enfin la villa Mimosa il émit tout bas un sifflement d'admiration. Béa n'avait pas exagéré. C'était une maison de cette couleur rose dont sont nappés les gâteaux de mariage, avec des terrasses aux plafonds voûtés, un porche à colonnes et des balcons aux balustres de marbre. Mais l'abandon se faisait sentir partout : les volets verts décolorés pendaient de guingois, de nombreuses vitres étaient cassées, et des milliers de fissures craquelaient les terrasses de marbre. Les pelouses en friche s'étendaient à flanc de colline jusqu'à la mer, et de vieux rosiers guerroyaient pour rester en vie et préserver leur beauté face à l'invasion des bougainvillées et des chèvrefeuilles, des tamaris et des mimosas.

Un ruisseau jaillissait d'une grotte située au-dessus de la maison et dégringolait à flanc de colline en faisant entendre sa petite musique. Une fontaine en pierre, toute sèche mais décorée de naïades et de dauphins croulants, émergeait tristement des herbes folles qui avaient colonisé la pelouse veloutée de jadis. Un bosquet d'oliviers antiques et argentés grinçait et soupirait mystérieusement sous le vent qui ridait de vagues paresseuses la mer d'azur, au-delà de la presqu'île.

Nick prit la main de Béa dans la sienne pendant qu'ils contemplaient la villa et se laissaient envelopper dans son sortilège. C'était comme un coup de foudre. Il la voyait dans son esprit telle qu'elle pourrait être : les murs de crépi rose brillant d'un doux éclat sous une nouvelle couche de peinture, les fenêtres réparées réfléchissant le coucher du soleil, et les vieux volets grands ouverts sur la brise. Il pouvait presque sentir l'odeur entêtante du gazon fraîchement coupé après le passage de la tondeuse, et entendre le tintement de l'eau dans les vasques.

Ils entrèrent dans le hall en se tenant toujours par la main et s'arrêtèrent pour lever les yeux vers les courbes du somptueux escalier. Nick hocha la tête et dit, avec un froncement de sourcils perplexe : « Ça ne colle pas. Vous voyez ce vaste palier, au milieu. Et puis cet autre demi-palier, vers le haut. Comment Mme Leconte a-t-elle pu tomber de là-haut jusqu'en bas, comme l'affirmait le journal ? Elle aurait dû être arrêtée par la courbe du palier.

— Peut-être qu'elle est tombée de la mi-hauteur et que les journaux se sont trompés. Vous savez comment ça se passe.

— Je m'interroge, poursuivit Nick d'un air pensif. Je pressens qu'il y a autre chose là-dessous. Voyons un peu ce que le *gardien* pourra nous dire. »

Le vieillard attendait dehors. Il avait coupé une rose pour Béa. Elle était énorme, avec des pétales sombres et veloutés, et la jeune femme le remercia d'un sourire en respirant l'arôme désuet de muscade et d'encens que dégageait la fleur. « C'étaient les roses favorites de Mme Leconte, lui annonça-t-il avec un sourire. Elle adorait leur parfum. »

Mais il savait peu de choses sur l'accident. « Je n'y ai pas assisté, m'sieur. Voyez-vous, j'étais encore un petit garçon qui allait à l'école et j'habitais au village dans ma famille. Nous étions pauvres, et je travaillais de temps en temps comme aide-jardinier pour gagner un peu d'argent de poche. (Il réfléchit gravement avant d'ajouter :) Un journaliste est venu. Il était très jeune, pas beaucoup plus âgé que moi. Il a écrit l'article pour *Nice-Matin*. Mais allez savoir s'il est toujours en vie, le bon Dieu seul le sait... »

Au bureau de *Nice-Matin*, la secrétaire se montra très serviable. Bien entendu, elle connaissait le journaliste. Tout le monde connaissait M. Marquand. Il avait été l'un des reporters vedettes du journal pendant des années, jusqu'au jour où il avait pris sa retraite. *Naturellement*, il était encore en vie, bien en vie même. Et on pouvait le trouver au Café du Marin-Bleu, à Antibes, où il passait ses matinées depuis quinze ans.

Ils découvrirent Aristide Marquand attablé à sa place habituelle, sur la terrasse, devant un pastis. Il bondit sur ses pieds quand ils se présentèrent et jeta un regard admiratif à Béa. Malgré son grand âge, il était encore séduisant et fringant, voire un peu dandy avec son panama, son pantalon blanc au pli impeccable et une veste de lin bleu foncé.

« Il est étrange que vous m'interrogiez à ce sujet, déclara-t-il à Nick en acceptant un autre verre. Je songeais l'autre jour à la villa Mimosa. On m'a dit qu'elle avait enfin été mise en vente.

— Une de nos amies envisage de l'acheter, dit Nick, mais nous avons entendu parler du drame qui s'y est produit. » Il expliqua à M. Marquand qu'il était lui aussi journaliste et qu'il se documentait pour écrire un livre sur les crimes dont la Riviera avait été le théâtre. « Tout renseignement que vous pourrez me donner sera donc le bienvenu, ajouta-t-il en lui jetant un regard plein d'espoir.

— C'est une histoire étrange, ce qui s'est passé à la villa Mimosa, affirma M. Marquand. Plus étrange qu'on ne le croit. Mais il s'est écoulé assez de temps pour que personne ne s'en soucie plus, et je vais donc tout vous raconter. »

Ils se penchèrent en avant, impatients d'entendre ce qu'il allait dire, tandis qu'il avalait lentement son pastis et rassemblait ses souvenirs.

« La vie était en train de changer sur la Riviera, à

l'époque, dit-il enfin. Les gens se précipitaient ici — pas seulement à Nice et à Cannes qui étaient encore deux grandes stations hivernales, mais sur les plages estivales. C'était Chanel qui avait lancé cette mode, bien entendu, quand, bronzée comme un moussaillon, elle était venue ici sur le yacht du duc de Westminster, en 1922. Puis les Américains sont arrivés — Cole Porter, les Murphy, les Fitzgerald — et la haute société parisienne.

» C'étaient des temps nouveaux, avec la vogue des bains de soleil, des pyjamas de plage, des chapeaux mous et des boissons fortes. Il n'y avait que le minuscule Hôtel du Cap et les vieilles villas, ici à Antibes ; et puis soudain les jeunes couples chics ont amené leur progéniture et leurs nurses. Ils ont construit des villas extravagantes dessinées par des artistes parisiens à la mode, avec des sols en marbre blanc, bleu et vert pour la fraîcheur, et des sofas de satin noir. Ils déployaient d'immenses parasols à rayures près de leurs piscines turquoise qui surplombaient la mer. Et ils faisaient aménager de splendides jardins sur les pentes rocheuses des collines, plantaient des palmiers et des arbres touffus déjà adultes. Pour eux, tout devait exister instantanément, voyez-vous ; on ne pouvait pas attendre que les plantes et les arbres grandissent. Ils voulaient tout *tout de suite*.

» Vous autres, charmants jeunes gens, soupira-t-il à cette évocation, vous n'avez aucune idée de ce que c'était, vous ne pouvez pas savoir à quel point tout était frénétique et presque païen en ce temps-là. On aurait dit que le soleil leur atrophiait le cerveau et les débarrassait de leurs inhibitions. Ils faisaient la fête comme des sauvages, nus sur la plage, dansaient jusqu'à l'aube dans des clubs qui naissaient du jour au lendemain. Ils gagnaient et perdaient des fortunes au casino, buvaient du vin rosé et prolongeaient indéfiniment les déjeuners sur la terrasse de l'Hôtel du Cap. (Les yeux bleus décolorés d'Aristide Marquand s'embrumèrent de regret en les regardant.) Ah, m'sieur, reprit-il doucement, c'était la saison des amants. Et des passions partagées derrière les volets verts des fenêtres par de longs après-midi d'été étouffants.

» Mais cette femme, Mme Leconte, n'appartenait pas à ce monde-là. Elle restait toujours en dehors de tout. C'était une femme d'un certain âge, d'apparence anguleuse. Elle dînait seule, assise à une table sur la terrasse de l'hôtel, pour repartir après le repas, toujours seule, vers sa villa. Sans doute restait-elle sur son balcon, à contempler mélancoliquement la lune dans le ciel velouté de minuit, en attendant l'amour. Et son nom, *Mme* Leconte, n'était prononcé qu'à titre honorifique, eu égard à son âge et à sa fortune. Mais tout le monde l'appelait simplement *la célibataire*. La vieille fille.

— Oh, comme c'est cruel ! » murmura Béa.

Le vieil homme hocha la tête. « Cruel, en effet. Mais c'étaient des gens superficiels, qui menaient une vie brillante et artificielle. Pour être autorisé à entrer dans leur monde enchanté, il fallait avoir du chien, du style ou du talent ; ou un nom aristocratique, une renommée d'écrivain, d'artiste ou de compositeur ; être la toute dernière vedette d'une comédie musicale, un prince ou un duc. L'argent à lui seul ne suffisait pas. »

Nick commanda un autre pastis, et le vieil homme le but à petites gorgées en leur racontant que Mme Leconte était la fille d'un Marseillais issu des bas-fonds de la ville, un garçon qui, par sa seule ingéniosité et son esprit d'entreprise, avait gagné une fortune dans le commerce des armements. Il s'était marié sur le tard, et quand sa fille était née il l'avait appelée Marie-Antoinette parce qu'elle était sa petite princesse à lui. Il l'avait élevée à la maison avec une gouvernante pour l'instruire, et on disait qu'il l'adorait au point d'avoir toujours peur de la perdre s'il la donnait à un autre homme. Sa femme était morte très tôt. Quand il décéda à son tour, longtemps après, Marie-Antoinette avait presque quarante ans, et elle se retrouva seule.

« Elle n'avait jamais été jolie, vous comprenez. C'était une femme trapue aux cheveux noirs, le genre de créature sans éclat. Elle avait des yeux noirs et d'épais sourcils, un visage long et étroit creusé de fossettes incongrues que les gamins des rues à la langue bien pendue comparaient aux trous qu'ils faisaient lorsqu'ils pissaient dans la neige. Mais elle semblait avoir ignoré son absence de beauté : elle avait été protégée, voyez-vous, et son père n'avait cessé de lui dire combien elle était belle. La vérité ne lui est apparue que bien plus tard, quand elle s'est retrouvée seule dans la villa Mimosa. »

Son père avait fait construire la maison pour elle en 1922, parce qu'elle adorait le soleil et l'air pur, et n'aimait pas leur superbe appartement de Paris. Et elle avait hérité de tout. *La célibataire* était une riche héritière, à quarante ans.

« Je me souviens de la première fois où je l'ai vue. Elle avait une silhouette de matrone, au teint cireux et à la poitrine lourde ; or, elle s'entêtait à s'habiller selon la mode délurée des années 20, ce qui ne lui allait pas du tout. (Il jeta un coup d'œil à Nick et ajouta avec un haussement d'épaules :) Pour tout vous dire, m'sieur, si on lui avait mis sur le dos une robe noire et un fichu, elle aurait pu passer pour une paysanne... Mais un jour l'amour est entré dans sa vie. Il était américain, blond, séduisant, et bien plus jeune qu'elle. Un "coureur de dot", affirmait-on ; mais, si c'était le cas, il ne ressemblait pas au modèle habituel. Ou alors, il était très malin. Quand il sortait avec elle, il n'avait d'yeux que pour elle. Pas le moindre regard en direction des jeunes beautés qui paradaient autour et se jetaient à sa tête.

» On les voyait partout ensemble, dans les cafés et les clubs les plus chics. Elle avait acheté un nouveau bateau, et ils filaient à toute allure faire le tour de la baie, s'arrêtaient pour nager ou déjeuner dans les petits restaurants, au bord des plages. Il l'accompagnait dans les salons d'essayage pour la conseiller sur ses vêtements ; il lui avait fait remettre au goût du jour tous ses bijoux démodés. Il l'avait persuadée d'acheter une voiture, une Bugatti décapotable, bien entendu — le modèle que tout le monde voulait avoir à l'époque —, rouge avec du cuir gris tourterelle à l'intérieur, et elle avait appris à conduire. Jamais personne ne l'a vu prendre lui-même le volant ; c'était toujours elle, de sorte que personne n'a jamais pu dire qu'elle *lui* avait acheté cette voiture. Il semblait ne rien prendre. Sauf son cœur.

» Il est retourné à Paris avec elle ; ils se sont mariés, et puis il l'a emmenée à l'endroit d'où il venait. Ma mémoire flanche sur ce point. En tout cas, un an plus tard, elle est rentrée. Seule et visiblement enceinte. Rappelez-vous, c'était une femme de quarante ans, trop âgée disait-on pour fonder une famille.

» Naturellement, on s'est mis à jaser. Les domestiques affirmaient qu'elle avait l'air pâle et malade, et qu'il y avait je ne sais quoi dans ses yeux qui évoquait ces animaux terrifiés qu'on voit descendre des charrettes et conduire en troupeau à l'abattoir de Marseille — “des bêtes qui se savent marquées par la mort”, disaient-ils.

» Je l'ai vue une fois sortir de chez son médecin, à Cannes. J'étais jeune et impressionnable ; et à moi aussi il m'a semblé alors qu'elle se savait marquée. C'était inscrit dans ses gros yeux sombres et vides : la *mort*.

» Le séduisant époux est revenu. D'après les domestiques, il se conduisait comme un saint, la couvrait d'attentions et de gentillesses, de fleurs, de cadeaux, d'amour. Et elle le fuyait. Elle se promenait seule dans les jardins. Elle prenait ses repas seule dans sa chambre. Elle dormait seule. Mais elle était enceinte ; il était normal qu'elle soit fatiguée, absente, un peu déséquilibrée... tout particulièrement à son âge.

» Le bébé est né. Un garçon. Et quelques semaines plus tard elle est tombée au bas de l'escalier. J'avais eu raison : elle était marquée par la mort. »

M. Marquand haussa une fois encore ses minces épaules avec résignation. « Une triste histoire. Oui. bien triste. » Il sombra dans le silence, en sirotant son apéritif d'un air pensif.

Béa poussa un soupir, au bord des larmes.

« Il y a autre chose, non ? demanda Nick. Il est arrivé quelque chose d'autre. »

Marquand acquiesça d'un signe de tête. « Vous possédez le flair du journaliste... et c'est si loin, maintenant, quel mal y aurait-il à tout vous raconter ?

» J'étais très jeune à l'époque, le plus jeune reporter du journal. Il était tard, et je me trouvais seul au bureau, occupé à dactylographier ma copie — naissances, décès, mariages, petits événements locaux. Je n'avais pas encore accès aux grands événements ni aux scandales de la société, et encore moins aux actualités. J'étais seulement celui que le journal envoyait ici ou là quand personne d'autre ne pouvait y aller. Nous avons reçu un coup de téléphone d'un domestique de la villa Mimosa. Il y avait eu un accident. *La célibataire* était morte.

» C'était l'occasion rêvée. J'ai bondi sur ma bicyclette et pédalé furieusement à travers la ville endormie, emprunté la route de la corniche et grimpé la colline jusqu'à la villa. La lumière qui s'échappait des fenêtres, au rez-de-chaussée, éclairait les pelouses et les terrasses. On aurait dit qu'il y avait une réception, tellement tout ça paraissait joyeux. J'ai agité la cloche de la porte et attendu. Personne n'est venu. J'ai découvert par la suite que le mari avait envoyé le personnel au lit. La porte s'est ouverte sous ma main. J'ai pénétré dans le hall et je me suis retrouvé devant le cadavre de *la célibataire*.

» Elle était étendue sur le ventre, à même le sol de marbre. Elle se trouvait à quelque distance de l'escalier, et je me rappelle avoir pensé que quelqu'un avait dû la déplacer après sa chute. J'ai eu un haut-le-cœur en apercevant l'amas gluant de ce qui avait été sa nuque. C'est alors que le mari a surgi de la bibliothèque.

» Il portait une robe d'intérieur en soie, il a allumé un gros cigare et il est resté là, devant le corps, à fumer calmement. Je me suis émerveillé devant sa force de caractère, parce qu'on ne sait jamais comment un homme va réagir sous le coup du chagrin. Lui, il savait dominer ses émotions, et j'admirais ça.

» Puis il m'a vu, et la colère a illuminé son regard. "Qui êtes-vous ? a-t-il hurlé. Sortez d'ici ! De quel droit avez-vous osé entrer ? Personne n'est autorisé à entrer ici, à part le chef de la police." Il s'est précipité sur moi d'un air menaçant, et je suis sorti en courant, en criant des excuses. "Et n'ayez pas l'audace de revenir", a-t-il hurlé derrière moi. Mais j'étais un jeune reporter qui flairait un scandale, et je n'allais pas abandonner si facilement.

» Je me suis caché dans les buissons près de la fenêtre et j'ai attendu. Le chef de la police est arrivé. Il conduisait sa voiture personnelle, pas celle du commissariat, et s'était de toute évidence habillé précipitamment. Il est entré, et la porte s'est fermée. J'ai espionné par la fenêtre en m'efforçant d'entendre ce qui se disait.

» Le mari a accueilli le chef cordialement, avec un

sourire et une poignée de main. Il a rempli de grands verres de cognac et lui a raconté ce qui s'était passé. Il n'avait pas assisté à l'accident. Incapable de s'endormir, il lisait dans la bibliothèque. Mais il avait entendu un cri avant le bruit d'une chute. Les lésions semblaient assez extraordinaires, avec cette plaie ouverte à l'arrière de la tête ; mais évidemment il y avait une explication. "Venez donc en discuter avec moi dans la bibliothèque. Peut-être voudriez-vous un autre verre, un cigare ?" a-t-il demandé. »

Aristide Marquand fit une pause, et son regard bouleversé croisa celui de Nick quand il reprit : « Et alors, monsieur, il a fait quelque chose qui m'a glacé le sang. J'ai vu beaucoup de victimes et beaucoup d'assassins dans ma longue carrière de journaliste, mais jamais une telle insensibilité.

» Le corps de Marie-Antoinette se trouvait entre lui et le chef. Elle était étendue là dans son sang, et sa cervelle avait éclaboussé le sol de marbre blanc. Et son mari a enjambé sa tête défoncée comme si ce n'était rien d'autre qu'une peau de tigre transformée en tapis. Croyez-moi, monsieur, quand quelqu'un arrive près d'un cadavre, normalement il garde ses distances, le contourne, se tient à trois mètres de lui... Personne, jamais, *jamais*, ne l'enjambe... *Et c'était sa femme.*

» Je les ai épiés par la fenêtre et je les ai vus parler, fumer leurs cigares, boire du bon cognac. Ils avaient le sourire aux lèvres, comme si ce n'était qu'une simple visite de politesse et comme si la femme n'était pas étendue morte dans le hall. Je me suis donc glissé à l'intérieur sur la pointe des pieds et je l'ai regardée de nouveau. Et alors, j'ai compris qu'elle n'était pas tombée. Elle avait un énorme trou derrière la tête. Un énorme trou rouge causé, j'en suis certain, par une balle...

» Ils sont sortis une heure plus tard et se sont serré

la main sur les marches. Le corps a été emporté à la morgue et enfermé dans son cercueil. Il n'y a eu aucune enquête. Tout le monde a admis la version racontée par le chef, d'après qui c'était un accident. Elle a été enterrée le lendemain. Comme ça, le tour était joué. Sauf que je savais qu'elle avait été assassinée. Et pour moi, l'assassin était le mari. »

Marquand haussa les épaules en croisant leurs regards stupéfaits. « On a une imagination débridée quand on est jeune, pourriez-vous penser... Alors, dites-moi un peu pourquoi le chef, un homme d'ici, a pris soudain sa retraite pour raisons de santé ? Lui qui n'avait jamais rien possédé d'autre qu'un modeste logement, il s'est acheté une magnifique villa près de Marseille et une voiture neuve très élégante pour la mettre dans son nouveau garage ; son compte en banque devait être assez fourni, car il lui a permis de vivre dans le luxe le reste de sa vie. »

Nick avait des tas de questions à poser. Il voulait savoir qui était le mari, d'où il venait, ce qu'il était devenu. Et le bébé ?

Le vieil homme secoua la tête. « Je n'ai jamais vraiment su. J'ai raconté à mon supérieur ce que j'avais vu ; il m'a traité de cinglé et m'a averti que, si je soufflais un mot de l'affaire, il me jetterait dehors. (Il haussa une fois de plus les épaules avec philosophie.) Un point c'est tout. J'étais jeune. J'avais mon avenir devant moi... En outre, qu'aurais-je pu faire ? Quelles preuves avais-je ? A présent, tout ça ressemble aux radotages d'un vieillard. Mais je peux vous dire que le mari est parti le jour de l'enterrement. Et il a confié son fils, qui avait à peine quelques semaines, à une nurse anglaise. Je me souviens encore de son nom : Nanny Beale.

» Ils ont vécu seuls dans cette villa fantôme, rien qu'avec les domestiques. On était habitué à les voir le long de la côte, rouler dans la grosse Rolls argentée de Mme Leconte jusqu'à la promenade des Anglais à Nice, ou jusqu'à Cannes. Je me rappelle que la nurse était très comme il faut. Elle portait en hiver un manteau de flanelle gris, des chaussures noires et un de ces drôles de chapeaux anglais tout ronds avec un rebord. En été, elle avait toujours un tablier blanc amidonné noué par-dessus une robe bleue, avec le même genre de chapeau, mais en paille, et des chaussures de saison d'un blanc immaculé. Elle ne souriait jamais, mais adressait des signes de tête à la cantonade pour dire bonjour. Tout cela sentait le mystère, et je suppose que les langues des domestiques allaient bon train, comme toujours.

» Mais ce que je peux vous dire, c'est que Nanny Beale est revenue des années plus tard. Elle possédait une petite maison au pied de la colline où se trouve la villa, et elle y a passé ses dernières années, à veiller sur ses roses. Et à vivre avec ses souvenirs, je suppose. En tout cas, m'sieur, la maisonnette est toujours là. Plus personne n'y va. Plus personne n'y touche. Pour autant que je sache, l'endroit est resté tel qu'elle l'a laissé. Peut-être y découvririez-vous quelques-unes des réponses que vous cherchez. »

# 14

Mahoney battait péniblement les collines de Marin County. De haut en bas, de bas en haut. Pour un homme de sa corpulence, il avait le pied léger ; mais cela faisait trois heures maintenant qu'il courait d'un pas régulier. La sueur trempait son maillot de compétition, et ses genoux étaient de plomb. Il se reprochait amèrement d'avoir perdu la forme ; il avait été trop absorbé par son métier pour suivre régulièrement son entraînement, aussi voyait-il son projet de participer au Marathon de New York s'évanouir comme une chimère.

Il soupira en ralentissant la cadence, se mit au pas de jogging dix minutes de plus, avant de ralentir encore pour adopter l'allure d'un marcheur. Il épongea ses sourcils avec un grand mouchoir à pois rouges et se laissa enfin choir sur un rocher fort bienvenu, afin de respirer à fond et lentement. Les séquoias géants de la forêt de Muir se dressaient au loin, et la colline au-dessous de lui était parsemée de charmantes maisons. De l'autre côté s'étendaient Sausalito et la vaste courbe de la baie avec, dans le lointain, la lueur orangée d'un immense pont : le Golden Gate Bridge.

Un avion prenait de l'altitude à l'horizon, en traçant dans le ciel bleu un sillon blanc évanescent, et il pensa que Phyl Forster devait déjà se trouver en route pour Paris. Il se dit qu'il allait se sentir bien plus seul à San Francisco sans elle, et se demanda ce que cela pouvait bien vouloir dire. C'est à peine s'il la voyait de temps en temps.

Le fait qu'elle lui ait téléphoné au commissariat, la veille au soir, pour lui demander s'il était libre et si elle pouvait passer le voir ne signifiait pas grand-chose. Il lui avait promis de garder son chat, et elle voulait le lui déposer ; un point c'est tout. Elle avait également besoin de parler de Béa. Pourtant, il aimait sacrément cette femme. Il la trouvait *agréable*. Elle éveillait ce qu'il y avait de meilleur et de pire en lui, avec sa verve agressive et sa vulnérabilité sous-jacente. Elle se croyait diablement forte, à l'abri dans sa vie tranquille et rangée. Il poussa un soupir exaspéré en évoquant la soirée de la veille, et songea qu'un type moins bien intentionné pourrait aisément manipuler la jeune femme.

Mahoney habitait dans un quartier minable, vers le front de mer ; mais son appartement avait de hauts plafonds et des murs de brique, des parquets en bois et de l'espace. Il était situé au dernier étage d'un immeuble sans ascenseur, et quand Phyl avait appelé par l'interphone il avait dévalé l'escalier afin d'aller la chercher. « Pour le cas où vous auriez eu peur, avait-il dit avec un sourire railleur qui mettait en valeur sa dentition parfaite.

— Je suis capable de me débrouiller seule, Mahoney, avait froidement répliqué Phyl.

— C'est ce qu'elles disent toutes, ma'am, avait-il rétorqué en lui prenant des mains le panier à chat et en la suivant dans les étages.

— Si vous faites le moindre commentaire sur le volume de mon derrière, Mahoney, avait-elle lancé par-dessus son épaule, je vous fais arrêter pour harcèlement sexuel.

— Mais pourquoi ferais-je des remarques sur votre derrière, doc ? avait-il demandé sur un ton plaintif. Il m'a l'air au poil.

— Mahoney ! » Ses yeux avaient lancé des éclairs quand elle avait fait volte-face, et ils étaient tous les deux partis dans un grand éclat de rire.

« Vous êtes un idiot, avait-elle ajouté en pénétrant dans le logis.

— Ouais, avait-il admis. Peut-être que vous avez raison. »

Il lui avait servi un verre de vin — italien et rouge — pendant qu'elle se promenait avec intérêt dans l'appartement. Les fenêtres grandes ouvertes laissaient entrer les derniers rayons du soleil couchant et la brise venue de l'océan. Un opéra de Wagner retentissait dans les haut-parleurs, et trois chats — deux siamois élancés et un chat tigré bien nourri qui avait l'air d'un coussin rebondi aux yeux jaunes — s'étaient regroupés sur le comptoir de la cuisine, en jetant des regards hostiles au nouvel arrivant félin, toujours enfermé dans son panier de voyage.

L'appartement se composait d'une pièce intelligemment divisée par des paravents japonais, et dont le mobilier éclectique avait été chiné chez les brocanteurs, fourni par les fabricants de caisses et de tonneaux, ou acquis dans les magasins Williams-Sonoma. Il y avait quelques bons tapis d'Orient achetés d'occasion, ainsi que plusieurs objets anciens intéressants ; deux des murs étaient couverts d'étagères chargées de livres.

Phyl remarqua les nombreux ouvrages d'érudition sur la psychologie des délinquants et les partitions reliées de presque tous les opéras. Il y avait aussi un énorme rayon de poésie et des dizaines de livres de cuisine avec de vieux exemplaires de la revue *Gourmet*. Deux étagères étaient consacrées aux chats, avec notamment une pile de revues — les numéros du *Cat Fancy Magazine* accumulés pendant plusieurs années. Enfin, il y avait des centaines de romans policiers.

« Tout ce qu'exige un développement harmonieux

de la personnalité », avait-elle déclaré en riant, tandis qu'elle inspectait la vaste arène réservée aux ébats des chats, qui encombrait un coin de la pièce. Elle avait admiré la chaîne stéréo, le meilleur modèle de chez Bang & Olufsen, et elle avait dit à Mahoney que les tableaux accrochés serrés sur les murs étaient fascinants.

« Ouais, ils proviennent de jeunes artistes inconnus. Beaucoup d'entre eux vivent dans le coin ; c'est tout ce que je peux m'offrir. Mais ça ne veut pas dire qu'ils ne sont pas bons, avait-il ajouté. En tout cas, moi, je les aime, et je les ai choisis pour le plaisir qu'ils me procurent. »

Elle avait fait courir sa main sur une sculpture taillée dans du bois, dont les courbes délicates avaient une douceur irrésistible.

« Ah, les sculptures en bois, avait-il ajouté d'un air pudique. J'avoue en être l'auteur.

— Il n'y a vraiment aucune limite à vos talents, dirait-on, Mahoney ? avait-elle rétorqué en se hissant sur un tabouret près du comptoir de la cuisine.

— Aucune, avait-il admis sans fausse modestie. Et je le prouve : la cuisine que vous explorez d'un œil si critique a été conçue et réalisée par moi-même. »

Elle avait examiné le fourneau de restaurant en acier, le dessus de la table de travail taillé dans un seul bloc, semblable à une planche de boucher, les casseroles au fond de cuivre accrochées à un rail, et la batterie de fouets et de spatules, de couteaux et de hachoirs assassins.

« Pourquoi diable êtes-vous flic, Mahoney ? avait-elle fini par lui demander. Vous auriez pu devenir célèbre comme maître queux. Ou éleveur de chats, sculpteur, poète, professeur, chanteur d'opéra... »

Il l'avait regardée en s'esclaffant. « Tout, sauf chanteur d'opéra : vous ne m'avez pas entendu chanter !

Mais *chef cuisinier*, peut-être. A présent, voici une recette de Roger Vergé — fricassée de poulet aux herbes — et, croyez-moi, cet homme sait ce qu'il fait. Je vous le dis, si je le pouvais, je changerais de place avec lui demain. »

Il avait chassé les chats de la table et mis le couvert. « Le restaurant de Vergé se trouve justement là où vous allez. Dans le sud de la France. Vous devriez l'essayer. Me dire si ma version soutient la comparaison.

— Peut-être que j'irai... (Elle avait hésité, souhaitant pendant quelques secondes l'emmener avec elle.) Mahoney, Béa m'a téléphoné cet après-midi. Elle assure avoir découvert la villa de son rêve... de la vision qu'elle a eue quand je l'ai hypnotisée. »

Il avait écouté gravement le récit de Phyl sur la villa et sur la femme qui y avait trouvé la mort.

« Comment expliquez-vous tout ça, Mahoney ? avait-elle fini par lui demander.

— Il n'existe que deux hypothèses logiques pour expliquer qu'elle connaisse l'endroit : ou bien elle y est allée auparavant ou bien quelqu'un lui en a parlé.

— Il faudrait que le conteur ait été remarquable, pour qu'elle se soit rappelé tous les détails — l'odeur du mimosa, le chant des oiseaux. (Elle avait levé les yeux vers Mahoney :) Je n'ai pas de réponse à lui proposer, avait-elle avoué honnêtement. Et la pauvre Béa compte sur moi pour l'aider. »

Avec un haussement d'épaules, Mahoney avait cherché à la réconforter. « A l'impossible, nul n'est tenu.

— Sacré nom, ce n'est pas avec ce genre de lieux communs qu'elle va retrouver la mémoire ! » avait-elle rétorqué sur un ton furieux. Puis elle l'avait regardé, confuse : « Pardon. Je pensais seulement que si vous pouviez mettre la main sur son agresseur, on saurait qui elle est.

— C'est l'histoire de l'œuf et de la poule », avait-il constaté calmement.

Il s'était levé pour mettre un autre disque et servir du vin en déclarant : « Le Centre national d'analyse des actes de violence, qui est le laboratoire du FBI pour l'analyse du comportement, a mis au point un profil psychologique du meurtrier. De celui qui a voulu tuer Béa, je veux dire. On ne disposait pas de grand-chose pour ce faire. On a analysé la méthode utilisée pour commettre le crime. L'absence d'arme indique que le tueur désirait garder les mains propres, si l'on peut dire. Il voulait que ça ait l'air d'un accident, non pour son bien à elle, mais dans son intérêt à lui. Ça nous montre que l'individu en question attache une certaine importance au jugement porté sur lui par les autres. Peut-être est-ce même quelqu'un de célèbre. En tout cas, notre assassin est un homme à col blanc. Selon le FBI, le personnage en question doit avoir une bonne trentaine d'années, ou la quarantaine ; il a sans doute du succès en affaires, exerce un certain ascendant et possède de la séduction. Et pour son entourage c'est probablement un type charmant, tout à fait normal.

— Mais pourquoi aurait-il voulu la tuer ? »

Mahoney avait haussé les épaules. « Je crois qu'elle représente un danger pour lui. Il n'a pas voulu prendre le risque de la laisser en vie.

— *Béa*, un danger ?

— Elle sait sur lui des choses qu'il ne peut se permettre de laisser révéler à autrui. Quelque chose qui met son existence en péril.

— Alors, vous ne pensez pas que Béa a été victime par hasard d'une tentative d'assassinat ?

— Non. Notre homme savait exactement ce qu'il faisait. Avez-vous jamais réfléchi à ces marques de dents sur son avant-bras droit ? Que dites-vous de ce scénario ? Béa rencontre notre homme. Son chien est dressé à l'attaque. L'homme lui donne l'ordre de foncer. Le chien se jette à la gorge de Béa et la tue. Il abat le chien, prétend que l'animal est devenu fou. Que cet accident le désespère. »

Le regard bleu de Mahoney s'était brusquement fait implacable. « Homicide à l'arme canine. Ce serait une grande première, non, doc ? Pas de revolver, pas d'embrouillaminis. Impossibilité absolue de prouver quoi que ce soit. »

Phyl l'avait dévisagé. « La personne que vous décrivez est un sociopathe. Quelqu'un de rationnel, incapable de remords. Pour lui, tout est logique et simple. Il fait ce qu'il doit faire. *Mais pourquoi ?*

— C'est ce que nous ne savons pas encore, doc. Nous ne savons pas non plus qui est vraiment Béa. »

Plus tard, Mahoney avait reconduit Phyl chez elle, et elle était restée assise silencieusement à côté de lui, sans formuler quelque remarque acerbe sur l'âge de sa Mustang. Il s'était dit qu'elle devait ressasser leur conversation, et après s'être arrêté devant son immeuble il lui avait jeté un regard plein de compassion. Puis il s'était penché pour poser une main sous son menton et l'obliger à lever vers lui son visage inquiet.

« Hé, hé ! avait-il grogné. On ne dirait pas que vous êtes en route pour Paris, capitale de l'Europe pour l'art d'aimer, et capitale de la planète pour l'art culinaire... Écoutez, oubliez ce que je vous ai dit. Amusez-vous bien. Et transmettez mon affection à Béa. Dites-lui que j'enquête pour son compte. Je n'abandonne pas. »

Phyl s'était penchée vers lui et avait déposé un baiser léger sur ses lèvres. « Merci, Mahoney, avait-elle déclaré en ouvrant la portière et en abandonnant son siège. Je penserai à vous quand je serai à Paris.

— Bonne idée, doc, avait-il répondu avec un sourire. Et n'oubliez pas Vergé. Le Moulin de Mougins. Pensez à moi quand vous mangerez ce poulet.

— J'essaierai », avait-elle conclu avec un sourire moqueur.

Cela s'était passé la veille au soir. Ensuite, Mahoney avait fait les cent pas dans son appartement — jusqu'à minuit, heure où il avait dû sortir pour assurer son tour de garde. Il se demandait ce qu'il allait bien pouvoir faire maintenant pour progresser dans l'affaire de Béa French. L'absence de preuve était totale. Le FBI avait soumis les vêtements de la jeune femme aux rayons laser en vue d'y rechercher des empreintes, mais les tests avaient été négatifs : pas le moindre bout de fibre, pas un seul cheveu ou débris quelconque d'une matière identifiable qui eût pu constituer un indice...

Mahoney pensait que l'assassin potentiel de Béa avait pris toutes ses précautions. La seule chance de l'attraper, c'était qu'il tente une nouvelle fois de la tuer.

# 15

Phyl n'était presque jamais en retard. Elle s'assit à l'arrière de la limousine qui l'emmenait à l'aéroport international de San Francisco, consulta nerveusement sa montre, tracassée par la circulation. Un bouchon retenait les voitures pare-chocs contre pare-chocs et les filtrait au carrefour de Candlestick Park. Une mer de feux arrière s'étendait devant elle à l'infini, et elle poussa un grognement. Elle avait prévu d'avoir un peu plus de temps devant elle, mais il lui avait fallu recevoir ce dernier patient ; c'était un homme désespéré, et elle ne pouvait pas le quitter une semaine sans lui prodiguer ses conseils. Il avait besoin d'elle.

C'était là que le bât blessait, se disait-elle : ils avaient tous besoin d'elle. Et elle avait choisi la profession de psychiatre en partie parce qu'elle souhaitait éperdument que l'on ait encore besoin d'elle. Certes, rien ne pouvait remplacer le désir qu'avait une mère de voir son enfant, mais cela avait jeté du baume sur une partie désolée et à jamais blessée de son être. Son épreuve personnelle et le tourment mental qu'elle avait enduré la rendaient particulièrement compréhensive envers ses patients. Il était très rare qu'elle se laisse entamer dans ses forces vives ; il fallait qu'elle soit très fatiguée, comme ce jour-là.

La veille, lorsqu'elle avait fini de boucler ses bagages, elle s'était assise fort lasse sur son lit, le regard fixé sur ses valises fermées. Si la pensée de Béa qui l'attendait à Nice, avec son joli visage et ses yeux bruns inquiets, ne l'en avait retenue, elle aurait sans hésiter décroché le téléphone et annulé le voyage. Une seule envie l'habitait : se couler dans son lit et y passer presque toute la semaine.

Mais bien sûr elle n'en avait rien fait ; même si Béa n'avait pas été l'amie tendrement aimée qu'elle avait fini par devenir, elle aurait toujours été sa malade ; et c'était auprès d'elle que le devoir appelait le Dr Phyl.

Elle se renfrogna à la vue des bouchons. « Comment allons-nous faire ? demanda-t-elle au chauffeur, préoccupée par l'horaire de son vol.

— Tout ira bien une fois qu'on aura dépassé le stade. Ne vous faites pas de mouron, docteur. Je vous déposerai à temps. »

Elle s'enfonça dans son siège et ferma les yeux, en réfléchissant au nombre de fois où elle avait dit aux gens que ça ne servait à rien de s'inquiéter à propos de l'inévitable. Que mieux valait s'en accommoder. Mais cela ne marchait pas avec elle quand il s'agissait de manquer un avion, se disait-elle en sentant son dos raidi par le stress. Seigneur, elle détestait être en retard, elle détestait les contretemps, et elle n'avait jamais raté un vol de sa vie.

Le conducteur avait raison ; à la sortie de Candlestick Park, la circulation se divisa en laissant échapper un ruisseau de feux rouges arrière, et la limousine fonça en direction de l'aéroport. Le chauffeur fit signe à un porteur et s'empressa de décharger les deux valises pendant que Phyl courait au comptoir réservé aux passagers de première classe. « Je suis en retard, annonça-t-elle d'un air coupable en tendant son billet.

— L'embarquement a déjà eu lieu, docteur Forster, répondit l'employé. Je vais les prévenir que vous êtes en chemin ; ils ne fermeront pas la porte avant que vous y arriviez. Mais vous feriez bien de vous dépêcher, conclut-il en lui rendant son billet avec un sourire.

— Merci. » Elle attrapa son bagage à main, tourna les talons prestement et faillit se jeter dans les bras d'un grand homme blond qui se tenait derrière elle.

« Oh ! » s'exclama-t-elle en l'agrippant pour éviter de tomber. Lorsqu'elle leva les yeux, elle remarqua aussitôt qu'il était particulièrement beau, en même temps qu'elle lui présentait ses excuses. « Je suis en retard, lança-t-elle par-dessus son épaule avant de s'engouffrer dans le couloir qui menait à la porte d'embarquement. Je vais rater mon vol. »

Elle entendit son rire la poursuivre pendant qu'elle courait, et se dit avec agacement qu'il devait avoir de bonnes raisons de rester calme ; son avion ne décollait probablement pas avant une heure.

Une hôtesse de la compagnie aérienne l'attendait à la porte pour l'accompagner à bord, et elle examina la cabine vide de la première classe en se laissant choir avec soulagement sur son siège. *Parfait*, pensa-t-elle. *J'ai la place pour moi toute seule. Je n'ai plus qu'à fermer les yeux et dormir un peu. Peut-être qu'ainsi j'arriverai en forme pour ce congrès.* Elle secoua la tête, avec un soupir d'exaspération à l'égard d'elle-même ; un congrès international de médecins spécialisés dans son propre domaine était un événement dont elle aurait dû se réjouir, au lieu de traiter la chose comme une corvée.

Elle jeta un coup d'œil à sa montre, étonnée de voir que les portes de la cabine n'étaient pas encore fermées ; l'avion avait déjà dix minutes de retard. Elle demanda au steward ce qui le retardait.

« Nous attendons encore un passager, déclara-t-il. Pour patienter, puis-je vous offrir une coupe de champagne ? »

Elle déclina cette offre d'un signe de tête, exaspérée

de s'être donné autant de mal inutilement, au risque de se rompre le cou en courant tout le long des couloirs. Elle entendit le personnel de cabine accueillir le passager retardataire et le commandant ordonner la fermeture des portes. Elle jeta un regard furieux au nouvel arrivant quand il passa près d'elle. C'était le séduisant homme blond dans les bras duquel elle était tombée, au comptoir d'enregistrement.

Une étincelle s'alluma dans les yeux de l'homme quand il surprit son regard. « Désolé, déclara-t-il avec une grimace en guise d'excuse. J'ai voulu vous prévenir qu'il n'était pas nécessaire de courir, mais vous avez été trop rapide pour moi. Vous vous êtes enfuie...

— ... comme si j'avais le diable à mes trousses », conclut-elle à sa place. Elle hocha la tête en se moquant d'elle-même. « Je déteste être en retard.

— La ponctualité n'est-elle pas la politesse des rois ? répliqua-t-il en tendant sa veste au steward et en fourrant son bagage à main dans le compartiment réservé à cet usage. De toute manière, c'est moi qui vous dois des excuses pour avoir retardé le décollage. Surtout à présent que je sais à quel point vous détestez être en retard. Cela dit, il ne faut pas vous en faire ; cette nuit, nous serons poussés par des vents arrière, ce qui nous permettra d'arriver à l'heure. »

Il lui souriait de toute sa hauteur, et elle pensa avec une pointe d'intérêt qu'il était vraiment séduisant : grand et mince, avec un visage anguleux et des yeux bleu clair derrière des lunettes Armani cerclées d'or. Il avait un corps agile et élancé, des cheveux épais et souples d'un blond foncé, et il donnait l'impression de vivre en très bonne harmonie avec lui-même. Elle se demanda avec curiosité ce qu'il faisait.

« Comment savez-vous ? Pour les vents arrière... ? demanda-t-elle.

— Je pilote en général mon propre avion pour faire

ce genre de voyage, répondit-il avec un léger mouvement d'épaules plein d'humilité. Malheureusement, ce soir, nous avons eu un petit problème dans le circuit électrique à la dernière minute. Et il faut que je sois à Paris demain matin. Voilà pourquoi je me trouve sur ce vol et pourquoi vous avez été retardée. (Avec un rire profond et agréable, il ajouta :) Encore toutes mes excuses », et s'en alla prendre sa place tandis que l'avion s'ébranlait lentement vers la piste d'envol.

La fatigue submergea la curiosité qu'il lui inspirait. Phyl refusa le repas, éteignit sa lumière et ferma les yeux, dans l'espoir de s'endormir ; mais elle ne parvint à sombrer que dans un sommeil agité. L'avion se trouvait désagréablement secoué, et le symbole recommandant de conserver les ceintures attachées resta allumé en permanence.

Elle but plusieurs tasses de thé chaud, avala un comprimé d'Advil pour calmer les battements douloureux qui martelaient l'intérieur de sa tête et regarda une fois de plus sa montre. Cela faisait cinq heures qu'ils avaient entamé ce long voyage, et elle avait encore devant elle d'interminables heures de vol dans un ciel plein de turbulences.

Elle se leva pour prendre sa serviette noire dans le casier situé au-dessus de sa tête et remarqua que la lumière de son compagnon de voyage était allumée. En y regardant de plus près, elle vit qu'il était en train d'écrire fébrilement sur un bloc de papier commercial jaune. Il était à n'en pas douter un véritable petit paquet d'énergie, acharné à profiter de chaque moment, se dit-elle avec ironie. Exactement comme elle s'efforçait de l'être elle-même d'ordinaire.

Elle sortit la communication qu'elle avait préparée pour le congrès et se mit une fois de plus à la relire. L'aube se levait quand elle redressa la tête, et on leur servit le petit déjeuner avec un jus d'orange. Dieu merci, pensa-t-elle en écartant ses papiers, ils étaient presque arrivés.

Paris était maintenu dans l'obscurité par un banc nuageux de gaz carbonique lorsque l'avion entama finalement sa descente. En guise d'adieu, Phyl adressa dans l'allée un signe de tête à son séduisant compagnon de voyage. Il était encore en train de rassembler ses papiers, et elle se dit qu'il ne se pressait vraiment pas. Il se conduisait comme si le monde entier n'attendait que lui.

Peut-être est-ce le cas, songea-t-elle, devant le chaos habituel présenté par l'aéroport Charles-de-Gaulle. Elle dut attendre une éternité pour récupérer ses sacs, et quand elle les eut enfin tous les taxis avaient disparu ; elle se retrouva seule sur le trottoir, sous la pluie battante.

Ses genoux tremblaient à force de tension et d'épuisement lorsqu'elle avisa une Bentley bleu nuit avec chauffeur qui attendait à l'arrêt.

« On dirait que ce n'est pas votre jour de chance », lança une voix amusée. Elle se retourna et plongea son regard dans les yeux rieurs de son séduisant compagnon de vol.

« C'est ma faute. J'aurais dû commander une voiture, répondit-elle avec un haussement d'épaules. Je suppose qu'un taxi ne va pas tarder à revenir.

— A Paris ? Sous la pluie ? demanda-t-il en grimaçant un sourire. Aucune chance. Mais je serais heureux de vous faire profiter de ma voiture. »

Elle regarda à tour de rôle l'homme et la gigantesque Bentley. « C'est la vôtre ? demanda-t-elle avec un signe de tête en direction du véhicule.

— C'est une voiture de ma société. Pour mon goût personnel, je préfère des lignes plus sportives. »

Elle éclata de rire. « Ça me va à merveille pour l'instant. Mais je ne voudrais pas vous obliger à faire un détour. Je suis au Raphaël.

— Le Raphaël *first, please, Adams*, ordonna-t-il au chauffeur. *Then home.* »

Phyl monta dans le véhicule et se prélassa sur les luxueux coussins en cuir. Elle jeta un regard reconnaissant, tout sourires, à son compagnon. Il semblait y avoir un mètre de distance entre eux, mais elle était aussi consciente de cette présence masculine que s'il l'avait touchée. *Ce doit être Paris*, songea-t-elle, amusée.

« Vous avez l'air fatiguée, remarqua-t-il d'un air compatissant, et elle grogna.

— Vous voulez dire que j'ai l'air d'une naufragée. C'est en effet ce que je ressens. Tout ce dont j'ai envie à cette minute, c'est un bain chaud, une boisson fraîche et un lit douillet. » Ils se regardèrent de nouveau, tandis que la voiture se faufilait en douceur dans la circulation. « Peut-être devrions-nous nous présenter, ajouta-t-elle en tendant la main par-dessus le vide qui les séparait. Je suis Phyl Forster.

— Brad Kane. »

Sa main était ferme et, de manière inattendue, froide. « Je suis à Paris pour un congrès, expliqua-t-elle. De psychiatrie.

— Bien sûr. Dr Phyl... Pardonnez-moi. J'aurais dû vous reconnaître.

— Pas nécessairement. D'autant que, vu mon état, je ne dois guère ressembler à la photo imprimée sur la jaquette de mes livres. » Elle eut la force de rire, malgré sa lassitude. Elle appréciait beaucoup ce séduisant bon Samaritain.

Le téléphone sonna, et elle ferma les yeux pendant qu'il répondait et soutenait une rapide conversation en français. « Voulez-vous m'excuser ? lui demanda-t-il. Je dois donner quelques coups de fil importants. »

Elle se renversa en arrière, à demi somnolente, et écouta le doux murmure de sa voix à l'arrière-plan, en se demandant vaguement qui il était, ce qu'il faisait, et si c'était à une femme qu'il parlait en français de cette voix douce et sensuelle. Pourtant, en imaginant avec impatience le lit qui l'attendait, elle fut contente quand enfin ils arrivèrent à l'hôtel.

Il lui prit le bras pour l'aider à sortir de la limousine et lui renouvela ses excuses pour avoir téléphoné. « Je ne sais pas ce que j'aurais fait si vous n'aviez pas été là pour me sauver du déluge », répondit-elle avec un sourire fatigué.

Il soutint son regard pendant un long moment. Puis il prit dans sa poche une carte de visite qu'il lui tendit. « Appelez-moi, femme débordée, dit-il sur un ton léger, si vous avez un moment à perdre pendant votre séjour à Paris. » Il s'empara de sa main et la porta à ses lèvres ; puis, avec un rapide salut et un sourire, il grimpa dans la grosse voiture et disparut.

*Comme un homme que j'aurais rencontré dans un rêve*, pensa-t-elle un instant plus tard, en se coulant dans un bain chaud. Le Raphaël est un de ces petits hôtels parisiens qui s'enorgueillissent du luxe, du service et de la discrétion qu'ils offrent à leur clientèle. L'eau était chaude, la savonnette sentait délicieusement bon, la bouteille d'Évian était glacée ; et le lit l'enveloppa dans ses oreillers moelleux, ses draps amidonnés et ses couvertures douces au toucher. Elle s'endormit en quelques minutes.

Elle s'éveilla six heures plus tard en pleine confusion mentale à cause du décalage horaire, sans savoir à quel endroit et quel moment elle se trouvait, et elle examina avec étonnement la chambre obscurcie. Puis tout lui revint en mémoire : elle était à Paris.

Le réveille-matin, sur la table de nuit, marquait 18 h 30. Elle marcha jusqu'à la fenêtre et ouvrit les rideaux. L'immeuble gris situé de l'autre côté de la rue semblait encore plus gris, et les trottoirs miroitaient. Elle soupira devant le flot incessant des voitures. C'était sa première soirée à Paris. Elle était seule, et il pleuvait.

Elle prit une douche rapide, se composa un visage et enfila une petite robe noire. Après quoi, elle s'aspergea de son parfum préféré et se rendit en bas.

Au bar, elle commanda un verre de vin rouge, du brouilly, et grignota d'un air maussade d'âpres petites olives vertes, l'esprit préoccupé par la longue soirée qui l'attendait. Un simple coup d'œil permettait de constater qu'il y avait presque exclusivement des couples, et que les rares personnes seules attendaient quelqu'un. La solitude l'écrasa, aussi grise et blafarde que les nuages dans le ciel de Paris. Elle se sentait perdue, sans l'activité quotidienne qui lui était familière et ne lui laissait jamais le temps de s'attendrir sur sa « solitude ». Pour la première fois depuis des années, elle n'éprouvait aucun bonheur à l'idée de rester seule avec elle-même.

Elle croisa ses longues jambes, essaya de prendre un air nonchalant, comme si elle attendait, elle aussi, un ami. Elle se trouvait dans la plus belle ville du monde, le bastion de la grande cuisine, la citadelle de la culture, le paradis des amoureux. Et elle était seule.

Le serveur apporta son verre de vin, légèrement frais ainsi qu'il convient, et elle le dégusta, tentée par la carte de visite de Brad Kane, qu'elle avait rangée dans son portefeuille. Elle se disait qu'elle ne pouvait pas lui téléphoner. Sans doute était-il occupé. Un homme comme celui-là devait avoir une dizaine de maîtresses, ou plutôt une favorite. En tout cas, sans doute n'était-il pas assis tout seul dans son appartement avec la perspective de dîner en solitaire, comme c'était le cas pour elle.

Elle observait avec mélancolie le bar qui se remplissait peu à peu et voyait les gens s'embrasser sur les deux joues ; elle mesura encore sa solitude en écoutant les joyeux bavardages échangés dans toutes les langues. De désespoir, elle repêcha la carte de visite dans son portefeuille et la déchiffra.

Naturellement, il n'était pas question de lui téléphoner. Elle posa la carte sur la petite table en face d'elle pour mieux la contempler. Puis elle se leva d'un bond, défroissa sa jupe et, avant de se donner le temps de changer d'avis, s'en fut d'un pas pressé à la recherche d'un téléphone.

Elle entendit l'appareil sonner avec ce drôle de bruit, bip-bip, que font les téléphones français. Elle se mordait la lèvre, nerveuse comme une écolière qui espère pouvoir accorder son premier rendez-vous. Elle tapotait impatiemment la carte sur le comptoir de marbre. Au bout de dix sonneries, mi-exaspérée, mi-soulagée, elle s'apprêtait à raccrocher le combiné quand il répondit.

« Monsieur Kane ? s'exclama-t-elle. *Idiote*, grommela-t-elle tout bas pour elle-même, en rougissant, ***bien sûr que c'est lui.***

— Qui est à l'appareil ? »

Le ton de Brad Kane était froid, distant, comme s'il avait autre chose en tête. Ou comme si quelqu'un d'autre se trouvait dans la même pièce que lui.

« C'est Phyl Forster. » Il y eut un long silence, et elle se mordilla la lèvre avec nervosité. « Nous nous sommes rencontrés dans l'avion. » Elle se savait stupide d'avoir entamé la conversation ainsi, mais maintenant elle devait aller jusqu'au bout.

La pause parut interminable. Enfin, il déclara d'une voix légèrement amusée : « C'est très gentil à vous de m'appeler. Je ne pensais pas que vous le feriez.

— Vraiment ? » demanda-t-elle d'une voix incertaine. Et d'ajouter avec une bouffée de colère contre elle-même : « Alors, pourquoi avez-vous pris la peine de me donner votre carte de visite en me proposant de vous téléphoner ?

— Disons que je suis optimiste de nature, répliqua-t-il dans un éclat de rire. De plus, vous m'avez plu. Je vous ai trouvée belle et intelligente, et j'avais envie de vous revoir. Ou plutôt *j'ai* envie de vous voir. Si je vous présente mes excuses, accepterez-vous de dîner avec moi ce soir ? A moins que vous n'ayez une obligation professionnelle, bien sûr », ajouta-t-il incidemment. Elle apprécia qu'il lui offre cette porte de sortie.

Phyl sourit, brusquement remplie d'allégresse. « Ma foi, dit-elle en saisissant la balle au bond, je devrais en fait rencontrer un collègue... Mais c'est ma première soirée à Paris et il pleut. Oui. Je serais ravie de dîner avec vous.

— Formidable. Fantastique. Souhaitez-vous aller dans un endroit chic ? Ou dans un vrai bistro français ? Je vous laisse le choix.

— Oh, j'aimerais un vrai bistro français.

— Il y en a un juste au coin de ma rue. C'est l'un de mes préférés, et je pense qu'il vous plaira. Je pourrais passer vous prendre à, disons, 8 heures et demie ? »

Elle jeta un coup d'œil à sa montre. « La circulation est infernale. Pourquoi ne pas me laisser venir vous y rejoindre en taxi ?

— Dans ce cas, pourquoi ne pas passer d'abord chez moi pour prendre un verre ? Vous avez l'adresse ? »

Souriante et rassérénée, elle hocha la tête. « Oui.

— A 8 heures et demie, alors, docteur Phyl Forster. (Il partit d'un grand rire.) Et rappelez-moi de vous demander si Phyl est le diminutif de Phyllis ou de Philomène. De Philodendron ou de Philosophie... »

Ou de Fil à retordre, se dit-elle à part soi, le sourire toujours suspendu aux lèvres, quand elle eut raccroché le combiné.

# 16

Sur les Champs-Élysées, les voitures roulaient pare-chocs contre pare-chocs, et c'était chacun pour soi. Le chauffeur de taxi injuriait d'un même souffle les intempéries, les autres conducteurs, l'humanité tout entière et le Code de la route en roulant avec une roue sur le trottoir pour dépasser une bonne douzaine d'autres chauffeurs pris au piège, qui jouaient du klaxon à cœur joie. Il obliqua rapidement dans une rue latérale et, après une série de zigzags rapides, émergea dans l'avenue Mac-Mahon tout aussi obstruée. Il étudia la situation et leva les épaules avec résignation.

« Ça prendra au moins vingt minutes. Vous feriez mieux d'y aller à pied. »

Phyl jeta un coup d'œil à ses élégantes chaussures de daim noir et aux trottoirs luisants de pluie. Les trombes d'eau avaient fait place à un fin crachin, une sorte de bruine poussée par le vent. Elle poussa un soupir résigné. Au diable, ce n'étaient que des chaussures, même si elles avaient coûté une petite fortune.

Le chauffeur de taxi lui indiqua le chemin. Elle resserra la ceinture de son imperméable en soie noire, ouvrit son parapluie et se dirigea à grandes enjambées vers le coin de l'avenue Mac-Mahon, en priant le ciel d'avoir compris correctement ses instructions.

L'avenue Foch est une vaste artère, magnifiquement bordée d'arbres, d'élégants hôtels particuliers et d'immeubles résidentiels cossus, mais bien plus longue qu'elle ne le croyait. Il lui fallut dix bonnes minutes de marche pour atteindre le petit immeuble où elle devait se rendre. Elle y arriva hors d'haleine, trempée et en retard. Un concierge en livrée lui demanda son nom, vérifia qu'il figurait bien sur sa liste et l'accompagna jusqu'à l'ascenseur. La cage de cuivre grinçante la bringuebala vers les hauteurs, et elle en sortit pour se retrouver dans un immense appartement en duplex.

Brad Kane l'attendait. Il semblait encore plus séduisant que dans son souvenir : grand, mince et blond. Il portait une veste en cachemire bleu sombre, élégamment coupée, une chemise bleue au col déboutonné, des blue-jeans bien repassés et de coûteuses bottes de cow-boy. Elle se dit avec un sourire qu'il ressemblait à un personnage sorti tout droit des annonces publicitaires de Ralph Lauren.

Ses yeux bleu clair étaient à demi cachés derrière des lunettes cerclées d'or quand il avança vers elle, les mains tendues.

« *Ma pauvre petite !* s'exclama-t-il en la voyant dégoulinante. Paris a tenté de vous noyer. Venez, nous allons prendre soin de vous. »

Elle pensa avec étonnement : *Il doit être très riche.* L'appartement était princier : des kilomètres de parquets et d'immenses tapis d'Aubusson, d'impressionnants meubles Boulle très ornementés, de superbes miroirs vénitiens et des lustres étincelants. En traversant l'entrée derrière lui, Phyl aperçut un gigantesque Rembrandt accroché sur un mur ; elle eut l'impression d'identifier un Renoir, et peut-être un Corot ?

« Suivez-moi », dit-il abruptement en la prenant par la main pour lui faire traverser un salon, puis un autre couloir — jusqu'à une chambre à coucher.

Phyl s'immobilisa sur le seuil.

« Dépêchez-vous d'enlever vos chaussures, ajouta-t-il. Et vos collants. »

Figée sur place, elle le contemplait avec ahurissement. Il s'avança vers la table de chevet et appuya sur une sonnette. Puis il se retourna pour la regarder et éclata de rire. « Ne vous inquiétez pas. Je n'ai pas l'intention de vous jeter sur le lit. Je vais seulement demander à mon valet de chambre de sécher vos affaires. Vous ne pouvez pas rester toute la soirée assise avec les pieds mouillés. »

Phyl se sentit rougir et comprit parfaitement qu'il riait d'elle. Elle se dit avec colère qu'elle ne s'était pas sentie aussi idiote depuis ses dix-sept ans.

Il désigna la salle de bains. « Vous trouverez une paire de chaussons et une serviette là-dedans. »

Elle se rendit dans la salle de bains dont elle ferma la porte. Elle ôta ses collants, s'épongea les cheveux et pressa un linge frais contre ses joues brûlantes. Les chaussons en tissu-éponge étaient trop grands pour elle, et elle grimaça un sourire timide devant l'image ridicule que lui renvoyait le miroir, avec sa robe Alaïa, noire et provocante, ses pantoufles molles. Elle prit une inspiration profonde, se ressaisit et retourna auprès de lui en traînant les pieds.

« Salut, dit-elle, en lui jetant un sourire intimidé, depuis le seuil. Désolée de ce retard, mais la circulation... et la pluie...

— Peu importe. Maintenant, vous êtes ici... » Leurs regards se croisèrent. « ... et aussi belle que dans mon souvenir. »

Un jeune Asiatique en veste blanche se profila derrière lui dans l'encadrement de la porte, ramassa les chaussures humides. « Donnez à François vos autres affaires, dit Brad. Il vous les séchera. »

Elle s'exécuta, et François disparut. Brad conduisit Phyl jusqu'à un fauteuil et lui demanda de s'asseoir. Elle se soumit sans résistance à chacun de ses ordres. Elle s'étonna de cette docilité — elle qui se targuait d'avoir toujours la situation en main. Elle était ébahie de voir avec quelle facilité elle assumait ce nouveau rôle de femme soumise. Et à quel point cela lui procurait un plaisir subtil. Elle regarda sans un mot Brad prendre une serviette de toilette et s'agenouiller devant elle. Il lui ôta les pantoufles ; puis il saisit gentiment son pied droit, qu'il entreprit de sécher avec douceur.

Il leva les yeux vers elle et sourit. « Vous savez, il est établi que peu de femmes ont de jolis pieds. Trop d'années dans des chaussures étroites à talons aiguilles. Mais les vôtres sont vraiment splendides. Minces, doux, des os magnifiques. Délicats comme ceux d'un cheval de course. »

En le voyant à genoux devant elle, occupé à serrer son pied, Phyl eut l'impression de recevoir une soudaine décharge érotique qui la laissa tremblante. *Idiote*, pensa-t-elle avec sévérité tout en rechaussant rapidement les pantoufles pour entrer avec lui dans l'immense salon. *Tu n'es ici que depuis cinq minutes, et ça fait deux fois que tu l'imagines en train de chercher à coucher avec toi.*

« Asseyez-vous ici, mon cher docteur Phyl, dit-il en la conduisant vers un somptueux sofa de satin broché, devant un feu ardent. Rôtissez-moi ces délicieux orteils pendant que je vais essayer de réparer les dégâts causés par la pluie en vous versant un verre. »

Du champagne attendait dans un seau en argent, sur une table basse. « A l'heureuse coïncidence qui nous a fait prendre, vous et moi, le même avion pour Paris, ajouta-t-il en levant son verre et en la regardant au fond des yeux. Et aux circonstances qui me permettent de vous revoir.

— Vous semblez passer beaucoup de temps dans les avions, remarqua-t-elle, car elle se souvenait de leur conversation.

— Mon métier m'oblige à voyager souvent. »

Elle croisa sagement les jambes et avala avec précaution une gorgée de champagne. « Et que faites-vous, au juste ?

— Vous serez surprise quand je vous le dirai. (Il lui lança un sourire charmeur.) Je possède un des plus grands ranchs d'élevage qu'il y ait en Amérique. »

Phyl émit un rire étonné. « Vous ne ressemblez pas à l'idée que je me fais d'un vrai cow-boy.

— Peut-être pas aujourd'hui. Mais je l'ai été. Et je le suis encore, quand il le faut. Lorsque j'étais gosse, j'adorais ça : chevaucher au grand air, rassembler le bétail. A présent, tout se ramène à des chiffres — des pourcentages, des impôts, des calculs de superficie, des subventions gouvernementales, des groupes de pression — et au moins un million d'autres problèmes. Mais je pense que j'aime encore ça. En tout cas, j'aime la terre. Et la tradition. Le ranch Kanoi a été créé par mon grand-père. Quand il est mort, mon père en a hérité, et maintenant il est à moi. Trois générations ne font peut-être pas de lui le plus ancien des États-Unis, mais c'est un des rares à être restés dans la même famille.

— C'est merveilleux. D'aimer ce qu'on fait. Ce qu'on est.

— Et j'aime ça passionnément. On pourrait dire que c'est ma raison d'être. (Ses yeux se durcirent en se posant sur elle.) Je n'accepterai jamais de me séparer de Kanoi, et pourtant Dieu sait combien d'offres m'ont été faites. Des offres impressionnantes. De la part des Japonais, en particulier. Mais je ne laisserai jamais Kanoi sortir de la famille. Jamais. Il faudra d'abord que je meure.

— Et quand vous mourrez, qui en héritera ? »

Son regard se fit énigmatique. « Voyons, mon fils, naturellement. »

Phyl se dit avec regret qu'elle aurait pu le deviner. Ç'aurait été trop beau pour être vrai ; il était marié.

« Et quel âge a votre fils ? » demanda-t-elle d'un air aussi détaché que possible en avalant une nouvelle gorgée de champagne.

Il rejeta la tête en arrière et éclata de rire. « Il n'a pas d'âge. Zéro. Une créature du futur, encore dans les limbes. Il faut au préalable que je trouve une femme. L'*épouse parfaite.* » Ses yeux scintillèrent pendant qu'il remplissait le verre de Phyl. Son humeur était passée si brusquement d'un registre grave et intense à l'accent du flirt et de la plaisanterie qu'elle se sentit prise au dépourvu.

« Parlez-moi de vous », ordonna-t-il.

Mal à l'aise, elle répondit : « C'est généralement moi qui pose des questions. Pour l'instant, je ne suis pas sûre d'avoir envie de ça.

— Mais vous n'avez sans doute rien à cacher ?

— J'ai découvert que presque tout le monde a quelque chose à cacher. Même vous et moi, peut-être. »

Elle se mit à lui parler de son travail et de sa vie pleine d'activité. « Je passe mon temps à courir, avoua-t-elle avec un soupir. D'un studio de télévision à l'hôpital, d'une consultation à la rédaction d'un livre ou à une tournée de promotion pour mes ouvrages. Et j'admets que mon voyage à Paris me sert d'excuse pour rompre ce cercle infernal pendant une semaine. (Elle rit.) J'ai l'impression d'être une gosse qui fait l'école buissonnière. »

François réapparut avec ses chaussures, miraculeusement sèches, et aussi belles que si elles étaient neuves. Elle les enfila, et ils allèrent à pied au restaurant Chez Georges, au coin de la rue.

En marchant, Brad passa un bras autour de ses épaules, et la tint contre lui pour partager son parapluie. Alors qu'elle adaptait son pas à celui de ses longues jambes, Phyl avait conscience de la chaleur de son corps, de sa proximité, du contact de sa main. La pression douce et intime de son bras sur ses épaules fit naître en elle un frisson d'excitation, et elle s'écarta pour éviter qu'il s'en rende compte. Elle se reprochait sévèrement de réagir comme une lycéenne en visite à Paris pour la première fois ; mais un sourire lui vint aux lèvres, car elle se dit soudain que cela n'avait aucune importance. Elle s'amusait comme elle ne l'avait pas fait depuis bien longtemps, elle avait plaisir à se sentir jeune et insouciante.

Le bistro était bondé. Des lampes jetaient des flaques de lumière dorée sur les nappes blanches des tables, et il y avait dans l'air un parfum de bonne cuisine, un doux murmure de conversations en français que Phyl ne pouvait comprendre. Tout cela renforçait le sentiment d'être isolée du reste du monde, des autres humains, que lui procurait son tête-à-tête avec Brad Kane à leur petite table d'angle.

Le décalage horaire et le vin l'étourdissaient, la rendaient différente de la personne active, calme, maîtresse d'elle-même qu'était le Dr Forster. On aurait dit que ce soir elle avait laissé derrière elle son univers réel et ses préoccupations. Elle se sentait féminine, sensuelle, sensible à chaque nuance. Et, pensait-elle non sans angoisse, moins sûre d'elle. Mais Brad Kane se montrait attentif et charmant ; il était beau et sexy. Et elle se trouvait sans attache, libre de satisfaire ses moindres fantaisies, à Paris. La vie semblait vraiment belle chez Georges, ce soir-là.

Brad passa leur commande au serveur, et il se mit à lui raconter son enfance idyllique à Hawaii. Il lui parla de ses parents ; de son père qui avait fort belle prestance et de sa mère qui était une ravissante beauté. De ses courses échevelées dans leur propriété familiale, sur une île privée qui leur servait de retraite. De la magnifique maison qu'on appelait Diamond Head et des centaines d'hectares de pâturages qu'il possédait sur la Grande Ile.

Phyl se laissait ensorceler par le monde qu'il décrivait ; tout cela était à des années-lumière des déchirantes histoires familiales qu'elle avait l'habitude d'entendre, et elle songeait qu'il avait eu bien de la chance.

« C'est mon père qui m'a inculqué cet amour profond pour Kanoi », disait Brad ; captivée, elle pensa que sa voix était forte et douce comme le vin rouge qu'elle dégustait. « Il m'a enseigné l'histoire d'Hawaii, il m'a raconté comment la famille Kane avait travaillé dur pendant près d'un siècle pour donner forme à notre héritage. Il ne m'a rien caché de la sueur, de la peine et de l'angoisse qui ont été nécessaires pour faire du ranch Kanoi ce qu'il est aujourd'hui. Je me suis imprégné de la sagesse de mon père comme une éponge. C'est lui qui m'a transmis mes valeurs. Il m'a convaincu que le nom des Kane, le ranch Kanoi et la fortune qui y est attachée devaient conserver une importance prépondérante dans nos deux vies. Que rien d'autre ne comptait. »

Il plongea son regard droit dans les grands yeux bleu saphir de Phyl. « Et voilà pourquoi je voyage tellement. Je partage mon temps entre l'Europe, où je veille sur nos intérêts commerciaux, et le ranch à Hawaii.

— Parlez-moi de votre père, demanda Phyl, curieuse de tout savoir sur la vie de Brad. Ce devait être un personnage dynamique. »

Il éclata de rire. « Ça oui ! Jack Kane était un homme dur. Et un grand buveur. Il n'a jamais vraiment eu d'ami, parce qu'il ne se fiait à personne. Mais il fascinait les femmes : grand, bien bâti, un physique imposant. Il savait se tenir sur un cheval mieux qu'un cow-boy. J'aimais le regarder quand j'étais petit, et je me souviens d'avoir pensé qu'il était l'image même de la grâce, ne faisant qu'un avec sa monture. Et il a consacré sa vie à Kanoi.

— Et votre mère ? »

Les yeux de Brad se durcirent. « Ma mère était une personne gâtée et capricieuse. Mais il est impossible d'imaginer plus belle femme. Elle possédait ce genre de beauté qui frappe les hommes au cœur comme une flèche empoisonnée. Mon père détestait que d'autres hommes la regardent. Pourtant, il ne lui a jamais été fidèle.

— Le savait-elle ?

— Je suppose que oui », répondit-il en fixant son verre d'un air mauvais. Il en avala le contenu d'une seule traite. Puis, comme s'il comprenait qu'il en avait trop dit, il ajouta d'un ton léger : « Je ne dois pas oublier que je suis avec une psychiatre. (Il lui adressa un sourire fugitif et lumineux, et ce nouveau changement d'humeur la déconcerta.) Avant que j'aie pu dire ouf, vous me tiendrez allongé sur votre divan, et je me découvrirai des complexes et des phobies que je n'aurais jamais cru avoir. »

La fatigue envahissait peu à peu la colonne vertébrale de Phyl ; ses membres devenaient lourds et ses paupières se fermaient, comme si des poids avaient été posés sur elles. Elle bâilla, lui demanda de l'en excuser : il s'empressa de dire que c'était sa faute, et qu'ils subissaient tous deux l'effet du décalage horaire.

Ils repartirent vers son appartement, montèrent dans sa voiture, une Ferrari noire. *Que pourrait désirer un homme comme lui ?* pensa Phyl, en somnolant contre le cuir suave tandis qu'il la reconduisait à son hôtel.

Une fois arrivé, il arrêta la voiture et se tourna pour la regarder. « Je ne me souviens pas d'avoir autant apprécié une soirée, déclara-t-il doucement. Merci, docteur Phyl. » Rendue haletante par l'idée qu'il allait poser ses lèvres sur les siennes, elle le fixa dans les yeux. Mais il lui prit la main pour l'embrasser, en ajoutant : « Nous devrions recommencer. Puis-je vous téléphoner ? »

Phyl répondit, pleine de regret : « Je vais être occupée par les travaux du congrès. Et je pars mardi pour la Riviera.

— Je m'en souviendrai », affirma-t-il. Elle lui adressa un geste d'adieu pendant qu'il plongeait rapidement dans la circulation.

Le lendemain soir, alors qu'elle rentrait à l'hôtel après la première séance studieuse du congrès, elle trouva des masses de tulipes blanches et de freesias ainsi qu'un mot de lui. « Que diriez-vous d'un dîner ce soir ? Je vous en prie, dites oui. »

Elle ne prit pas le temps de réfléchir ; elle renonça aussitôt à la réception à laquelle étaient conviés les congressistes et lui téléphona.

« Je vais vous emmener dans un des restaurants les plus anciens et les plus raffinés de Paris », promit-il.

Elle hésita indéfiniment sur la robe qu'elle porterait, pour se décider enfin en faveur d'un modèle court en guipure noire. Elle sourit en se rappelant la remarque de Mahoney sur le rouge et mit dans ses cheveux une rose rouge, ainsi que des boucles de rubis et de diamants à ses oreilles. Quand elle se regarda dans le miroir, elle y vit une femme différente, une créature plus douce, terriblement pleine de vie. Une *femme sexy*, admit-elle avec un long soupir qui n'avait rien à voir avec la fatigue ou le désespoir. Une femme qu'elle n'avait pas autorisée à se montrer depuis bien longtemps.

Dans le bar, au rez-de-chaussée, Brad lui jeta un regard admiratif. « L'Américain qui se cache au fond de moi aimerait dire que vous avez l'air d'un million de dollars, lança-t-il en lui baisant galamment la main.

Mais ce soir, le Français que je suis aussi doit vous dire : Vous êtes *ravissante.* »

Il l'emmena au Grand Véfour, et Phyl trouva divine la salle à manger de style rococo, avec ses miroirs dorés et ses immenses arrangements floraux ; elle trouva la nourriture délicieuse et les vins sublimes. Brad Kane lui prodigua autant d'attentions que si elle était une précieuse fleur de serre. Elle s'épanouissait et souriait sous la chaleur de ses compliments recherchés, et se rappelait avoir dit à Mahoney qu'elle était une « Vierge de glace ». Mahoney ne l'avait pas crue, et elle songeait à présent qu'il avait eu raison. Elle avait presque l'impression de fondre sous le regard chaleureux de Brad.

Il se conduisait en hôte parfait et en chevalier servant plein d'attentions. Il lui conseillait les plats que, d'après lui, elle aimerait ; il commanda du vin rouge parce que c'était celui qu'elle préférait ; il lui désigna toute les personnes célèbres qui dînaient en même temps qu'eux. Il lui relata l'histoire du vénérable restaurant et lui confia des tas d'anecdotes sur la vie parisienne et ses commérages. Il se donnait beaucoup de mal pour la distraire et l'amuser, et il y réussit si bien qu'elle en fut enchantée.

Lorsqu'on leur apporta le café, il sourit et annonça d'un ton calme : « J'ai l'impression d'avoir fait tous les frais de la conversation. Maintenant, parlez-moi de vous. Racontez-moi votre vie, Phyl Forster. Et votre travail fascinant. »

Elle reprit pied avec regret dans la réalité. « C'est *en effet* fascinant, avoua-t-elle, de découvrir comment fonctionne l'esprit des gens. Vous seriez surpris d'apprendre combien de personnes apparemment ordinaires mènent une existence pleine de fantasmes monstrueux. Et combien d'individus parvenus au comble de la réussite viennent me raconter qu'ils sont hantés par le désespoir et doutent d'eux-mêmes. Je traite des maniaco-dépressifs qui n'arrivent pas à trouver une raison de vivre, et des sociopathes qui commettent des actes terrifiants sans manifester le moindre remords. Je vois des enfants violentés, des adolescents perturbés, des jeunes mères en détresse qui ont envie de tuer leur bébé. (Elle hocha la tête en regardant tristement le fond de son verre.) Parfois, je rentre chez moi en me demandant s'il existe dans ce monde une seule personne saine d'esprit — y compris moi-même.

— Alors, vous assumez le fardeau de leurs problèmes. C'est sûrement mauvais...

— Bien sûr que c'est mauvais. Et j'essaie de ne pas m'investir à fond. Le soir, je cherche à me détendre, à tout oublier. Je bois un verre de vin, j'écoute de la musique, je lis un livre. Il n'y a qu'un seul cas à propos duquel je me suis laissé impliquer personnellement — et c'est à cause de mes propres besoins autant que pour ceux de ma patiente. C'est un cas d'amnésie.

— Mais il doit être facile de faire retrouver la mémoire à quelqu'un ? Les parents doivent en être capables ? Un frère, un mari ou une mère ?

— Pas dans ce cas-là. Cette jeune fille a perdu la mémoire à la suite d'un accident, et jusqu'à présent personne n'est venu la chercher. (Elle sourit.) Je parle d'elle comme s'il s'agissait d'un objet perdu.

— Dans un sens, c'est ce qu'elle est.

— Sans doute. Néanmoins, je n'ai pas encore réussi à lui faire retrouver la mémoire. A présent, j'essaie de la réadapter afin qu'elle puisse prendre sa vie en main. Elle travaille pour une de mes amies, et c'est pour elle que je vais à Antibes la semaine prochaine. Pour la voir.

— Pour vérifier les progrès de votre expérience, demanda-t-il — avec un certain cynisme, pensa-t-elle.

— Mon intérêt n'est pas purement clinique,

répondit-elle en retrouvant un peu de son ton péremptoire. Ma patiente n'est qu'une jeune fille. Il m'importe beaucoup de pouvoir l'aider.

— Touché, docteur, déclara-t-il avec un sourire contrit. Je pense n'avoir guère d'inclination pour les maladies mentales. Une jambe cassée... (Il haussa les épaules d'un air expressif.)... ça, je peux comprendre. Mais la folie ? Jamais.

— Mes patients ne sont pas fous ! protesta-t-elle. Ils sont perturbés. »

Il éclata de rire et lui prit une main, qu'il retourna pour poser tendrement un baiser sur la paume. Les yeux dans les siens, il dit : « Je pense que vous êtes une femme pleine de bonté, docteur Phyl Forster, autant que de beauté. »

Le désir rôdait dans son regard bleu clair. Elle oublia aussitôt tout ce qui concernait son travail, les assassins et Béa. Elle ne voyait plus que ses yeux ; elle ne sentait que son contact. Elle haletait brusquement de désir.

Elle sortit du restaurant en flottant à son bras, presque aveugle aux salutations polies du personnel. Ils retournèrent en voiture à l'appartement de Brad, sans parler ni l'un ni l'autre, sans se toucher, mais sensibles chacun à la proximité de l'autre. Il gara la voiture dans le garage du sous-sol et ils marchèrent, main dans la main, jusqu'à l'ascenseur.

Pendant qu'ils l'attendaient, Brad plaça ses bras autour de Phyl. Il se mit à l'embrasser. Légèrement. De petits baisers sur son visage, ses yeux, sa gorge. L'ascenseur cliqueta ; un couple de personnes âgées et élégantes en sortit et leur jeta un regard amusé, en les voyant serrés dans les bras l'un de l'autre. Mais Phyl ne s'en aperçut même pas.

Quand ils furent seuls dans l'ascenseur, Brad glissa les mains sous la veste de Phyl. Il l'attira à lui et la serra étroitement, pendant que sa bouche couvrait la sienne. Des frissons de ravissement la parcoururent ; elle n'avait pas envie que ce baiser se termine. Lorsque l'ascenseur s'arrêta à l'étage de l'appartement, Brad la souleva dans ses bras et l'emporta à l'intérieur, ses lèvres toujours collées aux siennes.

Ils se laissèrent tomber ensemble au fond du gigantesque canapé de tissu broché, toujours perdus l'un dans l'autre. Finalement, il cessa de l'embrasser. Il repoussa d'une caresse ses cheveux décoiffés et la regarda d'un air interrogateur au fond des yeux. Il y déchiffra la réponse, et c'était celle du désir. Il l'obligea à relever le menton et à tendre sa bouche vers la sienne, une fois de plus, pour la boire comme du vin. Une décharge fit frissonner Phyl des lèvres jusqu'aux seins, du fond de ses entrailles jusqu'à ses orteils, et elle gémit de bonheur.

Il la prit par la main et la conduisit consentante dans la chambre à coucher. Des lampes aux abat-jour sombres projetaient une lumière filtrée sur le grand lit à baldaquin, et un feu flambait dans la cheminée de pierre sculptée. De doux tapis soyeux aux tons de vieux rose et d'étain couvraient le parquet, et de hauts volets les isolaient de la nuit. Ils se trouvaient dans un univers à eux, un endroit où Phyl n'était pas allée depuis longtemps. Peut-être jamais.

Brad la fit tourner sur elle-même et ouvrit la fermeture Éclair de sa robe en dentelle noire. Elle dégagea ses bras et le vêtement glissa sur le sol. En une minute, ils furent nus tous les deux.

Ils restèrent à se regarder. Puis il lui tendit une main. Elle lui donna les siennes, avec confiance. Il l'attira à lui, et ils se tinrent immobiles — deux corps nus et tremblants pressés l'un contre l'autre. Phyl rejeta la tête en arrière avec extase pendant que Brad embrassait sa gorge d'abord, ses seins ensuite. Enfin, ils se laissèrent tomber ensemble sur le lit. Il mit ses mains sous elle, éleva son corps à hauteur de sa bouche, la but jusqu'à ce qu'elle se mette à trembler, à gémir et à crier grâce. Alors seulement, il la pénétra.

C'était un amant brutal ; il exigeait d'elle plus qu'elle n'aurait cru pouvoir offrir, et elle serrait ses jambes très fort autour de lui, tendue pour atteindre la cime presque inaccessible du désir. Encore et encore.

Longtemps après, ils se reposèrent, silencieux et épuisés, avec des tremblements qui continuaient, comme après un séisme, à secouer leurs corps.

Brad reposait sur les oreillers, les mains derrière la nuque. Il regarda Phyl et dit doucement : « Je n'avais pas éprouvé ça depuis que j'ai eu quatorze ans. »

Elle lui sourit, toujours perdue dans le prolongement doux et tiède de son plaisir. Elle attendit paresseusement qu'il lui parle de son premier amour, de quelque jeune lycéenne et du premier baiser qui l'avait fait vaciller sur ses talons d'adolescent.

Mais la voix de Brad prit soudain un ton âpre : « J'avais quatorze ans et je débordais de curiosité sexuelle ; mais je n'avais absolument aucune expérience. Un après-midi, alors que je roulais à bicyclette, j'ai crevé un pneu. Cela s'est passé juste devant la maison d'un ami de mon père, de sorte que j'ai poussé ma bicyclette dans l'allée, en pensant obtenir de l'aide.

» La porte était ouverte et l'on ne voyait personne. J'ai regardé dans l'entrée, mais elle était vide. J'ai fait le tour de la maison, en m'attendant à trouver le propriétaire sur le court de tennis ou à la piscine. La fenêtre de ce qu'il appelait sa salle de détente était restée ouverte, et il en sortait un bruit. Je me suis arrêté pour écouter. C'était un gémissement d'un genre particulier : étrange, effrayant. Quelque chose m'a commandé d'être discret, et je me suis rapproché sur la pointe des pieds pour regarder par la fenêtre.

» J'ai vu une femme nue étendue sur l'immense tapis de fourrure dorée. C'était d'elle que provenaient les sons. Ses jambes étaient nouées autour du cou de l'homme, et celui-ci avait mis les mains sous ses fesses pour la soulever très haut. *Et il la dévorait.* Elle gémissait, criait. Ses yeux étaient fermés, et son visage convulsé par la passion. »

Brad fixa silencieusement le plafond, et Phyl attendit en se demandant quelle allait être la suite. Au bout d'un moment, il déclara : « C'était ma première initiation à la sexualité, et les conséquences ont été immédiates. Je me suis éloigné en courant, tout honteux. Mais je n'ai jamais oublié cette scène. Elle est restée imprimée de manière indélébile dans mon esprit, et je jure que je n'ai jamais fait l'amour une seule fois dans ma vie sans y penser.

— J'imagine, dit Phyl d'un air compréhensif. Votre première expérience pornographique.

— Plus encore. » Brad se leva et s'avança nu vers la fenêtre. Il ramassa un paquet de Gitanes sur la table ; d'une chiquenaude, il en fit sortir une cigarette qu'il alluma. Il aspira profondément la fumée âcre avant de la rejeter, le regard vide fixé sur les arbres feuillus de la cour éclairée par un lampadaire. Sa voix prit un ton glacial pour ajouter enfin : « L'homme était un ami de mon père que je connaissais depuis toujours. Et la femme qu'il était en train de dévorer avec une telle avidité était ma mère. »

Les yeux de Brad étaient épouvantablement vides. Phyl savait qu'elle voyait son âme à nu, et elle n'arrivait pas à trouver un mot pour le réconforter. Il n'y avait rien qu'elle pût dire à son amant. Dans l'exercice de son métier, et compte tenu de la distance qui séparait le patient du médecin, elle aurait été capable de formuler les réponses adéquates pour l'arracher à ses souvenirs amers. Mais les circonstances étaient différentes. Nue et allongée sur le lit, encore bouleversée d'avoir fait l'amour avec lui, tout ce qui lui vint à l'esprit fut : « Je suis navrée. »

Il haussa les épaules d'un air maussade. « Voilà comment était Rébecca. Je ne saurai jamais comment mon père a pu le supporter pendant toutes ces années. Ni pourquoi. Mon père était un bel homme — il avait réussi, il était riche. Mais ma mère avait des origines aristocratiques, elle aimait les mondanités. Lui, il était né dans un ranch. (Il leva encore une fois les épaules.) Je suppose qu'ils se convenaient l'un à l'autre. Je n'en ai jamais parlé avec lui. Et je n'ai jamais non plus dit à qui que ce soit ce que j'avais vu. (Il s'approcha et déposa un léger baiser sur sa joue.) Je n'aurais pas dû t'en parler, même à toi. Pardonne-moi. »

Elle lui pardonna, bien sûr, mais resta néanmoins sous le choc. Les sautes d'humeur de Brad Kane, en alternance sombre et joyeux, la troublaient.

Pourtant, une fois encore, il écarta d'un mouvement d'épaules ses idées noires et l'emmena prendre le petit déjeuner au Café de Flore. Après quoi, ils firent des achats rue du Cherche-Midi et allèrent fouiller dans les boîtes des bouquinistes sur les quais de la Seine. Phyl avait complètement oublié le congrès pour lequel elle était venue à Paris. Brad était beau, il était charmeur, il était amusant. Elle se sentait folle de lui sur le plan sexuel, et réciproquement, au point de se demander si les gens ne percevaient pas l'ardeur qui émanait de leurs corps, lorsqu'ils s'arrêtaient pour s'embrasser sans vergogne sur le seuil d'une boutique ou pour se regarder au fond des yeux. Ils se laissaient tellement absorber par leur attirance sexuelle que personne ne comptait plus en dehors d'eux. Phyl ne pensait plus ni à Béa ni à Millie. Ni à Franco Mahoney. Elle ne pensait qu'à Brad.

Ils passèrent de longs après-midi sensuels dans sa

chambre à coucher aux volets clos, et des soirées romantiques dans des bistros à la lumière tamisée, et des nuits merveilleuses dans son appartement à lui. Ils enlevaient leurs vêtements en passant le pas de la porte, pour se caresser, s'embrasser, se dévorer mutuellement. Une nuit, Brad ne leur donna même pas le temps de se déshabiller, et il prit Phyl contre le mur, la soulevant pour l'amener à sa hauteur et la pénétrant sauvagement. Elle hurla de douleur, mais il ne cessa pas avant qu'ils aient glissé à terre, encore emmêlés, à moitié sanglotant, à moitié riant. Ils faisaient l'amour n'importe où, dans son lit, sur le précieux tapis d'Aubusson en face du feu dans le grand salon, et dans la douche, la peau glissante de savon et de leurs propres sécrétions.

Le lundi soir, Phyl retrouva enfin ses esprits et se rappela qu'elle était censée prendre l'avion pour Nice le lendemain matin. Ils se trouvaient dans l'appartement de Brad, et ils venaient de faire l'amour. Lui se tenait près de la fenêtre de la chambre et fumait paresseusement une Gitane, lorsqu'elle le lui annonça.

Il la dévisagea sans un mot, se retourna, et son regard erra par-dessus les toits. « Annule, dit-il froidement.

— Je n'ai pas le droit. J'ai promis.

— Et ta promesse a plus d'importance que moi ?

— Oh, s'il te plaît, Brad, c'est de l'enfantillage ! Tu sais que ce n'est pas vrai. Je préférerais infiniment être ici avec toi.

— Alors, pourquoi ne pas annuler ? T'arranger pour y aller une autre fois ? »

Phyl secoua la tête, sourit devant de telles bêtises, secrètement heureuse de voir qu'il la désirait à ce point. Elle s'assit dans le lit, tira le drap jusqu'au menton, peigna sa longue chevelure sombre en arrière, consciente de son corps encore humide de chaleur et de sueur. « Brad, s'il te plaît, répondit-elle de sa voix la plus enjôleuse. Il s'agit de ma patiente. De celle qui a perdu la mémoire. C'est sérieux, et je ne peux tout bonnement pas trahir la promesse que je lui ai faite.

— Comme tu voudras », répliqua-t-il avec brutalité. Elle le vit se rendre à grandes enjambées dans la salle de bains. Il semblait en état de choc, et son regard était vide quand il referma la porte.

Elle entendit le bruit de la douche et se demanda pourquoi il ne pouvait accepter qu'elle ait quelque chose d'important à faire absolument. Il aurait pourtant bien dû comprendre qu'elle préférait rester ici avec lui. Elle soupira en se disant qu'elle s'était conduite de manière irresponsable. Mais Brad se résignerait sans doute à son absence quand elle lui dirait qu'elle partait pour quelques jours seulement.

Il ne prononça pas un mot dans l'ascenseur qu'ils prirent pour descendre au garage. « Je serai de retour vendredi », déclara-t-elle quand il la déposa devant son hôtel.

Les yeux de Brad restèrent froids. Debout sur le trottoir, elle lui adressa un sourire de consolation, mais il s'éloigna sans une parole.

Des larmes lui piquaient les yeux quand elle entra dans l'hôtel.

Le téléphone de sa chambre sonnait. Son cœur se souleva, et elle se précipita pour décrocher. Pensant qu'il s'agissait de Brad, elle lança un joyeux : « Oui ?

— Rien qu'un mot, doc, déclara Franco Mahoney sur un ton dynamique. Pour m'assurer que vous tenez tous ces séduisants Français à distance. Et pour vous dire que Coco se sent bien ici, auprès de ses congénères. Je vous préviens, doc, vous avez intérêt à ne pas rester trop longtemps partie, car elle risque de ne plus vouloir rentrer à la maison. »

La voix de Franco Mahoney sonnait fort et l'interpellait de façon directe. A des lustres de Paris et des humeurs turbulentes de Brad Kane. « Merci de vous occuper d'elle à ma place, Franco, répondit-elle avec ironie.

— Pas de problème, doc. (Il y eut un long silence, et il ajouta doucement :) Vous allez bien ? Ne me dites pas que les grenouilles vous minent le moral ?

— Les Français, pas les grenouilles, corrigea Phyl machinalement. Non, non, je vais bien. Un peu fatiguée, sans doute. Vous savez, le décalage horaire et tout ça.

— Je me suis rappelé que vous alliez voir Béa demain. Je voudrais que vous lui transmettiez mes meilleurs sentiments, pour qu'elle sache que je continue de travailler sur son affaire. Et j'espère qu'elle en fait autant... Peut-être que, si elle se rappelle quelque chose, je sauterai dans un avion pour aller moi aussi là-bas, ajouta-t-il en plaisantant à demi.

— Je vous appellerai pour vous le dire, Mahoney, répondit-elle avec lassitude. Mais il se fait tard, et il faut que je dorme un peu.

— Ouais, j'avais aussi l'intention de vous poser la question : Qu'est-ce que vous pouvez bien faire pour rester dehors jusqu'à 4 heures du matin ? Ils vous font travailler comme des forçats, à ce congrès, ou quoi ? » Il n'avait pas cessé d'appeler d'heure en heure et s'était inquiété.

« Vous avez tapé dans le mille, Mahoney, affirma-t-elle. Bonne nuit. Embrassez Coco pour moi.

— Je n'y manquerai pas », lâcha-t-il laconiquement.

# 17

Le décorateur de Cannes que Millie avait convoqué était en train de parcourir la villa Mimosa pour évaluer les travaux nécessaires afin de rendre l'endroit habitable. Béa attendait sur les marches de la terrasse, le regard lointain, perdue dans ses pensées.

Elle aperçut la voiture de Nick qui arrivait à toute allure dans sa direction. « Millie m'a dit que vous étiez ici, annonça-t-il joyeusement. Montez. On va aller voir la maisonnette de Nanny Beale. »

Elle ouvrit de grands yeux. « Ah oui ? Mais comment savez-vous où elle est ?

— J'ai rafraîchi la mémoire de M. Marquand à l'aide d'une autre tournée de pastis au Café du Marin-Bleu. Il s'est rappelé qu'elle n'était pas très éloignée de la villa. Au bout de l'allée, d'après lui. Il y a un petit tournant presque en bas ; on verra quelques maisons. Il prétend qu'on saura laquelle c'est, parce qu'elle a un air anglais. »

Ils roulèrent sur une route étroite et sinueuse jusqu'au moment où ils aperçurent un groupe de maisons tapi au creux de la colline. Le cottage était minuscule derrière une clôture de piquets, avec un jardin grand comme un mouchoir de poche, où poussaient à foison des roses, des pieds-d'alouette et de grosses marguerites.

« C'est un vrai jardin anglais, non ? » demanda Nick en s'esclaffant.

Bien qu'inoccupé, le cottage n'avait pas l'air négligé.

Le jardin était désherbé, la peinture semblait neuve, et les rosiers taillés. Ils jetèrent un coup d'œil à travers les fenêtres éclatantes de propreté, et l'intérieur bien rangé les incita à se dire que quelqu'un en prenait soin.

Nick alla interroger un voisin et Béa s'assit sur un banc de bois tout fendu, sous l'ombre verte de la vigne en espalier. Elle imaginait la vieille dame anglaise en train de soigner son joli jardin, et même installée à sa place chaque soir pour contempler la lumière changeante sur la mer, au coucher du soleil. Peut-être songeait-elle au passé et au petit garçon qu'on lui avait donné à élever.

Nick rapporta un renseignement précieux : quelqu'un venait chaque semaine entretenir le jardin et nettoyer la maison. Le voisin lui avait donné le nom de l'agence qui s'en occupait, et s'ils se dépêchaient ils avaient juste le temps d'y arriver avant la fermeture du déjeuner pour deux heures.

Ils se rendirent à toute allure au village voisin, et Béa attendit Nick dans la voiture. Son absence dura une éternité, au cours de laquelle elle ne cessa de regarder sa montre avec impatience. Lorsqu'il revint enfin, il agitait triomphalement une clef.

« Il m'a fallu déployer tout mon charme, dit-il en souriant. Et la propriétaire de l'agence m'a presque demandé de présenter une garantie bancaire ou de donner ma tête à couper avant de s'en séparer. J'ai aussi obtenu de ce dragon le nom de la société qui paie le jardinier : Flora Beale Trust — un machin administré par une banque londonienne. Ils règlent par trimestre et très ponctuellement, et le dragon femelle ne se fait aucun souci à ce sujet. Mais quand je lui ai dit que j'étais écrivain et que je pourrais parler d'elle dans mon livre sur la Riviera, elle m'a mangé dans la main et m'a tendu la clef d'un seul coup — avec le sourire. (Il éclata de rire en démarrant.) Ah, l'épouvantable attrait de la célébrité. »

Ils eurent l'impression de se conduire en intrus quand ils ouvrirent la porte de la maisonnette et regardèrent autour d'eux. On aurait dit que Nanny Beale vivait toujours là.

Ils se seraient crus dans un vieux film anglais. Un grand et ancien fauteuil Windsor à bascule faisait face à la cheminée, près d'un canapé recouvert de cretonne fleurie et jonché de coussins brodés. Il y avait un tapis égayé de motifs rouges, et des dizaines de photographies d'enfants disposées dans leurs cadres d'argent sur le plateau d'un bureau en chêne. Les lunettes rondes, en écaille, de Nanny Beale reposaient sur les pages ouvertes d'un exemplaire du *David Copperfield* de Dickens, exactement là où elle avait dû les laisser. Son manteau de flanelle grise était pendu dans le placard à côté de quelques robes toutes simples. Ses chaussures confortables — noires pour l'hiver, blanches pour l'été — s'alignaient sagement au-dessous. Sur l'étagère reposaient ses couvre-chefs ronds à large bord — la coiffe bleu marine et le chapeau de paille que M. Marquand leur avait décrits.

Béa poussa un petit sourire de satisfaction en regardant autour d'elle. La maisonnette respirait la simplicité et le sens pratique. Le lit étroit en bois de cerisier avec son épaisse couverture piquée blanche, les assiettes blanches dans la cuisine et les vases de cristal vides étaient de bonne qualité et correspondaient manifestement aux choix d'une femme qui, à cause de son métier, avait toujours vécu par personne interposée sans avoir le temps de former son propre goût. La maison de Nanny Beale montrait que cette femme avait eu ce dont elle avait besoin et rien de plus. Et que cela lui avait suffi.

Béa s'assit timidement sur le fauteuil de Nanny.

« Nanny Beale, Nanny Beale », murmura-t-elle avec espoir, en se balançant doucement d'avant en arrière. Elle fit courir une main légère sur les pages de son livre, effleura d'un doigt les lunettes comme si le fait de les toucher la rapprochait de Nanny Beale. « J'ai la quasi-certitude de vous connaître. »

Elle fixa intensément les visages des photographies posées sur le bureau, dans l'espoir de réveiller un souvenir ; mais celles-ci avaient été prises bien des années plus tôt et représentaient des enfants d'allure très anglaise, vêtus de robes blanches amidonnées ou de petits costumes de marin tout raides, assis dans des carrioles attelées à des poneys devant d'imposantes demeures britanniques. Quelques petites filles, les jupes enfoncées dans des culottes bouffantes, maussades sous la lumière éblouissante du soleil, posaient pour la postérité en train de patauger dans une mer agitée par le vent, à des endroits qui devaient s'appeler Frinton et Margate.

Béa répugnait à s'immiscer davantage dans la vie privée de Flora Beale, mais Nick balaya ses scrupules. « Si quelqu'un a su quelque chose de *la célibataire* et de son mari, c'est cette femme », déclara-t-il en fouillant dans les placards et les tiroirs des commodes pleins de mouchoirs en linon blanc et de cols de dentelle, de tabliers blancs amidonnés et de draps en coton immaculés. Nanny Beale rangeait chaque chose à sa place. Nick souriait en évoquant la manière dont elle devait régenter ses jeunes pupilles, leur instiller des vertus comme l'ordre et la propreté, les exhorter à se brosser les dents et à avoir toujours des mouchoirs propres dans leurs poches.

Béa le regardait fouiller, pleine d'espoir ; mais il ne découvrit que quelques vieux reçus d'épicier et de teinturier. Rien d'important, et il passa tout au crible, y compris la vieille malle en fer-blanc garée au grenier.

Il s'appuya contre la porte de la chambre à coucher, les bras croisés. « Voyons un peu, où une vieille dame irait-elle cacher ses secrets ? » demanda-t-il. Ses yeux rencontrèrent alors ceux de Béa, et il sourit. Il entra dans la chambre à coucher et souleva le matelas. Il passa une main dessous à tâtons. Ses doigts se refermèrent sur quelque chose qu'il produisit.

*« Gagné »*, dit-il à Béa d'une voix triomphale.

C'était une grande enveloppe brune remplie de papiers. Ils l'ouvrirent et s'assirent à la table de la cuisine, fascinés par leur trouvaille : des documents, de la correspondance et une petite clef en argent. Plusieurs des lettres portaient l'adresse d'expéditeurs anglais, dans un manoir et un château ; il apparut que c'étaient en fait des certificats vantant l'excellent caractère de Mlle Flora Beale, sa sobriété et son dévouement total aux enfants et à sa charge. Il y avait aussi deux lettres d'une écriture ferme et française. Elles émanaient de Marie-Antoinette Leconte et donnaient des détails sur l'emploi offert à Mlle Flora Beale.

Celle-ci avait écrit à Mme Leconte pour proposer ses services comme bonne d'enfant auprès du bébé qui allait naître.

« Je serais heureuse de tenter l'épreuve que représente le fait de travailler à l'étranger », écrivait-elle, avec l'écriture appliquée d'une femme dont toute l'instruction, ainsi qu'elle l'indiquait à Madame, « comprenait ce que l'on pouvait apprendre à l'école de la paroisse et s'était terminée à l'âge de treize ans, lorsque je suis entrée comme domestique dans un château de l'Oxfordshire.

» Mais mon expérience des enfants s'étend sur de nombreuses années, madame Leconte, écrivait-elle à la fin de sa lettre. Et je suis sûre que vous en serez d'accord : il n'y a pas de meilleure école que celle de l'expérience pour veiller sur des enfants. »

Mme Leconte avait immédiatement répondu en anglais pour lui offrir le poste. Elle lui racontait que l'enfant dont elle était enceinte comptait par-dessus tout pour elle... « Plus que ma propre vie », écrivait-elle.

Béa leva les yeux à la lecture de ces mots. « M. Marquand avait raison, affirma-t-elle en frissonnant. Marie Leconte se savait marquée par la mort.

— Je me demande si, à l'époque, elle croyait son mari capable de l'assassiner, dit Nick. Et, dans ce cas-là, pourquoi elle n'a rien fait pour l'en empêcher.

— L'amour-propre féminin, je parie. Rappelle-toi, elle était *la célibataire*, la femme mal fagotée, sans charme, toujours tenue à l'écart par les autres, invariablement seule, malgré son argent. Exposée aux railleries, pendant toutes ces années. Aux quolibets des gamins dans la rue. Et voilà que ce jeune type séduisant se comporte en mari aimant aux yeux du monde. Peut-être qu'elle espérait se tromper sur son compte, après tout.

— Voici quelque chose d'autre, annonça Nick en lui tendant un document dont la couverture portait le tampon rouge d'un notaire. Regarde ça : Nanny Beale a même pris la peine de passer un acte notarié. »

Leurs têtes se rapprochèrent quand ils entreprirent de déchiffrer la déposition de Flora Beale. « Je suis contrainte de mettre ceci par écrit, disait Nanny Beale, afin qu'un jour ceux qui en auront besoin connaissent la vérité. »

> C'est simple [écrivait-elle]. Je l'ai su dès que j'ai vu le mari : il a épousé la pauvre Marie-Antoinette Leconte pour son argent. Sinon, pourquoi un bel homme brutal tel que lui aurait-il choisi une épouse comme elle ?
>
> Mme Leconte m'a demandé de venir travailler

pour elle trois mois avant la naissance de l'enfant — *pour que je m'habitue à mon nouveau pays et à ses façons de faire*, disait-elle. Mais, au fond de mon cœur, j'ai le sentiment que c'était pour avoir de la compagnie. Elle était indubitablement la femme la plus solitaire que j'aie jamais vue.

J'ai fait la connaissance de Madame très peu de temps avant sa mort, et je l'ai trouvée aimable, gentille et intelligente, quoiqu'elle n'ait pas été une femme bien née et qu'elle n'ait pas possédé le « bon goût » de mes précédents employeurs. Mais il ne faisait aucun doute dans mon esprit que l'enfant à naître représentait tout pour elle. Aucun doute non plus que Madame n'avait pas confiance en son époux.

Madame m'a confié une lettre qu'elle destinait à l'enfant qu'elle allait mettre au monde. Elle m'a priée de la mettre en sécurité et de la donner à l'enfant « s'il devait arriver quelque chose de terrible et si je mourais avant lui », m'a-t-elle déclaré ; quand elle a dit cela, ses yeux sombres étaient vides, fermés au monde, comme si elle savait ce qui se produirait à peine quelques semaines plus tard.

Mme Leconte m'avait accordé sa confiance, mais elle m'a aussi confié son bien le plus précieux, le bébé qui à ses yeux avait plus de valeur que toute sa fortune. Elle m'a fait promettre que, si un malheur lui arrivait, je veillerais sur son enfant. Naturellement, je lui ai donné ma parole. Quelle femme ne l'aurait fait ?

Et, en échange, elle s'est montrée généreuse. Elle m'a annoncé que je ne connaîtrais jamais plus le moindre besoin d'argent. Elle a même acheté un cottage à mon nom, et elle a créé une fondation qui m'a servi une rente viagère.

Je me trouvais dans la nursery, au deuxième étage,

quand l'accident s'est produit. J'ai entendu des bruits de voix dont le ton montait, puis une explosion — comme un coup de pistolet. J'ai eu peur, et le bébé a été réveillé par le bruit. Il s'est mis à pleurer, et plusieurs minutes ont dû s'écouler avant que j'accoure dans la galerie supérieure en le serrant dans mes bras.

J'ai regardé épouvantée la terrible scène qu'offrait le hall, en bas. Mme Leconte était étendue, le visage contre terre, sur le sol de marbre, et mes yeux horrifiés ont cru voir du sang partout.

Son mari est apparu du côté de la bibliothèque. « Mon Dieu, il y a eu un accident ! » a-t-il hurlé, d'une voix plutôt théâtrale, me suis-je dit. Tous les domestiques sont arrivés et ont fixé le corps inerte de Madame. *« Allez, allez-vous-en ! »* nous a-t-il crié, et devant la fureur qu'il y avait dans son regard nous nous sommes empressés de partir.

Ce « quelque chose de terrible » que Mme Leconte craignait était finalement arrivé. Et, bien qu'il ait réussi à faire croire à un accident, je savais au fond de mon cœur qu'il l'avait tuée.

Ils ont enterré la pauvre Madame le lendemain même et, aussitôt après, son mari est retourné à Paris pour discuter avec les hommes de loi. Il n'est pas revenu. C'est ainsi que j'ai assumé la garde effective du jeune maître Jean Leconte, que j'ai toujours appelé avec la plus grande affection Johnny.

J'avais promis à Madame de protéger son fils. Pendant cinq ans, j'ai tenu promesse, et nous avons vécu en paix à la villa Mimosa. Mais quand s'est produit l'événement tant redouté par moi, je n'ai pas été de taille face à l'adversaire.

Béa savait ce que Nanny Beale avait écrit à partir de là, sans même regarder le texte. Elle pouvait le lire dans les recoins sombres de son esprit ; elle en avait l'intuition, exactement comme dans son rêve...

*Il était 7 heures et demie du matin, un jour de juin. Les oiseaux avaient déjà salué le lever du soleil et se tenaient tranquilles ; il n'y avait pas un seul souffle de brise pour rider la surface des bassins d'agrément. Rien ne troublait le silence quand le majordome ouvrit la porte d'entrée, en baissant la tête avec déférence devant le garçonnet à tête brune qui passa devant lui au pas de course pour dévaler les marches du perron en reniflant l'air avec l'avidité d'un jeune chien rendu à la liberté.*

*C'était un enfant de cinq ans, petit de taille, au teint mat ; il paraissait menu, avec ses membres grêles ; ses yeux d'un brun sombre avaient un regard intelligent. Il ne présentait aucune ressemblance avec son père, ce bel homme blond aux yeux bleus, et ne possédait rien de sa robustesse. Nanny Beale, soucieuse de ses devoirs envers la mère défunte, l'élevait dans du coton, loin des autres enfants afin qu'il n'attrape pas leurs microbes. Et, par égard pour sa fortune ainsi que pour son futur rang social, elle l'habillait de soie, des pieds à la tête, comme un petit prince de Galles.*

*Nanny était son amie ; le majordome, le chauffeur, les servantes et les jardiniers lui servaient de compagnons. Les armoires de la nursery renfermaient tous les jouets et jeux imaginables, mais il n'avait aucun camarade de son âge avec qui les partager. Son bien le plus cher, son ami le plus fidèle était un chien en peluche appelé Fido ; en effet, Nanny Beale avait décrété qu'un vrai chien serait trop sale, un nid de puces, porteur d'effrayants germes.*

*Ils avaient vécu ainsi, pour autant qu'il pouvait s'en souvenir, et il était un enfant heureux, satisfait de la vie qu'il menait parce qu'il ne connaissait rien d'autre. Il était le centre de son petit univers.*

*Il s'asseyait sur les marches, sentait le froid du marbre à travers son pantalon bleu en soie, heureux d'inspecter son domaine. L'air matinal était frais, de même que l'espoir cultivé au fond de son cœur que ce jour nouveau se révélerait différent de la veille, parce que ses journées se ressemblaient toutes. Son regard errait sur les pelouses et, au-delà des cèdres géants, se perdait dans la mer d'azur, au loin. Il entendait les cris stridents des paons qui s'ébattaient près de la roseraie et respirait les différents parfums des fleurs dont il connaissait les noms parce que le jardinier les lui avait enseignés. Son parfum préféré était celui du mimosa, qui avait donné son nom à la villa ; mais son odeur suave n'appartenait qu'au printemps.*

*Le gazouillement des canaris jaunes et bleus et des joyeuses perruches se répandait autour de la volière en argent, construite, selon ce que lui avait dit Nanny, par son grand-père pour en faire cadeau à sa mère, il y avait bien longtemps ; et les murmures charmants de l'élégante fontaine du jardin se mêlaient au clapotis du minuscule torrent d'eau vive qui coulait de la grotte en haut de la colline.*

*C'était son royaume, tout son univers.*

*Il y eut un nouveau bruit, celui de la cloche de bronze attachée au portail. Le garçonnet leva la tête avec intérêt, les yeux éblouis par le soleil.*

*Des pas écrasaient le gravier. Un homme avançait vers lui. Un homme grand, séduisant. Le soleil scintillait sur ses cheveux blonds. L'homme s'arrêta au pied des marches et le dévisagea. Le gamin entendit Nanny Beale arriver en courant dans le hall, derrière lui.* C'est étrange, *se dit-il en adressant un sourire à l'étranger au-dessus de lui.* Nanny ne court jamais ; elle estime que courir manque de dignité.

*On lui avait appris à ne jamais parler à des étrangers, mais il dit : « Je suis Johnny Leconte. » Il sourit avec confiance. « Qui êtes-vous, m'sieur ? »*

*L'homme le dévisageait froidement ; il observait son teint cireux, son physique frêle, ses habits de soie. Sur un ton d'indifférence glacée, il répondit enfin : « Je suis ton père. » Puis, s'adressant à Nanny Beale : « Faites ses bagages. Je l'emporte avec moi. » Comme si c'était un vulgaire paquet.*

*L'enfant se retourna en entendant Nanny haleter de terreur. « Où allons-nous, Nanny ? Où ? »*

*Ses yeux anxieux saisirent le regard apeuré de Nanny : « Chez les sauvages, gémit-elle, à l'autre bout du monde ! »*

*Une peur sans nom s'empara du petit garçon, et un nuage sombre plana au-dessus de lui, masqua le matin magnifique, le chant des oiseaux, l'atmosphère soyeuse, la lumière du soleil. L'arracha à son univers.*

J'aimais cet enfant [écrivait Nanny]. Et j'avais la ferme intention de respecter la promesse faite à Madame, de même qu'elle avait tenu la sienne à mon égard. Le cœur me manquait à cette idée, mais il n'était pas question que mon petit garçon s'en aille seul avec ce diable d'homme. Le devoir est le devoir. Je me suis demandé *pourquoi* il réclamait son fils, après toutes ces années.

Puis il y eut le plus horrible voyage de ma vie. Sur un paquebot italien qui devait quitter Marseille pour nous emmener jusqu'en Amérique. Johnny et moi, nous étions logés dans une misérable petite cabine de la classe la moins chère. Son père menait la grande vie en première classe, sans jamais se préoccuper de la présence de son fils. Et lorsque le navire affronta une tempête au milieu de l'Atlantique, je fus si malade que je dus rester clouée sur ma couchette, ce qui obligea le pauvre petit Johnny à se débrouiller seul. Puis il y eut le débarquement à New York et l'interminable voyage en train à travers cet immense pays inconnu, l'Amérique. Nous devions dormir assis sur nos sièges, et je savais que son père se prélassait dans un des wagons les plus luxueux du train.

Nous arrivâmes à San Francisco, où une voiture nous conduisit à la porte d'un magnifique hôtel. M. Leconte sortit prestement de l'automobile ; mais comme je faisais mine de le suivre il me claqua grossièrement la portière au nez et m'annonça qu'il avait pris d'autres dispositions à notre sujet. Nous devions monter à bord du prochain bateau en partance pour Honolulu. Seuls.

Les quais grouillaient d'hommes costauds et peu engageants ; mais je m'efforçais de cacher ma peur à Johnny qui, Dieu merci, s'intéressait trop à tout ce qui l'entourait pour être effrayé. Notre bateau était un vieux rafiot rouillé, dont l'équipage composé de païens chinois à la mine patibulaire ne parlait pas un mot d'anglais. Le voyage me parut interminable, entrecoupé par de nombreux jours de tempête au cours desquels j'éprouvai la certitude que les immenses vagues vertes allaient nous engloutir. Et on nous servit à l'heure des repas une nourriture étrangère, des plats de païens, immangeables. Pour survivre, Johnny et moi dûmes nous contenter de riz bouilli.

Quand nous avons enfin jeté les amarres à Honolulu, on nous a transférés aussitôt sur un autre bateau, plus petit, pour nous emmener sur l'île privée du père de Johnny. Son royaume personnel.

Le récit de Flora Beale se terminait abruptement sur ces mots. Béa et Nick se regardèrent, avides de savoir ce qui s'était passé ensuite. Ils inspectèrent avec soin les autres papiers, mais elle n'avait rien écrit d'autre.

Soudain, Béa éclata en gros sanglots silencieux et désespérés. Nick passa son bras autour d'elle pour la consoler. « Pauvre Béa ! Mais nous avons progressé. Au moins, nous savons maintenant ce que signifiait votre rêve. » D'une caresse, il rejeta en arrière les mèches qui tombaient sur son front et ajouta : « Mais ce qui me laisse pantois, c'est que vous ayez su tout ça.

— Je n'y comprends rien, répondit-elle dans un sanglot. Nick, ce ne sont pas seulement les mots de Nanny Beale que j'ai lus. Ces mots sont inscrits dans ma tête ; la peur du petit garçon existe dans mon cœur... On dirait que tout ce qu'il a subi m'est arrivé à moi. Et je ne peux pas le supporter, Nick ! *J'ai peur.* »

## 18

Les boucles jaunes de Millie venaient d'être refaites. Elle portait une robe en soie de la même nuance jaune avec des diamants jaunes piqués sur la poitrine, et ses lèvres luisaient d'une nouvelle couche de rouge brillant. Assise à une table sur la terrasse de l'Hôtel du Cap, elle attendait l'arrivée de Phyl que Béa était allée chercher à l'aéroport. Mais elle ne pensait pas à ses amies. Elle songeait à l'appel téléphonique qu'elle avait reçu aux petites heures de l'aube, ce matin-là, de la part d'un avocat de l'Ohio.

« Qui a le front de m'appeler de l'Ohio à 2 h 30 du matin ? » avait-elle exigé de savoir, toute vacillante sur ses jambes, en cherchant ses lunettes et en les chaussant sur son nez comme si celles-ci devaient l'aider à mieux comprendre ce qu'on lui disait.

L'avocat l'appelait pour lui annoncer la mort d'un cousin Renwick au troisième degré dont elle était sans nouvelles depuis la nuit des temps. Le cousin et sa femme avaient été tués dans un tragique accident d'automobile. Leurs deux jeunes enfants étaient désormais orphelins. Dans son testament, le cousin déclarait que Millie était leur seule parente, et il l'avait désignée pour être leur tutrice.

Entre-temps, avait expliqué l'avocat, on avait confié les gosses à un foyer. Si Millie refusait d'être leur tutrice, ils seraient placés dans une famille d'accueil, et l'on pouvait espérer qu'ils seraient adoptés par la suite.

« Diable non ! s'était écriée Millie, bouleversée. La famille est la famille, même si je n'ai jamais entendu parler d'eux jusqu'à cet instant précis. Ces pauvres enfants ont besoin d'un foyer. Procurez-leur tout ce qu'il faut et envoyez-moi la facture. J'ai seulement besoin d'un peu de temps pour me retourner. En attendant, dites-leur que tante Millie les aime et qu'elle est impatiente de les couvrir de jouets et d'affection. »

Elle avait raccroché, interdite mais heureuse à l'idée de devenir soudain « maman » à son âge. Elle savait au fond de son cœur qu'elle avait fait ce qu'il fallait.

« Bien entendu, tout le monde va penser que c'est encore un de mes caprices, songea-t-elle quelques heures plus tard avant de retrouver le sommeil. Mais, comme toujours, il y a quelque raison dans mes folies. »

Elle contemplait rêveusement la mer lorsqu'elle entendit prononcer son nom. Elle sourit à sa vieille amie Phyl et à sa nouvelle amie Béa tandis que celles-ci s'approchaient d'elle.

« Te voilà enfin, ma très chère Phyl ! s'écria-t-elle en serrant la jeune femme sur son opulente poitrine. Tu parais merveilleuse, comme toujours, malgré ce noir sempiternel. Tels des vêtements de deuil, ma chère fille. Il est temps que tu changes.

— On me l'a déjà dit. » Phyl éclata de rire, au souvenir de Mahoney.

Millie la tint à bout de bras, l'examina d'un œil critique une fois encore. « Mmm, ajouta-t-elle, je n'aime pourtant pas beaucoup ces cernes sombres sous tes yeux. Serait-ce les psys du congrès qui t'ont incitée à veiller toute la nuit, ou quelqu'un d'autre ? J'espère pour toi que c'était quelqu'un d'autre. Ça t'aura fait du bien. »

Elles échangèrent un sourire ; elles n'avaient aucun

secret l'une pour l'autre. Phyl savait tout ce qu'il fallait savoir sur Millie, et Millie savait tout d'elle.

« Je suis sûre que Béa t'a déjà raconté les derniers événements, reprit Millie en regagnant "sa" table et en leur indiquant d'un geste impérieux de la suivre. On dirait que nous sommes en train d'aboutir quelque part, tout compte fait, mais je n'ai pas *exactement* compris où. C'est de ton ressort, Phyl, ajouta-t-elle en commandant du thé. Mais, pour l'heure, j'ai une petite surprise, moi aussi. » Elles lui lancèrent un regard plein d'espoir auquel elle répondit par un sourire, en savourant le suspense qu'elle avait créé. « Vous ne devinerez jamais, les taquina-t-elle.

— Ne me dites pas que vous avez acheté aussi un appartement dans un immeuble en copropriété à Monte-Carlo ? demanda Béa d'un air méfiant.

— Bien sûr que non. Je suis déjà l'orgueilleuse propriétaire de la villa Mimosa. Que souhaiter de plus ?

— Allons, Millie ! la supplia Phyl. Ne nous fais pas languir.

— Je vais devenir maman. » Elle hurla de rire devant les regards incrédules de ses amies. Puis elle les mit au courant de l'appel qu'elle avait reçu de l'Ohio. « Scott et Julie Renwick. Neuf et sept ans. Quels noms magnifiques, vous ne trouvez pas ? Cet avocat prétentieux m'a demandé quand je rentrais chez moi pour qu'il puisse les mettre dans l'avion à destination de New York, et j'aurais adoré voir son visage quand je lui ai dit que *chez moi* c'était ici, sur la Riviera. J'ai ajouté : "Ils n'ont qu'à venir ici, et je les inscrirai à l'école du coin. Si elle est assez bonne pour la princesse Caroline, elle me va à moi aussi." De plus, ajouta-t-elle pleine de compassion en refermant une main sur son cœur, j'ai pensé qu'un changement de décor ferait du bien à ces pauvres petits êtres, après ce qui leur est arrivé. Mais j'ai prévenu l'avocat qu'ils devraient attendre une semaine ou deux. Le temps que la villa soit prête.

— *Une semaine ou deux ?* » répéta Béa d'une voix faible en évoquant la villa. Ce n'était encore qu'une coquille vide sur laquelle s'escrimaient couvreurs, charpentiers et peintres. Il y avait un gigantesque trou là où la piscine était prévue, et les jardiniers paysagistes se démenaient pour retourner la terre avant de mettre en place un nouveau gazon.

« Bon, peut-être un tout petit peu plus longtemps, admit Millie. Mais j'ai convoqué cet ennuyeux décorateur d'intérieur et je lui ai dit d'appuyer sur l'accélérateur. Je lui ai fixé une nouvelle échéance : un mois, et pas un jour de plus. Après tout, dit-elle en quêtant du regard l'appui de Phyl, je ne peux pas laisser ces pauvres gosses arriver et leur imposer un séjour à l'hôtel. Pas après un aussi long voyage et tout ce qu'ils viennent de vivre. Ils ont besoin d'une vraie maison, et j'ai l'intention de leur en fournir une... Imaginez-*moi*, Millie Renwick, dans ce rôle de mère, après tant d'années ! (Elle hurla de rire une fois encore à cette idée.) Et c'est là une chose à laquelle aucun de mes bons à rien de maris n'a pu parvenir. J'ai toujours dit que c'était leur faute. »

Le sort de Scott et de Julie Renwick fournit le principal sujet de la conversation tout au long du dîner ce soir-là ; mais, lorsqu'elles se retrouvèrent seules, bien plus tard dans sa chambre, Béa put enfin montrer à Phyl le « document » de Nanny Beale et les lettres.

Phyl lui raconta que, selon Mahoney, quelqu'un avait dû lui décrire la villa. « C'est la seule explication logique, affirma-t-elle. Et ce quelqu'un a dû te raconter l'histoire du père qui est revenu chercher l'enfant. C'est la raison pour laquelle tu t'en souviens.

— Alors, Phyl, *pourquoi* est-ce que j'en suis si fortement affectée ? Pourquoi cet horrible pressentiment, comme si c'était *moi*, qui, assise sur cette marche, avais assisté à l'écroulement de mon univers ?

— Peut-être était-ce une personne proche de toi ?

— Que j'aimais, tu veux dire ? Mais comment ai-je pu oublier une personne que j'aurais aimée à ce point ? »

Phyl hocha la tête. « Béa, je te conseille de regarder devant toi plutôt qu'en arrière. Laisse le passé au passé. Un jour, les souvenirs jailliront de nouveau dans ta tête, tout comme tu as retrouvé le parfum du mimosa, le premier jour à l'hôpital, et tu te rappelleras tout. Et aussi qui tu es. »

Les yeux de Béa étaient désespérés quand elle la regarda. Seule Phyl mesurait la profondeur de sa terreur devant le fait qu'elle ne savait ni qui elle était ni qui avait voulu la tuer. Mais, même si elle se disait que Phyl avait raison, Béa avait besoin de découvrir ce qui était arrivé à Nanny Beale et au petit Johnny Leconte, lorsque ceux-ci s'étaient retrouvés dans l'île, à la merci de ce père démoniaque.

Nick avait remarqué que, dans le reportage réalisé par le journal sur la mort de Marie-Antoinette, le mari de celle-ci était sans cesse désigné sous le nom de M. Leconte ; il alla revoir M. Marquand au Café du Marin-Bleu pour lui demander s'il savait pourquoi « l'étranger » utilisait le nom de son épouse.

« Il a pris le nom de Marie-Antoinette parce que le père de celle-ci avait imposé cette condition dans son testament, expliqua Marquand. Son père avait déclaré que, si Marie-Antoinette changeait un jour de nom, elle devrait renoncer à son héritage. Bien entendu, ce n'était qu'une astuce pour la dissuader de se marier. Il détestait l'idée de perdre sa fille, même après sa propre mort ; et il était résolu à ce que sa fille elle-même soit mise en terre sous le nom qu'il portait. Ce n'était qu'une question d'héritage, voyez-vous, ajouta M. Marquand. Et je suis persuadé que l'étranger est revenu réclamer son fils pour la même raison : l'héritage.

» Vous devez comprendre, mon ami, que l'ancien Code Napoléon sur les successions s'applique toujours en France. Conformément à cette législation, un homme n'hérite pas de tous les biens mobiliers de son épouse. Leurs enfants passent en premier. Dans le cas des Leconte, il n'y avait que Johnny ; son héritage comprenait donc automatiquement la moitié de la fortune maternelle. L'étranger n'avait que l'autre moitié. Et puis, il y avait les propriétés immobilières des Leconte, dont le fils héritait presque intégralement. La villa Mimosa et l'appartement de Paris ne constituaient qu'une petite partie de ces biens, qui représentaient beaucoup d'argent immobilisé. D'après la loi française, le mari ne pouvait en disposer. Il était obligé d'attendre que son fils soit majeur. Alors seulement, il aurait la possibilité de les faire vendre pour prendre sa part — qui, sauf accident, n'était pas énorme.

» A mon avis, l'étranger, en s'apercevant qu'il ne pouvait se soustraire aux lois françaises sur les successions, est revenu réclamer ce qui représentait son principal atout financier pour l'avenir : son fils. L'homme était très dépensier, vous savez, ajouta M. Marquand d'un air pensif. Je parierais qu'en l'espace de cinq ans il a gaspillé presque tout ce qu'il avait empoché à la mort de Marie-Antoinette ; en outre, c'était insignifiant par rapport à la fortune dont il escomptait jouir. Toujours à cause de ces lois françaises. Sans doute voulait-il s'approprier l'argent du gamin. »

Nick téléphona à la banque londonienne et s'arrangea pour obtenir un entretien avec les administrateurs du Flora Beale Trust le lendemain matin.

« Peut-être allons-nous découvrir ce qui est arrivé

au petit Johnny Leconte sur cette île lointaine », déclara-t-il plein d'espoir à Béa, lorsque celle-ci l'accompagna à l'aéroport.

## 19

Quelques jours plus tard, quand Phyl rentra à Paris, sa chambre d'hôtel avait l'air d'une devanture de fleuriste. Elle trouva des bouquets odorants sur chaque table et même un collier d'orchidées blanches dans le style hawaiien sur son oreiller. Et il y avait un message : « Tu me manques. Pardonne-moi, je t'en prie. Brad. »

Elle se dépouilla de ses vêtements, prit une douche froide, passa les orchidées autour de son cou et lui téléphona. « Merci pour cet accueil extravagant, déclara-t-elle avec un sourire dans la voix.

— C'était aussi une manière de présenter mes excuses. Je n'osais pas espérer que tu appellerais. Je ne le mérite pas. Je suppose que j'étais tout simplement jaloux. »

Elle hocha la tête et dit dans un soupir : « Mais, Brad, tu savais bien que je n'allais pas rejoindre un autre homme.

— Je suis jaloux de quiconque t'enlève à moi. »

Retrouvant soudain son désir d'indépendance et sa lucidité, elle demanda : « N'est-ce pas un peu déraisonnable ?

— Sans doute. Mais je suis quelqu'un de déraisonnable... quand il s'agit de toi. »

Elle éclata de rire, caressa les orchidées suspendues à sa poitrine, et l'entendit soupirer de soulagement quand elle lui proposa de venir la rejoindre.

Elle lui ouvrit la porte une demi-heure plus tard,

nue à part ses orchidées ; ses longs cheveux formaient un nuage vaporeux autour de ses épaules pâles ; elle se demandait si les sentiments qu'elle éprouvait pour lui avaient changé depuis qu'elle s'était éloignée et avait eu le temps de se ressaisir. Mais il était toujours aussi attirant, toujours aussi charmeur, et toujours aussi sûr de lui. Il la regarda lentement, des pieds à la tête puis de haut en bas. Il hocha le menton avec émerveillement devant sa beauté et lui déclara qu'il était l'homme le plus chanceux de la terre. Ensuite, il la souleva dans ses bras et la porta sur le lit.

Le lendemain, Phyl annula son vol de retour et tous ses rendez-vous de la semaine suivante à San Francisco. Elle quitta son hôtel pour s'installer dans l'appartement de Brad.

Ils en bougèrent à peine pendant une semaine. Lorsqu'ils en sortaient, c'était seulement pour aller d'un pas nonchalant au bistro du coin ou pour flâner sur les boulevards, la main dans la main, le regard de chacun accroché à celui de l'autre pour échanger à tout instant des messages pleins de leur désir.

Phyl ne pensait à personne d'autre. Parfaitement consciente d'avoir perdu le sens de ses responsabilités pour la première fois de sa vie, mais sans pouvoir lutter contre elle-même. Après s'être comportée pendant des années en « Vierge de glace », elle était devenue une femme sensuelle dont le corps ondulait et réagissait au gré de la façon dont Brad lui faisait l'amour.

Pourtant, à certains moments, elle pensait que, tout en connaissant intimement chaque centimètre du corps de son amant, elle ne savait pas vraiment quel homme il était. Brad Kane restait un étranger qu'elle fréquentait depuis quelques jours à peine.

Parfois, elle avait l'impression que leur manière de faire l'amour ne le contentait pas, qu'il désirait aller plus loin, s'adonner à des jeux dangereux qu'elle se refusait à essayer. Le psychiatre en elle découvrait avec un certain malaise qu'il y avait des profondeurs et des courants sous-jacents dans la personnalité de cet homme. Sa jalousie déraisonnable à propos de son voyage en avait témoigné. Mais elle était trop entichée de lui pour s'en soucier. Elle se disait qu'elle ne voulait pas psychanalyser son amant ; elle avait seulement envie de profiter de l'instant.

Mais une nuit, alors qu'ils reposaient épuisés et étroitement enlacés sur le lit après avoir fait l'amour, Brad se mit à parler de sa famille.

Il lui raconta que son grand-père, Archer Kane, avait été un aventurier yankee. A treize ans, après avoir quitté sa famille, il était parti dans l'Ouest. « Mon grand-père lavait le sable pour trouver de l'or, creusait la terre à la recherche de charbon, participait à la cueillette des fruits comme journalier dans les vergers, travaillait dans un ranch. Archer a tout fait, déclara Brad en souriant fièrement. Il a atterri à San Francisco, et de là il s'est embarqué pour Hawaii sur un cargo qui transportait des chevaux et du bétail dans la Grande Ile. Il n'avait que dix-neuf ans le jour où il a rencontré sa future femme. »

Phyl se retourna pour le regarder. La tête appuyée sur une main, elle l'écouta fascinée parler de la jeune épouse d'Archer.

Son nom était Lahilahi. « La délicate », en hawaiien. Elle était la fille adorée de nobles parents hawaiiens. Ce fut seulement lorsque l'adolescente de dix-sept ans au doux visage menaça de mourir le cœur brisé que ses parents acceptèrent de la laisser épouser l'étranger aux cheveux jaunes.

« Mon grand-père nous a raconté qu'ils leur avaient organisé des noces raffinées, conformes au rang et à la richesse d'une jeune fille comme Lahilahi. Il y avait eu quatre jours de fêtes et de danses, de *luaus*, au cours desquels on avait servi aux convives des dizaines de porcs rôtis dans l'*imu*, des tonnes de *poi*, du saumon *lomilomi*, du *hupia*, et bien d'autres choses encore [1]. La nouvelle mariée portait un sarong d'un bleu éclatant orné de nombreux colliers de plumes impériales, d'orchidées et de *maile* [2] ; une couronne de fleurs odorantes de pakalana reposait sur sa chevelure de jais brillante qui, d'après mon grand-père, lui tombait comme une chute d'eau en ondulant jusqu'au-dessous des genoux.

» Archer était un très beau jeune homme, et il portait une chemise à fleurs colorée, ainsi que de nombreux colliers ; comme cadeau de mariage, il avait donné à sa charmante jeune épouse un rang de perles fines — petites, c'est vrai, mais du plus bel orient. »

Brad s'esclaffa et dissipa l'envoûtement suscité par son récit en ajoutant avec cynisme : « Personne ne pouvait imaginer la manière dont Archer s'était procuré l'argent nécessaire à l'achat d'un cadeau aussi coûteux. Tous savaient qu'il ne venait pas d'un milieu riche. Mais ils n'étaient que de simples Hawaiiens ; ils n'avaient aucune idée des bas quartiers qu'Archer connaissait, où des hommes pouvaient mettre en gage leur avenir — voire leur âme — pour emprunter quelques centaines de dollars.

» Archer était plus malin qu'eux : en échange de son collier de perles, il obtint une île. Certes, elle était modeste, mais elle se trouvait au large de Maui et appartenait à la famille de la jeune épousée depuis l'époque du roi Kamehameha. C'était le cadeau de mariage qu'ils avaient fait au jeune couple. Ils espé-

1. *Luau* : festin en plein air ; *imu* : four souterrain ; *poi* : sauce épicée ; *saumon lomilomi* : purée de saumon macérée avec des herbes ; *hupia* : sorte de pudding accompagné d'une crème à la noix de coco.
2. *Maile* : feuillage très fin et délicatement parfumé.

raient qu'Archer y cultiverait de la canne à sucre et des ananas, et qu'il y ferait fortune.

» A la fin des quatre journées de festivités, les jeunes époux prirent la mer pour aller sur leur île dans un canoë. Ils furent escortés pendant une partie du chemin par des centaines d'autres pirogues gaiement décorées, remplies d'invités au mariage qui chantaient les mélodies traditionnelles d'aloha et exprimaient leurs meilleurs vœux. Grand-père disait que c'était une vision extraordinaire. Il avait vraiment eu l'impression d'être un roi.

» Très vite, le parfum de leurs colliers de maile fut submergé par l'odeur saline et aigre de l'océan Pacifique. Puis les autres canoës s'en retournèrent chez eux, et Archer vit une larme glisser sur le visage de son épouse au moment où elle adressa à sa famille et à ses amis un dernier geste d'adieu. Il lui demanda avec impatience de se retourner pour faire face à leur île et à leur avenir. Il était las de ces noces hawaiiennes, et il ne pensait déjà plus qu'aux profits qu'il tirerait de ses récoltes avant même d'avoir fait les semailles. »

Brad sourit avec indulgence. « Tel était mon grand-père Archer. Je suppose que tu le qualifierais d'homme pragmatique.

— Je dirais plutôt que c'était un homme dur, répondit Phyl en songeant à sa romantique petite épousée, si belle et si triste d'avoir quitté une famille aimante.

— C'est juste, admit Brad, qui se tourna pour lui sourire. Je t'ennuie ? J'ai écouté cette histoire tant de fois ! Elle fait partie de la tradition de la famille Kane, transmise de génération en génération.

— Non, non. Continue, répondit-elle en se lovant avec bonheur au creux de son bras et en enfouissant son visage dans son cou — amoureuse de son odeur, du contact de sa peau, du son mélodieux de sa voix.

— Alors, je vais te parler de notre île. C'est le cœur

de notre famille, notre âme, pour ainsi dire... si nous en avons une, ajouta-t-il avec un rire brutal. Lahilahi contempla avidement son île au moment où ses contours rocheux émergeaient de l'océan. Elle vit qu'elle était petite, à peine quinze kilomètres de large et peut-être vingt de long. Son extrémité nord-est était rocheuse, et des vagues furieuses se précipitaient en hurlant sur des falaises à pic ; il y avait même des courants dangereux, capables d'aspirer un canoë imprudent au fond de l'océan en l'espace de quelques secondes. Mais au sud-est la rive était calme, avec des plages de sable blanc, fin comme du talc, des rangées de palmiers, des vignes marines et des koalis en fleur, des *volubilis*.

» Une chaîne de petites montagnes, en forme de cônes, autrefois volcaniques, occupaient comme une épine dorsale le centre de l'île, séparaient l'est de l'ouest, arrêtaient les tempêtes venues du Pacifique et retenaient la pluie sur leur flanc occidental. Et le bas de leurs pentes s'était peu à peu couvert d'épais fourrés de hau et d'hibiscus, dont les fleurs rouges, jaunes et orange cernaient les montagnes. Lahilahi disait qu'elles ressemblaient à des colliers passés autour du cou de Pele, la déesse des volcans, dont l'esprit — elle en avait la certitude — devait vivre là en attendant de se manifester une fois encore.

» De l'autre côté de cette chaîne montagneuse, sur le flanc occidental de l'île, il y avait un endroit aux abîmes profonds et aux cascades bondissantes. Parcouru d'arcs-en-ciel et peuplé de fougères chevelues, il était abrité par des arbres épais, des vignes et des plantes rampantes. Au milieu s'étendaient des hectares de prairies entrecoupées par les coulées d'une lave noire et brillante qui avait jailli bien des années auparavant des sommets volcaniques pour former une rivière de pierre jusqu'à l'océan.

» Le côté oriental, plus souriant, aurait été nu sans la manie d'un voyageur des temps anciens, qui avait exploré l'île sur son petit poney nerveux et, chemin faisant, avait jeté au hasard des graines de pin apportées de son pays natal. Des arbres avaient pris racine et grandi, préservant ainsi le sol de l'érosion. Ils protégeaient du soleil les vallées où l'herbe et les fruits poussaient naturellement, dans la terre irriguée par les eaux de pluie qui descendaient à flanc de montagne.

» En sortant du canoë pour poser le pied sur son île, la jeune Lahilahi saisit la main de son séduisant époux aux cheveux jaunes. Elle jeta un coup d'œil autour d'elle — à la ligne incurvée de la plage blanche, aux grands palmiers, aux fleurs éclatantes qui soulignaient les pentes montagneuses, couronnaient les cratères des volcans, pareils aux seins de la déesse Pele, dont son île était hérissée. Et elle poussa un soupir de bonheur.

» "Ah, mon mari, dit-elle doucement, nous l'appellerons Kalani — "le paradis" —, car c'est sûrement paradisiaque." »

Des larmes d'émotion montèrent aux yeux de Phyl pendant qu'elle regardait Brad. Il était étendu sur le dos, les mains croisées derrière la tête, les yeux fixés au plafond comme s'il voyait l'île enchantée. « C'est l'histoire la plus romantique que j'aie jamais entendue », murmura-t-elle.

Il lui jeta un regard sceptique, se leva pour se verser un verre de cognac. D'un geste, il l'invita à en boire aussi, mais elle secoua la tête.

« Je ne m'attendais pas qu'une femme dotée de ton esprit scientifique se laisse émouvoir par cette histoire qui ressemble à un feuilleton télévisé, dit-il d'un ton moqueur. La vérité, c'est que l'idylle avait déjà pris fin. Archer Kane avait obtenu ce qu'il voulait. Il était consumé par l'orgueil du propriétaire pour sa terre. Sa première initiative a été d'embaucher les habitants de l'île, un mélange de Hawaiiens et de Chinois fainéants, pour l'aider à construire une petite maison en bois de koa et en pierre, avec un toit de palmes.

» Il travailla avec acharnement pendant cette première année, mais ses récoltes ne donnèrent pas de grands résultats, ce qui le rendit impatient et furieux. Il avait cru que cette île serait le point de départ de la fortune, et voilà que tout allait de travers. Aussi s'en alla-t-il à Honolulu, pour faire la foire avec les putains du port et tenter d'oublier ses problèmes. Il en était là, un peu plus d'un an après, quand on vint lui parler de sa femme.

» Les domestiques disaient que Lahilahi avait revêtu son sarong de mariée. Elle avait passé autour de son cou des colliers de maile, attaché des fleurs odorantes et duveteuses dans ses cheveux. Une horrible tempête avec des vents violents et des vagues gigantesques secouait l'océan. Lahilahi avait pris la mer toute seule sur son canoë dans la nuit d'orage. »

Les yeux bleu clair de Brad étaient énigmatiques. « On ne l'a jamais revue, laissa-t-il tomber d'une voix calme.

— Oh, mon Dieu, murmura Phyl. La pauvre petite ! Elle s'est tuée ? »

Brad haussa négligemment les épaules. « Mon grand-père prétendait qu'il n'en savait rien. Bien entendu, la famille de Lahilahi l'en a rendu responsable. On l'a accusé de lui avoir brisé le cœur. Archer n'a pas assisté aux cérémonies de deuil, mais on lui a raconté que la famille l'avait maudit, lui et ses descendants, pour l'éternité. Il s'est contenté d'en rire et de dire qu'il y avait une chose plus importante que leur malédiction : Kalani lui appartenait désormais. »

Avalant une gorgée de son cognac, Brad adressa un sourire glacial à Phyl. « C'est ainsi que Kalani est devenue la pierre angulaire de la fortune de la famille Kane. »

Un frisson parcourut la colonne vertébrale de Phyl quand elle le vit arpenter la pièce tel un chat excité. Elle était étonnée de voir qu'il ne trouvait apparemment rien de mal dans les actes commis par son grand-père. La seule chose qui lui importait, comme cela avait été le cas pour Archer, c'était l'île et le rôle joué par celle-ci dans la formation de leur fortune.

« Tu ne ressens aucune pitié pour cette pauvre petite ? » s'exclama-t-elle avec colère.

Il lui jeta un regard surpris. « Tout ça est bien triste, répondit-il calmement. Mais voyons les choses sous un autre angle : si Lahilahi n'était pas morte, mon grand-père n'aurait jamais pu accomplir ce qu'il a fait. Il serait resté un pauvre planteur de canne à sucre toute sa vie. »

Il leva haut son verre, avec un éclat de rire. « Et que serait-il advenu de moi ? demanda-t-il. J'aurais peut-être mené une existence étriquée sur un minuscule îlot hawaiien, chatouillé la bouteille de plus en plus tôt chaque soir par pur désœuvrement, comme le héros d'une nouvelle de Somerset Maugham. Oh ! voyons, Phyl, ça s'est passé il y a bien longtemps. Je ne peux pas me permettre de faire du sentiment là-dessus.

— Pas plus que ton grand-père, rétorqua Phyl.

— Voyons, tu fais la sotte. » Elle avait enroulé le drap autour d'elle et restait assise toute droite dans le lit, les bras étroitement serrés autour de ses genoux. « Je n'aurais jamais dû t'en parler. Je pensais que tu aimerais cette histoire. »

Phyl se souvint de la façon dont il avait décrit son île, et elle comprit ce que cela représentait pour lui. « J'ai adoré l'histoire, admit-elle. Et je sais que tu aimes te montrer cynique. Tu adores Kalani, n'est-ce pas ? »

Il vint s'asseoir à côté d'elle, lui caressa les cheveux avec tendresse. « C'est l'endroit au monde où je suis le plus heureux, avoua-t-il en frottant légèrement ses lèvres contre celles de Phyl. Un jour, je t'y emmènerai pour que tu puisses voir si j'ai exagéré. »

Phyl sourit une fois encore quand il posa ses bras autour d'elle. Elle fourra son visage dans son cou, posa de minuscules baisers de papillon sur sa peau, avec l'impression de la sentir rêche sous sa langue. Elle se disait que tout le monde avait un mouton noir dans sa famille. Chez les Kane, il se trouvait que c'était Archer.

Mais, le lendemain soir, Brad lui fit une autre confidence sur sa famille, bien différente de la première — une histoire qui l'ébranla.

Il lui parlait de son enfance, des vacances qu'il passait à l'état sauvage, sur l'île. Le chalet d'origine que son grand-père avait bâti s'était agrandi et transformé en une vaste maison de vacances, très confortable avec de longues vérandas rafraîchies par des ventilateurs accrochés au plafond, et des hamacs tendus entre les palmiers. Il lui décrivit le vert de la mer qui s'harmonisait avec la couleur des gorges profondes remplies de fougères et l'éclat des minuscules salamandres émeraude, brillantes comme des pierres précieuses. Il lui parla de flamboyants oiseaux écarlates et du monde sous-marin, couleur d'aigue-marine, constellé de petits poissons qui brillaient autant que les ornements d'un arbre de Noël.

Brad avait évoqué ces souvenirs sur un ton souriant, complaisant. Mais il se tendit brusquement.

« Ma mère détestait l'île, déclara-t-il soudain. Elle n'y est jamais allée. Elle n'aimait que Diamond Head ou San Francisco, où elle avait conservé un appartement. Elle adorait faire du shopping dans les boutiques et possédait des armoires et des armoires pleines de vêtements. Elle me permettait rarement d'entrer dans sa chambre, car elle ne voulait pas m'avoir dans les jambes. Elle me chassait en riant à moitié, mais je savais que ce n'était pas pour plaisanter. Naturellement, j'avais toujours envie d'être auprès d'elle. J'en étais fou. Elle était ma mère adorée, ma beauté de mère couverte de bijoux. Je n'avais que six ans. »

Il lança un regard à Phyl, et sa voix redevint tendre quand il reprit : « Elle dormait toujours tard, et je me glissais près d'elle dans la matinée pour contempler en cachette son visage endormi. Il y avait des traînées de mascara sous ses yeux, des traces de rouge sur ses lèvres, mais elle avait toujours l'air si paisible et si innocente, quand elle dormait !

» Parfois, je me cachais dans l'un de ses placards, au milieu de vêtements enveloppés dans du papier de soie, et j'attendais qu'elle s'éveille afin de pouvoir la surprendre. Je m'asseyais sur le sol et contemplais au-dessus de moi un univers enchanté, coloré et froufroutant, fait de chiffons, de tulle et de paillettes, en réfléchissant à la manière dont je pourrais la faire rire.

» Mais quelque chose est arrivé un matin où je m'étais glissé dans la garde-robe pour m'y cacher, admirer les cascades de couleurs, les bleus éclatants, les verts et les rouges qu'elle aimait. J'ai vu les chaussures. Elles étaient immenses et taillées dans un cuir châtain foncé, joliment ciré ; tout de suite, j'ai su qu'elles ne pouvaient pas être à ma mère. Elles avaient des semelles claires, brillantes, et elles se balançaient au-dessus de moi.

» Mes regards se sont mis à remonter vers les chaussettes. Des chaussettes d'un rouge criard. J'ai souri. Je ne connaissais qu'une seule personne avec des chaussettes comme celles-là. Un homme qui venait souvent voir ma mère et que l'on m'avait dit d'appeler oncle Wahoe. J'ai aperçu les jambes d'un pantalon de flanelle grise et j'ai éclaté de rire en sortant de ma cachette d'enfant.

» “Oncle Wahoe, ai-je dit, tu es en train de jouer à cache-cache, toi aussi ?” »

La voix de Brad se durcit. « J'ai écarté les robes de cocktail bruissantes et levé les yeux vers lui. Il y avait une corde autour de son cou. Il était pendu à la tringle. Sa tête penchait sous un angle grotesque, et son visage était violet, sa bouche grande ouverte ; il en sortait une langue noire et gonflée ; ses yeux saillaient comme ceux d'un crapaud. »

Brad enfouit sa tête dans ses mains. Toute son attitude exprimait le désespoir, et Phyl en était horrifiée. Mais elle n'osait intervenir.

Au bout de quelques instants, il releva la tête, alluma une cigarette et poursuivit calmement : « Je suis resté pétrifié pendant un moment, puis je me suis mis à courir vers ma mère. Elle était assise dans le lit devant le plateau du petit déjeuner.

» “Qu'est-ce que tu fais ici ? a-t-elle demandé avec agacement. Je t'ai dit de ne jamais entrer sans que je t'en donne la permission.”

» Je l'ai regardée fixement. J'étais effrayé, mais malgré tout je me disais qu'elle était vraiment belle. Grande, avec des cheveux noirs et des yeux en amande. Elle avait un corps vigoureux, et quand elle bougeait c'était avec une sensualité étudiée ; chaque oscillation de ses hanches minces était calculée pour mettre en valeur ses formes.

» “Pourquoi oncle Wahoe est dans ton placard ?” ai-je demandé en m'agrippant à sa main.

» Elle m'a repoussé ; elle était en train de lire une lettre et paraissait m'avoir à peine entendue. “Dans le placard ?” a-t-elle répondu d'un ton indifférent.

» J'ai dit : “Il a l'air si drôle, pendu à la tringle ! Il m'a fait peur.”

» Elle a levé les yeux de la lettre. C'était lui qui l'avait écrite. Il lui déclarait qu'il avait l'intention de se tuer parce qu'elle avait rompu. Elle l'avait chassé, et il ne pouvait pas le supporter. Son visage a pâli. Elle s'est mise à hurler, et les domestiques sont arrivés en courant.

» "Espèce d'affreux gamin ! Qu'est-ce que tu as encore fait ? a-t-elle crié. *Tout ça, c'est ta faute.*" »

Brad jeta à Phyl un regard morne. « J'avais six ans. Mais c'est la raison pour laquelle pendant une grande partie de ma vie j'ai cru être responsable du suicide de mon oncle Wahoe. »

Il tira sur sa cigarette, puis l'écrasa avec un plaisir vicieux. Il prit alors Phyl dans ses bras et lui fit l'amour. Si on pouvait appeler ça l'« amour ». Phyl n'était même pas sûre qu'il savait à ce moment précis avec qui il était. Elle ferma les yeux ; elle n'avait pas envie de voir son visage, d'observer sa douleur. Tout se passa en quelques minutes.

« Je n'aurais pas dû t'en parler, déclara Brad d'une voix âpre par la suite. Mais il y a quelque chose en toi, Phyl Forster, qui oblige un homme à révéler ses secrets. »

## 20

Mahoney croisa les bras et s'appuya contre le mur de la salle réservée aux interrotagoires en regardant son coéquipier, Benedetti, harceler un individu soupçonné d'avoir commis un assassinat. On l'avait amené à 4 heures du matin. Il était maintenant 10 heures, et Benedetti se sentait dans son élément, parce qu'il faisait des heures supplémentaires ; l'individu qu'ils venaient d'épingler était accusé d'avoir tué une fille en la projetant contre un mur avec son auto ; quelque chose dans ses entrailles disait à Benedetti que ce type était bien le coupable.

Le suspect, un petit homme au visage de fouine, avait une trentaine d'années, un menton fuyant et un front bas qui n'offrait pas beaucoup d'espace au cerveau ; il prétendait ne s'être même jamais approché de l'impasse où le drame s'était produit. Il avait passé la soirée dans un club de North Beach avec des amis. « Quel club ? demanda Benedetti une fois de plus. Quels amis ? Allons, pour l'amour de Dieu, mon gars, t'as sacrément besoin de repos ! C'est ta voiture qui l'a tuée, on le sait. C'était ta petite amie, c'était ta bagnole, et tu dis que tu te trouvais dans ce foutu quartier de North Beach, dans un foutu club dont tu n'arrives pas à te rappeler le nom, avec de foutus amis dont les identités t'échappent. Des amis, hein ? Et tu ne sais même pas comment ils s'appellent ! »

Le suspect secouait la tête avec obstination, les yeux fixés à terre, sur un point situé à droite de son interrogateur. « J' vous ai déjà dit qu'un mec a dû prendre ma voiture. »

Benedetti lança un regard exaspéré à Mahoney. Ça durait depuis deux heures et demie, et il n'arrivait à rien. La fille avait été découverte écrabouillée contre le mur d'une impasse, les intestins à l'air ; et s'ils ne parvenaient pas à le faire avouer, ce petit merdeux s'en sortirait blanc comme neige. Parce qu'ils n'avaient pas de témoins ; et parce que, malgré la taille de son cerveau, pas plus grand qu'un petit pois, il avait assez de cette intelligence que l'on acquiert dans la rue pour *savoir* que la police n'avait aucun témoin. Il voyait juste : n'importe qui aurait pu conduire cette bagnole. Sauf qu'eux savaient que c'était lui.

« Va donc te reposer un peu, suggéra Mahoney. Laisse-nous, M. Zacharias et moi, avoir une petite conversation. »

Benedetti hocha la tête. Il repoussa sa chaise en arrière d'un air las. « Je te le laisse, Mahoney », dit-il en se dirigeant vers la porte.

C'était un vieux stratagème : d'abord la méthode dure qui consiste à matraquer verbalement le suspect, à l'étourdir jusqu'à ce qu'il avoue ou s'enferre dans une série de mensonges qui lui enfoncent le nez de plus en plus profondément dans sa merde. Mais ce type-là était coriace. Il n'avait pas cédé. C'était donc à Mahoney de jouer : il lui fallait assumer le rôle du pote.

« Vous avez l'air aussi fatigué que moi, Zacharias, déclara Mahoney. Que diriez-vous d'une bonne tasse de café bien chaud ? » Zacharias acquiesça de la tête sans lever les yeux. Mahoney sortit dans le couloir et revint avec deux gobelets de plastique fumants, pleins du liquide censé être du café. Au moins, c'était brûlant. Il en posa un en face de Zacharias. « Cigarette ? » Il lui tendit un paquet neuf de Marlboro.

En évitant toujours de le regarder en face, Zacharias en prit une, et Mahoney remarqua avec satisfaction que sa main tremblait. Mahoney ne fumait pas, mais il en alluma une pour tenir compagnie à son suspect. Ils restèrent assis en silence pendant quelques minutes. « Buvez votre café pendant qu'il est chaud, monsieur Zacharias, ajouta Mahoney doucement. La nuit a été longue, non ? »

Zacharias hocha la tête sans manifester le moindre sentiment et se mit à boire son café à petites gorgées. « Écoutez, mon brave, commença Mahoney quelques minutes plus tard, moi aussi j'ai eu des ennuis avec une femme. Je sais ce que c'est. Elles sont capables de vous emmerder au point de vous rendre dingue. (Il poussa un grand soupir.) J'avais une copine... Mon vieux, quelle allure elle avait ! Vous savez ce que c'est avec nous, les flics ! On travaille à des heures impossibles, les trois huit, tout comme dans une usine. C'était commode pour elle quand je travaillais de nuit. Avec le meilleur ami de son mari. Ouais, vous voyez ce que je veux dire ? On peut quand même pas les laisser agir comme ça, Zacharias ? Ça en fiche un coup à l'orgueil d'un homme, ça, je vous le dis. »

Zacharias se taisait. Ils continuèrent de fumer en silence.

« Vous voulez que je vous dise, Zacharias, reprit Mahoney très à l'aise, vous devez crever de faim à présent. Et si on envoyait quelqu'un nous chercher un petit pain danois ? Après, on causera. Vous pourrez me dire tout sur elle. (Il soupira profondément.) Je parierais que c'était une foutue salope, un beau brin de fille comme elle ! Elles se rendent même pas compte de la veine qu'elles ont d'avoir accroché un type bien, qu'est aux petits soins pour elles. »

Zacharias lui jeta un regard las et hocha la tête.

« C'était une vraie salope », affirma-t-il avec véhémence.

Mahoney lui adressa un sourire de sympathie. « Elle baisait avec quelqu'un d'autre, c'est ça ? »

Zacharias hocha la tête. Ses mains tremblaient tellement à présent qu'il pouvait à peine tenir le gobelet. Mahoney s'enfonça dans sa chaise, l'œil fixé sur lui, et attendit qu'il craque. Il le voyait venir ; il savait qu'il l'avait ferré.

Les petits pains danois arrivèrent, et Zacharias en engloutit un sans lever les yeux. « Encore un, proposa Mahoney. Sont presque aussi bons que ceux de ma mama. »

Zacharias en prit un autre, et entre deux bouchées il se mit à déballer sa version de la vérité : qu'elle était une vraie salope, qu'il s'était mis en quatre pour elle, qu'il lui avait fait une existence dorée, qu'il lui achetait des fringues, des douceurs...

« Héroïne ? » suggéra Mahoney en pensant aux piqûres suppurantes sur les bras de la fille. Le pire, c'était qu'elle serait, de toute manière, morte sans tarder d'une overdose, de septicémie ou du SIDA. Et elle n'avait pas plus de dix-neuf ans. Il éprouvait une haine intense pour le salaud assis en face de lui ; il s'étonnait que Zacharias ne puisse en sentir les vibrations, de l'autre côté de la table.

« C'était une camée, admit Zacharias.

— Où trouvait-elle le fric, mon pote ? » demanda Mahoney avec un sourire sympathique.

Zacharias haussa les épaules avec indifférence. « Sur le trottoir, comme les autres.

— Mon vieux, les autres, c'est pas pareil, intervint Mahoney. Je parie qu'elle vous remettait pas sa recette, comme elle aurait dû, c'est ça ?

— Ouais. Exact. La salope a tout gardé pour elle

une fois de trop, tiens donc ! s'exclama Zacharias dans une explosion de rage soudaine.

— Écoutez, Zacharias, dit Mahoney en se penchant par-dessus la table, pour placer son visage tout près de celui du suspect et le regarder au fond des yeux. Peut-être que vous aviez une bonne raison de la balancer contre le mur avec l'auto. Qu'elle le méritait... Je vais passer un marché avec vous, mon pote. Vous savez que vous l'avez fait, et on sait que vous l'avez fait. Il n'y a pas moyen d'échapper à ça. Mais vous me racontez comment c'est arrivé, et je me mettrai en quatre pour vous aider. Peut-être que vous pourrez vous en tirer grâce à un marchandage avec le procureur. Après tout, vous m'avez dit qu'elle vous avait poussé à bout, non ? Qu'elle travaillait pour vous et ne vous donnait pas ce qu'elle gagnait ? Elle connaissait les règles, mais elle claquait tout pour avoir de l'héroïne.

— Ouais », admit Zacharias avec lassitude. Il s'était recroquevillé sur son siège, et Mahoney sentait qu'il réfléchissait à tout ça. Du coin de l'œil, il aperçut Benedetti qui regardait par la vitre de la porte, mais il ne lui adressa aucun signe. Il attendait que Zacharias parle.

« Vous promettez de m'en sortir ? » demanda enfin Zacharias.

Mahoney tendit les mains et répondit tranquillement : « Zacharias, vous savez que je ne peux pas le faire. Mais si vous nous dites la vérité, je vous promets un jugement impartial, et je ferai tout ce que je peux pour vous. Voir si on peut obtenir un marché, pour que la peine soit réduite.

— Ouais. Elle l'a cherché, non ? s'exclama Zacharias soudain agressif. Elle l'a foutument cherché, mec ! Vous savez ce que c'est... »

Mahoney fit un geste à l'intention de Benedetti, et deux minutes plus tard celui-ci entra accompagné d'une sténographe munie de son bloc-notes. Benedetti posa une autre tasse de café en face de Zacharias avant de mettre en route le magnétophone et Mahoney poussa le paquet de Marlboro dans sa direction.

« Racontez-nous, mon pote, conclut-il d'une voix lasse, afin qu'on puisse aller piquer un somme. »

Mahoney était attendu au tribunal à 2 heures ; l'affaire était un homicide domestique typique du samedi soir. Plusieurs mois auparavant, la femme avait abattu son mari d'une balle dans la tête pendant qu'il cuvait son vin au fond de son lit, dans un logement minable qu'ils appelaient leur foyer. Quand Mahoney y était entré, trois gosses, tous âgés de moins de sept ans, s'entassaient dans un coin de l'unique pièce, la tête sous une couverture crasseuse, de sorte qu'ils n'avaient pas pu voir ce qui s'était passé. Ils étaient couverts de contusions, et la mère qui se tenait assise, inerte, dans un rocking-chair cassé, pleurait silencieusement, un revolver posé sur les genoux. Les voisins avaient appelé les flics, et Mahoney était arrivé le premier sur les lieux.

Son mari avait cogné sur les gosses une fois de trop, lui avait-elle dit d'un air sombre, et elle avait aussi découvert qu'il abusait d'eux sexuellement. Son propre visage était amoché : elle avait un œil au beurre noir et la bouche ensanglantée ; il lui manquait des dents. Son mari l'avait battue pendant des années, mais lorsqu'il s'en était pris aux gosses ç'avait été la fin pour elle. Les voisins avaient confirmé son histoire, et à la vue des enfants la sympathie de Mahoney était allée vers elle. Il était certain qu'il en serait de même pour le jury. Il espérait seulement que le juge se montrerait clément envers elle.

Il détestait les tribunaux, avait horreur de faire les

cent pas en attendant son tour. Mais, après avoir témoigné, cet après-midi-là, il s'attarda jusqu'à ce que ce soit fini. Après quoi, il alla voir le médecin légiste, à la morgue de la ville, pour savoir si ce dernier était arrivé à une conclusion en ouvrant le cadavre ballonné repêché dans la baie la veille au soir. Avait-il trouvé une trace de balle ou s'agissait-il seulement d'un ivrogne qui serait tombé à l'eau ? Ou encore, y avait-il des indices prouvant que l'homme avait été assommé d'abord et qu'il était mort avant d'avoir atteint l'eau ?

Ensuite, Mahoney s'arrêta au bar de Hanran Street pour y retrouver certains des gars qui, leur tour de service terminé, se payaient une bière en râlant après les événements de la journée. Il s'assit sur un tabouret du bar et commanda une Bud Light : « On se demande pourquoi on fait ce métier, marmonna-t-il avec lassitude. On est masos ou quoi ?

— Le "ou quoi" sonne bien, répliqua un des gars d'un ton lugubre. Qui, à part une bande de paumés, voudrait faire un boulot de ce genre ? Ma femme se plaint de ne pas m'avoir vu depuis des semaines. Je rentre chez moi, et mes gosses me regardent comme s'ils ne me connaissaient pas. Je leur dis : "Hé, c'est moi, votre père ! Vous savez, le type qui va travailler pour rapporter du fric à la maison ? — Ouais, mon petit, répond ma femme, tu parles d'un paquet de fric !" Bon Dieu, Mahoney, j' te le demande, est-ce que ça vaut la peine ? »

Mahoney songea à Zacharias, mis hors d'état de nuire, à deux cents mètres de là, derrière des barreaux, et il pensa à la gamine de dix-neuf ans dont la mort serait vengée parce que lui et Benedetti avaient fait leur travail. Il pensa au soulagement qu'avait exprimé le visage de la femme, dans l'après-midi, quand le juge avait admis qu'elle avait tué en état de légitime défense et pour protéger ses enfants. Il avait prononcé une peine d'un an de prison avec sursis, et elle était sortie libre entourée de ses mômes. Mahoney aurait parié que, pour la première fois depuis des années, elle marchait la tête haute sans craindre de recevoir un coup au visage.

« Je dirais que c'est un beau métier, répondit-il avec un sourire réjoui. Enfin, certains jours.

— T'as l'air d'avoir eu une longue journée, Mahoney. Qu'est-ce que tu fous là ? Je pensais que ton tour était à minuit, cette semaine...

— Ouais. On dirait que j'ai oublié de rentrer chez moi. » La fatigue le submergea comme une vague brutale quand son cerveau accepta de reconnaître qu'il n'avait pas dormi depuis vingt-quatre heures. Il salua ses copains et reprit la voiture en roulant lentement, avec l'intention d'aller se coucher pour quelques heures, avant son prochain tour de garde.

Il était debout sous le pommeau de la douche, à laisser l'eau chaude d'abord, puis l'eau glacée l'asperger sous tous les angles pour essayer de se redonner du tonus, quand il entendit sonner l'interphone d'en bas. Il sortit de la douche et s'enroula dans une serviette, qu'il noua autour de ses reins en se dirigeant vers l'appareil.

« Ouais.

— Mahoney ? C'est Phyl Forster. »

Il avait complètement oublié le message qu'elle lui avait laissé sur son répondeur pour lui annoncer qu'elle était rentrée de Paris et qu'elle passerait prendre son chat, à moins qu'il ne lui téléphone pour la prévenir que l'heure ne lui convenait pas.

« Montez, doc, déclara-t-il. Mais sachez que je ne suis pas habillé. Pensez-vous pouvoir le supporter ?

— J'essaierai, Mahoney, répondit-elle d'un ton acide.

— Vous m'avez manqué », déclara-t-il quand elle

franchit la porte, aussi belle que dans son souvenir. Peut-être même plus encore. « C'est nouveau ? demanda-t-il en admirant le blazer en cachemire rouge qu'elle portait sur un T-shirt blanc.

— Je l'ai acheté à Paris.

— Je vois que vous avez suivi mon conseil. Pour la couleur.

— Comment pouvez-vous savoir que j'ai suivi votre conseil et pas celui d'un autre ? » Elle sourit avec insolence. Coco arriva à toute allure en émettant le miaulement des siamois, disproportionné par rapport à leur taille. Phyl la prit dans ses bras et la serra contre elle. Mahoney la prévint :

« Attention aux poils de chat. Elle les perd comme une folle.

— Ça m'est égal. Elle m'a manqué.

— Et moi ? Je vous ai manqué, doc ? » Il lui décocha un sourire en remontant sa serviette.

« Je vois que votre tenue vestimentaire ne s'est pas améliorée, Mahoney, dit-elle d'un ton acerbe. Vous ne savez toujours pas comment vous habiller pour recevoir une dame.

— Vous m'avez pris au dépourvu, doc. J'ai travaillé tard, et j'avais oublié votre message. (Il la salua bien bas et lui fit signe de le suivre dans la pièce.) Toutes mes excuses, docteur Forster. Je vous en prie, faites comme chez vous pendant que j'essaie de me rendre plus présentable. »

Phyl se laissa dériver vers les fenêtres grandes ouvertes, par lesquelles entrait la brise du soir. Elle appuya les coudes sur le rebord des croisées et contempla un gros navire — probablement un paquebot de grande ligne — qui traversait la baie sombre ; ses lumières étincelaient comme des étoiles nouvelles. Les siamois de Mahoney avaient pris place, assis sur leur derrière, comme des presse-livres, chacun dans un coin de la rambarde, et reniflaient la brise qui faisait bouffer leur fourrure. Le gros chat tigré ronronnait de contentement sur le dos d'une chaise, en balançant les pattes tel un léopard juché sur un arbre après un bon repas. La voix magnifique de Pavarotti interprétant de vieilles chansons italiennes monta dans la nuit, et quelque chose de délicieux commença de mijoter sur le gros fourneau en acier. Phyl souriait quand elle se retourna pour regarder Mahoney. Elle aimait ce cadre. Elle s'y sentait comme chez elle.

Il portait un short de jogging bleu, un T-shirt imprimé au nom de Machonachies Gym, et de vieilles chaussures de basket. « J'ai pris du bleu — assorti à la couleur de mes yeux, dit-il devant son regard amusé. Ne vous plaignez pas, Forster. Il fait chaud ce soir, et en outre je suis fatigué. (Il s'approcha du fourneau et vérifia la cuisson des pâtes.) A ce propos, doc, est-ce que ce ne sont pas des cernes que je vois sous vos yeux ?

— Rien à envier aux vôtres, répliqua-t-elle, sur la défensive, avec un mouvement de menton. J'arrive de Paris, après onze heures de vol. De quoi voudriez-vous donc que j'aie l'air ? Au moins, j'ai une excuse.

— Moi aussi, répondit-il, mais on n'en parlera pas. Mmm, l'idée m'a traversé l'esprit qu'il y avait peut-être de quoi me rendre jaloux. Peut-être que vous avez rencontré un autre type... »

Elle émit un soupir, refusant de se laisser harceler. « Merci d'avoir gardé Coco, Mahoney. Je me demandais si vous accepteriez de la reprendre, rien que pour quelques jours, le week-end prochain.

— Bien sûr. » Il nc posa aucune question, se contenta de lui verser un verre de vin et se mit à servir les pâtes. Ils s'assirent à table, et il lui passa un morceau de parmesan ainsi que la râpe.

« N'avez-vous pas envie de savoir où je vais ?

— Naturellement. Où allez-vous, doc ?

— Oh, pas la peine, dit-elle avec quelque perversité. Les pâtes sont bonnes, admit-elle au bout d'un moment.

— Pardon, rien de gastronomique ce soir. Rien que de l'ail et du parmesan frais.

— Et des tagliatelles faites à la maison. »

Il secoua la tête. « De chez Forneau. Elles sont meilleures que les miennes. Alors, racontez-moi tout au sujet de Béa. Quelle coïncidence qu'elle soit tombée sur la villa Mimosa !

— Croyez-vous au destin, Mahoney ?

— Ouais. J'y crois. Et je crois aussi aux coïncidences. Je ne mettrais pas la main sur beaucoup d'assassins, s'il n'existait pas de coïncidences. Et vous seriez ahurie de voir combien de "coïncidences" apparaissent sur l'ordinateur quand on y entre les indices en mémoire. Comme sir Thomas Browne l'a expliqué dans *Religio Medici* : "Il existe assurément dans la vie de chacun certains rapports, tours et détours qui peuvent pendant un temps passer pour des hasards, mais qui, tout bien examiné, se révèlent en fin de compte agencés par la main même de Dieu." (Il lui sourit.) On pourrait même dire que la coïncidence est un mode de vie pour moi, doc.

— Je préfère parler de destin... En tout cas, voici un autre assassinat à vous mettre sous la dent. » Elle lui raconta l'histoire de Marie-Antoinette Leconte et de son mari, et ce que le vieux journaliste français avait vu.

Mahoney finit ses pâtes et se renversa sur sa chaise en buvant son vin. « Vous savez, vous êtes une très jolie femme, jeta-t-il négligemment.

— Mahoney. (Les yeux de Phyl jetèrent des éclairs dans sa direction, et il y répondit en grimaçant un sourire.) Bon Dieu, Mahoney, je suis en train de vous raconter quelque chose d'*important*. Sur un *assassinat*.

— Ouais, dit-il avec lassitude. Mais je ne peux pas y faire grand-chose. Cela s'est passé il y a bien trop longtemps et, de plus, en dehors de ma juridiction. Ce qui importe davantage, c'est ce qui est arrivé au gosse. Johnny ?

— Le père est revenu le chercher cinq ans plus tard. Nous pensons que c'était pour mettre la main sur l'héritage. Mais il ne pouvait pas y toucher avant que le garçon ait dix-huit ans.

— Sauf si le gosse mourait avant. »

Elle leva vers lui des yeux étonnés. « Je n'y avais pas pensé.

— Où l'a-t-il emmené ?

— Dans une des îles Hawaii. Je ne sais trop laquelle. »

Mahoney fit un geste de l'épaule. « Ça devait être avant l'accession de Hawaii aux États-Unis, dans les années 50. Jusque-là, les îles avaient leurs propres lois. N'importe quoi a pu arriver. Comment s'appelait l'homme ?

— Il avait pris le nom de sa femme pour pouvoir toucher sa part de l'héritage. Le beau-père en avait fait une condition dans son testament. On l'appelait l'étranger. Personne ne semble avoir su son véritable nom. »

Mahoney poussa un soupir. « Sans un nom, je n'ai aucun moyen de vérification. Il doit y avoir des centaines d'îles autour d'Hawaii. Il a pu disparaître très facilement, sans laisser de traces, surtout dans ce temps-là. Et ils étaient légion dans ce cas. Mais, dites-moi, est-ce que l'étranger a jamais réclamé le reste des biens ?

— Nous ne savons pas encore. Nick poursuit ses recherches.

— Nick ? » Mahoney avait levé les sourcils, et elle éclata de rire.

« J'ai oublié de vous dire que Béa a un petit ami. » Elle décrivit Nick et dit à quel point Béa était heureuse avec lui, même si le mystère de la villa l'affectait.

« Ça m'a tout l'air d'être une bonne nouvelle, conclut Mahoney. Et, en tout cas, il semble que notre tueur ne soit pas sur la piste de Béa.

— Pensez-vous que les deux assassinats ont un rapport entre eux, Franco ? demanda-t-elle, les sourcils froncés par l'anxiété.

— Doc, je ne suis pas extralucide. Je n'ai pas un seul indice sur lequel m'appuyer, pas même un nom. En théorie, et compte tenu des lois de la coïncidence, oui, ils pourraient être liés. En réalité, je ne sais pas. Mais continuez à me tenir au courant de tout ce que Nick et Béa découvriront. Peut-être que, quelque part dans ce fatras, je trouverai quelque chose qui commence à prendre tournure... Dommage que tout cela soit arrivé depuis si longtemps. Je m'occupe des mystères présents, doc. Pas du passé. »

Elle hocha la tête. « C'est drôle, pour Hawaii, dit-elle. Je n'avais pas accordé la moindre pensée à ces îles depuis des années. Et voilà que j'ai affaire à elles pour deux raisons différentes en un mois... J'ai fait la connaissance d'un type qui habite là-bas, ajouta-t-elle en adressant un sourire timide à Mahoney. C'est là que je vais la semaine prochaine. Il m'y a invitée, pour de petites vacances.

— Un type, hein ? Ai-je quelque raison de devenir jaloux, après tout, Forster ? »

La jalousie maladive de Brad revint à l'esprit de Phyl, mais elle rit en regardant Mahoney. C'était un homme si droit qu'il n'hésiterait pas à mettre tous ses problèmes sur la table en même temps que le plat de pâtes, pour en discuter et trouver une solution. Pas comme Brad, qui avait toujours des arrière-pensées, même si elle ne savait pas lesquelles.

« Vous avez fait sa connaissance à Paris, c'est ça ? demanda Mahoney.

— En fait, non. Je l'ai rencontré dans l'avion.

— Donc, c'est un Français qui vous a fait tourner la tête ? (Il grimaça un sourire railleur, et elle rougit.) N'ayez crainte, doc, ajouta-t-il sèchement, je ne vais pas jouer au flic et vous harceler de questions.

— Il n'y a rien à cacher, rétorqua-t-elle sur la défensive. En tout cas, c'est un Américain. Il a un appartement à Paris. Il s'appelle Brad Kane.

— Brad Kane ? répéta Mahoney d'un air pensif. Voyons, où ai-je déjà entendu ce nom-là ?

— Vous avez probablement entendu parler du ranch Kanoi. C'est un des plus importants des États-Unis.

— Il en est le propriétaire, hein ?

— Et je vais le visiter la semaine prochaine, dit-elle avec un hochement de tête.

— Quelle chance ! déclara Mahoney, en pensant au ciel bleu, aux plages hawaiiennes et au soleil qui bronzerait le beau corps de Phyl. Peut-être que je suis jaloux, après tout.

— Je vous enverrai une carte postale, promit-elle en ramassant son sac et Coco. Oh, j'allais oublier. J'ai un cadeau pour vous. (Elle lui tendit une pochette pleine de sachets d'herbes de Provence, de flacons d'épices et de condiments.) Directement de la boutique du Moulin de Mougins, précisa-t-elle. Mais je ne suis pas entrée dans la salle du restaurant... Et ne me demandez pas comment je m'y suis prise pour passer devant les chiens renifleurs, à l'aéroport. J'étais certaine qu'ils allaient me faire arrêter pour importation de substances illégales.

— Ils sont capables de faire la différence, affirma Mahoney en humant les sacs d'herbes odorantes, ravi qu'elle ait pensé à lui. La prochaine fois, je vous emmènerai manger au Moulin, promit-il. C'est moi qui régalerai. »

Phyl riait quand il la raccompagna en bas jusqu'à sa voiture.

« Casse-cou, Mahoney.

— Ne savez-vous pas maintenant que j'aime le risque ? » demanda-t-il en se penchant par la vitre ouverte à l'intérieur de la voiture pour la regarder.

Elle se souleva et lui donna un léger baiser. « Mahoney, voulez-vous que je vous dise ? Vous êtes adorable. »

Mahoney l'entendit rire tandis qu'elle s'éloignait. Il poussa un soupir et regarda sa montre. 10 heures et demie. Tant pis pour le sommeil. Au diable ! Il pouvait aussi bien arriver en avance pour prendre son service de minuit.

## 21

L'avion de Brad, un Gulfstream IV aux lignes aérodynamiques, attendait sur la piste à l'aéroport international de San Francisco, les moteurs déjà chauffés. Phyl était la seule passagère, et il y avait un équipage de quatre personnes pour l'accueillir à bord.

« M. Kane vous fait dire qu'il regrette de ne pouvoir venir, ma'am, annonça le steward. Il adore piloter l'appareil lui-même, mais aujourd'hui il avait trop de rendez-vous d'affaires. »

L'avion était spacieux, avec ses fauteuils confortables disposés autour de petites tables. Il y avait à l'arrière une cabine où les sièges se convertissaient en un lit double, et une salle de bains pas très grande mais parfaitement équipée. Le steward apporta à Phyl tous les magazines les plus récents et un choix des derniers romans parus. Il lui offrit une coupe de champagne et lui annonça que le vol jusqu'à Honolulu durerait cinq heures. « J'espère que vous ferez un voyage agréable, ma'am », conclut-il avec un sourire. Phyl n'en doutait pas.

A Honolulu, un hélicoptère du ranch Kanoi l'attendait pour l'emmener à la maison de Brad. Ils survolèrent à basse altitude la plage de Waikiki, puis prirent de la hauteur au-dessus des falaises, ce qui procura à Phyl une vue éblouissante sur les rochers noirs battus par un océan d'émeraude constellé d'écume. Ils tournèrent autour de l'élégante station de Diamond Head pour descendre au-dessus de la maison. Phyl la regarda avec ahurissement. Elle commençait seulement à comprendre à quel point Brad était riche. Vue du ciel, la propriété où résidaient les Kane paraissait gigantesque : elle s'étendait sur des kilomètres de riches jardins verdoyants couverts de palmiers jusqu'au bord des immenses falaises.

Brad attendait sur la pelouse. Il se mit à courir dès que l'hélicoptère se posa. Son beau visage s'illumina d'un sourire de gratitude quand il la serra dans ses bras.

« Seigneur, comme tu m'as manqué ! s'exclama-t-il en l'écrasant contre lui. Voilà, ajouta-t-il avec un geste orgueilleux du bras, et elle se retourna pour regarder la longue maison basse, formée par une rangée de pavillons de style hawaiien que reliaient entre eux des vérandas et des allées couvertes. Ça n'a pas tellement changé depuis le temps de mon grand-père Archer, sauf que tout a beaucoup poussé. »

Ils montèrent les marches qui conduisaient à une véranda pour se soustraire au soleil torride et parcoururent des pièces fraîches. La maison était décorée avec simplicité dans des tons vert pâle, concombre et menthe, avec de simples draperies blanches flottantes et des sols en marbre clair. De vieux meubles hawaiiens aux couleurs sombres, des coffres et des tables massives cohabitaient avec un mobilier contemporain et d'éclatantes peintures abstraites.

Les domestiques, en vestes blanches et chaussons de tissu noir, étaient chinois. Pendant que Brad lui faisait visiter la maison, Phyl remarqua qu'ils ne souriaient pas, et qu'ils détournaient les yeux en servant les boissons.

Brad l'emmena d'abord voir les trois tableaux de Hockney qui faisaient sa fierté et sa joie, ainsi que les immenses toiles de Rothko, dans la longue galerie, puis les délicats nénuphars de Monet accrochés dans le salon. Il y avait aussi des œuvres d'Edward Hopper, de Georgia O'Keeffe, et de maints autres peintres modernes qu'elle ne connaissait pas. Pour finir, il lui montra ses portraits de famille dans la salle à manger d'apparat.

« Voici Archer », dit-il en s'arrêtant devant le portrait d'un très bel homme aux cheveux blond clair et aux yeux bleus très durs. Il était assis tout droit sur un fauteuil de cuir dont le dossier était surélevé, et il tenait les mains étroitements jointes devant lui ; Phyl lui trouva un air extrêmement tendu.

« Et voici Chantal, ma grand-mère », ajouta Brad.

Phyl regarda le portrait. Elle remarqua : « Tu ne m'en as pas parlé.

— Chantal O'Higgins, dit Brad sur un ton amer. Mi-française, mi-irlandaise. Je t'en parlerai. »

Très belle, Chantal était une blonde platinée à la moue boudeuse et au regard insatisfait.

« Et là, Jack, mon père », poursuivit Brad.

Ce n'était pas un portrait officiel, comme les autres. L'homme était monté sur un étalon noir d'allure puissante. Avec un sourire désinvolte sur son superbe visage, il était l'image parfaite du jeune propriétaire de ranch, riche et arrogant.

« Il n'a pas vraiment posé pour son portrait, expliqua Brad. L'artiste a été obligé de le saisir en mouvement. C'était son cheval favori, Volcano. L'étalon méritait son nom. Il a tué au moins un homme, à ma connaissance.

— *Tué ?*

— Oui. En le désarçonnant. Il y avait une réception, et le type se vantait de pouvoir chevaucher n'importe quoi, de sorte que Jack lui a offert de monter Volcano. (Brad éclata d'un rire insouciant.) Ça lui a drôlement servi de leçon. »

Phyl frissonna, en se demandant quel genre

d'homme était Jack pour avoir fait une chose pareille en sachant que le cheval était dangereux.

« Et voici ma mère, dit Brad avec douceur. Rébecca. »

C'était un portrait en pied. Rébecca y apparaissait aussi séduisante qu'il la lui avait décrite : un visage doux, ovale, des yeux bleus en amande et une chevelure noire ondulée. Elle avait un sourire aguichant et portait une robe Empire de mousseline vert Nil, dont les rubans de satin étaient noués sous sa poitrine généreusement découverte. Elle tenait une gerbe de lis crème dans une main ; l'autre reposait gracieusement sur le dos d'un fauteuil en brocart. Il y avait quelque chose d'opulent et d'irrésistiblement sensuel dans ce portrait : la richesse de la mousseline, du satin et du brocart ; le scintillement des émeraudes et des diamants ; l'éclat même de la peau. On aurait dit que l'artiste la connaissait très bien — comme s'il avait eu une liaison avec elle.

« Elle est extrêmement belle », déclara Phyl.

Brad haussa les épaules et se détourna. « Bon, voilà. Toute la famille.

— Comment ? Ni frères ni sœurs ? » demanda-t-elle en plaisantant.

Il fronça les sourcils. « Aucun qui ait compté », répondit-il brutalement, en sortant dans le soleil.

La température était élevée, et l'humidité considérable ; Phyl dit qu'elle se sentait sur le point de fondre, de sorte qu'ils allèrent nager.

La piscine avait vingt mètres de long et un fond bleu marine ; elle semblait se déverser dans l'infini, au-delà de la falaise. Phyl plongea et nagea jusqu'à ce qui paraissait être le fin fond de l'espace, puis flotta sur le dos en regardant les nuages s'accumuler dans le ciel bleu.

« Ce sont des nuages d'orage, dit Brad en plissant

le front. J'espère qu'il fera beau demain. J'ai projeté de t'emmener voir le ranch. »

Il avait raison quant à l'orage ; à 6 heures, des éclairs illuminèrent la mer, et une pluie battante se mit à tomber sur l'île. Ils s'étendirent étroitement enlacés sur l'immense lit à baldaquin, sculpté dans du bois de koa hawaïien merveilleusement poli et fabriqué pour la mère de Brad plus de quarante ans auparavant. Les draps de linon étaient d'une grande douceur sensuelle contre la peau fraîche de Phyl, et la bouche de Brad semblait encore plus sensuelle quand il l'embrassa. L'odeur de la frangipane mêlée à celle des plantes vertes de la jungle entrait par la fenêtre ouverte, et la pluie tambourinait avec insistance sur les toits. Tout semblait immensément paisible. Pourtant cette fois, lorsqu'ils firent l'amour, Phyl sentit une tension semblable à celle qu'elle avait observée devant le portrait de Jack Kane. Et elle se demanda pourquoi.

Le lendemain matin, ils se levèrent avec l'aurore sous un ciel bleu sans nuages. Brad pilota le petit Cessna lui-même pendant le vol très court qui les transporta dans la Grande Ile ; Phyl, captivée par le paysage qui défilait sous elle, était assise à son côté. L'océan Pacifique était un patchwork mouvant couleur d'émeraude et d'aigue-marine, avec des nuances turquoise plus pâles sur les bancs de sable.

Ils survolèrent le sommet du volcan qui occupait le centre de l'île, rasèrent des forêts épaisses, des canyons profonds et des kilomètres de plaine plate, où Phyl put apercevoir des paniolos, des cow-boys, chevauchant le long des colonnes de bétail Hereford racé qui avançaient lentement — plus de soixante mille têtes, lui annonça Brad. Ils frôlèrent des prairies verdoyantes ; des plages complètement plates, bordées de rochers de lave noire, émaillées de bananiers d'un vert brillant, de cocotiers hautains, de kiwis buissonnants ; et ils survolèrent des terrains de golf émeraude et des hôtels de villégiature roses.

Phyl se disait que ce n'était pas un décor aimable : il y avait de la brutalité dans cette mer écumante qui se jetait contre les rochers noirs dentelés, se gonflait, déferlait, puis se retirait et s'enflait de nouveau dans des profondeurs inconnues. Les pics déchiquetés et les ravins sans fond assombris par la forêt semblaient inaccessibles ; sur des kilomètres, les rochers volcaniques plats, vides, paraissaient inhospitaliers. Mais c'était le pays de Brad, son héritage, sa passion.

Brad posa le petit avion, et tandis que celui-ci roulait sur la courte piste il se retourna pour regarder Phyl. « Bienvenue à Kanoi Ranch », dit-il avec un sourire plein de fierté.

Une jeep vint se ranger auprès de l'appareil quand ils en descendirent, et un Hawaiien coiffé d'un vaste Stetson blanc leur cria : « Bienvenue, monsieur Kane !

— Merci, Charlie. (Brad lui serra la main.) Docteur Forster, voici Charlie Kalapaani. C'est lui qui gère le ranch. Je fais faire le grand tour au Dr Forster, Charlie », ajouta-t-il en grimpant dans la jeep.

Ils quittèrent le terrain d'aviation en roulant pendant dix minutes le long d'une route droite, puis tournèrent dans une longue avenue bordée d'immenses vieux banians. « Plantés par mon grand-père il y a soixante ans », déclara Brad pendant qu'ils filaient vers le simple bâtiment en bois qui formait le ranch proprement dit. Il était peint en blanc et entouré de vérandas couvertes. L'intérieur était sombre avec ses poutres de koa polies ; il y avait là le mobilier d'origine, entièrement artisanal comme les outils de l'époque, et des dizaines de photographies du ranch ou de ceux qui y travaillaient au tout début — un véritable trésor qui renfermait l'histoire du ranch Kanoi.

« Archer a démarré avec vingt-cinq hectares de terre

ingrate, pleine de ravins où son bétail se perdait ; et, trois ans plus tard, il exploitait quinze cents hectares de la meilleure qualité, expliqua Brad. Il a agrandi son domaine chaque année, tout comme mon père, jusqu'a ce que le ranch atteigne cent cinquante mille hectares. Sans compter nos terres du Texas et du Wyoming. »

Phyl étudia la carte qu'il lui montra et dit : « Il ne reste plus d'hectares à acheter pour toi.

— Oh, j'ai contribué à faire fructifier l'héritage des Kane, quoique pas tout à fait de la même façon. Mais ces hôtels et ces terrains de golf le long du rivage se trouvent sur les terres de Kanoi, et j'espère que le tourisme va apporter un tas de nouveaux revenus dans les coffres de la famille Kane. »

Elle lui adressa un sourire railleur. « Tu ne te contentes pas d'être un beau gosse.

— Tu serais bien bête de le croire, répondit-il, soudain glacial. Mon travail, c'est toute ma vie. »

Il sortit et se tint debout, en s'abritant les yeux, pour observer les corrals clôturés. « Tu sais monter à cheval ? » demanda-t-il.

Phyl éclata de rire. « Brad, je suis une citadine ! Il n'y a pas de chevaux dans les rues de Chicago. Sauf ceux de la police montée. »

Il sourit. « Alors, on prendra la jeep. »

Sa bonne humeur revint pendant que le véhicule cahotait sur les routes poussiéreuses, et il lui apprit qu'il possédait plus d'un millier de chevaux, des Morgan, des pur-sang et des chevaux arabes, répartis dans deux cents écuries et corrals. Il y avait des centaines de kilomètres de tuyaux pour alimenter en eau d'innombrables citernes et abreuvoirs ; les terres situées dans les zones les moins élevées étaient plantées d'herbes spéciales et de légumes, tandis que les hauteurs, mieux exposées à la pluie, étaient naturellement riches en trèfle et en un mélange d'herbes nutritives.

Ils regardèrent des troupeaux innombrables que l'on guidait sur les pentes en direction de nouveaux pâturages, pendant que Brad expliquait comment il laissait régulièrement la terre « se reposer » et « se refaire » ; selon lui, si Kanoi possédait un des plus beaux cheptels de bœufs du pays, c'était grâce à ce système qu'il avait mis au point.

Brad présenta Phyl à quelques-uns de ses employés ; il y avait des centaines d'hommes de peine au ranch, ainsi que des cow-boys. « Mais c'est moi qui commande, ajouta-t-il d'un ton ferme. Et je fais en sorte que personne ne l'oublie. »

Phyl lui fit remarquer que son grand-père devait s'exprimer ainsi.

« Évidemment. Et mon père aussi. "C'est toi le patron, me disait mon père. Et tu as intérêt à le leur rappeler chaque jour. Tu dois faire comprendre à chacun, du dernier manutentionnaire au directeur du plus haut niveau, que cette terre t'appartient. Si un individu s'écarte du droit chemin, il se retrouve sans travail." »

Il était tard dans l'après-midi lorsqu'ils redécollèrent, et l'humeur de Brad sembla s'envoler avec l'avion tandis qu'ils survolaient les plages et traversaient l'océan.

Le soleil se couchait dans un flamboiement orange quand Kalani fut en vue, avec ses deux sommets volcaniques jumeaux qui se découpaient contre l'horizon et ses rivages bordés de cocotiers altiers.

Un domestique chinois attendait dans une jeep décapotée, et pendant qu'ils roulaient vers la demeure Brad fit admirer avec orgueil à Phyl son île bien-aimée.

Il l'emmena voir les paddocks immaculés derrière leurs barrières blanches, où il élevait de merveilleux chevaux arabes, et le précieux bétail qui vagabondait dans ses prairies ; il lui montra les luxuriants jardins tropicaux parfaitement entretenus qui entouraient la résidence. Et Phyl s'émerveillait devant la beauté et la perfection de ce qu'elle voyait. Elle comprenait finalement la passion que Brad éprouvait pour Kalani. C'était un vrai paradis.

La demeure elle-même était une simple bâtisse en rez-de-chaussée qui s'était manifestement agrandie au fil des années. Les sols étaient en bois sombre et ciré ; les murs blancs. L'ameublement tout simple comprenait des objets anciens collectés sur les îles et de confortables sofas recouverts de tissu couleur sable.

La chambre de Brad paraissait aussi dépouillée qu'une cellule de moine, sans même un tapis sur le parquet ciré. Son énorme lit aux colonnes torsadées, enveloppé de moustiquaires, était en bois de koa. Le mobilier se composait d'un fauteuil chinois en bois et d'un long coffre bas, en ébène, sur lequel trônait dans un cadre une photographie de Rébecca, qui fixait l'appareil d'un air hautain. Sa longue chevelure soyeuse était tirée en arrière et ornée d'une fleur ; elle portait une robe du soir en velours noir.

« Elle devait avoir à peu près trente ans, commenta Brad. C'était avant le divorce. »

Phyl lui jeta un regard étonné ; il n'avait jamais soufflé mot d'un divorce. Mais, à ce moment-là, un valet apporta leurs sacs, et Brad n'entra pas dans les détails.

Un énorme doberman aux yeux d'un brun-rouge brûlant, à la robe aussi noire et luisante qu'un rocher de lave humide, surgit soudain dans la chambre. Phyl se recula en poussant un cri d'effroi, mais le chien l'ignora et bondit sur Brad avec des aboiements de joie. Brad rit en le caressant ; il lui lissa les oreilles en arrière et lui parla doucement en hawaiien. Puis il déclara à Phyl qu'il s'appelait Kanoi, du même nom que le ranch.

Remarquant son appréhension, il dit pour la rassurer : « La réputation du doberman est trompeuse. C'est très simple : un homme, un chien. Ils ne sont soumis qu'à leur maître. (Il caressa la tête massive de l'animal, qui le regarda avec dévotion.) Tu vois comme il est docile ? Aussi doux qu'un agneau. »

Phyl frémit en regardant d'un air inquiet la puissante bête. Brad passa son bras autour d'elle, et le chien sauta immédiatement sur ses pattes. Il la fixa d'un regard maléfique, tendu comme un ressort d'acier. La jeune femme se souvint brusquement des terribles cicatrices que portait Béa, et elle frissonna ; elle savait qu'un tel chien pouvait mettre un homme en pièces dans un laps de temps infime ; mais, fort heureusement, quand Brad ne la touchait pas, il ne s'intéressait pas à elle.

Pendant que Brad allait parler au responsable de son écurie, Phyl prit une douche et se changea pour revêtir une robe longue en jersey de soie noire. Elle s'attacha les cheveux au-dessus de la tête afin d'avoir moins chaud et y fourra une fleur rouge d'hibiscus. Puis elle ajouta à sa tenue de longues boucles d'oreilles en cristal et une touche de Bellodgia, avant de flâner sur la véranda en attendant le retour de Brad.

L'air moite du soir s'accrochait à sa peau, et les ventilateurs du plafond répandaient des bouffées de fraîcheur bienvenues au-dessus d'elle quand elle s'appuya contre la balustrade, pour s'emplir les poumons des diverses odeurs tropicales dispensées par les plantes de la jungle et les fleurs qui s'épanouissaient la nuit, pour écouter le coassement des crapauds parmi les arbres, les stridulations des criquets et le bruissement d'ailes invisibles dans les frondaisons. Elle n'entendit pas Brad arriver et ne sut pas qu'il était là, en train de l'observer — jusqu'au moment où il dit : « Tu ne peux pas savoir combien tu ressembles à ma mère, avec tes cheveux relevés ainsi et une fleur piquée dedans, comme elle en avait l'habitude. »

Dans sa voix résonnait de nouveau une pointe de dureté ; Phyl, embarrassée, se détourna pour le regarder. « Ta mère était très jolie. Je prends ça pour un compliment.

— Je l'ai vu tout de suite quand je t'ai rencontrée dans l'avion. Je t'avais déjà remarquée à l'aéroport. Tu as aussi la démarche de Rébecca, la même foulée longue et souple. »

Elle sourit. « Est-ce pour ça que tu voulais me revoir ? Parce que je lui ressemble ? »

Brad éclata de rire. Il l'entoura de ses bras. « Seigneur, non ! Je n'ai jamais voulu revoir cette femme. C'était *toi* que j'avais envie de retrouver. Le célèbre Dr Phyl, si-intelligente-et-si-brillante, dont le pouvoir sur les hommes est tel qu'elle pourrait, j'en suis sûr, convaincre un chef d'État de lui confier ses secrets les plus intimes. (Il l'écrasa contre lui, respira son parfum.) Quel secret aimerais-tu que je te raconte ce soir ? murmura-t-il entre deux baisers.

— Sur Rébecca ? » suggéra-t-elle, toujours curieuse.

Il secoua la tête. « D'abord, il faudra que je te parle de ma grand-mère. Il n'y en avait pas deux comme Chantal. (Il fit entendre un rire amer.) Mon Dieu, les hommes de la famille Kane savaient vraiment choisir leurs épouses ! Toutes des garces de première classe. »

Il la lâcha et se mit à faire les cent pas sur le sol carrelé, suivi par le chien qui ne s'écartait jamais de lui. Phyl s'appuya contre la balustrade, le regard fixé sur lui pendant qu'il se mettait à parler.

« Ça se passait dans les années 20, dit-il. Archer était encore très jeune quand il a rencontré Chantal. Elle avait quelques années de moins que lui et portait de façon inespérée le nom impressionnant de O'Higgins. O'Higgins était synonyme d'argent — de beaucoup d'argent — sur les deux continents. Chantal était à demi irlandaise, à demi française ; une enfant gâtée, l'héritière capricieuse de la fortune bâtie sur les alcools O'Higgins. (Il regarda Phyl avec colère.) Tu as vu son portrait. Tu as vu comme elle était belle. Cette chevelure d'un blond clair, avec ce regard buté dans ses yeux bleus. Elle avait une peau laiteuse et une bouche très tentante. Archer a perdu la tête, cette fois-là. Et je suppose qu'elle aussi. Après tout, il était très bel homme, et il la désirait autant qu'elle le désirait elle-même.

» Chantal s'est donc enfuie avec lui à Honolulu, et Archer l'a ramenée ici, à Kalani. *Mais elle détestait l'endroit.* Seigneur, comme elle le haïssait ! Elle a été épouvantée en voyant que c'était une demeure primitive, en bois. Elle ne pouvait supporter la présence des insectes et des lézards, ni le vent qui précipitait les lames de l'océan contre les rochers pendant les tempêtes. Elle grognait contre la chaleur et l'humidité qui transformaient sa peau en papier buvard. Elle trouvait les domestiques sales et paresseux ; elle soupçonnait les servantes d'avoir avec son mari des relations différentes de celles qu'entretiennent les employées avec leur patron. Elle avait probablement raison, mais malgré ses récriminations je suppose qu'elle l'aimait, ou en tout cas qu'elle le désirait assez pour rester avec lui.

» Les récoltes d'Archer n'avaient jamais été bonnes. Ses ananas restaient rabougris, ses cannes à sucre racornies, et les mauvaises herbes couvraient la quasi-totalité des terres qu'il ne cultivait pas. C'est alors qu'il a acheté un troupeau de Hereford et fait venir par bateau quelques bons chevaux. Les bêtes vagabondaient dans les ravins, sur la côte occidentale de l'île, surveillées par les paniolos. Ce n'était pas commode, mais le bétail s'est mis à prospérer, et brusquement

Archer a été ébahi par les nouvelles possibilités qu'offrait sa terre.

» Il a déclaré à Chantal qu'il désirait s'agrandir, acheter d'autres terres sur les îles principales, et qu'il allait avoir besoin d'argent. Mais Chantal s'est fait tirer l'oreille. Elle était enceinte ; elle s'ennuyait à mourir et boudait. Au bout du compte, elle a accepté, après d'âpres discussions ; mais elle lui a dispensé l'argent au compte-gouttes, ce qui l'a rendu fou. Pourtant, il a réussi à acquérir son premier millier d'hectares sur la Grande Ile.

» Puis Chantal a donné naissance à un fils, Jack, et à la première occasion elle les a quittés tous les deux pour aller vivre à San Francisco. Elle disait ne plus jamais vouloir avoir affaire ni à l'un ni à l'autre. Peu de temps après, Archer a entendu dire qu'elle s'était enfuie avec un autre, et il a demandé le divorce. »

Brad cessa de faire les cent pas et sourit à Phyl. Mais ses yeux glacés ne souriaient pas quand il conclut avec un haussement d'épaules : « Et voilà pour Chantal, *ma chère grand-mère.*

— Et son fils, Jack ? Est-ce qu'il l'a jamais revue ?

— Oui, répondit Brad d'une voix lugubre. Bien des années plus tard, et dans des circonstances dont je préfère ne pas parler maintenant.

— Archer a donc élevé Jack tout seul, sur l'île ?

— Presque. Il s'est remarié peu de temps après, dit Brad en s'esclaffant. Il a toujours prétendu qu'il y avait été contraint. Il avait besoin d'argent pour acheter davantage de terrain sur la Grande Ile. Il lui fallait une nouvelle race de bétail, plus robuste, de meilleurs chevaux, des hommes plus solides. Il disait que son île, son ranch et son fils étaient ses trois passions. Les femmes venaient en dernier.

» Tu sais, un homme comme Archer trouvait facilement des femmes. Il n'a jamais été obligé d'aller les chercher ; elles étaient toujours là quand il avait besoin d'elles. Mais il disait qu'il préférait les payer dans les bordels d'Honolulu ou de San Francisco, où elles faisaient moins de manières et donnaient plus de plaisir.

» Il est allé en Europe pour acheter de nouvelles bêtes ; mais tel qu'il était fait, il s'est mis également en quête d'une épouse. Sous son aspect séduisant, c'était un homme dur, résolu à ne laisser personne se mettre en travers de la voie qu'il s'était fixée. Et, à ce moment-là, il avait besoin d'une fortune. »

Brad émit un rire admiratif. « Il s'est donc remarié. (Il haussa les épaules). Que pouvait faire d'autre un homme jeune et plein de charme, avec un brillant avenir et pas d'argent ?

— Et qu'est-il arrivé à cette femme ?

— Elle n'a pas tenu le coup, elle non plus. Elle est retournée chez elle, et c'est tout. Mais, des années plus tard, Archer a soudain présenté Jack à un demi-frère dont il n'avait jamais entendu parler.

— Et ?

— Le demi-frère n'a pas tardé à repartir. Je suppose qu'il n'a pas pu supporter Kalani, lui non plus.

— Ou peut-être n'a-t-il pas pu supporter Jack ? Après tout, Jack était là le premier. Et vous, les Kane, vous avez une passion exacerbée pour votre territoire.

— Jack le haïssait, affirma Brad brusquement. Et à juste titre. Mais c'est une longue histoire, et je n'ai pas envie d'en parler. »

Il se détourna d'un air maussade, comme s'il regrettait d'en avoir trop dit. Ils dînèrent en silence. Après quoi, Brad quitta Phyl à la porte de sa chambre en lui donnant un bref baiser. « Tu dois être fatiguée, dit-il abruptement. Dors bien. »

Il retourna dans le hall et elle l'entendit appeler le chien, puis descendre les marches et s'éloigner dans la nuit.

Phyl attendit un petit moment. Ensuite, elle alla nu-pieds sur la véranda pour tenter de le voir, mais il avait déjà disparu. La pleine lune baignait l'île dans une lumière argentée, et le paysage paraissait encore plus magnifique qu'auparavant ; le spectacle était d'une beauté à vous couper le souffle. Mais elle s'en aperçut à peine. Elle se disait que derrière sa façade urbaine et charmante, Brad était l'homme le plus complexe qu'il lui eût été donné de rencontrer.

Elle rentra pour errer dans la maison silencieuse et s'arrêta devant la porte de Brad. Celle-ci était ouverte, une lampe éclairait la pièce, et Phyl pouvait voir qu'il n'y avait personne. Prise d'une curiosité soudaine, elle s'avança dans la chambre et, sur la pointe des pieds, se dirigea vers le coffre d'ébène. Elle saisit la photographie de Rébecca, l'examina avec fascination. Brad avait raison : elle ressemblait à cette femme : de grands yeux au regard étonné, une bouche large, la peau pâle et une longue chevelure noire. « Tu as la même démarche que Rébecca », avait-il affirmé.

Qu'est-ce qui l'avait attiré en elle ? se demanda-t-elle en frissonnant d'appréhension. Le besoin de mettre son âme à nu à propos du passé ?

Elle regarda nerveusement autour d'elle. Il n'y avait rien de personnel dans cette chambre, pas même un livre sur la table de nuit. Le vaste placard, grand comme un cagibi, était aussi net et anonyme que sa propre chambre à coucher. Chaque chose avait sa place : les vestes bien en rang, les chemises empilées dans des tiroirs revêtus de miroirs, les chaussures impeccablement alignées. Elle fit courir sa main le long de la rangée de cintres et enfouit son visage dans le tweed souple de sa veste, soudain avide de lui, désireuse de le sentir à côté d'elle, de respirer son odeur. Au moment où elle tirait la veste vers elle, elle remarqua un grand sac de toile verte fourré dans le coin.

Cela semblait étrange et assez déplacé. Ce n'était certainement pas le genre de sac que Brad utilisait. Avec hésitation, elle l'observa. Mais la curiosité eut le dessus, et elle l'attira à elle. Il renfermait un méli-mélo d'articles de voyage féminins, une pochette de maquillage, une brosse à cheveux, des T-shirts, des chandails...

Un sentiment de culpabilité la fit rougir. Elle referma la fermeture Éclair du sac et repoussa celui-ci dans le coin. Elle se dit que Brad invitait évidemment d'autres femmes en ce lieu. Pourquoi pas ? C'était un homme séduisant. Bien des femmes devaient se sentir heureuses d'être invitées par lui. Pourtant, le contenu du sac de toile verte ne correspondait pas aux affaires élégantes qu'elle se serait attendue à trouver en possession des femmes que fréquentait Brad Kane. C'étaient des articles ordinaires, à bon marché, tels qu'une jeune fille pouvait en porter.

Cela ne la regardait nullement, pensa Phyl pleine de remords, en repartant d'un pas pressé vers sa chambre. Elle avait pénétré par effraction dans la vie privée de Brad, et elle avait honte d'elle-même. Néanmoins, elle se posait des questions sur la fille qui avait laissé son sac là.

Elle se déshabilla et se glissa nue sous les draps, mais resta éveillée fort longtemps, à guetter le retour de Brad, en espérant qu'il viendrait la rejoindre. Ce ne fut pas le cas, et lorsqu'elle sombra enfin dans le sommeil elle s'interrogeait encore sur Rébecca, sur le passé qui troublait Brad si profondément, sur Jack, sur le demi-frère qui avait soudain surgi de nulle part...

## 22

Nick Lascelles rentra à Antibes sans avoir rien appris d'intéressant sur le Flora Beale Trust, sauf qu'il était géré par la Banque de Londres, dont les instructions étaient de veiller à l'entretien du cottage pour que celui-ci reste exactement dans l'état où il était, à perpétuité. Les fonds placés pourvoyaient amplement à la dépense, et la banque croyait que le donateur avait l'intention de préserver l'endroit comme un musée, voire une sorte de sanctuaire. Le banquier avait invoqué la confidentialité pour ne fournir aucun renseignement — à moins que la police ne l'exige et que l'affaire ne prenne une tournure officielle, bien entendu.

« Nous voici donc revenus à la case départ, conclut Nick tristement devant Béa et Millie, au cours d'un déjeuner à l'hôtel. Le seul autre indice que nous ayons est la clef en argent découverte dans la maison. »

Il tira l'objet de sa poche et le posa sur la table. Ils le fixèrent tous des yeux. C'était une petite clef, très ordinaire. « Peut-être qu'elle ouvre une valise ou une malle ? suggéra Béa.

— La seule malle que nous ayons découverte dans le pavillon se trouvait au grenier, et elle n'était pas fermée à clef.

— Alors, un placard ? »

Il hocha la tête lentement. « Pas de placard verrouillé. Nanny Beale gardait tous ses secrets sous son matelas. A moins que... (Il réfléchit pendant une minute.) Tu te rappelles que le document se terminait en queue de poisson, presque au beau milieu. Elle ne racontait pas ce qui s'était passé sur l'île, mais disait seulement qu'ils étaient arrivés là-bas. Et qu'elle ne faisait pas le poids face à l'adversaire — c'est-à-dire le père de Johnny. Elle n'avait pas fini son histoire.

— Vous pensez que cette clef ouvre la porte de l'endroit où elle conservait le reste de ses secrets ? demanda Millie.

— J'en mettrais ma main au feu. (Nick étudia encore la clef.) Regardez, il y a un chiffre gravé dessus. (Il sourit avec impertinence à Millie.) Allons, dites-moi un peu où une charmante vieille dame respectueuse des lois garderait ses secrets.

— A sa banque », déclara Millie promptement.

Il hocha la tête. « Je parierais que c'est la clef d'un coffre. Reste à savoir le nom de la banque. »

Béa soupira, vaincue. « Il doit y en avoir des centaines, sur la Côte. »

Nick leur adressa un sourire plein de confiance à toutes deux. « C'est moi qui vais jouer le détective pour trouver la bonne... »

Tout de suite après le déjeuner, Nick se lança dans sa nouvelle mission, et Béa décida d'aller surveiller les progrès des travaux effectués à la villa Mimosa. La cuisine et plusieurs salles de bains étaient en bonne voie d'installation, et l'endroit grouillait de charpentiers et de carreleurs, de maçons et de peintres. La maison restait dissimulée sous des tas d'échafaudages, mais on avait presque achevé la piscine, et un jardinier paysagiste s'activait avec son équipe pour rendre à la propriété son ancienne splendeur.

Le décorateur de Millie comptait bien finir avant l'échéance qui lui avait été imposée, stimulé notamment par la généreuse prime que sa cliente lui avait promise. Béa constata avec satisfaction que, même si les travaux n'étaient pas complètement achevés, on pourrait faire livrer quelques meubles deux jours plus tard pour rendre la maison habitable.

Millie avait eu l'intention d'accompagner Béa à la villa, mais elle se contenta de lui annoncer qu'elle se sentait inexplicablement fatiguée. « Allez-y seule, ma chère petite, lui dit-elle en la quittant sur un baiser. Vous me rendrez compte des progrès. »

Après un dernier geste d'au revoir, Millie traversa d'un air heureux la terrasse pour s'installer dans son coin préféré, qui surplombait la mer.

Elle fit venir un serveur et commanda un verre de cognac pour se ragaillardir. Avec un soupir de satisfaction, elle admira les pins et les oliviers, les bougainvillées roses et pourpres, ainsi que la mer bleue aux reflets d'argent. De tous les endroits du monde où elle avait séjourné, c'était là son préféré.

*Idiote*, pensa-t-elle en souriant, *tu dis ça de tous les pays que tu visites. Tu sais à présent que ce n'est pas seulement le lieu qui compte ; c'est la compagnie que tu as. Dans le temps, quand tu étais jeune et écervelée, c'était toujours un homme. Maintenant que te voilà vieille, c'est cette chère petite Béa. Elle te rappelle ce que tu étais à son âge, même si, naturellement, tu n'as jamais laissé transparaître ta solitude et ta vulnérabilité. Toujours trop fière pour les montrer, tu les dissimulais sans cesse sous une insolente insouciance.*

Elle se mit à rire, en pensant qu'il était trop tard pour s'en préoccuper, à présent. Les enfants n'allaient pas tarder à arriver, et la villa Mimosa était presque terminée. Elle avait pris ses dispositions, veillé à ce que tout soit en ordre comme elle le souhaitait.

Millie avala son verre de cognac avec plaisir, le regard perdu dans la Méditerranée. Des mouettes s'ébattaient avec bruit au-dessus de sa tête, le soleil réchauffait ses bras nus, et une douce brise faisait bruire les frondaisons des palmiers. Elle exhala un soupir de pur bonheur en reposant son verre, se laissa aller confortablement en arrière sur les coussins et ferma les yeux.

Elle était profondément endormie quand la douleur lui broya le cœur, ainsi que cela s'était produit si souvent, depuis quelques années. Mais cette fois allait être la dernière. Elle expira le sourire aux lèvres.

« Je n'arrive pas à y croire ! cria Béa à l'annonce de la nouvelle. Ce n'est pas vrai. Je t'en prie, je t'en supplie, dis-moi que ce n'est pas vrai ! » Elle avait l'impression que son cœur allait exploser de chagrin quand elle tourna son visage couleur de cendre vers Nick. « Millie était mon amie, chuchota-t-elle. Elle était bonne, gentille et généreuse. A un moment où je me sentais perdue et effrayée, elle m'a fait entrer dans sa vie, elle m'y a donné une place. » Elle pleura à gros sanglots haletants, avec d'horribles crises d'étouffement qui la mirent au bord de la syncope.

« Oh, Nick, pourquoi a-t-il fallu que ça lui arrive aujourd'hui ? Pourquoi ? Ce n'est pas juste ! »

Il la tenait toute tremblante dans ses bras. Il aimait beaucoup Millie ; il avait décelé en elle une grande bonté, dissimulée sous un bluff apparent ; il était bouleversé de la savoir morte. Mais il était surtout désolé pour Béa ; sa personnalité fragile paraissait se désintégrer sous ce nouveau coup du sort. Il serra ses bras autour d'elle, mû par le désir de lui communiquer sa force, de lui faire sentir son soutien.

Elle parlait avec incohérence de Millie, disait qu'elle devait appeler Phyl, que Phyl était l'amie de Millie. Il l'exhorta gentiment à ne pas se faire de souci : il se chargerait d'appeler Phyl ; il se chargerait de parler avec l'avocat de Millie à New York ; il s'occuperait de tout. Mais auparavant il emmena Béa dans sa chambre et appela le médecin afin que celui-ci lui prescrive un sédatif.

L'avocat, John Hartley, fit le nécessaire pour que l'enterrement ait lieu deux jours plus tard. Il annonça à Nick qu'il ne serait pas en mesure d'y assister personnellement, mais qu'il arriverait à la fin de la semaine pour régler les affaires de Mme Renwick.

Il fut impossible de toucher Phyl. Nick laissa une dizaine de messages sur son répondeur, précisa qu'il appelait au sujet de Millie Renwick, que c'était urgent, lui demanda de le rappeler ; mais elle ne réagit pas.

« Elle doit être en voyage », déclara Béa, désolée que Phyl ne puisse accompagner Millie à sa dernière demeure.

Le jour des funérailles arriva, clair, bleu et ensoleillé. « C'est parfait, remarqua Béa avec tristesse. Exactement ce que Millie aurait souhaité. »

Ils étaient seuls à former le cortège funèbre, mis à part une poignée de serveurs vêtus de noir et quelques employés de l'hôtel qui se tenaient discrètement à l'arrière-plan, désireux de présenter pour la dernière fois leurs respects à Millie Renwick, non parce qu'elle avait su se montrer généreuse mais, comme elle l'avait espéré, parce qu'ils lui étaient réellement attachés.

Béa déposa sur la tombe une gerbe de roses rouges et de lis blancs — les fleurs préférées de Millie. Elle se recueillit pendant un instant, la tête baissée. Puis elle porta un doigt à ses lèvres et envoya un baiser d'adieu. Enfin, elle s'éloigna à pas lents tandis que Nick passait un bras autour d'elle pour la réconforter.

Béa ne pouvait supporter l'idée de rester à l'hôtel en l'absence de Millie, et elle avait décidé de s'installer dans la villa, même si celle-ci n'était pas encore prête.

Elle posa la tête sur l'épaule de Nick, pendant qu'ils s'y rendaient dans l'imposant corbillard, en imaginant combien cet emménagement aurait pu être heureux pour Millie. Et pour elle aussi. Elle allait vivre dans la maison de ses rêves ; mais maintenant, sans la présence énergique de Millie, tout cela paraissait dépourvu de sens. La voiture tourna pour franchir l'immense portail en fer forgé, et Béa ouvrit les yeux pendant qu'ils roulaient silencieusement dans l'allée de gravier de la villa Mimosa.

Et là, assis sur les marches, les étiquettes de la compagnie aérienne encore attachées autour du cou, se trouvaient deux petits enfants pâles et apeurés.

*« C'est Scott et Julie Renwick ! »* s'écria Béa, horrifiée. Elle avait complètement oublié qu'ils devaient arriver ce jour-là. En fait, elle avait oublié qu'ils existaient.

Soulagée de pouvoir enfin se dégager de ses responsabilités, l'hôtesse d'Air France affolée se précipita à leur rencontre. Elle leur annonça que, comme personne n'était venu les chercher à l'aéroport, elle s'était inquiétée. La compagnie avait l'adresse de la villa Mimosa, elle y avait conduit les enfants. Sa mission accomplie, elle partit en hâte.

Béa regarda tristement les enfants, puis Nick. « Que faire, à présent ? » murmura-t-elle.

Les deux enfants aux grands yeux craintifs se ressemblaient comme deux gouttes d'eau : visage rond couvert de taches de rousseur, yeux bleus, frange de cheveux bruns et brillants en désordre ; ceux de la fillette étaient coiffés en une queue de cheval dont le ruban menaçait de glisser.

Scotty Renwick prit la main de sa sœur, sans rien dire, et attendit de voir ce qui allait leur arriver maintenant. La gorge serrée, il avala difficilement sa salive et dut lutter pour ne pas pleurer. Il sentait la petite main chaude de Julie s'agripper à la sienne avec force, et il savait qu'il devait se montrer courageux pour elle.

Ne lui avait-on pas dit, après l'enterrement de maman et de papa, qu'il devrait à présent se comporter en homme et veiller sur sa sœur ? Il savait que c'était vrai. Ils étaient seuls au monde. Mais le monde se révélait soudain tellement plus vaste que la petite ville où ils avaient toujours vécu, où ils connaissaient tout le monde et où tout le monde les connaissait ! Ces étrangers les examinaient comme s'ils n'avaient jamais entendu parler d'eux. Et la femme ne pouvait être sa tante Millie : celle-ci n'était-elle pas censée être vieille ?

Il passa un bras protecteur autour des épaules de Julie, en attendant que les deux adultes fassent quelque chose. C'était ainsi, désormais. Les gens leur faisaient des choses ou prenaient des décisions pour eux : on les envoyait vivre quelque part, on les nourrissait, on leur adressait des tas de sourires avec cette lueur spéciale de pitié dans les yeux. « Quelle chance pour vous, leur avait-on dit, d'avoir une tante riche qui habite dans le sud ensoleillé de la France ! Quelle chance pour vous d'aller vivre dans une magnifique villa ! — Oh oui, avait-il marmonné amèrement, quelle chance pour nous ! »

La femme aux cheveux roux lui souriait, à présent. « Vous êtes les bienvenus à la villa Mimosa, Scott et Julie, dit-elle avec chaleur. Nous sommes bien contents de vous voir. Pauvres gosses, vous avez l'air épuisés ! Entrez, et je vais vous montrer vos chambres. Millie les a fait décorer spécialement pour vous. »

Scott jeta un regard à Julie. Elle avait cette expression indifférente qui lui était devenue coutumière ces derniers temps. Comme si elle étouffait ses moindres émotions. Julie n'avait pas pleuré une seule fois depuis l'enterrement, mais elle avait versé toutes les larmes de son corps auparavant. De même que lui, qui avait hurlé tel un loup parfois, pour exprimer son chagrin. Et sa colère, parce qu'il était furieux. Furieux contre celui qui avait provoqué la mort de sa maman et de son papa ; furieux contre eux parce qu'ils étaient morts ; furieux contre lui-même parce qu'il n'était pas assez grand et fort pour prendre soin de Julie. Furieux de n'être pas capable de remonter le temps et de faire en sorte qu'ils se retrouvent tous les quatre, comme avant, dans la petite maison jaune entourée de poivriers dont les feuilles tombaient sans cesse sur la pelouse. Il avait même promis à Dieu de ne plus jamais se plaindre d'avoir à ramasser ces feuilles, si seulement celui-ci acceptait de faire revenir maman et papa. Mais Dieu, semblait-il, n'était pas du genre à accepter ce type de marchandage.

Et à présent Scott était là, avec Julie, dans un pays étranger appelé la France, où on parlait un charabia incompréhensible, en face de deux étrangers, dans une immense maison appelée la villa Mimosa qui ressemblait à celles qu'on voit dans les films. Car, même s'ils lui souriaient, ils étaient des étrangers. Et la vérité, c'était qu'il avait peur. Et qu'il se sentait loin de son pays.

« C'est vous ma tante Millie ? » demanda soudain Julie en jetant un regard méfiant à la femme.

Scott lui donna un coup de coude rapide : ne lui avait-il pas recommandé de ne pas poser de questions ? Il lui avait dit de le laisser s'occuper de tout ; de cette façon, ils ne resteraient pas là. Si elle le laissait faire, avait-il déclaré, ils ne tarderaient pas à rentrer à la maison. « Mais, Scotty, où est notre maison ? » avait demandé Julie d'une voix plaintive, et cet affreux nœud s'était formé de nouveau dans la gorge de Scott. Il ne savait que répondre. Il ne savait plus rien. Il n'avait que neuf ans, et il n'avait pas encore envie d'être un homme. Il voulait seulement que la vie continue comme avant.

« Je suis Béa French », répondit la femme en

s'accroupissant pour donner à Julie un baiser sur la joue. Elle se pencha vers lui aussi, mais il s'écarta. Il n'avait plus envie de se faire embrasser par des étrangers.

« Et moi, c'est Nick Lascelles. » L'homme lui tendit la main, et Scott la lui prit à contrecœur. « Nous sommes des amis de votre tante Millie, ajouta-t-il. Entrez. On va vous faire visiter. »

Scott reprit la main de Julie, et ils les suivirent à l'intérieur. Avec étonnement, il parcourut du regard le grand hall vide. Il n'y avait pas de meubles, pas de bottes boueuses jetées dans un coin, pas de manteaux pendus à une patère ainsi qu'à la maison.

« C'est comme si personne n'habitait ici, remarqua-t-il de cette drôle de voix solennelle qui provoquait l'hilarité de son père.

— Ta tante Millie a fait redécorer la villa spécialement pour vous, déclara Béa pour le rassurer. Elle voulait que tout soit terminé quand vous arriveriez, mais il n'y a pas encore beaucoup de meubles. Seulement dans la cuisine et les chambres à coucher.

— Et il y a la piscine, ajouta Nick. Ne l'oublions pas.

— Il y a une piscine ? » Les yeux las de Scott s'illuminèrent et, le temps d'un éclair, il parut intéressé.

« Oui, il y a une piscine, dit Béa aussitôt. Et une plage pas loin, et des tas de bateaux pour aller à la pêche.

— Ouais. » Scott haussa ses minces épaules d'un air las, regarda Julie courir vers Nick et glisser sa main dans celle du jeune homme, en toute confiance.

Elle leva les yeux pour le regarder et zézaya plaintivement : « Où z'est qu'elle est, ma tante Millie ? »

Béa lança à Nick un regard craintif pour lui signifier qu'à son avis il était encore trop tôt pour avouer la vérité à ces pauvres enfants. « Je te l'ai dit, ma chérie, tante Millie n'a pas pu venir aujourd'hui. »

Julie la fixa. « Elle est morte, z'est za ? (Elle tourna ses yeux tristes vers Nick.) Z'est ze qu'ils nous ont raconté quand ma maman et mon papa zont morts. Ils z'ont dit qu'ils ne pourraient plus z'être avec nous. »

*Oh, mon Dieu !* pensa Scotty, la gorge de nouveau serrée. *Julie a raison. C'est ce qu'ils nous ont dit. Oh, mon Dieu, qu'est-ce que nous allons devenir maintenant ? Ils ont dit qu'elle était notre seule parente... Maintenant nous n'avons plus personne... plus personne... Nous sommes orphelins... dans un pays étranger... avec des étrangers...*

Nick déclara d'une voix douce : « Je suis désolé, Julie, mais tout va bien. Béa et moi, nous allons prendre soin de vous.

— *Moi*, je vais prendre soin d'elle, marmonna Scott entre ses dents. C'est *ma* sœur.

— Béa, ze zuis toute décoiffée, annonça Julie, dont le zézaiement s'accentuait chaque fois qu'elle était fatiguée ou troublée. Et il faut que z'aille à la zalle de bains. »

Elle bâilla sous le coup de la fatigue pendant qu'ils suivaient Béa à l'étage, la main toujours étroitement serrée dans celle de Scott. « Rappelle-toi, ne dis rien », lui recommanda-t-il pendant que Béa ouvrait toute grande la porte et leur montrait un boudoir rose décoré comme pour une princesse.

« Millie savait que tu aimes le rose, Julie, affirma Béa tandis que la petite fille poussait un cri de ravissement et se précipitait sur la ménagerie d'animaux en peluche qui encombrait un siège près de la fenêtre. Et elle savait que ta couleur préférée est le vert, Scott, ajouta-t-elle en l'englobant dans le même sourire.

— Je m'en fiche », grommela Scott, en haussant les épaules avec indifférence. Il se retourna, sans prêter attention à sa sœur qui poussait des exclamations devant la grande et magnifique poupée installée au milieu du lit de cuivre à baldaquin.

C'était brusquement trop dur. Il ne pouvait plus lutter contre ce nœud dans la gorge : les larmes venaient, et il sortit de la pièce en courant.

Il resta dans le couloir, les épaules voûtées, les poings serrés au fond de ses poches. Même en le voyant de dos, Nick comprit qu'il pleurait, et qu'il ne voulait être vu par personne.

Il dit : « C'est normal de pleurer si tu en as envie, Scott. Il vous est arrivé tant de choses tristes ! D'abord, ta maman et ton papa ; et maintenant ta tante Millie.

— Qu'est-ce que ça pouvait bien *lui* faire ? jeta-t-il d'une voix ténue, bouleversée. Elle ne *nous* connaissait même pas.

— C'est vrai que Millie ne vous avait jamais vus, mais elle savait tout de vous. Et ce qu'elle savait lui tenait à cœur. C'était une vieille dame, tu sais ; mais elle nous avait dit qu'elle n'avait jamais été une maman et que maintenant elle pourrait en être une. Elle était vraiment impatiente de l'être, Scott. D'être avec toi et Julie, et de veiller sur vous. »

Nick tapota l'épaule de Scott. « Le voyage a été long, mon garçon. Tu es fatigué, et je parie que tu as faim. Si on allait faire un tour à la cuisine pour voir s'il y a quelque chose à manger, et pour jeter peut-être aussi un coup d'œil à cette piscine ? »

Scott ravala bruyamment ses larmes. Il ne regardait toujours pas Nick, mais il le suivit au rez-de-chaussée. La tête basse, il s'assit devant la table de la cuisine, pendant que le jeune homme inspectait le réfrigérateur et le congélateur.

Nick poussa un sifflement émerveillé. Il sortit deux paquets. « Chère vieille tante Millie ! déclara-t-il avec un sourire. Elle savait ce que deux jeunes Américains voudraient manger. Des hot dogs et des frites. »

Scott leva les yeux avec intérêt, mais il ne dit rien. Julie entra alors en courant dans la cuisine et grimpa sur une chaise à côté de lui. Elle berçait une grenouille verte en peluche dans ses bras, et surveilla silencieusement Nick et Béa lorsqu'ils préparèrent le repas.

Enfin, ils emportèrent leurs assiettes sur la terrasse, où chacun prit place autour de la table et fit des efforts pour manger. Mais tous étaient bouleversés. Nick lui-même était à court d'anecdotes. Scott et Julie gardaient le silence, le nez plongé dans leur assiette.

Nick jeta à Béa un regard désespéré et aperçut des larmes dans ses yeux. Il comprit qu'elle était sur le point de craquer. C'était trop : Millie, l'enterrement, les enfants.

« Regardez ! cria soudain Julie en pointant le doigt. Là-bas. »

Un gros chien sortit des buissons, au fond de la pelouse, et se tint immobile en les regardant et en reniflant, plein d'espoir.

L'animal était haut sur pattes ; il avait le poil frisé, hirsute, emmêlé — et il semblait affamé. Au bout d'un moment, la faim eut raison de sa prudence, et il s'avança d'un pas furtif vers eux, la croupe au ras du sol comme s'il rampait sur le ventre. Il s'allongea aux pieds de Scott, posa prudemment son museau entre ses pattes, et leva vers le petit garçon ses grosses pupilles brunes et mélancoliques.

Scotty observa le chien. Il trouvait l'expression de ses yeux identique à celle de son propre regard quand il s'examinait dans une glace. Il eut soudain envie de posséder ce chien, plus que tout ce qu'il avait pu désirer jusque-là. *Sauf la possibilité de remonter le temps.* Mais c'était un chien errant ; il savait que ces adultes ne l'admettraient jamais dans leur luxueuse villa. Le chien ne serait jamais à lui ; il ne devait donc pas le caresser.

En regardant le chien, Béa pensa pour sa part qu'il avait bien des choses en commun avec elle et avec les deux jeunes orphelins de Millie. Ceux-ci n'avaient pas dit un mot, mais elle lisait l'envie dans leurs yeux bleus, et elle comprit qu'elle avait trouvé au moins un moyen de briser la glace qui enrobait leurs cœurs.

« C'est bon, espèce de crétin, dit-elle, on t'adopte. »

Scott repoussa sa chaise avec un cri de joie. Il jeta ses bras autour du chien. Le nœud dans sa gorge avait disparu, comme par magie, et tandis que le chien lui léchait la main il eut la surprise de s'entendre rire à moitié. *Je ris*, pensa-t-il, ébahi, *je ris de nouveau.* Et il toucha le bras de Julie avant de déclarer : « Il dormira sur mon lit.

— Non, sur le mien.

— Le mien.

— Chacun son tour, proposa Béa.

— Comment on va l'appeler ? » demanda Julie tout excitée, en regardant Scott lui donner un hot dog. Le chien le dévora et s'assit sur son arrière-train, une oreille rabattue de travers, pour en réclamer joyeusement davantage.

« C'est un tel corniaud ! s'exclama Béa en éclatant de rire. Si on l'appelait Poochie ? »

Enfin, ils avaient recommencé à se conduire comme des gosses et non plus comme des nains à bout de résistance ! Béa remercia le ciel de leur avoir envoyé ce chien. Son regard croisa celui de Nick ; elle comprit que la même pensée lui avait traversé l'esprit. *Et après ? Qu'adviendra-t-il de Scott et de Julie Renwick maintenant que Millie n'est plus ?*

John Hartley, l'avocat de Millie, arriva de New York deux jours plus tard. C'était un homme âgé, assez pompeux, avec des cheveux blancs et des manières guindées. Il avait été le conseiller juridique de Millie pendant des dizaines d'années.

« Mme Renwick souffrait de troubles cardiaques depuis longtemps, annonça-t-il à Béa. Tout ce qui pouvait être fait pour elle l'avait déjà été. Elle savait qu'elle était susceptible de mourir d'un jour à l'autre. C'est la raison pour laquelle elle refusait de renoncer aux cigarettes qu'elle aimait tant, tout en sachant que fumer aggravait son état. »

Béa se rappela soudain sa première rencontre avec Millie, dans l'appartement de la Cinquième Avenue, un jour de pluie. « ... ce n'est pas l'alcool qui me tuera, avait-elle dit, ce sera ces sacrées sèches. »

« Elle a écrit cette lettre à votre intention. Je l'ai reçue juste avant sa mort », déclara Hartley. Il lui tendit une enveloppe et s'enfonça dans son siège, les mains patiemment croisées, pendant que Béa lisait.

Il ne me reste peut-être pas longtemps à vivre, et c'est pourquoi je vis à fond, ma chère petite. Je pensais que j'avais eu de la chance ; j'avais eu tout ce que je désirais. Et puis, comme une bénédiction de Dieu, vous êtes entrée dans ma vie, et je ne puis vous dire à quel point vous l'avez illuminée. Vous avez été la petite-fille que je n'ai jamais eue, la compagne idéale, quelqu'un de jeune pour rire avec moi et être mon amie. Quelqu'un que je pouvais gâter et choyer un peu. Quelqu'un qui écoutait interminablement mes bavardages stupides et riait avec moi de mes propres bêtises. Vous avez rempli mes journées, et sans vous j'aurais été une femme solitaire.

Je voulais vous aider à vous retrouver, même si je

savais que vous me quitteriez après. Je souhaitais vous garder auprès de moi pour toujours, mais je ne suis pas si égoïste ; c'est pourquoi, lorsque vous avez découvert la villa Mimosa et ses liens avec le passé, j'ai pensé que je tenais un moyen de vous aider. C'est alors que mes pauvres petits orphelins ont surgi pour compléter le tableau ; et j'ai compris que, même si je n'arrivais pas à vous rendre votre passé, je pourrais vous donner un futur.

J'ai aimé ma vie, chère Béa, aussi ne me pleurez pas trop longtemps. A présent, je voudrais que vous aimiez la vôtre. Mon avocat s'occupera de tout pour vous.

Votre chère amie et grand-mère d'adoption,

Millie Renwick

Béa regarda tristement l'avocat. « Elle était si bonne, dit-elle d'une voix douce. Une véritable amie.

— Oui, c'était une femme bonne, admit Hartley ; beaucoup de gens n'ont connu que son apparence frivole. Ils n'ont jamais su combien d'œuvres de bienfaisance ont bénéficié de sa générosité et de ses dons toujours anonymes. Mais à présent, mademoiselle French, venons-en au contenu du testament rédigé récemment par Mme Renwick. »

Il s'éclaircit la gorge et la regarda par-dessus ses lunettes en demi-lune. « Mme Renwick voulait vous donner la villa Mimosa. Elle ne vous l'a pas léguée par testament ; elle l'avait déjà achetée à votre nom. Dès le départ, elle a voulu sans ambiguïté que cette maison soit à vous, et seulement à vous. Elle précise ici combien elle souhaite que la villa vous apporte tout ce que vous avez pu en espérer, y compris le bonheur. »

Béa, stupéfaite, le regardait avec des yeux écarquillés.

« Mme Renwick vous a laissé la somme de cinq millions de dollars...

— *Cinq millions de dollars !*

— Exactement. Mais à une condition : Mme Renwick souhaite que vous vous chargiez des enfants. Elle demande que vous les éleviez comme s'ils étaient les vôtres. Elle avait l'impression qu'en agissant ainsi elle s'*assurait* de votre futur. Vous auriez un foyer, une famille, et suffisamment d'argent pour subvenir à votre train de vie. Après prélèvement de legs supplémentaires et substantiels, destinés à des universités, à des hôpitaux et à diverses œuvres charitables, ainsi que de legs consistant en divers bijoux destinés tant à vous qu'au Dr Forster, le reste de la fortune de Mme Renwick — qui se monte à quelque deux cent cinquante millions de dollars — doit être placé au nom des enfants, Scott et Julie Renwick. »

Après le départ de l'avocat, Béa annonça la nouvelle à Nick. « Millie se désolait de voir que je n'avais pas de passé, conclut-elle, les larmes aux yeux. Aussi a-t-elle voulu me donner un futur. Et maintenant, me voici châtelaine de la villa Mimosa et “mère” de deux gosses qui me connaissent à peine.

— *Et millionnaire*, ajouta Nick, stupéfait. *En plus*, vous êtes la “mère” de deux enfants *extrêmement riches*.

— Mon Dieu, Nick, qu'est-ce que je dois faire ? »

Nick posa une main sous son menton et lui releva le visage en lui souriant d'un air encourageant. « Faites ce que vous avez toujours fait, répondit-il. Appelez Phyl. Elle doit se trouver dans son bureau, à cette heure-ci. Après ça, poursuivit-il, je suggère qu'on ouvre une bouteille de champagne et qu'on porte un toast à votre chère amie et grand-mère d'adoption, Millie Renwick. »

Béa tenta sans arrêt d'appeler Phyl à son bureau et

à son domicile, mais ne put entrer en communication qu'avec les répondeurs. Inquiète, elle forma le numéro de la police de San Francisco et demanda à parler à l'inspecteur Mahoney.

Celui-ci décrocha dès la première sonnerie. « Ouais ? » dit-il, en portant à ses lèvres sa troisième tasse de café depuis une demi-heure. Il posa les pieds sur son bureau encombré et se balança paresseusement d'avant en arrière sur sa chaise. « Seigneur, *Béa French* ! Comment allez-vous ? Et *où* diable êtes-vous ? La communication est si bonne que je vous croyais en bas dans le hall ; j'aurais juré que vous étiez ici.

— Je suis toujours en France. A la villa Mimosa. Oh, inspecteur Mahoney ! gémit Béa. Millie est morte, et elle m'a laissé plein d'argent et deux enfants, et je ne sais pas quoi faire... Je cherche à joindre Phyl, mais elle n'est pas là et je suis si inquiète ! »

Mahoney se redressa, l'esprit soudain en alerte. « O.K., ma douce, calmez-vous. Dites-moi tout, et on avisera. »

Elle lui raconta d'une traite toute l'histoire et conclut : « Mais je n'ai pas pu toucher Phyl pour la mettre au courant, et elle a raté l'enterrement ; et maintenant, je n'arrive toujours pas à la joindre, et... oh, inspecteur Mahoney...

— Bon. D'abord, Béa, ne vous inquiétez pas pour Phyl. Il se trouve que je sais où elle est — avec un type dont elle s'est entichée. Je pense qu'elle a oublié de vous parler de M. Hawaii, hein ? Cette petite excursion a été décidée sur un coup de tête, et Phyl s'est tout bonnement absentée un peu plus longtemps qu'elle ne l'envisageait. Elle va avoir le cœur brisé pour Millie et regretter d'avoir raté l'enterrement. C'est un coup dur, et sans la présence de Phyl ça a dû être encore plus dur pour vous.

— Nick était près de moi, répondit Béa qui avait l'air de s'être calmée. Il m'a épaulée.

— Ouais. Un bon point pour Nick. Vous l'aimez, hein, Béa ?

— C'est quelqu'un de bien, dit-elle, en se tenant un peu sur la défensive.

— Je crois avoir déjà entendu ça quelque part... Écoutez-moi, mademoiselle Béa French. Millie devait vous aimer infiniment pour faire ce qu'elle a fait. Vous confier ces deux orphelins... Elle a pensé que vous seriez trois à affronter le monde, au lieu d'être seule. Et mon petit doigt me dit que peut-être même vous allez être quatre. Ça m'a l'air d'un bon chiffre. Alors, haut les cœurs, bébé. Réjouissez-vous d'avoir eu l'amitié et l'affection de Millie. (Il sourit.) Sur ces sages paroles, je ferais mieux de vous donner le numéro du docteur à Hawaii.

— Merci, inspecteur Mahoney, dit-elle avec soulagement.

— *Franco*, s'il vous plaît, répondit-il en souriant. Je croyais que nous étions amis, à présent. Après tout ce que nous avons traversé ensemble...

— Les *meilleurs amis*, affirma-t-elle avec ferveur.

— Téléphonez-moi si vous avez besoin de moi, bébé, conclut-il. Et peut-être que j'irai vous voir tous, un de ces jours. »

Mahoney raccrocha le récepteur et jeta un coup d'œil à l'horloge. Il était exactement 7 heures. Il décrocha de nouveau le combiné et composa le numéro hawaiien.

« Kalani. Bonsoir, répondit aussitôt une voix aux intonations asiatiques.

— Oui, bonsoir à vous. J'aimerais parler au Dr Phyl Forster.

— Oui, monsieur. Qui dois-je annoncer ?

— Franco Mahoney. »

Il remit ses pieds sur le bureau et s'appuya en arrière, prêt à entendre la voix étonnée de Phyl.

« Qui est à l'appareil ? » demanda une voix masculine cassante.

Mahoney devina qu'il s'agissait de M. Hawaii en personne, et il se redressa brusquement sur son siège. « Mon nom est Franco Mahoney. Je voudrais parler au Dr Forster.

— Le docteur ne peut pas venir au téléphone. Voulez-vous laisser un message ?

— Oui, en effet. » Franco leva un sourcil, perplexe. M. Hawaii avait le ton d'une brute arrogante. « Dites-lui que Mahoney a téléphoné. M-A-H-O-N-E-Y, épela-t-il lentement.

— C'est un nom courant, monsieur Mahoney. Je sais comment ça s'écrit. »

Il y avait du mordant dans sa voix doucereuse, et Franco fronça les sourcils. C'était plus qu'une brute arrogante : un frimeur de première classe. « Parfait, répliqua-t-il sèchement. Alors, voudriez-vous demander à cette dame de m'appeler, n'importe quand, de jour comme de nuit. C'est urgent. Et elle a mon numéro. O.K. ?

— Je lui transmettrai le message », dit l'homme froidement, et la communication fut coupée.

Mahoney reposa bruyamment le combiné. « Seigneur, s'exclama-t-il, tout étonné. Le doc sait les choisir ! »

Il descendit le couloir pour aller au distributeur de café, les mains enfoncées dans ses poches, les yeux fixés au sol, obsédé par cet échange de paroles glacial. *C'est un type jaloux*, conclut-il en saisissant sa quatrième tasse de café depuis 6 heures et quart. Et il n'était que 7 h 10. Quelque chose lui disait que la nuit serait longue.

Il avait raison. Le premier appel survint presque aussitôt : un incendie criminel du côté de Tenderloin. Le feu continuait de faire rage, et deux corps avaient déjà été découverts.

Mahoney et Benedetti se rendirent sur les lieux en mettant les gaz. Benedetti avait pris le volant d'une Chevrolet qui appartenait à la police, gyrophares en action et sirène hurlante. « J' sais pas, dit Benedetti en grimaçant un sourire satisfait à la vue des voitures qui s'écartaient pour les laisser passer, mais parfois, c'est chouette d'être flic. »

Mahoney sursauta lorsqu'ils brûlèrent un nouveau feu rouge et prirent un tournant en faisant crisser bruyamment les freins. « Ouais. Sauf que tu devrais peut-être envisager de reprendre des leçons de conduite. Bon Dieu, fais gaffe, un peu ! »

Le sourire de Benedetti s'élargit encore en regardant son compagnon. « Qu'est-ce qu'il y a ? T'as peur, toi, un détective ?

— Tu parles. Avec un dingue comme toi au volant ! Rappelle-moi de réclamer un autre coéquipier, la prochaine fois que j'irai au bureau du personnel. Je tiens à vivre vieux. »

Ils virent les flammes à quatre cents mètres de distance et s'arrêtèrent juste au moment où le toit s'effondrait dans un fracas d'étincelles et de débris incandescents. « Que Dieu leur vienne en aide, j'espère que tout le département des pompiers est là », marmonna Mahoney.

« C'est fini, sauf les cris, annonça le capitaine des pompiers. Deux morts jusque-là, et tous mes hommes sont au complet. C'est à coup sûr un incendie criminel ; on a trouvé partout des chiffons imprégnés d'essence. » Il tendit un morceau de tissu pour que Mahoney l'examine.

« Mets-le dans un sac en plastique, Benedetti, dit Mahoney. Il va falloir qu'on l'étudie. » Il observa la foule des spectateurs en plissant les yeux ; les incendiaires viennent presque invariablement assister aux feux qu'ils ont allumés. Ils en tirent une véritable jouissance. Mahoney n'avait aucune idée de ce que les coupables pouvaient bien penser des gens dont ils avaient provoqué la mort, et il s'en fichait. Il avait seulement envie de les mettre hors d'état de nuire pour aussi longtemps que possible. Mais ce soir il n'avait pas de chance. Son fameux sixième sens semblait lui faire défaut. Personne parmi les nombreux badauds ne semblait avoir la moindre odeur d'essence sur lui.

« Au suivant », déclara-t-il à Benedetti. Ils s'apprêtaient à s'en aller lorsque l'appel suivant fit grésiller la radio du véhicule : un homme avait été poignardé à la sortie d'un bar. « Hé, pas de message pour moi ? demanda Mahoney lorsqu'ils se remirent à prendre de la vitesse.

— Non, néant, affirma l'officier de service à la radio.

— Prévenez-moi si un Dr Phyl Forster appelle, O.K. ? C'est important.

— Enregistré. 10 h 04. » Et l'officier de service coupa.

« T'as une nouvelle petite amie ? questionna Benedetti avec curiosité. Je croyais que c'était sérieux avec la poule italienne — comment elle s'appelle, déjà ? »

Mahoney émit un soupir excédé. « Pour ta gouverne, sache qu'on n'appelle plus les femmes des poules depuis au moins dix ans. Et la jeune femme à laquelle tu penses daigne encore me voir de temps en temps. Quand j'ai du temps libre.

— Ouais, là, t'as raison, c'est le problème : le temps. Elles en ont marre de nous attendre et elles se dégotent un mec avec des horaires plus normaux... Quand même, y a quelques gars qui trouvent le moyen de les emmener à l'autel. T'iras à la noce de Connors, samedi ?

— Je voudrais pas manquer ça », affirma Mahoney alors qu'ils s'arrêtaient dans un crissement de freins à la porte du Hot Trash Bar.

Étendu sur le ventre dans l'impasse, le corps était entouré par une foule de voyeurs morbides que tenaient à l'écart deux flics en uniforme. La victime avait été agressée à la sortie du bar et traînée dans l'allée, où on l'avait poignardée pour lui voler son portefeuille. Plusieurs témoins avaient vu le coupable s'enfuir, et ils auraient été capables de le décrire ; mais personne n'avait envie de dire qu'il avait assisté à l'assassinat. Personne ne voulait se mouiller.

« Et de deux », soupira Mahoney. C'était une soirée typique. A minuit, si l'on comptait les victimes de l'incendie, l'homme poignardé et le résultat des autres tentatives d'homicides, on atteignait le total de quatre décès, et il y avait encore un blessé dans un « état critique » — suspendu entre la vie et la mort dans l'unité de soins intensifs de l'hôpital général de San Francisco. Le nombre des suspects placés derrière les barreaux, quant à lui, était égal à zéro.

Mahoney était en train de dactylographier avec morosité son rapport sur l'IBM, en sirotant un café et en mâchonnant un petit pain danois à la cannelle, quand le téléphone sonna. « Ouais ? grogna-t-il avec lassitude.

— Mahoney ? C'est vous ?

— Doc ! » Il lâcha la pâtisserie et coinça le combiné sous son menton. Il se laissa aller en arrière, tout souriant. « Oui, c'est moi. Qui voulez-vous que ce soit ?

— Vous avez l'air si... fatigué.

— Vous n'avez pas l'air en grande forme, vous-même, pour une dame en vacances. » Il trouvait qu'elle manquait d'entrain, et il se demanda si l'arrogant

M. Hawaii se tenait dans la pièce pour écouter la conversation.

« Je vais bien, répliqua-t-elle un peu trop brusquement. J'ai eu votre message.

— J'en suis surpris. Le petit ami n'avait pas l'air d'apprécier qu'un autre type vous appelle. Un tantinet possessif, hein ?

— Vous avez dit que c'était urgent, répondit-elle sans faire cas de ses plaisanteries.

— Effectivement. Écoutez, vous feriez mieux de vous asseoir, doc. C'est au sujet de votre amie Millie. » Il l'informa du coup de téléphone de Béa, de la mort de Millie et de tout ce qui était arrivé.

Il crut percevoir des sanglots dans la voix de Phyl, quand celle-ci dit qu'elle ne se pardonnerait jamais de n'avoir pas été présente à ce moment-là. Elle lui annonça qu'elle rentrerait à San Francisco le lendemain et qu'elle l'appellerait dès son arrivée.

Mahoney raccrocha le téléphone d'un air pensif. Pour une femme réservée à la tête froide, elle semblait très nerveuse. Tout comme M. Hawaii.

## 23

Phyl reposa le téléphone et regarda Brad assis à l'autre bout de la pièce. Il était en train de fumer une cigarette et de boire un cognac. Le doberman, toujours tendu tel un ressort serré à fond, couché à ses pieds à son habitude.

« Un ennui ? demanda-t-il sur un ton léger, en croisant son regard bleu accusateur.

— Pourquoi est-ce que tu ne m'as pas transmis le message de Mahoney ? Si je n'avais pas vu son nom écrit sur le bloc, je n'aurais jamais su qu'il avait appelé. »

Il haussa les épaules. « Ça m'est sans doute sorti de l'esprit.

— Je te connais mieux que ça. Rien ne te sort jamais de l'esprit. Tu te rappelles chaque détail de l'histoire de ta famille.

— C'est différent, répliqua-t-il sèchement. C'est important.

— Et me dire que quelqu'un voulait me parler de toute urgence, ça n'était pas important ?

— Eh bien, est-ce que ça l'était ?

— Tu ne m'as rien dit parce que c'était un homme qui avait appelé.

— Je n'apprécie pas que *n'importe qui* te téléphone ici. Tu devrais respecter mon intimité. Tu n'aurais pas dû lui donner ce numéro. »

Elle lui lança un regard incrédule. « Je ne peux pas

me permettre de disparaître dans la nature. J'ai des patients ; des choses arrivent... »

Brad écrasa soudain sa cigarette et se leva d'un bond — et le chien l'imita, le poil hérissé. Il saisit Phyl par les épaules, approcha son visage contre le sien. « Je te l'ai déjà dit, *rien* ne compte en dehors de toi et moi. *Tu n'écoutes donc pas quand je te parle...* » Le molosse gronda en sourdine. « Quand tu es avec *moi*, Phyl, j'exige que tu te consacres à moi. *Personne d'autre ne compte.* Pourquoi est-ce que tu ne comprends pas ça ?

— Tu es fou », rétorqua-t-elle en le repoussant.

Il la rattrapa par le bras et l'obligea à se retourner vers lui. « C'est ça que tu penses ? Tu penses que je suis *fou.* » Son rire était amer. « Je suis probablement la personne la plus *rationnelle* que vous connaissiez, docteur. En tout cas, je sais ce que j'attends de la vie, et je fais ce qu'il faut pour l'obtenir. » Son expression changea, et il sourit, soudain radouci, laissant courir sa main le long de sa joue à elle. « Et je te veux, ma belle Phyl, murmura-t-il, ma muse, mon confesseur. Rien que toi. »

Phyl le regarda d'un air las. C'était plus qu'une querelle d'amoureux. Brad était fou de jalousie. « Je suis obligée de partir tôt demain matin, répondit-elle froidement, en s'écartant de lui.

— Mais, Phyl, pourquoi ? » Il avait l'air déconcerté, comme un gamin. « On est si heureux ici, tous les deux ! Je t'en prie, ne gâche pas tout. Ne me quitte pas. Tu vois, ajouta-t-il sur un ton presque pathétique, *j'ai besoin de toi.* »

Phyl hésita. Il venait de faire une de ses soudaines volte-face, et il avait repris son air charmant. Mais elle se souvint de Millie. « Une de mes amies est morte subitement, déclara-t-elle d'une voix tremblante. Il faut que je rentre.

— Phyl, je suis désolé. Je n'avais pas compris.

— Bon, maintenant, tu sais. »

Elle le quitta et alla dans sa chambre. Elle l'entendit qui la suivait, le doberman sur ses talons.

Il resta sur le seuil avec le chien accroupi près de lui, à la regarder faire ses valises. Des larmes destinées à Millie inondaient son visage. « Je te ramènerai personnellement dans mon avion, dit-il d'un air contrit. J'irai à l'enterrement avec toi. Tu pourras revenir ici après.

— C'est trop tard, Brad. L'enterrement a déjà eu lieu.

— Alors, pourquoi dois-tu y aller ? »

Elle poussa un soupir exaspéré. « C'est compliqué. Ça concerne une patiente. Il faut que je lui parle. Elle a besoin de moi.

— Je t'ai dit que moi aussi *j'ai besoin de toi.* »

Phyl s'arrêta de plier les vêtements qu'elle rangeait dans sa valise et le regarda, debout contre le chambranle de la porte. Il y avait une expression de désespoir dans les yeux de Brad, et elle savait qu'il se sentait désespéré. Elle pensa qu'un peu de jalousie n'était pas désagréable, mais que la sienne frisait la déraison. Elle s'approcha de lui et posa les mains sur ses épaules. « Tu es fou d'être si jaloux, déclara-t-elle d'une voix douce. Tu sais que je resterais si je le pouvais.

— Je le suppose », admit-il à contrecœur. Il l'attira à lui. « Qui est ce Mahoney dont tu connais le numéro par cœur ?

— Rien qu'un ami », répondit-elle.

Brad referma ses bras sur elle. « Je ne veux pas que tu aies des amis, lui chuchota-t-il à l'oreille. Je veux que tu n'aies personne d'autre que moi dans ta vie. » Son ton était si menaçant qu'un frisson de crainte parcourut l'échine de Phyl.

Au lit, un peu plus tard, elle contempla Brad endormi. Il dormait sur le dos, ses bras et jambes largement étalés. Elle trouvait qu'avec son corps bronzé, ferme et musclé, ses cheveux blonds soyeux, il ressemblait à une statue de jeune dieu grec. Splendide, mais quelque peu désarmé. Elle se souvint de leur dispute et de ce visage menaçant près du sien ; il avait alors une expression tout autre que celle de l'homme innocemment assoupi auprès d'elle. Cette évocation l'effrayait, maintenant. Pour la première fois depuis qu'ils se connaissaient, elle se mit à se poser des questions, en professionnelle, sur l'instabilité de Brad.

Phyl déverrouilla la porte de son appartement et la referma derrière elle d'un coup de pied. Elle laissa tomber ses sacs sur le sol et alla se jeter sur le canapé, où elle s'étira avec lassitude.

A peine quelques mois plus tôt, cet appartement lui semblait être sa forteresse, son refuge contre le monde. Il était tranquille, silencieux, rangé. Elle menait une vie calme et réglée qui la rendait heureuse. Bon, peut-être le mot *heureuse* n'était-il pas exactement de mise ; mais en tout cas elle savait maîtriser ses propres sentiments, même si elle ne permettait pas à ceux-ci de se manifester beaucoup.

Mais elle avait baissé la garde, et maintenant elle se trouvait liée à un homme follement jaloux qui souffrait, elle le pressentait, de troubles bien plus graves que la seule jalousie. Sa meilleure amie était morte, et elle n'avait même pas assisté à l'enterrement. Et une patiente qui était aussi sa protégée avait été contrainte d'affronter seule une crise profonde, alors qu'elle-même avait promis de se trouver à son côté en cas de besoin...

Phyl poussa un soupir de colère. Son univers soigneusement organisé était en train de s'effriter sur les bords. Il était temps qu'elle se ressaisisse.

Elle décrocha le téléphone et appela Béa. A sa grande surprise, celle-ci semblait dynamique et détendue.

« Je vous ai appelée à Hawaii, mais je n'ai pas pu vous joindre, dit Béa. J'ai parlé à l'inspecteur Mahoney, et il a été d'un grand secours. C'est un homme si gentil, Phyl ! si droit ! Il m'a aidée à opérer un tri dans mes priorités.

— Je suis tout à fait désolée de vous avoir fait défaut, déclara Phyl. Et je suis désespérée de n'avoir pu dire adieu à Millie. Comment ai-je pu être assez stupide pour ne pas vous avoir communiqué où j'étais...

— Ce n'est rien, je comprends ; et je suis sûre que Millie l'aurait compris, elle aussi. De plus, Nick m'a aidée. Il est solide comme un roc, Phyl. C'est quelqu'un sur qui on peut s'appuyer. Je ne sais pas comment j'aurais fait sans lui. Il habite ici maintenant, et il m'aide pour les enfants... Scott et Julie. »

Elles parlèrent de l'héritage et des enfants, et Phyl dit que c'était typique de Millie. Elle s'offrit à venir les retrouver par le prochain vol, mais Béa lui répondit qu'elle avait Nick et que pour l'instant tout allait bien.

« Alors, n'oubliez pas ma promesse, conclut Phyl quand elles se saluèrent. Dès que vous aurez besoin de moi, je serai là. Vous pouvez compter sur moi. »

Un peu rassérénée, elle se rendit d'un pas nonchalant dans la chambre à coucher, tout en se débarrassant de ses vêtements. Elle s'attarda sous la douche, laissa l'eau chaude emporter sa fatigue — *et ses péchés*. Elle se demandait ce qu'elle allait faire à propos de Brad.

Ce dernier avait gardé le silence et une expression sévère pendant qu'il pilotait l'avion entre Kalani et Honolulu, mais elle avait insisté pour prendre un vol commercial à destination de San Francisco.

« Pourquoi ? » avait-il demandé furieux. Elle ne le

lui avait pas dit, mais elle avait ses raisons ; elle devait chercher à reprendre en main les fils de son indépendance avant que les choses n'aillent trop loin et qu'elle ne perde la maîtrise de la situation. Elle ne pouvait permettre à Brad Kane de dominer sa vie.

A l'aéroport, elle s'était dressée sur la pointe des pieds pour l'embrasser, mais il s'était reculé avec un geste de colère. Elle lui avait rapidement tourné le dos pour franchir la porte d'embarquement. Elle l'avait senti darder sur elle des regards brûlants, mais elle n'avait pas voulu jeter un coup d'œil en arrière. Si Brad souhaitait qu'il en soit ainsi, elle n'entrerait pas dans son jeu. Elle sortit de la douche, s'enveloppa dans son peignoir en tissu-éponge blanc trop grand, et erra dans la cuisine en se demandant pourquoi l'appartement lui semblait si vide. Elle sourit. Comment avait-elle pu oublier ? Naturellement : la chatte.

Elle composa le numéro personnel de Mahoney, mais n'obtint aucune réponse, de sorte qu'elle l'appela à son bureau.

« Je suis de retour, dit-elle, étonnamment désireuse d'entendre le son de sa voix rassurante.

— Bon, vous voilà, admit-il.

— J'ai parlé à Béa. Je pense que j'ai mis les choses au point avec elle sur le fait que je n'étais pas à ses côtés alors que je lui avais promis d'être là.

— Parfait », répondit-il froidement.

Phyl écarta le combiné de son oreille et le fixa en fronçant les sourcils. Qu'est-ce qui ne collait pas avec Mahoney ? « Vous allez bien ? demanda-t-elle.

— Tout à fait. J'ai seulement eu une sale semaine. Voulez-vous que je dépose Coco chez vous ? A moins que vous n'envisagiez de repartir en vacances ?

— Hé, Mahoney, s'exclama-t-elle ahurie, qu'est-ce qui ne va pas ? Je pensais qu'on était amis. »

Il y eut un long silence. Puis il déclara : « Je pensais que M. Hawaii était peut-être là avec vous, c'est tout. »

Soulagée, elle éclata de rire. « Eh bien, non. Il est chez lui. Tout seul. Sur son île.

— Formidable. Alors, que faites-vous ce soir ? Vous avez un rendez-vous d'amour avec quelqu'un d'autre ?

— Non, je n'ai aucun rendez-vous d'amour. Et je n'ai rien à faire. A moins, bien entendu, que vous n'ayez l'intention de m'inviter quelque part ? » Elle avait brusquement envie de le voir. « Mahoney, ajouta-t-elle en brisant le silence tendu, c'est moi qui régale. Il ne vous reste qu'à fixer l'heure et l'endroit.

— Chez moi, proposa-t-il. 8 heures. Et habillez-vous pour de bon. C'est un mariage.

— Vous ne vous mariez quand même pas ?

— Non, sauf si vous demandez ma main, doc. Non, c'est un collègue. Je n'ai pas pu aller à la cérémonie religieuse, mais c'est un mariage italo-irlandais ; on va danser, faire la fête et boire comme des trous toute la nuit. Je vous attends à 8 heures. »

Elle revêtit une robe neuve en dentelle rouge, courte et clinquante, avec un grand décolleté qui laissait ses épaules nues. Elle releva ses cheveux sur la tête, et comme elle n'avait pas de fleurs naturelles elle piqua une grosse rose de soie rouge dans sa coiffure. Elle fourra ses pieds bronzés dans des sandales rouges à hauts talons et jeta un châle de soie noire sur ses épaules. Elle se regarda dans le miroir avec satisfaction. Son moral remontait soudain en flèche. Elle ne savait plus ce qu'elle éprouvait à l'égard de Brad et de sa jalousie démente. Tout ce qu'elle savait, c'était qu'elle était heureuse de se faire belle pour Mahoney ce soir-là.

« Eh bien, regardez-moi ça ! s'exclama Mahoney en lui ouvrant la porte. Vous ressemblez à la jeune fille que j'ai invitée au bal de ma promotion quand je suis sorti du lycée.

— J'aurais mieux fait de ne pas me donner tant de mal, soupira Phyl avec résignation, en montant l'escalier.

— Je constate que vous avez suivi mon conseil pour la couleur, ajouta-t-il sur un ton moqueur. Le rouge vous sied à la perfection. En fait, ajouta-t-il en admirant ses longues jambes bronzées et ses épaules lisses quand elle fit glisser son châle, sur vous c'est magnifique. »

Elle parada devant lui, en souriant. « Est-ce que c'est une tenue de circonstance ? Vous m'aviez dit de m'habiller, mais je me demandais... »

Il hocha la tête avec admiration. « Doc, c'est vrai que Connors s'est marié aujourd'hui ; mais quand cet Irlandais au sang chaud posera les yeux sur ma cavalière écarlate, il se peut que vous soyez la cause du divorce le plus rapide de toute l'histoire. »

Elle éclata de rire. « Vous semblez bien élégant, vous aussi, Mahoney. (Elle passa les doigts sur les revers en satin de son smoking.) On dirait l'animateur d'une émission télévisée qui accueille des invités nocturnes. Ou peut-être un candidat aux élections ? Voire le prochain maire ?

— Pas cette fois-ci, poupée. La semaine a été un peu dure. Ça doit être l'été qui leur fait perdre la tête. C'est comme ça tous les ans, à la même époque. Dès qu'arrive une minivague de chaleur, les gens deviennent dingues et se mettent à s'occire les uns les autres. Il y a bien plus de cadavres entassés dans la morgue de la ville que vous et moi ne pourrions l'imaginer. Et le cas d'aucun d'entre eux n'a été résolu. »

Il prit deux coupes dans le placard et une bouteille de champagne dans le réfrigérateur. Elle le regarda.

« A propos de derrière, déclara-t-elle avec un large sourire, le vôtre se porte bien, Mahoney.

— Oui, on me l'a dit », répondit-il d'un ton sec en remplissant les verres.

Elle aperçut l'étiquette du champagne et demanda, impressionnée : « Vous avez fait une telle dépense uniquement pour moi ?

— Ce qu'il y a de mieux ou rien du tout, répliqua-t-il en feignant de porter un toast. Au fait, Coco dort sur mon lit. Vous vous êtes absentée si longtemps qu'elle vous a presque oubliée.

— Mais moi je ne l'ai pas oubliée, affirma-t-elle, déconcertée.

— Alors ? Et ce M. Hawaii ? »

Gênée, elle baissa les yeux. « Je ne suis pas venue ici pour parler de ma vie privée.

— Pourquoi pas ? Auriez-vous quelque chose à cacher ?

— Mahoney ! » Elle lui lança un regard exaspéré.

« Voulez-vous que *moi* je vous parle de lui, alors ? Je le trouve froid — *glacial* même. Et aussi grossier, arrogant et possessif. En fait, il m'a paru trop sacrément jaloux pour son propre équilibre... (Il la regarda et ajouta :)... ou pour le vôtre.

— Mahoney ! » s'exclama-t-elle de nouveau. Ses yeux bleus jetaient des éclairs.

Il haussa les épaules. « Eh bien, vous m'avez demandé...

— Non, je n'ai rien demandé ! » Leurs regards se croisèrent, et elle se mit à rire. « Oh, Seigneur, vous avez raison à son sujet, admit-elle enfin. Il est possessif et jaloux. (Son sourire fit place à une expression inquiète.) En réalité, Mahoney, parfois il me fait peur : il est tellement jaloux !

— A-t-il une raison de l'être ? »

Elle secoua la tête. « Vous savez ce qui me préoccupe vraiment ? Il trouve que je ressemble à sa mère. *Et c'est vrai.* »

Mahoney haussa les épaules sans comprendre. « Qu'y a-t-il de mal là-dedans ?

— C'est un peu terrifiant. Il la haïssait. Il m'a raconté des tas d'histoires horribles sur la légèreté de ses mœurs, sur la manière dont elle faisait étalage de ses aventures. Selon lui, tout le monde était au courant. Elle a même conduit un type à se suicider... »

Mahoney siffla, impressionné. « Pas besoin d'être un psychiatre émérite pour imaginer ce que ça donne, doc.

— Ce n'est pas du tout ça, rétorqua-t-elle aussitôt. La plupart du temps, il est charmant, chaleureux et sensible. C'est un homme d'affaires séduisant, cultivé et respecté. Son ranch représente toute sa vie.

— Mais il hait sa mère, point à la ligne. (Mahoney ne souriait plus, à présent.) Écoutez, Phyl, si vous *sentez* qu'il y a quelque chose d'anormal, alors, croyez-moi, c'est bien ça. Faites confiance à votre vieil instinct.

— Vous voulez dire qu'il pense réellement à sa mère chaque fois qu'il est au lit avec moi ? demanda-t-elle d'une petite voix terrifiée.

— Pourquoi ne le lui demandez-vous pas ?

— C'est ce que j'ai fait, ou presque. Je lui ai demandé s'il me désirait parce que je ressemble à Rébecca, et il s'est contenté de rire. Il a prétendu que ce n'était pas vrai. Je suis obligée de le croire, Mahoney. »

Il hocha la tête. Phyl était une femme qui ne distribuait pas ses faveurs à la légère. Aussi, bien que psychiatre, elle était incapable d'admettre que Brad pouvait avoir quelque raison perverse de la vouloir dans son lit.

« En tout cas, je l'ai quitté. A l'aéroport. (Elle haussa les épaules.) Il était furieux parce que je n'ai pas voulu le laisser me ramener dans son jet personnel. Je suppose donc que c'est un adieu. »

Mahoney fit une grimace. « Dans ce cas, il n'y a pas de quoi s'inquiéter. » Mais Phyl continuait de froncer les sourcils. « O.K., parlez-moi de vos autres soucis, ajouta-t-il.

— Oh, Mahoney, dire que je n'étais pas là pour Béa...

— Exact. Mais elle s'en est sortie. Vous avez été victime des circonstances.

— Je suis *impardonnable.* Ce n'est pas seulement mon amie, c'est ma patiente. Je me suis conduite comme quelqu'un qui a perdu le sens de ses responsabilités.

— Hé, nous sommes tous des êtres humains.

— *Je suis médecin !* hurla-t-elle, encore furieuse contre elle-même. *J'aurais dû être là.*

— Écoutez, ça c'est arrangé tout seul, affirma-t-il d'un ton apaisant. Tout va bien. Plus de mea-culpa, d'accord ? »

Phyl leva vers lui des yeux pleins de larmes. « J'ai raté l'enterrement de Millie. »

Il s'assit près d'elle et passa un bras autour de ses épaules. Elle nicha sa tête au creux de son bras, et il l'entendit ravaler ses larmes. « Allez-y, poupée, dit-il avec un soupir exagéré. Laissez-vous aller. Vous vous sentirez mieux. »

Elle pouffa de rire à travers ses larmes et s'écria : « Oh, ça suffit, Mahoney !

— Votre mascara coule, déclara-t-il en la regardant d'un œil sévère.

— Oh. Oh, merde !

— Une telle grossièreté vous soulage certainement, répliqua-t-il d'un ton railleur.

— Espèce de couillon ! » s'exclama-t-elle en le repoussant.

Il éclata de rire. « Je vous retrouve. Allons, doc, refaites-vous une beauté. On va à un mariage. »

Les festivités avaient commencé à 4 heures et demie de l'après-midi ; au moment où Mahoney et Phyl arrivèrent, aux environs de 9 heures, la fête battait son plein. L'orchestre, auquel s'étaient joints plusieurs membres de la police de San Francisco, jouait à tue-tête les succès des Beach Boys, repris en chœur par la moitié de la salle. La piste de danse débordait de monde, et les invités se pressaient sur cinq rangs devant le bar ; les serveurs apportaient, en louvoyant à travers la foule, de succulents plats italiens jusqu'au buffet installé sur toute la longueur d'un mur. Des drapeaux irlandais et italiens pendaient comme des bannières au plafond pour célébrer les origines des jeunes mariés ; des masses de roses rouges étaient enveloppées dans du trèfle. La jeune femme, ravissante dans une robe de soie et de dentelle blanche avec un voile de dix mètres parsemé de paillettes, était assise à côté de son nouveau conjoint et de leurs familles respectives au bout de la table. Mahoney tira Phyl pour lui faire traverser la foule et aller les saluer.

« Connors, espèce de vieux gredin ! Elle a enfin réussi à faire de toi un honnête homme », s'écria-t-il en donnant l'accolade à son collègue. Il regarda la mariée avec admiration. « J'ai toujours dit à Connors que vous étiez trop bien pour un vieil Irlandais comme lui. Vous êtes merveilleuse, baby. Une splendide mariée. »

Ils s'esclaffèrent, puis Mahoney prit Phyl par la main pour la présenter. « Voici Phyllida Forster, plus connue sous le diminutif de Phyl. » Elle lui jeta un regard interloqué en se demandant comment il avait appris son vrai prénom, et se retrouva brusquement engloutie dans une accolade d'ours par les bras du nouvel époux.

« Wouah, Mahoney, lança celui-ci d'un air admiratif. Où l'as-tu dénichée ? Laisse-moi te dire qu'elle a trop de classe pour un vieil Irlandais comme toi.

— Mais vous êtes *le Dr Phyl* ! s'exclama Sandra, la mariée.

— Pas ce soir, affirma Phyl. Ce soir, je ne suis que la cavalière de ce vieil Irlandais. »

Les rires fusèrent de plus belle, et Connors demanda : « Réservez-moi une danse pour plus tard, docteur Phyl. Je vous laisserai me psychanalyser à votre guise. »

Presque tous les hommes de l'équipe à laquelle appartenait Mahoney se pressaient au bar. Benedetti les vit arriver. Il donna un coup de coude à son voisin : « Regarde un peu ce que Mahoney a ferré. » Ils se retournèrent comme un seul homme, et leurs visages arborèrent un sourire de connaisseur.

« Comment as-tu réussi à l'amener ici, Mahoney ? cria quelqu'un. Tu lui as passé les menottes ?

— Écoute, gros malin, répliqua Mahoney, on sait tous que tu ne sais pas te conduire avec les dames, mais on serait contents que tu fasses un effort. Laisse-moi te présenter Phyl Forster.

— Le doc ! s'écria Benedetti avec respect. Puis-je vous poser une question, ma'am ? Qu'est-ce que vous faites avec un fumiste comme Mahoney ? La moitié des policiers de San Francisco ici présents seraient heureux de vous tirer de ses griffes ; vous n'avez qu'un signe à faire.

— Merci, les gars », répondit Phyl avec modestie. Elle accepta un tabouret de bar, et l'avalanche de compliments et de plaisanteries dont la comblèrent les collègues de Mahoney.

« Elle est des nôtres ce soir, dit quelqu'un en lui

accrochant sur la poitrine un des faux badges de la police de San Francisco qui décoraient les tables. Clinton, hurla-t-il afin d'attirer l'attention du barman, un verre pour l'inspecteur Forster.

— Alors, intervint Benedetti en se rapprochant d'elle, son ventre de buveur de bière débordant par-dessus une écharpe de smoking turquoise. Racontez-nous comment vous avez fait la connaissance de Mahoney.

— C'est une longue histoire, affirma Mahoney, et trop osée pour vos délicates oreilles.

— Et si on dansait, doc ? » proposa un autre. Il la fit virevolter sur le parquet au rythme de *La Bamba* et dansa avec elle jusqu'au moment où un concurrent lui tapa sur l'épaule pour prendre sa place.

Une demi-heure plus tard, Phyl trouva enfin le moyen de revenir au bar. Elle avala un verre d'eau et s'éventa le visage d'une main.

« Allons, les potes, ça suffit, prévint Mahoney. La dame a besoin de se restaurer. »

Il la prit par la main et la pilota à travers la foule, non sans s'arrêter toutes les deux minutes pour la présenter à des amis.

Les tables du buffet regorgeaient des fruits de mer les plus variés, ainsi que d'énormes plateaux de lasagnes, de gnocchis au fromage, de raviolis, d'aubergines au parmesan, de tomates farcies, de salades, avec une douzaine de pains de différentes sortes et des bouteilles de vin rouge. Tout cela pour la cuisine italienne. Les spécialités irlandaises comprenaient des saumons pochés et des huîtres de Galway, du chou blanc et du pain au lait caillé, des bouteilles de Guinness et de Paddy. Les tables étaient décorées de drapeaux, de trèfles et de roses ; les manifestations d'hospitalité semblaient inépuisables.

Mahoney mit dans l'assiette de Phyl quantité de

bonnes choses, empoigna une bouteille de vin et conduisit sa cavalière dans un coin tranquille. « Je parie que vous n'avez pas mangé aujourd'hui, dit-il en faisant glisser une huître dans sa bouche.

— Gagné », admit-elle en l'imitant avec plaisir.

Ils mangèrent de bon appétit pendant quelques minutes, puis elle déclara : « J'aime vos amis.

— Ouais, ce sont de braves types. (Il lui sourit.) Mais ils ont raison, je pense. Qu'est-ce qu'une fille comme vous fait avec un vieux flic décati comme moi ? »

Leurs regards se croisèrent, et elle répondit : « Primo, vous n'êtes pas vieux. Ou si vous l'êtes, ça veut dire que je suis vieille moi aussi, et je refuse de l'admettre. Secundo, vous n'êtes certainement pas décati, Mahoney. (Elle tendit la main et passa légèrement les doigts sur son visage.) Vous devez être l'Adonis du commissariat.

— Je vois, tout semble bon après Benedetti et sa panse pleine de bière.

— Et tertio, vous êtes un bon flic, Mahoney. Ça, je le sais.

— Merci pour les compliments, jeune dame. » Ils ne se quittaient pas des yeux. « Restez là, je reviens dans cinq sec », dit-il enfin. Il se leva et se fraya un chemin à travers la foule jusqu'à l'orchestre.

Quand il revint quelques minutes plus tard, l'orchestre avait entamé *La Dame en rouge*.

« Ils sont en train de jouer pour nous », déclara-t-il en lui tendant une main.

Les lumières se tamisèrent, et des couples commencèrent à se mouvoir sous les boules miroitantes à l'ancienne mode qui pendaient au centre du plafond. Mahoney entoura fermement Phyl de ses bras, et elle poussa un petit soupir de bonheur. « Vous avez raison, lui murmura-t-elle, on dirait la fête de la promo au lycée. Ça fait des années que je n'ai pas dansé un slow.

— Alors, vous ne savez pas ce que vous avez manqué, chuchota-t-il.

— Vos amis nous observent.

— Donnons à ces vieilles buses lubriques de quoi occuper leurs mauvaises langues. » Il l'attira encore plus près de lui. Elle renversa la tête en arrière pour le regarder.

« Mahoney...

— *Franco*, s'il vous plaît. Après tout, c'est un instant d'intimité...

— C'est justement ce que j'allais dire... Au fait, je me demandais si ce que supposait cette bonne vieille Mae West était exact : “Est-ce un trousseau de clefs que je sens dans votre poche ou bien est-ce seulement que vous êtes content de me voir ?” »

Mahoney relâcha un des bras qui étreignait Phyl. Il sourit en retirant les menottes de la poche de son pantalon. « Navré de vous décevoir, doc. Mais si c'est ce que vous voulez, je serais heureux de vous obliger.

— Oh, Mahoney ! s'exclama-t-elle en riant, et elle jeta les bras autour de son cou. Je ne me suis pas amusée aussi bêtement depuis... ma foi, si longtemps que je ne m'en souviens même pas.

— C'est la même chose pour moi, déclara-t-il tendrement, en jetant un regard à ses cheveux sombres et mousseux. Quelqu'un vous a-t-il déjà dit que vous êtes une sacrément jolie femme, Phyllida Forster ?

— Comment avez-vous découvert mon nom ? demanda-t-elle. Je ne l'ai jamais dit à personne.

— Vous oubliez que je suis flic. J'ai accès à des tas de renseignements — comme les noms, les dates, les adresses et les numéros de téléphone. (Il sourit.) C'est sur votre permis de conduire. »

Ils dansèrent longtemps — jusqu'au moment où

Connors, le jeune marié, vint taper sur l'épaule de Mahoney pour prendre sa place. Mahoney valsa avec la mariée, et Phyl ne le revit plus pendant une heure, alors qu'elle évoluait en faisant attention à ses pieds avec de jeunes flics irlandais et dansait des tarentelles avec de vieux papas italiens. De retour au bar, elle rît en écoutant blagues, compliments et anecdotes, juchée sur un tabouret qui lui tenait lieu de trône et qu'entouraient ses admirateurs. Elle passait un si bon moment qu'elle ne pensait même plus à Brad.

Juste avant minuit, les inspecteurs décidèrent de lever le camp pour aller au bar de Hanran Street, leur antre favori. Phyl y entra, flanquée des plus beaux mâles de San Francisco ; et les gars qui se pressaient dans le bar avant d'aller prendre leur service se retournèrent pour la lorgner et la siffler. « Par ici, ma belle, assieds-toi près de moi. » « Viens, chérie, tu ne sais pas ce que tu perds. » « Laisse tomber Mahoney, belle dame, je fais ça mieux que lui », criaient-ils en s'écartant sur son passage.

« Normalement, répliqua Phyl en relevant le menton avec impertinence, normalement, les gars, je dirais que vous êtes la pire bande de cochons sexistes que j'aie jamais vue. » Ils poussèrent des hurlements en tapant du pied ; elle leva la main pour obtenir le silence. « Mais, ajouta-t-elle d'une voix enjouée, ce soir je pense que vous me faites le plus beau compliment qu'un homme puisse adresser à une femme. Et je veux vous faire savoir que je l'apprécie.

— Ouais, doc », hurlèrent-ils avec des applaudissements et en faisant signe au patron du bar pour que celui-ci remplisse son verre.

Il était 3 heures du matin quand Mahoney la reconduisit enfin chez elle. La tête posée sur son épaule, elle grognait tout son saoul contre l'inconfort d'une telle position dans une Mustang. « Pour l'amour de Dieu,

Mahoney, ne pourriez-vous pas vous procurer une voiture convenable ? demanda-t-elle d'une voix ensommeillée.

— Vous parlez de ce qui fait mon orgueil et ma joie ? répliqua-t-il sur un ton vexé.

— Je sais tout sur votre orgueil et votre joie, murmura-t-elle. N'essayez pas de me faire croire que c'étaient vraiment les menottes, Mahoney. »

Il pouffa de rire en se garant près de son immeuble. « Je n'aurais jamais dû vous laisser approcher de ces types, dit-il. Ils se sont montrés indécents.

— Peut-être en avais-je besoin. (Elle soupira et s'étira.) Un peu d'indécence.

— Juste pour donner du goût, admit-il.

— Comme l'origan ou le romarin... », remarqua-t-elle pendant qu'il lui tenait la porte ouverte. Elle balança les jambes hors de la voiture et se pencha en lui tendant les mains. « Aidez-moi », ajouta-t-elle en lui souriant.

Il prit ses mains, glissa un bras autour de sa taille pendant qu'ils montaient les marches. Elle leva son visage et le tourna vers lui, les yeux clos, pour proposer d'un air rêveur : « Un baiser pour me souhaiter une bonne nuit, Mahoney ? » Il s'esclaffa et posa longuement ses lèvres sur les siennes. « Mmm, reprit-elle, c'est très, très agréable.

— Je ferais mieux de vous accompagner jusqu'à votre appartement, doc, dit-il tandis qu'elle bâillait et s'appuyait contre lui. La nuit a été longue...

— Oh oui, admit-elle avant d'ajouter avec un sourire éblouissant : Et tellement amusante ! Je n'ai pas eu de bon temps comme ça depuis des années.

— J'en suis heureux », déclara-t-il en lui prenant ses clefs pour ouvrir la porte.

Brad avait garé sa Porsche à cinquante mètres de la maison, en haut de la rue. Il se pencha en avant, les yeux fixés sur eux pendant qu'ils entraient ensemble dans l'immeuble.

Il prit une Gitane dans le paquet presque vide, l'alluma et aspira une profonde bouffée. Il savait quel appartement était celui de Phyl et il surveilla les fenêtres. Il eut un grognement de désespoir quand les lumières s'allumèrent enfin. Il écrasa la cigarette brutalement. Il avait vu si souvent Rébecca se conduire exactement de cette manière ! Écervelée, allumeuse, menant les hommes par le bout du nez. En fait, Phyl était exactement comme sa mère.

Le regard fixé sur sa fenêtre, il se pencha en avant, aux aguets, et attendit.

Phyl envoya promener ses chaussures et se dirigea vers la cuisine. « Du café ? »

Mahoney refusa d'un signe de tête. « Pourquoi pas seulement un verre d'eau, doc, avant d'aller au lit ? Vous aurez l'impression d'être une femme toute neuve au réveil. »

Elle poussa un soupir de bonheur. « J'aime assez la femme que je suis en ce moment, Mahoney.

— Bien. (Il s'avança et lui posa un baiser sur la joue.) Vous savez quoi ? demanda-t-il d'un air grave.

— Quoi donc ? » Ses yeux étaient très bleus et innocents.

« Vous êtes vraiment une très jolie femme, déclara-t-il avec un sourire, et il se retourna pour se diriger vers la porte.

— Merci, Mahoney, lança-t-elle dans son dos. Pour cette soirée. » Il lui adressa un geste d'au revoir en refermant la porte derrière lui.

Sans cesser de sourire, elle flâna un moment dans la salle de bains et laissa tomber ses vêtements en marchant. Elle souriait encore quand elle se coucha et s'endormit instantanément. Sans s'être démaquillée. Ce qu'elle n'avait pas fait depuis des années.

Mahoney avait remarqué la Porsche noire 938, garée à cinquante mètres de la maison, lorsqu'il l'avait dépassée un peu plus tôt. Un réflexe de flic lui avait fait noter que c'était la seule voiture rangée dans la rue interdite au stationnement. Il y avait un homme à l'intérieur, et il s'était automatiquement demandé ce que le conducteur faisait à cet endroit. La voiture était toujours là quand il se réinstalla dans la Mustang et mit le contact. Il vit les lumières de la Porsche s'allumer. Il attendit que le type démarre et le dépasse afin de pouvoir déchiffrer son numéro d'immatriculation et procéder à une petite vérification, juste pour le cas où l'homme aurait eu l'intention de commettre quelque sottise ; mais la Porsche recula jusqu'à l'angle du pâté de maisons et vira à droite dans une rue latérale.

Mahoney haussa les épaules ; il n'était pas en service et, de plus, il ne se sentait pas, ce soir-là, d'humeur à épingler des scélérats au volant de Porsche coûteuses. Le type était probablement quelque détective privé, aux honoraires élevés, en train d'assurer une planque pour prendre en flagrant délit une épouse ou un mari adultère. Merde, ce n'était pas son affaire.

# 24

Julie se jeta dans la piscine pour y rejoindre Scott et envoya une trombe d'eau sur Poochie qui caracolait le long du bord et aboyait d'inquiétude.

« Vieil idiot de chien ! » hurla-t-elle en l'aspergeant de plus belle, avec des cris de plaisir, alors qu'il s'ébrouait vigoureusement dans une salve de gouttelettes. Elle poussa encore un cri en voyant Scott se hisser hors de la piscine avant d'y plonger de nouveau presque sur elle.

Elle disparut sous l'eau, émergea en riant et en suffoquant, puis chercha Scotty des yeux afin de prendre sa revanche. Elle adressa de grands signes à Béa qui les surveillait, assise près de la piscine. Elle trouvait que Béa était la plus jolie femme qu'elle ait jamais vue et avait déjà décidé de devenir exactement comme elle quand elle serait grande.

Béa avait ri quand elle le lui avait dit. « Je ne suis pas certaine que ce soit possible, mon cœur », avait-elle répondu. Elle l'appelait toujours « mon cœur », et Julie adorait ça. Nick l'appelait « Jules », et elle aimait ça aussi. « A en juger d'après les photos, je pense que tu seras exactement comme ta maman. Et c'est un compliment, mademoiselle Julie, s'il faut te le préciser, parce que ta maman était une très jolie dame. »

*Oh oui*, pensa Julie avec ferveur, le menton appuyé sur le bord arrondi de la piscine, en laissant ses jambes flotter derrière elle. Maman était la plus jolie de toutes. Elle se disait que sa *mommy* aurait tellement aimé ce ciel bleu et ce soleil ! Sa mère avait détesté les hivers froids et gris de l'Ohio. Julie aimait être ici, et elle savait que c'était pareil pour Scotty. L'ennui, c'était de l'entendre répéter sans cesse que leur séjour serait seulement provisoire, « comme des vacances, disait-il. Un jour, ils vont nous renvoyer dans l'Ohio, et on finira dans des familles d'adoption.

— Non, ils ne nous feront pas ça », s'entêtait à répondre Julie, mais elle n'était quand même pas rassurée.

Et Scott insistait : « Bien sûr que si ! Ce ne sont pas nos parents. Nous ne sommes rien pour eux, Julie. Rien que deux enfants qu'ils gardent. Des gardiens, c'est tout ce qu'ils sont. »

Elle ne voulait pourtant pas le croire. Et elle ne voulait pas retourner chez eux, parce qu'ils n'avaient plus d'endroit où aller. Et puis, elle n'avait pas envie de quitter Béa.

Quelque chose lui disait que celle-ci était différente de tout le monde. Elle souffrait, elle aussi ; Julie le sentait. Et puis, elle aimait cette chaleur qui s'était faufilée en elle, avait gagné son cœur, l'avait ramenée à la vie. Il lui arrivait maintenant de passer des heures sans penser à ce qui était arrivé.

Julie fixa son regard sur Béa. Elle refusait l'idée qu'on puisse l'arracher à la jeune femme.

Béa, de son côté, pensait que Millie avait dû la connaître mieux qu'elle ne se connaissait elle-même, tant elle s'était investie dans son nouveau rôle. Elle contemplait les enfants qui se ruaient infatigablement dans l'eau pour en ressortir et recommencer. Et ce, depuis des heures. De temps à autre, ils se retournaient et éclaboussaient Poochie, lequel se mettait à aboyer et à danser sur ses pattes de derrière, tant il était excité.

La plainte stridente d'une tondeuse à gazon retentissait quelque part devant la villa, et la voix aiguë de la nouvelle cuisinière portugaise rivalisait avec les cris rauques poussés par le perroquet vert d'Afrique. Scotty avait supplié Nick d'acheter cet oiseau la semaine précédente, quand ils étaient allés faire un tour chez le marchand d'animaux pour se procurer un couple de perruches. Le vendeur avait prétendu que le perroquet savait parler et connaissait une demi-douzaine de chansons ; mais celui-ci avait gardé obstinément le silence pendant les cinq premiers jours — jusqu'au moment où le chien s'était mis à aboyer contre lui, ce qui avait soudainement déclenché une bordée d'injures en fort bon français.

La villa Mimosa avait repris vie, et Béa aurait souhaité que Millie puisse être là pour voir ça. L'ancienne ambiance angoissante avait disparu, et la maison était maintenant pleine de lumière, d'éclats de rire et de chamailleries enfantines, de musique, de cris de perroquet et d'aboiements de chien. Il y avait des patins à roulettes sur les terrasses et des bicyclettes dans l'entrée, ainsi qu'un fouillis de jouets, T-shirts et serviettes de plage, le tout sur un fond d'appétissantes odeurs venues de la cuisine.

Scotty et Julie Renwick se conduisaient de nouveau comme des enfants normaux, même si certaines nuits, quand elle entrait dans leur chambre pour les border, Béa les découvrait endormis l'un contre l'autre dans le lit de Scott, leurs visages encore humides de larmes. Elle prenait Julie dans ses bras afin de la remettre sur sa propre couche, et la petite fille épuisée soulevait ses paupières alourdies pour lui lancer un regard direct, angoissé, qui la touchait jusqu'au fond de l'âme. Elle avait compris que Julie cherchait à voir si c'était sa mère qui était venue lui donner un baiser et lui souhaiter une bonne nuit.

« Ce n'est que moi », chuchotait-elle, et la fillette poussait un grand soupir, suffoquant à moitié sous l'effet d'un sanglot, avant de fourrer dans sa bouche un pouce consolateur. Avec l'autre main, elle s'agrippait de toutes ses forces à la main de Béa, et celle-ci remettait en place, d'une caresse, les cheveux humides de l'enfant puis attendait, assise sans bouger, que Julie sombre enfin dans un profond sommeil réparateur.

Scott ne pleurait jamais devant Béa, mais parfois elle le voyait disparaître tout en haut de la colline, du côté de la grotte. Elle observait sa petite silhouette accroupie, perchée sur les rochers, face à la mer ; et elle devinait qu'il profitait de sa solitude pour soulager sa peine en pleurant.

Elle et Nick faisaient de leur mieux afin que les enfants mènent une vie normale. Ils avaient engagé un professeur de français qui venait chaque matin pour une heure. Puis ils allaient au marché de Cannes, de Nice ou d'Antibes et déjeunaient parfois dans un des nombreux cafés. Plus tard dans la journée, après une sieste, ils se rendaient à la plage ou nageaient dans la piscine ; ou bien Nick les emmenait faire un tour dans le petit bateau qu'il avait acheté pour voguer dans le port.

A l'automne, ils entreraient à l'école ; Béa espérait que, d'ici là, ils seraient mieux armés pour laisser le passé derrière eux et redevenir des enfants comme les autres. Pour l'instant, ils étaient encore fragiles, et angoissés quant à leur nouveau mode de vie.

Béa, elle, se sentait à des années-lumière de la mort violente qui l'avait attendue dans un ravin, de la tentative d'assassinat dont elle avait été victime et de son passé perdu ; le sentiment de n'être personne avait fait place à la sensation d'être quelqu'un et de posséder une identité. Chaque jour, elle rendait grâce à Millie de lui avoir donné une nouvelle vie. Mais la terreur de ne pas savoir qui elle était ni pourquoi quelqu'un avait voulu la faire disparaître la hantait encore. La nuit, elle s'éveillait parfois avec l'impression angoissée d'avoir rêvé qu'elle tombait dans un gouffre sans fin, où elle pensait être sur le point de trouver la réponse. Mais quand elle ouvrait les yeux, baignée de sueur et tremblante de peur, tout avait disparu.

Poochie sautait autour d'elle, l'arrière-train frétillant d'enthousiasme. Poochie était un don du ciel. Les enfants l'adoraient. Le chien veillait sur eux. Ses yeux bruns et pleins d'intelligence brillaient de joie à l'idée d'être encore en vie. « Nous sommes des survivants, toi et moi, mon vieux », affirmait Béa en caressant affectueusement sa tête frisée.

Elle songeait à Nick, lancé à la recherche d'un coffre bancaire où seraient enfermés les secrets de Nanny Beale, et elle espérait presque qu'il ne le trouverait pas. En cet instant paisible, la vie semblait parfaite telle qu'elle était. Elle avait sa maison, les enfants et Nick. Elle avait peur du passé. Elle n'avait guère envie d'apprendre quoi que ce soit sur cette autre jeune femme qui était aussi elle-même. Elle se sentait en sécurité dans la peau de Béa French. Son agresseur ne pourrait pas la retrouver ici et parachever la tâche qu'il n'avait pu accomplir du premier coup. C'était seulement pendant ses longues nuits de solitude, où le sommeil la fuyait, qu'elle se mettait à douter.

Les enfants lui criaient de venir les rejoindre dans la piscine ; ils poussèrent des cris de ravissement quand Poochie se jeta à l'eau derrière elle et barbota en tous sens avec une grimace ahurie sur son drôle de museau. Ils étaient en train de faire une partie animée de water-polo, avec des cris perçants et des rires, quand le téléphone sonna. Béa sortit de la piscine pour aller décrocher.

« Nick ? dit-elle en souriant.

— Comment saviez-vous que c'était moi ?

— C'est simple. Personne d'autre n'appelle. En tout

cas, pas à cette heure de la journée. Est-ce que vous venez dîner ?

— J'arriverai autour de 7 heures. Pouvons-nous dîner seuls ce soir ? Sans les enfants, je veux dire. Il faut que je vous parle.

— Naturellement. Ils mangent à 6 heures, d'ailleurs. Ils meurent toujours de faim à cette heure-là. Mais de quoi voulez-vous me parler ?

— Je l'ai trouvé. Béa — le coffre-fort de Nanny Beale. Nous avions raison. Il y avait d'autres documents. Je vous les apporterai, pour que vous les lisiez. »

En raccrochant le combiné, Béa se dit que Nick avait manifesté une réserve de mauvais augure ; sa découverte n'avait pas paru susciter en lui le moindre sentiment de triomphe. Elle se demanda ce qui n'allait pas.

Quand Nick arriva, les enfants se pressèrent autour de lui, pour le supplier de les emmener faire une promenade à bicyclette ou en patins à roulettes, sur les terrasses ou sur la pente menant de la colline à la mer.

« Et si on allait pêcher ? criait Scotty tout excité.

— Non, grimpons à vélo en haut de la colline, et on se laissera descendre jusqu'à la plage ! hurla Julie encore plus fort.

— Pas ce soir, mes petits. (Nick ébouriffa la chevelure hérissée de Scott, gratifia Julie d'une étreinte et les poussa affectueusement hors de la pièce.) Il faut que je parle à Béa. »

Les enfants coururent bavarder avec Jacinta dans la cuisine. Nick se tourna vers Béa.

« Ça n'a pas été facile de mettre la main dessus, déclara-t-il en sortant plusieurs enveloppes brunes de sa serviette. J'ai dû jouer la comédie dans une cinquantaine de banques et faire semblant de m'être trompé, pendant qu'on me regardait d'un air méfiant parce que la clef appartenait à un autre établissement. Et moi, je riais jaune en disant : "Idiot que je suis, j'en ai tellement que j'oublie toujours où j'ai déposé mes affaires !" »

Béa sourit. « Jusqu'à ce que ce soit la bonne.

— Jusqu'à ce que je tombe enfin sur ce que nous cherchions. (Il posa les papiers devant elle.) C'est une lettre de Marie-Antoinette à son fils, Johnny. Et je peux vous dire que c'est déchirant de lire ça. »

Béa lui lança un regard dubitatif. « Vous croyez vraiment que nous avons raison de le faire ? » Elle avait l'impression qu'ils étaient en train de violer les secrets d'une morte, de s'immiscer dans son intimité, de voir des choses qu'elle aurait souhaité ne jamais étaler sous les yeux d'autrui.

« Oui, évidemment. Pour votre bien et le mien. Vous, vous pensez que cette histoire a un lien avec votre passé. Et moi, je veux résoudre ce mystère pour mon livre. Tout ça s'est produit il y a très longtemps, Béa. Nous ne faisons de mal à personne en lisant ces papiers.

— Je suppose que vous avez raison, admit-elle ; mais elle était effrayée. Nick, je n'ai plus vraiment envie de connaître mon passé. N'y pensons plus. Laissons-le tranquille. Je suis heureuse comme ça. »

Nick lui prit la main pour la réconforter. « Vous devez avoir une famille quelque part, Béa. Des parents qui vous recherchent, qui se posent des questions à votre sujet. Vous aviez une vie avant celle-ci, et il faut que vous sachiez ce que c'était — même si vous devez, au bout du compte, décider de ne jamais revenir en arrière. Vous avez des responsabilités envers vous-même et votre famille. »

Béa soupira et commença de lire à contrecœur la

lettre de Marie-Antoinette Leconte. Elle savait que Nick avait raison.

Jean, mon fils bien aimé,

Mon plus cher désir est que tu ne lises pas cette lettre. Si tu en prends connaissance, cela signifiera que je ne t'ai jamais connu, que je n'ai pas été là pour tenir mon bébé dans mes bras, pour te regarder grandir, compter tes anniversaires et t'aider à avancer sur les chemins escarpés de la vie. Mais si, par malheur, je ne suis plus là, je veux que tu connaisses la vérité, sur moi et sur ton père, Archer Kane, quand tu seras en âge de comprendre.

Je vais d'abord te parler de moi, afin que tu puisses te faire une meilleure idée de ta mère. Les commérages t'auront appris que je n'étais pas une jolie femme. Je sais de quel nom tout le monde m'affublait — *la célibataire* — et, tout en prétendant ne pas m'en soucier, j'en ai été blessée. Je mourais d'envie d'être jolie et séduisante, comme les élégantes que j'avais l'habitude de rencontrer dans les dîners, les casinos ou les cafés ; mais elles ne m'adressaient même pas la parole. Comment leur expliquer qu'au fond de moi je me trouvais belle ? A leurs yeux, je n'étais qu'une femme riche, sans attrait, qui n'appartenait pas à leur monde. Et j'étais très seule.

Archer Kane a remarqué ma solitude. C'était un bel homme, aussi blond et doré que j'étais moi-même brune et terne. Pour moi, la célibataire esseulée, il avait l'air d'un jeune dieu grec.

C'était un homme très à l'aise dans la nouvelle ambiance insouciante de la Riviera ; il y avait là quelque chose de louche qui lui plaisait ; un tas de femmes faciles, de l'alcool et de l'argent. Mais même quelqu'un comme moi connaissait l'existence des coureurs de dot ; ils étaient aussi nombreux que les femmes en quête d'amants, de sorte qu'ils avaient souvent bien du mal à jeter leur dévolu sur une victime riche et belle. Les dames de la Côte, un peu mûres pour la plupart, ne s'illusionnaient pas : elles savaient reconnaître un coureur de dot quand elles en voyaient un. Pour elles, une aventure se soldait par un peu d'amusement, quelques cadeaux, et une bouffée de passion ; après quoi, on passait à la suivante.

Je l'avais remarqué moi aussi, bien sûr. Comment aurait-il pu en être autrement ? Ce jeune Américain si séduisant fréquentait en permanence la clientèle huppée qui déjeunait sur la terrasse de l'Hôtel de Paris, hantait les cafés et les casinos. Je surprenais son regard de temps à autre, et il ne manquait pas de m'adresser un sourire de politesse, un signe de tête, comme pour me faire comprendre qu'il avait remarqué ma présence.

Je sais à présent qu'il me traquait, que j'étais déjà destinée à devenir sa proie. Il avait vingt-sept ans, et moi quarante et un. J'étais maladroite avec les gens, timide et effacée. Il était séduisant et introduit dans la haute société ; on disait qu'il possédait un grand ranch d'élevage à Hawaii.

Je savais tout de lui, mais je ne lui avais jamais été présentée, pas plus qu'à aucune de ses relations, jusqu'au jour où il m'a adressé la parole. J'étais attablée dans un café de Cannes, seule comme toujours. Je portais un chapeau à large bord pour me protéger du soleil, mais aussi pour cacher mes traits ingrats. Comment puis-je te faire comprendre à quel point j'avais honte de mon apparence ? La Riviera était envahie par des créatures magnifiques, toutes jeunes, minces, élégantes, et habillées à la dernière mode !

Je me rappelle m'être demandé comment Archer

avait pu seulement me reconnaître, cachée derrière mon immense chapeau, mais j'avoue en avoir été ravie. Un frisson de joie m'a parcourue quand il s'est présenté et m'a demandé la permission de s'asseoir un instant près de moi. Pendant que nous buvions une limonade, il m'a parlé de son ranch, et nous avons conversé fort agréablement. J'ai remarqué que les gens nous observaient, et j'ai rougi d'orgueil à l'idée qu'il avait jeté son dévolu sur moi.

A mon avis, il a su que j'étais à lui en me voyant piquer ce premier fard ; néanmoins, il m'a fait une cour assidue. Il m'a invitée à dîner dans les meilleurs hôtels, à déjeuner sur la plage, à danser à l'Hôtel de Paris. Je possédais déjà une Rolls argentée, mais il m'a encouragée à acheter le tout dernier modèle de voiture, une Bugatti rouge décapotable, doublée de cuir gris tourterelle à l'intérieur — l'auto à la mode, devant laquelle tout le monde, je m'en rendais compte, crevait d'envie en me voyant au volant.

Il m'a accompagnée dans les boutiques et les salons de beauté où la timidité m'avait jusque-là empêchée d'entrer, de peur que l'on ne se moque de ma silhouette trapue et de ma poitrine opulente, quand les autres femmes étaient minces comme un fil. Il m'a emmenée chez le coiffeur, où j'ai adopté une coupe de cheveux bouffante dans le style nouveau ; il m'a fait essayer des maquillages, des massages, des parfums. Archer Kane m'a donné l'impression d'être bien dans ma peau pour la première fois de ma vie. Il savait comment séduire une femme.

Il était charmant, mondain, irrésistible. Le soupirant parfait. Quand nous nous sommes mariés, quelques semaines plus tard, le tollé a duré plusieurs jours. Je savais ce que les commères disaient sur notre compte — que c'était un simple coureur de dot et qu'il avait eu de la chance ; et elles ajoutaient : « Mais à quel prix ! Parce que Dieu seul sait depuis combien de temps *la célibataire* est sur le marché ! » Je n'y prêtais pas attention. J'étais amoureuse et je pensais être aimée.

J'étais prête à vivre heureuse avec lui n'importe où — même sur l'île où il m'a emmenée, et dont le fameux ranch se résumait à quelques hectares de terre en friche. Mais tel allait être mon nouveau foyer, telle serait ma nouvelle vie auprès d'un époux séduisant et aimant à qui je donnai sans hésiter beaucoup d'argent afin qu'il puisse acheter davantage de terre et de bétail, et agrandir la maison de Kalani. Et aussi — ce que j'ignorais à l'époque — pour qu'il aille satisfaire sa lubricité à Honolulu. Parce que, comme il me l'a dit cruellement quand j'ai tout découvert et lui en ai fait grief, il trouvait son épouse vieille, laide et dépourvue d'attrait.

Les yeux bleus qui me témoignaient autrefois tant d'adoration me dévisageaient désormais avec mépris ; les caresses avaient cédé la place aux coups les plus brutaux, et je n'ai pas tardé à comprendre qu'il ne se montrait « gentil » avec moi que lorsqu'il avait besoin d'argent.

Un jour, j'ai découvert que j'étais enceinte. C'était pour moi comme un miracle, d'attendre mon premier enfant à quarante et un ans. J'ai éprouvé un vrai bonheur pour la première fois depuis mon arrivée à Kalani. Je ne l'ai pas dit à Archer. J'ai attendu de voir comment les choses allaient tourner.

Il a fini par me présenter des documents juridiques qu'il voulait me faire signer. Il prétendait qu'ainsi la moitié de son ranch me reviendrait ; mais j'ai compris qu'en fait ils lui donneraient tous les droits sur ma fortune. J'ai refusé de signer et j'ai dû me résoudre à regarder la vérité en face.

Malade, désenchantée et enceinte, je l'ai quitté. Je suis revenue ici, dans mon ancien foyer, la villa Mimosa, que mon père chéri avait fait construire pour moi quand j'étais sa « petite princesse », bien des années auparavant, au temps où je me croyais une fille ravissante — il me le répétait si souvent ! — à qui le monde appartenait. La volière d'argent me permettait de toujours entendre le chant des oiseaux que j'aimais ; la grotte en haut de la colline, d'où coule le ruisseau, et les fontaines me berçaient avec la musique de l'eau. Et les ravissants jardins renfermaient mes arbres favoris — les mimosas, dont la floraison parfumée coïncidait avec mon anniversaire à chaque printemps. Ce qui avait été mon foyer est devenu dès lors mon refuge. J'allais y avoir mon bébé, et l'élever dans la paix et la sécurité. Je ne voulais plus jamais revoir Archer Kane.

Mais il a surgi brusquement. Il m'a raconté qu'à cause de moi il s'était gravement endetté et allait être forcé d'hypothéquer ses terres. Il craignait de tout perdre — son bétail, son ranch, son île elle-même — si je ne lui donnais pas de l'argent. Comme il promettait de sortir de ma vie, je lui en ai donné. Mais ma grossesse était à présent visible ; aussi a-t-il déclaré qu'il désirait rester près de moi, m'aider. Après tout, disait-il, c'était son enfant, à lui aussi.

J'ai honte d'avouer qu'au premier abord une partie de moi-même avait envie de le croire. Toutefois, je n'avais pas confiance en lui. Je ne voulais plus rien avoir à faire avec lui ; mais il était mon mari, et je n'y pouvais rien. Je refusais de le laisser m'approcher, de sortir en sa compagnie malgré toutes les cajoleries qu'il me prodiguait, parce que, je le sais maintenant, il cherchait à nous faire passer aux yeux du monde pour un couple heureux. A la villa Mimosa, il se conduisait toujours comme un parfait gentleman, comme un jeune époux en adoration devant sa femme enceinte, plus âgée que lui. Il jouait son jeu à la perfection ; à aucun moment, il n'a jeté les yeux sur une autre femme. Et puis tu es né, mon fils chéri.

Tu avais l'air si fragile, si petit, dans le berceau que j'avais moi-même préparé, que j'avais garni du voile le plus doux, de dentelle et de rubans, pour t'accueillir magnifiquement ! Je t'avais tellement attendu, et tu étais enfin là ! Et je t'aimais avec une dévotion toute maternelle.

Ta naissance ne s'était pas déroulée facilement — vu mon âge avancé —, et j'étais encore affaiblie quand ton père est venu te voir le lendemain. Il t'a regardé dans ton berceau, et pendant un moment très fugitif j'ai nourri l'espoir qu'il aimerait son fils, qu'un peu de bonheur était encore possible pour moi. Mais j'ai lu alors sur son visage qu'il ne ressentait rien envers toi. Il a fait remarquer que tu ne lui ressemblais même pas. Que tu étais un Leconte, pas un Kane.

Et aujourd'hui, mon fils, pendant que j'écris cette lettre, tu as une semaine. Aujourd'hui, j'ai cru que tu m'avais souri, mais Nanny Beale affirme que ce n'était pas encore un vrai sourire. Tu es tout pour moi, et Archer le sait. Il continue de jouer le rôle du charmant époux, mais on sent une atmosphère étrange, un climat de tension dans toute la maison. Je ne lui fais pas confiance. La semaine prochaine, quand je serai plus forte et que je pourrai aller au rez-de-chaussée, j'ai l'intention de mettre les choses au point avec lui. Je lui déclarerai que je veux divorcer, en invoquant ses innombrables adultères. Je lui dirai qu'il ne recevra plus un sou de moi. Et que toi, mon petit Jean chéri, tu hériteras de tout.

C'est la raison pour laquelle j'écris cette lettre

que, j'espère, Nanny Beale ne sera jamais obligée de te donner.

Archer est un homme dangereux. Il est sans pitié et dénué de scrupules. Je veux te faire comprendre que si quelque chose de mal m'arrive, quoi qu'il affirme, ce ne sera pas un accident. Pas davantage un suicide. Tu comptes trop dans ma vie pour que je me tue. Je veux espérer, toujours espérer, mon fils chéri, que je serai là pour veiller sur toi, te voir grandir et partager ta vie. Et je veux que tu saches combien je t'aime.

Ta maman

« Donc, l'étranger l'a vraiment tuée, dit Béa en lançant à Nick un regard bouleversé.

— Et il s'en est tiré sans problème. En tout cas, maintenant nous connaissons son nom. Archer Kane. Mais cela s'est passé il y a trop longtemps pour qu'on puisse le faire condamner. (Nick remua les autres documents en la regardant.) Je veux que vous lisiez cet autre papier, plus tard. C'est écrit par Johnny Leconte. Il raconte ce qui lui est arrivé. (Il hésita.) J'ai pensé que vous préféreriez le lire quand vous serez seule, sans être distraite par les enfants, le chien, le perroquet et le dîner. »

Il remit les feuillets dans l'enveloppe et lui prit la main. « Allons nous promener avec les enfants, proposa-t-il avec un sourire pour essayer de lui remonter le moral. On va leur payer des glaces.

— *Des glaces !* » Les enfants se bousculaient à la porte et Béa leur adressa un grand rire.

« Vous devez avoir des antennes invisibles, pour capter les mots comme “glaces”, “frites” et “Nintendo”...

— Est-ce que Poochie peut venir lui aussi ? demanda Julie.

— Naturellement. » Béa les contempla tous les deux, dans leurs T-shirts et leurs shorts crasseux, avec une nouvelle expression de bonheur sur le visage ; et elle se sentit désolée pour Marie-Antoinette Leconte, qui n'avait jamais eu la chance de donner un chien à son fils Johnny, ou de l'emmener manger une glace. « Lavez-vous les mains et le visage et mettez des chemises propres », ajouta-t-elle tout en sachant que leurs chemises propres ne tarderaient pas à être maculées de crème glacée.

« Voulez-vous que je vous dise ? observa Nick avec un large sourire. Vous faites une maman fantastique. »

Béa posa un regard sur lui — sur son visage presque beau, avec ses gentils yeux gris où dansait toujours un soupçon de sourire, et sur son corps mince, bien bâti. Nick avait partagé tous ses problèmes liés à son mystérieux passé, il avait partagé son chagrin à la mort de Millie, et il l'aidait à s'occuper des enfants. Leur amitié s'était renforcée, et elle avait conscience de la vraie raison pour laquelle il souhaitait la voir découvrir la vérité sur sa vie antérieure ; il avait besoin de savoir s'il y avait quelqu'un d'autre dans son existence — un amoureux ou un mari, quelqu'un qui comptait pour la personne qu'elle avait été.

Elle sourit en l'embrassant. « Pour vous remercier de tout, déclara-t-elle tandis qu'il glissait son bras autour d'elle.

— Hé, pas de bécotage ! » hurla Scotty sur le seuil de la porte. Ils se retournèrent en riant et le pourchassèrent jusqu'au bas des marches de marbre où le petit Johnny Leconte avait eu cette rencontre fatidique avec son père, bien des années plus tôt.

# 25

Phyl ouvrit le paquet qui lui avait été livré par une camionnette spéciale de la Brink's et contempla son contenu avec ahurissement. Il y avait un collier de perles aussi grosses que des œufs de caille avec un fermoir en diamant, une paire de boucles d'oreilles en perles et diamants, et une bague assortie. Une carte écrite de la main de Millie disait : « En souvenir de moi. »

Elle tint la carte contre sa joue, en souriant à l'évocation d'une Millie resplendissante dans sa tenue d'un rose indien, qui s'était parée de ces mêmes perles pour aller à l'opéra, l'année précédente. Comment pourrait-elle jamais l'oublier ?

Le téléphone sonna, et elle y répondit d'un air absent.

« Il faut que je te voie », annonça Brad.

Sa voix semblait tendue, et elle se mordit la lèvre, hésitante. « Brad, je pense qu'il est préférable qu'on ne se revoie plus, finit-elle par dire.

— S'il te plaît, Phyl, je t'en prie ! Ça ne peut pas se terminer comme ça, à cause d'une stupide querelle. Au moins, parlons-en. Donne-moi une chance de me faire pardonner.

— Où es-tu ?

— Ici, à San Francisco. »

Phyl délibéra avec elle-même. Elle savait que ce n'était pas une simple querelle stupide, mais elle éprouvait encore de l'attirance pour Brad. Il pouvait se montrer si agréable, si charmant ! Peut-être avait-elle été trop dure, au fond ? Elle soupira en apercevant son reflet dans le miroir. Elle avait l'air d'une ruine, après avoir fait la fête toute la nuit avec Mahoney et ses collègues. Mais elle se dit que Brad avait raison ; elle devait lui donner une chance de s'expliquer.

« Laisse-moi une heure, déclara-t-elle. Et viens ici.

— Je sais où tu habites. J'y serai. » Il avait l'air d'exulter.

Phyl sourit en prenant sa douche, au souvenir de Mahoney et de la réception. Il y avait des années qu'elle n'avait pas connu ce genre d'amusement insouciant, sans arrière-pensée, sans responsabilités. Rien que des gens agréables qui se donnaient du bon temps. D'une certaine manière, cela l'aidait à relativiser ses problèmes avec Brad. Elle était capable maintenant de les affronter, pensait-elle avec assurance. Elle enfila rapidement un jean noir et un chemisier de coton blanc, ceignit son ceinturon d'argent et de turquoise en provenance de Santa Fe. Elle brossa ses cheveux en arrière et les serra solidement en chignon, lissa son rouge à lèvres rouge, de grande marque, et, en hommage à Millie, se para de l'extravagant collier de perles.

Elle attendit Brad en arpentant nerveusement son appartement. Ses pas semblaient résonner dans le silence, et elle aurait voulu que son chat soit là pour lui tenir compagnie ; mais l'animal se trouvait toujours chez Mahoney. Elle avait l'intention d'appeler ce dernier un peu plus tard pour fixer l'heure où elle irait chercher Coco.

Elle était en train d'évoquer le slow qu'elle avait dansé dans les bras de Mahoney quand la sonnerie de la porte retentit. Dès qu'elle lui ouvrit, Brad lui tendit une énorme brassée de lis démesurés.

« Pour toi », déclara-t-il d'un air repentant.

Elle lui lança un sourire lugubre. « Tu n'es pas

quelqu'un qui fait les choses à moitié, hein, Brad ? » lança-t-elle en emportant l'énorme gerbe de fleurs dans la cuisine.

Il regarda autour de lui d'un air curieux. « Alors, c'est ça ton repaire, dit-il. Je me demandais à quoi ça ressemblait.

— Et alors ? demanda-t-elle, et elle lui fit face, les bras croisés, sur la défensive.

— Ça te ressemble. Froid, intelligent, cultivé. Et beau.

— Merci. » Elle le regarda parcourir les pièces. Il portait des jeans et une chemise de travail bleue. Avec son teint bronzé et ses enjambées d'homme habitué au plein air, il avait l'air aussi déplacé dans ce luxueux appartement citadin qu'un cheval de course pur sang aux comices agricoles du canton.

« Aujourd'hui, tu as l'air d'un cow-boy, remarqua-t-elle.

— Après tout, c'est ce que je suis, répondit-il en étudiant les tableaux. Un propriétaire de ranch.

— Et fier de l'être. Peut-être trop, Brad.

— Que veux-tu dire par là ? s'enquit-il d'un air vraiment préoccupé. N'ai-je pas le droit d'être fier de ma famille et de sa réussite ? »

Phyl se mit à réfléchir ; la plupart des grandes fortunes d'Amérique n'avaient-elles pas été amassées par les barons-brigands qui avaient tous contribué à former les légendes américaines d'aujourd'hui ? « Je suppose que si. Tu as raison, admit-elle, d'une certaine manière.

— J'aime ça, dit-il devant une petite huile de David Oxtoby qui représentait une verte pelouse anglaise avec une haie d'ifs bien taillée. Celle-là aussi. » Il contemplait une aquarelle de Tindle, avec une chaise en bois disposée près d'une fenêtre ouverte dont le rideau de mousseline était gonflé par la brise. C'était une œuvre pâle, fantomatique, une de celles que Phyl préférait.

Il se retourna pour lui faire face. « Je n'ai pas l'habitude de demander pardon, déclara-t-il d'un ton sec. Je trouve ça très difficile. » Elle le regardait fixement en silence. « Veux-tu que je me mette à genoux ? ajouta-t-il. Est-ce que les fleurs ne te suffisent pas ?

— Les fleurs sont magnifiques, Brad. C'est une gentille attention. Mais t'attends-tu vraiment à ce que je te pardonne la façon dont tu t'es conduit ? Sans que tu me fasses des excuses ?

— Tu as raison. C'était impardonnable. (Il l'attrapa par les épaules et l'attira vers lui.) En vérité, Phyl, j'ai agi ainsi parce que je suis amoureux de toi. Je suis tellement fou de toi que je ne peux pas supporter l'idée de voir quelqu'un t'éloigner de moi.

— Mais personne ne m'éloignait de toi. C'était un appel urgent d'un ami...

— Était-ce l'ami avec qui tu es sortie hier soir ? »

Elle le repoussa en le dévisageant d'un air ébahi. « Comment sais-tu, *toi*, avec qui j'étais hier soir ?

— Je t'ai appelée pendant des heures, et tu n'étais jamais là. J'en ai déduit que tu étais avec quelqu'un d'autre...

— Ça n'est sacrément pas ton affaire de savoir avec qui j'étais, Brad Kane ! Plus du tout.

— Ne dis pas ça, je t'en prie.

— Oh, Brad, répondit-elle avec lassitude. C'était si magnifique, si peu ordinaire...

— Ça peut le redevenir. » Il la prit dans ses bras, la serra si étroitement qu'elle pouvait sentir les muscles de sa poitrine tout durs contre ses seins, ainsi que son long corps vigoureux, nerveux contre le sien. « Je suis désolé, Phyl. Je suis vraiment désolé ! (Il avait une voix désespérée). Là, je l'ai dit. Maintenant, *s'il te plaît*, dis-moi que tu me pardonnes. »

Elle se sentait sur le point de capituler, de retomber sous son emprise. « Je suis une femme qui travaille, déclara-t-elle rapidement. Mon travail me prend tout mon temps. Je me suis montrée irresponsable, en allant m'amuser alors que j'aurais dû être à mon cabinet. Il faut que je reprenne le cours de ma propre vie, Brad.

— *Ne m'abandonne pas.* » C'était un cri du cœur, et elle le voyait bien. Le beau visage souriant de Mahoney lui revint soudain à l'esprit. Son corps se souvenait de la sensation que lui avaient procurée ses bras autour d'elle, de la parfaite harmonie de leurs pas quand ils dansaient le slow. Mahoney, le blagueur, le taquin, l'ami fidèle. Mahoney, le flic dévoué, le poète, le fana d'opéra. Face à cette évocation, Brad Kane, le riche séducteur exagérément orgueilleux, avec tous ses problèmes, lui paraissait moins attrayant.

Elle poussa un soupir de soulagement. Elle échappait enfin à l'attirance dangereuse que Brad Kane exerçait sur elle. Mais en regardant son visage désespéré, elle comprit qu'elle devait se conduire gentiment avec lui tout en le repoussant.

« Je te promets de te voir quand j'en aurai le temps. Mais à mes conditions.

— Je me contenterai de ce que j'obtiendrai, murmura-t-il, les miettes de ton assiette, un baiser sur l'ourlet de ta robe, un regard de tes yeux de saphir... » Il posa un chaste baiser sur son front, et elle éclata de rire en se rappelant combien elle avait eu de plaisir avec lui. Peut-être que tout irait bien, au bout du compte ; peut-être qu'ils pourraient rester amis.

« Dans ce cas, tu peux m'emmener déjeuner, dit-elle brusquement.

— N'importe où, répondit-il plein de zèle, le visage débarrassé de son expression anxieuse. Dans la Lune, sur Mars, sur Vénus.

— Chez Il Fornaio, au coin de la rue, répliqua-t-elle

en riant avec lui, malgré qu'elle en eût. Pour une pizza ; je meurs de faim. »

On leur attribua une table d'angle près des larges baies vitrées. Après avoir passé leur commande, Brad avisa son collier et demanda d'un ton glacial : « Qui t'a donné ces perles ? »

Elle perçut de nouveau dans sa voix une note inquiétante de jalousie. « Brad, elles m'ont été léguées par mon amie, celle dont j'ai raté l'enterrement. »

Il remua les couverts, sans la regarder. « Elle devait tenir beaucoup à toi, pour t'avoir laissé un collier aussi somptueux.

— Millie m'a aussi laissé les boucles d'oreilles et la bague qui vont avec. Ces bijoux sont vraiment trop voyants pour que je les porte dans la journée, mais j'ai eu envie de mettre les perles. Elles me donnent l'impression d'être plus proche d'elle. Je me souviens de la dernière fois où je les ai vues sur elle. C'était il y a un an, à l'opéra. Nous étions allées assister à une représentation de *Carmen*. Millie portait pour l'occasion une robe à volants d'un rose criard.

— Elles doivent valoir une petite fortune, insista Brad.

— Millie était une femme très riche... mais sans doute pas tout à fait aussi riche que toi, ajouta-t-elle avec un sourire enjôleur. Et elle était très libérale avec son argent. Elle le distribuait à la ronde. Elle a toujours voulu aider les autres, et se laissait attendrir chaque fois qu'on lui racontait une histoire triste. C'est la raison pour laquelle elle a engagé une de mes patientes comme secrétaire — l'amnésique dont je t'ai parlé. En tout cas, Millie lui a laissé des millions par testament, de même qu'aux deux orphelins dont la garde lui avait été confiée. Elle se plaisait à dire qu'elle voulait donner un avenir à cette jeune fille sans passé.

Et je pense qu'elle avait raison, parce que maintenant Béa semble assez heureuse.

— Cette femme me paraît avoir été le type même de la philanthrope écervelée. Et la fille en question a eu bien de la chance ! répliqua Brad brutalement.

— Millie Renwick n'était pas une écervelée ! coupa Phyl avec colère. Elle savait exactement ce qu'elle voulait faire, et elle avait les moyens de le faire. »

Il leva les yeux de sa pizza, le regard soudain aiguisé. « Renwick ?

— Oui, Millicent Renwick.

— J'ai entendu ce nom-là quelque part, très récemment.

— Tu as sans doute lu un article sur elle dans la chronique mondaine. Ou peut-être dans la rubrique nécrologique. En tout cas, elle a acheté cette villa dans le sud de la France, et elle en a fait don à Béa. La villa Mimosa.

— *La villa Mimosa* ?

— Oui. C'est un endroit magnifique, même si Béa est persuadée qu'il s'y est passé quelque chose de mystérieux jadis. Mais maintenant c'est à elle, et elle y vit avec les deux enfants, Scott et Julie Renwick, neuf et sept ans. Elle doit avoir de quoi faire.

— Tu as dit que Béa était ta malade ? Qu'est-ce qui ne va pas chez elle, au juste ? » Brad absorba une gorgée de vin rouge et lui décocha un regard sournois.

« Je te l'ai dit, elle a eu un accident et elle a perdu la mémoire. Elle ne se souvient de rien. C'est une de ces choses étranges.

— Et sa mémoire peut-elle revenir ? »

Phyl poussa un soupir de regret. « Qui sait ? Je l'espère, pour elle.

— Tu prends trop à cœur les soucis de tes patients, affirma Brad avec quelque tendresse. Tu endosses tous leurs problèmes.

— Y compris les tiens, répliqua-t-elle avec un sourire.

— Est-ce que ça t'embête que je te parle de ma famille ?

— Je pense que ça doit te faire beaucoup de bien. » Il se pencha par-dessus la table pour lui saisir la main. « Phyl, reviens avec moi à Hawaii. S'il te plaît, rien que pour le week-end. J'ai besoin que tu sois là. *J'ai besoin de te parler.* »

Sa voix avait une note de désespoir profond. Prise de panique, Phyl se demanda ce que Brad pourrait se faire si elle disait non. Pourtant, ce n'était pas bien de la part de cet homme de la mettre dans ce genre de situation. « Je ne sais pas si je pourrai... J'ai tant de choses à faire... » Elle hésitait.

« C'est facile, plaida-t-il. Je te piloterai moi-même jusqu'à Honolulu. *S'il te plaît*, Phyl. J'ai besoin de toi. (Il s'agrippait fort à ses mains.) De toute ma vie, je n'ai jamais dit ça à personne d'autre. Mais je te le dis à toi maintenant. Viens avec moi, Phyl. Je te promets solennellement que tu seras de retour à San Francisco lundi matin. »

Comment aurait-elle pu résister à un tel appel au secours ? Elle savait trop bien ce qu'était la solitude. « Oh... d'accord, mais pas d'entourloupe », dit-elle avec l'espoir d'agir ainsi qu'il convenait.

Elle devina que Mahoney n'appréciait pas du tout sa décision quand elle lui téléphona pour lui raconter qu'elle retournait passer le week-end à Hawaii. « Êtes-vous certaine de vouloir y aller ? demanda-t-il avec anxiété. Après tout ce que vous m'avez raconté sur lui...

— Il prétend s'être amendé, Mahoney. Que puis-je faire ? Je crois vraiment qu'il a besoin de parler, et c'est la seule raison pour laquelle j'y vais. Brad a besoin de moi. »

Mahoney soupira. « Ça m'a tout l'air d'un prétexte.
— J'ai passé un si bon moment la nuit dernière, Franco, déclara-t-elle doucement. Vous êtes un danseur merveilleux.
— Ce n'est qu'un échantillon de mes talents, répondit-il avec morosité. Je n'ai pas eu le temps de vous montrer les autres. »
Elle éclata de rire. « Ne me dites pas que je vais vous manquer.
— Qui diable a prétendu ça ? demanda-t-il en riant lui aussi ; mais, reprenant soudain un ton grave, il ajouta : Écoutez, Phyl, faites attention, voulez-vous ? Ce type me paraît assez instable.
— Ne vous inquiétez pas. Il est aussi sain d'esprit que vous et moi — quoi que cela veuille dire. Voulez-vous continuer à garder Coco pour moi ? Je vous téléphonerai dès mon retour, lundi.
— Naturellement. (Il était sur le point de raccrocher quand une pensée lui traversa l'esprit.) Doc, reprit-il, quel genre d'auto conduit M. Hawaii ?
— Une Porsche 938. Noire. Pourquoi voulez-vous le savoir ?
— Comme ça. »
*Bien, bien*, pensait Mahoney en remontant le couloir pour aller au distributeur de café, *l'intuition a du bon. M. Hawaii l'épiait la nuit précédente*. Il évoqua la manière dont Phyl s'était appuyée affectueusement contre lui pendant qu'ils montaient les marches menant à son immeuble, et comment il avait passé un bras autour d'elle pour l'embrasser. Et, consterné, il laissa échapper un sifflement en pensant à la jalousie maladive de M. Hawaii. Il espérait que Phyl savait ce qu'elle faisait. Et en attendant, peut-être allait-il procéder à une petite enquête de routine sur ce Brad Kane.

## 26

Les enfants avaient pris leur bain, et ils étaient au lit. Depuis une demi-heure, ils ne faisaient plus aucun bruit, et Béa présumait — avec un soulagement très maternel — qu'ils étaient enfin endormis.

Il était 10 heures, et la jeune fille se trouvait seule. Elle posa une couverture sur la cage du perroquet, qui continua de grommeler tout en s'assoupissant sur son perchoir. Puis elle emporta dans la cuisine l'enveloppe brune qui contenait les secrets de la famille Leconte, se prépara une tasse de thé et s'assit à la grande table de pin. Elle examina l'enveloppe. Pour une raison qu'elle s'expliquait mal, elle répugnait à affronter les réponses qui y étaient renfermées.

Poochie lapa bruyamment le contenu de son bol et vint se coucher à ses pieds. Le tic-tac de l'horloge égrenait les minutes. La douce brise nocturne entrait par la fenêtre ouverte, et quelque part au loin se fit entendre un mélodieux chant d'oiseau, atténué par la distance. Était-ce un merle ? se demanda Béa. Ou un rossignol ? Elle resta attentive aux sons familiers qu'émettent les nuits d'été criquets et grenouilles, tandis que la villa s'enfonçait de plus en plus dans son propre silence.

Elle ne pouvait tergiverser davantage. Elle tira de l'enveloppe une liasse de papiers. Écrits par Jean Leconte en personne.

Avec réticence, elle entama sa lecture.

Je vais parler ici d'événements qu'il serait préférable d'oublier, et si je le fais c'est uniquement parce que Flora Beale me l'a demandé avec insistance. « Pour la postérité », a-t-elle proclamé, c'est-à-dire pour les Leconte qui viendraient après moi et souhaiteraient revendiquer leur héritage.

En ce qui me concerne, je n'y attache plus aucune importance ; mais Nanny Beale soutient qu'il s'agit de leur droit. Comme j'ai vingt-sept ans et que je ne suis pas marié, cette possibilité semble bien lointaine, mais je dois admettre qu'elle a raison. Aussi je vais me conformer à ses désirs, afin que mes hypothétiques descendants soient en mesure de connaître la vérité. Je commencerai par le commencement — qui, à mes yeux, concerne la villa Mimosa et Nanny Beale.

Béa frissonna d'appréhension. C'était exactement comme la fois d'avant. Elle avait la conviction d'avoir déjà entendu cette histoire — racontée de manière si vivante qu'elle semblait gravée dans sa tête. Les mots utilisés par Johnny suffisaient à déverrouiller ses souvenirs.

Quand on est petit, ce n'est pas toujours les visages des personnes que l'on se rappelle ; mais la manière dont elles parlent ou leur démarche, leur odeur. Nanny Beale a été la première personne que j'ai connue vraiment, la première femme que j'ai aimée. Elle était à la fois ma mère et mon amie, mon guide et mon gardien vigilant. Et l'odeur de son tablier blanc, propre et amidonné, est mon premier souvenir.

Elle était petite et rondelette ; elle se tenait droite comme un « i », et je l'observais pendant qu'elle se préparait pour nos promenades quotidiennes. Elle mettait son couvre-chef — un feutre bleu marine l'hiver, un chapeau de paille claire l'été — et déclarait sur un ton solennel : « Rappelle-toi, Johnny, une dame ne sort jamais sans chapeau. » Puis elle le fixait résolument par une terrifiante épingle pointue en acier surmontée d'une boule de verre bleu. Je m'attendais qu'elle pousse un cri parce qu'elle l'aurait enfoncée dans son cuir chevelu ; mais Nanny était adroite, et cela ne s'est jamais produit.

En été, elle portait de robustes chaussures lacées haut sur la cheville avec des talons « raisonnables ». Elle se servait d'une pâte crayeuse pour les garder bien blanches, et parfois elle me laissait l'aider à les nettoyer. Je me rappelle qu'une fois sèches ces chaussures dégageaient de petites bouffées de poussière blanche à chaque pas qu'elle faisait.

Je suppose qu'elle devait avoir une cinquantaine d'années à l'époque, mais à mes yeux elle semblait sans âge. Bien entendu, je n'avais guère l'occasion de la comparer à d'autres femmes, sauf les servantes, et celles-ci paraissaient plus proches de mon âge que du sien. C'était une femme au visage doux, mais elle était capable de se comporter d'une manière très hautaine quand nous allions faire un tour dans notre grosse Rolls couleur d'argent ; elle adressait des hochements de tête, comme une comtesse, aux gens du commun que nous rencontrions sur la Croisette ou sur la promenade des Anglais. Je la soupçonne de n'avoir jamais reconnu personne, en réalité, parce qu'une myopie sévère l'empêchait de voir plus loin que le bout de son nez, et qu'elle refusait de porter ses lunettes dans la rue. Les femmes sont de mystérieuses créatures ; même Nanny Beale avait, comme les autres, ses petites vanités.

Mais elle était anglaise jusqu'à la moelle, et elle ne se permettait jamais la moindre défaillance. J'étais habillé tel un prince, couvert de soie et de dentelle. Elle m'interdisait la compagnie de tout animal, de crainte qu'il n'attrape des puces et ne répande des microbes. Fido, mon chien en peluche, noir et blanc, m'en tenait donc lieu, et je me rappelle encore combien je l'aimais, à quel point sa perte m'a affecté, quelque temps plus tard.

Je me souviens de la nursery où trônait le vieux fauteuil à bascule Windsor de Nanny, immuablement placé devant la cheminée pendant l'hiver car, chaque fois que le mistral soufflait, elle se plaignait de sentir le froid pénétrer à l'intérieur de ses os. Je me rappelle ses petites lunettes rondes en écaille, toujours glissées à la page du livre qu'elle était en train de lire. Et l'odeur des toasts que nous faisions griller sur les braises rougeoyantes, et le thé accompagné de miel et de biscuits au gingembre. Pour un petit Français, c'était une éducation très anglaise ; mais je ne connaissais pas d'autre enfant, et je n'ai donc jamais su si je ratais quelque chose. J'étais heureux à la villa Mimosa, près de Nanny Beale et de mon chien Fido, avec les jardiniers qui m'apprenaient tout ce qu'ils savaient sur les plantes, avec les perruches et les canaris dans leur volière argentée. Je n'avais envie de rien d'autre. Je vivais en vase clos.

Jusqu'au jour où mon père est revenu me chercher pour m'exiler à Kalani.

C'était quelqu'un d'effrayant, même si aujourd'hui je reconnais qu'il avait belle allure avec ses manières rudes. Quant à moi, j'étais un enfant petit et chétif, aussi jaunâtre qu'une bougie en cire d'abeille. Je n'avais aucune idée de ce que représentait un « père », puisque je n'en avais jamais eu. Je n'en avais même jamais rencontré. Mais je comprenais, d'après les accents terrifiés de Nanny et la dureté avec laquelle il parlait, que ce retour n'était pas un heureux événement.

Je fus tout à fait soulagé de ne pas le voir beaucoup pendant notre long voyage vers Kalani, et cette expédition représenta pour moi une aventure fascinante, bien plus intéressante que la vie monotone de la villa Mimosa. Je ne pouvais pas savoir combien cette tranquille routine quotidienne allait me manquer par la suite.

Quand Nanny tomba malade au milieu de l'Atlantique, j'errai tout seul sur le gros bateau. Nous étions logés dans une sorte de petit trou étouffant, une cabine du pont le plus bas, envahie par les fumées des chaudières et les odeurs de cuisine. Je ne savais même pas que mon père se trouvait à bord. Sans doute ne l'ai-je jamais rencontré, et n'a-t-il jamais quitté son luxueux appartement de première classe pour s'inquiéter de son fils en bas âge qu'il avait refoulé dans les entrailles du paquebot. Mais je prenais plaisir à ma liberté et je me faisais beaucoup d'amis parmi les marins, ce qui était nouveau pour moi. J'avoue que je m'amusais ; je me disais que, si la vie auprès d'un père ressemblait à cela, ce n'était pas si mal.

Debout sur le pont inférieur, accroché à la main de Nanny, je suis resté bouche bée devant les fameux gratte-ciel de New York ; et puis, avant que j'aie eu le temps de m'en rendre vraiment compte, nous nous sommes retrouvés dans un immense train à vapeur qui fonçait vers l'Ouest. Vers San Francisco, disait Nanny, mais ça aurait tout aussi bien pu être Tombouctou pour moi, car je n'avais aucune notion du monde ni de la géographie.

Au début, le trajet en train m'a paru agréable. Nous avons dû changer à Chicago pour monter dans un autre monstre à vapeur. Mon père avait disparu dans son élégant et confortable compartiment privé, et j'ai passé de nombreuses heures à courir dans des couloirs bringuebalants — à me rendre insupportable, selon Nanny. Mais c'était un voyage interminable et monotone, et nous n'avions pas de couchettes ; aussi m'a-t-elle laissé dépenser mon énergie pour que je puisse m'endormir sur les durs sièges au tissu pelucheux.

Nous avions la nausée de ce train, lorsque nous sommes arrivés à San Francisco et qu'une voiture nous a emmenés jusqu'à un grand hôtel. Je me rappelle avoir levé les yeux sur l'étranger blond et silencieux qui se prétendait mon père et qui avait bouleversé ma vie si radicalement ; du haut du trottoir, il nous jetait un regard méprisant.

« Restez dans la voiture, ordonna-t-il sur un ton que j'avais l'habitude d'employer envers Fido quand il faisait quelque chose de mal. Vous allez prendre le bateau immédiatement pour Honolulu. »

On nous expédia donc vers les quais, pour nous faire monter à bord d'un vapeur appelé *Hyperion II*. Même un enfant tel que moi pouvait se rendre compte que ce bateau avait connu des jours meilleurs. Des écailles de peinture se détachaient de sa coque rouillée, telles les croûtes d'une cicatrice ; des hommes petits, nerveux, aux traits étranges, des gens que Nanny appelait des Orientaux, grouillaient partout et s'affairaient pour larguer les amarres.

« Des païens de Chinois », me souffla Nanny dans l'oreille tandis que nous escaladions la passerelle comme si nous allions à la mort. Je ne savais pas ce qu'elle voulait dire, mais mon cœur flancha quand j'entendis l'accent lugubre de sa voix. Je m'accrochai à sa main en observant la scène avec inquiétude. Bien entendu, ses craintes étaient sans fondement, mais elle refusa leur nourriture de « païens » — et nous n'avons absorbé, à bord, que du riz à l'eau.

Un ou deux jours après le début du voyage, nous avons failli être noyés dans une tempête. Je n'avais jamais vu pareilles vagues en Méditerranée ; des lames immenses, transparentes et vertes, déferlaient sur nous en projetant des trombes d'eau glacée dans notre misérable cabine, au point que tout était inondé. C'est avec soulagement que nous sommes parvenus, sains et saufs, au port d'Honolulu. Mais, presque aussitôt, on nous a réexpédiés sur un autre rafiot rouillé, cette fois en direction de Maui.

Je me souviens d'avoir vu s'éloigner les quais animés d'Honolulu et la longue plage blanche de Waikiki en souhaitant pouvoir y rester, mais ce n'était pas possible. Deux jours plus tard, quand nous sommes arrivés à Maui, un canot à moteur nous attendait pour nous emmener à notre destination finale : Kalani.

La houle qui agitait l'étendue d'eau transparente et verte, entre Maui et Kalani, faisait tanguer le canot à moteur d'un bord sur l'autre et nous chavirait l'estomac. Nanny, le dos bien raide, tenait son parapluie noir au-dessus de sa tête pour se protéger du soleil. Son visage était aussi jaune que son chapeau de paille, mais son regard restait déterminé. « Nous ne serons pas malades », affirma-t-elle d'une voix ferme, en serrant les dents, et j'acquiesçai de la tête parce qu'en vérité je ne me sentais pas malade. Je trouvais très amusante cette course en bateau.

Les contours rocheux de Kalani apparurent à l'horizon et, au fur et à mesure que nous nous en rapprochions, je voyais les hauts cocotiers et l'exubérante végétation de la jungle qui bordait une plage de sable blanc. Je me souvenais des journées sans histoires dont était faite la vie à la villa Mimosa, et je pensais que Kalani ne ressemblait guère à mon ancien domaine, que tout cela était passionnant. Peut-être l'homme qui était mon père m'attendait-il, pour me faire visiter ma nouvelle maison. Je regardais avidement cette île, en serrant Fido sur mon cœur.

Pendant que le canot à moteur piloté par un Chinois silencieux avançait, le vent apportait les senteurs de l'île : épicées, riches, âcres. Sans point commun avec le léger parfum de romarin de la Riviera. Nanny serra fortement ma main dans la sienne. « N'oublie pas que ta maison est la villa Mimosa, dit-elle d'un air résolu. Ne l'oublie jamais, Johnny. Un jour, tu retourneras chez toi. »

J'étais un enfant soumis ; je lui jetai un regard plein de solennité, afin d'imprimer dans ma mémoire ces paroles qui m'apporteraient une consolation dans l'avenir. Tout d'un coup, sa peur me gagna. Nous approchions de l'inconnu. « Prie, petit Johnny, prie pour nous », murmura-t-elle comme nous abordions.

Je plissai les yeux en face du soleil couchant et j'aperçus un court appontement de bois décoloré par le soleil. Et là se tenait un garçon plus âgé que moi, dégoulinant d'eau, ses cheveux blonds lissés en arrière sur son crâne joliment modelé ; ses hanches étroites étaient drapées dans un méchant morceau de coton qui collait à lui comme une seconde peau. Il nous attendait.

Le visage de Nanny Beale devint rouge de fureur pendant que le bateau se rangeait le long du quai. « Nu comme le jour de sa naissance, ou suffisamment pour qu'il n'y ait aucune différence ! s'exclama-t-elle à voix haute, en le dévisageant. Tu n'as pas honte, jeune homme ? »

Le gamin lui jeta un regard méprisant. Puis il me

dévisagea. Ces yeux bleus et étroits qui m'examinaient me firent tressaillir. Sa mâchoire se contracta de colère, et sa bouche bien dessinée s'affaissa dans un ricanement devant mes vêtements de soie.

« Un singe ! s'exclama-t-il avec mépris. Tu n'es rien d'autre qu'un petit singe ratatiné et déguisé. »

Et, à partir de ce jour-là, ce fut ainsi qu'on m'appela sur l'île de Kalani. *Le singe*. C'était mon demi-frère, Jack, qui m'avait donné ce nom, et il ne m'a jamais laissé oublier que j'étais la créature la plus vile mise par Dieu sur la Terre.

# 27

Phyl se tenait assise à l'ombre d'un arbre près de la piscine qui agrémentait la grande maison, celle de Diamond Head. Brad avait eu une conduite irréprochable. Pourquoi donc, se disait-elle, percevait-elle toujours entre eux cette tension ?

Elle jeta un regard alentour pour admirer paresseusement l'avenue bordée de flamboyants d'un rouge royal, les plumerias roses et parfumés, ainsi que les fleurs d'un jaune éclatant sur les arbres d'or qui méritaient si bien leur nom. La nature n'avait commis aucune erreur à Hawaii. Elle avait mélangé et combiné les couleurs avec un laisser-aller tropical, pour créer une harmonie chromatique que l'homme n'aurait jamais pu réaliser lui-même.

Elle regarda Brad nager, à longues brasses souples, dans la piscine bleu marine qui s'étendait jusqu'au bord de la falaise. Le soleil était en train de plonger derrière l'horizon bleu, et les domestiques chinois dressaient déjà la table en silence sur la terrasse.

Cette scène n'était que beauté, paix et volupté. Alors, Phyl se demandait pourquoi elle se sentait si mal à l'aise.

Ils étaient arrivés à Diamond Head la veille au soir, et Brad avait tenu parole ; il avait pris soin d'elle, sans tenter de lui faire l'amour. Sa chambre était remplie d'orchidées blanches, les draps de fin linon délicatement parfumés à la lavande de Provence, et sa salle de bains regorgeait de lotions et de savons coûteux.

Il l'avait emmenée dîner chez Michel, un élégant restaurant au bord de l'océan, et lui avait parlé avec animation du ranch et de Paris, du plaisir qu'il prenait à piloter un avion et à élever des chevaux ; il ne l'avait pas une seule fois interrogée sur la vie qu'elle menait. Elle voyait bien qu'il faisait un effort, et elle avait commencé à se détendre, à apprécier sa compagnie. Mais elle fut heureuse lorsqu'il lui souhaita brièvement une bonne nuit, sur le pas de sa porte, et qu'il s'éloigna d'un pas rapide, sans chercher à l'embrasser.

Au milieu de la nuit, elle s'était éveillée avec un sentiment désagréable — comme si quelque chose n'allait pas. Elle avait alors vu la silhouette sombre de Brad se profiler dans l'encadrement de la fenêtre et l'extrémité rougeoyante de sa cigarette. Elle l'avait observé en silence, sans oser bouger. Au bout d'un moment, il avait écrasé la cigarette et avancé vers le lit. Sans réfléchir, elle avait fermé les yeux et conservé une position parfaitement immobile, faisant semblant de dormir ; mais elle avait senti malgré tout son regard brûlant se poser sur elle. Puis elle l'avait entendu grogner. Elle avait glissé un regard à travers ses cils pendant qu'il repartait à pas rapides sur la terrasse. Le chien courait à son côté, et tous deux avaient disparu dans la nuit.

Elle s'était redressée, frissonnante de peur, et avait songé à verrouiller sa porte ; mais elle s'était dit que ses craintes étaient ridicules. Brad ne lui voulait aucun mal. Il l'aimait et la désirait, mais elle se refusait à lui. Et Brad n'était pas habitué aux rebuffades.

Ce matin-là, il s'était montré rayonnant et souriant. Il n'avait pas fait état de sa présence nocturne dans la chambre et avait proposé une excursion jusqu'au cratère du volcan ou un tour de l'île. « Tout ce que je veux, c'est que tu sois heureuse », avait-il affirmé avec chaleur, et elle aurait juré qu'il le pensait.

Cependant, elle avait conscience d'un élément nouveau qui avait modifié leurs rapports. Elle continuait de se sentir attirée par lui, mais quelque chose d'obscur l'inquiétait. Elle était certaine que cela avait un rapport avec le passé, l'enfance de Brad.

Brad sortit de la piscine et s'avança vers elle en secouant l'eau de ses cheveux blonds qu'il rejeta en arrière. Il y avait un sourire dans ses yeux, bleus et durs comme ceux de son père. Phyl se demanda pour la première fois si leur ressemblance s'arrêtait vraiment au physique.

« Parle-moi de Jack », suggéra-t-elle après le dîner. Ils se trouvaient dans le salon. C'était une nuit étouffante, des éclairs de lumière bleu argent balayaient l'océan et, de temps à autre, éclatait un coup de tonnerre atténué par la distance. L'air nocturne, mollement agité par les ventilateurs du plafond, faisait voleter les longs cheveux de Phyl, et le souffle frais plaquait son chemisier de mousseline contre ses seins. Une cantate de Bach provenait doucement de la stéréo, avec en arrière-plan le rugissement des vagues battant contre les rochers au pied de la falaise.

Phyl envoya promener ses sandales et s'étira sur le canapé recouvert de coton, couleur de menthe pâle, en regardant Brad. Il se pencha en avant, les mains croisées, tendues devant lui. Elle pensa qu'elle n'avait jamais vu plus bel homme ; mais c'était une pensée abstraite, dénuée de passion. « Beau » n'était pas l'adjectif qui convenait à Brad. Il était splendide, comme un animal parfait — le corps lisse et bronzé, avec de longs muscles ; un homme à l'apogée de sa forme physique, mais profondément perturbé par le passé. Et c'était la raison pour laquelle elle était venue l'aider.

« Jack ressemblait à Archer, commença-t-il. Le vieux dicton "Tel père, tel fils" s'applique bien à eux deux.

Archer avait tout enseigné de la vie à Jack ; il lui avait dit que le plus fort l'emporte toujours. Quels que soient les moyens à employer. Archer n'avait aucun sens moral, Jack non plus.

— Et c'est cela que Jack t'a enseigné, à toi ? » demanda prudemment Phyl.

Il éclata de rire.

« Je suis ce que je me suis fait, docteur Phyl. Et ce que je suis n'a rien à voir avec Jack et Archer.

— Ne crois pas ça, répliqua-t-elle froidement. On sait de nos jours que les parents et les familles sont à la racine des principaux problèmes psychologiques.

— Tu as l'intention de me psychanalyser ? répliqua-t-il d'un ton brusquement glacé.

— Non, je n'en ai pas l'intention, répondit-elle d'une voix douce. Je ne suis pas ici pour raisons professionnelles, Brad. Mais je suis ici pour t'aider. De plus, ta famille m'intrigue. On n'a pas souvent l'occasion d'entendre un récit de première main sur l'ascension d'une dynastie comme la tienne.

— Ce n'étaient pas des anges, c'est vrai. Ils ont seulement fait ce qu'ils estimaient devoir faire. Tout semblait logique à leurs yeux et, bien entendu, ça l'était. Sinon, il n'y aurait pas de ranch Kane aujourd'hui. Et la seule personne qui aurait pu nous en spolier devint l'ennemi mortel de Jack.

» Jack avait neuf ans quand son père lui annonça qu'il avait un demi-frère. Archer n'avait jamais mentionné l'existence d'un autre fils auparavant. Jack l'ignorait donc. Il devint fou de jalousie et de rage. Il annonça qu'il allait tuer ce demi-frère, mais Archer se contenta de rire. Il ébouriffa ses cheveux et dit avec indulgence : “Pas encore, Jack. Pas avant que Johnny ait dix-huit ans et prenne possession de son héritage. C'est une fortune, mon petit Jack. Et ne commets pas d'erreur, on en aura besoin.”

» Jack affirmait qu'il avait ruminé toute la nuit ce que son père lui avait révélé ; il avait fort bien compris qu'il ne pouvait rien faire contre son demi-frère. La femme française d'Archer était morte en lui laissant un tas d'argent qu'il avait entièrement dépensé. Maintenant, il était à sec. Certes, il avait investi dans des choses qui comptaient : il avait acheté des milliers d'hectares de prairie sur la Grande Ile, et importé du bétail des meilleures races, les chevaux les plus beaux. Il avait acheté la grande demeure seigneuriale de Diamond Head, agrandi la maison de Kalani et commencé l'élevage de pur-sang arabes. Il avait aussi pris à son service une quarantaine de domestiques au manoir, et davantage encore à Kalani. Il avait acheté des hors-bord, un yacht de trente mètres de long et une tapée d'automobiles. Il avait donné des réceptions somptueuses et rempli sa piscine de champagne français. Il avait distribué des bracelets de diamants à des femmes magnifiques et faciles ; il avait mené la grande vie. La réputation du roi Archer dépassait San Francisco.

» Jack connaissait tout : les beuveries, les femmes, la vie dans le luxe. Archer n'avait jamais pris la peine de lui cacher quoi que ce soit. Jack était un garçon sauvage, élevé au grand air, qui aimait par-dessus tout courir la prairie avec les paniolos. Quand il avait eu sept ans, son père avait décidé de le faire entrer dans une école de San Francisco. "Il faut qu'on te civilise, mon garçon", avait-il dit. Cependant, aucune école n'avait pu retenir longtemps Jack O'Higgins Kane. Après plusieurs fugues, Archer l'avait ramené à la maison. "Tel père, tel fils, déclarait-il fièrement. Il n'existe aucune institution assez sévère pour mater mon garçon." Il demanda alors à Jack ce qu'il attendait de la vie. "Je suis comme toi, papa, répondit Jack. Je veux Kalani et le ranch Kanoi. Et un jour, tout sera à moi." »

Brad leva la tête et sourit à Phyl. « Déjà, à cet âge précoce, Jack s'était fixé des priorités rigoureuses — même s'il se débrouilla, par la suite, pour acquérir quelque instruction. On a vu passer à Diamond Head une ribambelle de précepteurs incapables de remplir leurs fonctions. Mais pendant quelques années Jack a eu le droit de parcourir "son" île à sa guise. Il vivait parfois plusieurs semaines de suite au ranch, menait l'existence des paniolos, attrapait le bétail au lasso et courait la prairie avec eux.

» Jack avait toujours été le roi de son domaine à Kalani. Il était le seul fils et héritier de son père. Il n'avait pas de mère pour lui dicter sa conduite, personne pour lui dire ce qu'il devait faire. C'était un garçon turbulent, brutal, une forte tête de neuf ans, quand son demi-frère est arrivé pour vivre avec eux sur "son" île.

— Et il y a eu des problèmes ? » demanda Phyl avec un sourire.

Brad haussa les épaules d'un air insouciant. « Ce n'était qu'une rivalité de gamins. Certes, Jack haïssait son demi-frère. Cet intrus. Jack avait l'habitude d'exercer son autorité sur l'île. Mais Archer lui a recommandé de ne pas s'inquiéter. Il prétendait que le garçonnet avait le cerveau un peu "ramolli". Il resterait donc sur l'île, ne mettrait jamais les pieds à Diamond Head, au ranch ou à Honolulu. Et ça s'est passé comme ça. Bien entendu, tout le monde connaissait son existence ; mais au fil des années on l'oublia ; ceux qui se souvenaient de lui se contentaient de dire : "Ah oui, je crois qu'il y avait un autre fils... un peu bizarre." On ajoutait : "Archer Kane le garde sur Kalani dans son propre intérêt." »

Un frisson parcourut l'échine de Phyl. A ses yeux, Archer Kane était un monstre. « Qu'est-il arrivé au petit garçon ? s'enquit-elle.

— Oh, Jack affirmait que c'était un drôle de moutard. Agé de cinq ans seulement, petit, grêle et comme ratatiné. D'après lui, le môme ressemblait à un singe ; et c'est ainsi qu'il l'appelait. (Brad éclata de rire, appréciant la plaisanterie.) Le singe. Jack disait qu'il lui avait fait mener une vie d'enfer pendant plusieurs années, que ça avait même entraîné des problèmes sur l'île et que le gosse avait disparu. Personne ne savait où. On pensait qu'il avait pris un bateau et qu'il s'était noyé dans une tempête.

— Comme Lahilahi, remarqua Phyl, bouleversée.

— Quelle comparaison ridicule ! s'exclama Brad sur un ton furieux. Le gamin a fait quelque chose de stupide. Le Pacifique est un immense océan plein de dangers. Il aurait dû le savoir.

— Et s'il ne s'était pas noyé ? S'il était encore en vie ? Que ferais-tu, Brad, s'il réapparaissait tout d'un coup pour réclamer sa part du ranch Kane ?

— Tu dis des bêtises ! répliqua Brad sur ses gardes. Il ne réapparaîtra pas, je peux te l'assurer.

— Comment peux-tu en être si sûr ? insista-t-elle.

— Il existe de forts courants autour de Kalani. De nombreux bateaux ont sombré dans ces eaux. Les corps sont généralement emportés au large. »

Mais Phyl trouvait qu'il y avait quelque chose de particulier dans ses yeux, une sorte de circonspection, comme s'il cachait quelque chose. Il se versa son cognac du soir, puis alla à la fenêtre, le fidèle doberman sur ses talons. Il contempla le ciel orageux et plein de clignotements avant de laisser tomber avec morosité : « C'est si loin ! Le passé est le passé. Quelle importance aujourd'hui ? Archer et Jack étaient ce qu'ils étaient. Ils savaient ce qu'ils voulaient, et ils le prenaient.

— Et toi, Brad, sais-tu ce que tu veux ? » demanda

Phyl, soudain curieuse. Le regard de Brad croisa le sien.

« Oui, répondit-il. Je te veux toi. »

# 28

La maison bâtie sur l'île de Kalani était en bois, isolée du sol par des pilotis qui la protégeaient contre la voracité des termites, comme je l'ai appris par la suite. Tout autour, il y avait une de ces vérandas en bois que l'on appelle en hawaiien *lanai*. Le toit était en feuilles de palmier. A mes yeux, cette demeure semblait sortir d'un conte de fées. Mais elle ne tarda pas à devenir le théâtre de mes pires cauchemars.

Mon demi-frère, Jack O'Higgins Kane, avait neuf ans ; il était bien plus grand et bien plus fort que moi. Avec sa haute taille et sa très belle mine, sa crinière blond doré hirsute et la dureté de ses yeux bleus, il ressemblait à son père. C'était un athlète-né, et il savait faire des tas de choses que je n'avais jamais apprises. Il nageait aussi bien qu'un dauphin et montait un cheval à cru. Il pouvait grimper aux palmiers les plus hauts, tel le singe dont il m'avait donné le nom, pour bombarder volontairement de noix de coco dures comme du fer l'endroit où je me tenais, de sorte que je devais m'enfuir en sautillant pour éviter d'être tué. Il savait se servir d'un fusil de chasse et faire tomber du mur des boîtes de conserve vides à cinquante pas. Il sillonnait l'île pieds nus sans jamais se soucier des pierres qui se trouvaient sur son chemin. Il appelait les domestiques à grands cris, et ceux-ci se pliaient à ses quatre volontés. Tout ce que Jack voulait, il l'obtenait.

Il ne me fallut qu'un jour et une nuit pour comprendre que Jack Kane, mon demi-frère, était mon rival et mon ennemi juré. Il m'effrayait avec ses hurlements, son mépris, sa prétention. Mais j'avais Nanny Beale, et je savais que j'étais en sécurité auprès d'elle.

Quelques jours plus tard, le canot à moteur revint, et dedans se tenait mon père, Archer Kane. Nous le regardions approcher du rivage, Nanny et moi, en nous tenant un peu en arrière du quai. Jack se précipita vers lui en passant devant nous. Il bondissait çà et là en agitant le bras frénétiquement. Puis il plongea en douceur dans l'eau, et nous pûmes le voir nager en direction du bateau, aussi souple qu'un phoque, à la rencontre de son père. Lorsque le canot ralentit, il grimpa à bord avec agilité. Nous le vîmes qui nous montrait furieusement du doigt, et mon estomac se serra avec une peur soudaine, car je savais qu'il racontait à son père des méchancetés sur Nanny et moi.

Le bateau accosta, et Jack en bondit le premier. Il attendit Archer, et tous deux passèrent devant nous en se dirigeant vers la maison sans même nous adresser un regard.

« Monsieur Kane, appela Nanny Beale avec colère dans son dos, il faut que je vous parle des conditions de vie ici. Elles ne conviennent pas à un jeune enfant. »

Mon père se retourna ; pour la première fois, je compris ce que l'on entend par l'expression « la froideur d'un regard ». Le sien me glaça sur-le-champ. « Les conditions d'ici sont assez bonnes pour mon autre fils, mademoiselle Beale, répliqua-t-il d'une voix tout aussi glaciale. Je ne vois aucune raison d'y apporter des changements. » Il réfléchit un court instant et ajouta : « Je vous attends dans mon bureau d'ici une demi-heure. »

Nanny serrait ma main encore plus fort pendant que nous nous dirigions vers le bureau à l'heure convenue. Je l'entendais respirer rapidement, comme c'était toujours le cas quand elle était agitée, et je serrais Fido sur ma poitrine, en souhaitant pouvoir lui dire quelque chose qui la réconforterait. Je demandai : « Nanny, pourquoi est-ce que nous ne rentrons pas à la maison ? A la villa Mimosa. Je n'aime pas ça, ici.

— C'est exactement ce que j'ai l'intention de dire à M. Archer Kane », déclara-t-elle avec fermeté.

Mais Archer la prit de court. « Mademoiselle Beale, déclara-t-il en levant les yeux d'un air indifférent au-dessus du journal qu'il était en train de lire, vous allez faire vos bagages immédiatement. Le canot à moteur vous emmènera sur la Grande Ile, et de là vous prendrez le bateau qui transporte le bétail à Honolulu. Votre place a été réservée pour San Francisco, où vous attend votre billet de retour en France. »

J'entendis Nanny pousser un soupir de soulagement pendant qu'il replongeait la tête dans son journal. « Nous rentrons donc à la maison, dit-elle, et mon cœur tressauta d'espoir en même temps que le sien.

— *Vous* rentrez chez vous, mademoiselle Beale, corrigea mon père de derrière le journal. L'enfant reste.

— Je ne partirai pas sans Johnny ! cria farouchement Nanny. Il ne peut pas vivre ici. Il n'est pas habitué à tant de barbarie. Sa mère voulait qu'il grandisse à la villa Mimosa ; elle m'a fait confiance pour prendre soin de lui. J'*insiste* pour qu'il vienne avec moi. » Si stupéfiant que cela puisse paraître, elle ponctua ses paroles en frappant du poing sur la table de travail.

« Vous oubliez, je pense, mademoiselle Beale, que sa mère est morte, rétorqua Archer soudain furieux, et qu'il est *mon* fils. Allez faire vos bagages et soyez à l'appontement dans une heure. (Après un regard vers moi, il déclara avec fermeté :) Il n'y aura pas d'adieux interminables. Le garçon restera ici jusqu'à votre départ.

— Nanny ! » ai-je gémi en m'accrochant à elle. Mais elle était vaincue et elle le savait.

« Sois un brave petit garçon, Johnny, murmura-t-elle entre ses larmes. Mange bien tous tes repas pour devenir grand et fort. Quand les choses te paraîtront aller mal, rappelle-toi que je pense à toi et que le Seigneur est toujours du côté des bons. Ne m'oublie pas, Johnny, conclut-elle enfin en m'embrassant sur la joue. Je serai là, à la villa Mimosa, pour t'attendre, quand tu reviendras à la maison. »

Mais mon cœur saigna en la voyant partir. Je savais que beaucoup de temps s'écoulerait avant que je puisse la revoir — si je la revoyais un jour.

Jack Kane entreprit de me rendre la vie infernale. Mais je n'appris que plus tard pourquoi il me haïssait si fort. Mon demi-frère en savait plus long sur moi que je n'en savais sur lui.

Il entama ses persécutions de façon modeste, en plaçant de grosses araignées velues dans mon lit, en me forçant à manger des asticots grouillants et en me barbouillant de peinture rouge, comme un Indien. Il se moquait méchamment de moi parce qu'il n'y avait rien sur l'île pour enlever la peinture, et il savait qu'il me faudrait garder mon visage rouge jusqu'au jour où, à force de la frotter férocement, je parviendrais à faire disparaître la couleur.

Il jetait mon dîner aux cochons, de sorte que j'étais à moitié mort de faim ; il posait des ficelles en travers des chemins et abusait de ma naïveté en m'envoyant courir aux mauvais endroits, pour éclater de rire chaque fois que je tombais. Il m'emmena un jour dans la forêt, où il avait creusé des pièges, et hurla de joie en me voyant choir au fond de l'un d'eux. Il m'y garda prisonnier et terrifié jusqu'à la tombée de la nuit, quand une servante partit à ma recherche. Il se glissait dans ma chambre la nuit et, lorsque j'ouvrais les yeux, il me mettait un couteau sur la gorge avec un sourire grimaçant. « Un jour, je te tuerai, singe », chuchotait-il sur un ton menaçant, en enfonçant la pointe de la lame dans ma chair. Je sentais couler un filet de sang chaud sur ma peau, et je croyais ce qu'il disait.

Je devins bientôt indifférent à ses sarcasmes sur ma maigreur et mon aspect, mais je vivais dans la crainte des nouvelles tortures qu'il pouvait inventer et m'infliger. Une jalousie enragée l'habitait. Il était le roi de son domaine et entendait le rester.

Après le départ de Nanny Beale, je me crus seul, sans personne qui veillerait sur moi. Mais il y avait une jeune servante sur l'île, Maluhia, que mon père, Archer, aimait plus que les autres. Issue de Chinois et de Polynésiens, c'était un magnifique produit de métissage ; elle avait un air exotique, une voix douce, et beaucoup de gentillesse. Son nom, Maluhia, signifiait « fille paisible », et elle me raconta qu'il lui avait été donné par sa mère — une misérable femme déjà chargée d'un trop grand nombre de fillettes — dans l'espoir que sa vie serait à l'image de son nom. Ce n'avait pas été le cas. Après diverses catastrophes familiales, Maluhia s'était retrouvée seule et sans toit à l'âge de treize ans.

La peau de Maluhia possédait un éclat doré et chaud ; sa démarche avait la grâce souple des femmes hawaiiennes. Elle portait des fleurs de plumeria crémeuses dans ses longs cheveux noirs et brillants, et elle embaumait le lis et la douceur du grand air. Elle avait vingt ans ; Archer l'avait achetée alors qu'elle était âgée de quatorze ans, dans un bordel du front de mer à Honolulu où il l'avait découverte. Depuis, elle était sa « servante personnelle », et elle lui savait gré de l'avoir arrachée à la vie sordide qu'elle avait menée. Elle avait un doux visage ovale et des yeux en amande brun clair, très lumineux, avec une bouche tendre comme un bouton de rose. Dépourvue d'instruction, elle était belle et aimable. Et trop bonne pour un homme tel qu'Archer Kane.

Je savais que, comme moi, elle avait peur de lui, même s'il ne la traitait pas mal, mais seulement avec indifférence. Elle était à sa disposition quand il avait envie d'elle. A Honolulu, Archer menait la vie d'un riche gentleman de la haute société, avec ses innombrables automobiles, son yacht et ses hors-bord, son manoir de Diamond Head et ses somptueuses réceptions. Mais, sur l'île de Kalani, il se conduisait en maître absolu, à l'ancienne mode, et s'en arrogeait tous les droits.

Maluhia assistait aux cruautés quotidiennes de Jack. Elle l'avait entendu m'affirmer que son père me méprisait, que personne ne se souciait de savoir si j'étais mort ou vivant. Jack disait que j'étais un intrus sur son propre territoire, que je vivais aux crochets de son père, que je m'appropriais des choses qui ne m'appartenaient pas. « Même la nourriture que tu manges, singe, *m'*appartient », lançait-il avec hargne ; et si Maluhia me regardait avec sympathie, elle n'osait réagir. Mais, tard dans la nuit, quand elle percevait mes sanglots étouffés, elle venait s'asseoir sur mon lit et me serrait contre elle.

« Pauvre Johnny, murmurait-elle de cette voix mélodieuse qu'ont les habitants de l'île. Pauvre, pauvre petit Johnny ! Ce qu'il dit n'est pas vrai. Tu sais que je veille sur toi. Et Nanny Beale continue de penser à toi. Et regarde, Fido lui aussi tient à toi. » Elle posait le petit jouet dans mes bras, bordait étroitement les draps autour de moi, et chuchotait : « N'aie pas peur, Johnny. Je ne laisserai rien de mal t'arriver. »

Maluhia m'avait pris sous son aile, comme fait une maman oiseau avec un oisillon blessé. Mais hélas, elle appartenait, elle aussi, à une espèce en danger. Un jour, elle expliqua à mon père que Jack me persécutait et m'entraînait dans des jeux dangereux où je me faisais mal. « Johnny n'est qu'un petit garçon », plaidait-elle.

Je jetai un coup d'œil furtif par la porte et vis Archer l'écarter d'un geste brutal. Il ne voulait pas entendre prononcer un seul mot contre Jack, et elle comprit qu'il n'avait cure de ses avertissements, que Jack avait le droit de me torturer quand et comme il le voulait.

Jack me mettait au défi de grimper au sommet d'un cocotier haut de quinze mètres, sans se donner la peine de m'expliquer comment m'y prendre ; il riait en me voyant m'écorcher les mains et m'érafler les tibias, déraper de la faible hauteur que j'étais parvenu à atteindre. Il me mettait au défi de sauter au bas de rochers escarpés, ce qui était facile pour un garçon de neuf ans, mais impossible pour un tout-petit comme moi ; et quand je fermais les yeux pour me lancer dans le vide, son rire moqueur résonnait dans mes oreilles. Et il riait encore plus fort en me voyant étendu par la suite sur mon lit, gémissant de douleur à cause des entorses que je m'étais faites.

Un matin, je m'éveillai dans la brume de ma misère ordinaire, triste à l'idée des tortures que me réservait la journée. Je tendis le bras, ainsi que je le faisais toujours, à la recherche de mon vieil ami Fido. Je m'assis sur le lit et fouillai sous le drap. Je me penchai la tête en bas et regardai sous le lit.

J'entendis Jack rire dehors sur la lanai, et je devinai qu'il avait pris mon chien. Poussé par un mélange de peur et de colère, je sortis en courant, toujours en chemise de nuit, pour l'affronter. Il était assis sur la balustrade, jetant Fido en l'air, très haut, et le rattrapant négligemment par une patte ou une oreille, avec des grimaces railleuses dans ma direction. « Tu veux le ravoir ? demanda-t-il. Alors, viens le chercher. »

Je me ruai sur lui comme un fou, mais il sauta par-dessus la balustrade de la lanai et commença de s'éloigner à reculons. Je sautai la rambarde tant bien que mal pour partir à sa poursuite, mais il se mit à courir. « Si tu peux m'attraper, singe, je te le rends ! » hurla-t-il, et il brandit Fido d'un air ironique.

Je me précipitai en trébuchant derrière lui, trop affolé pour avoir conscience de l'endroit où j'allais. Je butais contre des pierres et m'égratignais le visage à des buissons. Le chien était la seule chose qui me restait du passé. Pour moi, il symbolisait la sécurité que m'avaient donnée la villa Mimosa et l'existence douce, bien réglée, que j'y avais menée, avec Nanny Beale. Fido appartenait à une époque où je ne connaissais ni la peur ni le mal. Où je n'avais pas été contraint d'apprendre à être « courageux » et à user de mes facultés mentales pour survivre. Et j'aimais Fido désespérément.

Quand enfin je rejoignis Jack, il se tenait sur les rochers qui bordent l'océan, et brandissait toujours Fido au-dessus de sa tête.

« Tu n'es rien, singe ! hurlait-il d'une voix triomphale. Ils n'ont même pas voulu te donner un vrai chien, parce que tu étais trop stupide pour savoir comment prendre soin de lui. Alors, ta Nanny a donné un chien en peluche à sa sacrée petite tapette gnan-gnan qui pisse dans sa culotte. Et tu as été assez idiot pour croire que c'était un vrai chien. »

Je me jetai sur lui, mais il me lança un coup de pied qui m'atteignit à la poitrine et m'envoya rouler en arrière sur les rochers, où je me blessai à la tête. Fou de douleur et de colère, je sautai sur mes pieds et me jetai une fois de plus sur lui, pour le frapper à coups redoublés tout en cherchant désespérément à attraper le chien.

Il bondit lestement à distance, sur un autre rocher. Ses yeux bleus m'inspectaient moqueusement de la tête aux pieds tandis qu'il tenait Fido au-dessus de l'eau. « O.K., voyons un peu si tu as du courage, singe ! hurla-t-il en se riant de moi. Si tu aimes tellement ton stupide petit chien en peluche, va le chercher. » Et il jeta Fido dans l'océan.

Et, pauvre idiot que j'étais, j'ai sauté derrière Fido.

Jack n'ignorait pas que je ne savais pas nager et que Fido était perdu. Quelques minutes plus tard, il me repêcha dans les vagues, claquant des dents et vomissant de l'eau de mer. Parce que, voyez-vous, ce demi-frère assassin, vigoureux et agile, s'était rappelé juste à temps qu'il ne pouvait pas me laisser mourir. Pas encore.

Archer lui avait dit qu'il devrait attendre treize années, jusqu'au moment où le père et le fils pourraient enfin mettre la main sur mon héritage. J'ai appris bien plus tard qu'Archer n'avait rien compris aux lois françaises. Son manque d'instruction était tel qu'il avait interprété tout de travers le système français fort compliqué, tel qu'on le lui avait décrit. Et il se croyait obligé de me garder en vie jusqu'à ma majorité pour mettre la main sur mon héritage. Ces treize années s'étendaient béantes devant moi comme un abîme terrifiant.

Brusquement survint un répit inattendu. Archer décida que Jack devait retourner à l'école. « Il ne suffit pas de savoir courir la prairie pour diriger le ranch Kanoi, l'entendis-je hurler avec fureur à un Jack maussade. Nous employons des paniolos pour ça. Comment diable espères-tu être capable de diriger le domaine quand j'aurai disparu, si tu n'as aucune instruction ? Tu vas retourner à l'école, Jack ; et après ça, tu iras à l'université, et tu me feras honneur ! » Et quand Jack déclara avec entêtement qu'il préférait crever plutôt que de retourner à l'école, son père vociféra : « Tu feras ce que je te dis, mon fils ; sans ça je donnerai ce sacré ranch au singe. »

La menace mit fin à ses protestations. Jack savait son père capable de n'importe quoi, en particulier lorsqu'il avait bu, et je suppose qu'il lui donnait raison quant à la manière de gérer le ranch. De plus, si quelque chose au monde avait de l'importance aux yeux de Jack Kane, c'était le ranch Kanoi. Il mourait d'envie de le posséder. Je savais qu'il le voulait de toutes les fibres de son corps. J'allais dire « de tout son cœur », mais j'étais bien placé pour savoir, à l'époque, que Jack n'avait pas de cœur. Il partit donc faire des études à Honolulu, et je connus la paix en compagnie de Maluhia et des domestiques.

J'avais près de six ans, mais j'étais encore bien malingre quand Maluhia m'emmena voir Kahanu, le jeune Hawaiien qui s'occupait des chevaux de race.

Il était aussi chargé de l'entretien du précieux troupeau Hereford à pedigree, gardé spécialement sur l'île pour la reproduction.

Kahanu avait la trentaine, des muscles solides, un large visage, une peau cuivrée brillante, une épaisse tignasse noire et des yeux d'ambre étroits. Maluhia me disait qu'elle le trouvait l'homme le plus séduisant qu'elle eût jamais rencontré. Elle n'avait personne d'autre à qui se confier sur l'île, et elle m'avait donc livré son secret : elle était amoureuse de lui, mais elle craignait de l'avouer à cause d'Archer. J'étais, moi aussi, terrifié par mon père, de sorte que je ne lui posai pas de question ; je comprends aujourd'hui qu'elle avait peur parce qu'elle était la concubine d'Archer, sa propriété.

Maluhia supplia Kahanu de me venir en aide. « Rends Johnny fort comme toi, Kahanu, lui demanda-t-elle. Apprends-lui tout ce que tu sais, parce que sinon je suis certaine qu'il va mourir. » Elle me regardait tristement car elle savait reconnaître un cœur brisé quand elle en voyait un.

Kahanu me posa sur un poney pie, sans selle. Je m'accrochai désespérément à sa crinière, sans savoir que faire. « Tiens-toi droit ! hurlait-il. Agrippe-toi avec tes genoux. » Je m'agrippais et me redressais au fur et à mesure que le poney faisait à pas lents le tour de l'enclos. Au bout d'un moment, j'ai cessé d'avoir peur et je me suis mis à regarder autour de moi, à y prendre plaisir. Le dos bien droit, je me suis senti assez à l'aise pour agiter le bras en direction de Kahanu et de Maluhia ; avec de grands éclats de rire, ils m'ont répondu par des signes du bras. Et, pour la première fois, sur le dos de ce petit poney moucheté, j'ai éprouvé une impression d'épanouissement.

Kahanu me laissait accomplir de menues besognes

dans les écuries ; chaque matin, dès que le soleil me réveillait, je m'y précipitais. Je m'activais torse nu à son côté, j'étrillais les chevaux, je nettoyais les sols, je lavais les cours à grande eau. J'adorais mon nouvel ami et je me perchais sur les barrières du corral pour le regarder, tout haletant d'admiration, quand il dressait un nouveau poulain.

Je le suivais partout et il me laissait prendre mes repas avec les hommes, accroupi sur le sol, pour manger à pleines mains le poi et les patates douces dans une feuille de bananier. Après quoi, épuisé, je m'endormais dans le grenier à foin qui était devenu mon refuge secret.

Les mois passaient, et Jack ne revenait toujours pas. Maluhia m'apprit qu'Archer l'avait envoyé en pension dans une école américaine. Il était en retard dans ses études et n'aurait pas le droit de rentrer à Kalani tant qu'il n'aurait pas rattrapé les autres. Cette information me fit pousser des braillements d'allégresse ; d'un pas dansant, j'allai voir Kahanu dans les écuries où il logeait pour lui annoncer la nouvelle.

« Johnny, toi non plus tu ne dois pas perdre ton temps, me dit-il. Ne crois pas que tu vas gaspiller tes journées à ne rien faire, à part peigner un cheval et chevaucher un poney autour de l'île. Non, monsieur, je vais t'apprendre à être un homme, afin que le jour où Jack, ce petit salaud, reviendra à la maison, tu puisses lui tenir tête. Et le vaincre. »

C'est ainsi que j'entamai un dur apprentissage, avec des exercices de musculation et un entraînement physique accéléré. Kahanu m'apprit à grimper aux arbres, à couper le bois, à boxer, à pagayer, à pêcher. Le cuisinier chinois m'enseigna les arts martiaux, et Maluhia m'initia à la natation. En glissant tout nu auprès d'elle sous l'eau cristalline et verte, tandis que de minuscules poissons chatoyants filaient autour de nous, j'étais de nouveau heureux.

Bien des mois s'écoulèrent ainsi, et je commençais à croire que la vie serait toujours aussi sereine et belle. Kahanu m'avait attribué un nom hawaiien — Ikaikakukane, qui signifie « Celui qui est doté d'une force virile » — pour me récompenser de mes progrès.

Mais, lorsque j'eus huit ans, Jack rentra, et les tortures reprirent de plus belle.

Si les Hawaiiens m'avaient donné un nouveau nom, ils en avaient aussi décerné un à Jack. Lauohomelemele, « Tête jaune ». Lui le considérait comme un compliment, la juste reconnaissance de sa supériorité d'« homme blanc » ; mais les Hawaiiens ne l'entendaient pas ainsi, et ils le prononçaient toujours avec une pointe de mépris subtil.

Tous les habitants de l'île, les garçons d'écurie, les paniolos, les serviteurs chinois, haïssaient Tête jaune. Car il les traitait comme des chiens, leur jetait des ordres et bousculait les domestiques pour les pousser hors de son chemin quand ils ne s'écartaient pas assez rapidement. Jack jetait les plats à la figure du cuisinier chinois s'il n'aimait pas la nourriture que celui-ci avait préparée, et il avait même fait congédier et expulser de l'île des hommes âgés en se plaignant auprès de son père de leur travail, de leur lenteur ou de leur « mauvais esprit ». Archer lui donnait les pleins pouvoirs. « C'est une bonne préparation pour le jour où tu dirigeras le ranch », disait-il d'un air approbateur.

Jack se montrait arrogant avec Kahanu, mais au fond il en avait peur. Archer estimait que Kahanu était le meilleur élément de l'île ; intelligent et grand travailleur, il s'occupait à merveille des pur-sang. Kahanu était un employé de valeur, aussi Jack n'avait-il aucun pouvoir sur lui, et Kahanu le savait. L'Hawaiien ne prêtait aucune attention à Jack et poursuivait son travail en sifflant avec insouciance, pendant que le garçon traînait dans les parages, avec l'espoir que Kahanu lui demanderait de l'aider. Et comme celui-ci s'en abstenait, il partait à fond de train et fou de rage sur son cheval à la recherche d'une autre proie. Généralement moi.

Jack avait douze ans à son retour pour les vacances scolaires. Nous nous étions aussitôt mesurés du regard, et j'avais remarqué qu'il écarquillait les yeux en m'examinant des pieds à la tête. Je n'étais plus le singe rabougri et malingre. J'avais gagné douze centimètres, et des muscles aux bras et aux jambes. Mais son corps athlétique avait lui aussi grandi et forci. Il était en train de devenir un homme, et sa virilité s'apprêtait à prendre la relève de celle de son père.

Jack avait toujours traité Maluhia avec le mépris que, selon lui, elle méritait. Mais à présent il commençait à la regarder différemment.

Chaque fois qu'Archer se trouvait à la maison, Maluhia servait les repas. Elle mettait alors un sarong coloré et rassemblait sa chevelure noire en une grosse natte brillante ; elle marchait pieds nus pour ne faire aucun bruit lorsqu'elle apportait à table les plats de riz, de porc et de crevettes qu'elle présentait à son maître.

Le soir de leur arrivée à la maison, Archer et Jack avaient pris place à table, et Maluhia était en train de les servir, comme d'habitude. Moi, naturellement, j'étais supposé me restaurer dans la cuisine ; mais le plus souvent je mangeais en compagnie de Kahanu et des paniolos dans les écuries. Ce jour-là, j'étais allongé sur le ventre dans le jardin luxuriant, caché à leur vue, et je voyais les lézards verts monter et descendre vivement le long du mur, tout en surveillant d'un œil circonspect Jack et son père attablés sur la lanai. Notre guerre consistait surtout en attaques surprises, et il fallait que je sache à n'importe quel moment où Jack se tenait, pour pouvoir préparer ma défense. Mais, cette fois-là, ce n'était pas moi que Jack visait.

Je regardai Maluhia servir Archer, puis offrir le plat à Jack en se penchant poliment. Jack lui jeta un coup d'œil et dit à son père quelque chose que je ne réussis pas à entendre ; mais tous deux furent pris d'un rire grossier. Jack tendit alors brusquement les bras en avant et posa ses mains sur les seins de Maluhia.

Elle fit un bond en arrière, laissa tomber le plat à terre, serra son sarong sur sa poitrine et s'éloigna rapidement de lui. Jack adressa quelques mots à Archer, et ils s'esclaffèrent de nouveau. Je vis Maluhia baisser la tête, pleine de honte, et j'eus envie de me précipiter à son secours. Mais je n'étais pas de taille à affronter les deux hommes.

Au cours des jours qui suivirent, Jack s'enhardit encore ; il lançait des tapes sur le derrière de Maluhia chaque fois qu'elle se trouvait à sa portée, il lui prenait par surprise les seins entre ses mains. Maluhia ne disait rien ; mais la honte et la fureur qu'elle éprouvait me faisaient bouillir de rage.

« Viens un peu ici, qu'on puisse te voir, singe », demanda Archer quelques jours plus tard. Je prenais toujours garde à rester hors de leur vue et passais mes journées avec Kahanu. J'avais espéré qu'ils m'oublieraient, mais à tort. Je quittai à contrecœur l'écurie pour les rejoindre. Archer repoussa son Stetson et, posant les mains sur ses hanches, m'examina comme un bœuf primé.

« Eh bien ! Dieu me damne si le singe n'est pas

en train de grandir ! s'exclama-t-il enfin, étonné. Il est plus grand et plus fort. Peut-être y a-t-il en lui quelques gènes Kane, après tout. Quel âge as-tu à présent, mon garçon ?

— Huit ans, monsieur.

— Huit, hein ? (Il regarda Jack et lui lança avec une grimace :) Combien cela nous laisse-t-il d'années, Jack ? (Puis, avec un hurlement de rire, il se détourna.) Kahanu, cria-t-il par-dessus son épaule, mets-moi ce gosse au travail ! Si on doit le supporter pendant dix années de plus, qu'il gagne au moins le pain qu'il mange.

— Oui, monsieur Archer », dit Kahanu en le saluant respectueusement.

Dès ce moment, je pris mes distances vis-à-vis d'eux et ne quittai plus Kahanu d'un pas. Je parcourais à cheval les canyons à la recherche du bétail perdu. Parfois, nous prenions le petit bateau de mon ami pour aller pêcher le mérou et, au retour, nous faisions griller le poisson au-dessus d'un feu de bois flotté, à des kilomètres de cette horrible maison. Ce fut donc seulement après le départ d'Archer pour Honolulu que Jack se sentit libre de s'occuper de moi à nouveau.

Il m'appela : « Hé, singe ! » et il se rapprocha en quelques enjambées pour me taper sur l'épaule. « Pourquoi que toi et moi on n'irait pas pêcher ?

— J'ai du travail, répondis-je, raide de peur malgré moi.

— Voyons, singe, insista-t-il sur un ton cajoleur, oublions nos querelles. Nous sommes plus vieux maintenant, et plus forts. Nous sommes presque égaux, dans un sens. »

Devant son visage souriant, je sentis des picotements le long de mon épine dorsale. Je ne lui faisais pas confiance.

« Je suis occupé, répliquai-je d'un ton cassant en lui tournant le dos.

— Allons, singe. » Il me suivit, jeta un bras amical sur mes épaules. Je m'immobilisai et tournai la tête pour le regarder. Les seules fois où Jack m'avait touché par le passé, ç'avait été pour me cogner ou me donner des coups de pied. « Viens, mon pote, reprit-il sur un ton persifleur. Ne me dis pas que tu as peur. »

Je n'avais pas appris la leçon ; je fus sensible à son sarcasme, et il savait qu'il en serait ainsi. En outre, mes expéditions avec Kahanu m'avaient enseigné à gouverner un bateau.

« O.K. »

Je suivis Jack sur la jetée de bois décolorée par le soleil, et nous montâmes dans son petit bateau. Il détacha les amarres, mit en marche le moteur du hors-bord et nous prîmes le large en direction d'un endroit où, selon lui, nous trouverions des bancs de mérous. Le trajet me parut long et, après quelque temps, le ton badin et jovial de Jack fit place au silence.

Au bout d'une demi-heure, je commençai à me sentir mal à l'aise. « Pourquoi faut-il qu'on aille si loin pour prendre des mérous ? demandai-je. Il y en a des tas derrière la pointe du Gardien.

— Ceux-là sont mieux », répondit-il d'un ton sec, en abritant ses yeux derrière sa main pour regarder un îlot dont nous approchions.

A mon tour, je contemplai la plage avec intérêt. C'était le premier endroit que je voyais en dehors de Kalani depuis mon arrivée — plus de trois ans auparavant. Archer avait fait en sorte que je ne quitte jamais l'île, et je ne savais même pas ce qu'était une ville ou une école. J'étais aussi ignorant du monde et de ses facettes, aussi inculte et ignare qu'à l'âge de cinq ans. La perspective de voir ce nouveau coin de terre m'excitait, et quand le petit bateau atteignit le sable je bondis dans l'eau pour tirer l'embarcation à proximité du rivage, pendant que Jack s'apprêtait à jeter l'ancre.

Je pataugeai ensuite jusqu'à la plage en confiance. Quand je me retournai vers Jack, celui-ci était dans l'eau occupé à pousser de nouveau le canot vers le large. Je courus derrière lui, mais il sauta rapidement à bord et je le vis se pencher pour entreprendre avec frénésie de remettre en marche le moteur du hors-bord. L'engin pétarada, et je restai là, dans l'eau jusqu'à la poitrine, à regarder le bateau s'éloigner de moi à toute vitesse. Bien qu'excellent nageur, je savais que je ne pourrais jamais le rattraper.

Jack se dressa au centre de l'embarcation. Je le vis lever triomphalement le poing et l'entendis rire. « Maintenant, montre-moi ce que tu as appris, singe ! » hurla-t-il en disparaissant à vive allure, pour me laisser seul sur l'îlot désert.

Il va revenir, pensai-je. Il ne peut pas me laisser là. Tout seul.

J'observai la végétation dense des palétuviers derrière moi et je respirai leur odeur fétide, marécageuse. Ils paraissaient sombres et dangereux. Je partis alors d'un pas rapide le long de la plage, en quête d'un abri contre le soleil. Ne trouvant qu'un buisson rachitique, je m'accroupis dans son ombre grêle pour attendre.

Les heures passèrent. Je vis le soleil descendre dans le ciel jusqu'au moment où sa boule rouge éclatante toucha l'horizon ; avec la soudaineté des tropiques, il disparut, ne laissant derrière lui qu'une vague lueur verdâtre venue d'un autre monde. J'acquis à ce moment la certitude que Jack ne reparaîtrait pas. J'étais seul sur une île déserte, et j'avais peur.

J'avais cru mourir à cause de la chaleur, mais à présent j'étais transi de froid. Et assoiffé. Il n'y avait aucun point d'eau aux abords de la plage, et je n'avais pas osé m'écarter du rivage, par crainte de rater Jack s'il revenait. Je fis quelques pas dans la demi-pénombre sans rien trouver. Je me recroquevillai de nouveau sur mon rocher, les bras serrés autour de mes genoux repliés, pour scruter en vain la mer. La lueur verdâtre vira doucement au bleu nuit et, presque imperceptiblement, à l'obscurité profonde. Il n'y avait pas de lune. Rien que les ténèbres.

Je pensais que Jack se montrerait le lendemain matin ; que Maluhia remarquerait mon absence, ainsi que Kahanu. Mais le matin était encore loin, et la masse obscure de l'ombre, dans mon dos, émettait des bruissements effrayants, comme si des animaux y rôdaient. J'imaginais des alligators rampant vers moi pour me déchiqueter, m'arracher les membres l'un après l'autre et me dévorer. Dans ma tête, j'entendais des tigres et des lions respirer à côté de moi, et le sifflement de serpents prêts à attaquer. Je croyais voir des scorpions, des crapauds géants et des araignées venimeuses. Mon courage tout neuf s'effaçait devant un millier de peurs imaginaires, tandis que, roulé en boule sur la plage glacée, j'attendais le retour de Jack.

Je poussai un immense soupir de soulagement lorsque la nuit effrayante se dissipa, et j'imaginai le moment où, à l'arrivée de Jack, je plastronnerais devant lui, comme si ça m'avait été égal de passer une nuit seul sur une île déserte. Je lui parlerais des fruits que j'avais mangés, et de la source d'eau claire derrière les palétuviers. Je lui raconterais que j'y avais vu un alligator de six mètres de long sans en être le moins du monde affolé. Je ferais comme si je m'étais conduit en digne émule de Robinson Crusoé, dont je connaissais l'histoire parce que c'était un des livres préférés de Nanny.

Le soleil montait de plus en plus haut dans le ciel, mais Jack n'arrivait pas. Je mourais de faim et de soif, et je fus finalement obligé de m'aventurer dans les parages, à la recherche d'un cours d'eau ou d'un fruit pour entreprendre de faire toutes ces choses que j'avais — avec tant d'assurance — envisagé de raconter à Jack. Mais je n'étais nullement Robinson Crusoé ; il n'y avait pas une goutte d'eau douce, rien qu'un marécage d'eau saumâtre à l'odeur pestilentielle ; et pas de fruits suspendus aux branches d'un seul arbre.

Je finis par trouver une noix de coco délavée par la marée, au centre d'une mare rocheuse, et je me jetai dessus avec reconnaissance. Mais je compris alors que je ne pourrais l'ouvrir sans machette. Je la cognai avec persévérance contre les rochers, en sentant presque son jus frais descendre dans ma gorge brûlante de soif. Lorsqu'elle se cassa enfin, presque tout le lait se renversa avant que j'aie pu l'avaler. Sanglotant d'angoisse et de déception, je me mis à lécher le peu de jus précieux qui restait.

Je repris ma place à l'ombre du maigre petit buisson et demeurai assis là, à surveiller tristement la course incandescente du soleil dans le ciel. De temps à autre, je me plongeais dans l'océan pour me rafraîchir ; mais en séchant l'eau de mer laissait sur ma peau des dépôts de sel, de sorte que je brûlais plus encore.

Comme le soleil se couchait pour la seconde fois, je partis en trébuchant le long de la plage, étourdi par la chaleur et affaibli par la faim et la déshydratation. Mais, lorsque la lueur verte remplit de nouveau le ciel pour virer progressivement au bleu nuit, je compris que Jack ne reviendrait pas. Qu'il ne reviendrait jamais. Il m'avait abandonné pour me laisser mourir là.

Je savais qu'à cette heure il avait dû inventer quelque histoire, prétendre que j'étais tombé par-dessus bord et qu'il s'en était aperçu trop tard. Je l'imaginais en train de dire : « Pauvre singe, il s'est noyé », avec une lueur triomphante dans les yeux et un air faussement désolé sur le visage.

Je m'étendis bras et jambes écartés sur la plage, trop faible pour me soucier davantage des alligators, des serpents et des lions. Je fermai les yeux, et un sentiment de tranquillité m'envahit. C'était si facile de s'endormir et, comme aurait dit Maluhia, de « laisser le Seigneur me prendre ».

J'étais inconscient quand Kahanu arriva avec l'aurore et me porta tendrement dans ses bras jusqu'à son bateau. Lorsque je fus de retour à Kalani, Maluhia mit des compresses fraîches sur ma chair rongée par le soleil, me fit absorber des potions préparées à partir de feuilles aromatiques pour atténuer ma fièvre infernale.

« Tête jaune est le digne fils de son père, déclara Kahanu d'un air sinistre. L'esprit du mal se transmet d'une génération à l'autre... »

Plus tard, Maluhia me raconta qu'elle avait prévenu Kahanu de ma disparition, et que celui-ci était allé trouver Jack aussitôt pour lui demander où j'étais. Jack avait nié m'avoir seulement vu, et ils avaient fouillé toute l'île.

« Il a dû tomber du haut de la falaise et se noyer », avait déclaré Jack négligemment, mais Kahanu avait compris qu'il mentait et s'était mis en colère. Il y avait longtemps que j'avais disparu. C'était désormais une question de vie ou de mort.

Il avait attrapé le bras de Jack et le lui avait tordu derrière le dos : « Où est-il, espèce de petit salaud aux cheveux jaunes ? » avait-il exigé de savoir ; et Jack criait qu'il le dirait à son père, que Kahanu serait fouetté, qu'il perdrait son emploi et serait chassé de l'île.

Kahanu avait tordu son bras encore davantage, et Jack avait hurlé de plus en plus fort. Alors, Maluhia avait chuchoté dans l'oreille de Kahanu la raison secrète qu'avait Archer de me vouloir en vie. « Si le singe meurt, avait déclaré Kahanu d'un ton mielleux à Jack, c'est toi qui seras fouetté. M. Archer te fouettera jusqu'à ce que tu en meures, toi aussi, et tu le sais. »

Jack sanglotait en silence, mais il savait que Kahanu avait raison. Archer le tuerait s'il avait anéanti leur chance de mettre la main sur ma fortune. Aussi leur avoua-t-il où j'étais ; il prétendit que j'avais bondi hors du bateau, nagé jusqu'à l'île et refusé de revenir. Il affirma m'avoir entendu dire que je ne voulais plus jamais revoir Kalani, que je me débrouillerais tout seul...

« Monstre, salaud de petit menteur ! » lança férocement Kahanu, en tordant le bras de Jack de plus en plus haut, jusqu'à ce qu'on entende un craquement qui fit le bruit d'un coup de pistolet. Jack hurla de douleur. « Assassin, lui murmura Kahanu à l'oreille. Tu es tombé d'un arbre et tu t'es cassé le bras. Souviens-t'en. Et rappelle-toi aussi que le singe n'a jamais quitté Kalani. »

Malgré sa douleur, Jack comprit qu'il s'agissait d'un marché pour que Kahanu ne dise rien à Archer. Il accepta d'un hochement de tête. Le lendemain, on l'emmena en bateau chez le docteur de Maui, qui lui mit le bras dans le plâtre. Il retourna alors à Honolulu pour y passer le reste de ses vacances, jusqu'à la rentrée des classes.

J'avais gagné, et Kalani m'appartenait de nouveau. Provisoirement.

Les années passaient lentement, et j'étais heureux dans un certain sens, même si les images de la villa continuaient de remplir mes rêves. Je vivais toujours dans la nostalgie de revoir Nanny Beale, de respirer le parfum des mimosas en fleur au printemps et d'écouter les oiseaux chanteurs dans leur volière d'argent. Mais la réalité me ramenait à Kalani.

De temps à autre, Archer prenait la peine d'envoyer un précepteur paresseux, à moitié incompétent, pour sauver les apparences vis-à-vis de ses relations mondaines en leur faisant croire qu'il remplissait ses devoirs à mon égard et procurait au malheureux Johnny un peu d'instruction, malgré le « ramollissement de son cerveau ». Ces précepteurs finirent tant bien que mal par m'apprendre à lire, et je dévorai tous les livres présents dans la maison, même ceux dont les pages étaient à demi rongées par les termites. Un de ces précepteurs, un jeune Anglais décharné et alcoolique, avait apporté ce qu'il fallait pour faire de l'aquarelle, des tubes de couleurs pour la peinture à l'huile ainsi qu'un chevalet. Le whisky était son péché mignon, mais quand il n'y en avait pas il se rabattait sur le rhum, la bière ou le vin ; ou encore, faute de mieux, sur l'essence de térébenthine et l'alcool à 90°.

Il était en général trop saoul pour m'enseigner grand-chose, mais quand sa main restait un peu tranquille il peignait bien. Je restais sur les rochers près de lui à le regarder pendant qu'il recréait comme par magie le paysage marin et la paroi vertigineuse de la falaise. La main me démangeait tant j'avais envie de l'imiter.

Il m'enseigna l'utilisation des couleurs, m'expliqua les différences entre les textures des divers papiers à utiliser pour les aquarelles, et comment les apprêter avec de l'eau claire avant d'appliquer la peinture. Il me montra comment je devais m'y prendre pour mélanger les pigments afin d'obtenir mes propres couleurs à l'huile. Il me donna aussi des fusains et m'apprit à dessiner.

J'étais transporté dans un nouveau monde. Au lieu de dévaler les ravins à cheval en compagnie de Kahanu, je me mis à dessiner et à peindre. Cette activité m'obsédait. Elle m'absorbait complètement. Et, une fois encore, j'étais heureux.

Jack ne revint pas une seule fois à Kalani au cours des années qui précédèrent son entrée à l'université. Je ne sais si Archer avait appris qu'il nourrissait des intentions meurtrières à mon égard — avant la fin du temps qui m'était imparti. Quand il fallut rapatrier à Honolulu mon ivrogne de professeur, suite à une épouvantable crise de delirium tremens, Archer fit en sorte de me procurer les fournitures nécessaires à la poursuite de mon activité artistique. Il voulait que je sois assez calme et assez heureux pour ne pas lui causer de soucis.

Cette période paisible se prolongea jusqu'à ma quinzième année. Je peignais de mémoire divers aspects de la villa Mimosa. Je faisais le portrait de Nanny Beale telle que je me la rappelais. Je recréais les images de ma nursery avec Fido sur mon lit et le rocking-chair de Nanny près du feu. Mais je peignais aussi les luxuriantes gorges vertes de Kalani, enjambées par des arcs-en-ciel, ainsi que le prétentieux cardinal rouge qui venait chaque soir se poser sur la balustrade de la lanai pour quémander des friandises. Je faisais le portrait de Maluhia en train de peigner sa longue chevelure noire et soyeuse, et peignais la beauté d'une fleur d'hibiscus brisée ; je représentai Kahanu sur le dos d'une jument lancée au galop. Tout ce que je voyais me suggérait de nouvelles perspectives, de nouveaux détails, de nouvelles façons d'utiliser la couleur.

« Tu as une manière spéciale de voir les choses », me dit Maluhia quand elle découvrit, en regardant son portrait, qu'elle n'y retrouvait pas exactement la jeune femme dont elle voyait le reflet dans son miroir. Elle savait que j'avais saisi, en fait, un peu de la jeune fille cachée au fond de son cœur.

Je fus largement livré à moi-même pendant ces années-là. Kahanu m'avait bien formé et, si je restais maigre, j'avais sous mes apparences trompeuses une résistance d'acier. J'étais capable de monter n'importe quel cheval et d'attraper le bétail au lasso tout comme un paniolo, mais après être resté quasiment prisonnier de l'île pendant dix ans j'étais un petit campagnard mal dégrossi, sans expérience de la vie dans une société normale. Je mangeais une nourriture fruste dans des feuilles de bananier, portais des shorts dépenaillés et dormais la plupart du temps dans le grenier de l'écurie. Maluhia veillait pourtant à ce que je me lave, et elle tenait mes loques propres. Elle insistait pour que je ne m'exprime pas dans le patois de l'île, mais parle « convenablement », sans acquérir le doux accent rythmé des Hawaiiens. Pourtant, j'étais maintenant un enfant de l'île. Un jeune sauvage.

Un jour, Archer revint et, cette fois-là, il ramena Jack. Celui-ci était âgé de dix-neuf ans et j'en avais quinze. Les deux garçons que nous étions devenus : Lauohomelemele et Ikaikakukane — « Tête jaune » et « Celui qui est doté d'une force virile » —, étaient séparés par dix longues années de haine quand ils s'affrontèrent du regard.

Archer buvait comme un trou, à l'époque. Il ordonna qu'on serve le dîner et me fit asseoir avec eux. Il était toujours élégant dans ses costumes blancs taillés sur mesure, en peau d'ange, avec ses panamas et ses chemises cousues à la main. Bien que la nuit fût chaude, il portait une élégante chemise bleue à fleurs en soie chinoise. Jack incarnait l'image même du jeune étudiant onctueux dans une chemise blanche immaculée et un pantalon de toile.

Archer restait un homme séduisant, mais l'abus de l'alcool commençait à lui creuser des poches sous les yeux ; sa main droite était affligée d'un tremblement irrépressible chaque fois qu'il avait descendu quelques verres de son scotch préféré. Jack était tout aussi séduisant. Grand, blond, avec une forte mâchoire.

Ses yeux bleus et durs frémirent de haine en me voyant, affublé de ma vieille chemise que le soleil et les innombrables lavages avaient fait passer du bleu au gris pâle. Je portais également de grossiers shorts en toile de jean qui lui avaient autrefois appartenu et qui étaient à présent usés jusqu'à la trame ; ils étaient d'un bleu délavé que je trouvais plaisant. Grâce à Maluhia, mes vêtements étaient impeccablement propres ; je venais de prendre une douche et je ne voyais rien qui clochait dans mon apparence — jusqu'à ce que je les regarde tous les deux dans leurs tenues raffinées.

Archer en était à son quatrième ou cinquième scotch. Sa main agitée d'un tremblement imperceptible mais persistant, il me désigna du doigt et partit d'un gros rire : « Mettez-moi ce petit primitif dans une pièce pleine de gens civilisés, à Honolulu ou à San Francisco ! hurlait-il, et ils diront : "Vous savez quoi ? Archer Kane avait raison. Ce gamin est un sauvage. Il doit *forcément* être un peu ramolli du cerveau."

— Pour l'amour de Dieu, sors d'ici ! aboya Jack en me regardant comme si j'étais un lépreux. Tu n'es pas digne de rester en notre compagnie.

— Non, non. Assieds-toi, mon garçon. (Archer me lança un sourire réconfortant.) Dis-moi ce que tu fais ces temps-ci.

— J'aide Kahanu à soigner les pur-sang. Je monte à cheval avec les paniolos. Je vais à la pêche pour qu'il y ait du poisson à manger », répondis-je.

Archer explosa de rire. « Qu'est-ce que je te disais ? Est-ce que je n'avais pas raison ? Eh bien, mon garçon, je pense que tu ferais mieux de retourner aux écuries avec les paniolos, là où tu te sens bien. On dit que chaque homme veut mener la vie qui lui convient, et je vois que tu as trouvé la tienne. »

Sur ce, il me tourna le dos et claqua des doigts pour ordonner à Maluhia d'apporter les plats.

Je lui lançai des regards plein de ressentiment par-dessus mon épaule en retournant vers les écuries. Je détestais la façon désobligeante dont il traitait Maluhia presque davantage encore que sa cruauté à mon égard. Mais je ne pouvais rien faire, ni dans un cas ni dans l'autre. « Fous le camp, péquenaud ! hurla Jack vicieusement derrière moi. Tu n'es qu'un porc ignorant, un être répugnant dans tes vieilles culottes de rebut. Tu n'es pas digne de prendre place à la table d'hommes civilisés. »

Je savais qu'Archer et Jack étaient restés assis tard sur la lanai, à discuter affaires et à boire. Néanmoins, tôt le lendemain matin, ils se trouvaient aux écuries, où Kahanu avait sellé leurs chevaux et les attendait. J'observai furtivement la scène, dissimulé dans une stalle, en faisant mon possible pour qu'ils ne me remarquent pas, et ils ne tardèrent pas à partir avec Kahanu afin d'inspecter le bétail.

Les jours suivants, je réussis à rester hors de leur chemin, et ils ne demandèrent pas à me voir. Je m'en allais à l'aurore avec les paniolos et dormais souvent à la belle étoile avec ces derniers, dans une prairie à flanc de colline. La vie était simple et douce, loin de la perversité et des complots raffinés des Kane, et je me disais que si les choses n'empiraient pas je pouvais me sentir heureux.

Mais Archer retourna à Honolulu, et Jack resta encore une fois seul. Naturellement, il vint me chercher.

Un soir, tard, je rentrais à cheval avec les autres, trempé de sueur et puant comme un taureau après une longue et chaude journée passée à marquer le bétail nouveau-né. Il n'y avait qu'une douzaine de paniolos à Kalani, rien que des hommes âgés transférés du ranch Kanoi sur la Grande Ile pour être affectés à des tâches plus faciles, comme veiller sur le troupeau de bêtes primées réuni par Archer Kane. Ce dernier partait du principe qu'il ne devait pas se priver des talents acquis par les cow-boys pendant une longue vie de labeur ni les mettre à la retraite en finançant à fonds perdus leurs pensions. Il estimait qu'ils étaient encore capables de travailler, et il y trouvait son compte en économisant leur pension de vieillesse.

J'ajouterai, à la décharge d'Archer Kane, que c'était un vrai rancher. Il connaissait son affaire et la mentalité de ses hommes. Ces vieux cow-boys auraient dépéri jusqu'à en mourir s'ils n'avaient pu continuer à exercer leur métier ; Archer avait très bien compris qu'ils préféraient travailler et gagner honnêtement leur paie hebdomadaire en faisant la seule chose qu'ils savaient faire, plutôt que d'être flanqués à la porte du ranch pour aller vivre dans des villages pouilleux où ils passeraient la fin de leurs jours à radoter sur le bon vieux temps. Ils le haïssaient, bien sûr, comme tout le monde le haïssait ; mais Archer leur donnait ce qu'ils voulaient, et en échange ils travaillaient dur et fermaient leur gueule.

En voyant Jack m'attendre, ils détournèrent les yeux pour ne plus s'occuper que de leurs chevaux, auxquels ils offrirent des seaux d'eau fraîche et qu'ils protégèrent avec des couvertures, pour les calmer avant de les nourrir.

Jack se tenait renversé en arrière, les coudes appuyés sur la clôture du corral, un pied contre la barrière, un sourire vicieux sur le visage. « Hé, singe ! lança-t-il. Viens un peu ici. Je veux te parler. »

Je m'avançai à pas lents vers lui. Du coin de l'œil, je voyais les paniolos se glisser furtivement dans les écuries. Jack et moi étions seuls. C'est alors qu'un brusque frisson de bonheur me parcourut l'échine : pour la première fois, je n'avais pas peur de lui.

« On me dit que tu fais de la peinture ? » demanda-t-il froidement.

Je me rapprochai d'un pas et me plantai sur mes jambes écartées, les bras croisés. « Et après ? demandai-je en le fixant carrément dans les yeux.

— T'es là pour travailler, pas pour peindre ! » aboya-t-il. Il leva son menton arrogant, repoussa son chapeau de cow-boy sous un angle meilleur, et me fixa par-dessus la ligne de son nez. J'évaluai sa taille : un mètre quatre-vingt-cinq et environ quatre-vingt-six kilos tout en muscles ; j'avais un mètre soixante-dix de mon côté, et soixante kilos de nerfs. Sa mâchoire saillait agressivement, et le désir de le frapper me submergea presque. Je cachai mes poings serrés et me contentai de dire : « Archer est au courant. A ton avis, qui m'a fourni le matériel nécessaire ?

— Eh bien, c'est fini, déclara-t-il en désignant avec un rictus triomphal un tas de détritus accumulé dans le coin de la cour. Plus question de peindre sur cette île, espèce de foutue tapette. T'as qu'à gagner ton pain comme les autres paniolos. Tu pues autant qu'un métis, de toute façon ; t'as qu'à vivre comme eux », ajouta-t-il, les narines frémissantes tandis qu'il reniflait.

Il partit à grandes enjambées vers le tas, et je le vis tirer une boîte d'allumettes de sa poche. « Regarde bien, singe, lança-t-il en faisant craquer une allumette pour mettre le feu à mes affaires. Regarde toute ta foutue peinture de tapette partir en fumée. »

Il recula d'un bond au moment où les tableaux à l'huile et la térébenthine s'embrasèrent. Engourdi par la torpeur, je vis mes souvenirs s'envoler dans un tourbillon de flammes bleues et toxiques. C'étaient les images d'une époque où je m'étais senti heureux sur Kalani. Jack était en train de brûler Maluhia, Kahanu et Fido ; il était en train de brûler le poisson fraîchement pêché dans l'océan de cristal, les paniolos assis autour de leurs feux de camp, les bêtes au regard égaré par la peur, quand on les marquait avec un fer rougi à blanc. Il était en train de brûler le cardinal rouge, les lézards verts et le poney pommelé sur le dos duquel, plein de fierté, j'avais pour la première fois fait le tour du paddock.

Jack Kane était en train de brûler ma vie, et je bondis sur lui comme un taurillon s'échappe de l'enclos après avoir subi l'épreuve du marquage au fer rouge. « Je vais te tuer, espèce de salaud ! m'entendis-je hurler. Je vais te tuer. »

La rapidité de mon assaut le prit de court. Je le terrassai. Mes mains le saisirent à la gorge dès qu'il roula sur lui-même pour se libérer de mon poids en essayant de me donner des coups de pied. J'avais appris les arts martiaux avec le cuisinier chinois, et je savais comment m'y prendre pour tuer un homme. Je levai ma main bien raide et en posai le tranchant en travers de sa gorge. Il suffoqua, incapable de crier, et chercha désespérément à retrouver sa respiration.

« Je vais te tuer », répétai-je, et au moment même où je prononçais ces mots je compris que j'y prenais du plaisir. L'idée de le tuer était si agréable que le choc me rendit mes esprits. Je fus effrayé par l'intensité de ma haine et par la puissance de ma fureur.

A califourchon sur sa poitrine, j'observai son visage virer au violet. Mais je levai les yeux et vis Maluhia qui se tenait au fond de la cour et nous regardait. Elle se cacha le visage dans ses mains, l'air horrifié, lorsque nos yeux se croisèrent, et je compris que je ne pourrais pas le faire. Si je tuais Jack Kane, je deviendrais un assassin. Et il n'en valait pas la peine.

Je me relevai et j'attendis qu'il reprenne péniblement son souffle. Au bout d'un instant, il s'assit en frottant sa gorge. Il me jeta un regard furibond sous ses paupières meurtries et gonflées.

« T'es cinglé ! cria-t-il dans mon dos d'une voix enrouée, alors que je m'éloignais à grands pas. Un retardé mental, comme ta putain de mère. Personne ne s'intéresse à toi. Personne ne se soucie de savoir si tu es mort ou vivant. (Il se redressa avec difficulté, se tint debout dans une attitude arrogante, les mains sur les hanches.) Lâche ! railla-t-il dans un hurlement. T'as peur d'achever la besogne ? »

Je m'arrêtai net, les poings serrés, prêt à cogner. Un court instant, il faillit m'avoir, comme dans le temps. Mais cette fois j'ignorai ses sarcasmes et, drapé dans ma dignité, je retournai dans le corral, sautai sur mon cheval à cru et partis au galop.

J'ai chevauché jusqu'à la pointe nord-est de l'île, en incitant ma monture à aller de plus en plus vite, en ligne droite jusqu'à l'endroit où la paroi de la falaise haute d'une soixantaine de mètres tombe à pic dans l'océan Pacifique plein d'éperons rocheux.

Le cheval a freiné des quatre fers, en hennissant de peur. J'ai sauté à terre et regardé en bas le puissant océan fracasser des murailles liquides contre les rochers acérés, se pulvériser en un rideau d'écume et de gouttelettes, s'enfler et s'exaspérer, engloutir des épaves et des morceaux de bois dans ses profondeurs infinies. Toute prudence m'avait abandonné. Je me disais que rien ne valait la peine de vivre ; que n'importe quoi, même le néant de la mort, était préférable à ma vie.

Je suis resté ainsi pendant longtemps, jusqu'à ce que le soleil commence à se coucher, et j'ai finalement levé les yeux au-dessus des rochers et de la mer en furie pour contempler dans toute sa beauté la lumière rouge et dorée qui m'environnait. Ensuite, je me suis laissé tomber à genoux en mugissant comme une bête sauvage. Pour la première fois depuis l'âge de sept ans, je me suis mis à pleurer.

J'ai dormi à la belle étoile cette nuit-là, en haut de la falaise balayée par les vents, en paix avec moi-même, en me demandant ce que j'allais faire à présent. Il n'y avait qu'une seule possibilité : je devais quitter Kalani. Mais comment ? Kahanu était responsable de la vedette à moteur — le seul bateau assez solide pour effectuer en sécurité la traversée jusqu'à Maui. Je ne pouvais pas lui demander de m'aider, car Archer le saurait à coup sûr, et Kahanu risquerait de perdre son travail. Et je savais Archer capable d'une telle rancune qu'il s'emploierait à empêcher Kahanu de jamais retrouver un emploi sur les îles. Les bateaux de ravitaillement jetaient l'ancre à Kalani une fois par mois et, de temps à autre, un cargo de bétail se présentait pour transporter des animaux jusqu'au ranch de la Grande Ile ; mais leurs équipages étaient eux aussi à la solde d'Archer, et ils ne seraient pas plus enclins à favoriser mon évasion qu'à se trancher eux-mêmes la gorge.

Restait la possibilité d'utiliser le hors-bord de Jack. C'était un petit engin de deux mètres à peine, peu profond. Bon pour faire teuf-teuf et pêcher dans les hauts-fonds, mais pas pour traverser le bras de mer perfide, large de trente kilomètres, qui sépare Kalani de Maui. Les courants y sont dangereux, et les vents peuvent en moins d'une heure faire place à de violentes bourrasques ou apporter des orages. C'était un risque, mais je savais qu'il me faudrait le prendre.

Étendu sur le dos, je regardais les étoiles traverser le ciel de la nuit tropicale. Vénus brillait avec autant d'éclat qu'un diamant et semblait si proche que j'avais l'impression de pouvoir la toucher en tendant le bras. Et, tandis que les étoiles filantes se catapultaient dans les cieux telles les fusées des feux d'artifice, je mis au point mon évasion et me demandai ce que je ferais de ma nouvelle liberté.

Je rentrai doucement, avant l'aurore, en contemplant pour la dernière fois le paysage que je connaissais si bien. L'herbe haute était perlée de rosée, les oiseaux entamaient leurs chœurs matinaux, et mes oreilles aiguisées de petit campagnard entendaient les bruissements que faisaient des milliers de minuscules créatures. J'aimais Kalani et je savais que sa beauté, tout autant que ses démons, feraient toujours partie de moi-même.

J'envisageais de voler des bidons d'essence dans le hangar et de les dissimuler dans les broussailles derrière le quai. Le bateau de Jack était amarré à proximité ; il serait facile dans l'obscurité de charger à bord le carburant et quelque nourriture avant de dériver silencieusement dans les ténèbres, en laissant le courant emporter le bateau jusqu'à ce que je sois assez loin pour mettre en route le petit moteur. Après quoi, en me guidant aux étoiles, je devrais me fier à ma propre habileté et à Dieu.

Je séchai la sueur de ma monture. Puis, après lui avoir envoyé une claque affectueuse sur la croupe, je la fis galoper jusqu'au paddock. Je contemplai la jument mélancoliquement pendant un moment, m'imprégnai de cette dernière image d'elle, tandis qu'elle jouait des sabots et hennissait de bonheur en se sentant libre. J'espérais que je ne tarderais pas à éprouver la même impression.

Je m'avançai furtivement vers la maison, l'œil aux aguets pour déceler la présence de Jack ; mais il faisait à peine jour, et personne n'était là. Sauf Maluhia.

Elle se tenait sur la véranda, à la hauteur de la cuisine. Elle était roulée en boule dans la position du fœtus, les genoux remontés sous le menton. Elle me dévisagea tristement de ses yeux dorés et vides, et je fus bouleversé de remarquer sa bouche enflée et son visage couvert d'ecchymoses.

« Maluhia, balbutiai-je d'une voix étranglée en tombant à genoux près d'elle. Qu'est-ce qui s'est passé ? » Mais je connaissais déjà la réponse. J'avais assez souvent observé comment Jack, assis à table en train de boire un whisky en compagnie de son père, convoitait son corps souple, la pointe dressée de ses seins sous le sarong. Jack était entré dans sa chambre, et Maluhia avait repoussé ses avances. Comme elle criait, il l'avait frappée jusqu'à la réduire au silence et la soumettre.

Cette fois, je savais que j'allais le tuer. Livide de rage, je me dirigeai à grands pas vers sa chambre ; mais Maluhia m'interrompit par ses cris : « Il n'en vaut pas la peine, Johnny ! sanglota-t-elle. Après tout, je ne suis qu'une femme achetée. Que puis-je espérer d'autre ? »

Mais ma colère grandit encore en l'entendant me dire qu'elle n'avait aucune valeur. Pour moi, elle avait plus de probité et de dignité que celui qui l'avait achetée. J'attrapai un couteau et je partis à la recherche de Jack, pendant que Maluhia courait demander de l'aide à Kahanu.

Je trouvai Jack qui ronflait dans un hamac suspendu entre deux palmiers, là où les pelouses descendaient jusqu'à la mer. Je pris le couteau enfoncé dans ma ceinture et sectionnai la corde, ce qui le fit verser dans l'herbe. Jack se releva prestement et se tassa dans la position du boxeur. Il levait les poings et grimaçait un sourire.

« Tu as sans doute découvert que j'ai pris ce que tu as toujours désiré, me nargua-t-il en tournant autour de moi. Marrant. Je croyais que Maluhia était pour toi l'image de la mère... Tu ne verrais donc pas d'inconvénient à baiser ta mère, petit frère ? Si tu veux savoir, elle n'en valait pas la peine. C'est un mythe ce qu'on dit sur les Chinoises. Maluhia n'est pas assez femme pour un homme de mes appétits et dimensions, mais je suis sûr qu'elle irait comme un gant à un petit singe comme toi. Quant à moi, je prendrai un de ces jours une belle femme à la peau blanche et au sang chaud... »

Je me fendis avec le couteau et le touchai à l'épaule. Alors qu'il vacillait à reculons, je trébuchai et faillis tomber. Je le vis porter la main à son épaule, puis regarder ses doigts ensanglantés. Et, sur le moment, il oublia de penser à l'héritage et à la nécessité de me garder en vie pendant encore trois ans.

J'essayais désespérément de retrouver mon équilibre quand il me sauta dessus. Il me saisit la main, qu'il tordit derrière mon dos jusqu'à ce que je lâche le couteau. Il se pencha pour le ramasser, et je lui envoyai une ruade ; mais sa rage lui avait donné la vivacité de l'éclair. Il s'empara du couteau et me balafra le visage. Je perçus un faible sifflement quand la chair de ma joue s'ouvrit jusqu'à l'os, et je sentis le goût chaud, métallique, de mon propre sang.

Je lui lançai des coups de pied et me battis à la manière orientale qui m'avait été enseignée ; mais je ne faisais pas le poids face à son excédent de kilos et à la fureur qui l'animait. Il se fendait pour m'atteindre au cou, à la poitrine, à l'aine. Je devais lever les bras pour me protéger en criant non de peur, mais d'une colère égale à la sienne. Peu m'importait la vie ou la mort. J'aimais la douce Maluhia, et je voulais que Jack meure pour ce qu'il lui avait fait.

Des bras vigoureux écartèrent Jack de moi. Kahanu lui envoya un coup de poing qui le projeta à terre. Il se saisit du couteau et se dressa au-dessus de lui dans une attitude meurtrière.

« Non, non, Kahanu ! entendis-je Maluhia hurler. Je ne mérite pas que tu le punisses comme ça. Je ne suis qu'une *kawhaini*, une concubine. »

Un frémissement parcourut le torse massif de

Kahanu tandis que son regard allait de Maluhia à Jack. Puis il se dirigea vers le rivage et jeta le couteau ensanglanté dans l'océan.

Jack s'assit, se massa la mâchoire, essuya le sang de son visage. Il riait. « Je veux te voir mourir, espèce de sale petit singe à sa mémère ! hurla-t-il ensuite en se remettant péniblement sur ses pieds. Je t'aurai quand tu ne te cacheras pas derrière les jupes de Maluhia et quand Kahanu ne sera pas là pour te protéger. » Riant de nouveau, il s'en fut.

Kahanu me souleva dans ses bras et me porta dans les écuries. Il me coucha sur de la paille fraîche et douce ; Maluhia lava mes blessures, mais je saignais abondamment, et elle ne parvenait pas à arrêter l'hémorragie.

Kahanu regardait Maluhia d'un air soucieux. Il savait que j'avais besoin d'un médecin. Il annonça qu'à la nuit tombée il m'emmènerait en bateau à Maui, où vivait sa famille. Le docteur me ferait des points de suture et ses parents me cacheraient, veilleraient sur moi jusqu'à ce que je me rétablisse.

Maluhia était les yeux et les oreilles de la maisonnée, et elle était au courant de tout ce qui s'y passait. C'est ainsi qu'elle me raconta comment Archer envisageait de me tuer lorsque j'aurais dix-huit ans, pour me prendre mon héritage.

J'ignorais de quoi elle parlait. « Quel héritage ? » lui demandai-je, car à ma connaissance j'étais sans le sou. Elle hocha la tête ; elle ne savait pas. Mais on ne pouvait plus faire confiance à Jack ; il voulait ma mort. *Et tout de suite.*

« Je ne partirai pas sans toi », dis-je obstinément à Maluhia, car je savais qu'en m'évadant je la laisserais à la merci de Jack.

Elle répondit : « Tu n'es qu'un gamin. Tu dois t'en aller tout de suite à Maui. Quand tu auras repris des forces, il faudra que tu partes aussi loin que possible, là où ils ne te retrouveront jamais. » Et elle fourra les économies de toute sa vie, quarante dollars, dans ma main.

« Ne reviens jamais, Johnny », chuchota-t-elle en se penchant pour me donner un baiser d'adieu.

Je me dis que je me souviendrais jusqu'à ma mort de son doux et chaste baiser, et du parfum de la fleur de plumeria plantée dans ses cheveux, de la douceur fraîche de ses lèvres, de ses tendres yeux sombres, brillants d'amour et de larmes contenues. Je savais que je ne reverrais jamais Maluhia, et le déchirement de mon cœur m'était plus douloureux que mes blessures. Pendant que le bateau s'éloignait du quai dans la nuit, j'étais assis à la poupe, et je regardais tristement en arrière, vers l'île désormais invisible, retenant le souvenir de Maluhia dans ma mémoire.

« Retourne là d'où tu viens, me supplia Kahanu tandis que le bateau chevauchait les vagues. Ne dis à personne qui tu es, sinon ils te repéreront à coup sûr. Construis-toi une nouvelle vie. Tu es en train de faire ton entrée parmi les adultes, mon ami. Les dieux te fournissent l'occasion d'entamer une nouvelle vie. »

Je regardais ce beau géant de bronze guider son bateau dans le bras de mer, en me disant qu'il était bien étrange de devoir finalement à Jack Kane cette traversée vers la liberté.

Je me demandais ce que je ferais d'une telle aubaine. Je n'avais pas quitté Kalani depuis dix années. Je n'avais jamais vu une ville, grande ou petite. Je n'étais jamais allé à Honolulu ou à Maui. Je pensai, le cœur serré, qu'Archer avait eu raison. J'étais un sauvage qui ne savait comment se conduire dans une société civilisée.

Je gardai le regard fixé, par-dessus les vagues, sur Maui. J'avais en poche les quarante dollars de Maluhia ; je possédais le baluchon de vêtements propres qu'elle m'avait remis. Et j'étais libre.

## 29

Kahanu avait formé le projet de raconter à Archer que je m'étais enfui dans le petit bateau de Jack — comme je l'avais imaginé moi-même au début. Il m'avait révélé son intention de saborder le bateau pour faire croire que j'avais péri en mer. Je ne sais si les Kane l'ont cru ou non, mais personne n'est parti à ma recherche. Les parents de Kahanu ont pris soin de moi comme si j'étais leur fils, et j'enviais leur mode de vie tranquille sur l'île, la douceur de leur existence où chaque journée débouchait sans-à-coups sur le lendemain.

C'étaient des gens heureux, et je les vois encore se rassembler sur la lanai de leur petite maison en bois, par de longues et chaudes soirées, accueillir des amis et des voisins qui s'arrêtaient toujours en passant pour bavarder ou partager un repas. Quelqu'un se mettait à gratter un ukulele, et tous chantaient de charmants vieux hymnes ou des chansons plus récentes. Et les femmes dansaient — même les vieilles se laissaient encore emporter par le rythme, pour exprimer la joie de vivre dans leur île. Je les enviais, et je redoutais avec anxiété le moment où il me faudrait partir.

Cinq semaines plus tard, croulant sous de multiples colliers d'adieu hawaïiens, j'embarquai sur un navire qui se dirigeait à petite vitesse vers Honolulu.

Mon séjour sur l'île de Maui avec la famille de

Kahanu m'avait fourni une heureuse transition ; je comprenais ces gens et leur façon de vivre. Après tout, j'étais plus semblable à eux qu'aux membres de ma prétendue famille. Mais Honolulu était une ville tentaculaire, surpeuplée, dure et trépidante pour un gamin comme moi, élevé sur une petite île. Et en voyant le nom célèbre des Kane étalé sur les quais et les navires, voire sur la plaque d'une rue, je compris que j'étais en territoire ennemi. Sans tergiverser, j'adoptai un nouveau nom, John Jones, pour me faire embaucher sur le premier cargo venu, parmi ceux qui faisaient la navette entre Honolulu et San Francisco pour transporter du bétail. Par une ironie du sort, il se trouva appartenir au ranch Kanoi, mais personne n'y connaissait Johnny Leconte. J'étais capable de m'occuper du bétail, et c'était tout ce qu'on me demandait.

J'avais été impressionné par Honolulu, mais je fus terrifié par San Francisco. Je n'avais jamais vu des automobiles en aussi grand nombre, une telle cohue, autant de remue-ménage et de bruit. J'hésitais à traverser les rues, ignorant de quel côté regarder. Je ne savais ni quoi commander dans le café populaire où j'étais entré ni comment payer. Les gens me dévisageaient, dans la rue ; ils détaillaient subrepticement par-dessus leur épaule ma tenue de va-nu-pieds. Honteux, j'entrai dans un magasin pour acheter deux chemises et le premier vrai pantalon que j'aie jamais possédé. Je me fis aussi couper les cheveux chez un coiffeur, et quand je me vis dans le miroir je me tenais en face d'une autre personne. Mais je savais que j'étais toujours un jeune rustre, à peine sorti de sa campagne, au milieu d'une grande ville.

Je comptai mon argent et m'aperçus qu'il me restait à peine cinq dollars. Il me fallait trouver un travail, mais tout ce que je savais faire c'était m'occuper du bétail. J'étais en train de m'interroger sur ce que j'allais devenir quand un jeune homme qui faisait la queue devant un stand de hot dogs sur Market Street m'adressa la parole. Il portait un uniforme élégant composé d'une courte veste rouge et d'un pantalon noir, et il me dit qu'il était employé comme groom dans un grand hôtel. Il m'examina des pieds à la tête d'un air amical, et je suppose qu'il perçut ma détresse, car il m'annonça qu'il y avait une place disponible dans son établissement, pour le cas où cela m'intéresserait. Jusque-là, je m'étais tenu à l'écart, sur le cargo à bétail, évitant d'échanger plus de quelques mots avec les autres hommes, et ce gars était la première personne avec qui je liais connaissance en dehors des insulaires.

Il s'appelait Augustus Stevens. « Appelle-moi Gus », me dit-il avec entrain sur le chemin de l'hôtel. Originaire de la côte Est et venu chercher fortune dans l'Ouest, il était plus petit que moi et tout aussi maigre. Il n'avait alors que seize ans, mais je devais revoir son nom bien des années plus tard — quand il serait devenu président d'une célèbre compagnie pétrolière, et j'en déduirais qu'il avait fini par faire fortune comme il en avait eu l'intention... Mais, à l'époque, il se démenait autant que moi pour joindre les deux bouts, et nous nous étions aussitôt liés d'amitié...

Cet après-midi-là, je devins donc groom ; mon nom, Johnny, était inscrit sur un badge accroché à mon élégant veston rouge. Je faisais des courses, j'ouvrais des portes et je coltinais des bagages dans l'un des hôtels les plus luxueux de la ville. Le salaire de base était maigre, mais Gus m'avait dit que les pourboires contribuaient à l'améliorer, et il avait raison. Je trouvai à me loger dans une petite chambre non meublée du quartier chinois, et je découvris que je pouvais m'en tirer en me nourrissant essentiellement de riz avec des germes de soja dans les restaurants du coin.

J'avais élu domicile dans le quartier chinois parce que je m'y sentais en sécurité. Je comprenais mieux les habitudes des Chinois que celles de mes compagnons de travail, des hommes effrontés au regard dur. Mais la distance entre moi et les îles était encore insuffisante. Je savais qu'Archer et Jack venaient fréquemment à San Francisco, et j'étais en permanence sur le qui-vive, ne cessant de regarder derrière moi et de surveiller les environs de l'hôtel. Il me faudrait mettre plusieurs milliers de kilomètres entre les Kane et moi avant d'éprouver la sensation de leur avoir vraiment échappé.

J'économisai autant de dollars que je pouvais, avec la vague idée de retourner à la villa Mimosa. Je me demandais si Nanny Beale y habitait encore. Et si elle se souvenait du petit garçon qu'elle avait laissé à Kalani tant d'années auparavant. Mais le jour où j'appris par les journaux que la guerre faisait rage en Europe et que la France était occupée par les Allemands, je me dis que l'espoir de revoir Nanny et la villa n'était plus qu'un rêve.

C'était en 1941. Je m'étais adapté à mes nouvelles fonctions dans cet hôtel ; je mettais un point d'honneur à effectuer vite et bien mon travail ; je remerciais en souriant pour les pourboires que je recevais. Pendant mes journées de repos, j'explorais la ville avec les yeux d'un homme qui voit les Pyramides pour la première fois. J'utilisais les fameux funiculaires urbains, tout bringuebalants, pour mes promenades, et je traversais la baie sur les ferries afin de vagabonder dans les bois et sur les collines. De temps à autre, j'allais au cinéma en compagnie de

Gus. Principalement pour voir des westerns pleins de chevaux et d'aventures qui faisaient mes délices.

Puis, le 7 décembre, les Japonais attaquèrent Pearl Harbor, et les États-Unis entrèrent dans la guerre. Je pensais avec horreur au sort d'Oahu — cette île paisible derrière son front de mer, où j'avais vu tous ces magnifiques bateaux aujourd'hui livrés aux flammes — et à ces innombrables vies perdues. Plein de fureur, j'allai immédiatement m'enrôler dans la marine, comme Gus.

« Quel âge as-tu, mon gars ? me demanda le sergent recruteur avec un pétillement dans les yeux.

— Dix-huit ans, monsieur, répondis-je plein d'assurance, ainsi que Gus me l'avait conseillé.

— Tu es plein de bons sentiments, mon fils, dit-il gentiment, mais il te faudra grandir encore quelques années avant de pouvoir te battre pour ton pays. »

J'étais amèrement déçu. Au fond de mon esprit avait mûri l'espoir d'être envoyé en Europe. Gus eut plus de chance. Son aplomb et l'expérience acquise dans la rue le servirent : quand il sortit de la boutique transformée en bureau de recrutement, il appartenait à la marine américaine.

Gus ne fut pas le seul à quitter l'hôtel. Les hommes étaient enrôlés, et aussitôt envoyés à l'entraînement. C'est pourquoi la pénurie de main-d'œuvre me fit soudain accéder au rang de serveur. J'avais le sens de l'observation, j'apprenais rapidement en regardant comment faisaient les autres ; mais au fond de moi j'ignorais toujours les règles de la vie en société. J'étais encore le gamin sauvage venu des îles.

Deux années s'écoulèrent. San Francisco grouillait de marins ; tous les hôtels en étaient pleins ; leurs petites amies ou leurs épouses affluaient dans la ville pour se rapprocher d'eux. J'avais dix-sept ans.

Encore une année, me disais-je, et je pourrai m'engager légalement dans la marine. Je me tenais au courant de la marche de la guerre, toujours avec le vague espoir d'être envoyé en Méditerranée. Entretemps, j'obtins un nouveau poste.

Le St. Francis était un grand hôtel, à la clientèle raffinée : les hommes étaient des officiers ; les femmes avaient de la classe, du chic, elles étaient riches. L'une d'entre elles, que je servais régulièrement, y réservait un appartement à l'année. Elle prétendait que son mari, un officier, était « coincé dans la cambrousse » au camp de Pendleton, base maritime proche de San Diego, et elle refusait d'aller s'enterrer si loin.

« C'est le bout du monde », l'entendais-je se plaindre à ses amies tandis qu'elles sirotaient leurs cocktails habituels à 6 heures du soir et passaient en revue les distractions que leur offrirait la soirée.

C'était une femme de quelque quarante ans, portée sur le flirt, attirante avec ses yeux bleus et son teint pâle, presque translucide. Sa chevelure d'un blond platine naturel, coupée à la mode, lui faisait une tête de page ; et sa large bouche avide avait la couleur du cardinal qui venait se poser sur la balustrade de la véranda à Kalani le soir.

Je l'avais remarquée parce qu'elle était jolie et gaie, toujours prête à plaisanter avec ses amies ou les officiers qui les invitaient à sortir. Mais il y avait chez elle une sorte d'agitation nerveuse. J'avais remarqué que ses yeux ne cessaient de surveiller la pièce pendant qu'elle parlait, et je me demandais ce qu'elle cherchait. Parfois, j'avais l'impression que ses yeux s'arrêtaient sur moi avec curiosité.

Je rougissais en sentant son regard m'examiner de la tête aux pieds depuis le fond de la pièce. J'étais jeune et innocent : j'avais à peine adressé la parole à une fille. A présent, j'étais grand, maigre mais musclé, tout en nerfs, et je pensais qu'elle se moquait de mon allure, avec mon pantalon noir étroit et mon veston rouge très court aux boutons de cuivre.

Elle scrutait mon visage quand je posais délicatement le Martini sur la table devant elle, et je me détournais pour éviter son regard souriant, parce que je savais que je n'étais pas précisément beau. Mon visage était trop mince, mes traits trop forts, et grâce à Jack une cicatrice traçait un profond sillon du bas de l'œil gauche presque jusqu'au menton. Mais Mme DeSoto semblait me trouver intéressant.

« J'ai remarqué que vous étiez un bon serveur, Johnny, me dit-elle, je demanderai que ce soit vous que l'on envoie quand j'appellerai le service des chambres. Les autres sont toujours si lents, et ils font toujours tellement d'erreurs ! L'un d'eux oublie constamment quelque chose, ajouta-t-elle avec un soupir. C'est déjà assez désagréable d'être en guerre pour ne pas avoir à supporter que le service nous rende la vie infernale. »

Elle me sourit de nouveau, et ses lèvres rouges cardinal découvrirent de magnifiques dents blanches, très régulières. *Comme des perles*, pensai-je, ébloui.

« Merci Johnny », ajouta-t-elle en me donnant un généreux pourboire accompagné d'un regard complice qui me fit rougir encore une fois.

A la suite de quoi, je la servis souvent au bar, et elle me donna toujours de bons pourboires — invariablement accompagnés de ce fameux sourire ; elle faisait en sorte que sa main touche la mienne quand elle glissait un dollar au creux de ma paume, ce qui me mettait mal à l'aise et me faisait rougir instantanément.

Quelques semaines plus tard, j'étais de service

dans les chambres. Il était plus de minuit. Personne n'aimait le service de nuit, parce qu'on avait tous les ivrognes sur le dos, et comme j'étais le plus jeune je finissais toujours par en écoper. Mme DeSoto téléphona : elle voulait qu'on lui porte sur-le-champ du gin, du vermouth et de la glace.

« Je suis contente que ce soit vous, Johnny », me dit-elle en ouvrant toute grande sa porte avec un sourire.

Je passai devant elle pour entrer dans la pièce et posai le plateau sur la table basse. Je la regardai. Elle portait une longue robe du soir rouge et aguichante, froncée sur les hanches, avec un pendentif de diamants et de rubis niché dans son profond décolleté en V juste au-dessus de la courbe blanche de ses seins.

« Voulez-vous m'ouvrir les bouteilles et me verser un verre, Johnny ? demanda-t-elle en s'affalant dans le canapé. Attendez. Je vais vous montrer comment je l'aime. (Elle me lança un regard à travers ses cils, accompagné d'un nouveau sourire.) Comme ça, vous saurez pour la prochaine fois. »

La pièce était éclairée par une lampe et remplie par l'odeur de son parfum, riche et musqué. Je lui tendis la boisson d'une main tremblante, et elle se pencha vers moi pour porter le verre à mes lèvres. « Goûtez-le, Johnny, murmura-t-elle. Pour savoir *exactement* comment je l'aime. »

Je pris une gorgée discrète, et l'alcool m'enflamma le fond de la gorge. Je me mis à tousser, tandis qu'elle riait en face de moi, les mains posées sur ses hanches. « Je parie que vous n'avez jamais pris d'alcool auparavant », déclara-t-elle. Elle se rassit sur le canapé et tapota le coussin le plus proche. « Venez vous asseoir à côté de moi, Johnny, et racontez-moi un peu ce que vous n'avez pas encore fait jusqu'à présent. Afin que je sache quoi vous apprendre encore. »

Je m'assis près d'elle, hypnotisé par ses yeux bleus et graves, sa bouche rouge et sensuelle. « Regardez-vous, reprit-elle en passant un doigt le long de la balafre, sur mon visage. Vous êtes comme un jeune poulain en train de devenir un étalon. » Elle m'adressa de nouveau ce sourire spécial, et j'eus envie de l'étreindre, de l'embrasser. « Un jeune innocent bien attirant », dit-elle d'un air pensif, en portant le verre à mes lèvres une fois encore.

Elle se leva et posa un disque de danse sur la Victrola. C'était un air de Glenn Miller, *Moonlight Serenade*. J'avalai le Martini en la regardant tourner autour de la pièce au rythme de la musique.

« C'est ma préférée », affirma-t-elle quand la musique s'arrêta. D'un coup de tête, elle libéra ses cheveux de la résille qu'elle portait et étira lascivement les bras au-dessus de sa tête. « Est-ce que vous aimez ça, Johnny ? » demanda-t-elle en préparant deux nouveaux verres de Martini.

« Bien sûr », marmonnai-je tout en contemplant son déhanchement tandis qu'elle traversait la pièce d'un pas souple pour remettre le disque. Elle se retourna et me regarda. Puis elle avala d'un trait son Martini et jeta le verre dans le foyer de la cheminée. Et elle se remit à danser. Mais cette fois elle commença aussi à déboutonner sa robe, et se rapprocha en oscillant jusqu'au moment où elle se trouva devant moi. Alors, elle fit glisser sa robe sur le sol.

Elle ressemblait à une apparition blonde dans une combinaison de satin rouge, perchée sur ses hauts talons, et je me sentis perdu. Elle s'assit près de moi et se mit à m'ôter lentement mes vêtements, tout sauf ma cravate. « Maintenant, qu'allons-nous faire de ça ? Je me le demande », déclara-t-elle en m'attirant à elle d'un air enjoué. Il émanait de son corps les effluves d'un riche parfum mélangés au goût du gin et à la senteur de sa propre chair, et je perdis la tête, emporté par son odeur, sa suavité, sa féminité somptueuse.

La première fois, je fus trop rapide ; mais elle m'apprit à me maîtriser, m'enseigna comment faire l'amour à une femme. « Tu es un bon élève, Johnny, affirma-t-elle. Je me souviendrai de toi. Mais je ne sais toujours pas ton nom. »

Mes sens étaient abusés par l'alcool, le parfum et la sexualité, de sorte que je lâchai étourdiment mon vrai nom : « Johnny Leconte. »

Elle me dévisagea, les yeux écarquillés, pendant un long moment. Puis elle rejeta la tête en arrière et éclata de rire, son long cou secoué par des vagues d'hilarité. Je la regardai, stupéfait.

« Comme c'est amusant ! souffla-t-elle à la fin. C'est trop beau pour qu'il s'agisse d'une simple coïncidence. Je veux dire : combien de fois as-tu pu entendre le nom de Leconte ? J'ai su qu'Archer Kane avait changé de nom en épousant cette Française et qu'il avait eu un fils. C'est toi, c'est ça ? Toi, Johnny Leconte ? »

Je sentis mon cœur sombrer en la regardant sans comprendre. « Bien sûr ! s'exclama-t-elle sans cesser de rire. Tu ne sais pas qui je suis. Voyons, mon jeune poulain chéri, je suis Chantal O'Higgins. La seconde femme d'Archer. La mère de son foutu fils Jack. »

Je renfilai mes vêtements aussi vite que possible et courus à la porte sans oser lui jeter un regard. Elle continuait de rire comme si c'était la meilleure plaisanterie du monde.

Je quittai l'hôtel la nuit même ; le lendemain

matin, je falsifiai mon âge et réussis à m'engager dans la marine. Mais je savais confusément qu'un jour cette rencontre fatale avec Chantal O'Higgins DeSoto reviendrait me hanter.

# 30

J'appris beaucoup, au cours de mon séjour dans la marine américaine ; l'essentiel de mon éducation me fut fourni par les hommes et la guerre, la vie et la mort, plutôt que par les livres. J'accomplis deux ans et demi de service sur un destroyer basé dans le Pacifique Sud. Malheureusement, j'avais dû renoncer à mon rêve d'être envoyé en Méditerranée.

Il ne m'a pas été difficile de m'adapter à la vie du combattant. En fait, j'avais passé presque toute mon existence en état de siège. J'étais déjà doté d'un sixième sens qui me prévenait du danger ; et mes années de formation dans les îles Hawaii avaient fait de moi un marin. J'étais habitué à l'océan et à ses humeurs.

Cela ne signifie pas que je n'ai jamais eu peur. Il aurait fallu être fou pour ne pas connaître l'épouvante. Chaque fois que je me trouvais dans ma tourelle au pied du canon afin d'affronter l'ennemi, séparé de lui par quelques dizaines de mètres d'eau grise, je sentais dans ma bouche le goût ancien, métallique, de la frousse. Faire la guerre était une activité pénible et ingrate, mais en récompense je savourais la camaraderie qui me liait aux autres marins, mes compagnons d'armes.

J'ai appris en tout cas à vivre avec mes semblables, à accepter l'amitié d'autrui et à savoir la lui offrir. Au bout du compte, je me suis civilisé, sans avoir jamais tout à fait l'impression d'appartenir à la grande famille des hommes. Je doutais de réussir à y parvenir un jour. Les psychologues prétendent que la personnalité se forme au cours des années qui précèdent la puberté ; or, la mienne avait été marquée par les batailles que j'avais livrées et les blessures que j'avais récoltées.

Pourtant, tout en vivant sur le fil du rasoir à cause de la guerre, menacé par les torpilles et les bombardiers des kamikazes en missions suicides, au cours des raids aériens, j'étais presque heureux. Au moins, nombre de kilomètres me séparaient des Kane. Mon dix-huitième anniversaire était arrivé, et je l'avais dépassé ; je savais que, si j'étais resté à Kalani, j'aurais déjà été victime de l'« accident fatal » prévu de longue date. Mieux valait mourir au service de mon pays ; en tout cas, ce serait une fin honorable.

Quand la guerre se termina en 1945, je fus tenté de rester sous les drapeaux et d'entreprendre une carrière militaire dans la marine ; mais je manquais trop d'instruction pour espérer devenir officier, et mes perspectives d'avenir en étaient limitées. En outre, j'éprouvais de nouveau le besoin de peindre. J'avais dessiné des scènes où figuraient les autres marins, lorsqu'ils jouaient aux cartes en sous-vêtements, avec leur casque d'acier sur la tête, lorsqu'ils s'affalaient à bout de forces sur leurs couchettes après une longue nuit de garde, ou lorsqu'ils lisaient les lettres venues du pays, et j'avais saisi l'expression mélancolique de leurs regards quand ils pensaient à leur femme et à leurs enfants. De mémoire, j'avais reconstitué certains épisodes des batailles navales au cours desquelles les navires de guerre se crachaient mutuellement tous les feux de l'enfer. J'avais fait des esquisses pleines de flammes et de fureur, de corps mutilés et ensanglantés. J'avais aussi représenté les convois qui traversaient silencieusement l'horizon pendant que nous, les francs-tireurs du Pacifique Sud, nous montions la garde.

Le capitaine avait vu mes dessins. Il les appréciait et les avait accrochés sur les murs du corps de garde. Quand cette longue guerre se termina enfin, il en soumit quelques-uns au chef des opérations navales. Certains furent encadrés et exposés dans les majestueux couloirs de Washington.

Je me sentis triste le jour où je redevins un homme libre pour la seconde fois de ma vie. La marine américaine avait accueilli dans ses rangs un garçon mal dégrossi et en avait fait un homme. Je regrettais aussi la camaraderie et la discipline. Désormais, j'allais devoir penser de nouveau par moi-même.

Je n'étais sûr que d'une chose : je voulais peindre. J'avais un peu d'argent que j'étais parvenu à économiser, outre l'indemnité financière qu'on nous avait octroyée pour faciliter notre retour à la vie civile ; mais je devinais que ce petit pécule ne durerait pas longtemps, et je savais aussi que je ne pouvais pas retourner sur la côte Ouest ni à Hawaii.

Mon existence consista pendant un certain temps en une série de petits boulots curieux. Je travaillai comme serveur pendant la saison estivale pour des stations de montagne, dans l'Est, afin de gagner un peu d'argent à dépenser pendant les hivers que je consacrais à la peinture. Je ne savais pas si ce que je faisais était « bon ». C'était seulement une chose que je me sentais obligé de faire et qui donnait un sens à ma vie.

J'ai eu des tas de petites amies à l'époque, de gentilles filles, surtout des modèles qui tombaient amoureuses du romantique jeune artiste dans sa « mansarde » glaciale — il s'agissait en fait d'un grenier situé au-dessus d'une quincaillerie, dans une petite ville du Maine au bord de la mer. Je changeais d'amour au fil des saisons, mais mes seules vraies amours étaient la mer et mon art.

Les années s'écoulaient lentement, comme c'est le cas pour les jeunes gens en général. De temps en temps, je vendais un tableau, mais c'était toujours un déchirement terrible quand je devais m'en séparer. J'aurais voulu les garder tous, parce qu'ils représentaient mes souvenirs de gens que j'avais connus, d'endroits où j'étais allé, et de filles que j'avais aimées. Comme toujours, je peignais ma vie. Mais je ne peignais jamais Kalani ni rien qui eût un rapport avec mon enfance. Tout restait enfermé au fond de mon esprit, comme une torpille qui n'a pas explosé.

Au début des années 50, on commença à remarquer mes tableaux. Une petite galerie élégante de New York me proposa une exposition, et je dus trier minutieusement mes toiles, me séparer à contrecœur de celles que j'estimais les meilleures. Je m'achetai un nouveau costume pour l'occasion et rasai la barbe que je laissais pousser en hiver. Je me trouvais ridicule et déplacé, debout dans la galerie, cramponné à une coupe de champagne, l'oreille attentive aux commentaires qu'échangeaient les visiteurs. A ma surprise, il y avait surtout des compliments, et des petits autocollants rouges ne tardèrent pas à fleurir sur mes toiles. Ce fut un succès mineur, mais au moins je pris place, à partir de là, parmi les artistes qui avaient vendu des œuvres au cours d'une exposition. Grâce à cela, un homme de pouvoir appartenant à la haute finance me commanda le portrait de sa femme.

Mon sujet était un personnage ordinaire, mais doté d'une charpente majestueuse qui lui conférait une grande dignité. Elle avait épousé son mari à l'âge de dix-huit ans, et traversé à son côté bien des années de vaches maigres, au temps où ils habitaient des rez-de-chaussée à Long Island et des meublés au New Jersey, jusqu'au jour où il avait enfin effectué sa percée dans le secteur de l'assurance vie. Après des fusions suivies de nouvelles acquisitions, il avait fini par devenir un financier de renom, quelque peu véreux, et multimillionnaire. A présent, il vivait comme un grand seigneur. On le voyait aux soirées de bienfaisance et dans les dîners huppés. Il était intimement lié avec des gens qui occupaient de hautes fonctions à Washington.

Mais sa femme ne se montrait jamais avec lui. Parfois sa fille l'accompagnait, mais le plus souvent c'était une blonde éblouissante, deux fois plus jeune que lui, brillant de tous ses diamants dans des tenues de haute couture.

Je savais que cette commande d'un portrait était un stratagème de sa part, pour faire croire à sa femme qu'elle comptait encore à ses yeux. *Et pour qu'elle se tienne tranquille*, m'étais-je dit lors de notre première rencontre. Je savais aussi qu'il m'avait choisi parce que je lui coûterais moins cher que des artistes plus connus ; il croyait que sa femme n'y verrait aucune différence.

C'était une femme douce dont émanait une sorte de charme aimable — une authentique bonté d'âme qui lui interdisait de voir, contre toute évidence, le moindre mal chez autrui. Je me pris d'affection envers elle, assez pour m'investir totalement dans ce portrait.

Je la fis poser dans une robe de velours vert bronze, comme une princesse médiévale ; les cheveux relevés, afin de bien dégager ses pommettes saillantes et son nez à la Néfertiti, le menton en l'air ; et toute sa personne droite comme une femme qui connaît sa valeur. En outre, je la couvris d'or et d'émeraudes. L'éclat de ses merveilleux yeux sombres, pleins d'une chaleur et d'une innocence rares, formait un contraste avec une pose aussi arrogante.

Ce portrait devint la pierre angulaire de mon succès, même si l'on ne m'a jamais considéré, au fond, comme un portraitiste. Il fut prêté à divers musées, et le nom de John L. Jones commença de circuler. Je découvris des articles sur moi dans les quotidiens et dans le magazine *Time*. D'autres commandes se présentèrent, mais je les laissai bientôt en souffrance, parce que j'avais enfin les moyens de me payer un voyage en Europe.

Je traversai l'Atlantique sur un bateau, comme à l'aller ; mais cette fois je disposais d'une cabine convenable en deuxième classe. Je ne pouvais pas encore m'offrir des premières, mais ça n'avait aucune importance car je rentrais chez moi.

Je m'attardai un peu à Paris, pour faire durer le plaisir de mon retour et m'imprégner des sites que la guerre n'avait pas détruits dans l'ouest de la France. Je visitai les musées, regardai les tableaux, et dégustai du vin rouge dans les cafés des boulevards, en assistant au spectacle du monde qui défilait devant moi.

Quand je montai enfin dans un wagon-lit, en route vers le Sud, j'étais comme un amoureux tenu trop longtemps à distance par sa maîtresse.

Même si je ne pouvais m'en souvenir avec exactitude, la Côte d'Azur se montra, magiquement, telle que je l'avais toujours imaginée : la façon dont la lumière tombait sur les vertes collines, les allées de sable blanc, les pins parasols, et les cèdres immenses dont les cimes perçaient telles des aiguilles un ciel bleu éclatant. Mais ce fut seulement en voyant la Méditerranée que je compris la véritable signification du mot « azur ». Je tremblais de ravissement. Pour un artiste, c'était le rêve, la lumière de l'inspiration.

Je descendis dans une petite auberge de la Côte, dirigée par deux paysannes robustes, la mère et la fille. Le père était pêcheur, et il prenait la mer chaque soir avec ses filets pour ne revenir qu'à l'aube ; il rapportait alors un assortiment de poissons qui enrichissaient notre table à l'heure du dîner. C'était une famille charmante et simple, pleine de courtoisie pour l'étranger qu'elle accueillait. Tous furent intrigués en me voyant sortir mon chevalet ; mais ils comprirent bientôt que j'étais un artiste et que je désirais les peindre, eux et leur entourage. Je délirais de joie devant leur mode de vie, sa fraîcheur et sa beauté encore intactes, la qualité de la nourriture et du vin, et cette lenteur qui appartient au climat méditerranéen.

Maintenant que je touchais au but, je remettais nerveusement à plus tard ma quête du passé. Je me disais que j'étais retenu par mon envie de peindre ; mais, en vérité, une fois sur place, j'avais peur de ce que j'allais découvrir. Je craignais d'entendre que Nanny Beale était morte, peut-être tuée au cours de la guerre, ou bien qu'elle était retournée en Angleterre. Je craignais d'apprendre que la villa Mimosa appartenait à d'autres et que l'accès m'en était interdit. Je craignais de découvrir que mes rêves devraient rester à l'état de rêves. Par-dessus tout, je craignais de trouver Jack et Archer Kane régnant en maîtres sur mon ancienne villa.

Il fallait pourtant que je parte à la recherche de mon passé. De Nanny Beale et de la vérité à propos de ma mère.

J'arrivai à la villa Mimosa du premier coup, bien

entendu — de la même façon qu'un chat transporté à des centaines de kilomètres peut retrouver le chemin de son foyer. Je grimpai à bicyclette la route sablonneuse qui menait au sommet de la colline et passai devant le mur de crépi rose effrité, à demi caché sous son rideau de bougainvillées et de roses. Mon cœur se mit à battre aussi fort que celui d'un coureur du Tour de France, quand j'appuyai mon vélo contre le mur et agitai la cloche, en épiant l'allée de gravier à travers le portail de fer rouillé.

Le *gardien*, en combinaison de travail bleue, un individu agréable qui déclara être aussi le jardinier, vint m'ouvrir et me dit qu'il n'y avait personne.

« Je connaissais autrefois quelqu'un qui vivait ici, lui déclarai-je pour obtenir une réponse. La famille Leconte. »

Son visage s'éclaira, et je constatai qu'il était content d'entendre quelqu'un mentionner ce nom.

« Ils sont partis depuis bien longtemps, m'sieur, me déclara-t-il. Madame est morte ; et son mari, l'étranger, est parti avec son fils vivre au loin sur une île tropicale. J'ai entendu dire qu'ils étaient revenus une fois, après la guerre, pour réclamer la fortune du garçon, mais ils ne se sont jamais rendus à la villa — l'ancienne maison du garçon, m'sieur, l'endroit où il est né. Cela aurait brisé le cœur à Mme Leconte, de savoir que son fils se souciait si peu de l'endroit qu'elle aimait le plus au monde. »

Je compris que Maluhia avait eu raison. Il y avait un héritage, et les Kane avaient fini par mettre la main dessus. Je supposai que Jack s'était fait passer pour moi, avait prétendu être Jean Leconte et réclamé ma fortune. Ça m'était égal. Je me fichais pas mal de l'argent. J'étais vivant, libre — et, à ma manière, heureux. Je ne désirais rien d'autre.

Le *gardien* remarqua l'intérêt que je portais à la

maison, et il proposa de me la faire visiter. Pendant que nous remontions l'allée dont le gravier crissait sous nos pas, et alors qu'apparaissait à la vue la splendide villa d'un rose délavé, je me souvenais dans le moindre détail du jour où mon père était venu me chercher. Je revoyais le petit garçon que j'avais été, assis sur les marches de marbre, si fraîches contre mes jambes nues, le soleil matinal sur mon visage, et mon Fido bien-aimé serré dans mes bras. Je retrouvais le sentiment de terreur qui m'avait saisi, au moment où le regard de mon père avait croisé le mien avec une totale indifférence et où il avait dit : « Faites ses bagages. Je l'emporte avec moi. » Et je me rappelais aussi le nuage noir qui s'était installé au-dessus de moi, effaçant pour toujours le soleil de ma vie.

Je connaissais la villa — ses sols en marbre, la courbe dessinée par le gigantesque escalier avec la rampe en bois de koa qu'Archer avait fait installer pour ma mère, en guise de cadeau de mariage... J'hésitai à la porte de mon ancienne nursery, en regardant la pièce vide qui avait été le domaine de Nanny.

La vieille cheminée avait encore son gros pare-feu de cuivre massif devant le siège de cuir, mais le rocking-chair à haut dossier de Nanny avait disparu et les grands placards à jouets étaient vides. J'ouvris la porte de ma chambre à coucher et vis mon petit lit en bois de cerisier ; mes initiales, JL, que j'y avais gravées avec une épingle, étaient encore là. Je fis courir mes doigts dessus, et je souris en songeant à quel point Nanny avait été furieuse de voir ce que j'avais fait.

Je parcourus lentement l'appartement de ma mère, et je me la représentai en train de regarder par la fenêtre les pelouses inclinées, la fontaine scintillante sous le soleil, et la mer au-delà des cyprès. Je l'imaginai quand elle s'éveillait en entendant les pépiements de ses joyeux petits canaris et autres oiseaux chanteurs enfermés dans la volière d'argent — dont le *gardien* me dit qu'elle avait été détruite pendant une tempête bien des années plus tôt.

Je restai près de la fenêtre en souhaitant l'avoir connue et en songeant que la villa Mimosa était mon héritage légitime. Je pouvais légalement réclamer ma fortune ; je pouvais vivre ici, dans cette merveilleuse maison, être libre de peindre sans avoir plus jamais à gaspiller un nouvel été comme serveur dans les montagnes des Catskills. Mais je savais que je n'en ferais rien.

Je remerciai le *gardien* pour sa gentillesse et l'interrogeai en hésitant sur Nanny Beale. Je craignais le pire, étant donné l'âge qu'elle devait avoir ; je m'attendais à l'entendre répondre qu'il ne savait rien d'elle ou qu'elle était repartie en Angleterre pour y mourir. Mais il m'apprit qu'elle vivait dans un petit cottage, juste au pied de la colline.

« Elle y est restée pendant toute la guerre, me dit-il fièrement, bien qu'à de nombreuses reprises les Allemands aient menacé de l'interner parce qu'elle était anglaise et qu'ils la soupçonnaient d'être une espionne. (Il haussa les épaules avec un air d'insouciance bien français, avant d'ajouter avec un sourire entendu :) On était tous plus ou moins dans la Résistance par ici, on guidait les prisonniers évadés et les aviateurs anglais le long de la côte jusqu'en Espagne, pour qu'ils passent au Portugal. Nos petites embarcations transportaient bien d'autres choses que des poissons, pendant ces horribles années, m'sieur. »

J'ai pédalé à toute allure vers le bas de la colline et le long d'un chemin couvert de sable blanc qui épousait la courbe de la petite péninsule, jusqu'à un endroit où se trouvaient quelques maisons éparpillées. J'ai su immédiatement laquelle était la sienne : elle était minuscule et blanchie à la chaux ; un filet de fumée s'échappait de la cheminée, bien que la journée fût chaude. Le jardin était une débauche de roses anglaises, de pieds-d'alouette, de grosses marguerites blanches et de lavande. Penchée sur sa bordure de plantes herbacées, sous un vaste chapeau de paille, chaussée de confortables souliers blancs à lacets, se tenait une vieille dame.

Mon cœur faisait des bonds pendant que je la regardais en m'appuyant contre le portail. Elle était absorbée par sa tâche, occupée à cueillir les plus belles fleurs qu'elle plaçait dans le panier de jardin en bois posé à côté d'elle. Son dos était voûté, et je remarquai que l'arthrite avait donné des formes grotesques à ses mains tordues. J'étais bouleversé de voir à quel point elle était petite, alors que dans mes souvenirs elle était grande et droite comme un « i ».

Elle leva la tête, soudain consciente de ma présence. Nos regards se croisèrent, et on aurait dit que le temps s'était immobilisé. Chacun de nous contemplait devant soi à la fois une personne et ce qu'avait été cette personne. Je voyais le visage fortement charpenté qui s'était imprimé de manière indélébile dans mon souvenir et la face aujourd'hui ratatinée, sillonnée de fines rides, marquée par la douleur que lui infligeait son infirmité ; et dans ses yeux délavés, on pouvait lire qu'elle supportait son mal avec son habituelle force d'âme.

Quant à elle, elle voyait dans le jeune adulte de haute taille le gamin qu'elle avait connu ; mais sa fragilité avait disparu, ses membres grêles étaient enrobés de muscles, et ses traits avaient enfin trouvé leur expression définitive. Elle me confia fièrement, par la suite, que ce visage était intéressant. Pas beau, mais impossible à oublier. En particulier à cause de l'horrible cicatrice qui lui parcourait la joue.

« Tu n'as pas tellement changé, Johnny, déclara-t-elle d'une voix calme, avec un sourire dans les yeux. Je te reconnais.

— Et moi aussi, je te reconnais, Nanny Beale. »

Je sautai par-dessus la porte du jardin et la serrai de toutes mes forces contre moi. Des larmes coulaient sur nos deux visages ; mais je sentais sa fragilité et je savais qu'à présent c'était moi la personne forte.

« J'ai cru que tu étais mort, murmura-t-elle, la voix tremblante d'émotion. Puis j'ai appris qu'ils étaient revenus pour réclamer ton héritage. J'ai dit que ce ne pouvait pas être toi, que tu serais venu à la villa Mimosa, que tu m'aurais cherchée. Toutes ces années, j'ai pensé à toi, et chaque nuit je récitais une prière pour te protéger. Et, à chacun de tes anniversaires, je me demandais si tu étais encore là pour en profiter ; je savais combien l'homme qui t'avait emmené était méchant, et qu'il était capable du pire. »

Je pris son bras pour entrer dans la maison, et elle me souriait à travers ses larmes. « Je me demande si tu as jamais pensé voir un jour pleurer ta vieille Nanny, ajouta-t-elle, mais ce sont des larmes de joie. »

Elle s'affaira pour préparer le thé, et nous nous assîmes près du feu, elle dans son fauteuil à bascule et moi sur une chaise en bois à dossier droit, les assiettes en équilibre sur nos genoux. Nous avions des serviettes damassées blanches et amidonnées, et des biscuits au gingembre à l'ancienne, conservés dans la boîte de métal rouge qu'elle rangeait dans le garde-manger. Mais nous étions trop occupés à parler et à nous réitérer l'assurance de notre affection pour manger. Nanny versa le thé qu'elle avait préparé dans une vieille théière brune ; je remarquai qu'elle était obligée de la soulever à deux mains et que la tasse tremblait bruyamment sur sa soucoupe quand elle me la tendit.

J'étais de retour à la maison, et je poussais des soupirs d'aise et de bonheur. Je parcourus la pièce du regard et vis que ses affaires étaient exactement rangées comme je m'en souvenais. Je dis : « Je ne te quitterai plus jamais, Nanny. Je suis revenu pour de bon et je veillerai sur toi. »

Je lui résumai toutes ces années passées à Kalani et la vie que j'avais menée ensuite. Je ne voulais pas l'angoisser, et je lui affirmai que j'étais heureux de ma vie actuelle.

« Mais tu dois te battre pour obtenir ce qui est à toi, Johnny, dit-elle en me lançant un regard soucieux par-dessus ses lunettes d'écaille rondes. Quand on m'a raconté qu'Archer Kane était venu ici avec son prétendu fils, je suis allée voir les *notaires*, et j'ai déclaré que ce ne pouvait pas être toi. Ils m'ont décrit l'homme qui s'était présenté comme Jean Leconte : grand, blond, avec des yeux bleus, un jeune géant. Je leur ai affirmé que tu avais les cheveux et les yeux foncés, comme ta mère ; mais ils ont soutenu que le temps transforme une personne. Bien entendu, je savais qu'ils se trompaient. J'avais deviné qu'il s'agissait de Jack Kane. Et tous mes espoirs à ton sujet ont disparu, Johnny. J'étais certaine qu'ils t'avaient tué, toi aussi.

— Moi aussi ? » ai-je demandé, troublé.

C'est alors qu'elle m'a raconté l'histoire de ma mère.

De nouveau, la tasse à thé cliquetait à grand bruit sur la soucoupe, mais cette fois c'était le tremblement de mes propres mains qui l'agitait. Nanny me tendit la lettre que m'avait écrite ma mère avant de mourir, et j'en pris connaissance dans un état second. J'imaginais le chagrin qu'avait ressenti cette mère inconnue : la petite fille laide et riche devenue femme, et obligée d'admettre finalement son absence de beauté ; la solitude que lui avait imposée son père, aggravée jusqu'à l'enfermement par la mort de celui-ci ; enfin, la pauvre *célibataire* qui avait mené une existence solitaire dans la splendeur de la villa Mimosa, et perdu la tête pour un homme dont elle croyait qu'il la voyait comme elle était en réalité, qu'il avait perçu la beauté intérieure dont elle se savait habitée.

Mais Archer Kane n'avait jamais remarqué combien la nature de ma mère était belle ; il ne s'était jamais intéressé à son âme. Tout ce qui l'intéressait, c'était son argent, et maintenant il l'avait.

« Tu dois te battre pour ce qui est légitimement à toi, répétait Nanny d'une voix ferme. Va leur dire ce qui s'est passé, revendique ton héritage. »

Je hochai la tête d'un air malheureux. La fortune de ma mère avait saccagé ma vie. Je préférais être pauvre, mais libre et heureux.

« Et le jour où tu te marieras, insista Nanny, que feras-tu ? Tu ne peux pas refuser à tes enfants le droit de réclamer la fortune de leur grand-mère. C'est ce qu'elle voulait. Les Kane l'ont volée, tout comme ils t'ont volé ton enfance. »

Je restai déterminé à ne pas réclamer cet argent. Je lui dis que mon seul désir était de peindre et qu'à présent j'avais l'impression d'avoir trouvé mon foyer spirituel. Quand elle eut compris que je ne changerais pas d'avis, elle me persuada de coucher mon récit sur le papier « pour la prochaine génération ». Elle annonça qu'elle le rangerait, avec mon acte de naissance et le « document » dans lequel elle avait consigné l'histoire telle qu'elle la connaissait ; elle devait y ajouter la lettre tragique de ma mère, et déposer le tout dans un coffre à la banque. Elle rangerait la clef du coffre dans le tiroir de son bureau et cacherait une copie du document sous son matelas pour le mettre à l'abri, et pour le cas où elle souhaiterait y ajouter quelque chose. Après quoi, conclut-elle, elle serait enfin satisfaite.

Flora Beale avait tenu parole, respecté le serment donné à Marie-Antoinette Leconte. Elle avait fait tout ce qui était en son pouvoir pour protéger le fils et aussi les futurs petits-enfants de la morte. « Quand ils en auront l'âge, me déclara-t-elle avec satisfaction, ils décideront de ce qu'ils voudront faire. »

Quant à moi ? J'avais déjà effectué mon choix, moi aussi, et je suis plus heureux ainsi. Je n'ai aucun désir de posséder la villa Mimosa, si pleine de tristes souvenirs, même si c'est sans doute l'endroit que j'aime le plus au monde. Je n'ai aucunement besoin de la fortune de ma chère mère, parce que j'ai vu comment la possession de l'argent et la cupidité peuvent détruire un homme. Et j'ai appris comment vivre à ma manière. J'ai ma peinture, et je suis de retour sur ma terre natale ; j'ai retrouvé mon ancienne gouvernante et amie Flora Beale ; un homme ne peut pas désirer davantage. Je suis enfin heureux.

# 31

Béa était toujours lovée au fond de la banquette en osier vert, sur la terrasse, quand le soleil se leva le lendemain matin. Elle serrait sur sa poitrine les feuillets du récit rédigé par Johnny Leconte, et contemplait les rayons du soleil levant qui envahissaient le ciel et transformaient la Méditerranée en un lac d'or miroitant.

Elle s'étira pour chasser la lassitude de ses os, traversa la terrasse et pénétra dans le hall. Elle resta immobile au pied de l'escalier, le regard fixé sur l'endroit où l'on avait retrouvé le corps de Marie-Antoinette Leconte ; et elle glissa la main sur cette rampe en bois de koa bien poli, comme Marie-Antoinette avait dû le faire si souvent jadis.

« Je suis désolée, chuchotait-elle. Je suis désolée de ce qui est arrivé, et je suis désolée de ne pas t'avoir connue. »

Elle alla dans sa chambre et appela Nick. Elle lui dit qu'elle avait lu l'histoire de Johnny Leconte et lui demanda de venir aussitôt.

Elle l'attendait sur les marches quand il arriva en voiture, une demi-heure plus tard.

Ils s'assirent côte à côte, la main dans la main, sur les marches de marbre. « Tout comme Johnny avait l'habitude de s'asseoir, remarqua-t-elle avec un triste demi-sourire. Naturellement, c'est lui qui m'avait raconté l'histoire dont je me souviens si bien aujourd'hui. Je ne comprends pas comment j'ai pu l'oublier. C'était un conteur si vivant ! Sa manière d'écrire ressemble à sa façon de raconter. Maintenant, je me souviens de tout, et je vais reprendre l'histoire là où il s'est arrêté.

« Il m'a dit qu'en 1954 il avait loué une petite maison en pierre, à Saint-Paul-de-Vence, un village perché sur les collines non loin de la côte. C'était un repaire d'artistes, d'écrivains et de musiciens, de personnes qui partageaient les mêmes idées et se réunissaient le soir dans les cafés, sur la place du village, pour partager un repas et un verre de vin, et terminer parfois la soirée sur une partie de pétanque. Les villages des collines environnantes n'avaient pas changé depuis des siècles ; ils abritaient les mêmes familles, qui y menaient la même vie toute simple, et donnaient l'impression de se retrouver à une époque plus innocente.

» Johnny m'a raconté qu'il avait fini par se débarrasser du passé, et qu'il peignait avec une liberté nouvelle. Il a peint des centaines de tableaux de Nanny Beale, penchée au-dessus des roses de son jardin, ou occupée à servir le thé, sa vieille théière brune à la main, ou encore somnolente dans l'ombre de la vigne grimpante sur la terrasse. Je me rappelle qu'il me les avait montrés en m'expliquant qu'il ne s'agissait pas de portraits ; ce n'était pas non plus la reproduction photographique d'un ensemble de traits. Ses œuvres avaient une subtilité semblable à celle d'un rêve ; et comme Maluhia l'avait dit naguère, elles montraient les gens tels qu'ils étaient au fond de leur cœur.

» Johnny m'a présenté les tableaux qu'il avait faits des villageoises avec leurs visages ridés, brûlés par les intempéries, leurs yeux vifs plissés sous la forte lumière, le fichu noir sur la tête, le tablier blanc par-dessus la robe noire, et avec leurs gros pieds de paysanne enfoncés dans de lourdes chaussures noires. Sans trop savoir comment, par la magie de ses pinceaux, il savait saisir la gentille innocence un peu bovine de leurs enfants, et l'image de leurs hommes au dos voûté qui avaient passé un demi-siècle à travailler dans les champs. Il avait peint le cafetier, son gros ventre appuyé sur le zinc, ses yeux perçants occupés à balayer sans cesse les petites soucoupes posées sur chaque table pour savoir qui avait payé. Il avait peint le prêtre assis sur une vieille chaise raide en bois devant sa petite église blanche, les bras croisés sur son imposante bedaine, les jambes tendues devant lui, le chapeau ramené sur les yeux, avec sa soutane noire qui voletait dans le mistral, pendant qu'il somnolait.

» Et il avait peint une dizaine de tableaux de Maluhia. Il modifiait alors les couleurs de sa palette, abandonnait les tons clairs, recuits par le soleil de la Riviera, pour donner à ses toiles un caractère rêveur, plus exotique ; les contours des formes et des silhouettes se dissimulaient à demi derrière un voile de couleur : on voyait Maluhia en train de coiffer sa longue chevelure noire, qui lui cachait le visage comme un écran de soie ; un collier de fleurs de plumeria passé autour de son cou lui couvrait les seins ; le tableau n'était que simple allusion à une image. Il avait peint son corps mince et nu quand elle nageait sous les eaux d'un océan vert et cristallin, comme si elle était chez elle dans cet environnement liquide, au même titre que les poissons aux couleurs chatoyantes dont il se souvenait si bien. »

Elle leva les yeux vers Nick, et celui-ci hocha la tête. Il connaissait ces tableaux ; tout le monde les connaissait. Ils étaient accrochés dans certains des plus célèbres musées et galeries du monde.

« Il avait mis son cœur dans ces tableaux de Maluhia, ajouta Béa doucement. Il m'a confié qu'il ne l'oublierait jamais. Il disait que cet amour lui avait rendu tolérable la vie à Kalani, et qu'il s'était demandé s'il aimerait jamais quelqu'un autant que cela.

» Un jour, il a fait la connaissance de Séverine Jadot. Elle était de passage et vivait à Paris avec sa mère. Il était en train de dessiner quelques esquisses des villageois pendant leur partie de pétanque, le soir, et elle s'était arrêtée pour admirer son travail. Elle était aussi grande que lui, et elle avait des cheveux d'un rouge ardent avec un visage piquant, couvert de taches de rousseur, et des yeux verts expressifs. Il l'a suivie dans le café, et ils se sont mis à parler. »

Béa sourit en pensant à cette première rencontre ; elle les imaginait tels qu'ils étaient alors, jeunes et passionnés. « Ils sont tombés amoureux l'un de l'autre, ajouta-t-elle doucement, et au lieu de retourner à Paris Séverine s'est installée chez lui. Il était fou d'elle, et naturellement il l'a emmenée voir Nanny Beale.

» Il disait que la vieille dame avait pris une expression de comtesse prétentieuse, parce qu'à son avis aucune femme n'était assez bien pour son Johnny. Elle leur avait servi du thé et des biscuits au gingembre, et il avait observé qu'elle surveillait les manières de Séverine pour juger de son éducation. Mais Séverine était un modèle de politesse française, une femme de fort *bon genre*, et Nanny Beale elle-même n'avait pu la prendre en défaut.

» "Épouse-la, lui avait-elle murmuré à l'oreille au moment où ils s'en allaient. C'est ce que tu peux faire de mieux."

» Il s'était contenté d'en rire, mais il savait qu'elle avait raison et, de toute façon, il avait déjà demandé à Séverine de l'épouser. Nanny assista à leur mariage, un mois plus tard. La cérémonie fut célébrée par le prêtre dont il avait fait le portrait, dans son église toute simple. La noce eut lieu au café ; le village entier était là, y compris les autres artistes, écrivains et musiciens de l'endroit. On dansa et fit de la musique jusque tard dans la nuit et, selon Johnny, on n'avait jamais vu plus belle fête dans les parages.

» On était déjà au début des années 60. Il avait une quarantaine d'années, et Séverine approchait de la trentaine. Ils menèrent une vie tranquille dans leur petite maison en pierre, à Saint-Paul-de-Vence ; mais les choses étaient en train de changer sur la Riviera. La Côte devenait un endroit sophistiqué, et les touristes commençaient d'envahir leur petit bastion.

» Heureusement, Nanny Beale n'eut pas le temps de déplorer les changements en cours. Un soir de printemps, alors qu'elle lisait une page de Dickens, son auteur préféré, elle posa ses lunettes sur la page ouverte comme elle le faisait toujours pour la marquer. Puis elle s'endormit, et passa paisiblement dans l'autre monde.

» C'est la raison pour laquelle sa petite maison est conservée en l'état. Johnny disait qu'on ne devait pas se contenter de garder le souvenir des gens riches et célèbres. Il a voulu préserver l'endroit comme elle l'avait laissé. Il désirait que ce soit une sorte de musée, conservé en hommage à la vie désintéressée que Flora Beale avait menée au service d'autrui, à sa dignité, sa simplicité et sa bonté.

» Après son décès, lui et Séverine sont allés s'installer à l'écart, dans les collines de Provence. Ils ont acheté un vieux mas près de Bonnieux, où l'on surplombait les champs de lavande et de coquelicots, et ils y ont vécu heureux. Johnny ne voulait que peindre ; il n'avait pas la tête aux affaires et n'aimait pas perdre son temps avec les marchands de tableaux. S'il n'avait tenu qu'à lui, il n'aurait jamais mis les pieds au-delà d'Avignon ou d'Aix. Ce fut donc Séverine qui emporta ses toiles à Paris et y organisa une exposition dans une grande galerie. Il y avait déjà un certain temps que son premier portrait avait provoqué de grands remous, mais on ne l'avait pas oublié. Et ces années de réclusion lui avaient donné le temps de cultiver son talent. Les tableaux de Maluhia et de Nanny Beale firent sensation.

» Après ce succès, il ne connut pas de repos. Il prétendait ne plus pouvoir peindre ; il avait besoin d'un changement de décor. Ses tableaux devaient être exposés à New York, et ils s'y rendirent. Ils séjournèrent quelque temps en Amérique et découvrirent qu'ils s'y plaisaient. Mais, incapables de vivre dans une ville, ils achetèrent un vieux moulin dans le Berkshire. »

Les yeux veloutés et dorés de Béa étaient animés de souvenirs quand elle regarda Nick. « C'est là que je suis née, déclara-t-elle d'une voix douce. Le 28 juillet 1968.

» Ils m'ont appelée Marie en souvenir de ma grand-mère Leconte, et Laure parce que c'est un joli prénom. J'étais comme mon papa, chétive et malingre, avec les cheveux roux de ma mère et ses yeux bruns rêveurs à lui. Nous avons passé tous les étés aux Cerisiers, le mas de Provence, de sorte que j'ai toujours parlé le français aussi couramment que l'anglais.

» Quand j'ai eu quatorze ans et qu'il m'a jugée assez grande pour comprendre ce qu'il avait à me dire, mon père m'a emmenée voir le cottage de Nanny Beale. Et la villa Mimosa. »

Elle lâcha la main de Nick en disant : « Mon père et moi, nous nous sommes assis sur ces mêmes marches, nos regards fixés sur cette même vue magique, pendant qu'il me racontait la terrible histoire de sa vie. Nous étions si proches l'un de l'autre que nous partagions les émotions ressenties par chacun de nous ; j'ai donc été anéantie par l'évocation des chagrins qui lui avaient été infligés. Je les ai si profondément éprouvés que c'était presque comme si cela m'était arrivé à moi-même, comme si j'étais le gamin innocent et heureux, assis sur les marches de marbre, qui écoutait les oiseaux chanteurs et serrait Fido sur son cœur. Comme si j'étais celui dont le petit univers sécurisant avait été détruit ce jour-là, sous l'immense nuage noir qui avait masqué le soleil pour toujours. »

Les larmes roulaient sur ses joues. Nick mit ses bras autour d'elle. « Tout va bien, Béa, déclara-t-il. Tout va bien à présent, mon amour. »

Elle secoua la tête et laissa les larmes couler. « Il a dit qu'il me racontait tout ça parce que Nanny avait eu raison. Il a dit qu'un jour, quand je serais plus âgée, j'aurais le droit de réclamer la fortune de ma grand-mère. Si c'était ce que je souhaitais.

» Je lui ai répondu que je ne voulais pas en entendre parler. Je n'attachais pas d'importance à l'argent. Mais je trouvais qu'il aurait dû avoir la villa. "Elle devrait être à toi, lui ai-je expliqué. C'est l'endroit que tu as aimé, l'endroit où tu as été heureux. Et grand-mère Marie-Antoinette aurait voulu que nous y vivions."

» Il a souri en disant que ce n'était pas possible. "Ne réveille pas le fauve qui sommeille, a-t-il ajouté, si tu ne veux pas qu'il se redresse pour te mordre... une fois de plus." »

Béa essuya ses larmes d'une main et poursuivit avec une certaine lassitude : « Bon. Il était comme ça. Il n'a jamais revécu à la villa Mimosa. La vie a continué sans histoires. J'étais la fille d'un artiste, mais pour moi c'était une chose normale et j'étais une enfant normale. Vous savez, j'ai fait toutes les choses que font les enfants : j'avais des tas de camarades qui venaient à la maison et chez qui j'allais, j'ai fréquenté le lycée du coin, et même une université. (Elle sourit à cette évocation.) Mais ils ne m'ont jamais envoyée loin de la maison dans une élégante école préparatoire, parce que papa prétendait ne pas supporter l'idée d'être séparé de moi. "La seule fois où tu quitteras la maison, ce sera pour te marier", affirmait-il en riant. Et maman a vraiment dû lui faire des scènes pour qu'il me laisse poursuivre des études supérieures. Je me suis inscrite à Vassar — pas trop loin de chez nous, de sorte que je pouvais revenir à la maison le week-end. Et Dieu sait combien j'aimais rentrer au foyer ; pour moi, il n'y avait pas d'endroit préférable au monde. Mon père aimait la solitude, il en avait besoin pour peindre, et notre maison était un havre de paix. Elle paraissait toujours se trouver à des kilomètres des dures réalités de la vie.

» Je pense qu'ils n'avaient pas d'amis intimes ; ils n'avaient tout bonnement pas de temps à leur consacrer. Ils se complétaient, vous voyez ; le couple parfait. Ils n'avaient besoin de personne d'autre.

» J'ai donc eu une enfance normale, pleine d'amour. Je n'avais même pas remarqué que mon père était célèbre, jusqu'au jour où un professeur du lycée me l'a dit. Je me rappelle en avoir été surprise. Pour moi, il était simplement mon papa. »

Elle garda le silence. Puis elle ôta sa main de celle de Nick et remonta ses genoux sous son menton. Ses yeux étaient fermés, et son visage crispé par l'émotion. « Je ne peux pas parler de la suite », dit-elle d'une voix étranglée.

Nick passa ses bras autour d'elle et la serra contre lui, caressant ses cheveux courts et souples ; il attendit qu'elle cesse de trembler.

Il connaissait l'histoire. La nouvelle avait paru dans tous les journaux. Johnny était parti avec Séverine pour le vernissage d'une exposition où il présenterait ses dernières œuvres, dans une galerie de Washington, quand leur voiture avait dérapé sous la pluie et quitté la route. Il avait fallu quatre heures aux services d'urgence de la police pour découper l'épave et les dégager. Tous deux étaient morts.

« Je voudrais pouvoir vous être utile, déclara Nick à voix basse.

— Même vous, vous ne pouvez pas les faire revenir.

— Qu'est-ce que vous avez fait ? Après ? demanda Nick.

— Je suis revenue ici pendant quelque temps, dans le mas de Provence. Puis je suis rentrée à la maison.

— Et alors ?

— Je ne sais pas. *Je ne sais toujours pas ce qui s'est passé dans le ravin de Mitchell.* »

Les enfants entrèrent en courant dans la pièce, leurs pieds nus clapotaient sur le carrelage ; le chien courait sur leurs talons. Ils s'arrêtèrent pile en voyant le visage de Béa inondé de larmes, et ils la regardèrent avec de grands yeux effrayés.

« Qu'est-ce qu'il y a ? » demanda Scotty sur un ton bourru qui masquait la peur coincée au fond de sa gorge. Ça ne pouvait pas recommencer, pensa-t-il paniqué. Béa n'allait pas les quitter ; pas elle !

Julie s'élança vers la jeune femme et lui jeta ses bras autour du cou. « Ne pleure pas, je t'en prie, ne pleure pas, Béa ! gémit-elle, et les larmes jaillirent de ses yeux. Je ferai n'importe quoi. Je serai gentille, je rangerai ma chambre, je nettoierai derrière Poochie. Mais s'il te plaît, je t'en prie, ne pleure pas. Je t'aime, Béa, sanglotait-elle tandis que toutes ses craintes resurgissaient. Ne pleure pas, ne me quitte pas. Je veux rester avec toi pour toujours... »

Scotty courut se joindre à elle, entortilla étroitement ses bras minces et bronzés autour de ceux de Béa. Tous deux s'accrochaient à elle comme des crampons, et Béa parvint à sourire. « Je vous aime moi aussi, murmura-t-elle. Mais je veux vous parler de ma mère et de mon père, de la raison pour laquelle je pleure.

Et vous dire pourquoi je comprends si bien ce qui vous est arrivé. »

En les serrant contre elle, elle leur chuchota l'histoire à l'oreille, leur raconta comment sa mère et son père à elle avaient été tués dans un accident d'automobile, comme leurs parents à eux.

« J'étais grande, naturellement, ajouta-t-elle calmement en lançant un coup d'œil à Nick. J'étais supposée pouvoir surmonter mon chagrin. Mais je ne supportais plus la présence de quiconque. Je voulais rester à l'endroit où nous avions été si heureux ensemble, la maison que mes parents aimaient par-dessus tout ; leur mas de Provence, Les Cerisiers. C'est là-bas, toute seule, que j'avais besoin de pleurer.

— Nous avons pleuré, nous aussi, dit Scotty en ravalant ses larmes. Nous avons pleuré et pleuré, Béa ; mais ça ne les a pas fait revenir. »

Elle passa une main dans ses cheveux. « Non, chéri, les larmes ne les font pas revenir, répondit-elle. Mais c'est seulement notre façon de dire que nous les aimions et qu'ils nous manqueront toujours. Ça fait du bien de pleurer, Scotty, souviens-t'en.

— Ça m'aide à me sentir mieux, avoua Julie, les yeux levés vers Béa. Mais j'ai toujours envie de voir ma maman et mon papa.

— Moi aussi, mon bébé, dit Béa en embrassant son visage. Mais maintenant, regarde-nous. Quelle chance nous avons d'être ensemble ! Nous sommes une nouvelle famille. Naturellement, je sais que je ne prendrai jamais la place de votre mère et de votre père : ce n'est que trop vrai. Mais à présent, chacun de nous a les autres, et cela me rend très heureuse.

— Alors, tu ne pleureras plus jamais ? demanda Scotty d'un air angoissé.

— Oh, je ne sais pas, peut-être que je pleurerai de temps en temps. Tout comme vous deux, ajouta-t-elle en lui souriant. Mais souviens-t'en, ça fait du bien. Ça nous aide à nous sentir un peu mieux, un peu plus proches d'eux. Un jour, quand beaucoup de temps aura passé, nous serons capables de nous souvenir d'eux sans pleurer, nous nous souviendrons de toutes les bonnes choses et des moments heureux que nous avons eus avec eux.

— Combien de temps ça prendra, Béa ? demanda Julie, l'air triste et rêveur, en séchant une larme sous un doigt pas très propre.

— Le temps qu'il faut, mon bébé, le temps qu'il faut. Tu verras, un jour tu souriras en te souvenant de quelque chose que ta maman t'avait raconté.

— Je peux vous dire que c'est vrai », affirma Nick à l'arrière-plan. Il regarda Béa, et celle-ci pensa que son regard était presque aussi triste que celui de Scotty. Elle sourit pour l'inclure dans la nouvelle famille.

« Qu'est-ce que je ferais sans vous ? » demanda-t-elle.

Toujours pensif, il hocha la tête : « J'espère que vous n'aurez jamais besoin de le savoir. »

Scotty lui décocha un regard rapide, avant de dévisager Béa. Ses yeux bleus s'étrécirent en les observant à tour de rôle d'un air astucieux. « Allez-vous vous marier, tous les deux ? demanda-t-il avec un sourire.

— Oh, oui, oui ! (Julie s'élança d'un pas dansant vers Nick, ses larmes remplacées par un sourire lumineux.) S'il te plaît, s'il te plaît, Nick. Comme ça, on aura une vraie maman et un vrai papa de nouveau.

— C'est la demande en mariage la plus originale qu'il m'ait été donné d'entendre, déclara Nick en fixant Béa dans les yeux.

— Voulez-vous dire qu'il me faudra attendre que vous vous décidiez à vous mettre à genoux ? » répliqua-t-elle avec un sourire.

Il fit la grimace pendant que Scotty le poussait. « A genoux, vite », disait Scotty d'un ton pressant.

Nick mit un genou à terre, et les deux enfants en firent autant à côté de lui.

« Béa French chérie, Marie-Laure Leconte, voudriez-vous... voudrais-tu me faire l'honneur de devenir ma femme ? questionna Nick en adoptant un ton aussi humble que possible.

— Oh, s'il te plaît, deviens sa femme ! Dis oui, dis oui, oui, oui... », scandaient les enfants.

Les yeux de Béa débordèrent d'amour en les regardant. « Comment me serait-il possible de dire non ? » demanda-t-elle.

Julie lui jeta un regard inquiet. « Est-ce que ça veut dire oui ? interrogea-t-elle d'un air méfiant.

— Ça veut dire oui, admit Béa.

— De tout ton cœur ? insista Scotty par précaution.

— De tout mon cœur.

— Et nous, on est à vous deux pour toujours maintenant ? s'enquit Julie, toujours inquiète.

— Pour toujours.

— C'est pour toujours, Julie, déclara Scotty solennellement en attrapant ses mains dans les siennes.

— Pour toujours, Scotty.

— Ouais, ouais ! » hurlèrent-ils. Ils cabriolaient tout d'un coup autour de la pièce, faisaient la roue, sautaient par-dessus les chaises ; et le chien dansait comme un fou pour les rattraper, en aboyant à tue-tête.

« Je ne plaisantais pas, dit gravement Nick en prenant la main de Béa.

— Moi non plus.

— Je t'aime, Béa Marie-Laure, affirma Nick, et il se pencha pour embrasser la jeune fille sur les lèvres.

— Et moi aussi, je t'aime, répondit-elle dans un murmure.

— Ils s'embrassent, ils s'embrassent... Hourra ! s'exclama Julie avec un rire joyeux.

— Ce sont nos nouveaux maman et papa ! » hurla à son tour Scotty en effectuant une glissade sur le sol luisant pour aller à la cuisine tout raconter à Jacinta.

# 32

Le ciel était noir et sans lune ; on ne sentait pas le moindre souffle d'air. Phyl était assise sur le canapé dans le magnifique salon d'été de Diamond Head, le manoir des Kane, et elle regardait Brad faire les cent pas tout en parlant. Elle était fatiguée, car l'horloge marquait 4 heures du matin ; mais ce qu'il lui racontait la fascinait. « *Je te désire* », dit-il avec un regard maussade, mais au lieu d'en frémir de plaisir comme elle l'eût fait quelques semaines plus tôt, elle éprouva un frisson de peur.

Elle se demanda pourquoi. C'était pourtant le même homme, aussi beau et aussi séduisant que le jour où elle était tombée amoureuse de lui à Paris. Il lui avait paru alors un parti plus qu'acceptable. La différence provenait du fait qu'elle le voyait à présent avec les yeux d'une psychiatre professionnelle. Et il était en train de dévoiler certains penchants assez sombres, un aspect plutôt trouble de sa personnalité. Ces traits de caractère sans doute intéressants avaient en même temps quelque chose de repoussant.

En écoutant ses confidences, elle avait compris qu'elle n'avait en réalité jamais été amoureuse de Brad. Cet homme demeurait pour elle insondable. Elle avait vécu avec lui une de ces liaisons passionnées qui se détruisent elles-mêmes, se consument de leur propre feu. Elle regrettait de l'avoir suivi à Hawaii, maintenant qu'elle savait à quel point il était perturbé. Mais cet homme était en train de fouiller dans son âme, de mettre à nu devant elle ses sentiments et sa vie. Elle avait le devoir de l'écouter, de chercher à l'aider.

« Je t'ai menti à propos du singe, ajouta-t-il. S'il s'est enfui de l'île, c'est parce qu'il avait causé la mort d'une servante. Elle s'appelait Maluhia. Elle était jeune et jolie. Il l'avait violée, et elle s'est jetée du haut d'une falaise... Toujours est-il que le singe a pris la fuite dans le petit bateau de Jack. Mon père n'a jamais cru qu'il s'était noyé. Il a toujours dit qu'un jour il reviendrait le hanter.

» Archer buvait beaucoup trop à l'époque, et la gestion de Kanoi retombait sur les épaules de Jack. Or, celui-ci ne tarda pas à découvrir l'aspect chaotique de leur situation financière ; le ranch nécessitait de nouveaux investissements dans les plus brefs délais. Archer dépensait l'argent sans compter, sans penser au lendemain. Mais Jack était différent. »

Les regards de Brad croisèrent ceux de Phyl. Le désespoir silencieux qu'elle lut dans ses yeux la toucha.

« Tu sais, Jack s'était identifié au ranch Kanoi ; il y voyait sa raison d'être. Le ranch lui importait plus que tout. Plus que la morale, plus que sa propre vie. Voire plus que la vie de son père.

» Jack se trouvait à Honolulu le jour où les Japonais ont bombardé Pearl Harbor. En voyant ce qu'ils avaient fait, expliquait-il, une fureur meurtrière s'était emparée de lui. Il avait eu envie d'y aller et de tuer ces salauds de ses mains nues. L'Amérique était en guerre, et le ravitaillement devenait prioritaire. Aussi le gouvernement fit-il en sorte que le ranch bénéficie d'un moratoire, et Jack s'engagea dans les marines. »

Brad éclata de rire, par une brusque saute d'humeur, et il poursuivit : « Bon Dieu, c'était un rude combattant ! s'écria-t-il fièrement. Sa bravoure lui a valu deux médailles — gagnées, m'a-t-il raconté, à cause de sa haine irréductible de l'ennemi. "Personne ne sait haïr comme Jack Kane, assuraient ses compagnons d'armes. Il ne cherche qu'à tuer."

» L'armée avait donné à Archer le grade de commandant dans l'infanterie, et un poste administratif qui consistait à surveiller les Japonais internés sur l'île, ce qui lui laissait plein de temps pour gérer le ranch.

» Mais la guerre prit fin, et le besoin d'argent ne tarda pas à devenir aigu. Archer avait mis au point un plan. L'Europe était en plein chaos ; bien des années s'étaient écoulées depuis la mort de son épouse française, et le moment était venu où le singe aurait été en âge d'hériter. Nul ne pouvait prouver que le singe était mort et, de toute façon, Archer savait qu'il lui aurait été trop difficile de défendre son affaire devant les tribunaux français. Aussi emmena-t-il Jack en France et le fit-il passer pour le fils de Marie-Antoinette.

» Il racontait que cela avait été facile. Les anciens hommes de loi et les banquiers qui avaient connu *la célibataire* étaient morts, et toute la paperasse juridique avait été égarée. Il n'eut qu'à produire le certificat de naissance. Jack signa du nom de son demi-frère, et ils entrèrent en possession de l'héritage.

» Tu vois, ajouta-t-il en écartant les mains et en adressant à Phyl un regard charmeur, pour eux, le ranch passait avant tout. Leur procédé n'était peut-être pas très légal, mais Jack disait que c'était la seule chose à faire.

— Et toi, tu es d'accord avec lui ? demanda Phyl calmement.

— Bien sûr. J'aurais fait pareil. (Il haussa les épaules avec un geste d'impatience pour écarter sa question, comme si cela n'avait guère d'importance.) En tout cas, l'argent aurait dû revenir de droit à Archer, si le système juridique français n'y avait pas fait obstacle. »

Il se remit à aller et venir nerveusement. Le chien

couché près de la porte le regardait et attendait un ordre, mais pour une fois Brad ne faisait pas attention à lui.

« Ils étaient à Paris, reprit-il à brûle-pourpoint, et Jack m'a raconté qu'Archer avait la tête tournée par son triomphe.

» "La fortune de *la célibataire* est enfin à nous, disait-il. Personne ne pourra jamais nous la reprendre. Nous avons assez d'argent pour tout, Jack. Pour Diamond Head, pour le ranch. Tu peux avoir tout ce que tu veux."

» Jack avait vingt-quatre ans à l'époque, je pense, mais il savait qu'il devait prendre en main le ranch avant qu'Archer ne gaspille tout l'argent en alcool, femmes et train de vie trop fastueux, comme il l'avait déjà fait.

» Installés au bar du Ritz, ils buvaient du champagne et se congratulaient quand Jack remarqua une femme blonde habillée fort cher, qui les fixait du fond de la pièce. Elle affichait un drôle de petit sourire entendu. Elle était déjà mûre mais encore très séduisante et élégante, et il y avait en elle quelque chose d'étrangement familier. Elle soutint son regard, puis se leva et alla vers eux.

» "Surprise, surprise !" dit-elle en embrassant Archer sur la joue. Il la dévisagea, l'air stupéfait. Elle se tourna vers Jack et déclara : "La dernière fois que je t'ai vu, tu étais un bébé braillard avec un visage tout rouge. Je dois avouer que tu as embelli. (Elle lui envoya un baiser, rejeta la tête en arrière et s'esclaffa.) Tu ne sais pas qui je suis ? demanda-t-elle sans cesser de rire. Je suis ta mère, Chantal O'Higgins."

» Jack prétendait qu'il avait senti monter soudain en lui une bouffée de haine pour Chantal, comme celle que lui avaient inspirée les Japonais après Pearl Harbor. Il aurait pu la tuer de ses propres mains, sur-le-champ, en plein bar du Ritz. Il ne l'avait jamais vue auparavant, mais il avait lu quantité d'histoires peu reluisantes sur elle dans les potins mondains de la presse. »

Brad lança un regard à Phyl et reprit avec amertume : « Ne t'avais-je pas dit que les Kane ont le chic pour choisir leurs épouses ? Eh bien, Chantal était une vraie putain.

» Elle leur raconta qu'elle était en France pour faire le tour de ses propriétés dans les Charentes. "Heureusement, ajouta-t-elle, les Allemands aimaient le cognac, et ils ont laissé le domaine en bon état. J'ai eu de la chance, parce que l'argent de la famille est placé en Suisse, hein ? On n'a rien perdu."

» Elle les narguait des yeux et du sourire. Puis elle annonça : "On m'a dit que ta troisième femme avait laissé des millions, dont la plupart sont allés à ton fils... Au fait, ajouta-t-elle négligemment, ravie de lancer sa petite bombe, t'ai-je dit que j'avais fait la connaissance de Johnny ? Naturellement, il est loin d'être aussi séduisant que toi, Jack. Mais je peux t'assurer que *c'est tout autre chose dans un lit.*" L'éclat de son rire moqueur résonna dans leurs oreilles pendant qu'elle leur tournait le dos et s'éloignait.

» Jack bondit pour la rattraper, mais Archer le retint. "Assieds-toi, espèce d'idiot ! s'exclama-t-il avec colère. Ne lui donne pas la satisfaction de penser que tu la crois."

» Mais Jack la croyait. Il savait que ce n'était pas le genre de choses que Chantal pouvait avoir inventé à l'improviste, à seule fin de les faire sortir de leurs gonds. *Son foutu demi-frère était encore en vie. Et il avait baisé sa mère.* Brûlant d'humiliation, il déclara à Archer : "Un jour, je mettrai la main sur ce petit salaud de singe. Et ce jour-là je le tuerai."

» "T'as intérêt, répliqua Archer en commandant un

scotch. Si tu ne veux pas qu'il revienne réclamer l'argent. Et qu'adviendrait-il alors du ranch Kanoi ?" »

Brad se versa un cognac. Il fit tournoyer dans le verre ballon l'alcool à la couleur d'ambre ; son regard vide était fixé au fond du verre. Phyl pensa qu'il avait oublié sa présence, tant il paraissait absorbé par le passé.

Enfin, Brad posa brutalement le brandy sur la table et dit : « Jack savait qu'Archer était capable de gaspiller sa nouvelle fortune encore plus vite que la précédente. Mais, cette fois, l'argent était au nom de Jack. Et tout ce que celui-ci voulait, c'était le ranch. Il donna à Archer assez d'argent pour lui permettre de mener la vie d'un homme riche comme devant et, pour sa part, il s'employa à faire fructifier l'affaire.

» Il misa tout ce qu'il avait sur le ranch ; sa vie entière s'y est consumée. Et il a fait tout ce qu'il fallait pour parvenir à la réussite. Mais il m'a confié n'avoir jamais oublié que le singe se trouvait quelque part dans le monde, et qu'un jour il pourrait revenir et demander la restitution de sa fortune.

» Jack s'est donné du mal au cours de ces années-là, et il a joué gros. Il y avait des tas de femmes dans sa vie. Il plaisait, ce n'était pas nouveau. Puis il a rencontré Rébecca Bradley, au cours d'une réception à San Francisco. Même par la suite, alors qu'il la haïssait, il a toujours soutenu qu'elle était la femme la plus belle qu'il ait jamais vue.

» Rébecca était riche, capricieuse et très mondaine, et elle regardait avec dédain ce jeune éleveur sorti d'un ranch — "ce péquenaud", comme elle disait moqueusement de lui quand on les avait présentés l'un à l'autre. Jack prétendait qu'il avait éclaté de rire en pensant alors au singe et en constatant que, par un retournement paradoxal de la situation, c'était lui maintenant qui se faisait traiter de péquenaud.

» Il affirmait que si Rébecca était élégante et bien née, il avait pourtant senti entre eux des affinités souterraines. Elle était aussi sauvage et cruelle que lui, et il aimait ça. Il m'a raconté que la première fois où elle l'avait laissé lui faire l'amour, c'était dans le dos du chauffeur qui conduisait la limousine de son père.

» Ils rentraient chez elle après une réception qui avait eu lieu quelque part dans les collines, et il faisait nuit. Le chauffeur avait gardé discrètement le dos tourné, mais Rébecca était sûre qu'il savait ce qui se passait derrière lui, et elle aimait ça. Elle recherchait toujours ce genre de sensation, d'après Jack. Elle adorait avoir l'impression qu'elle pourrait être prise sur le fait. Elle voulait faire l'amour dans les ascenseurs des hôtels, dans les salles de bains des maisons où se donnaient de grandes réceptions, ou debout contre le mur d'une impasse, comme une putain à bon marché. »

Brad tourna ses yeux pâles et ses traits ravagés vers Phyl. « Rébecca était comme ça, ajouta-t-il avec amertume. Et elle n'a jamais changé. »

Sa main tremblait quand il se versa un autre cognac. « Mais Jack faisait ses quatre volontés et Rébecca avait conclu, pour sa part, qu'elle ne pourrait vivre sans lui ; aussi se sont-ils mariés deux mois plus tard. Ce fut le mariage de l'année, à San Francisco. Le père de Rébecca était un grand patron hawaiien qui possédait des intérêts dans l'industrie du sucre. Certes, il avait un peu de sang métis parmi ses ancêtres, et ça se voyait à la longue chevelure noire de la mariée et à la forme de ses yeux ; mais la mère était une femme du monde, très à cheval sur les principes ; aussi les propriétaires terriens les plus huppés sont-ils venus à la noce. »

Brad cessa d'arpenter la pièce et regarda Phyl. « Ne bouge pas ! » ordonna-t-il en levant les mains en l'air.

Il sortit d'un pas pressé dans le hall, et le chien trotta rapidement derrière lui, en faisant cliqueter ses pattes sur le parquet.

Phyl frissonna à l'idée de ce qu'il venait de lui raconter. Elle voyait bien qu'elle était enfin sur le point de connaître la vérité sur Brad, et elle avait peur de ce qu'il allait dire. Elle aurait préféré se trouver dans son cabinet, pour le traiter comme un médecin face à son patient. Elle le regarda nerveusement quand il revint dans la pièce en serrant entre ses mains une photographie dans un cadre d'argent.

« Là », dit-il. Il désigna d'un doigt tremblant le couple, en tenue de mariés, qui souriait devant l'appareil photo, à la sortie d'une église. « Voilà mon père. Et là, bon Dieu, c'est Rébecca. » Il poussa un grognement de douleur, et soudain jeta la photographie à l'autre bout de la pièce.

Phyl haleta en la voyant s'écraser contre le mur ; le verre se brisa en morceaux qui tombèrent sur le sol. Le chien se précipita pour renifler les débris en grondant légèrement.

« Oh, bon Dieu ! » hurla Brad d'une voix angoissée. Il s'agenouilla au milieu des fragments et ramassa la photo égratignée.

« Pourquoi ai-je fait ça ? » demanda-t-il tout en agitant la photo sous le nez de Phyl. Elle se recula, angoissée. « Je sais pourquoi ! cria-t-il avec fureur. Ma mère ne valait rien. C'était une catin. Facile. Insatiable. N'importe qui faisait son affaire : les amis de son mari, ses amis à elle, une rencontre de passage. Même après ma naissance, elle a continué à se conduire comme ça, à agir comme bon lui plaisait. »

Il s'effondra sur un fauteuil et mit la tête dans ses mains. « Je servais de paravent pour ses rendez-vous, murmura-t-il à travers ses doigts. Elle m'emmenait avec elle. Après tout, qui soupçonnerait une femme de baiser à droite et à gauche lorsqu'elle se déplace avec son enfant ? Elle me rendait témoin, complice de son sale petit manège.

» Mon père s'absentait sans cesse pour se rendre au ranch, et elle m'emmenait à San Francisco. On se mettait en route, et je pensais : *Peut-être que cette fois on va s'amuser, qu'on sera seulement tous les deux. Peut-être que cette fois ce sera bien.* Mais je la voyais à peine, sauf quand elle me traînait à ses "visites mondaines", comme elle les appelait. Elle me donnait des jouets et des livres, me recommandait d'être sage. Elle annonçait qu'elle et son ami allaient s'installer dans la pièce d'à côté, et qu'il ne fallait pas les déranger ; ils devaient parler d'un tas de choses. »

Brad leva la tête et adressa un regard vide à Phyl. « Et je ne les dérangeais jamais, ajouta-t-il. J'étais sage, le fils modèle. Je voulais lui faire plaisir, et je lui ai obéi... jusqu'au jour où elle m'a fait attendre si longtemps — deux, trois, quatre heures même, peut-être — que j'ai eu peur. J'ai posé mon oreille contre la porte de la chambre, mais il n'en sortait aucun bruit. J'ai craint qu'elle ne m'ait oublié, qu'elle ne soit partie en m'abandonnant. Je me disais que peut-être elle était morte...

» J'ai poussé doucement la porte et jeté un coup d'œil furtif à l'intérieur de la pièce. Les rideaux étaient tirés, et une lampe éclairait le chevet du lit. J'ai vu ses vêtements éparpillés sur le sol, et j'ai poussé un soupir de soulagement. Je savais qu'elle ne pouvait pas m'avoir laissé et être partie sans ses vêtements.

» Je me suis glissé sans bruit à l'intérieur de la pièce pour tenter de distinguer quelque chose dans l'obscurité. Et je les ai vus. Elle était étendue toute nue, ses cheveux noirs étalés sur les oreillers. Il avait la tête sur sa poitrine à elle et il dormait. Elle s'est retournée et elle m'a vu. Nos regards se sont croisés. Alors, toujours en me fixant, avec un sourire de complicité terrible, elle a pris les organes génitaux de l'homme dans sa main et s'est mise à les caresser.

» Je l'ai entendu grommeler, et il a commencé à remuer ; je suis sorti de la pièce en courant, terrifié. Le rire moqueur de ma mère m'a poursuivi pendant que je refermais la porte. »

Brad avait beau avoir les yeux fixés sur Phyl, elle pensa qu'il ne la voyait pas. « Son rire m'a toujours obsédé, depuis lors. Je l'entends dans mes rêves, en m'éveillant et en dormant. Et ce sourire ! Ce n'était pas le sourire d'une mère à son fils. (Il secoua la tête avec désespoir.) Elle était si belle !

» Après quoi, nous sommes allés faire des courses, et elle s'est acheté un nouveau chapeau, rouge, avec des petites plumes. Ensuite, nous avons pris le thé dans un grand hôtel qu'elle affectionnait. C'était là qu'elle rencontrait ses amies. “Regardez un peu quelle bonne mère je fais, a-t-elle déclaré en riant avec elles, j'emmène mon fils prendre le thé.” Et elle m'a lancé encore une fois son sourire de connivence. “C'est un garçon qui sait garder les secrets d'une femme”, a-t-elle ajouté, et elles ont toutes pouffé de rire. »

Brad s'absorba dans un profond silence, la tête entre les mains. Phyl attendit, redoutant presque de respirer pour ne pas faire resurgir un autre souvenir dangereux.

Il soupira profondément. « Des années plus tard, après leur divorce, j'ai demandé à mon père pourquoi il s'était amouraché d'elle. Il s'est contenté de hausser les épaules et de dire qu'il prenait son plaisir là où il le trouvait. En outre, elle cadrait tout à fait avec l'image des Kane : c'était une belle héritière de la haute société, une épouse et une mère étincelantes. Je pense que, bizarrement, ils étaient bien assortis. Elle obéissait à ses propres désirs, comme lui. Et il m'a dit que les femmes n'avaient aucune importance à ses yeux. Il m'a rappelé que la seule chose importante dans nos vies, c'était le ranch Kanoi. "N'oublie jamais ça, mon fils", a-t-il conclu. Et je ne l'ai jamais oublié.

» Mon père m'a raconté l'histoire du ranch, la manière dont Archer avait débuté, et toutes les difficultés financières qu'il avait fallu surmonter au fil des ans pour essayer de le faire marcher. Et il m'a parlé de la fortune qui aurait dû être à eux depuis des années, s'il n'y avait eu ce demi-frère.

» "Ce foutu petit singe rabougri a cherché à nous voler ce qui nous appartenait par droit de naissance, Brad, m'a expliqué mon père. Sans l'intelligence de ton grand-père Archer, il y serait parvenu, de sorte que toi et moi ne serions pas assis là, dans un des plus grands ranchs d'élevage des États-Unis. Je sais que j'aurais dû tuer le singe quand j'en ai eu l'occasion, parce que je sens dans mes os qu'il est encore là quelque part, comme un serpent à sonnette prêt à frapper. Il essaiera de nous enlever cette fortune un jour, mon fils. Il cherchera à prendre ce que la famille Kane a produit pendant toutes ces années : notre sueur et notre labeur, notre terre, notre héritage. *Notre nom.* Ne t'illusionne pas, il viendra réclamer sa fortune ; et ce jour-là nous devrons être prêts à agir. Rapidement et sans pitié." »

Brad regarda Phyl et dit d'une voix tranquille : « J'ai passé ma vie à attendre ce jour-là. »

Phyl se tenait prudemment perchée sur le bord de son siège. L'humeur de Brad passa de la colère et de la violence à un calme glacial, annonciateur d'une nouvelle tempête — elle en était certaine : « Et tu penses que ce jour arrivera ? » demanda-t-elle gentiment.

Il sauta sur ses pieds, se versa encore un cognac et l'avala d'un trait. « Maintenant non, affirma-t-il d'une voix froide. Plus maintenant. »

Un frisson parcourut la colonne vertébrale de Phyl. Cela signifiait-il que le singe était revenu ? Et qu'il l'avait tué ? Elle avait peur de lui poser la question. Tout d'un coup, elle était affolée à l'idée de se trouver là, seule avec lui.

« Jack a failli tuer Rébecca, tu sais, avant qu'elle parte, déclara Brad, comme en passant. Il racontait qu'elle avait étalé ses aventures amoureuses une fois de trop et que quelque chose en lui s'était cassé net. Il avait pris un fusil et menacé de l'abattre, mais elle s'était contentée de rire et de partir. Elle savait tout de lui et tout sur la famille Kane. "Tel père, tel fils", lui avait-elle lancé avec mépris, en le narguant.

— Oh, Seigneur ! chuchota Phyl, sans oser demander ce qui était arrivé.

— Il aurait dû tirer, mais il ne l'a pas fait, reprit Brad avec humeur. Il lui a seulement donné une petite raclée. Elle l'avait bien méritée. J'ai tout vu par l'entrebâillement de la porte et j'en ai été heureux. Je me suis réjoui de savoir qu'elle partait et qu'elle nous laissait seuls, mon père et moi. Ils ont divorcé, et nos vies ont repris leur cours au ranch... Jack m'a envoyé à l'école et à l'université, mais j'étais impatient de revenir. »

Il se remit à marcher dans la pièce, les mains dans les poches, la tête baissée. « Je n'ai jamais revu ma mère. Archer était mort depuis plusieurs années quand on a entendu dire que Rébecca avait eu une attaque. Elle a survécu quelque temps, mais personne ne pouvait la voir. Il paraît qu'un côté de son visage était paralysé, grotesque, mais que l'autre était presque normal, et toujours beau. Elle était incapable de parler, incapable de marcher. Elle est morte deux ans plus tard.

» Jack s'est noyé dans un accident de bateau un an après mon retour de l'université. On a prétendu qu'il était ivre, mais je ne l'ai pas cru. C'était un bon marin, et il a simplement dû être pris dans une de ces tempêtes soudaines. Il s'en serait tiré s'il avait pu, je le sais. Il ne m'aurait pas laissé seul.

» J'ai hérité de tout. Le ranch, les maisons, l'île, poursuivit-il en riant amèrement. Et la menace toujours présente qu'incarnait le singe. Le serpent à sonnette au sein de la famille Kane, prêt à frapper. »

Phyl le dévisageait et hésitait toujours à lui poser la question fatidique. Mais il lui fallait savoir : « Qu'est-ce que tu as fait, à ce sujet ? » chuchota-t-elle, apeurée.

Brad vint se poster en face d'elle. Il braqua ses yeux sur ceux de Phyl, se pencha en avant et, d'une caresse tendre, écarta de son visage sa chevelure noire et vaporeuse. « Pourquoi me le demander ? J'ai fait ce qu'il fallait, naturellement », répondit-il d'une voix douce.

Phyl leva les yeux pour contempler le gentil sourire sur son visage séduisant, plonger dans ses yeux magnifiques et fous. Elle songeait à Mahoney, qui avait dit : « On en arrive à sentir qui sont les méchants même s'ils ne diffèrent pas des autres, en apparence. Des gens comme il faut, qui semblent parfaitement honnêtes. Mais le célèbre Dr Forster doit savoir mieux que quiconque ce qui se passe dans la tête de ces gens-là, dans leurs recoins profonds et obscurs. Ce qui se cache sous les bonnes manières, le charme et les beaux habits de ceux qui battent leurs femmes, qui abusent des enfants, qui tuent. Des gens comme vous et moi. »

Cette description s'appliquait à l'homme qu'elle était en train d'observer. Brad était un sociopathe typique, tel que le décrivent les manuels ; or, bien qu'elle fût une psychiatre avertie, elle ne s'en était même pas rendu compte.

Phyl tressaillit quand les mains de cet homme se posèrent sur ses épaules. De peur qu'il ne lise la panique dans ses yeux, elle baissa rapidement la tête. Elle devait garder son calme, le ménager. Il fallait qu'elle s'en aille d'ici...

Il dit, de cette voix douce, pleine d'attentions qu'elle connaissait si bien : « Ma pauvre Phyl, je t'ai parlé toute la nuit. Regarde, le soleil est déjà levé. Va au lit, mon amour. Prends un peu de repos. » Il jeta un coup d'œil à sa montre et ajouta sur un ton léger, comme si la longue confession nocturne au cours de laquelle il avait mis son âme à nu n'avait jamais eu lieu : « J'ai failli oublier. On m'attend pour une réunion au ranch, à la première heure de la matinée. Je vais y aller en avion immédiatement. »

Phyl ferma les yeux, réprima un mouvement de recul lorsqu'il laissa tomber un baiser rapide sur son front. « Je reviendrai après, promit-il, aussi naturel qu'auparavant. Je veux que tu m'attendes ici. Ne pars pas. Ne quitte pas cette maison. Promets-le-moi. »

Elle hocha la tête mécaniquement. « C'est promis.

— Parfait, répondit-il avec un sourire satisfait. Je te ferai confiance, pour une fois. »

Phyl le regarda franchir la porte. Il siffla pour appeler le chien. La longue nuit et l'alcool n'avaient laissé aucune trace sur lui. Son visage était détendu, souriant. Dans sa chemise de prix et ses jeans bien repassés, il avait tout de l'homme riche et civilisé.

Il se retourna pour lui adresser un dernier sourire. « Attends-moi, Rébecca », dit-il en refermant la porte.

# 33

Phyl guetta le bruit de la voiture qui s'éloignait, puis courut dans sa chambre et se mit à jeter frénétiquement ses affaires dans son sac de voyage. Elle téléphona à l'aéroport pour réserver une place sur le prochain vol. Ensuite, elle appela un taxi et arpenta le plancher de long en large jusqu'à son arrivée. Un domestique chinois surgit de nulle part pour porter sans un mot son sac à sa place, et elle se demanda avec surprise comment il avait pu être au courant de son départ. Il avait dû tout entendre, pensa-t-elle ; quels secrets les autres domestiques avaient-ils bien pu surprendre, dans cette maison pleine de mystères ?

Elle hésita devant la porte, en songeant à la façon dont Brad réagirait lorsqu'il découvrirait qu'elle était partie sans un mot d'explication. Elle décida de rédiger une note à son égard : « Brad, il vaut mieux que nous ne nous revoyions plus. Il n'y a rien que je puisse faire pour t'aider. »

Elle confia le papier au domestique et grimpa rapidement dans le taxi, en jetant un coup d'œil par-dessus son épaule à travers la vitre arrière, s'attendant presque à le voir surgir à toute allure sur la route derrière elle, avec ce doberman vicieux sur les talons.

Les autres passagers étaient déjà en train d'embarquer ; aussi gagna-t-elle immédiatement son siège. Elle poussa un soupir de soulagement quand les portes se fermèrent. Elle était tellement effrayée qu'elle faillit en pleurer. Elle n'avait même pas envie de réfléchir au fait que Brad l'avait confondue avec Rébecca ; ni à ce que cela impliquait. Elle n'avait qu'une envie : dormir et se réveiller cinq heures plus tard à San Francisco. Et puis, elle avait envie de voir Mahoney. Elle frissonnait de peur. *Oh, mon Dieu*, pensait-elle, *j'ai vraiment besoin de Mahoney !*

C'était un dimanche qui n'en finissait pas, pendant l'interminable garde de 8 heures du matin à 4 heures de l'après-midi. Mahoney se demandait si l'horloge ne s'était pas arrêtée depuis deux heures. Il se disait qu'il aurait dû s'estimer heureux de constater que vendeurs de drogue, voleurs à main armée et protagonistes des scènes de ménage lui accordaient un répit ; mais le temps traînait en longueur.

Il tripota l'ordinateur jusqu'à faire apparaître le nom de Brad Kane sur l'écran. Il repassait toutes les informations interminablement, parce que quelque chose continuait de le tourmenter au sujet de M. Hawaii. Et soudain, l'appareil lui confirma qu'il s'agissait d'un homme violent.

Le premier incident avait eu lieu à l'université. Brad avait agressé un autre type dans un bar. Rien d'exceptionnel, aurait-on pu dire, pour des étudiants qui ont absorbé un peu trop de bière. Sauf que l'agression avait été particulièrement vicieuse : M. Hawaii avait frappé le visage de l'autre type avec un verre cassé au préalable. Il s'en était tiré à bon compte, parce que son père lui avait payé un grand avocat. La victime avait reçu une indemnité dont le montant n'avait pas été révélé, et Brad Kane n'avait écopé que de deux mois avec sursis.

Deux années plus tard, on l'avait arrêté pour s'être trouvé en possession d'une arme — un poignard. Il ne s'en était pas servi, mais la victime avait prétendu qu'il avait menacé de le faire et, cette fois, cette victime était une femme. Une prostituée, en fait. A Honolulu. Encore une fois, de l'argent changea de mains, et tout se solda par un simple avertissement.

Le troisième épisode était récent. Quelques mois plus tôt, un domestique de la maisonnée Kane avait été tué. Selon le rapport de police, un chien de Brad Kane, un doberman, était brusquement redevenu sauvage et avait attaqué le serviteur. Brad Kane avait abattu l'animal lui-même avant d'appeler la police. Il s'était dit accablé. La victime était un vieillard qui avait passé cinquante ans de sa vie au service de la famille. Brad avait prétendu devoir partir d'urgence en voyage d'affaires, mais avait promis de répondre à toutes les questions qu'on lui poserait dès son retour. Il avait tenu parole — un mois plus tard, en revenant de Paris. Entre-temps, le vieillard avait été inhumé, aux frais de Kane, et l'enquête n'était plus qu'une simple formalité. Une déposition sous serment, une phrase de regret, et l'on n'en avait plus parlé.

Mahoney soupira en éteignant l'ordinateur. Un accès de violence chez un garçon qui a trop bu pouvait certes être dépourvu de signification. Mais certainement pas deux. Un troisième incident du même genre, survenu dans des circonstances inexplicables, c'était un peu trop pour n'importe quel homme.

Il envisagea d'appeler Phyl à Hawaii pour lui raconter ce qu'il avait découvert, préciser que ça ne lui disait rien de bon, et l'engager à se tirer immédiatement de l'endroit. Le téléphone sonna à ce moment-là.

C'était Phyl. On entendait à l'arrière-plan un grondement de moteur. « J'appelle de l'avion, déclara-t-elle. J'ai besoin de vous voir, Mahoney.

— Qu'est-ce qui ne va pas ? demanda-t-il aussitôt. Est-ce qu'il vous a fait du mal ?

— Non. Je vais bien. Mon vol arrive à environ 3 heures.

— Pourquoi ne pas aller directement chez moi ? Je vous laisserai un message sur votre répondeur, si je suis retenu ici.

— J'ai besoin de vous, Mahoney.

— Ça me fait plaisir de l'entendre, doc. Après tout, c'est notre rôle. » Il était convaincu qu'elle était sincère.

Le téléphone sonna de nouveau presque aussitôt. Quand il décrocha, une voix à l'accent anglais annonça : « Nick Lascelles à l'appareil. Je suis un ami de Béa French et de Phyl Forster.

— Comment va, Nick ? répondit Mahoney d'un ton dégagé. J'ai beaucoup entendu parler de vous par Béa. Et je peux vous dire que c'était exclusivement en bien.

— Je n'arrive pas à joindre Phyl, poursuivit Nick ; aussi ai-je pensé qu'il était préférable de vous appeler. Nous avons fait notre petite enquête, au sujet de la villa. Je pense que Béa vous en a parlé. Eh bien, on a fini par trouver le lien. Le petit garçon de son rêve était le père de Béa. Il a vécu dans cette maison jusqu'à l'âge de cinq ans. Il l'y a emmenée lorsqu'elle a eu quatorze ans et lui a raconté toute l'histoire... Cela l'a vraiment perturbée, inspecteur Mahoney, parce qu'elle s'est aussi rappelé que ses parents sont morts dans un accident de voiture l'année dernière. Son père était le peintre John Jones. »

Mahoney émit un sifflement de surprise. Il connaissait et admirait l'œuvre de Jones. « Je me souviens d'avoir lu des articles sur lui dans les journaux, dit-il. C'est un coup dur. Et les autres membres de sa famille ?

— Il n'y en a pas d'autre. Elle reste seule. »

Mahoney se demanda si c'était la raison de son

amnésie. Ça avait sûrement dû être un grave traumatisme. « Et concernant le ravin de Mitchell ?

— Rien de plus. Elle ne sait toujours pas qui a cherché à la tuer. Ou pourquoi. Ça la rend folle. Elle a été terriblement mal ; mais la présence des enfants l'a aidée, et elle semble aller mieux à présent. Pourtant, j'ai pensé que je ferais mieux de vous appeler et de vous tenir au courant. Béa dit que vous êtes un ami.

— Ouais. On est copains. Béa ne semblait pas avoir beaucoup d'amis quand cela s'est produit. Et ils m'ont tout l'air d'être assez rares, encore maintenant. Bon Dieu ! c'est la fille d'un artiste célèbre. Elle a bien dû manquer à quelqu'un.

— Elle dit qu'elle a tout laissé tomber pendant quelque temps après l'enterrement de ses parents. Elle est revenue ici, dans leur ferme de Provence. Elle avait envie d'être seule. Je suppose que les gens ont respecté ce désir, de sorte que personne ne s'est inquiété d'elle. En fait, elle est rentrée aux États-Unis, dans leur maison des Berkshires, et elle ne se souvient de rien d'autre après ça.

— Bon. Donnez-moi son état civil complet, Nick, pour que je fasse quelques recherches.

— Marie-Laure Leconte Jones. Elle est née en 1968, et le domicile familial était le Vieux Moulin, à Faversham, dans le Massachusetts. Ils passaient les étés dans leur mas, Les Cerisiers, près de Bonnieux en Provence. »

Mahoney hocha la tête. « Merci de rester auprès d'elle, Nick. Ne la quittez pas une minute ; elle a besoin d'aide. »

Il reposa le combiné, alluma l'ordinateur et fit défiler sur l'écran la longue liste des noms de passagères en provenance des pays chauds qui étaient arrivées à l'aéroport international de San Francisco, au cours de la semaine précédant l'agression dont Béa avait été la victime. Il les parcourut rapidement du regard. Tous les noms correspondaient à des personnes que l'on avait retrouvées. Il étudia une fois de plus la longue liste. C'est alors qu'il l'aperçut. Le nom, inscrit en abrégé, avait été attribué à un homme. Ces sacrés ordinateurs ne sont pas infaillibles. Ils commettent des erreurs, comme tout le monde.

« Mr. L. L. Jones, était-il écrit. Vol direct 511 d'Honolulu. Départ : 18.00 h. Arrivée : 23.00 h. »

Hawaii ! Encore. Il siffla de surprise. Mais après tout, pourquoi les éclairs ne frapperaient-ils pas deux fois au même endroit ?

Pendant qu'il appelait la police d'Honolulu, Mahoney se demanda ce que la jeune Marie-Laure, après son deuil récent, avait pu aller faire à Hawaii. Elle avait éprouvé le besoin de prendre des vacances. Pourtant, ça valait la peine de suivre la piste. Mahoney demanda donc à ses collègues d'Honolulu de vérifier le jour où elle était arrivée, l'hôtel où elle était descendue, et de lui dire tout ce qu'ils trouveraient d'autre à son sujet. Puis il jeta sa veste sur ses épaules, signa le registre des sorties, et rentra chez lui pour y retrouver Phyl.

Elle l'attendait au pied de son immeuble. Elle n'avait pas un brin de maquillage sur le visage, et des cernes profonds entouraient ses yeux.

« Vous n'avez pas l'air bien, lança Mahoney en l'accueillant.

— Et je me sens mal. »

Elle tomba dans ses bras, et il la soutint. « Hé, doc, qu'est-ce qui se passe ? demanda-t-il doucement. Je sais que je suis un type formidable, mais je ne pense pas arriver à la cheville de votre M. Hawaii. »

Elle resserra son étreinte autour de son cou. « Ne

prononcez plus jamais ce nom, répondit-elle d'une voix sourde, le visage enfoui dans sa poitrine.

— Affreux à ce point-là, hein ?

— Tout à fait affreux.

— Ce n'est pas à moi de vous dire que je vous avais prévenue...

— Je sais. Et vous m'avez recommandé de ne pas le revoir. J'aurais dû vous écouter, affirma-t-elle en montant l'escalier derrière lui jusqu'à son appartement.

— Vous auriez dû suivre votre intuition. Votre instinct et votre esprit vous avaient dit que quelque chose ne tournait pas rond. Mais vous ne vouliez pas l'admettre. »

Elle s'effondra dans un fauteuil. « Je l'avoue, déclara-t-elle en levant vers lui des yeux pleins de regret. Comment ai-je pu, moi, me montrer aussi stupide, Mahoney ? »

Il haussa les épaules. « C'est facile. Vous avez simplement cru ce que Brad voulait vous faire croire. C'est l'enfance de l'art pour un escroc.

— Il est pire encore. Il est très gravement perturbé sur le plan mental.

— Vraiment ? (Mahoney entra dans la cuisine et entreprit de préparer le café.) Cela vous intéressera peut-être de savoir que j'ai fait ma petite enquête sur Brad Kane. Je n'ai pas été tellement surpris de découvrir qu'il avait un casier. (Elle lui adressa un regard inquiet.) Oh, ajouta-t-il, il a juste entaillé un jeune gars avec le tesson d'un verre de bière quand il était étudiant, et menacé une putain avec un couteau. Rien de bien terrible. Mais tout de même.

— Il me fait peur, Mahoney.

— Que s'est-il passé ? » Il versa l'espresso riche et onctueux dans de petites tasses qu'il posa sur un plateau à côté d'un bol de sucre brun.

« Il m'a appelée Rébecca. »

Il lui lança un coup d'œil aigu et sourit. « La mère ?

— Ce n'est pas drôle, dit-elle sur la défensive.

— Vous avez sacrément raison, ce n'est pas drôle. C'est dingue, ma jolie, voilà tout.

— Il m'a terrifiée. Il a parlé pendant la nuit entière, en arpentant la pièce comme... comme un animal en cage. Il m'a tout raconté sur son horrible grand-père, et Jack, et Rébecca. Mon Dieu, Mahoney ! gémit-elle, je pense qu'il a tué quelqu'un.

— Du sucre ? » se contenta-t-il de demander en lui tendant une tasse de café. Elle prit une petite cuillère de sucre en poudre et lui jeta un regard morne. « O.K., ajouta-t-il, buvez d'abord votre café. Après, vous me raconterez. Depuis le début. »

Phyl s'exécuta et, pour une fois, Mahoney l'écouta en silence. « Donc, vous pensez qu'il a tué ce type, le singe ? demanda-t-il.

— Comment ne pas le penser ? répondit-elle en acquiesçant de la tête.

— Et vous pensez qu'il avait peut-être l'intention de vous tuer ?

— Je ne sais pas, déclara-t-elle d'une voix désespérée. Il oscillait entre la rage et la gentillesse. J'avais peur. Je le regardais : un si bel homme, un type à qui tout réussit — oh, je ne sais pas... Le genre d'hommes qui n'a plus rien à désirer parce qu'il a déjà tout, je suppose. Et puis, je me suis souvenu de ce que vous m'aviez dit. Sur les assassins et les sadiques qui violent des enfants mais ont l'air de types normaux, et camouflent leurs vices sous des vêtements coûteux et une apparence de normalité.

» En tant que psychiatre, je comprenais ce qui l'avait détraqué ; je comprenais ce qu'il ressentait envers Rébecca. Et je devinais que Jack avait été un père tyrannique, un homme sans un atome de sens moral. J'ai presque eu pitié de lui, à un moment. Et puis, j'ai vu qu'il était trop tard. Il a franchi les bornes et perdu pied dans ses fantasmes. Oh, il est encore capable de sauver les apparences. Personne ne peut s'en apercevoir. C'est à ce moment-là que j'ai eu peur, quand j'ai découvert qu'il était capable de n'importe quoi.

— Vous pensez qu'il vous a confondue dans son esprit avec Rébecca ?

— Oui, admit-elle. Il oscillait entre l'amour et la haine qu'elle lui inspirait. Mais je sais que la haine l'emporte.

— Nous voilà dans de beaux draps. Où est M. Hawaii, en ce moment ?

— Après cette nuit de folie, répondit-elle en marquant son étonnement, après avoir tout déballé — ce qu'il n'avait jamais fait auparavant, j'en jurerais —, il a calmement déclaré qu'il était attendu pour une réunion au ranch. Il devait s'y rendre en avion et revenir ensuite. Le ranch passe toujours en premier, quoi qu'il arrive ! »

Elle frissonna.

« Dieu merci, il s'en est souvenu. Sans ça, je... je ne sais pas ce qu'il aurait pu faire...

— Alors, il est encore à Hawaii ?

— Oui.

— Dommage, dit Mahoney avec un sourire. Je pensais que je pourrais vous demander de passer la nuit ici. Pour votre sécurité, bien sûr, dans l'éventualité où il ferait son apparition.

— Même vous, vous n'arrivez pas à écarter cette hypothèse ! » s'exclama-t-elle en riant malgré elle.

Mahoney se rendit de nouveau à la cuisine. Il prit un poulet dans le réfrigérateur et entreprit de le découper avec un couperet. Phyl grimaça, et cela le fit sourire. « Ne vous inquiétez pas, je suis seulement en train de nous préparer un potage. Entre-temps, et pour vous montrer que les choses ne sont pas toutes mauvaises, je vais vous apprendre quelques bonnes nouvelles. Béa a retrouvé la mémoire. »

Phyl en resta bouche bée. « Oh, Seigneur ! cria-t-elle. Et je n'étais pas là pour l'aider — une fois de plus !

— Elle n'a pas besoin de vous », répliqua Mahoney, tout en saisissant les morceaux de poulet dans une sauteuse à fond de cuivre. Il ajouta une poignée de légumes hachés et précisa : « Nick était près d'elle. » Il lui raconta ce que le jeune homme lui avait dit.

« Donc, voilà où nous en sommes, conclut-il. Béa s'appelle Marie-Laure Leconte Jones. Et, par un étrange tour du destin, elle avait pris l'avion d'Honolulu pour San Francisco, la nuit où elle a été agressée. »

Les yeux de Phyl s'écarquillèrent. « C'est naturellement une coïncidence, déclara-t-elle.

— Vous savez que j'accorde une grande importance aux coïncidences. En particulier dans les affaires criminelles, répondit Mahoney en lui tendant un verre de vin rouge.

— Pauvre Béa, je veux dire Marie-Laure, remarqua Phyl tristement. Elle perd ses parents ; après quoi elle est attaquée par quelque détraqué. Pas étonnant qu'elle ait refoulé tout ça au fond de sa mémoire.

— Pas étonnant, admit-il en versant du bouillon de poulet dans la casserole.

— Je vais aller en France, décida Phyl qui se dirigea d'un pas résolu vers le téléphone. J'appelle la compagnie aérienne pour prendre le premier vol en direction de Paris demain.

— D'accord, doc, répliqua-t-il calmement. Mais mangez d'abord. Vous appellerez la compagnie aérienne ensuite. La soupe sera prête dans dix minutes, et je parie que vous n'avez rien avalé depuis vingt-quatre heures. »

Mahoney avait raison. Il lui réserva une place sur le

vol de Washington avec une correspondance pour Nice. Phyl pensa avec soulagement que ce voyage mettrait des milliers de kilomètres entre elle et Brad.

Elle regarda Mahoney. Il était appuyé contre le cadre de la fenêtre. Derrière lui, on pouvait voir le panorama de la baie où se profilaient une série de navires brillamment illuminés, en route vers le port ou le large, et l'éclairage clignotant des ponts qui ornait le ciel de guirlandes. Les bras croisés, l'inspecteur fredonnait une aria de Mozart que l'on entendait en sourdine. Très détendu, il semblait en paix avec lui-même et avec son environnement ; Phyl songea au contraste qu'il offrait avec Brad en train d'arpenter son logis comme un animal enragé.

« Qu'allez-vous faire à son sujet ? demanda Mahoney qui déchiffrait ses pensées.

— Demain, je serai partie, répondit-elle d'un ton ferme. Je lui enverrai une lettre pour lui dire que je ne peux plus le voir. Je lui recommanderai un thérapeute à Hawaii. Peut-être qu'à mon retour il se sera fait à cette idée. »

Mahoney lui lança un regard sceptique. « Le croyez-vous vraiment ?

— Je l'espère », dit-elle en cherchant sa veste.

La fatigue le rendait silencieux quand il la raccompagna chez elle. « J'aimerais partir avec vous demain, affirma-t-il en la déposant devant sa porte.

— Moi aussi. » Elle le regarda rêveusement.

« Prenez soin de vous et de Marie-Laure. Je ne sais pas au juste laquelle de vous deux a le plus besoin qu'on veille sur elle. » Il déposa un baiser léger sur chacune de ses joues et attendit qu'elle ait disparu derrière les portes. Il découvrit alors la Mustang garée un peu plus bas dans la rue vide.

Dans l'ascenseur, Phyl regretta de ne pas avoir son chat auprès d'elle. Elle détestait l'idée de trouver son appartement vide, mais Coco resterait chez Mahoney jusqu'à ce qu'elle revienne de France. En ouvrant sa porte, elle se rappela combien elle avait chéri son intimité, autrefois. Maintenant, ce n'était plus que de la solitude.

L'appartement était dans l'obscurité, et elle hésita à entrer. Elle aurait juré avoir laissé une lampe allumée. Comme toujours. Elle éprouva un picotement dans le cou en essayant de se diriger à tâtons et glissa une main le long du mur pour trouver l'interrupteur. Sa main rencontra alors la chair chaude d'un autre corps.

Des bras l'entourèrent, et une main la bâillonna pendant que l'on fermait la porte d'un coup de pied. « Tu m'as encore laissé, Rébecca, murmura Brad brutalement. Pourquoi as-tu fait ça ? Tu sais pourtant combien je t'aime, non ? »

Il appuya sur l'interrupteur. Phyl se retourna vivement et le regarda avec horreur. « Comment es-tu entré ici ? » demanda-t-elle.

Il sourit tranquillement et brandit une clef. « J'en ai fait faire un double quand tu étais à Hawaii, répondit-il avec calme. Je voulais être sûr que je pourrais te voir n'importe quand. De jour ou de nuit. »

Il la regarda droit dans les yeux, comme le crotale hypnotise, dit-on, les oiseaux. Il était impeccable dans son blazer de cachemire bleu, son pantalon de toile et ses mocassins à glands — parfaite tenue pour un homme de goût. Mais, derrière les lunettes cerclées d'or, ses yeux pâles ne souriaient pas. Ils étaient glacés et sournois ; elle savait qu'il était en train de donner corps à un fantasme sorti de sa tête.

« Pardon de t'avoir effrayée, ajouta-t-il. Bon Dieu, regarde dans quel état tu es ! Tu trembles. » Il avança vers elle, les bras tendus. Instinctivement, elle recula. « Oh, voyons, Rébecca. Tu sais que je n'aime pas devoir présenter des excuses. Je suis venu ici pour te ramener à la maison, c'est tout. Tu sais que tu es toujours plus heureuse à Diamond Head. Et je te veux près de moi. Tu ne dois plus jamais me quitter. »

Phyl avançait imperceptiblement vers sa chambre. Ses yeux terrifiés étaient braqués vers lui. « Ne me quitte pas, reprit-il avec un sourire inquiet. Je sais que tu m'aimes. Je veux seulement te l'entendre dire. »

Elle avait presque atteint sa chambre. Son cœur battait aussi fort que celui d'un coureur de marathon. Si elle se montrait assez rapide, elle pourrait fermer la porte et le laisser dehors. Elle évoqua désespérément le téléphone au chevet du lit, et Mahoney...

« Dis-le, Rébecca, continua Brad en s'approchant toujours. Dis-le, ma chérie. Dis que tu m'aimes. Dis-moi que tu ne me quitteras jamais. »

Ses membres étaient devenus de pierre. Elle se figea d'horreur quand il fut tout près d'elle. Son sourire avait disparu, et son regard était toujours aussi froid.

« Brad, déclara-t-elle avec désespoir. Cela ne rime à rien. Naturellement, je tiens à toi. Tu es mon ami. » Elle fit rapidement un pas en arrière, leva les mains pour le tenir à l'écart. Il était aussi tendu que le doberman ; elle craignait de dire ce qu'il ne fallait pas et de déclencher une crise de folie.

« Plus que des amis, répondit-il alors qu'elle reculait prudemment d'un autre pas vers la chambre. Un amour comme le nôtre, c'est pour toujours, Rébecca. Tu le sais. »

Du coin de l'œil, elle voyait la poignée de la porte. *Encore un pas*, pensait-elle, *plus qu'un pas et je serai à l'abri. Je pourrai appeler Mahoney*. Elle fit un bond soudain en direction de la porte et la claqua derrière elle, en sanglotant de peur. Mais elle n'avait pas fermé la porte. Elle baissa les yeux, vit le coûteux mocassin à glands, et elle entendit rire Brad tandis que sa main, puis son épaule s'introduisaient dans l'ouverture.

La porte s'ouvrit en grand, et Phyl s'effondra sur le sol. Elle enfouit sa tête dans ses mains, secouée de grands sanglots.

Elle sentait ses regards sur elle, mais il ne parlait pas. Enfin, elle jeta un coup d'œil vers lui à travers ses doigts. Il la fixait, les bras croisés et le visage vide d'expression. Soudain, il mit un genou à terre près d'elle et prit sa main. « Je ne peux pas te laisser me repousser une fois de plus, Rébecca, dit-il d'une voix douce. Non, pas de nouveau. »

Il l'obligea à se relever, en la regardant avec tristesse. « Pauvre petite, reprit-il, pauvre merveilleuse petite. » Il lissa gentiment en arrière sa chevelure en bataille pour dégager son visage, et l'observa avec intensité. Puis il prit ses deux mains dans la sienne.

« Brad, dit-elle désespérément, il ne faut pas m'appeler Rébecca. Je suis Phyl. Rappelle-toi. Je suis médecin. Le docteur à qui tu aimes te confier.

— La doctoresse magicienne. Je sais.

— Rébecca était ta mère, Brad. Tu m'as tout raconté à son sujet.

— Pas *tout* », répliqua-t-il en haussant le ton ; sa voix fit courir des frissons dans le dos de Phyl.

Il continuait de lui tenir les mains. Sa poigne avait la force d'un étau, et elle imagina ces mains sur sa gorge, qui serraient jusqu'à ce que la vie s'en aille d'elle. *Pour tuer Rébecca.* Elle résista à la vague de terreur qui s'était emparée d'elle, afin de garder l'esprit clair. La seule façon d'avoir le dessus était de l'inciter à parler.

« Il faut qu'on parle, Brad », déclara-t-elle, en prononçant chaque mot avec lenteur et en s'efforçant de maîtriser le tremblement de sa voix. Elle devait parvenir à lui faire croire qu'elle gardait son sang-froid, que c'était elle qui menait la danse. C'était sa seule chance.

« Tu m'as dit que j'étais ton confesseur, et maintenant je veux que tu me racontes tout ce que tu sais sur Rébecca. Je suis ici pour t'aider, Brad ; ça, tu le comprends.

— Tu m'as trahi, répondit-il en resserrant son étau. Tu avais promis de rester. Tu sais que tu n'aurais pas dû faire ça, Rébecca. » Il pencha la tête et l'embrassa sur les lèvres, en l'attirant passionnément contre lui.

Phyl était toute molle dans ses bras ; elle tremblait du désir de crier, de le repousser. Il leva son visage au-dessus du sien et la regarda dans les yeux.

« Brad, s'il te plaît, il faut que je te parle ! s'écria-t-elle. Je suis seulement fatiguée... Je me sens si horrible... »

Il la souleva dans ses bras et l'emporta sur le lit. Il l'y déposa avec précaution et s'assit à côté d'elle. Il y avait entre ses sourcils deux plis angoissés quand il attrapa l'oreiller et se tourna vers elle.

Elle fixa les yeux sur l'oreiller qu'il tenait à deux mains et sut ce qu'il avait l'intention de faire. Ses yeux s'assombrirent de terreur.

« Pourquoi as-tu l'air si effrayée, Phyl ? »

Elle suffoqua en observant qu'il l'avait appelée par son prénom ; il se rappelait qui elle était. Elle se creusa la tête, frénétiquement, pour trouver un moyen de l'attirer hors de l'appartement. « Je suis si affamée, Brad, dit-elle rapidement. Pourquoi n'irions-nous pas manger un morceau ? Toi aussi, tu dois mourir de faim. On pourrait aller chez Il Fornaio. Tu aimes tant leur tiramisu ! On pourrait parler de tout ça tranquillement. Je veux t'aider, Brad. Je promets de faire tout ce que je pourrai. »

Elle lisait un doute dans ses yeux. « Tu promets de ne pas me quitter de nouveau ? s'enquit-il en caressant son bras machinalement.

— Oui, oui. Je te le promets. » Elle le fixait en retenant son souffle, attendait sa réaction et priait pour qu'il dise oui.

Le téléphone sonna soudain, rompant le silence. Les regards de Phyl s'accrochèrent à l'appareil. Sa bouée de sauvetage. « Il vaut mieux que je réponde, mentit-elle aussitôt. J'attendais l'appel de quelqu'un. Un... un collègue à moi. Si je ne réponds pas, il va se poser des questions. »

Brad leva une main. Il secoua la tête en regardant le téléphone qui sonnait toujours. Phyl était submergée par le dépit et la peur. Elle avait presque failli le convaincre, presque réussi à le faire sortir de l'appartement... Oh, mon Dieu, qui pouvait bien l'appeler ?

La sonnerie s'arrêta, et ils restèrent assis sans bouger dans le silence grandissant. Brad persistait à fixer des yeux la table de chevet, et elle se demanda s'il n'allait pas débrancher le téléphone. Mais il souleva la photographie de Marie-Laure. C'était celle que Phyl avait prise avant que la jeune femme ne parte pour New York. Sur le portrait, « Béa » était douce et jolie, avec ses cheveux coupés court et ses grands yeux apeurés.

Brad rapprocha l'image de la lumière, l'étudia pendant longtemps. « Comment se fait-il que tu la connaisses ? » demanda-t-il avec son « autre » voix.

« C'est une patiente à moi. Celle dont je t'ai parlé, l'amnésique. Je t'ai dit qu'on était devenues amies.

— Son nom, c'est quoi ? »

Les yeux de Brad étaient cachés sous ses paupières tombantes, et elle vit trembler la main qui tenait la photo. Elle répondit, préoccupée : « Elle s'appelle Béa French.

— French ? » Son regard allait tour à tour de la photo à Phyl. « Tu en es sûre ?

— En fait... non. J'ai oublié qu'elle vient de retrouver la mémoire. Elle s'appelle Marie-Laure Leconte

Jones. » Phyl fut prise d'un rire hystérique. Elle avait conscience de se comporter de façon illogique...

Brad se leva. Il rangea la photographie dans sa poche ; ensuite, il la regarda, étendue sur le lit, sanglotant et riant à la fois.

Son regard à lui était de nouveau absent. « Pauvre chérie. Tu es à bout de nerfs et épuisée. Et si tu faisais un somme, maintenant ? »

Elle s'allongea de nouveau, figée de peur, pendant qu'il gagnait la porte à grandes enjambées. Il regarda en arrière et lui lança son sourire confiant habituel. « Il y a quelque chose que je dois faire. Après, je te promets que tout ira bien. Je serai de retour dans un ou deux jours. Pourquoi n'envisagerais-tu pas de venir à Kalani avec moi pour le week-end ? On pourrait y reprendre notre conversation. Après tout, Kalani est le centre de ma vie, l'âme de la famille Kane. Et je veux tout partager avec toi, Phyl. Je veux partager ma vie avec toi. »

Il souriait toujours en s'éloignant. Elle écouta son pas déterminé et entendit le bruit de la clef dans la serrure. Puis plus rien.

Trop effrayée pour bouger, Phyl resta là, immobile, les oreilles aux aguets. Peut-être Brad cherchait-il à lui tendre un piège. Peut-être l'attendait-il derrière la porte, prêt à lui sauter à la gorge dès qu'elle sortirait... Enfin, elle posa prudemment les pieds sur le sol, écouta une fois encore. Puis elle traversa la pièce sur la pointe de ses pieds nus, s'aplatit contre le mur et jeta un coup d'œil furtif par l'entrebâillement de la porte. Se glissant à l'extérieur, elle regarda nerveusement autour d'elle. Se cachait-il toujours, attendait-il de l'attraper pour la tuer une bonne fois ?

Soudain, les nerfs de Phyl craquèrent et elle se mit à hurler, à courir comme une folle d'une pièce à l'autre, en faisant voler les portes grandes ouvertes.

« Espèce de détraqué ! hurlait-elle. Sors de là, sors de là... »

A la fin, elle verrouilla la porte d'entrée et se laissa choir, en sanglotant, sur le sol. « Oh, mon Dieu, hoquetait-elle, aidez-moi, aidez-moi... » Elle composa le numéro de téléphone de Mahoney, en collant le combiné à son oreille. Il sonnait et sonnait. « Répondez, pour l'amour de Dieu, Mahoney ! grommelait-elle. Répondez, je vous en prie, je vous en supplie, répondez... »

Mahoney fit tourner la Mustang à l'angle de la rue de Phyl dans un crissement de pneus, et il poussa un juron à la vue d'une Porsche noire qui fonçait au milieu de la rue, droit sur lui. Il donna un rapide coup de volant à droite, monta sur le trottoir et frôla une bouche d'incendie.

« Bon Dieu ! » rugit-il en jetant un coup d'œil plein de fureur par-dessus son épaule, aux feux arrière de la Porsche qui disparaissait. Puis il grogna en comprenant qu'il s'agissait de la voiture de Brad Kane.

Il quitta d'un bond la Mustang et traversa la rue en courant vers l'immeuble de Phyl. Il posa son pouce sur la sonnette et l'y laissa jusqu'à ce que le portier, le visage rouge de colère, se dresse en face de lui.

Il lui montra son insigne et dit : « Dr Forster. Elle est chez elle ?

— Oui, rétorqua le portier. Et un seul coup de sonnette aurait suffi.

— Pas ce soir, répliqua Mahoney avant de s'élancer sur l'épais tapis en direction de l'ascenseur.

— Attendez ! s'exclama le portier. Je dois la prévenir que vous êtes là. C'est le règlement.

— Au diable le règlement ce soir, mon gars. Ne faites pas un geste vers le téléphone. »

Il pressa le bouton de l'ascenseur et attendit avec impatience que les portes se referment. Lorsqu'il avait appelé Phyl et qu'elle n'avait pas répondu, il s'était inquiété. Il savait qu'elle se trouvait chez elle, aussi avait-il laissé sonner longtemps. Comme elle ne répondait toujours pas, il s'était demandé avec angoisse ce qui se passait. Quelque chose ne tournait pas rond, il le savait. Brad Kane n'avait-il pas surgi brusquement chez Phyl ? Mais la jeune femme lui avait dit qu'il s'était rendu au ranch. A cette heure, il devait être de retour à Diamond Head.

Puis Mahoney s'était rappelé que Brad Kane possédait un Gulfstream IV qui lui permettait d'aller n'importe où, à son gré, en moins de temps qu'il n'en fallait à quiconque pour acheter un billet.

Il se précipita hors de l'ascenseur et sonna chez Phyl. Il appuya la tête contre la porte pour écouter. Aucun son n'était perceptible ; il se mit alors à tambouriner sur la porte. « Phyl ! hurla-t-il. C'est moi, Mahoney. Ouvrez. »

La porte s'ouvrit tout d'un coup, et Phyl se jeta, en sanglots, dans ses bras. « Mahoney, oh, grâce à Dieu ! Oh, Franco ! criait-elle.

— O.K., O.K. Calmez-vous, ma jolie. (Il la poussa gentiment à l'intérieur.) Était-ce Brad ? Vous a-t-il fait du mal ? »

Le regard de ses yeux bleus bouleversés croisa le sien. « *Il allait tuer Rébecca*, dit-elle.

— Qu'est-ce qui l'en a empêché ?

— La sonnerie du téléphone. Elle a en quelque sorte rompu le charme ; je pense qu'elle lui a fait retrouver ses esprits. » Les jambes de Phyl se dérobèrent sous elle et elle s'écroula, sans forces, sur le canapé. Mahoney regarda son visage blafard. Puis il inspecta son maigre stock d'alcool et lui servit un bourbon bien tassé.

« Vous avez l'air d'en avoir besoin, déclara-t-il. Et je veux que vous répondiez à quelques questions. » Elle hocha la tête, avala une gorgée de bourbon et le regarda avec confiance.

« Vous a-t-il agressée ? »

Elle secoua la tête. « Il m'a attrapée par les bras et il a mis sa main sur ma bouche, mais il ne m'a pas frappée.

— L'aviez-vous laissé entrer dans l'appartement ?

— Il s'y trouvait à mon retour. J'ai eu une peur bleue.

— Comment a-t-il pu entrer ?

— Il avait fait faire des doubles de mes clefs. Il a dit qu'il me les avait subtilisées quand j'étais à Hawaii.

— Et le portier ?

— Je ne sais pas, répondit-elle en haussant les épaules. Mais je devine. Vous savez comment est Brad. Il se comporte partout en propriétaire des lieux. Il était déjà venu ici, et je suppose que le portier l'a pris pour un ami à moi. Peut-être lui a-t-il raconté que je lui avais demandé de m'attendre, que je lui avais donné les clefs... Qu'allons-nous faire ? l'interrogea-t-elle d'un air suppliant.

— Pas grand-chose. Il s'est arrangé pour entrer illégalement chez vous, mais il peut toujours prétendre que vous lui aviez donné les clefs. Après tout, vous étiez amis. Il peut soutenir que c'était une simple querelle d'amoureux. On en voit tout le temps, même si généralement elles ne se passent pas dans des appartements aussi agréables que celui-là.

— Mais il est *dingue*, Mahoney ! Il pense que je suis sa mère. C'est d'*elle* qu'il est amoureux, pas de moi ! »

Mahoney en avait conscience, et c'était bien ce qui le tourmentait. Les détraqués sont imprévisibles. Il n'y avait aucun moyen de savoir quelle initiative prendrait Brad Kane la fois d'après. « Vous avez dit qu'il est parti quand le téléphone a sonné... Il s'est simplement levé et il vous a quittée ?

— Il me maintenait sur le lit. Il avait pris l'oreiller, et j'ai cru qu'il s'apprêtait à m'étouffer... Je me suis efforcée de lui parler, de le calmer. Brusquement, il a paru retrouver ses esprits ; il s'est rappelé qui j'étais. Je cherchais à le faire sortir d'ici. J'ai suggéré que nous allions manger quelque chose pour parler de tout ça. Puis le téléphone a sonné, et nous avons sursauté tous les deux. Nous avons regardé l'appareil en l'écoutant sonner et sonner... jusqu'à ce qu'il s'arrête. Brad fixait la table de nuit, et j'ai pensé qu'il allait arracher le fil du téléphone. Mais, au lieu de ça, il a pris la photographie de Béa. »

Phyl jeta à Mahoney un regard perplexe. « Il m'a demandé qui c'était. Je lui en avais déjà parlé : je lui avais raconté qu'elle avait perdu la mémoire. J'ai répondu qu'elle s'appelait Béa French, et je me suis reprise parce que Béa French n'est plus son nom. Alors, Brad a eu un geste vraiment étrange. Il a mis la photo dans sa poche. Il a dit qu'il avait quelque chose à faire et qu'il reviendrait ensuite. Il a ajouté que je devrais envisager de passer le week-end à Kalani avec lui, pour que nous continuions à parler. Ensuite il est parti.

— Mais pourquoi a-t-il pris la photographie de Béa ? L'avait-il déjà rencontrée ici ?

— Jamais. Il n'a jamais vu Béa, je le jure. »

Mahoney se mit à arpenter la pièce, les mains derrière le dos, en se demandant ce que Béa French ou Marie-Laure pouvait avoir en commun avec un dingue amoureux de sa propre mère et capable de transférer son idée fixe sur Phyl. Il contempla celle-ci, assise au bord du canapé, son verre vide entre les mains, les genoux pressés l'un contre l'autre et les chevilles jointes comme une petite fille. Il soupira en se disant qu'elle avait fort mauvaise mine. Son visage était blafard, en dehors des cernes sombres qu'elle avait sous les yeux.

« Allez, mon ange, dit-il en lui ôtant le verre des mains. Venez chez moi. »

Elle lui adressa un sourire craintif. « Pour me mettre en sécurité ? demanda-t-elle au souvenir du rire qui s'était emparé d'eux à cette idée, un peu plus tôt dans la journée.

— Exactement, ma jolie, répondit-il, et il lui jeta sa veste sur les épaules. Vous prendrez mon lit. Coco se lovera derrière vos genoux et vous tiendra compagnie ; moi, je m'installerai dans l'autre pièce et veillerai à ce que personne ne vous dérange.

— Oh, Mahoney ! s'exclama-t-elle en s'appuyant contre lui pendant qu'ils descendaient dans l'ascenseur. Qu'est-ce que je ferais sans vous ? »

Quatre heures plus tard, Mahoney était toujours debout. Il se tenait à son endroit favori, appuyé contre le cadre de la fenêtre. Il regarda le brouillard monter et s'amonceler en grandes vagues douces à l'horizon jusqu'au moment où le paysage disparut complètement. Les yeux jaunes du chat tigré suivirent ses mouvements quand le policier recommença à marcher de long en large. Il aurait voulu pouvoir mettre de la musique, quelque chose de triste, lancinant et un peu kitsch, une aria de Puccini ou de Verdi. Mais Phyl avait tout du cadavre. Enfin *presque*, se corrigea-t-il ; si elle se trouvait encore en vie, c'était grâce au coup de téléphone qu'il lui avait si opportunément passé.

Il ne parvenait pas à comprendre le lien existant entre cette affaire et celle de Marie-Laure Leconte. Pourquoi Brad avait-il emporté la photo ? Peut-être était-il victime d'une nouvelle obsession. Peut-être nourrissait-il ainsi de multiples idées fixes. Ils n'avaient pas affaire à un homme « normal ».

Mais il fallait également tenir compte du fait que Marie-Laure avait pris l'avion à Hawaii, cette nuit-là — même si c'était la seule relation existant entre les deux énigmes.

Mahoney décida de ne plus penser à Marie-Laure pour le moment. Il était plus urgent de trouver le moyen de protéger Phyl. Brad Kane ne tarderait pas revenir ; or, il n'était sûrement pas disposé à essuyer une rebuffade et à se le tenir pour dit...

Mahoney soupira, se jeta enfin sur le canapé et ferma les yeux. La nuit avait été longue. Il réfléchirait à tout cela plus tard, quand son cerveau serait de nouveau en état de fonctionner. Dans quelques heures, il mettrait Phyl dans un avion pour la France. Là-bas, au moins, elle serait en sécurité, et il aurait le temps d'en apprendre davantage sur M. Hawaii.

# 34

C'était une matinée magnifique à Cannes. Un vent léger agitait les palmiers. Il faisait voleter les courtes mèches de Marie-Laure pendant que Nick conduisait l'Alfa rouge décapotable le long de la Croisette et s'engouffrait dans un dédale de rues en pente et à sens unique.

« Où allons-nous ?

— C'est une surprise, répondit-il laconiquement avec un sourire.

— Je crois savoir de quoi il s'agit, déclara-t-elle au moment où il se rangea aux abords de la galerie d'art municipale.

— Je parie que non. »

Il lui prit la main pour monter en courant avec elle les marches qui menaient à l'entrée, puis il lui fit traverser à vive allure les galeries. « Ferme les yeux ! ordonna-t-il enfin.

— C'est un tableau de mon père, c'est ça ? demanda-t-elle en souriant. De Nanny Beale, je parie.

— Je t'ai dit que c'était une surprise. O.K. Maintenant, tu peux ouvrir les yeux », répondit-il doucement.

Marie-Laure se trouva devant le portrait en pied d'une femme sans charme, avec des cheveux noirs et une robe de soie jaune qui lui allait mal. Ses traits étaient forts, mais elle avait une expression agréable ; un ruban retenait ses longs cheveux en arrière comme ceux d'une jeune fille, bien qu'elle ne fût plus jeune.

Le pinceau du peintre avait représenté sans complaisance, dans ses yeux bruns profondément enfoncés, toute l'incertitude qu'elle éprouvait à propos de sa propre personne.

« Marie-Antoinette Leconte, dit-elle à mi-voix. Ma grand-mère.

— Je l'ai découvert tout à fait par hasard, expliqua Nick. Je cherchais des documents dans les archives du journal quand j'ai lu quelque chose sur cette toile. Est-ce qu'elle n'est pas exactement comme tu l'imaginais ? Le portrait a été peint quelques années avant qu'elle rencontre Archer Kane. Avant qu'il cherche à lui faire adopter l'allure d'une femme émancipée des années 20, ainsi qu'il se l'imaginait, avec des cheveux coupés à la garçonne et des jupes courtes.

— Le plus triste, c'est qu'il a dû lui enlever toute sa dignité, soupira Marie-Laure. Je suis contente qu'on l'ait peinte telle qu'elle était vraiment. »

Ils sortirent de la galerie et retournèrent à la voiture bras dessus bras dessous, en pensant toujours à Marie-Antoinette Leconte. Ensuite, ils déjeunèrent dans leur café préféré, près de la place du marché, avant d'aller acheter leur bague de fiançailles chez le bijoutier.

« Je veux que Phyl soit la première à connaître la nouvelle ! s'exclama Marie-Laure joyeusement en contemplant le diamant monté à l'ancienne. Gardons le secret jusqu'à ce qu'elle arrive. »

Brad Kane, au volant de la Ferrari noire aux lignes pures, suivait la courbe de l'allée couverte de gravier, à la villa Mimosa. Il savait que Marie-Laure ou Béa, quel que fût le nom qu'on lui donnait, était sortie ; il l'avait vue partir. Et, peu après, il avait téléphoné à la gouvernante.

« Je m'appelle Johnny Leconte, avait-il menti. Je suis

un vieil ami américain de Miss French. Je dois la retrouver à Antibes pour le déjeuner. Elle m'a demandé de prendre les enfants et de les lui amener. » La gouvernante avait hésité, mais il avait ri avec un charme rassurant. « Elle veut que ce soit une surprise pour eux ; ce sera la première fois qu'ils mangeront de la bouillabaisse. »

Il avait senti qu'elle se détendait ; elle avait accepté de préparer les enfants en dix minutes.

Ils l'attendaient sur les marches ; Brad vit les yeux du gamin s'écarquiller au spectacle de la voiture.

« Ouah ! hurla Scotty. Oh, ouah, une vraie Ferrari ! Ben, mon vieux ! » Il faillit tomber en descendant les marches, tant il était pressé d'inspecter l'engin noir et luisant. Il passa la main sur la peinture, jeta un coup d'œil à l'élégant habitacle, tout en cuir et en bois avec son tableau de bord étincelant.

Brad lui sourit. « Grimpe, mon ami, déclara-t-il sans autre formalité. Je vais te montrer comme elle roule bien. »

Jacinta avança vers lui, en tenant Julie par la main.

« Bonjour, ajouta Brad avec amabilité. Je suis Johnny. Et je sais que toi c'est Julie parce que Béa me l'a dit. »

Julie le dévisagea sans sourire. « Où est Béa ? demanda-t-elle d'un air méfiant.

— Est-ce que je ne te l'ai pas expliqué ? répondit Jacinta, en jetant un coup d'œil approbateur à Brad et à sa luxueuse voiture. Elle t'attend au restaurant. Va avec M. Johnny, et amuse-toi bien. »

Scotty monta avec enthousiasme dans la Ferrari, suivi par Julie.

« Ne vous inquiétez pas, je n'irai pas vite, affirma Brad avec un sourire complice à Jacinta. Je prendrai bien soin d'eux », promit-il en effectuant un demi-tour avec la puissante automobile avant de s'éloigner dans un crissement de gravier.

Après leur agréable déjeuner, Nick déposa Marie-Laure à l'entrée de la villa. Il savait qu'elle avait encore peur de ce dont elle pourrait se souvenir quant à la nuit du ravin et il détestait la laisser seule, mais il avait quantité de choses à faire. Il lui dit qu'il serait de retour dans une heure pour aller avec elle chercher Phyl à l'aéroport de Nice.

« Je suis heureuse d'être tombée sur toi, Nick Lascelles ! » cria-t-elle pendant qu'il démarrait. Il actionna son klaxon joyeusement en prenant le virage de l'allée et disparut.

Marie-Laure se sentait en forme en montant les marches de la villa. En entrant dans *sa* villa, se rappela-t-elle avec un sourire à la pensée de Millie. Il ne se passait pas un jour sans qu'elle pense à elle. La villa Mimosa était le meilleur mémorial qu'eût pu avoir Millie.

« Julie ! appela-t-elle dans le hall silencieux. Scott ! » Mais personne ne courut à sa rencontre. Elle sortit sur la terrasse de derrière. Une main au-dessus des yeux, elle regarda la piscine au bout de la pelouse ; mais, là non plus, il n'y avait aucun signe de vie. Elle revint sur ses pas et fit le tour de la maison pour se rendre à la cuisine et demander à Jacinta où ils étaient.

« Mais votre ami est venu les chercher, comme vous le lui aviez demandé, répondit Jacinta.

— Comment ? Nick était avec moi ! s'exclama Marie-Laure avec un regard étonné.

— Pas M. Nick. Votre ami M. Leconte est venu les prendre dans sa grosse Ferrari noire, précisa Jacinta avec un sourire. Les enfants étaient fous de joie. Il m'a dit que vous l'aviez envoyé les chercher pour déjeuner avec vous dans un café d'Antibes.

— M. *Leconte* ? » Marie-Laure sentit ses genoux se dérober sous elle, et elle se laissa tomber sur une chaise dans un accès de faiblesse.

« Il a dit qu'il s'appelait Johnny Leconte, insista Jacinta d'un air soucieux. Quelque chose ne va pas, mam'selle ?

— *C'est lui*, murmura Marie-Laure pour elle-même. *Il a fini par me retrouver.* » Une foule d'images folles se pressèrent dans son esprit tandis qu'elle se souvenait avec une clarté soudaine et terrifiante de l'homme qui se faisait appeler Johnny Leconte et de ce qui lui était arrivé. Son cœur fit une brusque embardée à l'idée que le passé l'avait en fin de compte rattrapée. Brad Kane voulait sa mort ; et maintenant, il avait enlevé Scott et Julie. Elle ne le savait que trop capable de commettre un meurtre ; il se servait des enfants pour la tuer, elle.

Le téléphone sonna, et elle se précipita pour répondre, en priant pour que ce soit Nick. Elle lui raconterait tout. Il saurait ce qu'il fallait faire. Il l'aiderait. Jacinta la regarda d'un air angoissé pendant qu'elle décrochait le combiné.

« Les enfants veulent vous dire bonjour, Marie-Laure, annonça Brad de cette voix décontractée qui était la sienne. Mais ne préférez-vous pas vous faire appeler Béa, à présent ? »

Une violente fureur s'empara d'elle à l'idée de ce qu'il avait fait.

« Où sont-ils ? hurla-t-elle. Pourquoi les avez-vous enlevés ? » Elle l'entendit rire. Puis Scotty parla dans le combiné.

« Bonjour, Béa ! cria-t-il. Ton ami a une auto formidable, et il m'a même appris à la faire démarrer. Quand est-ce que tu nous rejoins ?

— Bientôt, Scotty », répondit-elle, la voix tremblante de soulagement, parce que le garçon semblait dans son état normal.

Brad reprit alors : « A Julie, maintenant », et elle vit presque la petite fille sourire. Mais elle perçut une pointe de doute dans sa douce voix fluette, quand Julie demanda : « Béa, pourquoi est-ce que tu n'es pas venue déjeuner avec nous, comme tu l'avais dit ?

— Je... Julie, Nick et moi on a été très occupés. Mais je ne vais pas tarder à vous rejoindre. »

Brad reprit l'appareil. « Je lui ai annoncé que vous seriez là pour le dîner, sans faute, affirma-t-il avec un petit rire amusé. Mais, naturellement, je n'ai pas parlé de ce qui pourrait se passer si vous ne veniez pas. »

Il y avait dans cette voix un accent lointain et glacial qu'elle reconnaissait. Oui, sans l'ombre d'une hésitation, l'homme auquel elle parlait était bien Brad Kane. Cet individu affligé d'une obsession maladive. Un homme assez fou pour tuer.

Son cœur pesa comme une pierre dans sa poitrine. « Où êtes-vous ? demanda-t-elle.

— Je vais vous donner des instructions. Prenez un crayon pour les noter, répondit-il avec brusquerie. Empruntez l'autoroute du Soleil. Après Salon-de-Provence, sortez à Cavaillon et continuez sur la D2, puis la N100 en direction d'Apt. Arrêtez-vous au Café Saintons, trois kilomètres après l'embranchement de Gordes. Soyez-y à 6 heures et attendez mon appel. »

Elle nota tout. « Qu'allez-vous faire des enfants ? demanda-t-elle d'une voix chevrotante.

— Ma chère Marie-Laure, vous savez que les enfants ne m'intéressent pas du tout. Ils ne représentent rien à mes yeux. Évidemment, vous ne devez parler d'eux — ou de nous — à personne. Ne prévenez pas la police. Ça fait partie de notre marché. Sinon, je trouverais dommage que des gamins aussi charmants n'aient pas une vie longue et heureuse. (Il retint un éclat de rire.) La décision est entre vos mains, Marie-Laure.

— Je serai là, déclara-t-elle sans hésiter.

— Attendez mon appel au café. Et ne commettez aucune erreur ; si vous prévenez quelqu'un ou ne venez pas seule, je le saurai. »

La communication fut coupée, et la jeune femme s'assit à bout de forces en balançant le combiné, sans savoir ce qu'elle devait faire. Elle songea à Nick qui s'apprêtait à passer la chercher, et à Phyl qui devait arriver à l'aéroport dans deux heures à peine. Elle se souvint du ton enthousiaste avec lequel Scotty lui avait parlé de la magnifique Ferrari noire et de cette sorte de tremblement qu'elle avait décelé dans la voix de Julie. Et elle se dit qu'elle n'avait le droit de se confier à personne. Il fallait qu'elle suive exactement les instructions données par Brad. Et sans perdre une minute.

Elle bondit soudain à l'idée qu'elle allait à la rencontre d'un détraqué, d'un tueur, et qu'elle n'avait rien pour se défendre. Il n'existait pas la moindre arme à feu dans la maison, pas même un fusil de chasse. Elle avisa les couteaux de cuisine bien aiguisés pendus à un râtelier et en prit un furtivement. *Pas trop gros*, pensa-t-elle, afin de pouvoir le cacher dans sa poche. Bouleversée, elle découvrit alors qu'elle raisonnait comme une criminelle. *Comme une meurtrière*.

Elle relut les notes qu'elle avait griffonnées et se dit qu'elle n'en avait pas besoin. Elle savait exactement où Brad se trouvait. Elle roula en boule la feuille et la jeta dans la corbeille à papier juste au moment où Poochie rentrait du jardin en gambadant. Il s'élança joyeusement vers elle, mais elle le repoussa. Elle mit le couteau dans son sac à main et se précipita dehors pour prendre le volant de la Mercedes. Les griffes de Poochie dérapèrent sur le marbre de l'entrée quand il la suivit à vive allure. Il se posta en haut des marches, sa grosse tête broussailleuse penchée de côté, et lui lança un regard suppliant. Marie-Laure hésita. L'idée de l'emmener était rassurante. Mieux valait peut-être que les enfants voient le chien. Parce qu'elle n'arrivait absolument pas à imaginer ce qui allait arriver. A elle. Et à eux.

Elle ouvrit la portière, et le chien grimpa d'un bond à côté d'elle. Il poussa des aboiements de joie quand le véhicule quitta l'allée de gravier et prit de la vitesse. Marie-Laure se demanda en passant comment Brad avait connu l'existence des Cerisiers ; mais elle se rappela que les reportages parus dans la presse, à la mort de son père, regorgeaient de détails sur le mas provençal où il avait peint la plupart de ses œuvres. Il avait dû être facile pour Brad de la retrouver. Mais elle-même connaissait le réseau routier de la Provence comme sa poche. C'était Marie-Laure Leconte, et non Béa French, qui allait pour la seconde fois au-devant de son destin.

Au département de la police de San Francisco, Mahoney agrippa son premier gobelet de café de la journée. Il arpenta les couloirs, en pensant à Béa — alias Marie-Laure Leconte Jones —, préoccupé par l'idée qu'il avait dû négliger un élément important dans son enquête. Puis il se versa un autre café et se remit à feuilleter le dossier : notamment les informations concernant les mouvements des avions privés. C'était là que résidait le secret : un Gulfstream IV piloté par Brad Kane avait effectué un vol entre Hawaii et San Francisco, la nuit qui avait précédé l'agression !

Mahoney s'enfonça dans son fauteuil pour réfléchir à cette coïncidence en se disant que, pour comprendre toute l'affaire, il suffisait d'additionner un et un : cela faisait manifestement deux. Le document prouvait que

Brad se trouvait à San Francisco à l'heure du crime. Or, l'individu était assez dingue pour tuer. Il *devait* y avoir un lien entre les deux éléments : Mahoney le sentait dans la moelle de ses os.

Il appela la villa Mimosa. Ce fut Nick Lascelles qui répondit : « Je suis heureux de vous avoir au bout du fil, Nick, plutôt que Béa, déclara Mahoney. J'aurais voulu l'interroger, mais c'est difficile de le faire par téléphone parce que mes questions pourraient la perturber. Je voulais lui demander si elle connaît un homme nommé Brad Kane ?

— Brad Kane ? Je ne sais pas si elle le connaît personnellement, mais elle sait certainement des choses sur la famille Kane. » Il résuma à l'intention de Mahoney l'histoire de Johnny Leconte et d'Archer Kane à propos du ranch Kanoi à Hawaii.

Mahoney fit basculer son fauteuil en arrière et poussa un soupir de satisfaction ; il tenait enfin son mobile. Et sa proie.

Mais Nick ajouta : « Cela dit, je viens d'arriver à la villa où je devais retrouver Béa, mais elle n'est pas là. Et les enfants non plus... La gouvernante prétend qu'un ami de Béa est passé chercher les enfants un peu plus tôt dans une Ferrari noire. Et, chose étrange, il lui a dit s'appeler Johnny Leconte. La gouvernante m'a raconté qu'après le retour de Béa à la maison cet homme a téléphoné ; Béa a parlé avec lui des enfants, et discuté de l'endroit où elle devait les retrouver.

» Nous allions partir chercher Phyl à l'aéroport de Nice, inspecteur. Béa n'a pas pu l'oublier. L'arrivée de Phyl représentait beaucoup pour elle ; elle était impatiente de la voir... Et qui est ce type qui se présente sous le nom du père de Béa ? Je suis très inquiet et je ne sais pas quoi faire...

— Ne faites rien ! hurla Mahoney. Ne prenez aucune initiative. Surtout, n'appelez pas la police.

Laissez-moi m'en occuper. Allez chercher Phyl et mettez-la au courant. Dites-lui que le type en question est Brad Kane. Dites-lui que j'arrive ! »

Mahoney raccrocha bruyamment le téléphone. Il contacta Interpol, qu'il avertit de la situation. Puis il appela le FBI. Le kidnapping international relevait de sa juridiction. Il ne voulait pas envisager l'hypothèse d'un assassinat. Une heure plus tard, il se trouvait sur un vol spécial à destination de Washington, où il devait prendre aussitôt le Concorde pour Paris. Un autre avion l'y attendrait afin de l'emmener à Nice. Il priait Dieu de le faire arriver à temps.

Phyl marchait de long en large sur la terrasse de la villa Mimosa, l'esprit absent. Nick l'avait mise au courant en la ramenant de l'aéroport. Elle avait le cœur lourd de crainte et éprouvait un sentiment de culpabilité en pensant à Béa et aux enfants, seuls en face de Brad Kane.

Nick, appuyé à une colonne, fixait les pelouses sans les voir. Il finit par lever les mains en l'air. « C'est intolérable *d'attendre* ainsi ! » s'exclama-t-il plein de frustration.

Phyl interrompit son va-et-vient et le dévisagea. Leurs regards se croisèrent, et elle devina les terribles pensées qui lui trottaient dans la tête.

« Pourquoi Béa ne nous a-t-elle pas laissé un mot ? cria-t-elle. Pour avoir au moins une chance de s'en sortir ?

— Parce que Brad Kane détient les enfants et qu'il lui a ordonné de s'abstenir. C'est l'avantage du ravisseur, de manier la menace de ce qu'il pourrait faire. » Nick ne le dit pas, mais tous deux savaient que Brad Kane n'était pas un kidnappeur ordinaire ; la rançon qu'il réclamait n'était autre que la vie de Béa.

« Mais elle savait que c'était dangereux. Elle a dû se souvenir de ce qui lui est arrivé au ravin de Mitchell. Oh, Seigneur, Nick, que pouvons-nous faire ?

— Je vais encore interroger Jacinta, voir si elle se souvient d'autre chose..., répondit-il en se dirigeant vers la cuisine. Racontez-moi de nouveau ce qui s'est passé, Jacinta, reprit Nick d'une voix douce, parce que la gouvernante était manifestement affolée.

— Je sais maintenant que je n'aurais pas dû laisser partir les enfants ! gémit Jacinta. Mais il avait l'air si charmant, si amical, si... si élégant, et si gentil avec les enfants ! Il ne ressemblait pas à un kidnappeur...

— Oui, Jacinta, je le sais, l'interrompit-il. Écoutez, la police ne va pas tarder à arriver pour vous poser des questions. Mais d'abord, je veux que vous me redisiez *exactement* ce qui s'est passé.

— Il a téléphoné. Mam'selle Béa a pris l'appareil. Elle a bavardé gentiment avec les enfants ; tout me semblait normal. Je l'ai entendue arranger un rendez-vous. Elle a noté quelques renseignements, et je suis retournée à mes fourneaux en croyant que tout allait bien... Puis elle est partie en voiture. Le chien a sauté sur le siège du passager...

— Les renseignements, Jacinta, s'empressa de demander Nick. Où les a-t-elle notés ?

— Sur le bloc, monsieur. Près du téléphone, ici dans la cuisine. »

Nick attrapa le bloc. La page du dessus avait été arrachée. Bien entendu, Béa avait dû emporter ses notes... sauf si... Il jeta un coup d'œil dans la corbeille à papier ; elle était vide. Mais il aperçut derrière, sur le sol, un morceau de papier roulé en boule. Il se jeta dessus. « Autoroute du soleil, lut-il, Sortir à Cavaillon, D2 vers N100... 3 km G. sortie... Café Saintons...

— Mon Dieu, Phyl ! hurla-t-il. Je crois que c'est ça.

— Il faut avertir la police, répondit-elle aussitôt.

— Non, Mahoney a dit que non. Il a recommandé de ne rien faire. De l'attendre, c'est tout.

— Au moins, laissons-lui un mot. Il faut qu'il sache où nous sommes allés. »

Ils écrivirent sur une feuille toutes les informations dont ils disposaient et demandèrent à Jacinta de la remettre au premier policier qui se présenterait. Après quoi, ils partirent dans l'Alfa rouge, en suivant les indications notées par Béa.

# 35

Le Saintons est un des nombreux cafés qui bordent la route, un établissement tout à fait typique, en retrait d'un ou deux pas par rapport à la chaussée. On y accède après avoir franchi deux marches. Il y a une minuscule terrasse délimitée par une clôture en fer, avec deux tables et des chaises de plastique abritées sous des parasols décolorés, aux armes de la bière Kronenbourg. A l'intérieur, le sol est comme toujours dans un matériau à bon marché tacheté de gris.

Sur le zinc, dans une assiette couverte par une cloche de verre, étaient exposées des pâtisseries industrielles racornies, à côté de quelques bananes flétries.

Le patron, penché sur son comptoir, lisait un journal. Il leva les yeux quand Béa entra dans l'établissement. Elle examina les rares clients présents ; Brad Kane ne se trouvait pas parmi eux.

Elle commanda un cognac et demanda un bol d'eau du robinet pour le chien. Le patron à la mine renfrognée la servit sans mot dire ; il ne se donna même pas la peine d'enlever la cigarette collée à sa lèvre inférieure et presque réduite à un petit cylindre de cendres.

Poochie, après avoir bruyamment lapé l'eau du bol, alla s'installer sous une table et se comporta pour une fois en chien français bien élevé. Béa avala le cognac d'une traite, le regard rivé au téléphone qui se trouvait sur le comptoir, impatiente de l'entendre sonner. Quand il retentit, une minute plus tard, elle eut l'impression de jaillir de son propre corps. Le patron laissa tomber de la cendre sur les bananes en décrochant l'appareil.

Béa se leva en lui lançant un regard angoissé ; mais il parlait avec animation, manifestement à un ami. Elle se laissa retomber sur son siège et jeta un coup d'œil à sa montre. Il était 6 heures moins 5. Elle fixait avec nervosité le patron, qui agitait les bras en évoquant l'équipe de football de Marseille. Il avait l'air de vouloir s'éterniser au téléphone, et l'échéance de 6 heures approchait. Elle ne cessait de le regarder pour l'inciter silencieusement à raccrocher.

Il acheva enfin sa conversation et se mit à servir un nouveau client. Les yeux de Béa restaient fixés sur le téléphone. L'imposante horloge murale égrenait les minutes : 6 h 1... 6 h 2, 3, 4. A la cinquième minute, l'appareil sonna. Et cette fois, Béa arriva la première près de lui. « *Excusez-moi, monsieur*, balbutia-t-elle à l'intention du patron en décrochant le combiné, *mais j'attends un coup de téléphone.* »

Il haussa les épaules et, sans la quitter du regard, essuya le zinc avec un vieux chiffon ; puis il alluma une autre Gauloise à l'aide du mégot posé dans le cendrier jaune offert par Ricard.

« Vous êtes ponctuelle, dit Brad avec sang-froid. Et seule. Je suis satisfait de voir que vous vous soumettez à mes conditions. »

Elle se percha sur un tabouret de bar, en serrant le téléphone à deux mains. « Où sont les enfants ?

— Ils sont là, près de moi. » Elle perçut encore une fois ce sourire dans sa voix pendant qu'il ajoutait : « Inutile de vous indiquer où nous allons nous retrouver, je pense ? C'est un endroit qui vous est familier.

— Les Cerisiers...

— Attendez-moi là-bas. Si vous êtes seule, les enfants seront rendus à la liberté indemnes. Je vous donne une demi-heure. »

Béa claqua le téléphone. Elle jeta quelques pièces sur le comptoir afin de payer le cognac et, sans attendre sa monnaie, descendit en courant les marches pour s'engouffrer dans la voiture. Poochie aboyait tout excité en bondissant sur le siège du passager. La Mercedes vrombit et démarra avec force crissements de pneus. A l'entrée de la route principale, elle faillit se retrouver sous un gigantesque poids lourd à huit roues. Mais Béa entendit à peine son long coup de klaxon furieux, pendant qu'elle filait à pleins gaz en direction de Bonnieux.

Nick ne tenait aucun compte des panneaux qui indiquaient les limitations de vitesse. Alors qu'il mettait en temps normal deux heures pour arriver à Cavaillon, ce soir-là il lui fallut trente minutes de moins. Phyl et lui firent le trajet en silence : ils étaient tous deux trop préoccupés pour parler.

En outre, se disait Phyl, en regardant défiler le paysage, ils en avaient discuté interminablement. Qu'auraient-ils pu ajouter ?

Ils ralentirent sur la RN100 pour chercher le Café Saintons. Dans la nuit qui tombait, ils faillirent le dépasser sans le voir. C'était, après tout, un petit café que rien ne distinguait des autres, échelonnés par centaines le long de la route. Deux camionnettes et une Opel Rekord bleue immatriculée en Allemagne étaient garées dehors ; mais il n'y avait pas la Mercedes blanche de Béa. Ni la Ferrari noire.

Le patron leva le nez de la rubrique sportive et leur adressa un regard aigre. *« Bonsoir, m'sieur-'dame »*, dit-il en pliant le journal, et il alluma une nouvelle cigarette. Les clients jetèrent des regards intéressés dans leur direction pendant que Nick commandait deux Kronenbourg et demandait au propriétaire s'il avait vu une jeune femme rousse un peu plus tôt.

Le patron sortit les bières du réfrigérateur et les fit claquer sur le zinc en même temps que deux verres humides. Il haussa les épaules d'un air indifférent. « C'est possible, m'sieur. Beaucoup de gens passent par ici ; c'est un café très fréquenté. »

Nick lui jeta un coup d'œil furieux. « Une jolie jeune femme, aux cheveux roux et courts. Elle avait un énorme chien brun...

— Ah, le chien. Bien sûr, m'sieur, pourquoi ne pas l'avoir dit plus tôt ? (Il posa sa cigarette et essuya lentement, avec un chiffon mouillé, les ronds d'humidité sur le zinc.) Elle est venue. Elle attendait un appel téléphonique. Quand elle l'a eu, elle a filé comme une fusée. *Out*, comme on dit dans les films, ajouta-t-il avec un accent américain très approximatif.

— Savez-vous où elle est allée ?

— Comment que je le saurais ? J'suis pas devin. »

Nick regarda Phyl. « Il n'y a qu'un endroit où nous pourrions essayer d'aller : la maison de vacances de la famille, près de Bonnieux. » Il laissa de la monnaie sur le comptoir, prit la main de Phyl et se précipita hors du café.

Le patron les suivit du regard. Il contempla les deux bières intactes et l'argent, avant de se tourner vers les autres consommateurs en s'exclamant avec un haussement d'épaules incrédule : « Sont dingues, ces étrangers ! » Il avala une gorgée d'une des Kronenbourg et retourna à sa page sportive.

Ils faillirent rater l'embranchement de Bonnieux, une petite route étroite qui traversait des vignobles plats avant de monter en serpentant jusqu'au village, au sommet de la colline. Il faisait très sombre quand ils y arrivèrent enfin. Les rues en pente, pavées de grosses pierres, étaient vides ; et les maisons médiévales s'étaient déjà retranchées derrière leurs volets pour la nuit ; mais deux cafés étaient ouverts, ainsi qu'une galerie qui vendait les œuvres des artistes et artisans locaux. Et le propriétaire savait où avait habité Johnny Leconte.

« Tout le monde le sait, bien entendu, déclara-t-il à Nick avec un regard méfiant. Mais c'était un homme très discret. Il avait besoin de solitude pour son art, et on respectait son intimité. Personne ici ne voudra vous dire où vivait M. Jones.

— Mais c'est urgent ! s'exclama Phyl d'une voix désespérée. Sa fille, Marie-Laure, est une de mes amies. En fait, elle est ma patiente. Elle a besoin d'aide. J'arrive de San Francisco pour ça... S'il vous plaît, m'sieur... »

Assise sur la terrasse, Béa attendait Brad depuis une heure, et il ne s'était toujours pas manifesté. Maintenant, il faisait presque nuit. Elle avait l'estomac noué, et son cœur battait très fort tandis qu'elle passait en revue les dizaines de scénarios que lui présentait son esprit : les enfants ensanglantés, abandonnés, tués... ou peut-être poussés dans un ravin, comme elle... Mon Dieu, priait-elle, faites qu'il libère les enfants ! Demandez-moi n'importe quoi, mais faites qu'il ne leur arrive rien. Je vous promets...

Elle se rappelait quand Brad lui avait téléphoné pour la première fois... quelques mois plus tôt. Elle rentrait juste de France, où elle s'était rendue après l'enterrement de ses parents. Elle n'avait encore repris contact avec aucun de ses amis et n'avait prévenu personne de son retour. Elle était en train de défaire ses bagages dans la maison triste et silencieuse lorsqu'il avait appelé.

« Bonjour, je suis Brad Kane, avait-il dit. Je ne sais

pas si vous avez entendu parler de moi, mais je pense que je vous dois quelques explications. D'abord, je vous présente mes excuses pour tout ce que mon grand-père Archer Kane a fait. »

Elle avait aussitôt reconnu le nom, naturellement, car il figurait abondamment dans les récits de son père ; et elle avait aussitôt été sur ses gardes. « Comment connaissez-vous mon existence ? avait-elle demandé prudemment.

— J'ai lu dans le *New York Times* la notice nécrologique sur votre père, et j'ai vu dans un magazine une photo de l'enterrement. Vous ne pouvez pas savoir à quel point je suis désolé. »

Il avait l'air si chaleureux, si sincère qu'elle avait eu envie de le croire. Pourtant, elle s'était demandé pourquoi il téléphonait maintenant, après toutes ces années. Son père n'avait jamais rien voulu avoir à faire avec les Kane. « Ne réveille pas le fauve qui sommeille », lui conseillait-il.

« Écoutez, peut-être le moment est-il mal choisi, avait ajouté Brad avec hésitation. Je ne veux pas vous importuner. En fait, c'est tout le contraire. J'ai appris plein de choses sur l'histoire de ma famille. Sur *notre* histoire, Marie-Laure. Après tout, nous sommes parents. En fait, vous êtes sans doute ma seule parente vivante. »

*Et vous êtes sans doute mon seul parent à moi aussi*, s'était-elle surprise à penser.

« J'ai besoin de me mettre en règle avec ma conscience, de réparer les torts de mon grand-père. C'est pourquoi il faut que je vous parle. Marie-Laure, le ranch Kanoi est un des plus grands d'Amérique. Et la moitié vous appartient légitimement. J'aimerais que vous veniez ici, à Hawaii, pour le voir. Que vous voyiez par vous-même ce que l'argent de votre grand-mère a permis de créer. Je pense, j'espère qu'elle en aurait été fière, malgré tout. Et j'aimerais croire que la fille de Johnny Leconte le sera elle aussi.

— Mon père ne voulait pas entendre parler du passé, dit-elle sur un ton passionné. Il détestait Jack Kane.

— Je sais, répondit Brad tristement. Et non sans raisons. Mais moi, je ne suis pas Jack. Je suis son fils, et c'est sur moi que pèse le poids de ses actes. Je vous en prie, pour moi comme pour vous, Marie-Laure, j'aimerais que vous me permettiez de faire amende honorable. Ne me laissez pas avec ce sentiment de culpabilité. Au moins, venez voir le ranch. Il est possible que vous en tombiez amoureuse. »

Il avait l'air si charmant; on aurait dit qu'il avait vraiment envie de la voir... Dans sa solitude, la pensée de visiter Hawaii et le ranch attirait Marie-Laure. Ce serait passionnant de voir l'endroit où son père avait grandi. Peut-être Brad avait-il raison : peut-être qu'ils pouvaient en finir une fois pour toutes avec cette horrible histoire. La jeune fille avait passé outre à la mise en garde de son père, et elle était partie.

Un Gulfstream IV aux lignes sobres l'attendait à San Francisco pour l'emmener à Honolulu, où un petit bimoteur Cessna lui avait fait franchir d'un bond la dernière partie du trajet jusqu'au ranch. Brad l'avait accueillie sur la piste.

Le père de Marie-Laure lui avait dit que les hommes de la famille Kane étaient tous de grands blonds fort bien bâtis et elle avait pensé que Brad devait tenir d'eux, mais son extrême beauté l'avait surprise. Il portait des jeans, une chemise de toile et des bottes ; aussi lui avait-elle déclaré, en lui serrant la main, qu'il avait l'air d'un véritable *rancher*.

« Évidemment, c'est ce que je suis, avait-il répondu en la regardant droit dans les yeux. Votre photo ne vous rendait pas justice, avait-il ajouté, je ne m'attendais pas à quelqu'un d'aussi joli que vous. »

Il était si décontracté qu'elle s'était sentie aussitôt à l'aise. Ils avaient remonté en voiture la longue avenue de banians qui menait au ranch bâti par Archer Kane. Brad lui avait fait les honneurs des jardins fleuris et de l'immense exploitation où paissaient les troupeaux de son plus beau bétail à pedigree. Il l'avait emmenée voir la petite ville bâtie par les Kane pour les paniolos et leurs familles — ainsi que l'école, le centre médical et l'église que l'argent des Kane avait permis d'édifier.

« Pour que vous ne continuiez pas à penser que nous sommes uniquement mauvais, avait-il dit sur un ton léger en lui souriant. Et aussi pour que vous sachiez que l'argent de votre grand-mère a été bien employé. »

A la fin de cette longue journée, ils étaient retournés à la piste d'envol. Tandis qu'ils remontaient dans le Cessna, il avait annoncé négligemment : « Et maintenant, je vous emmène à Kalani. »

*Kalani.* L'île splendide et terrifiante où son père avait été gardé prisonnier pendant dix longues années. Brad avait lu dans ses pensées, il s'était penché pour lui prendre la main. « Marie-Laure, avait-il déclaré avec douceur, essayons tous les deux d'exorciser nos fantômes. »

Il avait piloté lui-même l'appareil. En survolant l'île, il lui avait désigné du doigt les deux sommets volcaniques, les immenses falaises à l'extrémité nord-est, les ravins boisés et les prairies qui servaient de pâturage aux Hereford de prix. Dans la jeep qui les avait transportés vers la maison, Marie-Laure avait essayé d'imaginer le petit « singe » maigrelet et sa vie solitaire dans ces lieux. Certes, le père de Marie-Laure lui avait raconté les moments heureux qu'il y avait connus : quand Jack et Archer s'absentaient, le laissant seul avec

Maluhia et Kahanu. Et puis, il avait découvert les joies de la peinture, qui avait donné un nouveau sens à sa vie.

La maison était un long bâtiment bas, au toit de palmes. « Elle n'a pas beaucoup changé depuis l'époque où votre père habitait ici, avait dit Brad avec aisance, tandis qu'un serviteur chinois descendait les marches en courant pour prendre et porter le sac de Marie-Laure. Je vous ai fait préparer son ancienne chambre. J'ai pensé que vous aimeriez y passer la nuit. »

Elle lui avait jeté un regard de reconnaissance ; il semblait avoir pensé à tout.

La chambre était petite ; il y avait juste assez d'espace pour un lit de cuivre étroit et une table de nuit. Un tapis bleu tressé couvrait le sol de bois sombre ; quelques vieilles photos de Kalani, en noir et blanc, étaient accrochées aux murs. Les portes-fenêtres donnaient sur la véranda, avec une vue merveilleuse sur les jardins et l'océan.

Marie-Laure s'était étendue sur le lit. Elle avait mis les mains sous sa nuque pour contempler à son aise les pelouses, les palmiers et la mer. Son père avait dû reposer là, exactement de cette façon, voir le même décor, et prier pour que Jack Kane ne revienne pas. Combien de matins le petit garçon de cinq ans s'était-il réveillé avec ce sentiment de détresse désormais familier, en se demandant quelle torture nouvelle lui réservait Jack pour la journée qui commençait ? Combien de nuits avait-il passées ici, à s'interroger sur la façon dont il pourrait s'échapper ? *A se demander s'il parviendrait à s'échapper ?*

Mais de toute cette folie, de toute cette violence, Brad Kane avait surgi intact. Il était gentil, bon et sympathique. Il avait conscience du mal que Jack et Archer avaient fait. Marie-Laure souriait en prenant sa douche, à l'idée de la soirée qu'elle allait passer ; et elle avait soudain découvert qu'elle n'avait pas eu envie de sourire depuis la mort de ses parents. Peut-être était-ce une bonne chose de s'être rendue à Kalani, en fin de compte. Elle avait enfilé une chemise en soie crème et une longue jupe noire, et mis les sandales rouges qu'elle avait achetées sur un coup de tête à Avignon, la semaine précédente. Elle avait hésité avant de franchir la porte, jeté un regard en arrière sur l'ancienne maison de son père, saisie d'un doute au souvenir des mises en garde qu'il avait prononcées. Elle se réjouissait de visiter Kalani, mais elle n'avait toujours pas envie de recevoir le moindre cadeau de Brad Kane.

Il l'attendait sur la lanai, appuyé contre la rambarde, un verre à la main ; et il regardait un couple de cardinaux rouges engloutir voracement des miettes dans une assiette. Deux énormes dobermans noirs étaient assis de part et d'autre de lui ; de leurs yeux brûlants, ils observaient les oiseaux.

« N'ayez pas peur, avait-il dit devant son expression horrifiée. Les chiens sont bien dressés. Ils n'approcheront pas des cardinaux. Sauf si je leur en donne l'ordre, naturellement.

— Mais vous ne le ferez pas, avait-elle répondu avec anxiété.

— Bien sûr que non. Les oiseaux viennent se nourrir ici chaque soir, depuis des dizaines d'années. Votre père en a sûrement connu. »

Il lui avait versé une coupe de champagne et avait déclaré : « Je pense que l'événement mérite un toast. Aux retrouvailles tardives des Leconte et des Kane. » Il avait levé son verre pour le faire tinter contre celui de la jeune femme. « A nous, ma chère Marie-Laure. Les survivants.

— A nous », avait-elle répété, en se demandant, mal à l'aise, ce que son père en aurait pensé.

Brad s'était conduit en hôte accompli. Les chiens docilement assis derrière sa chaise, tandis qu'ils dégustaient le repas tout simple de mahimahi fraîchement pêché, il avait raconté à Marie-Laure l'histoire du ranch et celle de Kalani. Il lui avait parlé de la première épouse d'Archer, et de la façon dont l'île qu'elle avait appelée Kalani — le Paradis — avait été leur cadeau de noces, avant de devenir la pierre angulaire du ranch et de la fortune des Kane.

« La moitié de cette fortune est maintenant à vous », avait-il conclu en soutenant son regard.

Sentant qu'il était sincère, elle avait été touchée. Elle avait tendu le bras et pris sa main à travers la table. « Je n'en ai pas besoin, Brad, avait-elle affirmé. Je n'en veux pas. Le passé est le passé. Le ranch Kanoi vous appartient. De plus, je vois à quel point vous l'aimez, alors que cela ne signifie rien pour moi.

— Vous êtes très généreuse, Marie-Laure, avait-il dit avec un étrange petit sourire.

— Ce n'est pas de la générosité. Mon père était persuadé que son héritage lui avait gâché la vie, et avait été la cause de son malheur. Il ne voulait rien avoir à faire avec ça — et moi non plus. (Elle avait hésité.) Sauf peut-être en ce qui concerne la villa Mimosa. »

Brad avait rejeté la tête en arrière et éclaté de rire. « Je vous offre la moitié du ranch Kanoi, et vous me dites que vous vous contentez de la villa Mimosa... Savez-vous que je ne l'ai même jamais vue ?

— Moi si. Une seule fois. C'est magnifique ! Kalani est votre royaume, mais la villa appartient à ma famille. C'était la maison de ma grand-mère. Mon père y est né, et il y a été heureux, pendant quelque temps ; jusqu'au jour où... » Elle n'avait pas voulu poursuivre. Brad Kane savait aussi bien qu'elle comment Johnny Leconte avait été enlevé à la villa Mimosa.

« Naturellement, elle est à vous, avait-il affirmé avec

brusquerie. Et maintenant, je vais vous souhaiter bonne nuit, Marie-Laure. Je dois m'occuper de la paperasserie.

— Bonne nuit, Brad », lui avait-elle lancé dans son dos, étonnée de le voir s'éloigner déjà à grandes enjambées. Les deux immenses chiens noirs lui avaient emboîté silencieusement le pas, comme des ombres.

Elle avait dormi à poings fermés, cette nuit-là, dans l'ancienne chambre de son père. Le mouvement régulier des vagues qui se jetaient sur le rivage avait bercé ses rêves. Et quand, au réveil, elle avait vu un ciel d'aurore nacré et les bandes d'oiseaux aux couleurs chatoyantes qui gazouillaient sous sa fenêtre, elle avait souri en pensant que Lahilahi avait choisi le nom qui convenait à son île. C'était vraiment un paradis.

Un domestique chinois avait apporté un plateau avec du café bouillant et des petits pains. Des tranches de fruits frais aux couleurs tropicales étaient disposées comme une mosaïque précieuse sur une assiette.

Étonnée, elle avait demandé au serviteur comment il avait su qu'elle était réveillée. Celui-ci avait souri d'un air mystérieux. « Nous le savons toujours, missy », avait-il répondu tout en disposant les plats sur la table de la véranda.

L'homme avait l'air aussi frêle et mince qu'un roseau, dans sa veste de mandarin en coton blanc et son pantalon noir. Son visage aux traits délicats ne présentait presque aucune ride, mais Marie-Laure avait pensé qu'il devait être très âgé. Elle lui avait demandé depuis combien de temps il travaillait pour la famille.

« De nombreuses années, missy ; depuis mon jeune âge, avait-il dit en joignant poliment les mains et en inclinant la tête. D'abord, j'ai travaillé longtemps pour Monsieur Jack à Diamond Head. Puis, après sa mort, pour Monsieur Brad. Et maintenant que je suis vieux, je reste surtout ici à Kalani. Monsieur Brad dit que la vie est plus facile ici pour moi. (Il lui avait adressé un sourire malicieux.) Il souhaite que je prenne ma retraite, mais je dis non. Pas de retraite. Je lui dis : Comme votre père, je travaillerai jusqu'à ma mort. »

Marie-Laure s'était esclaffée et lui avait demandé son nom. Wong, avait-il répondu, en précisant : « Ce n'est pas mon vrai nom chinois, missy. Monsieur Jack me l'a donné. Il prétendait ne pas pouvoir prononcer mon vrai nom. Alors, maintenant, je suis Wong. »

Marie-Laure avait soudain réalisé qu'elle se trouvait en présence de quelqu'un qui avait connu Jack Kane personnellement — et qui n'était pas son fils. Or, ne prétend-on pas que les serviteurs savent toujours tout ? Si quelqu'un devait connaître la vérité sur le bourreau de son père, c'était bien ce vieux Chinois.

Elle l'avait interrogé : « De quoi avait l'air Monsieur Jack, Wong ? Était-il méchant ? »

Le vieux Chinois avait hésité, la tête baissée. « Monsieur Jack était un homme orgueilleux, missy, avait-il fini par répondre. Il était très fier du nom des Kane. Parfois il était bon, parfois mauvais. (Il avait soupiré.) Parfois très mauvais. Mais je ne suis que son serviteur. Je vois tout, mais je ne dis rien. (Il avait levé les yeux vers elle et ajouté :) Je ne dis pas de mal d'un mort. »

Il avait salué encore une fois et elle l'avait regardé s'en aller lentement. « Wong », l'avait-elle rappelé. Il s'était retourné, les mains jointes et l'air patient. « Avez-vous connu le garçon qu'ils appelaient le singe ?

— Non, missy. Jamais », avait-il affirmé en secouant la tête.

Brad s'était avancé vers eux, les chiens de nouveau sur ses talons. « Marie-Laure, bonjour ! avait-il lancé avec entrain. J'espère que vous avez bien dormi. »

Les chiens s'étaient assis docilement sur leur arrière-train pendant qu'il lui souriait. « Je suis désolé de ce que je vais vous dire : je dois retourner à Honolulu. J'avais espéré que nous pourrions passer deux journées ici, mais je crains que nous ne soyons obligés de partir ce matin. »

Il eut un haussement d'épaules agacé. « Ce sont les affaires. Sinon, je ne vous aurais pas imposé cela — alors que vous venez à peine d'arriver à Kalani... Peu importe. Vous aurez eu en tout cas l'occasion de voir l'île. Et peut-être aimerez-vous encore davantage Diamond Head. »

Wong et l'un des chiens, Makana, avaient embarqué avec eux dans l'avion pour aller à Honolulu. L'animal était resté calmement allongé aux pieds de Wong, jusqu'au moment où l'appareil avait amorcé sa descente ; il s'était mis alors à aboyer fort.

« Calme, Makana ! avait hurlé Brad. Wong, fais taire ce chien. »

Wong avait caressé la grosse tête du doberman et dit en chinois quelques mots qui avaient arrêté les hurlements de la bête, mais pas ses tremblements nerveux.

« Malgré les innombrables fois où cet animal a volé avec moi, il aboie chaque fois que nous atterrissons, avait déclaré Brad avec impatience. Wong passe autant de temps que moi avec les dobermans. Il les a pratiquement élevés. C'est la seule personne, à part moi, à qui ils obéissent. »

Marie-Laure s'était dit que le minuscule Chinois devait peser deux fois moins que le fauve. D'un bond, celui-ci l'aurait aplati sur le sol.

« On ne maîtrise pas un chien comme ceux-là par la force, avait affirmé Brad, qui lisait dans ses pensées. Tout le secret, c'est le dressage. Ils obéissent aux ordres. »

Marie-Laure avait songé aux chiens de garde joyeusement exubérants qui avaient appartenu à sa famille, et elle avait éprouvé un élan de sympathie pour Makana.

L'hélicoptère de Kane les attendait à Honolulu pour emmener Marie-Laure et Wong à Diamond Head pendant que Brad se rendrait en ville à un rendez-vous. « Wong veillera à ce que vous ayez tout ce qu'il vous faut, avait assuré Brad à Marie-Laure, avec un geste d'au revoir. Faites comme chez vous. »

Elle avait regardé en bas, ébahie, pendant que l'hélicoptère survolait la maison de Diamond Head. C'était une demeure de rêve, enchâssée dans une végétation tropicale, avec des fontaines, des flamboyants en fleur, et une piscine d'un bleu de cobalt qui paraissait s'étendre au-delà des hautes falaises noires pour se fondre dans les immenses lames vertes bouillonnantes d'écume qui balayaient l'océan Pacifique.

Wong l'avait accompagnée jusqu'à sa chambre ; mais il avait l'air si vieux et si fatigué qu'elle n'avait pas voulu le laisser porter son sac informe de toile verte. Elle l'avait suivi, en jetant des regards admiratifs aux tableaux et autres œuvres d'art qui se trouvaient sur leur chemin.

« C'était la chambre de Mme Kane », avait annoncé Wong en ouvrant toute grande la porte. La pièce était vaste, magnifique, remplie de lumière, et donnait sur les pelouses parsemées d'arbres jusqu'à la mer. Wong avait pris le sac de Marie-Laure et l'avait posé dans la penderie la plus imposante que Marie-Laure ait jamais vue.

« Madame devait aimer les vêtements, avait-elle dit avec respect. Wong, s'agissait-il de la mère de Brad ?

— Oui, missy. Elle s'appelait Rébecca. Elle était très belle. Il y a un portrait d'elle dans la salle à manger. Et des autres aussi. Monsieur Archer et sa deuxième femme, et Monsieur Jack. »

Marie-Laure mourait d'impatience de les voir. Wong

les lui avait montrés en nommant fièrement leurs modèles ; mais il n'était pas nécessaire de lui dire qui était chacun. Le père de Marie-Laure avait si bien décrit ce visage cruel et arrogant ainsi que cet air d'indifférence glaciale qu'elle aurait reconnu Archer Kane n'importe où. Pourtant, elle comprenait pourquoi la pauvre et vulnérable *célibataire* était tombée amoureuse de lui : c'était un salaud bien séduisant, à l'allure très virile.

Les yeux bleus de Jack Kane la dévisageaient d'un air railleur, exactement comme ils avaient dû regarder son père. « Vous avez cru que vous étiez un roi uniquement parce que vous étiez un Kane, avait-elle murmuré en face de lui. Mais vous n'avez pas eu le dernier mot, Jack. Vous n'avez eu que l'argent. »

Rébecca était encore plus belle qu'elle ne l'avait imaginée — fascinante, étincelante d'émeraudes et d'arrogance. Ce devait être un trait de famille, avait-elle pensé avec stupéfaction ; même les épouses en étaient dotées. Chantal aussi. L'artiste avait fort bien rendu la moue de ses lèvres et son regard altier plein d'impatience — encore que Marie-Laure ait cru y découvrir, quelque part, une pointe de dérision envers soi-même.

Elle s'était sentie mieux en se détournant de ces visages dont les modèles étaient morts depuis longtemps. C'était une bonne chose pour elle, d'être venue sur place affronter les fantômes qui avaient hanté la vie de son père. Elle avait pensé qu'il aurait approuvé cette démarche.

Elle était retournée dans sa chambre, où une servante était en train de défaire son bagage, et elle n'avait pu réprimer un sourire en voyant ses T-shirts ainsi qu'une robe, une jupe et deux chemisiers suspendus dans la vaste garde-robe. Ses vêtements si simples n'étaient vraiment pas en harmonie avec la magnificence qui les entourait. La penderie de Rébecca avait été conçue pour accueillir des vêtements de haute couture, des boîtes à chapeaux et des malles de chez Vuitton — certainement pas un vieux paquetage en toile verte acheté chez L. L. Bean.

Elle avait enfilé un maillot de bain et avait fait plusieurs allers-retours à la nage dans l'eau de la magnifique piscine. Puis elle s'était allongée sur une splendide chaise longue en bambou, à l'ombre d'un parasol, en sirotant du thé glacé apporté par un autre serviteur chinois au pas silencieux, et s'était mise à réfléchir au sujet de Brad.

Il s'était très bien comporté à son égard : on n'aurait pu se montrer envers elle plus hospitalier, plus amical, plus généreux — avec cette offre de partager le ranch Kanoi. Mais alors, pourquoi continuait-elle de sentir insidieusement que quelque chose n'allait pas ? *Pourquoi* se montrait-il donc si charmant ? Elle restait obsédée par ce que son père lui avait raconté sur les Kane : que rien ne comptait dans leur vie, à part le ranch Kanoi et leur nom. Ils avaient même commis des assassinats au nom de *ça*.

Alors, pourquoi Brad Kane lui offrait-il tout d'un coup la moitié du ranch ? C'était un peu comme s'il lui avait offert la moitié de son cœur.

Brusquement mal à l'aise, elle avait bu une gorgée de thé glacé. Brad Kane était un homme d'affaires à la tête solide. Ce n'était pas un philanthrope, ni un saint, ni un simple d'esprit. Cela ne collait pas avec le personnage. Il savait exactement ce qu'il était en train de faire. S'il souhaitait lui restituer une partie du ranch, il devait vouloir quelque chose en échange.

La mise en garde de son père ne cessait de lui trotter dans la tête, et elle avait entendu sa voix lui dire : « Ne réveille pas le fauve qui sommeille si tu ne veux pas qu'il se redresse pour te mordre... une fois de plus. » Et, brusquement, elle n'avait plus eu envie de rester là, ni de découvrir le fin mot de l'affaire. Il fallait qu'elle s'en aille.

Elle avait traversé en courant les jardins paradisiaques pour retourner dans la chambre de Rébecca. Elle avait rangé ses affaires dans son sac, pris une douche et, après avoir enfilé un T-shirt blanc, des jeans et des sandales rouges, elle était allée sur la terrasse afin d'y attendre le retour de Brad.

Il était midi et demi lorsqu'il était rentré. « Ça fait du bien de voir une jolie jeune fille m'attendre quand je rentre à la maison », avait-il dit d'un ton jovial en se versant un whisky.

Il lui en avait proposé un, mais elle avait refusé d'un signe de tête, tout en se demandant si elle ne faisait pas fausse route. Brad avait l'air si calme, séduisant, bronzé et... riche. Il se conduisait comme si le monde entier lui appartenait. *Alors, pourquoi voudrait-il te donner la moitié de tout ça*, lui avait demandé une fois de plus une petite voix insistante.

« Vous êtes bien laconique, Marie-Laure, avait-il remarqué en la regardant.

— Je suis fatiguée. J'ai beaucoup nagé..., avait-elle répondu évasivement.

— J'ai pensé qu'on pourrait déjeuner au belvédère. »

Elle avait regardé la ravissante folie de bois blanc au bord de la falaise. Brad l'avait prise par la main pour l'aider à se redresser ; il avait glissé un bras amical autour de ses épaules pendant qu'ils s'y rendaient d'un pas nonchalant, le doberman sur leurs talons.

Le belvédère était construit comme un pavillon hawaiien ; c'était un octogone ouvert de tous les côtés, avec un toit de chaume en forme de voûte qui se terminait en pointe au sommet. D'épais rideaux de toile étaient accrochés entre les piliers pour couper le vent. De là-haut, la vue était extraordinaire : le regard plongeait au bas des falaises raides et noires — où les écueils rocheux étaient battus par les grands rouleaux de vagues aux crêtes hautes et blanches qui balayaient majestueusement l'océan Pacifique en se ruant vers les spectateurs.

Wong était en train de disposer les plats sur un buffet ; mais Brad l'avait congédié en disant qu'ils se serviraient eux-mêmes.

L'espace d'un moment, éblouie par la beauté du paysage, Marie-Laure avait été tentée de croire à la sincérité de son offre. Ces merveilleux jardins remplis de fleurs tropicales au parfum capiteux, les pelouses vert émeraude, la vue de l'océan perpétuellement agité. Elle n'avait qu'un mot à dire pour que la moitié de tout cela soit à elle. Mais quand elle s'était tournée vers Brad, elle avait surpris une étrange expression sur son visage — une distance et une froideur qui avaient fait courir des frissons le long de son dos.

« Venez, commençons à manger », avait-il proposé avec un sourire fugitif et de nouveau une expression neutre. Elle avait pensé qu'elle était idiote, et victime de son imagination.

Elle avait grappillé un peu de salade ; Brad ne semblait pas avoir faim. Il buvait son whisky et la regardait en silence.

Des nuages noirs étaient apparus au-dessus de la mer et avaient obscurci le soleil ; de brusques rafales de vent avaient soulevé des vagues qui s'étaient transformées en montagnes tachées d'écume. Marie-Laure avait frissonné et regardé nerveusement l'obscurité de plus en plus épaisse qu'avait apportée l'orage, en se demandant pourquoi son compagnon restait silencieux. « Brad, je crois que je vais partir dans la matinée, avait-elle déclaré d'une traite. Vous avez été un hôte merveilleux. Merci de m'avoir fait visiter le ranch Kanoi et Kalani, et merci pour votre généreuse proposition.

Mais je ne peux pas accepter. Je ne veux absolument rien. »

Il avait fixé sur elle un regard vide sans répondre. Marie-Laure avait senti une fois de plus des picotements avertisseurs dans son dos. Elle avait noté avec crainte que, tout en la regardant, Brad ne semblait pas la voir.

Elle s'était mise debout et avait marché d'un pas nerveux au bout du belvédère. Appuyée contre la rambarde, les yeux tournés vers l'océan, elle avait fouillé dans ses pensées pour trouver quelque chose à dire qui briserait le silence. Elle s'était retournée pour parler à Brad, le prier encore d'excuser ce départ soudain. C'est alors qu'elle avait vu le fusil de chasse posé sur la chaise derrière lui. C'était une arme élégante, avec une crosse en bois verni incrustée d'argent.

« C'est un fusil magnifique, avait-elle dit, étonnée de ne pas l'avoir remarqué plus tôt. Mais sur quoi tirez-vous ici ?

— *Les prédateurs*, avait-il répondu d'un ton haineux. Asseyez-vous, Marie-Laure Leconte. »

Il y avait soudain eu dans l'air une bouffée de danger, aussi tangible que l'odeur du whisky. Elle s'était raidie et l'avait fixé.

« *J'ai dit : Asseyez-vous.* »

Quelque chose dans sa voix l'avait incitée à obéir. Ses genoux avaient flanché, et elle s'était laissée choir sur la chaise en face de lui. « Je suis désolée de ne pouvoir rester plus longtemps, avait-elle affirmé, effrayée, mais c'est mieux ainsi. Mon père avait raison. Je n'aurais pas dû venir...

— Taisez-vous ! l'avait-il interrompue avec impatience, et écoutez-moi, espèce d'idiote. » Ses yeux bruns s'étaient agrandis sous le choc. « Naturellement, vous avez raison, avait-il repris d'une voix distante. Vous n'auriez pas dû venir ici. Et votre père n'aurait pas dû venir ici. Archer Kane aurait dû le tuer à la villa Mimosa quand il a tué sa mère. Cela aurait mieux valu pour nous tous. (Il avait souri froidement, en prenant une autre gorgée dans son verre.) Et cela m'aurait évité bien des soucis.

— Que voulez-vous dire ? » Marie-Laure avait repoussé sa chaise. Bondissant sur ses pieds, elle s'était écartée nerveusement de lui. Le doberman avait lancé un grognement feutré accompagné de regards menaçants.

« Vous avez été stupide et idiote de croire que j'allais vous donner la plus petite parcelle du ranch Kanoi. Vous l'avez vu. Vous avez constaté qu'il appartient à la famille Kane. C'est notre âpreté au travail, notre intelligence, notre dévouement, notre *supériorité* qui en ont fait ce qu'il est. La seule contribution de Marie-Antoinette Leconte et de son fils a été l'argent ; ce n'est pas eux qui ont créé Kalani ; ce n'est pas eux qui ont planté l'avenue de banians ni construit ce petit ranch, et le centre médical, et l'église, et les maisons pour les employés. Ils n'ont rien fait, Marie-Laure. »

Il était retombé dans le silence, et elle l'avait regardé d'un air accommodant en se dépêchant de déclarer : « Je le sais, Brad. Vous avez fait des merveilles...

— Jack avait raison, avait-il poursuivi comme si elle n'avait jamais parlé. Il disait qu'il aurait dû tuer le singe, la nuit où ils se sont battus sur l'île. Il aurait dû lui planter ce couteau dans le cœur et en être quitte une bonne fois. Il l'a regretté toute sa vie. Il me répétait : “Je sais que j'aurais dû tuer le singe quand j'en ai eu l'occasion, parce que je sens dans mes os qu'il est encore là quelque part, comme un serpent à sonnette lové sur lui-même, prêt à frapper. Il va essayer de nous enlever cette fortune, un jour. Il va chercher à prendre tout ce que la famille Kane s'est donné le mal de produire pendant toutes ces années : notre sueur et notre labeur, notre terre, notre héritage. *Notre nom.* Ne te fais aucune illusion, il va venir réclamer sa fortune ; et ce jour-là, tu devras être prêt à agir. Rapidement et sans pitié." »

Marie-Laure avait poussé un cri aigu de frayeur quand Brad avait brisé sur le sol le verre vide. Il s'était levé, l'avait toisée de toute sa hauteur.

« Mon père est mort ! avait-elle crié. Il n'a jamais voulu entendre parler de Kalani ni du ranch Kanoi. Il n'a jamais voulu revenir ici. Il ne voulait rien avoir de commun avec la famille Kane !

— Mais *vous* n'êtes pas morte, Marie-Laure. Et un jour *vous* allez vous mettre à réfléchir à des choses. A ce merveilleux ranch, à cette magnifique maison, à Kalani et à tout cet argent. Et vous irez raconter votre histoire et réclamer vos droits à un avocat futé. Vous ne vous contenterez plus de la moitié, alors, Marie-Laure. Vous voudrez avoir tout. Et voyez-vous, je ne peux pas laisser faire ça.

— Vous êtes fou ! s'était-elle écriée en reculant pour s'éloigner de lui. Je vous ai dit que je ne voulais rien de vous. Je ne veux pas que le nom des Leconte soit jamais associé à celui des Kane. Mon père avait raison à votre sujet. Vous vivez au-dessus de la loi ; vous n'avez aucune morale ; votre grand-père a tué sa femme pour mettre la main sur son argent ; et il aurait tué Johnny, lui aussi, dès ses dix-huit ans... Je n'aurais jamais dû venir ici. Je n'aurais pas dû vous écouter. J'aurais dû me fier à mon père. »

Un éclair violacé avait brusquement zébré le ciel noir de minuit. « C'est trop tard maintenant », avait dit Brad. Il s'était appuyé les bras croisés contre la balustrade et l'avait dévisagée, par-dessous ses paupières mi-closes.

« J'avais l'intention de partir demain, avait-elle

affirmé en se dirigeant vers les marches. Mais je crois qu'il vaut mieux m'en aller tout de suite. »

Son rire froid, amer, l'avait poursuivie quand elle s'était précipitée au bas des marches, lui glaçant le sang dans les veines. Elle s'était mise à courir. Elle avait entendu Brad crier un ordre, et elle avait jeté un coup d'œil en arrière, par-dessus son épaule. « Tue ! » avait-il crié une fois encore. Et elle avait vu alors le doberman se lancer telle une flèche à sa poursuite. Elle avait hurlé et levé les bras quand il avait bondi sur elle. Elle avait senti une douleur lancinante lorsque les mâchoires s'étaient refermées sur son bras.

Puis Wong avait hurlé en courant vers elle. « Assis, Makana ! Laisse. Assis, sale chien ! »

Le chien avait obéi, et Wong s'était interposé entre elle et l'animal.

« Tue ! » avait de nouveau crié Brad en se précipitant vers eux dans le noir et la pluie, le fusil entre les mains.

Le doberman avait attaqué le vieux Chinois à la gorge, et planté ses dents au plus profond de sa chair.

« Oh, mon Dieu ! Oh, mon Dieu ! » gémissait Marie-Laure. Le vieillard était à terre, et le chien mettait son visage en pièces. Il y avait du sang partout, qui jaillissait de sa carotide. Un coup de feu avait retenti, et le chien avait levé sa gueule ensanglantée au-dessus du vieil homme, contemplé sa victime pendant un moment, puis poussé un gémissement faible et sinistre. Ses yeux brun-rouge brûlants s'étaient révulsés, ses pattes agitées de tremblements, et il s'était affaissé lentement sur le sol, à côté du corps de Wong.

La peur avait mis des ailes aux pieds de Marie-Laure, qui s'était engouffrée dans le sentier glissant, attendant le coup de feu qui, elle le savait, l'enverrait dans l'éternité, elle aussi. Rien ne s'était produit, et elle avait lancé un regard en arrière. Brad se tenait sous la pluie battante au-dessus des deux cadavres. Elle l'avait vu jeter le fusil de côté et s'agenouiller entre eux. « Oh, Seigneur ! l'avait-elle entendu crier avec des sanglots d'angoisse dans la voix. Regardez ce qu'ils ont fait, à présent ! » Il levait la tête vers le ciel pour hurler sa douleur.

Elle avait dévalé le sentier en direction de la maison. Il lui fallait partir aussi vite que possible... prévenir la police... tout révéler... faire savoir qu'il était fou... Mais, en se disant cela, elle savait que ça ne marcherait pas. Les policiers prendraient en considération les dires de Brad Kane — le gentleman, le fermier qui possédait une bonne partie des îles, l'homme dont la famille vivait ici depuis des générations. Et ils la considéreraient, elle, comme une jeune femme hystérique qui racontait une histoire à dormir debout à propos d'une agression dont elle se prétendait la victime. Elle savait de quel côté pencherait la balance.

Alors qu'elle courait le long de l'allée jusqu'au portail, elle s'était rappelé que son argent et ses cartes de crédit étaient restés dans sa chambre. Elle avait été prise d'une panique irrésistible : elle ne pourrait pas aller loin sans un sou.

Elle avait jeté un regard en arrière, vers la maison. Les domestiques couraient ; leurs cris de détresse parvenaient jusqu'à elle, et elle avait deviné qu'elle disposait de quelques minutes de grâce. Elle avait couru dans sa chambre, avait attrapé son portefeuille, et avait retraversé d'une traite les jardins jusqu'à la grille. Le gardien, qui avait entendu le coup de feu, avait couru voir ce qui se passait en abandonnant son poste de surveillance. Marie-Laure avait appuyé sur le bouton électronique qui ouvrait la grille et s'était faufilée dehors. Puis elle s'était élancée sur la pente de la colline, en adoptant un pas de course régulier sous la pluie ; les battements de son cœur faisaient un bruit sourd dans sa gorge.

Une éternité lui avait paru s'écouler avant qu'elle aperçoive une station d'essence. Elle avait ralenti, et jeté un coup d'œil à sa montre : elle courait depuis vingt minutes.

Brad n'oserait pas la poursuivre dans un endroit public, s'était-elle dit en fouillant dans son sac pour trouver une pièce de monnaie.

Elle avait pénétré dans la cabine téléphonique et appelé un taxi. Puis elle était allée aux lavabos et avait fait un brin de toilette. Son bras saignait, elle l'avait lavé ; elle avait enlevé son T-shirt et l'avait enroulé autour de la blessure. Elle avait enfilé un sweater léger pour maintenir son bandage improvisé en place, s'était aspergé le visage d'eau froide, avait peigné ses cheveux humides et était retournée dehors attendre le taxi.

Sa gorge était desséchée par la course ; elle avait acheté un Coke au distributeur de boissons ; en buvant, elle s'était sentie prise de tremblements intérieurs. Elle se rappelait le visage douloureux de Brad quand il avait regardé Wong, et son hurlement sauvage de douleur. Et elle s'était souvenue du chien agonisant, de ses yeux qui se révulsaient, de son corps qui s'effondrait lentement sur le sol. Elle savait que Wong lui avait sauvé la vie, et que grâce à lui Brad n'allait pas se lancer à sa poursuite. Pas encore.

Le taxi avait viré dans la cour, et elle avait couru vers lui. Elle était montée dedans en remerciant le ciel et s'était enfoncée dans le siège.

Il y avait un vol des United Airlines deux heures plus tard. Deux heures ! Ce laps de temps semblait s'étirer devant elle comme une éternité. Elle avait acheté un billet et s'était éloignée précipitamment du comptoir pour se dissimuler dans la foule, attendre et rester aux aguets. Mais il n'y avait toujours aucun signe de Brad Kane quand on avait enfin annoncé l'embarquement pour les passagers de son vol.

Elle avait poussé un soupir de soulagement en montant dans l'avion et en s'installant dans son fauteuil. Maintenant, elle était en sécurité.

Après quoi, elle était arrivée à San Francisco. Et Brad était là, qui l'attendait.

A présent, assise sur la terrasse du merveilleux mas provençal dc sa famille, Béa se demandait comment elle avait pu croire qu'elle serait jamais en sécurité. Brad Kane était obsédé par les Leconte. Il était fou. Elle n'avait pas compris avec quelle rapidité il pouvait agir. Et sans bruit. Elle n'avait pas deviné qu'il serait dans son Gulfstream, en route vers San Francisco, avant même qu'elle soit montée dans l'avion d'United. Elle ne pouvait pas savoir que c'était un homme capable d'acheter tout ce dont il avait besoin, et qu'il saurait où aller pour l'obtenir — la seringue remplie d'un produit anesthésiant rapide qui la plongerait dans l'inconscience pendant plusieurs heures, par exemple. De cette façon, il aurait le moyen de la tuer et de faire en sorte que l'assassinat puisse passer pour un accident. Pour que le ranch Kanoi soit définitivement à lui, à lui seul.

Elle sentit sa présence avant de le voir. Aucun bruit ne l'avait signalé ; mais il se tenait brusquement là, une ombre plus noire que l'obscurité. Elle vit luire sa cigarette quand il la porta à ses lèvres.

« Eh bien, Marie-Laure, dit-il de sa voix calme, atone, on se retrouve. »

Poochie se hérissa et bondit sur ses pattes. Il grondait et montrait les dents d'un air menaçant.

Brad éclata de rire. « J'espère que vous n'avez pas amené ce corniaud ici pour vous défendre. Il ne me paraît pas être de bonne race.

— Où sont les enfants ? » demanda Béa rapidement. Elle était étonnée d'entendre sa voix si calme. Maintenant qu'elle voyait son assassin face à face, elle éprouvait envers lui une haine si intense qu'elle en était suffoquée. Mais elle devait conserver son sang-froid si elle voulait avoir le dessus. Il fallait qu'elle sache, conformément à sa promesse, si les enfants étaient en sûreté.

« J'ai tenu parole, répondit-il. Ils sont dans un taxi en route pour la villa Mimosa. »

Elle inspecta prudemment les ténèbres, gardant les yeux fixés sur la cigarette qu'il tenait à la main. « Comment saurai-je que c'est la vérité ? »

Il haussa les épaules d'un air indifférent. « Je crains, Marie-Laure, que vous ne soyez obligée de me croire sur parole. »

Elle le vit écraser la cigarette et s'avancer vers elle. Elle mit une main dans sa poche pour saisir le petit couteau de cuisine bien aiguisé. La sueur provoquée par la peur lui collait les cheveux sur le crâne, et elle tremblait de haine envers lui — et Jack et Archer. Ceux-là étaient restés impunis malgré leurs crimes, mais elle n'avait pas l'intention de laisser Brad s'en sortir aussi. Pas cette fois. Elle le tuerait d'abord. Elle eut un haut-le-cœur à cette pensée. Brad Kane était en train de faire d'elle une meurtrière, une criminelle. Nullement meilleure que les Kane.

Elle vit alors le revolver qu'il tenait à la main. Poochie lança un autre grognement, plus fort. Elle pouvait voir ses crocs qui luisaient, et elle le retint plus étroitement par son collier.

« On va faire un petit tour en voiture, Marie-Laure, annonça Brad sans se préoccuper du chien. Une courte promenade touristique. Dommage qu'il fasse si sombre ; mais vous devez connaître la région comme votre poche. » Il la prit par le bras et la força à marcher jusqu'à sa voiture. Il lui tint la porte ouverte et lui indiqua, avec un geste du revolver, qu'elle devait s'asseoir sur le siège du conducteur. Poochie monta à côté d'elle, en gémissant, sans comprendre.

Brad s'installa à l'arrière et reprit : « O.K., démarrez. Tournez à gauche au carrefour en T. Vous savez, là où ça commence à grimper dur. »

Béa sentait le revolver pointé sur sa tête. Elle actionna le démarreur et fit ce qu'il avait demandé. Bien entendu, elle connaissait l'endroit où il voulait l'entraîner. Il y avait là une plate-forme d'observation où elle avait passé de nombreux après-midi à flâner, à contempler la vallée paisible située à plusieurs dizaines de mètres en contrebas. A regarder les voitures avancer comme des fourmis sur les routes escarpées jusqu'au splendide *village perché*, sur la crête opposée. A écouter, pendant l'été, les oiseaux et les criquets. A sentir les rochers chauffés par le soleil contre son dos, quand elle s'étendait là pour admirer les champs de coquelicots en train de se déployer comme un tapis rouge et qui, au gré des mois, se transformaient en champs de lavande ou de tournesols ; et les vignes qui mûrissaient sous le soleil torride, en attendant les vendanges de l'automne. Ce point d'observation dominait un précipice encore plus raide et plus profond que le ravin de Mitchell.

Ses mains tremblaient tandis qu'elle montait la pente à petite vitesse, en cherchant désespérément autour d'elle un moyen de s'échapper. Elle avait toujours le couteau, mais c'était une arme dérisoire contre le revolver de Brad. Bon Dieu ! se disait-elle sauvagement, elle n'était pas droguée, cette fois-ci ; elle allait se battre pour sauver sa vie... Elle n'avait pas l'intention de se laisser pousser dans le vide une nouvelle fois... Il devrait d'abord l'abattre...

Il lui vint brusquement à l'esprit que Brad aurait pu la tuer un instant plus tôt sur la terrasse, s'il l'avait voulu. Elle lui offrait une cible immobile. Cela lui aurait épargné tout ce mal. Il n'en avait rien fait. Il ne voulait pas la tuer d'un coup de feu. C'était la raison pour laquelle il avait lancé le doberman contre elle et l'avait poussée dans le ravin de Mitchell : parce qu'il ne voulait pas que ça ait l'air d'un assassinat. Il voulait encore faire croire à un accident.

Elle immobilisa la voiture en haut de la côte. « Roulez jusqu'au bord », ordonna-t-il. Elle s'exécuta, puis arrêta le moteur et attendit. Brad ne bougeait pas, ne prononçait pas un mot. Le silence était assourdissant. Béa imaginait le revolver pointé sur sa tête, mais à présent elle était sûre qu'il voulait éviter de s'en servir. Les bruits familiers de la nuit commencèrent à lui parvenir : un coassement de crapauds parmi les arbres ; le frôlement des animaux nocturnes, le bruissement d'ailes affolé des oiseaux dérangés dans leur sommeil. Quelque part dans la vallée, tout en bas, elle vit les phares d'une voiture. Elle les regarda avec espoir clignoter, mais ils disparurent. Puis plus rien. Elle était seule avec Brad Kane.

Elle entendit Poochie gémir quand Brad sortit de la voiture. Dans l'obscurité pleine de lueurs, elle pouvait à peine percevoir les contours du revolver pointé sur elle.

« Pourquoi faites-vous cela ? cria-t-elle, brusquement saisie par le désir de comprendre. Je vous ai dit que je ne voulais pas du ranch. Je n'ai pas besoin d'argent. Je ne veux rien de ce qui vous appartient...

— Vous ne comprenez toujours pas, hein ? répliqua-t-il. Toute sa vie, Jack a attendu que le singe revienne lui voler sa terre, lui reprendre ses droits de naissance. Je me contente de protéger mes intérêts, de garder Kanoi pour les Kane. Je ne peux pas vous laisser, vous ou un futur Leconte, compromettre tout ça. Le temps est venu, ma chère Marie-Laure, de remettre les pendules à l'heure. A mes yeux, c'est le meilleur moyen, ajouta-t-il, et elle put voir qu'il lui souriait. Cette fois, il faut que je prenne mes précautions, n'est-ce pas ? »

Il ouvrit la portière, se pencha à l'intérieur de la voiture et desserra le frein à main, mit le moteur en marche, et passa la première vitesse. D'un bras, il retint en arrière la jeune fille, tandis qu'il cherchait à atteindre l'accélérateur. En poussant un hurlement de terreur, Béa réussit brusquement à se libérer. Elle se jeta dehors par l'autre portière, et Poochie bondit derrière elle, en aboyant comme un fou. Elle resta étendue et abasourdie sur l'herbe de la rocaille, tandis que la voiture avançait vers le précipice. Le véhicule hésita pendant quelques secondes sur le bord avant de tomber doucement. Béa entendit le bruit terrible des vitres qui volaient en éclats, et l'épouvantable froissement de la tôle qui rebondissait de rocher en rocher le long de la pente profonde — et enfin la gigantesque explosion, quand la voiture prit feu. Elle se serait trouvée dans ce brasier d'enfer, si Brad avait réussi son coup.

La peur la remit sur pieds, mais Brad l'attrapa par-derrière. Il referma ses bras autour d'elle et la contraignit à se rapprocher du précipice. Elle poussa un interminable hurlement qui lui arracha la gorge, enfonça ses talons dans le sol, s'accrocha aux branches épineuses qui se trouvaient sur leur passage, tâtonna pour prendre appui sur les pierres qui roulaient. Il fallait qu'elle saisisse son couteau ; c'était sa seule chance. Il fallait qu'elle le tue avant d'être tuée par lui. Poochie grondait férocement, et sa silhouette noire se découpa dans la lueur rouge du brasier quand le gros chien se précipita sur son agresseur. Il prit Brad par surprise et les jeta tous deux à terre.

Marie-Laure s'écarta en roulant sur elle-même et se remit d'un seul mouvement sur ses pieds. Brad appuya le revolver contre le flanc du chien, mais d'un coup de pied elle fit sauter l'arme de sa main. Elle se baissa pour la ramasser ; malheureusement, il fut plus rapide qu'elle. Il s'en empara et l'écrasa sauvagement sur la tête du chien. Poochie poussa un jappement aigu et tomba en arrière. Béa hurla de peur et de colère lorsque Brad l'attrapa par le pied et la tira une fois de plus vers le bord.

Elle se débarrassa de lui à coups de pied et roula sur elle-même ; mais il fut sur elle en une seconde. Il se mit alors à lui marteler la tête contre les pierres. La douleur était intense, et elle savait que rien ne pourrait plus l'arrêter. Elle commençait à perdre connaissance...

Elle lutta contre l'évanouissement. Il était impossible qu'elle le laisse gagner ; elle *ne voulait pas*... Quelque part à l'arrière-plan de son cerveau, par-dessus le fracas de ses propres hurlements, elle perçut un autre bruit. Brusquement, il y eut des lumières et des gens.

Brad se redressa aussitôt, attira Béa devant lui et la retint pour s'en faire un bouclier. Chancelante, elle aperçut les gendarmes qui se déployaient autour d'eux, leurs revolvers braqués ; faiblement, elle entendit la voix de Nick lui crier : « Tiens bon ! » Mais elle bascula dans son tunnel noir familier, complètement inconsciente.

« Brad, appela Phyl d'une voix douce. Brad, c'est moi. »

Il cligna les yeux sous les lumières, tout étonné. « Rébecca ? répondit-il dans un murmure, mais avec fureur. Qu'est-ce que tu fais ici ? Je pensais que tu m'attendais à San Francisco. On devait aller à Kalani, tu te rappelles ? »

Phyl eut l'impression de sentir son cœur s'arrêter, comme s'il n'appartenait plus à son corps, tandis qu'elle le regardait. Ce n'était plus le charmant amoureux qu'elle avait connu. Ce n'était plus l'homme du monde courtois, le riche et séduisant propriétaire de ranch à qui tout appartenait. Celui qui se tenait devant elle était un étranger.

Après avoir pris une profonde inspiration, elle entra dans le cercle de lumière dessiné par les phares des automobiles. Brad continuait de tenir le corps inanimé de Béa, et Phyl n'aurait pu dire si celle-ci était morte ou vivante.

« Laisse-la, Brad », demanda-t-elle de la même voix douce, tout près de lui.

Les yeux pâles de l'homme cherchèrent ceux de Phyl quand il dit : « Il fallait que je le fasse. Tu le sais, hein ? Toi, mieux que personne, tu dois comprendre.

— Je comprends, Brad. Je comprends. Mais je crois que je connais un meilleur moyen. »

Elle tremblait de terreur. D'une seule poussée rapide, il pouvait encore précipiter Béa dans le vide.

Brad regarda les gendarmes qui l'entouraient et parut tout d'un coup revenir à la réalité. « C'est trop tard maintenant, on dirait ? » remarqua-t-il en interrogeant Phyl du regard.

Elle hocha la tête, incapable de parler. Il était en train de se transformer sous ses yeux : le chasseur fou qui cherchait de sang-froid à abattre sa proie retrouvait l'apparence de l'homme détendu et charmant qu'elle avait connu.

« Et trop tard pour nous deux, ajouta-t-il doucement. Si je t'ai fait du mal, je t'en demande pardon, Phyl. Tu es la seule femme que j'aurais pu aimer. »

Il poussa Béa vers elle. Puis il appuya le revolver sur sa tempe. Ses yeux égarés, sauvages, fixèrent ceux de Phyl pendant une fraction de seconde. « C'est toi qui m'as trahi, Rébecca », conclut-il méchamment en appuyant sur la détente.

Les cris qu'elle poussa résonnèrent dans ses propres oreilles lorsque la belle tête blonde de Brad explosa en un millier de fragments ensanglantés et qu'il bascula dans l'abîme.

# 36

Mahoney parvint à la villa Mimosa le lendemain, au début de la matinée. Ils étaient installés sur la terrasse et buvaient des boissons gazeuses en face des pelouses en pente, des cèdres de haute taille et des cyprès qui pénétraient comme des aiguilles dans le ciel bleu clair — et face à la Méditerranée paisible dont la couleur avait autrefois incité Johnny Leconte à redéfinir le mot « azur ».

Scott et Julie avaient été retrouvés, terrorisés mais indemnes, enfermés dans le coffre de la Ferrari ; mais Mahoney ne doutait pas une minute que Brad les aurait tués eux aussi. Il n'aurait pas voulu laisser de témoin.

Béa — ou Marie-Laure, comme tous devaient désormais s'habituer à l'appeler — avait la tête enveloppée une fois encore dans des bandages, et elle prétendait avec une ironie désabusée qu'elle commençait à aimer se voir avec le crâne rasé. Elle souffrait de nombreuses égratignures et ecchymoses, mais ce n'était rien en comparaison de ce qu'elle avait enduré la première fois ; elle était maintenant soulagée de savoir qui elle était, et qu'elle n'avait plus aucune raison d'avoir peur.

Elle se réjouissait aussi de ne pas être obligée de porter le collier raide en plastique blanc dont on avait affublé Poochie — pour l'empêcher de gratter la rangée d'agrafes qu'on avait dû lui planter derrière la tête, après l'avoir rasée. Le chien reposait tout heureux à ses pieds : il avait englouti autant de steaks qu'il pouvait en ingurgiter. Et Nick tenait la main de Béa, pendant que celle-ci leur racontait par le menu la journée qu'elle avait passée à Diamond Head, et comment Brad l'avait rattrapée à l'aéroport de San Francisco.

« C'est fini, maintenant ! affirma Phyl sur un ton réconfortant tandis qu'ils regardaient les enfants dévaler joyeusement la pelouse jusqu'à la piscine. Il va vous falloir apprendre à oublier, pour renouer le fil de votre vie. »

Béa lui sourit affectueusement : « C'est grâce à vous tous si je suis encore vivante. Et j'ai bien l'intention de le rester. » Elle contempla autour d'elle sa maison, ses enfants, l'homme qu'elle aimait, ses amis. « Après tout, conclut-elle, je ne manque pas de raisons de vivre. »

Phyl se renversa en arrière sur les coussins. Ses yeux étaient encore irrités par les larmes qu'elle avait versées, et elle était très pâle et complètement épuisée.

« Pourquoi ne pas mettre une touche de rouge à lèvres ? » demanda Mahoney avec un sourire, en tirant une chaise pour se rapprocher d'elle et en se versant un verre de limonade.

Elle lui lança un regard qu'il trouva terne — rien à voir avec son habituel coup d'œil bleu étincelant.

« La cavalerie américaine est arrivée à la rescousse, dit-elle d'un ton sarcastique. Mais un peu tard.

— Ouais. Même le Concorde n'a pas été assez rapide. Et on n'a pas encore trouvé le moyen de nous propulser dans l'espace, comme le capitaine Kirk. Mais le FBI et Interpol disposent d'ordinateurs magiques qui nous ont permis de rester constamment en liaison. De sorte que la cavalerie est bien intervenue à temps, quand même... (Il lui jeta un regard grave et ajouta d'une voix douce :)... grâce à Dieu.

— Mais comment avez-vous découvert qu'il s'agissait de Brad ?

— En additionnant deux et deux. J'aurais dû le comprendre plus tôt, quand j'avais entendu parler de Hawaii. Un avion privé, piloté par Brad Kane, était arrivé de Hawaii cette nuit-là, expliqua-t-il avec un haussement d'épaules. J'aurais dû faire le rapprochement.

— Nul homme n'est infaillible, répondit aimablement Phyl, qui voulait lui éviter de se sentir coupable.

— Nulle femme non plus, répliqua-t-il en la regardant dans les yeux. Peut-être devriez-vous vous en souvenir. »

Il soutint son regard pendant un long moment. Elle savait qu'il faisait allusion à ce qui était arrivé à son bébé, à Béa, à Brad. Il ne lui serait plus possible de se charger de tout le monde. Elle n'était pas parfaite. Elle devrait se contenter d'être Phyl Forster, une femme qui faisait de son mieux.

Mahoney se pencha vers elle et lui murmura à l'oreille : « Vous savez quoi ?

— Quoi ? demanda-t-elle en se reculant pour le regarder.

— J'ai réservé une table au Moulin de Mougins pour ce soir. Vous vous rappelez que j'avais promis de vous y emmener un jour — pour voir si leur poulet est aussi bon que le mien ? »

Elle renversa la tête en arrière et éclata de rire avant de l'embrasser. C'était un baiser de bonheur. « Monsieur Casse-cou ! » s'exclama-t-elle à ce souvenir.

Des plis apparurent au coin des yeux de Mahoney quand il lui lança son large sourire moqueur.

« C'est bien moi », admit-il, et il lui prit la main pour y déposer à son tour un baiser.

— Mais comment avez-vous découvert qu'il s'agissait de Brad ?

— En additionnant deux et deux. J'aurais dû le comprendre plus tôt, quand j'avais entendu parler de Hawaii. Un avion privé, piloté par Brad Kane, était arrivé de Hawaii cette nuit-là, expliqua-t-il avec un haussement d'épaules. J'aurais dû faire le rapprochement.

— Nul homme n'est infaillible, répondit aimablement Phyl, qui voulait lui éviter de se sentir coupable.

— Nulle femme non plus, répliqua-t-il en la regardant dans les yeux. Peut-être devriez-vous vous en souvenir. »

Il soutint son regard pendant un long moment. Elle savait qu'il faisait allusion à ce qui était arrivé à son bébé, à Bea, à Brad. Il ne lui serait plus possible de se charger de tout le monde. Elle n'était pas parfaite. Elle devrait se contenter d'être Phyl Forster, une femme qui faisait de son mieux.

Mahoney se pencha vers elle et lui murmura à l'oreille : « Vous savez quoi ?

— Quoi ? demanda-t-elle en se reculant pour le regarder.

— J'ai réservé une table au Moulin de Mougins pour ce soir. Vous vous rappelez que j'avais promis de vous y emmener un jour — pour voir si leur poulet est aussi bon que le mien ? »

Elle renversa la tête en arrière et éclata de rire avant de l'embrasser. C'était un baiser de bonheur. « Monsieur Casse-cou ! » s'exclama-t-elle à ce souvenir.

Des plis apparurent au coin des yeux de Mahoney quand il lui lança son large sourire moqueur.

« C'est bien moi », admit-il, et il lui prit la main pour y déposer à son tour un baiser.

## ROMAN

**Adler Elizabeth**
Secrets en héritage
Le secret de la villa Mimosa

**Ashley Shelley V.**
L'enfant de l'autre rive
L'enfant en héritage

**Beauman Sally**
Destinée

**Bennett Lydia**
L'héritier des Farleton
L'homme aux yeux d'or
Le secret d'Anna

**Benzoni Juliette**
*Les dames du Méditerranée-Express*
1 - La jeune mariée
2 - La fière Américaine
3 - La princesse mandchoue
*Fiora*
1 - Fiora et le Magnifique
2 - Fiora et le Téméraire
3 - Fiora et le pape
4 - Fiora et le roi de France
*Les loups de Lauzargues*
1 - Jean de la nuit
2 - Hortense au point du jour
3 - Félicia au soleil couchant
*Les Treize Vents*
1 - Le voyageur
2 - Le réfugié
3 - L'intrus
4 - L'exilé
*Le boiteux de Varsovie*
1 - L'étoile bleue
2 - La rose d'York
3 - L'opale de Sissi
4 - Le rubis de Jeanne la folle

Un aussi long chemin
*La chambre de la reine*
1 - Secret d'état

**Binchy Maeve**
Le cercle des amies
Noces irlandaises
Retour en Irlande
Les secrets de Shancarrig
Portraits de femmes

**Blair Leona**
Les demoiselles de Brandon Hall

**Bradshaw Gillian**
Le phare d'Alexandrie
Pourpre impérial

**Bright Freda**
La bague au doigt

**Bruce Debra**
La maîtresse du Loch Leven

**Cash Spellmann Cathy**
La fille du vent
L'Irlandaise

**Chamberlain Diane**
Vies secrètes
Que la lumière soit
Le faiseur de pluie

**Chase Lindsay**
Un amour de soie

**Collins Jackie**
Les amants de Beverly Hills
Le grand boss
Lady boss
Lucky
Ne dis jamais jamais
Rock star
Les enfants oubliés

**Collins Joan**
Love
Saga

**Courtille Anne**
*Les dames de Clermont*
1 - Les dames de Clermont
2 - Florine

**Cousture Arlette**
Emilie
Blanche

**Crane Teresa**
Demain le bonheur
Promesses d'amour

**Dailey Janet**
L'héritière
Mascarade
L'or des Trembles
Rivaux
Les vendanges de l'amour

**Denker Henry**
Le choix du docteur Duncan
La clinique de l'espoir
L'enfant qui voulait mourir
Hôpital de la montagne
Le procès du docteur Forrester
Elvira
L'infirmière

**Dervin Sylvie**
Les amants de la nuit

**Deveraux Jude**
La princesse de feu
La princesse de glace

**Falconer Colin**
Les nuits de Topkapi

**Gage Elizabeth**
Un parfum de scandale

**Gallois Sophie**
Diamants

**Goudge Eileen**
Le jardin des mensonges
Rivales

**Greer Luanshya**
Bonne Espérance
Retour à Bonne Espérance

**Gregory Philippa**
Sous le signe du feu

**Haran Maeve**
Le bonheur en partage

**Jaham Marie-Reine de**
La grande Béké
Le maître-savane
L'or des îles T. 1
Le sang du volcan T. 2

**Jones Alexandra**
La dame de Mandalay
La princesse de Siam
Samsara

**Krantz Judith**
Flash
Scrupules 1
Scrupules 2

**Krentz Jayne Ann**
Coup de folie

**Laker Rosalind**
Aux marches du palais
Les tisseurs d'or
La tulipe d'or
Le masque de Venise
Le pavillon de sucre

**Lancar Charles**
Adélaïde
Adrien

**Lansbury Coral**
La mariée de l'exil

**Mc Naught Judith**
L'amour en fuite

**Philipps Susan Elizabeth**
La belle de Dallas

**Pilcher Rosamund**
Retour en Cornouailles

**Plain Belva**
A l'aube l'espoir se lève aussi
Et soudain le silence
Promesse

**Purcell Deirdre**
Passion irlandaise
L'été de nos seize ans
Une saison de lumière

**Rainer Dart Iris**
Le cœur sur la main
Une nouvelle vie

**Rivers Siddons Anne**
La Géorgienne
La jeune fille du Sud
La maison d'à côté
La plantation
Quartiers d'été
Vent du sud
La maison des dunes
Ballade italienne

**Roberts Anne Victoria**
Possessions

**Ryman Rebecca**
Le trident de Shiva
Le voile de l'illusion

**Shelby Philip**
L'indomptable

**Simons Paullina**
Le silence d'une femme

**Spencer Joanna**
*Les feux de l'amour*
1 - Le secret de Jill
2 - La passion d'Ashley

**Steel Danielle**
Accident
Coups de cœur
Disparu
Joyaux
Le cadeau
Naissances
Un si grand amour
Plein ciel
Cinq jours à Paris
La foudre
Malveillance
La maison des jours heureux
Au nom du cœur

**Taylor Bradford Barbara**
Les femmes de sa vie

**Torquet Alexandre**
Ombre de soie

**Trollope Johanna**
Un amant espagnol
Trop jeune pour toi
La femme du pasteur
De si bonnes amies

**Varel Brigitte**
L'enfant du Trièves

**Victor Barbara**
Coriandre

**Westin Jane**
Amour et gloire

**Wilde Jennifer**
Secrets de femme

**Wood barbara**
African Lady
Australian Lady
Séléné
Les vierges du paradis

## ÉGALEMENT CHEZ POCKET LITTÉRATURE « GÉNÉRALE »

**ALBERONI FRANCESCO**
Le choc amoureux
L'érotisme
L'amitié
Le vol nuptial
Les envieux
La morale
Je t'aime

**ARNAUD GEORGES**
Le salaire de la peur

**BARJAVEL RENÉ**
Les chemins de Katmandou
Les dames à la licorne
Le grand secret
La nuit des temps
Une rose au paradis

**BERBEROVA NINA**
Histoire de la baronne Boudberg
Tchaïkovski

**BERNANOS GEORGES**
Journal d'un curé de campagne
Nouvelle histoire de Mouchette
Un crime

**BESSON PATRICK**
Le dîner de filles

**BLANC HENRI-FRÉDÉRIC**
Combats de fauves au crépuscule
Jeu de massacre

**BOULGAKOV MIKHAÏL**
Le maître et Marguerite
La garde blanche

**BOULLE PIERRE**
La baleine des Malouines
L'épreuve des hommes blancs
La planète des singes
Le pont de la rivière Kwaï
William Conrad

**BOYLE T. C.**
Water Music

**BRAGANCE ANNE**
Anibal
Le voyageur de noces
Le chagrin des Resslingen

**BRONTË CHARLOTTE**
Jane Eyre

**BURGESS ANTHONY**
L'orange mécanique
Le testament de l'orange

**BUZZATI DINO**
Le désert des Tartares
Le K
Nouvelles (Bilingue)
Un amour

**CARRIÈRE JEAN**
L'épervier de Maheux
Achigan

**CARRIÈRE JEAN-CLAUDE**
La controverse de Valladolid
Le Mahabharata
La paix des braves
Simon le mage

**CESBRON GILBERT**
Il est minuit, Docteur Schweitzer

**CHANDERNAGOR FRANÇOISE**
L'allée du roi

**CHANG JUNG**
Les cygnes sauvages

**CHATEAUREYNAUD G.-O.**
Le congrès de fantomologie
Le château de verre
La faculté des songes

**Cholodenko Marc**
Le roi des fées

**Clavel Bernard**
Le carcajou
*Les colonnes du ciel*
1. La saison des loups
2. La lumière du lac
3. La femme de guerre
4. Marie Bon pain
5. Compagnons du Nouveau Monde

*La grande patience*
1. La maison des autres
2. Celui qui voulait voir la mer
3. Le cœur des vivants
4. Les fruits de l'hiver

Jésus le fils du charpentier

**Courrière Yves**
Joseph Kessel

**David-Néel Alexandra**
Au pays des brigands gentilshommes
Le bouddhisme du Bouddha
Immortalité et réincarnation
L'Inde où j'ai vécu
Journal, tome 1 et tome 2
Le Lama aux cinq sagesses
Magie d'amour et magie noire
Mystiques et magiciens du Tibet
La puissance du néant
Le sortilège du mystère
Sous une nuée d'orages
Voyage d'une Parisienne à Lhassa
La lampe de sagesse
La vie surhumaine de Guésar de Ling

**Deniau Jean-François**
La Désirade
L'empire nocturne
Le secret du roi des serpents
Un héros très discret
Mémoires de 7 vies

**Fernandez Dominique**
Le promeneur amoureux

**Fitzgerald Scott**
Un diamant gros comme le Ritz

**Forester Cecil Scott**
Aspirant de marine
Lieutenant de marine
Seul maître à bord
Trésor de guerre
Retour à bon port
Le vaisseau de ligne
Pavillon haut
Le seigneur de la mer
Lord Hornblower
Mission aux Antilles

**France Anatole**
Crainquebille
L'île des pingouins

**Franck Dan/Vautrin Jean**
La dame de Berlin
Le temps des cerises
Les noces de Guernica
Mademoiselle Chat

**Genevoix Maurice**
Beau François
Bestiaire enchanté
Bestiaire sans oubli
La forêt perdue
Le jardin dans l'île
La Loire, Agnès et les garçons
Le roman de Renard
Tendre bestiaire

**Giroud Françoise**
Alma Mahler
Jenny Marx
Cœur de tigre
Cosima la sublime

**Grèce Michel de**
Le dernier sultan
L'envers du soleil – Louis XIV
La femme sacrée
Le palais des larmes
La Bouboulina

**Hermary-Vieille Catherine**
Un amour fou
Lola

**Inoué Yasushi**
Le geste des Sanada

**Jacq Christian**
L'affaire Toutankhamon
Champollion l'Egyptien
Maître Hiram et le roi Salomon
Pour l'amour de Philae
*Le Juge d'Egypte*
1. La pyramide assassinée
2. La loi du désert
3. La justice du Vizir
La reine soleil
Barrage sur le Nil
Le moine et le vénérable
Sagesse égyptienne
*Ramsès*
1. Le fils de la lumière
2. Le temple des millions d'années
3. La bataille de Kadesh
4. La dame d'Abou Simbel
5. Sous l'acacia d'Occident
Les Egyptiennes

**Joyce James**
Les gens de Dublin

**Kafka Franz**
Le château
Le procès

**Kazantzaki Nikos**
Alexis Zorba
Le Christ recrucifié
La dernière tentation du Christ
Lettre au Greco
Le pauvre d'Assise

**Kessel Joseph**
Les amants du Tage
L'armée des ombres
Le coup de grâce
Fortune carrée
Pour l'honneur

**Lainé Pascal**
Elena

**Lapierre Alexandra**
L'absent
La lionne du boulevard
Fanny Stevenson

**Lapierre Dominique**
La cité de la joie

**Lapierre Dominique**
**et Collins Larry**
Cette nuit la liberté
Le cinquième cavalier
Ô Jérusalem
... ou tu porteras mon deuil
Paris brûle-t-il ?

**Lawrence D.H.**
L'amant de Lady Chatterley

**Léautaud Paul**
Le petit ouvrage inachevé

**Levi Primo**
Si c'est un homme

**Lewis Roy**
Le dernier roi socialiste
Pourquoi j'ai mangé mon père

**Loti Pierre**
Pêcheur d'Islande

**Mallet-Joris Françoise**
La maison dont le chien est fou
Le Rempart des Béguines

**Mauriac François**
Le romancier et ses personnages
Le sagouin

**Messina Anna**
La maison dans l'impasse

**Michener James A.**
*Alaska*
1. La citadelle de glace
2. La ceinture de feu
Caraïbes (2 tomes)
Hawaii (2 tomes)
Mexique
Docteur Zorn

**Mitterand Frédéric**
Les aigles foudroyés

**Milovanoff Jean-Pierre**
La spendeur d'Antonia
Le maître des paons

**Mimouni Rachid**
De la barbarie en général et de l'intégrisme en particulier
Le fleuve détourné
Une peine à vivre
Tombéza
La malédiction
Le printemps n'en sera que plus beau
Chroniques de Tanger

**Miguel Pierre**
Le chemin des Dames

**Mitterand Frédéric**
Les aigles foudroyés

**Monteilhet Hubert**
Néropolis

**Montupet Janine**
La dentellière d'Alençon
La jeune amante
Un goût de miel et de bonheur sauvage

**Morgièvre Richard**
Fausto
Andrée
Cueille le jour

**Nakagami Kenji**
La mer aux arbres morts
Mille ans de plaisir

**Nasr Eddin Hodja**
Sublimes paroles et idioties

**Nin Anaïs**
Henry et June (Carnets secrets)

**Perec Georges**
Les choses

**Purves Libby**
Comment ne pas élever des enfants parfaits
Comment ne pas être une mère parfaite
Comment ne pas être une famille parfaite

**Queffelec Yann**
La femme sous l'horizon
Le maître des chimères
Prends garde au loup
La menace

**Radiguet Raymond**
Le diable au corps

**Ramuz C.F.**
La pensée remonte les fleuves

**Rey Françoise**
La femme de papier
La rencontre
Nuits d'encre
Marcel facteur

**Rouanet Marie**
Nous les filles
La marche lente des glaciers

**Sagan Françoise**
Aimez-vous Brahms..
… et toute ma sympathie
Bonjour tristesse
La chamade
Le chien couchant
Dans un mois, dans un an
Les faux-fuyants
Le garde du cœur
La laisse
Les merveilleux nuages
Musiques de scènes
Répliques
Sarah Bernhardt
Un certain sourire
Un orage immobile
Un piano dans l'herbe
Un profil perdu
Un chagrin de passage
Les violons parfois
Le lit défait
Un peu de soleil dans l'eau froide
Des bleus à l'âme
Le miroir égaré

**Salinger Jerome-David**
L'attrape-cœur
Nouvelles

**Sarraute Claude**
Des hommes en général et des femmes en particulier

**Stocker Bram**
Dracula

**Tartt Donna**
Le maître des illusions

**Troyat Henri**
Faux jour
La fosse commune
Grandeur nature
Le mort saisit le vif
*Les semailles et les moissons*
1. Les semailles et les moissons
2. Amélie
3. La Grive
4. Tendre et violente Elisabeth
5. La rencontre

La tête sur les épaules

**Vialatte Alexandre**
Antiquité du grand chosier
Badonce et les créatures
Les bananes de Königsberg
Les champignons du détroit de Behring
Chronique des grands micmacs
Dernières nouvelles de l'homme
L'éléphant est irréfutable
L'éloge du homard et autres insectes utiles
Et c'est ainsi qu'Allah est grand
La porte de Bath Rahbim

**Wallace Lewis**
Ben-Hur

**Waltari Mika**
Les amants de Byzance
Jean le Pérégrin

*Achevé d'imprimer en décembre 1998*
*sur les presses de l'Imprimerie Bussière*
*à Saint-Amand (Cher)*

POCKET - 12, avenue d'Italie - 75627 Paris Cedex 13
Tél. : 01-44-16-05-00

— N° d'imp. 2495. —
Dépôt légal : juin 1998.

*Imprimé en France*